U0862912

64场精密骗局、58种设局手法、9种诈骗话术、5个连环套，
全面揭秘网络诈骗，教你防范最新骗局。

反骗案中案

大结局
（全2册）·上

常书欣　著
《余罪》作者

江苏凤凰文艺出版社
JIANGSU PHOENIX LITERATURE AND ART PUBLISHING

图书在版编目（CIP）数据

反骗案中案 . 大结局 : 全 2 册 / 常书欣著 . — 南京 : 江苏凤凰文艺出版社 , 2021.11
ISBN 978-7-5594-6179-7

Ⅰ . ①反… Ⅱ . ①常… Ⅲ . ①长篇小说 – 中国 – 当代 Ⅳ . ① I247.5

中国版本图书馆 CIP 数据核字 (2021) 第 147955 号

反骗案中案．大结局：全 2 册

常书欣 著

责任编辑	丁小卉
特约编辑	李晓宇　　高　旭
封面设计	刘小梅
责任印制	刘　巍
出版发行	江苏凤凰文艺出版社
	南京市中央路 165 号，邮编：210009
网　　址	http://www.jswenyi.com
印　　刷	三河市龙大印装有限公司
开　　本	680 毫米 ×990 毫米 1/16
印　　张	36
字　　数	499 千字
版　　次	2021 年 11 月第 1 版
印　　次	2021 年 11 月第 1 次印刷
标准书号	ISBN 978-7-5594-6179-7
定　　价	99.90 元（全 2 册）

读客® 知识小说文库

读小说，学知识

目　录

第四章　箭在弦上锁定目标 / 164

巫茜排着陈策的简历：男，33岁，只有早年出境的记录，是被收养。九个月前突然归国，如果回国捞金不算稀奇的话，那回国之后九个月的经历就够吓人了。滨海出国培训某公司法人，之后是中州成立商务公司合伙人，再之后摇身一变，又成为万博（中国）保险公司荆汉分公司的法人。

第五章　深思熟虑诱敌深入 / 214

来晋虎挂断了电话，而随阳神星电子商务公司的来晋虎还戴着铐子坐在椅子上呢，他根本没有说话，而是目瞪口呆地看着面前一位警察操作着怪模怪样的设备，不知道怎么用他的声音和王雕对话。

操作者是位腼腆的男子，挂了电话向他微笑示意，一旁侧立踱步的俞骏拍拍来晋虎的肩膀问："别犯傻了，电信诈骗出来这么久了，我们还不能电信反诈呀？这是把你说话的声调、声线、口音用电脑合成出来。恭喜你啊，你荣幸地成为这项警用技术的首位试验者。"

第六章　雷霆手段骗子落网 / 264

次日，"断卡"行动的余威继续着，摧枯拉朽地从各地追捕漏网的嫌疑人，不断起获的隐匿资金迅速把命名为"荆汉特大假保险诈骗案"的案值不断推高。令人难以置信的是，这个以陈策为首的诈骗团伙已经悄无声息地腐蚀和笼络了大量公职人员、银行职员。这些人使他在各地的诈骗活动一路绿灯畅行，直到警方都起获赃款了，很多被骗的商业银行还蒙在鼓里。

第一章

千言万语指点迷津

人为刀俎，我为鱼肉

时间不详。地点不详。

一股彻骨的寒冷，带着深入骨髓的疼痛袭来，斗十方艰难地吐声，大张着嘴，一声凄厉的叫喊听得让人有点儿毛骨悚然。

他醒了。慢慢恢复的意识还有点儿模糊。哦，不对，模糊的是面前的两个人影。人影的头顶是昏黄的灯光，四周的水泥墙让他下意识地想起看守所，慢慢清醒的意识告诉他：他被人绑架了。不知道从中州被绑到了什么地方。这个过程，在他的记忆里，是空白的。

“醒了。”左边的人影说道。斗十方看清了，那是一个清癯的面孔。

“这小子素质不错。一般被用了那种药昏迷过去的人，电击都叫不醒。”右边一个络腮胡子的光头，一身类似恐怖分子的打扮，那白多黑少的眼珠子让人觉得阴森森的。

这人啪啪拍了拍斗十方的脸颊，抬起他的脸来，问：“你叫什么？”

“姓斗……名十方，你们……你们是什么人？”斗十方有气无力地道。

“坏人呗，这还用问？”瘦子幽默了一下。

不过这幽默无人欣赏。络腮胡子捏着斗十方的下巴道：“问你几句话。

老老实实说啊，说不清楚会丢小命的。”

“我是警察！你们敢绑警察？敢灭口？”斗十方愤怒地看着他。

那络腮胡子笑了。瘦子笑道：“你说的是我兄弟的专长。我们绑都绑了，还怕你咸鱼翻身吗？”

斗十方活动了一下发麻的手脚，这才发现自己被固定在一张木椅子上，用胶带缠着。衣服早被扒了，就剩了条底裤，而且腹部火辣辣地疼，天知道他昏迷中发生了什么。他的目光由愤怒慢慢转向了惊恐，这个转变让络腮胡子满意地拍拍他的脸蛋，又嫌脏似的退一步拉开了距离。

“第一个问题，你当警察几年了？”瘦子问。

“辅警两年零八个月，转正不到一年，还没过实习期。”斗十方道。

“什么警衔？”瘦子问。

“没衔。转正实习期过一年以后才有。”斗十方道。

“什么警种？”瘦子问。

“经警，隶属于经侦支队下属的反诈骗中心。”斗十方道。

“直接上级是谁？”瘦子问。

“一位美女，姓向，名小园。”斗十方道。

“你在执行的是什么任务？”瘦子突然言辞凌厉了。

斗十方却还是病恹恹地道：“都停职了，还有什么任务？”

“啪”，一声清脆的耳光，伴着络腮胡子的骂声：“嘴巴干净点。”

脸被打歪的斗十方嘴里咸咸的。他斜睨着凶悍的络腮胡子，冷不丁“呸”的一声吐了对方一口带血的唾沫。他咬着殷红的牙花，牙缝里迸道：“来，给老子个痛快。沈曼佳、杜其风两伙人折在老子手里没错。报仇是吧，冲我来。”

那络腮胡子又要扬手，却被瘦子拦下了。瘦子凑近了点儿，凝视了斗十方片刻，慢条斯理地说：“你还当自己是警察呀？从你被带走到现在，你的手机根本没关机。如果有接应，他们早该找到这儿了。既然没有接应，那只可能是两种情况，第一种是你被你的组织抛弃了；第二种嘛……就是你负有你那个组织给你的特殊使命。”

“呵呵……那只能靠你判断了。我不认为我的组织会抛弃我，但他们并没有给我什么特殊使命。”斗十方幽幽地道，眼里无比哀伤。

这表情似乎触动了瘦子，本来他猜想斗十方的反应可能会是狡辩，可能会是求饶，可能会是歇斯底里。这些都没有出现，这种幽怨的哀伤倒比任何情绪都应景。

但猜想归猜想，相信是不可能的，瘦子退后一步道：“毛二，交给你了，做干净点，别见血。”

话很平淡，但听得人后背发麻，斗十方感到一股尿意袭来，堪堪憋住。他瞪着那个叫“毛二”的络腮胡子，实在想不出自己被灭口的理由。那位毛二像是行家里手，他掏出加厚的白塑料袋子，站到了斗十方的身后，阴森森地说道：“小子，我们也不想灭口惹麻烦，可也不想留后患。再问你一次，你执行的是什么任务？”

“我执行的任务早完成了，两个笨蛋，背上污点的警察还可能有什么任务。”斗十方鄙夷地道。

张开的白塑料袋蓦地套住了斗十方的脑袋，紧紧环绕住了他的脖子。仅仅几秒钟的时间，袋子急剧收瘪，塑料袋里的斗十方脸部扭曲、眼睛外凸，全身痉挛着、挣扎着，可却被毛二死死压住了。

瘦子看着表，六十秒、七十秒……很快，斗十方的挣扎软了，脑袋斜斜地耷拉下来。

毛二取下袋子，嘟囔道：“这小屁孩，应该是真不知道什么。”

“麻利点，心肺复苏……加氧。”瘦子拿着两根电击棍。毛二把椅子后的氧气罩一扣，做了几次腹部按压。他一离手，瘦子两条电棍一杵，“哒哒哒”一阵电火花响过，斗十方却没有反应。毛二吓了一跳，道：“坏了，不会真弄死了吧？”

“再来。”瘦子沉稳地连人带椅放倒，帮着做了几下按压。然后两条电棍又是一杵，“哒哒哒”一阵电火花击得斗十方浑身痉挛。蓦地，他像噩梦惊醒一样，“啊”了一声，贪婪地大口呼吸着空气。

毛二有点儿吃力地把人带椅子推起来。瘦子一按开关，刺眼的灯光亮了，斗十方看得更清了。瘦子是一个儒雅精致的男人，那双像是弹钢琴或者把玩艺术品的双手，此时却拎着带血的电棍。

瘦子看着惊恐的斗十方道：“最痛苦的不是死，而是死去活来，或者生不如死……我还有点儿耐心，准备再让你体验几次濒死的感觉，有兴趣吗？”

“对于一个万念俱灰的人，救命稻草可能都没用，你觉得威胁有用吗？”斗十方冷冷地回应他，然后侧头看着毛二，催着，“来吧，兄弟，趁老子没被开除，利索点把我做了，没准老子还能混个因公牺牲啥的，给家里留点儿抚恤金。先谢谢了啊。”

“哈……这算什么事啊。”毛二倒听得哭笑不得了。

瘦子却突然又问：“你家里还有什么人？”

“有个残疾父亲。怎么了？”斗十方翻着眼皮，看着面前这个人。那瘦子是个极善的面相，哪怕知道他是坏人也让人生不出厌感来。

“不怎么，我有点儿同情你了。不过……不过只限于同情，你要是想留条命也不是不能商量，你真的不想？”瘦子问。

“想，可我无能为力，斗天斗地最终斗不过命运，人得学会认命……你们既然绑我了，一定把我的底了解得很清楚。也就我这种小警察，你们才敢下手。我家里有一个病重的父亲，光是家庭负担就已经压得我喘不过气来了。我靠着一个稳定的职业养家糊口，能够活着就已经是拼了命了……我们虽然是罪犯的天敌，可也有共通之处，那就是我们都是小人物，都掌控不了自己的命运。”斗十方黯然道。

瘦子凑近了，凝视了他几秒钟，道：“想想你的家里。你其实不用僵到这种程度。”

“呵呵……你说谎的样子，真他妈像诱供。我的命运不是你能决定的。”斗十方惨笑着。

那个瘦子微笑着告诉他：“对，你的命运我不能决定，但你自己能。逆风的信息你知道多少？这个不违背你的职业操守吧？你也不愿意讲出来？”

“不是不愿意，是不知道。我们最后追踪到的信息是，他把掌纹、指纹换了。而且我们判断，他在暴露之后，有可能连脸都换了。那么多警中高手都对他束手无策，呵呵，你们倒把我当知情人绑了。”斗十方苦笑道。落到如此的境地，恐怕他也只有认命了。

瘦子看着毛二，俩人交换了一下眼神。那瘦子有点儿失望地道："那我就爱莫能助了。你有什么遗言吗？有机会的话我替你转达。"

"老子活得窝囊，死要死得嚣张点……听老子的遗言，你配吗？呸！"斗十方唾了口唾沫，闭上了眼。他握着拳，额头上汗流涔涔，胳膊和手还在颤抖着。

这次他却没有感觉到塑料袋，而是脖子上一疼，然后慢慢失去了知觉……

另一处不知名的地点。一个偌大的空间，极简的现代装饰，似乎像CBD的工作间。工作台前的沈燕正专心致志地看着回传的影像，直到斗十方头一歪，结束。

她关闭了这个视频，又打开另一个。那是在斗十方被注射药物后，无意识状态下的询问。问话的是瘦子，回答的斗十方两眼翻白，表情恍惚，理论上来说，在那种状态下是不可能撒谎的。

问："你叫什么？"

答："斗……十方。"

问："你当警察几年了？"

答："辅警两年多，转正不到一年。"

问："警衔是什么？"

答："还没授衔。"

问："你的直属上司是谁？"

答："一个美女，我心里的女神，向小园。"

每次问话到这里，都有奇怪的心跳波动，而且很明显，可以说是剧烈。沈燕很容易判断出，这货居然暗恋着他的上司。

继续问："你的任务是什么？"

答："没有任务。"

问："保密处给你的代号是什么？"

答："……停职。"

问："逆风……逆风在哪儿？"

答："……不知道。"

问："不是已经找到消息了吗？"

答："他有可能……换脸了，找不到……"

问："换脸确定吗？"

答："……不确定，可也找不到秦江寒。"

问："秦江寒是谁？"

答："……可能是逆风……"

这样的话重复问了三次，答案雷同。反映出来的信息是"逆风"名叫秦江寒。不过既然用了"可能"的字眼，那说明无法确定，包括换脸，也只是可能。沈燕的手踌躇地动着鼠标，然后默默地关了。

身旁，一位妆容过浓、体态过肥的女人出声了："看来警察知道的没咱们多。"

"他一定在某个地方接触到了逆风，否则逆风不可能知道他是警察，还把他和长安的事联系起来黑了他一把。"沈燕判断道。

"问题是，这可能是个巧合。他自已都说不出来，逆风和中州这伙骗子搅和在一起，谁都可能成为这个巧合的眼线。"胖女人道。

"妮可，咱们这样试试行不行？"沈燕思忖着。叫妮可的胖女人倾听着。沈燕起身犹豫道："这个人在长安搅了逆风的局，他们在长安那次损失惨重，逆风肯定对这个人恨之入骨，没错吧？"

"肯定啊，断人财路如杀人父母啊。"妮可道，她抬起大脸盘来，和风情万种的沈燕恰成反比，毫无美感。

"那我们用这个筹码钓逆风怎么样？"沈燕道。

"恐怕不太够。我们太了解他了，要么是钱，要么是很值钱的信息，其他的东西，未必能钓得住他。"妮可道。

"试试。这个人既然让逆风出手，那逆风对他肯定是既恨又忌惮。说不定会奏效，试一下在暗网上给他留言。就说这条子在我们手里，看他有什么反应。"沈燕智计方定，如是安排道。

那位胖妮可看样子是电脑专业的。她打开笔记本，打开了一个老式的、类似论坛的网页。网页加载的速度巨慢，这个间隙，妮可问了句："那这个条子怎么办啊？就算停职了，他也是条子，我们捏着可是颗雷呀！”

沈燕对此不以为然地笑了笑道：“这么出名的黑条子，同行要是想找他，早就寻来了。他手机不是一直开着吗？有什么信息吗？”

“基本没有电话。只有政治处的提醒，如果逾期不到指定地点接受学习和审查，将按纪律条例处分。”妮可道，她变戏法似的掏出一部小电脑，连接着的屏幕似乎能查询到斗十方的手机记录。

“把他变得更黑一点儿。这种人不值得我们同情。”沈燕道。

对此，妮可笑了笑，未做评论。此时网页打开了，她娴熟地在论坛上搜索着，找到一个不起眼的帖子，那个发帖人只用了“NF”两个简单的字母作为昵称，不过却让房间里两个人的“仇人相见分外眼红”的情绪上升了。

因为，那就是在虚拟世界大名鼎鼎的——逆风。

传输的画面显示在屏幕上，老式的台式电脑嗡嗡作响。来自网安支队的宣冬青佩服地看了一眼讲台前身着警装英姿飒爽的巫茜。能得到程序员垂青的绝对不是美貌，而是美貌下掩盖着的另一副面孔。

“……深网，或者叫暗网，英文叫Deep Web，它是由数据库、被封的网站以及新网站组成。……你们一定听说过网上黑市。其规模据不完全统计，交易额在××年已经达到了12亿美元。从世界范围来看，使用比特币及网上黑市进行的犯罪，已经是现代各国犯罪刑侦学最大的挑战。”

巫茜操作着，电脑界面停留在一个设计简陋的灰色页面。她继续道：“这种网页加载的速度非常慢，设计非常简陋。偶尔有图片，像素也非常低。而且这种网禁止一切Flash插件，因为Flash是隐藏的危险，通过Flash能找到发送者的信息……除了速度慢，浏览器的更新非常频繁，只要更新，浏览器就得重装，重装就意味着清除所有的历史痕迹……这里简陋却不简单，匿名是原则、非法是特质、犯罪是常态……”

第一次看到传说中的暗网，人们会屏住呼吸，焦灼、紧张、好奇，甚至亢奋的情绪会油然升起。当然，这仅限于懂它的人。巫茜瞥眼看着听众，络卿相和陆虎明显属于此类。而其他几位就差了点，娜日丽和程一丁眼神有点迷茫，明显是门外汉。那位邹喜男就更差了，眼皮耷拉着，脑袋一点一点的，居然在打瞌睡。

发现不对劲的娜日丽用脚尖轻轻踢了邹喜男一脚。邹喜男“啊”地惊了下，慌乱地喘着气，糊里糊涂地问：“啊？下课啦？”

众人一阵哄笑，巫茜尴尬地咧咧嘴。程一丁赶紧说道：“巫老师，他就是个肌肉棒子，文化水平低。您甭跟他计较。”

邹喜男翻翻白眼，反驳：“这太玄乎啦，犯罪分子的水平都这么高，咱们的日子还怎么过？”

“现实中，我们已经领教过了。仅仅是一次网络舆论就毁掉了一名反诈骗警员，还需要更高吗？这些离我们难道很远吗？”巫茜问道。

这一问问到了大家的伤心处，一群人都黯然不语了。他们已经被支队圈在这个不知名的地方一周多了，断绝了与外界的联系。而斗十方的事情一经提及，反而思念更甚。

看出大家的心情不对，巫茜歉意地道：“对不起，不该提到大家的伤心事……组织大家集训的目的不是逼大家都成为网络高手，但了解是必需的。反诈骗工作任重而道远，要成为整个反诈骗队伍的排头兵，这一项知识不可或缺。据我们研判，所谓“金评彩挂、风马燕雀”的江湖人物，和这位逆风都有着千丝万缕的联系。他们之间的联络、合作、交易很多都是通过暗网进行的。如果我们对此一无所知，又如何将他们抓捕归案？现在的追捕，除了枪和手铐，更多的时候还需要电脑和鼠标。”

“对不起，巫老师……我我，我一定好好学习。”邹喜男稍显难堪。

巫茜却是不介意地笑笑道：“了解一下没坏处。如果有机会和计算机犯罪人员照面，一定不要让他的手靠近键盘或者电源，说不定你后面会遇到这样的情况哦。”

“呵呵，谢谢，我记住了。”邹喜男不好意思地回答道。

“我继续刚才的内容。原则上，每台电脑都有IP地址，这相当于每个人的指纹，通过它我们可以找到电脑的‘身份’。路由器的功能相当于邮局，你每一次的浏览请求都会给你盖上戳。这个过程是可逆的。但这种路由器不同，你的请求不是直接发送，而是随机选择其他的上网者及其电脑IP在网络中传递，这相当于放弃了直达路径，而选择绕路三次来抹掉它的路由痕迹……这也是现代刑侦中破解网络犯罪的一个难点，除非你当场在电脑前抓到他，否则你无法证实他就是某个网络犯罪人员。而且在抓到他的时候，还得保证数据没有被损毁。否则，依然无法定罪……”

巫茜侃侃地讲着，其实她自己心里同样充斥着焦虑、不安，她和在座的这些人一样，接到命令就被圈进了这个陌生的地方，断绝了一切外界联系。他们除了学习就是训练，她的经验告诉她，越是这样保密，越是这样枯燥，可能就越意味着要有大事发生了。

但这次她却一点儿也兴奋不起来。来此之前，她已经得到斗十方失踪的消息了。她怀疑事故的可能大于故事，因为目前警方对对方所知甚少，时间和细节都不足以准备一个合理的故事。

于是她和众人一样，在焦虑、不安、紧张等负面情绪里，又多了一种越来越清晰的感觉——恐惧。

不是惧敌，不是畏战，而是生怕朝夕相处的战友真有什么不测……

欲擒又纵，何去何从

斗十方曾经在审讯学上了解过，黑暗、寒冷、幽闭的空间会放大来自心底的恐惧感。他也曾亲眼见过，桀骜不驯的嫌疑人在单间里关了几天，变得比小绵羊还老实。

斗十方现在身处的环境比想象中更差，他想不起有多久没见过光了，也想不起有多久没吃到像样的东西了。这时他更深切地理解了为什么有人说所谓的人性经不起考验，所谓的信仰扛不过恐惧，所谓的精神……在这个时候支撑不住你的躯体，只会萎靡不振地提醒你一件最原始的本能——饥饿。

他甚至饥饿到精神恍惚的程度，恍惚中还在默念：“停职、停职……老子就没有这么诚实过！”

“他们难道不想背上杀人的罪名，所以把我扔在这儿让我自生自灭？”

“不会啊，我连他们是谁都不知道，能有什么威胁？”

“难道……是逆风的授意，要灭了我？”

“也不对呀，他们和逆风似乎是仇家。”

“那会是什么呢？”

他努力保持清醒，有时候昏过去又慢慢醒来，依然这样神经质地重复着。起初他还会擂着墙大喊大叫，那墙是纯钢制的，怎么折腾也是徒劳。由于饥饿，他折腾的次数越来越少，直至躺在冷冰冰的地上，连动的力气都没有。

在这种环境里，人是没有时间观念的。不知道什么时候，恍惚间门开了，而且还飘来了食物的香味。斗十方的精神稍稍恢复，一时间分不清是梦还是现实。

这次是现实。毛二开门，摁亮了灯，厌恶地喊：“滚出来。”

他又一回身喊了人，两个人进去把斗十方连拽带搀地拖出来。仅剩一条短裤的斗十方臭烘烘的。其中一人捏着鼻子，拉着长水龙头，“唰唰”地往他身上冲水。冰冷的刺激让斗十方激灵了一下，清醒了。冲水的喊着：“去一边自己擦”，然后径自去冲洗关押斗十方的地方，那居然是一间密封的喷漆车间，这里是一所修理厂。

“穿上。”那个瘦子把衣服扔给他，怜悯地看了他一眼，和毛二站到一起。毛二笑道：“这主意还是老板想的，只要饿几天，再横的人也老实了。那些欠钱的人都不用揍，饿极了，他们恨不得拿房子换一盒叉烧吃。”

“这个人可穷得啥也拿不出来啊，老板要亏了。”瘦子笑道。

斗十方穿好衣服，有气无力地走向他们两个人。不对，中途拐弯了，放在工具桌上的两盒外卖，他拆开都来不及掰筷子，用手抓起鸡块就吃，狼吞虎咽、风卷残云都不足以形容他这有生以来最快的一次吃饭速度，那俩人惊愕的笑容刚起，两份外卖已经只剩盒子了。

“哟，这是我见过吃得最快的一个。鸡骨头都不吐，哈哈。”毛二被这吃相逗乐了。

“上来，兄弟。”瘦子还算客气，叫着斗十方。毛二却是防备着，不料斗十方很乖，似乎并没有发难的迹象，老老实实地跟着瘦子上了金属架子搭起的楼层。那儿有一桌一床，瘦子扔过来一瓶啤酒，斗十方准确地接住，坐下，把盖子在桌沿一磕，嘴对着瓶口，“咕咚咕咚”一瓶就见底了，然后他重重把瓶子往桌上一放，看着对方。饱食之后，他的精气神慢慢地恢复了。

“呵呵，我以为你会给我一瓶子。”坐在斗十方对面的瘦子笑道。斗十方摇摇头道：“我也以为你会再给我一瓶。”

“呵呵，好。”瘦子大方地又抽出一瓶啤酒给斗十方。斗十方还是仰着脖子灌。瘦子善意地提醒：“刚饿过，不能吃太多、喝太急。”

斗十方又是一口气喝完，把瓶身往桌子上一放，精神好多了。斗十方惬意地长舒着气道：“好像从来没这么好喝过。”

“人只剩下本能的时候，快乐的阈值就会急剧拉低。一口吃的、一口喝的，甚至一个烟屁股，都会让人兴奋好久……哎，对了，你当过看守，肯定懂这个。来，抽一口。”瘦子递过烟，斗十方夹着，美美地抽了一口，居然没有呛到。吞下去的烟让他有点儿眩晕，看瘦子的目光果真是快乐无比。

瘦子又说道：“其实我们见过面，只是你没见过我而已。”

“现在见过了。”斗十方道。

“不，我的意思是指很久以前。”瘦子笑着道，看斗十方迷茫，他笑着提醒，“其实武建利是我和毛二的朋友。沈曼佳，或者叫沈佳，算是三老板吧。”

“哦，我明白了，长安，你和武建利一明一暗，豪德公寓就是你捣的鬼吧？”斗十方愕然地问。那一次让他经历了信任危机，却没有想到还有一天能够见到始作俑者。

瘦子笑了笑，没承认也没否认，而是答非所问地说：“看来你的记忆力很好，化装侦查的素质也不错，而且化装得也不错。如果单看你本人，怎么也相信不了你居然是条子……现在看更不像了。”

那促狭的笑容让斗十方惊醒，一看自己的胳膊上，居然被文了一只黑乎乎的飞禽，他又扯开胸前的衣服，心口的位置也有一只。文身极其精美，不过看得斗十方一点儿也美不起来。

“看来你确实位置太低，根本不知道这个文身的含义。”瘦子道。

斗十方愣了，问：“咋，好像我还应该荣幸似的？”

“必须荣幸。这只夜蝠代表的帮派，是东南亚一带电诈组织的保护神，如果你能接触到机密一点的资料，就会记忆深刻的。”瘦子道。

茫然的斗十方愤愤地扔了烟头，骂道：“你们可真王八蛋啊，要是给个痛快，没准老子还佩服你们够狠，这……这算怎么回事啊？你不纯粹恶心人吗？”

“嗯，是恶心人，你准备怎么办？”瘦子笑着问。

斗十方的目光自然而然地瞟着楼下。毛二在虎视眈眈，几个马仔根本没把他当回事。听到车声，似乎又有人来了，这情形让斗十方的气压下去了，一摊手道：“随便吧，都这样了，老子也无所谓了。”

“好，合作愉快……上来吧。我们毕竟是坏人嘛，不恶心人，还去激励人、帮助人吗？呵呵。”瘦子伸手喊着。

门外泊停的车里下来了一个胖女人，把一件东西交给了毛二。东西倒没有让斗十方惊讶，让他惊讶的是那个女人，能让他想起钱加多来，又胖又丑，偏偏还穿着招摇的大红色。这样一看，犯罪团伙的审美确实有待提高，斗十方觉得自己倒宁愿看到沈曼佳那样的蛇蝎美女。

“干点活儿……干完，介绍这个妹给你撩。”毛二把东西放到桌上笑着道，那是台笔记本电脑。他的话让那女人听到了，那女人用不知什么语言骂了一句。毛二却是不介意地倚着栏杆笑。

打开电脑的一个图片库，斗十方眼一直，里面居然是长安一案里各地的照片，眼前的那些人物他几乎都认识。他瞬间明白了，沈曼佳当初也布了暗桩，一直跟着杜其风、郑远东这个团伙，她肯定是在试图找出逆风是谁。

“哟，你这表情很惊喜啊，知道要干什么吗？”瘦子问。

“你们一定期待逆风和我照过面，想通过我把他找出来？”斗十方愣愣地问。

瘦个子一竖大拇指，点了个赞。

不过接下来斗十方泼凉水了，摇头道：“不可能，沈姐已经找到他了，我根本没见过他。”

“即便你见过逆风，他也会刻意地让你忽略他。黑客的生存第一法则是匿名，注意，匿名并不等于他们从不出现……别跟我说什么秦江寒，即便那是他也没有意义，名字只是个符号，并不代表本人。”瘦子道，那说话的神态，透着令人折服的自信。

斗十方眨巴了几下眼睛，思忖道：“我还是觉得匪夷所思，这些黑客一个个都富得流油，冒这个险，不至于啊！”

“富贵险中求，他们的富贵恰恰就是由冒险而来。而做局和普通做事不同，普通事情是当局者迷，旁观者清；而做局可恰恰相反，只有当局者才清。长安那么大的一个摊子，不出面怎么可能办到。”瘦子道。他似乎认定逆风在长安一案里出现过。

可即便逆风出现过，也会是一个不起眼的人物，长安在案人员漏了那么多，很多连入罪的标准都达不到，这可就难了。斗十方为难地说道：“大哥，这是名黑客啊，我一个电脑盲对付得了他？如果对付得了，我至于被整得这么惨吗？”

“呵呵，逆风曾经攻破过一座三线城市的IDC，也就是‘民用大数据储存中心’，你猜他是怎么办到的？”瘦子不答反问。

斗十方摇头。就听瘦子悠悠解释：“其实电脑盲也能办到，他监视和监听了一位技术员的女朋友长达一年，在一个偶然的机会得到了密钥……说实话，并不怎么高明。”

“你们认定他在我的视线里出现过，但你们也不可能拍下所有的人啊？”斗十方问。

“所以，得让你来确认是不是有这个巧合了啊。”瘦子道。

斗十方抿抿嘴，眼睛溜溜转着，像是准备开始看图片。瘦子的精神稍稍放松。不料斗十方突然来了一句：“问个事啊，大哥，你被捕前是什么警衔？”

啊？！瘦子一愣，怔住了。毛二一惊，伸手就拔枪。瘦子赶紧制止他，又愕然地问斗十方：“看出来的？”

“你说呢？”斗十方问。

“呵呵，别人如果说我像警察，我会有点沾沾自喜；但要有人戳破了这个隐私，我又有点恨不得弄死他。”瘦子瞪着斗十方，似乎在寻找这个人能看出来的原因。

“你这分析能力比我这个半吊子警察强多了，一个人干久了什么事情，身上的气质隐藏不了。你看毛二兄弟，匪气多重。再看你，这么自信，这么令人折服，偶尔还蹦出来警察才用的术语。你说在这环境下让我听到这话，不是吓人吗？”斗十方道。

“呵呵……也是，我疏忽了。不过你确实也太差劲了啊，我在你这么大岁数时早提干了。我当过一个刑警队的大队长，后来升任一个中心派出所的所长，副处级。后来我在工作中犯了错误，受到了开除公职的处分。足够满足你的好奇心了吧？相信我，有一天信仰崩塌、精神崩溃后，那种生不如死的感觉会让你刻骨铭心的。”瘦子冷冷地说道。

“无论黑白，您都是前辈，把我吃得死死的啊。”斗十方郁闷道，摸了摸臂上的文身。

瘦子不无得意地笑了：“那个职业，你不会还怀念吧？”

“那你直接投身反人类的犯罪事业。我怎么觉得你反而怀念呢？”斗十方怪腔怪调地反驳了句。

那瘦子陡然色变，“嘭”的一声，瓶子在斗十方的脑袋上炸开了。可没想到斗十方躲都没躲，纹丝不动地看着他。慢慢地，一缕血色从他额头洇了下来。毛二犯愣了，不知道是什么让他这位兄弟生这么大的气。他干脆上前拎起斗十方骂：“宋哥，这孙子不识抬举，我得收拾他。”

“放开他，给他包扎下。”姓宋的瘦子黯然坐下，扔了瓶子。没有包扎的条件，毛二只是给斗十方扯了一条卫生纸让他自己摁住。那头的宋瘦子像什么都没有发生过一样，翻着图片，问这些团伙人物的来龙去脉，偶尔阴阴一笑，笑得捂着脑袋的斗十方心里直发毛。

介绍的间隙，斗十方又多嘴问了一句：“大哥，不会继续坑我吧？坐这儿给犯罪团伙介绍其他犯罪团伙的情况，我都说不清我是什么角色了。”

“小丑。”姓宋的瘦子迸了两个字，又补充解释着，“不管对于庞大的犯罪团伙，还是所谓的机关，我们都是跳梁小丑。”

这话有深意，也有同感，听得斗十方悻悻地不敢再问了……

“……犯罪组织在整个社会体系里是一个极其微小、需要放大镜才能看清的存在，但它们的危害却是巨大的，可能千倍、万倍地大于它们的体量……地下钱庄，就是金融犯罪里一个毒瘤一样的存在。

“它们没有统一的形式。有借助合法公司外壳的，也有通过店铺为幌子的，甚至有什么都不借助，仅凭人脉就可以做到的……它们的资金也无固定来源，有民间集资而成，也有通过自有资金运作的。它的运作模式更没有统一标准，有的像投资公司一样拥有正规的企业运作模式，也有通过地下黑市进行交易的。这种隐蔽性，反过来助长着贪污、走私、贩毒、骗税、资本外逃等犯罪行为。

“值得注意的一点是，近两年在我们加大出入境资金监管力度后，猖獗的电信诈骗犯罪，也开始摒弃自己消化和自建水房洗钱的方式，转而和地下钱庄联合，形成不同犯罪组织的联合作业。可想而知，这种危害可能要呈几何级地上升了。

“犯罪组织的经营方式，据我们掌握的情况，几乎是没有什么规律可循的。他们通过电话或传真与客户商谈，极少与客户直接见面。双方谈妥条件后，再通过银行进行资金划拨，很少使用现金交易。大宗交易一般分成几小笔进行，相互间多以交换银行账户的形式进行交易。跨境总投资都是通过‘打数’的方式进行，资金并不过境。境外的资金境外循环，境内的资金境内循环……有的地下钱庄还为客户先垫款后收款。这种隐蔽性极强的方式如果和电信诈骗深度结合，那对我们执法来说将会是一次巨大的挑战……

“有几个案例给大家看。扬州警方查处的85亿元的地下钱庄案里，犯罪嫌疑人何某某仅雇用了一名帮手，租用了一个房间，用几台电脑和传真就完成了这85亿元的非法资金交易；还有深市这一例，犯罪嫌疑人通过网上复杂的划转，警方用了很长时间才搞清楚他的作案手法；广西这个案例，犯罪团伙一共三个人，他们掌握的账户却多达两千个。这些大小账户放到海量的经济实体里，我们经警是根本无从分辨的……同志们要提高警惕啊，要是这帮会计师水平的金融高手真和电信诈骗团伙穿上一条裤子，那我们案子的侦办，怕是要难上加难了……”

讲台上，一位身着警装的中年人正在讲课，主题是反洗钱、反电诈新形势培训，与会的是中州经侦各单位的负责人以及业务骨干。经警对钱的数目是麻木的，不断飙升的案值金额已经把他们的忍受限度无限拉高了，几亿、几十亿，顶多是皱皱眉头而已。但这个新情况倒是引人注意了，电信诈骗和地下钱庄的媾合，会催生出一堆什么怪胎来，实在让人难以想象。

这是向小园的专业，她听得很认真。直到有人轻轻动她的胳膊肘，她才惊醒过来，旁边的俞骏示意着他平放的手机，上面显示着一行字：你听到什么风声了没有？

向小园苦着脸，摇头。斗十方的失踪逼疯了两个人，一个是钱加多，愤而出走，一个就是俞主任，成天神情恍惚。

“我怀疑是周修文、谢副厅或者其他人做了手脚。”俞骏又输了这么一行字。

向小园掏出自己的手机输入：现在差不多所有的骗子都知道他是警察了，怎么做手脚？

对呀，这可咋整？俞骏一撇嘴，想不透了。他捂着脸思忖了一会儿又不死心地在手机上输着：但组织上的安排太诡异。这么一位警员失踪了，一声不吭，还严令我们不得和他有任何联系，要说没安排，你信吗？

向小园怔怔地看了他片刻，输着文字回答：可要说有安排，我也不信啊！要达到什么目的？有什么实施计划？我们自己对案情都毫无头绪，这种情况派出个警员干什么去？还是个声名狼藉的。

猜不透了，也说不清了。俞骏刚拿起手机，手机却意外地“嗡嗡”地响了。向小园的手机也响了，在场所有警员的手机都在嗡嗡作响。多数人掏出扫了一眼就装起了，而俞骏和向小园却看呆了，那是中州市公开查处11名公安民警的通报。

技术侦查支队副支队长崔某，违反中央八项规定精神和廉洁纪律，涉嫌受贿罪，严重违纪违法，受到开除党籍、开除公职处分，现已移送司法机关……原中州刑侦六大队队长，违犯国家法律法规，涉嫌故意销毁会计凭证、会计账簿罪，非法持有枪支罪……原治安支队警员李某某，违反中央八项规定精神和廉洁纪律，投资经商办企业，违反工作纪律，违反生活纪律……

俩人急速扫过，这是公安队伍坚持刀刃向内，严字当头，坚决清除队伍中的害群之马的专项工作。很多查处的案件已经定论了，俩人最担心的就是斗十方赶上这班快车的风头，可怕什么就恰恰来什么，在最后一行，寥寥数语给斗十方盖棺了：

原反诈骗中心警员斗某某，执行任务中违犯警务条例，造成恶劣社会影响，并在停职期间抗拒审查，受到开除公职处分……

这一刻向小园觉得天旋地转，两眼一黑，伏在桌上，不住地抽泣。俞骏忘了身处何处，愤怒地摔了手机。一室学习的诸人都回头看他，很多知道内情的人给予了同情的目光，可这种同情却像一根根刺一样让俞骏难受地踢开了椅子，冲出了培训房间，可他一出去却茫然四顾，不知该去向哪里……

从日上三竿到夕阳西下，吃了两顿饭的斗十方精神已经恢复。但看他的瘦子和毛二，却肉眼可见的精神萎靡了。

“这狗东西记性贼好，可记得的都是没用的。”毛二这样评价道。沈曼佳被张光达带着跑了好几个省，窝点都挨个儿看过。只要有姓、有绰号的，斗十方都能记起来。于是一连串的人名就这样迸出来：傻雕、憨炮、张胖子、管毛、赵经理、李主管、成总监、刘经理等。毛二听得实在憋不住了，怒问：“这都是些什么人哪，就没一个像样的人名？”

“大哥，这个真没有。这个团伙特殊，从不用真名。”斗十方道。

毛二不信：“什么狗屁团伙？”

“这你不懂了吧，传销。”斗十方道。

毛二再要发作，被姓宋的拦住了。他指指斗十方道：“他说得没错，这帮乌合之众确实就是这么干的。”

“哎，对，还是自己人好说话……宋哥，你们绑我没道理啊！江湖事江湖了，这是你们自己的恩怨吧？”斗十方苦着脸说着，悄无声息地夹带了私货。

宋瘦子一笑，戳破了：“别玩套话那一套，这个我比你经验多。我还真不怕告诉你，不但朱丰是我们的同伙，逆风也是我们的同伙。”

斗十方愣住了。他虽然怀疑是如此，但被证实了，反而不知道该说什么了。宋瘦子道：“很难理解吗？朱丰折了，逆风趁机黑了我们一把。”

“江湖人，黑吃黑……应该有这种自觉啊？”斗十方道。

“没错，这种自觉倒是有。可是，假如逆风手里，有十亿见不得光的财富，还有可能比十几亿价值更高的非法数据，你说你动心吗？”宋瘦子眉飞色舞，像挑逗一样地问着斗十方。

“有心无力呀。谁都知道抢银行来钱快，可也得有那能力啊！”斗十方不屑道，那财富离普通人太远了。

宋瘦子笑了笑，道：“即便你不屑于那些财富，我们这儿也有警察梦寐以求的东西。我随便点一句，都有可能给你的肩上加颗星星……其实逆风在中州就有设点，一家叫晟辉的出口贸易公司，是他和我们建交时，洗钱的幌子，洗的少说也有十几个亿……这消息你带回去，一定会是个爆炸性的新闻。那公司现在还在，以你们天网的威力，说不定能查出很多东西来。”

话题一下转向，斗十方眉头一皱，这消息要是真的，对警方恐怕还真是猛料。宋瘦子看他的表情，好奇地又问：“怎么？你不相信？”

“相信，看来他把你们黑急了，想借警察的刀砍他。但你们也不至于绑我啊！直接给经侦上举报个黑料不就行了？”斗十方道。

“平白无故给人好处的事，我们怎么可能去做。但你不同，本来我们期待你能提供点儿逆风的信息，但你居然什么都不知道；本来我们以为逆风对你很上心，但他黑了你一把似乎就扔到一边了。我们联系他，他理都不理我们……哟，那成语叫什么？”宋瘦子问。

斗十方好歹是中文专业出身，提醒道：“弃之如敝屣？”

“对，聪明。你现在就是那只敝屣。”宋瘦子道。

毛二好奇地问：“宋哥，什么是敝屣？”

“破鞋。”宋瘦子道。

毛二哈哈狂笑着，一屁股坐翻了凳子。斗十方尴尬地摸摸鼻子，似乎宁愿出现这种效果。

宋瘦子拿起手机，拨通了一个电话，低声说了几句，然后回头奇怪地看着斗十方，看了好久，看得斗十方后背发麻。过了好一会儿，反而是宋瘦子出声问：“你不好奇接下来会怎么办？”

“我说了不算，好奇也没用啊！”斗十方道。

“其实我们说了也不算，你的命运已经注定了，自己看吧。”宋瘦子敲着键盘，跳出来一个网页，是中州市公安局的门户网页。手机又一找，是中州公安的公众号，两处都显示着同一内容：公开查处十一名公安民警的通报。

在最末一行，斗十方看到了自己的名字。他呆呆地看着，不知不觉地两行泪潸潸而流，呆滞的脸上，是万念俱灰。

宋瘦子示意毛二下楼，不一会儿他们拿出几样东西来，宋瘦子一样一样放到了桌上，慢慢地说：“我们当初怀疑逆风对你格外关注，所以就抢先动手。现在看来，你比预想中的分量要小，不管是在逆风这儿，还是在你们组织里。”

斗十方哽咽了一声，抹了一把泪。他把头侧向一边，没有说话。

“其实我们防得很严，你的人在这儿，手机在另一处，只要有不对劲儿，我们会马上扔下你走人。说实话，我们还真没胆量杀一个警察，又没有多大的仇。不过事实证明，是我们多虑了。你的手机一直开着，到今天都没有什么电话，除了家里的，还有一个叫多多的，是你朋友吧……我和你经历过同样的人情冷暖，当我在位时前呼后拥，人人尊重。可当有一天我离开那个位置，那些我曾经帮过的、一起推心置腹甚至出生入死的人都唾弃我，生怕和我扯上哪怕一点儿关系。呵呵，这个世界原本就是这个样子。东西还给你了，我们会送你走。”宋瘦子道。

斗十方又抹了一把泪，回过头来，眼睛里俱是怨毒。

“要不，入个伙儿？”毛二试探地问，丝毫不觉得两个人仇恨难解。

“滚蛋！”斗十方恶狠狠地骂了一句。毛二要发作，被宋瘦子拦住了。他笑笑道：“我们兄弟会送你一程，后会无期…… 自己戴上。”

要戴的是一个黑塑料袋，肯定是怕有后患。宋瘦子和毛二自顾自地起身了，下楼乘车离开了，剩下的交给了手下人。手下人就不客气了，上来挟了斗十方脑袋就走。

黑社会的办事方式从来都是简洁实用。在黑咕隆咚的车里前行了足有近一个小时，车蓦地泊停。两个人毫不客气地把扣着脑袋的斗十方拽出来，一扔一踹，撂到车下就跑。等斗十方设法割开手上的扎带，撕开头上的袋子，只能看到两盏尾灯了，而扔他的地方，是一处垃圾倾倒地，臭烘烘的，哪怕是露天环境也让他几欲窒息。

他仰躺在这个肮脏之地，在黑暗里粗重地喘息。哪怕刚刚经历了绑架、虐待，他此时也没有一点儿劫后余生的喜悦。他在想一个简单的问题：我去哪儿？

这个简单的问题把他难住了。因为不管眼前还是心里，都是一片漆黑。

有饵难钓，无中生有

中州，货栈路。

席青山顶着大中午毒辣辣的日头从巷子里钻出来，打着哈欠在路边等车，不知道昨晚是赌了、嫖了，还是宿醉了，反正肯定是这个时间点刚刚起床。他在路边拦了辆车，上车即走，却没有注意到，一辆轿车不远不近地跟着他。

同样在中州另一地，世贸佳苑，一处高层公寓的窗口伸出一个超长镜头。镜头对着对面一家写字楼某层，清晰度非常之高，能看到“晟辉进出口商贸有限公司”的金字招牌。刚刚到下班时间，那家公司进出的人员有七八位，OL制服女或者西装男，极似精英职场剧的场景。

现代科技可以让视线突破时间和空间的界限。同一时刻，这两个场景正分屏显示在沈燕的电脑上。粗粗地算下，斗十方已经离开五十个小时，两天有余，却没有激起一丝浪花，这反而让她有点儿坐不住了。

用最直接的思路想，最起码他要回去找青狗报仇吧？没有。青狗的小日子过得滋润得很。

用反转的思路想，他应该把这边“无意”得到的晟辉洗钱的消息透露给警察。只要与逆风有关，警察肯定不会坐视不理。可奇怪了，那儿好端端的，根本没有动静。

用反转再反转的思路想，他即便是警方布的棋子，在这种情况下也应该回到中州，居然也没有。沈燕布置在他身上的几个信号源陆续失去了信号，肯定是被他发现了。最后的追踪信号源她都不敢启用了，生怕也被他发现。

用反转反转再反转的思路想，这个家伙难道还想反杀不成？

不可能呀，偌大的陌生城市里，别说一个脱了制服的警察，就是一队真警察，也未必能办得到。

“妮可，启用。”沈燕道。

胖女人提醒：“这是位专业人士，一旦被他发现，可就全断线了。那是最后一个信号源，工作的时候会稍稍发热，有体感。”

沈燕不容分说道：“用吧。计划全乱套了，我都不知道该怎么下手了。”

“好吧！”妮可拉过笔记本，敲击着键盘，很快显示出电子地图。她输着识别码边啰唆着，“这种信号源是GSM蜂窝信号激活的，一旦激活后，最长使用时间不超过72小时。当然，还有可能存在其他因素，导致使用时间更短……出来了，啊？”

随着惊咦一声，一个红点显示在屏幕上。沈燕凑上来看，一下子瞪眼了。红点的位置距离他被关押的位置，线距很短。妮可测了一下，回头惊声道：“不到6公里。他怎么摸回去的？”

“摸回去有什么用，那儿已经没人了。”沈燕不屑地答道。

不过这事儿让她的心神更乱了。她回头坐下来，直接拨通手下的视频电话。她很优雅地拿着手机，站起来踱着步，那位姓宋的显示在手机屏上，客气地说：“沈老板，有什么吩咐？”

“我都不知道该怎么吩咐了，什么动静都没有……你猜猜，那个条子现在在哪儿？”沈燕问。

屏幕上的手下略一思索，说道：“可能在任何地方，除了原单位。”

“没错，可也不对。”沈燕说道，把手机对向妮可的电脑。

手下惊讶道：“啊？怎么摸回来了？”

“能让你惊讶不容易啊！老宋，你的这位前同行，你觉得他要干什么？”沈燕问。

“丧家之犬能干什么？狗急跳墙呗！”宋瘦子道。

“咱们的计划，因为这条小狼狗，可是一样都没奏效。我们期待从他身上挖点消息，结果他根本不知道；我们期待他把消息送回去，结果他不回去了。再这么下去，狗急跳墙的就该是我们了。”沈燕道。

宋瘦子想了想，难为地说道：“沈老板，没想到公安对自己人下手这么狠、这么快啊！他的退路一断，肯定回不去了。”

“依你的经验，你觉得这件事情里会不会有什么蹊跷？”沈燕皱着眉头问。

宋瘦子又想了想，认真地摇摇头，答道：“除非他们预判到我们要绑他，否则不可能提前做出安排。即便他是个间谍，也扛不住审讯药的威力啊。”

“那这是从被黑变成自黑……在这种情况下，会发生什么事？”沈燕谨慎了。毕竟对方是个前警察，有的风险不得不考虑到。

“什么都有可能发生。但我摸不透这个人，还真不知道他想干什么。如果是我的话，我最起码先离开这个是非之地。”宋瘦子判断。

“你这等于没说。自己上心盯着点儿，照过面的都别露面了。你要是发现不对劲儿，让毛二找道上兄弟处理一下。这是毛二的老家，他有办法。妮可会把定位发给你，再安生等等，不要节外生枝了。”沈燕道。

“好的老板，我来安排。”宋瘦子谦恭地挂了电话。

定位随即实时转到了宋瘦子的手机上。

准确地讲，这个位置是在离中州700公里的南港市。也就是说，斗十方是糊里糊涂地被人给绑了，连夜运送了700公里，从内陆被扔到海滨城市了。哪怕当看守时听说过五花八门、千奇百怪的作案手段，但真把自己这经历说说，恐怕也未必有人相信。

动机呢？说不清啊！

说不清动机，那说发生了什么的可信度就低了。再说了，又给你文了两个黑社会标志，这就让你更解释不清了。

从一家小旅馆出来的斗十方摸摸胳膊上的文身，有点儿哭笑不得。他休息了两天，精神恢复了，可心情却变差了。这番胯下之辱能不能一雪前耻，恐怕得靠运气了。毕竟南港是个几百万人口的大城市，要在这个城市的犄角旮旯儿找出那帮烂人来，估计比登天还难。

但对于熟悉市井的人，应该有某种途径，最起码他凭着记忆摸到了关押他的修理厂。他在那儿猫了一天，没看到熟悉的面孔，没法下手。而且他中间发现了，这些人给他衣服、鞋，发还钱包并未安什么好心，里面都放了定位，还好被他一一摘了出来。

其实也好处理。脱个精光，剩下的东西全泡在水里，基本上就屏蔽了所有追踪了。自己的那部手机，他怀疑有问题，就未敢再开机。现在要回到原始的状态，从头来了。

他在一处躲着城管的路边小摊慢条斯理地吃了馄饨。他再一次观察着这里的环境，淮扬菜、湘菜、沙县小吃，还夹杂着舶来快餐的街道熙熙攘攘。那种混子其实很好辨认。穿着整齐、脚步匆匆的，是公司职员；左顾右盼、眼里充满好奇的，多数是游客；呼朋唤友、三五成群的，多是聚餐的土著。所有这些正常人之外的，就多多少少和地下世界擦边了。

比如，在街头一个手插在兜里来回溜达的，看那德行，八成是个伺机下手的扒手，电子支付的普及已经快把这个职业消灭了，不过还有仅存的“硕果”，靠偷手机换俩小钱为生的。看着看着，这货果真把手伸向一位游客的包。不过他的运气太差，那游客的手机恰好响了，刚拿到手机的贼尴尬了，赶紧递给失主，说了句“您的电话”，撒腿就跑，那失主还纳闷着呢。

斗十方笑了笑，付了饭钱，起身溜达着。市井总是那么亲切和好玩，有时候那些坏人也未必面目狰狞。比如有个明显年岁偏大的“乞丐”扮成学生跪在那儿，表演极其浮夸地等着有人同情；比如那些开着电三轮的小贩，一旦有大大咧咧的游客买东西，他小指下藏的东西一弹就贴到了电子秤上，那应该是块磁铁；比如有个青头疤瘌、走路顺拐的老头儿，他也像斗十方一样看着街市，这对他来说也是生意，昨天斗十方就亲眼看到这老家伙在车前被“撞”了两次，成功地讹了车主好几百块钱，看样子今天还没开张，正寻找目标呢。

可能是成长环境的缘故，对这些为了几个小钱拼命炫着演技的骗子，斗十方总是怀着一种好气又好笑，甚至有时候觉得好玩儿的心态。可能在骨子里，自己就不合适做个好人吧。他记得很清楚，从小跟着他爸走江湖，天天耳濡目染他爸的招摇撞骗，那时候他觉得他爸简直太牛了。其实他最初的理想，就是要做他爸那样的人，那叫“学得绝技把命改，东南西北都来财”！

是时候展露绝技了，否则他娘的快混不下去了。

斗十方看到了目标，他慢慢地靠近。那目标扣着帽子，骑了辆125摩托车，“突突突”地在人群里扭拐。目标在一处煎饺摊前停下了，一支支架下车，嚷着“煎包两盒”。斗十方和他擦肩而过，故意撞了他一下。那人怒目而视，是个一嘴小龅牙的凸脸哥。他还没说话，斗十方右手一撩，往后腰拔，嘴里说：“警察，找你有些日子了。”

“哎哟娘咧”，那小凸脸喊了一声，掉头就跑。

斗十方一笑，伸向腰后的手缩回来了，手里赫然多了一把钥匙。他顺手一插，一蹬，“突突”地发动了摩托车，掉头就走。

跑出不远的小凸脸回头一看，愣了一秒钟才回过神来，一摸自己口袋，哎呀，顿时被气得三尸神暴跳，跳脚骂着就追上来了……

“当啷”一声打开门，钱加多从家里出来，顺脚一蹬，“咚”的一声门锁上了。

他打着哈欠，伸着懒腰，这新的一天从中午开始。要不是电话催，他还不下来呢。刚出电梯，俞主任那张阴魂不散的脸就近在眼前了，要不是小区管理得极严，估计俞主任得跑他家里去。

人没到声先至，就听俞骏嚷：“你下个楼要二十分钟，比个老娘儿们生娃还磨叽？肚子大了，谱也大了。”

“啥……啥事，大早上把人叫起来。”钱加多烦躁地问道。

俞骏上前不容分说，一拽他，说：“几点了还大清早，走！”

“我不去上班！”钱加多怒道，这个“理想”已经戒了。

“你要去上班也不让你去，陪我们去段村一趟。”俞骏道。

“哦。”钱加多不挣扎了，跟着俞骏走了，几步之后偷瞄一眼，试探着，“十方有消息了？”

“有的话我还去段村干什么？”俞骏道。

“可没有，你去段村又能干什么？”钱加多反问。俞骏未答。钱加多恍然大悟道，“哦，我明白了，你是想去那儿淘点消息？可是……主任啊，有句话不知当讲不当讲？”

“你不是就想说，我俞骏很无耻吗？”俞骏气着说道。

“错！”钱加多鼻子哼哼道，“不是你俞主任很无耻，你们都很无耻。那明明就是个特殊任务，喝两回小花酒也是任务需要，抓住杜风头的功劳还没授奖，就因为这点儿屁事被开除了？”

“舆论杀人，组织上也有考虑，这不是我能做得了主的事啊。”俞骏难堪道。

钱加多拍着大腿，如亲娘和物业理论的样子，嚷道：“我咋记得你能做主的，就是有了任务把他往前推，有了困难、有了危险把他往前推。我不记得你干过一件像样的事啊！”

“今天就干一件呗。”俞骏回头，阴阴地看着钱加多。就在钱加多察觉到危险时，已经晚了，俞骏手一伸就揪住了他的耳朵，拽着龇牙咧嘴的钱加多，且走且道：“稍对你客气一点儿，你还蹬鼻子上脸了，你爸说了，你在家里打游戏、打麻将，还给主播打赏。不是骗你妈妈的钱，就是偷你爸爸的钱，他是实在管不了，交给我了，伤残一律不用负责，还骂上劲了啊……”

有些事就得直截了当。一直找不到合适机会和方式的向小园，坐在车里看到了结果：那个桀骜不驯的钱大少，就被俞主任这么揪着耳朵，一脚一脚地踹着给带回车上了。

有些事却不是那么直截了当，此时另一方的斗十方正骑着摩托车玩得起劲。后面的小凸脸追不动了，他就停下等一会儿，吹着口哨儿，竖着中指，极尽挑衅之能，把那哥们儿刺激得嗷嗷叫着又追上来。

连续刺激了三四回，那哥们儿终于累得奔不动了，扶着一处桥栏喘粗气，干指着骑着他摩托车的斗十方，骂都没力气了。这货累得喘了几口气，反而一屁股坐在桥面上了，不过却拿着手机对着斗十方照了几张照，恶狠狠地骂："等着，报警抓你这狗东西！"

"你这车来路不明，黑户假牌，就这都能报警？"斗十方骑在车上问。

那人被戳破羞处，悻悻地装起手机指着斗十方骂："等我找帅哥，砍死你。"

"要找美女还差不多，找帅哥管什么用？"斗十方说着，"突突突"骑着摩托车折回来了，车一支，钥匙一拔，在手里掂了掂，笑看着小凸脸，征询着，"怎么称呼啊，兄弟？"

"哼！"小凸脸懒得理他。

"兄弟，我从北边来的，初来乍到认个码头，得找个司机领领路啊。我不是抢你车啊，是想认识一下，多个朋友多条路嘛。"斗十方笑着攀起了近乎。

"哈哈，老子穷得兜里比脸还干净，车都是别人的，走眼了吧？"小凸脸自嘲带嘲笑，一并笑了。

"我们北边呀，出来混讲究一技傍身，一技在手，吃喝不愁啊。"斗十方看着小凸脸，开诈了，"我能猜出你是什么人。"

"少诈我。半座城都认识我，大名王自光，小名光板，十几年前老子叫王半城，他妈现在输成光板了。"小凸脸道。赌徒嘴脸一览无余。

不用猜，名人。斗十方笑着说道："光板兄弟啊，失敬。这不咱们有同好吗，说不定能互相帮衬一下，五湖四海皆兄弟啊！"

说着，把车钥匙扔给了王自光。这凸脸一惊，愣着看了斗十方几眼，却不料憋了句："别跟我装，你他妈也穷人一个。"

"没错，找你不就是为了脱贫致富吗？带我进赌场怎么样？利润分你三成。"斗十方突然问。

光板眼光一凛，表情一抽，愕然问："什么赌场？"

斗十方没点破，指指他胸前的位置。王自光低头一看自己胸前戴着的坠饰，愣着问："怎么了？地摊上买的，你要啊？"

"貔貅……传说这种神兽没屁眼，只吃不拉，所以很多赌场都供这个，讨个彩头，只进不出。"斗十方笑着解释，"以您十几年的资深赌历，现在还戴着，肯定没有洗心革面；假如没有洗心革面，那再以您这十几年的赌历，不知道在哪儿赌，那不成笑话了？"

王自光粲然一笑，得意了，不过摇着头道："不是熟人带不进去，就是熟人，没钱也带不进去。省省吧，乱淘消息别真被人砍了啊！"

"我刚被人砍过，还真不在乎。"斗十方解开了衣襟，文身、伤痕，自脖子到腹部。

王自光倒吸口凉气，惊呼道："卧槽……诈子窝里都这么黑啦？"

那文身让王自光一下子认出斗十方的来路。"诈子"是这一带对电诈、网诈、诈骗统一的称呼，果真比证件还管用。王自光站起来，仔细瞅了瞅，凛然竖了个大拇指，不过评价有点儿恶心人了："兄弟，你这块烂肉经不起几下折腾，自己找个地儿凉快去。"

说着他爱莫能助地拍拍斗十方，径自跨上摩托车。在他踩杆发动的间隙，斗十方喊了声："嘿，光板，这可是个发财的机会，你确定不想干？"

"你发烧了吧，就你这鸟样还发财……切。"王自光回头道，一看愣住了，斗十方手里拿着他的小钱包，他一摸口袋骂道，"妈的，骗子都不务正业了，偷人家东西。"

"我可不光会偷钱包。"斗十方一拍手，钱包不见了，再一拍，手里多了一张扑克牌，他扬着扑克牌问，"这是什么？"

"老A。"王自光看愣了。

斗十方笑着道："我其实是诈子里比较传统的一类，这一类能欺骗你的视线。你看到的，可能并不是真的；即便你看到的是真的，我也能变成假的……"

他说着，一如当年父亲摆摊翻红黑牌一样，老A一翻，再亮变成了皇后，再一换手变成了梅三，连换几下交到了王自光手里。王自光愣着接住。斗十方笑着问他："你猜我是什么人？"

“赌……神。”王自光用景仰的眼光看着他，激动得就差纳头便拜了。

“也叫老千……落难的老千，你手里的这张牌，你想让它变成什么，它就变成什么……比如，还是变成A吧。”斗十方拿起了王自光恭敬地端在手上的牌。王自光眼看着梅三在他手里一抹，真变成A了。他嘴唇一哆嗦，激动得一把搂住斗十方，都快哭了，抒着情：“赌神大哥，你要早出现几年，我至于输成光板吗，你咋才出现啊？我都算了无数回卦了，都说我命里要遇到赌神，我可等得好苦啊！”

“这不出现了吗？走，哥带你一起发财一起飞。”斗十方手一扬，那张扑克牌划了一道漂亮的弧线，飞走了。

“好……只要你能赢，有的是场子，哈哈，发财啦……”王自光骑着摩托车，带着新认识的赌神哥哥飙起来了，风中飘荡着他放浪的歌声和笑声。

在他们离开的地方，那张扑克牌晃晃悠悠地飘落在地上，黑桃A的牌面，很大。不过微风拂过，上面的这一层蓦地翻了过来，变成了红桃Q。

哦，这就是那种魔术扑克，网上卖五块钱一副、十块钱三副，还包邮的那种。

百艺傍身，点石成金

车歪歪扭扭地驶进满是洼坑的村路。说起来段村这环境真不怎么样，一头是高墙电网、肃穆伫立的看守所，另一头是破败颓废的旧村陋街，而且所见多半是留守老人，哪怕是大白天来这里，也让人觉得有点暮气沉沉。

向小园是头一回来，莫名地想起了斗十方说她“何不食肉糜”的话。此时她的感触更深，都无法想象在这样的环境里是怎么生活的。离理想中的乡村田园相差甚远，倒更像个巨大的垃圾场。

循着钱加多的指挥，车驶到一处旧宅。一条瘸腿的狗“汪汪”叫着奔了过来。钱加多说，那是斗十方养的很牛的一条二哈，喝过汽油、啃过轮胎、被路上的车撞过不止一回，愣是扛过来了。

说这话的时候，钱加多的口吻甚至都有点钦佩。俞骏随口道：“都这么不上心还养啊？”

“不是不是，那是在他收养之前的事。不知道是人随狗性，还是狗随人命，这俩货都能折腾。”钱加多道。他开了车门跳下车，先从带的东西里抽了根大火腿肠，自己先啃了一口，又递给狗。那狗儿摇着尾巴啃着，蹭着钱加多的裤腿。

看样子是熟人。下车的向小园小心翼翼地迈了步，好奇地打量着眼前这座墙面斑驳的旧宅，心情欠佳的时候，可能看什么景象都是哀伤的，荒草已经爬上了墙头，雨水已经侵蚀了房椽，透着寒酸。她和俞骏相视一眼，俞骏摇了摇头，似乎告诉她没有发现。

钱加多浑然未觉两位前领导的小心思，他领着二哈直接推开了门，扯着嗓子喊：“斗叔、杜婶，在吗？我来看你们啦。”

“哟，多多，是不是十方有消息快回来了？”一个女人的声音。

这话听得俞骏和向小园黯然了几分，怕是要空走一趟了。还好带着钱加多，要不他们还真回答不了，就听钱加多机智地回答道：“没消息啊。多大个人了，又不是小屁孩，操那闲心干吗……哎，我叔呢？”

“下地溜达了，哎呀腿脚好点儿就闲不住，种了一小块菜地……呀呀，多多你咋又拿东西来？”杜婶道。

“每回来数我吃得多，不拿点儿东西多不好意思啊。”钱加多给了个无懈可击的理由，那老婶被逗得哈哈直笑。说吃就吃毫不客气，俞骏进门时，钱加多嘴里已经啃上黄瓜了。两个人稍显尴尬站在当地，不知是因为俞骏的阴郁，还是向小园的明艳，还是两个人的警服正装，杜婶结结实实地惊了一下。这位乡下妇人惊得嘴唇翕合，半晌说不上话来。

“婶，你不会干坏事了吧？见了警察咋吓成这样？”钱加多啃着黄瓜，没心没肺地问。

杜婶醒过神来了，糙手轻拍了钱加多一巴掌，道：“哎哟你个小屁孩，吓唬婶呢！这肯定是领导啊，咋了这是……哎哟哟这屋里乱的！”

杜婶有点儿手足无措了，又是襟前擦手，又是赶紧搬椅子。还是钱加多催：“赶紧把斗叔叫回来啊，领导家访来了。”可不，把这事给忘了，杜婶安顿着他们稍坐，自己急匆匆奔出门了。钱加多倒像回到自己家里一样，找出杯子倒了水。他把水放在院桌上时，嘴里又多了一颗西红柿。俞骏哭笑不得，问：“多多，你这嘴咋就不能闲一会儿啊？”

“这是地里种的，多好吃呢。要是超市买的，我才不吃呢。哎，对，我给你们拿俩。”钱加多起身要拿。

俞骏一把拽住他道：“行了，我们哪有心情……坐下，我问个私事，你悄悄告诉我。”

“行啊，哎，对，我正要告诉你呢。”钱加多拿开西红柿，爆料道，“我举报给你点儿我爸违法乱纪的问题啊。你把他弄起来拘几天。冲着他天天在你这儿说小话，我要大义灭亲。”

这话听得向小园哭笑不得。时隔这么久，钱加多这蠢劲一点儿都没有变，真是蠢起来连自己爹都不介意坑。俞骏笑着说：“你跟你爸这样，一看就是亲生的。我的问题是另一件事。十方跟他爸，也是亲生的？”

嗯？这事把钱加多难住了。他啃着西红柿一挠脑袋，眼瞪上了，似乎从来没有想过这个问题。俞骏又凑上来问：“你们关系这么好，他都没跟你说过他母亲的事？”

“哟嗬，是啊，还真没说过。”钱加多道，不过马上又想过来了，指责着，“这好理解，穷成这样，他妈跟别的男人跑，不是很正常吗？”

向小园由笑快气哭了。俞骏投降了，拦着他：“好好，不讨论这个问题了。”

“你问的对象不对，你直接问他爸啊。”钱加多道，一说到这个，钱加多还真想起来了，纳闷自语着，“对呀，他爸都六十多了，快赶上我外公了……哟哟哟，我从认识十方，他就蹦跶着挣钱，这没人疼没人爱的，不会真像二哈一样，是他爹捡回来的吧？”

“闭嘴。”向小园烦躁地斥了钱加多一句。俞骏“嘘”了一声，听到了狗叫，几人旋即起身，片刻后杜婶提着菜篮子，带着老斗回来了。这老头儿胶鞋布衣破草帽，走路稳稳当当的，还真看不出来一年前还是半瘫在床了。众人进屋，不出意外地简陋，但意外地居然有几分书香气，居中的大板桌子铺着旧报纸，那上面有几个中规中矩的魏碑体大字。

钱加多给众人倒水。俞骏绕桌一周道：“老爷子，这水平不错啊，现在喜欢这玩意儿的可不多了。”

“活动活动手脚，入不了行家法眼。”老斗谦虚道，边说边用眼睛瞟了向小园一眼。向小园生怕被窥破秘密似的躲闪着他的目光，这个人让她有点意外，那目光很澄明，可就是让人心虚。

落座，老斗坐在旧沙发上，向小园和俞骏拉着椅子坐在他对面。钱加多也想坐下凑热闹，被俞骏撵走了：“去，新摘的西红柿、黄瓜，吃去吧。”

钱加多翻了个白眼，悻悻地走了。老头儿稍有疑惑，看着这两个人未开口，只是那么看着。这光景让俞骏想起了初识斗十方那会儿，被他诳了一圈的情形，他笑着道：“您一定怀疑我们的来意。也没什么，就找您老铁口断金，给算个事。”

“那测个字吧。”老斗似笑非笑。

俞骏一支身，掏出自己证件递上去道：“我叫俞骏，就测我的姓。这是我的证件。”

老斗没有拿证件，思忖少顷，开口道：“头顶一人，你在担心一个人的安危。”

呀？出口就把俞骏镇住了。向小园脱口问：“那是安是危呢？”

“立刀旁，凶。加月成削，也是凶。”老斗道。

“错了啊大叔。”俞骏直接否认道，“他已经安全了，没有危险。”

“相由心生，虑由己起。如果他安全了，你们也就不会在这儿了。”老斗直接点破了。

这爷儿俩一个比一个厉害，向小园算是领教了，刚进门看他其貌不扬，没想到有这种水平。她嫣然一笑道：“斗叔，我们是开个玩笑。要不是领教过十方的水平，您还真把我们镇住了。这也是算卦的一种吧？”

“嗯，唬人的小把戏。不过有时候看准了，也不能说是错的。”老斗道。

俞骏装起了证件，开门见山了：“不管您是看的，还是蒙的，确实对了。我们也确实担心一个人的安危，所以……他联系您了吗？”

没有，老斗失望地摇摇头。

“这就不对了，不管发生什么事，他总该和家里说一声啊！”俞骏道。

“为人子女，如果在外头有什么不顺心的事，你愿意带回家里让父母跟着一起操心？”老斗反问。

没错，知子莫如父，何况大部分儿女都会这样。向小园换了个方向问：“叔叔，那十方……在离开之前，有什么反常的举动没有？或者说过什么，做过什么……您别误会，我们是联系不到他，真有点儿担心了。”

老斗看了她几眼，然后弯腰，从茶几下拿出来一本崭新的相册，递上来：“没说什么，就是把一些旧照片给收拾到了一起，说要出趟远门。”

向小园翻着照片，俞骏凑上来看，没几张，多数是斗十方上学的照片，不过最前面有几张老旧的褪色照，是斗十方骑在老斗脖子上照的。有些年头了，20世纪的旧照。向小园不由多看了几眼，可能是俞骏提醒过的缘故，现在越看这越不像父子俩。

“他不是我亲生的，十方自己也知道，看守所那帮老伙计都知道，还有疑问吗？”老斗直接道。

向小园小心翼翼地问：“那他母亲是？”

“是个谜。永远是个谜。哪怕有一天她找上门来，我也舍不得还给她。”老斗得意地说道，“我这辈子最大的成就，就是养了这么个有情有义、知冷知热的儿子。”

“可你好像根本不担心他。”俞骏反问。他泼了瓢凉水，这老头儿心明如镜，不可能看不出出事了。

“百艺傍身，吃喝不愁，玩累了迟早要回来。”老斗淡淡地道。

这种父子关系还真是另类，听得俞骏都牙疼。向小园愕然地问：“百艺傍身？您指……”

“你是大户人家出来的姑娘吧？”老斗突然问道。

向小园愣着反问道：“何以见得？”

“这么脏的地方，你鞋帮子都是干净的，走路一定很小心。第一次来这种地方吧？”老斗问。

“那和我的问题，有必然联系吗？”向小园一头雾水。

“有联系。百艺是些下里巴人的鸡鸣狗盗，你这种非富即贵的出身，是理解不了的。”老头道。

“那您……知道他不当警察的事了？”俞骏委婉地换掉了“开除”的字眼。

老斗眼光肃穆了几分，点点头。向小园嗔怪地看了俞骏一眼，这么直接地问出来，这不是揭人伤疤吗？

“这就是我们的来意。我们没有恶意，只是很担心他，本以为他会和家里联系的，可没想到，连您也不知道他的消息。”俞骏直接挑明了。

一挑明，老斗怔了几秒钟，缓缓道：“我不知道发生了什么事，他突然就不当警察了，那几天他都心事重重的，应该是遇到了难题。十方这孩子宅心仁厚啊，我都不知道为什么，我从小教他坑蒙拐骗的，最终教出来个老实孩子，啧！”老头儿如是道，似乎为儿子成为警察有点儿惋惜。

听得向小园苦着脸问：“老……老实？那他要成了骗子才算合您心意？”

“嗯，最初就是这么想的，人为草芥，求活多艰，我们这行一代一代就是这么过来的。可到我这一代就事与愿违了，走到了相反的方向。”老斗道。

终归是警察，向小园一脸鄙夷。老斗瞄了一眼，同样鄙夷地问：“你是反骗警察？专门对付骗子的？”

“对。我们都是。”向小园道，示意了下俞骏。

老斗笑着问：“那骗，单从字面上，你知道能有多少种吗？”

这个……俞骏和向小园瞬间被这位村野匹夫问住了，还是他们专业的问题，俞骏道：“这不正好向您请教一下，其实当时我们就是发现十方对这方面有特殊理解才招他入队的。”

“哄骗、诱骗、坑骗、局骗、软骗、诨骗、谎骗、赚骗、贼骗、煽骗、婚骗、掇骗、赖骗、串骗、诒骗、吓骗、脱骗、冒骗、诳骗……还有，拐骗、赌骗……你们用‘反骗’两个字太理想化，市井百态，处处有骗，想反，哪有那么容易啊！”老斗有点儿嗤笑地道。

这老头儿句着实把两个人听得一愣一愣的。越来越偏离本意了，本想试试找点儿斗十方的消息，可没想到，皇上不急太监急，人家根本不担心呢……一念至此，向小园一蹙眉，脱口问道：“您是觉得，他懂这些，所以到哪儿都不用担心？”

“不然呢？所有的担心都是多余的。如果他还在当警察，那是人间正道，一生安好。如果不走正道……”老斗说着，顿了下。

这勾得俞骏好奇地问：“会怎么样？”

“会……点石成金，过得更好。”老斗邪魅一笑，看得俞骏和向小园浑身直起鸡皮疙瘩。这爷儿俩总算有共同点了，坏笑起来都让人头皮发麻……

“五万。”

“六筒。”

“碰……幺鸡。”

“哟，这张什么都没有……光板，哈哈。”

斗十方中指一弹，动作行云流水，一张麻将白板准确地落进了牌堆。坐在他身后的王自光焦虑地看了一眼，这货四七筒的牌搭子扔了，偏偏听了单吊一万。就这打法，菜鸟都会嗤之以鼻，因为牌堆里，已经有两张一万了，要吊的是最后一张。

“出牌啊，大姐。”斗十方催着下一家，一位珠光宝气的胖女人。那女人打得有点儿烦了，随手一扔一张红中，怼了句：“急毛急呀？急着赢那你和呀！”

“和牌得靠运气嘛，我就运气好一点儿。”斗十方笑道。

这话听得王自光继续嗤鼻。一圈牌局都快完了，不过赢了千把块钱，来这家棋牌室，老板还专给找了几个打大码的，结果输赢都不大，眼看着牌局快完了，这位路上捡来的赌神身上的光环也快褪尽了。

下一张，斗十方手摸，露出一角，背后的王自光看到是一张发财，这一下心都凉了，牌都快尽了，估计是糊不了了。

却不料就在这时变生肘腋，斗十方欣喜若狂，狂笑几声，一翻牌，大喊：“和啦！”

牌在桌上重重一拍，王自光的小心肝跟着哆嗦了一下，那张绿发财，像变戏法一样，成一万了。他吓得一下子咬住舌尖，差点儿喊出声来。

“清一色？！”

“单吊一万？！”

“一气通贯一到九万？”

“这多少番哪？”

“给钱，给钱……”

“切切，算了，不玩了，就这么点儿了，手气真背，都快散场了来了把大和。”

那几个人有点儿郁闷，输得最多的胖女人把筹码全扔到斗十方面前，离座了。那两个人打着哈欠悻悻唠叨几句，一把大牌把场打散了，还埋怨上斗十方了。斗十方一把把筹码全搂回来笑道：“承让承让，就是手气好一点儿，哎，这位大哥，我做东，请您二位吃饭咋样？”

这赢家姿态把两个人劝退了。两个人一离场，斗十方喜滋滋地抱着筹码找老板兑换。为了逃避警察查场，标着5、10数字的筹码，对应的钱是赌客自己约定的，可能真是五块、十块，也可能是五十、一百，甚至五百、一千。斗十方玩的这场是五十一张，一把赢了厚厚的一摞。老板也精明着呢，转账只有几百块，余下全给的现金。

揣着厚厚的一摞钱出门，憋得好辛苦的王自光终于不用憋了。他没上摩托车，拽着斗十方到了一旁僻静处，小声问：“咋弄的？”

“什么咋弄的？”斗十方故作不知。

“少装，我看到最后一张是发财，怎么就变成一万了？”王自光兴奋地两眼亮晶晶地冒绿光。

“兄弟，这个太难学啊！”斗十方悄悄地往王自光手里塞了个东西。王自光拿起来一看，薄薄的一片，恰是一万的牌面，似乎还带着磁性。他一下明白了，这是贴在牌面上，把发财变成了一万。他惊愕地喊：“这么简单？”

“简单？你拿上试试，你得藏在手里不被发现，摸牌一刹那还得准确地贴到牌面上，而且还得保证别人手里没有最后一张一万，否则都得穿帮。”斗十方道。

“那你……不多赢几把？”王自光纳闷道。

“啧啧，这你就更不懂了，小赢发财，大赢赔命，要把把出千，那叫出千吗？那叫找死。走，吃饭去。”斗十方顺手把钱大致一分，直接塞给王自光一摞。王自光数也未数，乐滋滋地往兜里一揣，亲亲热热地搂着斗十方，小声问："要不吃完饭继续玩？"

"嗯，可以呀。"斗十方道。

"就是有个问题。"王自光为难道。

"你说，咱们解决呗。嫌赢得少？胃口别太大，来日方长啊！"斗十方劝道。

"有赢不嫌少，但是……那种大场玩法不一样，你会玩吗？百家乐，庄闲和。"王自光道。

"啧，那是最简单的玩法。不会的看一眼也学会了。"斗十方道。

"但那有荷官发牌，你摸不到牌出不了千哪。我跟你讲啊，那些荷官都是帅哥从澳门请过来的，很专业的。"王自光小声道。

"帅哥……居然是个人名？"斗十方惊愕了下。

"江帅胜，这一片地下赌场的大哥，道上都叫帅哥。他哥更厉害，最早搞网上赌博，被老公家从国外抓回来了，判了十几年呢。"王自光道。

"他哥叫江前胜，电诈行业的大佬，我听说过。"斗十方道。

王自光一拍他胳膊，想起来了，看看那文身道："我倒忘了你也是这行的，可这打现场的，和网上打不一样，咱们这点儿钱……钱也不够，进去顶多凑个热闹。"

"说你蠢，你比蠢还蠢，傻呀！算个算术题，本金一万，连梭四把，翻多少倍？"斗十方问。王自光立马数着手指头算，手指头不够了，不过结果已经出来了，一翻二、二翻四、四翻八、八翻十六，四把连赢，那就是十六倍，变成十六万了。他一喜，立马又紧张地问："可能吗？"

"一个长庄或者长闲就全有了，很难吗？"斗十方轻松地反问道。

王自光想想，也对。但理论如此，实践是……他纳闷道："说着不难，我为什么一直输呢？拆房卖地成这德行了。"

"小赌养家糊口，大赌发家致富，这是说会赌的。你呢，不会赌，所以就输光受苦。不过放心吧，光板兄弟，这不咱两千变两万了，两万变二十万，很难吗？"斗十方教唆着。

蠢蠢欲动的王自光被说服了，咬牙道："成，搏一搏，单车变摩托；赌一赌，摩托变吉普。吃饱睡会儿，晚上开干。”

“好嘞。”斗十方跨到了车后座。

一车俩人嚣张地驶过南港街市，准备玩票大的了……

后方前方，大杀四方

两个人在斗十方家里待了整整一下午，晚饭都是在那儿吃的。如果说斗十方曾经让俞骏和向小园惊艳的话，那老斗就无法用惊艳来形容，差不多快到惊惧的程度了。

本以为一个走江湖的文化高不到哪儿，可这老头儿竟像位博学鸿儒，星象、占卜、医药、律法，居然都有涉猎，偶尔还给你迸出几句晦涩的《易经》来，听得人云里雾里。如果你以为他是故弄玄虚，你就又错了，转眼他又会用浅直简白的俚语给你解释一遍，旁征博引让你心服口服。俞骏和向小园收起小觑之心后，开始明白为什么斗十方会是那个让人琢磨不透的样子了。

有这么个爹教着，哪怕外表低调，内里也是奢华锦绣啊！

对了，老斗解释斗十方的名字，明四暗四八门，加上上天下地，恰好十方，冠以斗姓，那是期待他成为十方天地的王者哪！

当然，通往王者的荆棘之路，是和警察这个职业相悖的。向小园和俞骏都不敢再往下请教了。他们被殷勤的杜婶留着吃了晚饭，待起身告辞上路时，黄昏已至，一轮红彤彤的夕阳渐渐落下去了。登车的几人回头看车后伫立的一人一狗，那情形又多了几分凄凉。

可能不管曾经有过怎样的辉煌，落幕都会是这个样子，只能用回忆去慰藉余生漫长的孤独。

车拐了弯，把令人感慨的景象抛在了身后。俞骏在微微叹气，向小园也在微微叹气。钱加多打了个嗝，把气氛直接破坏了。不过谁也没说话，俞骏踩着油门，驶上了高速，车里沉闷了好一段距离。钱加多翻了两遍微信圈看不到有意思的事，还是憋不住开口了：“主任，把我放西城路那块儿，我不回去了。”

“嗯。”俞骏淡淡应了声。

“去那儿干吗？”向小园回头问，那儿离钱加多家很远。

钱加多没回答。俞骏替他回答了：“因为那儿有酒吧、迪厅，还有几个KTV，是吧？”

“啊，还不兴让人借酒浇愁吗？”钱加多道。

“会不会形容呀，你明明是对酒当歌，人生几何啊！”俞骏道。

“你说咋就咋吧。我不能跟你们一起愁，愁出毛病来是自己的。”钱加多在后座嘟囔道。

这话听得俞骏直称赞：“也是啊，多多你是有大智慧的人啊，怨不得老斗小斗都喜欢你。这思想越复杂的人，就越喜欢和简单的人一起相处。”

钱加多吱溜一声钻到前两座中间，吓了向小园一跳。就听他道：“简单？你是不是说我傻呢？主任你搞明白啊，我现在不是警察了，临时的都不是，你污蔑我，我跟你没完啊。”

“多多，你别装了，你心里要是不急，至于猴屁股坐不住吗？你们看出来了吗，其实老斗也急。说那么多过往，无非是安慰自己……可这究竟发生了什么事啊，十方总不至于把所有人，包括亲人朋友都扔下吧！”俞骏叹了句。

这一句恰中心事，钱加多重重跌回座位，不打嗝了，真叹上气了，愤愤道：“我以前觉得骗子坏，现在觉得你们反骗的比骗子更坏，至于对自己人下手这么狠吗？”

“下落不明，情况不明，先别往最坏处想。”向小园说话了。她看着俞骏，突然问：“主任，你的判断越来越差了，根本没反应啊？”

“我也纳闷啊，如果这还没反应，那可能就真是一骑绝尘，再不回头了。”俞骏道。

“我没看到有观测点啊。”向小园道。

“我也没有。你说人这心情很奇怪啊，如果发现有，恐怕我会很担心；可发现不了，我又觉得很失望，啧！”俞骏道。

两个人的交流源于化装侦查布置时要遵循的惯例。越是保密性高的任务，考虑得越多，对于执行任务人员的家属都要监视性保护居住，以防这里成为前方同志的软肋。可惜这一次，似乎什么也没有发现。

钱加多没听懂，好奇地问："你们说啥呢？"

"没啥。"向小园回避了。

"不说拉倒。哎对了，娜姐、小络他们呢？"钱加多想起同事来了。

一问这个，俞骏驳斥："你还好意思问。他们打电话你不接，通知你去单位你不理，现在倒想起他们来了。"

"那不是一时之气吗，后来我悄悄地去了两回，嗯，咋一个人也没见着？"钱加多道。

向小园笑着说了："我告诉你，你又会觉得我说谎。"

"那你没告诉我啊。"钱加多道。

"即便想告诉你，也告诉不了。我们也不知道他们在哪儿。"向小园道。

"我去，就搂个妞喝了个花酒，后果这么严重，把他们抓起来啦？那为什么不抓我呢？任务我也参加了，花酒我也经常……不，偶尔喝。"钱加多想不通了。

正说着，一声尖厉的警报声响起，两辆黑色的轿车追上来了。车灯是临时警灯，一前一后挟着俞骏驾乘的这辆车，前方开始喊话了："豫A××213，马上靠边停车。"

"多多，你这个乌鸦嘴呀，看看，抓你来啦。"俞骏笑了，缓缓地把车靠边停下，下车的时候他看了向小园一眼。向小园满脸愁容尽去，绽了个笑容。只有钱加多蒙在鼓里，紧张兮兮地下车。

阵势不小，来了四五位，走到近前，面生。俞骏递着证件："我们是中州市反诈骗中心警务人员，你们是谁？"

"自己人。谢经纬副厅命令你们马上报到，跟我们走。"当中这位面无表情地说道。

俞骏和向小园明白了。可还有不明白的，钱加多嚷道："去哪儿报到？我不是警察，我不去。"

那人瞄了他一眼，简单粗暴地撂了句："铐走！"

"我去？！别、别，我去、我去！"钱加多被来真格的便衣吓住了，紧张地钻上了车。

车前行下了高速，往城西疾驰，在江山路一带拐进了体育场旧址，再往里走，就是省劳动干部管理学院旧址了。俞骏心里越来越明朗了，原学院迁址后，这里小园区因为环境的缘故成为纪委和监委办案的首选，有“干部收容所”之称，有资格进这里的，基本都是轰动一时的大案。

经过三道门禁，车泊在一处旧式小楼前。钱加多懵头懵脑地下车，看到几人时急切地大喊：“嘿，陆虎。”

那几位穿作训服的，不是陆虎、络卿相几人还有谁。他们听到先是一愣，然后几人撒丫子往这里奔，眨眼一圈人围上了钱加多。揪耳朵的、捏腮帮子的、掐肚子上赘肉的，个个赞得“啧啧”有声，“胖了啊”“肥了啊”“过得滋润啊”。钱加多不胜其烦地拍掉几人的手，紧张兮兮地问：“咋回事呀？莫名其妙就把我抓进来了？”

那位领路的脸色稍好了点儿，答非所问：“一会儿再叙旧，反正进来的都走不了。”

这一句听得钱加多心又沉下去了。三人刚进门就看到了谢副厅从楼上下来，钱加多刚想套个近乎，却不料谢副厅拉着脸指着外面众人安排：“你们把这个胖子看好咯，让他给家里打个电话，手机交上来。”

“啊？这说关就关呀？”钱加多吓菜了。那些人自动略过他，上了楼。程一丁、娜日丽、络卿相几人围上来，前面拽的、后面推的，把不情愿的钱加多拉走了。邹喜男喜滋滋地说：“好啊，好啊，终于不无聊了。我其实最想的是多多。”

络卿相好奇地问：“多多，你干啥了？都触发警报了，这儿的内卫全出动了，我还以为抓谁呢，结果抓了你这么一堆肉。”

“我能干啥？我就去段村吃了顿饭，回来的路上就被抓了……”钱加多没反应过来。

娜日丽一下反应过来了，一怔道：“你去十方家了？”

“啊，主任和组长带我去的。”钱加多道。

“是不是和咱们分析的一样，这是一个潜入任务？”娜日丽有点儿小兴奋。

陆虎提醒道：“如果投敌了，也是这个结果。”

“啊呸，你才投敌了呢。”钱加多唾了一口。

几人一停，后面追来的要收手机。众人赶紧催着钱加多给家里打电话，接下来就要回到原始时代了。钱加多经历过类似的情况，苦着脸说：“我妈得多担心我啊，又没手机玩了。咋这么倒霉呢，我都不是辅警了，还要禁足啊！”

“快打吧，服从命令。”程一丁善意地劝了一句。

钱加多拨了号码，打电话都得按免提，电话一通，钱加多急急地说：“妈妈，妈妈，我又被警察逮回队里了，得禁足一段时间，回不了家了。”

“啊？真的？”钱妈惊呼。

“可不，真的，这能开玩笑？”钱加多道。

“哈哈哈哈……”电话里一阵长笑之后，就听钱妈道，“那太好啦，省得你天天偷你爸的钱打赏主播，好吃懒做的，让队里好好操练操练你。”

“啊？这么恶毒，你是亲妈吗？”钱加多怒了。

“幸亏是亲的，不是亲的我早掐死你了。就这事？没事挂了啊。”钱妈吼着。

“你等着啊，我要报复你。”钱加多嚷着。

“就你？要有那出息，这么大了还啃老？咋报复，我听听？”钱妈针锋相对了。

钱加多一想，恶恶地说：“我不结婚，不给你找儿媳妇，我要丁克，让你家绝后。”

“哼，就这招啊，我跟你爸再生一个，很难吗？你滚远点儿啊，直接别回来了。”钱妈说完，直接挂了电话。

拿着手机的钱加多傻眼了，就连过来没收通信工具的人也忍俊不禁。他同情地伸出手，钱加多可怜兮兮地把手机递上去，苦着脸看着兄弟们。兄弟们憋着笑，陆虎刚想安慰一句，不料一开口，自己先喷笑了。他一笑，其他人憋不住跟着全笑了。

这个丑丢大了，钱加多一拍大腿，一屁股坐在地上，真的快哭了。

楼上的谢经纬看了那活宝几眼，慢慢地关上了窗户。相比下面的闹腾，楼上出奇地安静，站在房间中央的向小园、俞骏意外地见到了消失多日的巫茜。巫茜在笑，把两个人笑得有点尴尬。回身的谢经纬盯着两个人看了足足一分钟，才慢条斯理地开口说道：“可以啊，关于被开除公职警员斗十方，市局已经下了封口令，而且严令你们原单位人员不得和他擅自联系，这是……故意挑衅一下？”

“没有主动联系。我们是去探望一下他的家属，毕竟是前同事嘛，人走茶可以凉，总不能心也凉了吧。”俞骏道。

谢经纬没理他，看着向小园问：“你呢？”

“我……同意俞主任的意见。”向小园道。

“好，处分一直没下来，趁着今天，我就先口头宣布一下，即日起解除俞骏、向小园反诈骗中心的现任职务，具体工作由市局选派人手接手。什么意见？”谢经纬道。

“没意见。”俞骏道。

“服从组织安排。”向小园道。

两个人对此似乎并不意外，而且，似乎还巴不得这样。

“明显不服气嘛！不过不服气也得忍着，从现在开始，你们俩和他们一样，全部被禁足在这儿，由巫茜老师给你们上课，好好学习学习，就这样。一会儿上交通信工具，今晚把你们见斗本初的情况写一份情况汇报。”谢经纬草草结束了。

“谢副厅，我有句话要问。”俞骏拦住他了。

“我可能回答不了。”谢经纬直接答道。

“我一直在基层，化装侦查和潜伏任务没少干，从警也二十年了，我知道可能发生了什么情况，但不管发生什么情况，总不至于把能用的人，都禁足在这里呀。”俞骏口气软了。

谢经纬不为所动，问道：“还有呢？”

“我怎么也想不通，一位已经被网上公开揭底的警员，怎么出这个任务？即便市局给个书面处分，分量也不够啊？还有，不管对方是谁，肯定是诈骗行当里的老手，不可能有什么方式能够取信他们啊……还有，别忘了沈曼佳的手段，他对付郑远东可是用过硫化喷妥撒纳剂类的药物。我不认为谁能抗得住，哪怕是位训练有素的警员也不行。”俞骏道。

这话终于让谢经纬动容了，他抿了抿嘴，拍拍俞骏地肩膀道：“你把我们的担心都说出来了。那我给不出答案，唯一能做的只有等。”

“啊？还真是个任务？什么任务？”向小园急切地问。

“说了你不信，没有任务。如果有任务，就是停职。”谢副厅说了句莫名其妙的话，又拍拍俞骏。俞骏让开了路，这位领导心事重重地走了。

房间仅余三人，巫茜被向小园和俞骏盯得不自然，她尴尬地解释道：“我真的什么也不知道，只是负责给大家不断灌输计算机犯罪常识……哦，还有枪械和格斗训练。我们现在直属省厅指挥，不过到目前为止，还没有接到任何命令。”

“到底发生了什么事啊？”

俞骏踱了两步，坐到了椅子上。还未想明白，收缴通信工具的警员已经进来了。从此刻起，一切通信断绝，再想自己刨消息也不可能了。

“手机。”

“还有吗？”

王自光和斗十方现在也在上交手机，收手机的是一个留胡子的马仔，提醒他们俩道：“要有手机转账，现在就办。不过，光板你不会有大额转账的需要吧？”

“没有，没有，我用现金。我就来凑个热闹，这是我一兄弟，来玩两把。”王自光谄媚地道。他一拉斗十方的衣服，胸前那文身露了点儿，捎带解释了句：“自己人，回来躲风头。”

这文身比通行证还管用，那人直接放下了警惕，挥手放行。斗十方和王自光上了一辆商务车，一上车就全黑了，这车的贴膜真叫好，从里头都看不到外头。

车晃晃悠悠转了二十分钟，泊停了。下了车就看到一处四环的院墙，到这地方就没那么紧张了，望风的马仔上得前来，很客气地请一车拉来的七八人往里走。王自光在这里毕竟是名人，那马仔居然认识他，笑着逗了句：“哟，光板，又在哪儿搞到钱啦？”

“打麻将赢了点儿，来这儿碰碰手气。”王自光得意道。

“那你来对了，今儿这场开第二天，绝对放水，请！”马仔道。

“放水”是地下赌场的一个说法。新场招徕赌客，总要让人多少赢点，此谓放水，不过仅仅是口头上说说，其实真相是啥，鬼都不知道。

没想到这个地下赌场名副其实地就在地下，刚铺的简易地板、新贴的墙纸、崭新的赌台，还真有点儿澳门新世界的味道。里面的赌客已经有二三十人了，正围着一个赌台押注。荷官似乎也是境外来的，穿着制服，操着生硬的普通话不断地在喊：“买定离手，买定离手……”

“斗哥，最低下注是两千，封顶五万。”王自光拿着可怜兮兮的一摞筹码回来了，在这里显得有点儿寒酸。赌台前有个豪客，面前已经堆了一大堆筹码了。

“给我。咱们看看路。”斗十方接过了，和王自光凑到了赌台前。

绿布、白格子线、牌盒，不断抽牌的青葱嫩手……斗十方的眼光慢慢移向那张赌台上的客人，居中的这位是主角，其他人拿着筹码观望，还有嫌换筹麻烦直接捏一叠纸钞的。这儿没那么讲究，现金、筹码一概全收。他瞄了几眼，那位一直在赌的豪客真是霸气侧漏，看准了一副，直接抓了两摞筹码往庄上一撂，恶狠狠地吼：“庄，封顶！”

那是直接砸了五万，荷官喊了几次“买定离手”，其实是等着其他人下注。不料这是个孤注，估计看热闹的人多，都怕这么大的封顶，押注被吃得多。即将结束下注时，斗十方蓦地出手了，一倾身，一把筹码直接和豪客的撂到一起：“跟庄！”

“买定离手。”荷官最后喊了一声，一按小铃铛，一张，两张……最后一张发出来，围观的人爆出来一阵嘘声。那豪客哈哈狂笑着，把一大堆筹码全部搂回到自己面前。木铲子把一小堆筹码推到了斗十方面前，斗十方捡到手里，那豪客朝他一竖大拇指道：“兄弟，有眼力。今天我是运气爆棚了，来了个长庄，继续封顶。”

哗地又上了五万，这个示范效应厉害，“嘭嘭”一阵连响，筹码、钱，押庄的垛起了一大堆，怕得有二三十万的押注。这刺激得王自光直抚小心肝，高潮来了。他紧张地拉着斗十方，却不料斗十方意外地把刚收到手的筹码，一倾身垛到了“闲”上。

“一把进一把出，心平气和不为输啊。对不起了，大哥，我唱个反调，给您现现眼。”斗十方谦恭地说道。

“四口庄了，绝对是长庄。”豪客确定地道。

斗十方笑而未语。荷官叫着“买定离手”，一按小铃铛。一张、两张，第三张庄一出7点，这一圈人兴奋地直跺脚，嘴里不停地喊：“庄赢、庄赢、庄赢……”

闲第一张是方块2，第二张随着大家的鼓噪出来了，梅7。

哗地一下，那一圈人往后仰，龇牙咧嘴的、痛不欲生的、狠狠握拳的，还有使劲给自己一耳光的。其实离赢只有一步之遥，都出四口庄了，为什么不押闲呢。

“庄7点，闲9点，闲赢。”

荷官面无表情地说着，把一大堆筹码和现金收回去了，一小堆筹码推到了斗十方面前。

连赢两把，现在王自光看斗十方的眼光已经是景仰之情如滔滔不绝的口水了，他吸溜了一下口水，和着袖子一擦，凑上来问：“下把押啥？”

斗十方没吭声，看着豪客在双手合十，嘴里念念有词，不知道在求哪位过路神仙，这一出“闲”整得赌客队伍的情绪乱了。一群人拿着筹码，押庄也犹豫，押闲也犹豫。荷官喊了几遍，闲上庄上都有下注。那豪客也有点儿不确定了，闲上押了五千防连闲，庄上押了一万防跳庄，而且他还有些奇怪地看了斗十方一眼。

这时候，斗十方手指一弹，一枚两千的筹码骨碌碌地滚到了一赔七的押注上：“和！”

“你是故意来唱反调是吧？”豪客怒道。

“大哥，我也不知道该下什么，下个和呗，和气生财嘛。要不您也下点，一赔七呢。”斗十方道。

“前五把刚出过和。”豪客道。和是两方点数持平，这种情况不多，所以赔率高。

“那我输一把呗。小输大赢，多好啊。再来一个。”斗十方说着，最后离手时，干脆又撂了一个筹码。那筹码骨碌碌地滚动着，荷官厌恶地看了一眼，已按着小铃铛已经开始发牌了。

庄3、闲5，第一轮牌。第二轮牌庄3……最后一张亮出来牌闲A。

庄6点，闲6点，和！

“啊……”王自光一摸脑袋，激动地啪叽摔地上了。那些押注的又是表情各异，喊声不同。这时候，像陀螺一样骨碌碌转着的筹码才停下了，一停下连荷官的表情也骤变。她根本没注意到，最后扔进来的筹码，是一个一万。也就是说，这位押了一万二，要赔七倍，足足八万四。

这时候气氛奇怪了。荷官脸红一阵白一阵，看着远处，慢条斯理地数着筹码赔给了斗十方。豪客意外地盯着斗十方，奇也怪哉地说了句：“兄弟你赌神啊，连中三元。”

“运气好，运气好……刚才门口的兄弟还说了，今天场子老板放水。呵呵，捡了个便宜。”斗十方收起了筹码。手里已经拿不下了，王自光激动地往兜里揣着。那些人齐齐地看着斗十方。斗十方不好意思地伸手止：“歇两把。甭看我，我得看你们下，我才会下。”

估计是怕别人沾他运气，这引起赌客严重鄙视。不过大赢家一停，这台就又冷了。豪客开始下小注了，偶有跟着的，也是几千几千地下，输输赢赢又过了几把。突然间斗十方筹码吧唧拍到了庄上大声说：“庄，庄、庄……庄必赢。”

这货已经令人惊艳过了。他一喊，一大堆筹码噼里啪啦地争先恐后往庄上押，就连那位豪客也跟风了，急着往庄上垛了三万。那荷官脸上表情微微一松，似乎有点儿笑意，不过还是机械地发牌，庄8、闲1……果真是庄赢面已出，众人鼓噪地喊着“花、花、花”，只要出一张花牌就是8点，却不料牌一出，是个2，憋了，零点。闲倒也真不大，是个3。闲4点赢了。

“哎呀，输了输了。”斗十方痛苦地捂着前额。那些翘首企盼的赌客眼睁睁看着筹码被全收走了，又是一番痛不欲生。

咦？还有押闲的，两个一万的筹码赔到了闲上，王自光美滋滋地收起来了。敢情是斗十方在庄上押了两千，而王自光却在闲上不声不响地押了两万。

“你们一伙儿，还有这么玩的？”豪客怒了。

“大哥，这还不跟您一手押庄，一手押闲一样，大赢赚钱，小赢护本呀。”斗十方道。

这一句倒把豪客给噎住了。一干赌客总觉得哪儿不对劲，眼看着那两个人跑着去兑筹码了，这才有人明白过来，惊呼：“还是赌神啊。闲押两万，庄押两千，输了两千赢了两万呀？”

“这人邪了。”有人纳闷，本来想嚷出千的，可这场合怎么可能出千，先押注后出牌，除非和场子一起出千。

“多邪的人老子都见过，今儿跟他耗上了。”豪客拍着桌子道。

不过让他失望了，那两个人兑了钱，喜滋滋地离场了。这么多人总不能明目张胆地把人截下吧？门口看场的人往这边看，赌桌上的“豪客”微微摇摇头，于是斗十方和王自光二人，大大方方地赢了钱扬长而去。

赌场的服务还真不错，来者自愿，去者自便，居然还有车接车送。斗十方和王自光跳上车刚驶离未久，一辆商务车就驶进了院子。下车的毛二心里咯噔了一下，愕然地对同来的宋瘦子道：“这他妈是帅哥的场子，总不能来这儿赌钱了吧？”

宋瘦子也愕然，拿着手机看看定位，抬头道：“来晚了，人已经走了。”

“进去看看，是不是出事了。”毛二急急地往里进，看门的马仔问候着，都叫着“二哥”。他进了场子扫视一遍，看场的悄悄给他指指侧门。两个人奔去拉开门，那儿是一个通风处，“豪客”正拿着电话说：“对，就那光板，带了个小子，寸头，胸前有文身……妈的，刚开场就赢了十几万，跑啦……”

他说完挂了电话，鞠躬问候二哥、宋哥。毛二一把揪住他问：“看看，是不是这个人来过？”

“啊？就是他。”豪客惊愕地道，不知道啥情况。

“出千你们是专业的，这啥意思？这个人在这儿出千赢了十几万？”宋瘦子奇怪地问。要是正规赌场，可能还有个赢家，地下赌场嘛，有输无赢，有来无回。

“可不叫你说着了，我也纳闷呢！这孙子就带了万把块钱，进来就连中三把，只输了一把，还是押得最小的两千。”豪客道。

“只玩了四把，赢三输一？”宋瘦子问，这倒正常。

豪客解释道：“他押两千那把输了，可同来的人押两万赢了，其实还是赢的。咱们这场可是控制的，赢的都是自己人，就没外人能在这儿赢过啊！”

最后一句是真相了，声音压得极低。毛二听乐了，安抚道：“没事，没事，人、钱我都给帅哥找回来，跑不了。”

宋瘦子说了句：“场子录的监控给我看一遍，快去拿。”

“豪客”奔去了。宋瘦子和毛二对视着，两个人眼里都蓄着笑意，半晌，宋瘦子问毛二：“你想说什么？”

“能在这场子里赢钱的，那他妈可是神人了。反正我是没见过。”毛二不吝赞美道。自己的场子有多黑自己清楚，但要被黑吃黑了，他想想都佩服得不行。

“那得把人弄住了。他在这捞一票有钱了，一准得远走高飞，再找可就难了。我觉得这人身上的本事不止这么点儿，咱们还没掏干净。”宋瘦子道。

两个人低头密谋着，不一会儿拿到了监视录像，两个人且看且走，循着定位去抓捞完一票有可能飞走的赌神。

十赌九骗，骗中有骗

王自光当年确实是富二代，今夜久违的富人生活着实让他感慨了一番。他搂着左边的妹子说：“哥当年在这儿，一周得包七场啊。这次当喝一大白，不，一大杯红酒。”他一饮而尽，又搂着右边的妹子说：“穷虽穷了，不过没事，哥今儿碰上赌神了，早餐还在地摊吃，现在就来夜总会了，哈哈哈……”

这货笑得有点歇斯底里，听得出凄厉。要不是看在酒开得不少，小费给得也不少，俩妹子估计得吓跑。她们毕竟啥客人都见过，身边这位明显是个来装的二货，净拣贵的酒开，一副先把自己往死里喝的架势。

“嘭”的一声门开了，俩妹子吓了一跳。一看进来的五六个人的架势，很知趣地起身。娱乐场所经常有这种混社会的人恩怨纠缠，她们遇上这事第一反应是躲着。

王自光抬着蒙眬醉眼，口角还溢着口水，嘚瑟地从怀里掏出一把钱一扔，道：“谁呀？老子有的是钱，怕老子喝不起呀！”

当头儿的一位示意手下捡钱，然后他径自上前，一揪王自光，噼里啪啦地正反十七八个耳光，然后把酒水一泼，虎着脸问：“醒点没？”

“啊？我不认识你啊！”王自光糊里糊涂地答道。

“喝成这样……嘿，那位赌神呢？”这人揪着他问。

“休息了。哈哈，明天还要大杀四方。哈哈……”

“带走，带走。”

几人挟着王自光。王自光兀自挣扎着，却不料在这种天天有醉汉胡闹的场所，架走一个人还真不会被人注意。王自光直接被架到了一辆商务车上，这帮人还算讲规矩，有人替王自光结了账，出来上车即走。

逮到王自光的消息很快传到了宋瘦子和毛二的手机上。两个人对着面前的环境犯着愁，这是南港国际商厦，一幢五星级酒店，信号停留在这里，这可不是进去想怎么带人就怎么带人的场所。

毛二看看手机，已经零点了。他愤愤地骂了句：“这孙子挺聪明啊，钻这儿了。”

“可能预计到黑场子的钱不好消化，选址不错。”宋瘦子赞了句。

毛二点了根烟，又给宋瘦子发了一支，征询：“那咋整？”

“知道我当警察的时候会怎么处理这事吗？”宋瘦子问。

“不知道，说说，让咱学学。”毛二求教道。

宋瘦子慢条斯理地说：“一般，我盯上了目标，会判断他的走向，找准机会把我们掌握的比较优势最大限度地发挥出来，要么不动，要么一击必中！”

“宋哥，你知道我文化不高，还总喜欢给我讲理论。”毛二道。

“很简单嘛，他不知道自己身上还有定位，这就是我们的优势。而且我判断，他会很快离开，这还有悬念吗？等他出来上路，那不就解决了。”宋瘦子阴阴地说道。

这肯定是个最好的办法，毛二甚至没有质疑宋哥的判断。两个人又招来数位手下，然后坐在车里有一搭没一搭地聊着。隔十几分钟就吩咐手下的人瞅瞅，那办事方式相当完美，有俩马仔直接就和值班的保安聊上了，就坐在门口等。

一直到凌晨四时，车里已经昏昏入睡的宋瘦子被惊醒了，电话里，马仔只说了一句：“出来了。”

宋瘦子拽拽毛二，提前发动着车驶离了，边走边好笑地自言自语道：“凌晨四五时，是人体最虚弱的时候，这和我们选择突袭的时间是一样的。毛二，咱们别露面，让大帅折腾去。”

“好嘞。”毛二拿起了电话，通知自己人。

这时候斗十方已经收拾妥当，在总台退了房。出了酒店门，网约车已经到了，他上车说了句“去高铁站”，一下子泄了气一样，靠在后座上休息。

南方城市的景象很美，特别是凌晨空无一人的时候，这是能欣赏到城市建筑最美的时间。楼层的霓虹、摇曳的月色、调皮的草坪灯，把城市装点得美轮美奂。这儿带着湿意的空气和中州截然不同，哪怕是美景当前，人也总是忍不住怀念家乡。这个时间可能已经有油条羊肉汤的叫卖声，可能已经有路边热气腾腾的大锅和包子笼屉，那飘出几里的香味真是让人难忘啊。

这个点父亲快起床了，他一贯起得早，一想起最亲近的人，斗十方觉得心头被针扎了一下似的，生疼生疼的。那种疼和痛苦不一样，是一种你无法形容、无法名状可却能真真切切感受到的疼痛。父亲病倒的时候他有过类似的感觉，总怕这个世界丢下自己孤零零的一个人。可现在倒好，他把父亲一个人孤零零地丢在段村。

“我将骗到你们死无葬身之地。”

他莫名地说了这样一句话。手抚着胳膊上、胸前的文身，脑子里回放着一幕幕经历过的细节。一件事是由无数个细节组成的，每一个细节环环相扣，可以预见到接下来即将发生的事……这是作为骗子的基本功。你的眼睛看到的不只是现在，而是要比现在远一步、两步，甚至很多步。因为你预见得越远，成功的概率就越大。

他强行把思绪拉回到自己正在经历的事情上：被绑架、被审讯、莫名被释放、摘下一堆跟踪器……然后反过来去赌场黑吃黑，再然后，卷着这包不多不少的钱远走高飞。他心里默念：“江前胜和江帅胜是兄弟，江前胜是沈曼佳的前夫，沈燕是沈曼佳的姐姐，沈燕和江帅胜肯定有勾结，而江帅胜的老家就在南港，这兄弟俩一直把控着地下赌场，所以这里发生的一切，一定逃不过沈燕的眼睛，在某个角落里，她一定在盯着。”

“所以她不会让我走。”斗十方蓦地睁开眼睛，心明如镜，不过眼前依然是空无一人的街道，他像召唤一样念念有词说着，“出现吧，当你们以为一切尽在掌握的时候，其实已经身在局中。所以，出现吧，你们的思维已经进入了误区。”

就像天神显灵，他话音方落，迎面疾驰来的车嘎一声横亘在路上，后面两辆车追上来斜斜地堵着。司机惊愕地刹车，车方停，后座的斗十方跳下车就跑，不过已经晚了，三辆车下来了七八个人。司机眼见着斗十方出腿蹬翻一个，包里掏出酒瓶砸翻一个。这人打起架来生龙活虎，一两个人真不在话下。那包钱被他当盾牌使了，挡着水管和厚背刀，抽冷子就砸翻一个。不过好汉难敌人多，眼见逃不了的斗十方跳起来，用包带子勒住了一个人做人质，刚僵持几秒钟，对方早有准备，从背后套了条蛇皮袋。一下子目不视物的斗十方落到劣势，几根棍子“嘭嘭嘭”一阵招呼，接着，他连人带袋子被拖到了车上。

驾驶位的司机早吓得瑟瑟发抖了。车走了，留下了两个人，其中一人大摇大摆地踱到网约车前敲了敲车窗。司机紧张地说：“我啥也没看见，大哥，我有一家老小要养呢。”

“有行车记录仪吗？”对方一人问。

“有，有，给您。我嫌麻烦，根本没开。”司机赶紧摘了车窗上的玩意儿递上来。

“嘿，这兄弟知趣。继续往前走，一定要开到客户指定的地方再接单啊。”那人扔下二百块钱，扬长而去。

司机弯腰捡起了落在驾驶位的钱，赶紧启动车子，加速，离开了这个是非之地。他边走边打开了行车记录仪，不是他摘下的这一台，而是车辆自带的。画面直接就在中控大屏上显示着，时间是凌晨四时五十五分，这场打斗录得清清楚楚。

急促的哨声在省干部学院某幢建筑的走廊里响起，灯亮，一阵踢踢踏踏的声音，原X小组成员从各寝室里出来了，少了斗十方，多了巫茜。一个个都穿着作训单衣，笔直地站在门口，报数，点名……哦不对，还少了一位，教官吼："昨晚登记的钱加多呢？"

"还睡着。"络卿相小声道。俞骏赶紧补充了句："教官同志，他是辅警，是无意被牵涉进来的。"

"上了我名单就是我的学员，把他叫起来。"教官吼着，声音低沉，听着吓人。

络卿相和陆虎进去了。没想到钱加多胆也不大，已经在惊惶地穿衣服了，紧张地问："这咋跟军训一样？"

"比军训严，每天都是实弹射击。"络卿相道。

"我操，不早说，我只玩过射击游戏。"钱加多道。

钱加多麻利地起身，不过发的衣服有点窄。他站到门口，肚子上的赘肉把衣服撑起了一个球形。那教官恨铁不成钢地看了他一眼，就带队下楼了。

晨跑，二十圈起。几个年轻人已经习惯了，刚入队的向小园和俞骏都吃不消，跑了一半，向小园一手捂着腰吃力地跑，俞骏已经喘得开始挪了。至于钱加多嘛，直接大喊一声"啊，我不行了，我要昏厥了"，这货说昏就昏，直接躺倒在地，还做了口吐白沫的动作。

只可惜钱少的作秀在这儿失灵了，那匀速跑着的教官路过时提醒了句："昏一会儿，起来继续跑啊！你就是爬着也得练完课目。其他人，继续！"

"太过分了。"钱加多一骨碌儿爬起来，浑身肉一抖一抖地跟上来了。这可不成啊，昏倒都没有理，这法子不管用，得另想辙。

几位入队早的组员先跑完全程。向小园和俞骏落后几圈，等跑完已经是汗湿全身了。最后就剩钱加多，那教官看这货实在愈懒得厉害，噘着嘴一打口哨儿，一只威风凛凛的狼犬从宿舍奔来了。教官一挥手："上！"那狗通人性似的，追着钱加多就上去了。

钱加多猛地回头一看，吓得魂飞魄散，情急地狂喊：“妈呀！妈呀！救命呀！救命呀……”

他喊着“救命”，脚步一下子快起来了，飞一样地跑完两圈，到最后居然还能坚持不倒，扶着双杠，大吐着舌头，连“救命”也喊不出来了。

“其实贝贝可乖了，不咬人的。”络卿相笑道。

陆虎拍拍钱加多，说：“刚来时我也被吓了一跳，后来才知道这是教官逼出个人潜能的方式。厉害啊，多多，你是会飞的胖子啦。”

大喘着气的钱加多说不上话来，向这俩人狠狠地竖了根中指。娜日丽不忍心，上前搀着他，嘴里劝：“别歇，慢走……很快你就会习惯的。不过多多，你确实也该减减肥了，这才几天就放飞自我了。”

休息的片刻，教官走向了俞骏和向小园，两个人赶紧站起来。那教官敬了礼，俞骏赶紧还礼道：“别价，在这里我们都是学员，没有级别。”

“我是感谢你们的配合，以你们的职位，能够有勇气走进训练场就值得尊敬了。”那教官道。

“不客气。”向小园道。

“我当然不会客气。体能是练出来的，潜能是逼出来的，我们的任务是逼出你们的潜能。每个人都有无限潜能，能逼出多少，取决于你的毅力和自律程度。”教官道。

“谢谢，受教了，我确实该锻炼了。”俞骏道。

教官回身，喊着口令，稍歇一会儿，第二组警体拳训练又开始了。

身体被压榨到极致，思维可能就要退化。事实也恰是如此，一群人都累得死去活来了，就想松口气、喘口气，哪还顾得上想其他事。

袋子被拽了，袋子里的人滚了出来。脚被胶带缠着，他根本站不起来，只能以奇怪的姿势坐着。那几棍挨得不轻，头上肿了个大包，他靠着墙使劲蹭，权当揉揉伤处。

“哦嗯嗯……”几声奇怪的声音，被缚着的十方侧头看，看到王自光被胶带封着嘴，正激动地想说什么。不过没有用，说不出来。斗十方环视周围，四个持棍的愣头青看着他，这光景没有逞英雄的机会，他呵斥了王自光一句："安生点儿！人家要的是钱，又不要你这条烂命！"

说得王自光黯然了，钱不就是命吗？他不哼哼了，居然哭上了。一个马仔踢了他两脚骂了几句，这时候门开了，走进来一个穿着衬衫西装裤、挺着发福肚子的中年男人，早有马仔称着"帅哥"，拉过椅子。他一坐，其他人把截到的钱往桌上一放，小声说了句什么，应该是说钱被花了多少。

"给这位兄弟解开。"那位帅哥道。

有人割胶带，有人拉人，站起来的斗十方揉揉身上，帅哥朝他招招手，又指指对面的位置。有人放着凳子，那是礼遇了，给他坐在对面的机会，斗十方大大方方地坐下来。这中年胖男笑道："你手也够黑啊，打伤了我们好几个人，认识一下，鄙人江帅胜，道上人称帅哥，兄弟你怎么称呼？"

"姓斗，名十方。"斗十方道。

"哪一伙儿的？那边的我倒知道些。"江帅胜问，目光落处，却是斗十方的胳膊上的文身。

"我说了您不一定信，是有人按着我强行文上的，我不是电诈团伙的。"斗十方道。

江帅胜一笑，露出几颗烟渍发暗的牙，好奇地问："听说过逼良为娼，没听说过逼良为骗，新鲜啊。"

"骗倒不用逼，那我是专业的。老板要看得上我，说不定我能干点活儿。"斗十方的姿态放低了。

江帅胜一拍桌子，嚷："妈的！我们对付出千的是剁指、砍手、挑脚筋，给你个好脸色你倒想往上爬了！"

"别价，江老板。"斗十方不卑不亢地说道，"您明知道我不可能出千，我也不是老千，而且像我这样穷鬼一个的，手脚全乎的才好使不是？"

"呵呵。"江帅胜笑了，这人与那愣头青相比有点可爱。他掏出手机，划出视频，一点播放，在斗十方面前扬扬，说道："你在我的场子里连赢四把。你要是能连赢我四把，我就给你个活儿干。"

"赢不了。其实我不会赌。"斗十方道。

江帅胜一愣，拍着桌子怒道：“你不会赌都赢了，那我们成什么了？”

“你们也不会赌。其实那场子是骗，或者准确地讲，叫赌骗，是骗钱的一种。所有的地下赌场差不多都是这么玩的，说好听点叫十赌九骗，说不好听点，其实是每赌必骗。”斗十方道。

这底裤扒得江帅胜并不着恼，反而好奇地问斗十方：“知道十赌十骗还敢来赌？当然是骗，不骗怎么赚钱啊。条子查得三天两头挪窝，你以为容易啊？”

“不容易，但你们玩得不高明，如果是真凭运气赌，我根本不敢上手，毕竟我也保证不了运气站在我这边。可要是骗赌，那我就敢出手了，而且，出手必赢。”斗十方道。

“说说。就冲这个给你留个全乎腿脚，否则早该废你了。”江帅胜道。

“手机。”斗十方一伸手，江帅胜扔给了他。就见斗十方拉着快进，指点道：“我进去后发现，荷官的牌玩得很专业。她的指微蜷、指无缝，这是高手，不管她手里藏什么都看不出来。所以整个场面的出牌，应该在她的控制下，否则就像您说的，开不了多长时间。万一遇上个运气真爆棚赢把大的，想让人家输回来的机会都没有，毕竟这里不像澳门是合法赌博。”

江帅胜一直盯着他，未语。斗十方继续指着另一位“豪客”说道：“这个人的演技有点浮夸，垛五万筹码封顶的时候，神态、表情几乎都没变化，似乎对开牌的结果并不期待。那能说明什么呢？只能是个托儿喽。”

江帅胜笑了笑道：“这个好像确实是个托儿。”

“不止他一个。手里掂着筹码，表情不激动、不紧张，眼光乱瞄门口或者别人的，都是托儿。真正的赌徒除了赌台和钱，是不会盯其他地方的。所以昨晚赌台前，除了装土豪的，他身边这个、这个，以及这个都是托儿。”斗十方揭底道。这和组局诈骗一样，你进了炒股群，觉得有专家荐股，有很多客户每天玩得像模像样。等你最后赔光了才发现，其实就自己一个炒股的，其他的都是骗子。

“有点儿意思，继续，你还没说你怎么赢呢。”江帅胜问。

“知道是赌骗，那就容易赢了。我下第一把之前是这个土豪的独角戏，没人跟，我跟着。荷官总得让我赢一把作为示范，否则没人跟上来，所以我赢了；第二把，赢过一把一下子上头了，那几位赌客把大注都押庄上了，全部押注有三十万，去掉托儿的，正常赌注也应该有七八万，而我押闲只有两万多，你们总不能吃小赔大吧？所以必须让我赢。”

斗十方解释着，再拉视频：“第三把路子变了，几个真正的赌客庄闲都有下，而且都不大。这种路数不管吃庄还是吃闲意义都不大，最好的方式是什么都不吃，让路子更混乱一点儿，所以我判断要开和。但是我下多了呢，又怕荷官杀我，所以只下了两千。我又故意和这位土豪怼起来，趁着荷官分神准备发牌的工夫，把一枚筹码弹到了和上。注意，这是个特殊手法，筹码能转几十秒。等荷官注意到时，她已经来不及出千换牌了。所以，我赢了第三把。”

“至于第四把就简单了。”斗十方拉到最后道，“我连赢三把，又休息了几把，在场的人都认为我运气不错。我突然间押庄，你的这些托儿跟着起哄，那些上头的肯定跟上来了，这把我必输……可我的同伴押闲呢，也就必赢了。就这样，帅哥，这玩的是个心理战，不是赌术。”

几个马仔都听得神往了，好奇地打量着斗十方。在地下赌场能赢四连炮，那是十几倍的收益，要是背景再硬点儿，这钱还真拿走了。

江帅胜听明白了，微笑着思忖。思忖到这个人精妙之处，他不由得伸出手来鼓掌。他笑着问斗十方：“你真想在我这儿找个活儿？”

“嗯，落难了，总得攒点路费。您照我挑出的问题改良一下，比现在通杀要强得多。我建议啊，比如光板这种名人，您完全可以发点小钱雇他啊。”斗十方道。

王自光激动地又喊了。不过这个人让江帅胜嗤之以鼻，直接道：“这他妈是个滥赌鬼，连老婆都被他押过。”

“可以把他打造成一夜暴富的样子啊，无非是换身衣服，配个好车。名人效应，要是赌客知道连光板都能在您的场子里发财，那还不得趋之若鹜？这广告效应多好，都省了给中间人的提成了。”斗十方道。

这个反转的想法听得江帅胜眼一直，兴奋了，一挥手道：“你们把他带走，找老三合计合计，就按这位高手说的来。不都知道他赢了吗？打扮打扮让他当个托儿。”

两个马仔应声拎起王自光，撕掉胶带的一刹那，王自光如释重负地感恩了：“谢谢帅哥啊，我一定当好托儿，你们别打我啊。”

“去吧去吧。”江帅胜挥挥手，打发走了光板几人，他笑眯眯地看着斗十方。斗十方正襟危坐，像求职人在等结果。

过了好一会儿，江帅胜起身，撂了句：“给你个活儿，可别嫌差啊。”

“放心，帅哥，我能吃得了苦。”斗十方起身恭敬地道。

“外面有辆商务车，给我几个兄弟当司机吧。他们的脾气可没我好啊，干活儿可有点儿眼色啊。拿着，这月的工钱，想多挣，靠自己的本事。”江帅胜说着，拎走了钱袋子，顺手扔给斗十方一摞一万块钱。他走时颇有深意地看了斗十方一眼，提醒了句：“拿人钱财，替人办事啊，要是不干或者干不好，那我可帮不了你了。”

“放心，帅哥，我一定能干好。”斗十方躬身送人了。

他揣好钱，听着引擎声响才慢慢出来，这里是个城边仓库，已经废弃了。那辆逮他回来的商务车就泊停在路边，他快步走向商务车，拉开了驾驶室的门，方一坐定，他惊得“啊”一声回头，表情愕然不已。

后座上，那个宋瘦子和毛二，都龇着嘴冲着他笑。让他大白天都觉得阴森森的，后背一阵发麻。

有时候贼船是想上都难，可有时候却是你想不上都难。现在说不清是哪一种情况，但可以肯定的是，斗十方已经在贼船上了。

第二章

假戏真做与狼共舞

谜题求解，若隐若现

毛二是个绰号，他没介绍自己的姓名；而宋瘦子没有绰号，介绍了自己很易记且响亮的名字——宋朝。斗十方在黑恶组织第一天的工作，就是驱车行驶不到10公里，登记入住一家民宿。然后毛二和宋朝就自行离开了，让他好好休息，而且，把这辆价值不菲的商务车也留给了他。

斗十方总是在忽而天堂、忽而地狱两个截然不同的境地来回。比如今天，他早晨还被人套在蛇皮袋里，上午就躺在洁白芬芳的软床上惬意地休息了。几天前他还是这些人的阶下囚，一转眼，就成了他们的座上宾。

实力啊，实力，想低调都不允许啊。

到这步境地，斗十方反而不紧张了。他惬意地睡下了，多日求活的疲累，让他放松之后一下子睡得很死。免不了要做梦，做乱七八糟的梦，甚至做了一个被人逮住整得死去活来的梦。已经阴阳相隔的伍建利出现在他梦里，而且拿枪顶着他，戳穿了他的谎言和他的真面孔。然后，砰地一枪，斗十方惊坐起，浑身冷汗涔涔。

回到现实，这才发现是有人在擂门，咚咚直响。

他起身下床开了门，宋朝笑吟吟地站在门口，道：“你这司机可真不合格啊，现在是下午五点，直接就睡了一天。”

“这几天我不是逃命就是拼命，还不是你们害的？”斗十方并不大客气，回身坐到了床边，要穿衣服时，宋朝已经扔过来一身。夏季的标准装束，牛仔蓝、花衬衫，还有一双崭新的凉鞋。斗十方不客气地穿上，随口问道：“我说宋哥，不会又往里头塞几个信号源吧？”

“既然你都发现了，我们总不能再现眼吧？”宋朝笑道。

“不对呀。”斗十方纳闷道，“你们最后怎么追到我的？我用的假身份登记，五星级酒店那种地方，你们总不可能查得到吧？就算是警察，短时间内也不行啊。”

“你猜。”毛二得意地道。

斗十方的动作停了，他摸摸自己身上的文身，不可能是植入进皮肤了啊，那会有感觉的。

他一思索，毛二等不及了，干脆告诉他：“哎呀，你猜不着。你昏迷的时候给你喂肚子里了，过几天自己就拉出来了。这法子，你警惕性再高也没用。”

斗十方表情尴尬，啐了一口，骂道：“真孙子啊，用这么损的招儿。”

“要是不够损，还真对付不了你。你说人没留住，回头还卷了十几万飞啦，我们这脸可往哪儿搁啊。”毛二道。

斗十方穿戴妥当，起身道：“你留着我有什么用？跟着你们干吧，你们信得过我吗？再说就算你信得过，我心里也过不了那道坎啊。妈的，差点儿没把我折腾死，我回头再给你当小弟？我的脸往哪儿搁啊？”

一连几问，毛二点点头深表同情。宋朝笑着邀道：“这不，我们兄弟请你喝顿酒，赔个不是。我们也没想指挥你当小弟，过不了这道坎儿没关系，我们和大帅都熟悉，回头给你个场子，自己抽水赚钱吧。请！”

“谢了。”斗十方一拱手，给了个江湖惯用的礼节。

三人下了楼，此次却是毛二驾车，直接从郊区往市区驶。他们就近选了家酒楼，方坐定，生猛海鲜流水般地上桌，意外的是，居然还有一碗像模像样的中州烩面。斗十方也不客气，先就着大碗吃了这家乡的味道。

屏退了服务员，敬了几盅酒，斗十方且吃且问：“在这地儿，面食可稀罕了。谢了啊！”

“宋哥专门安排老板搞了一碗。小兄弟，你原来在条子，不，警察里干啥的？”毛二问。

“反欺诈，也就是反骗。你们认识的朱丰，还有长安出事的郑远东，包括你们老板的妹妹那案子，都是我们单位办的。”斗十方直接说道，狠狠噎了毛二一句。

宋朝插话了：“这你就往自己脸上贴金了。朱丰案是部督案件，只是因为他籍贯在中州，那儿也有个国际机场，所以放你们那儿了。长安案跨省，你们顶多是协办。”

斗十方笑了笑，对毛二说了：“毛哥，都有一叛徒前辈了，他的级别比我高多了，我这儿还有什么可打探的。”

宋朝嘬着牙花，恨不得给这货一瓶子。毛二纠正道：“打探个屁，我是好奇，你在大帅场子里赢钱那本事，也是警察里学的？”

“那倒不是，家传，我爸就是老千子。南方旧时候玩江相派的比较多，北方明四暗四门，‘金评彩挂、风马燕雀’听说过没？杜其安就是其中‘风’字一门，江湖人称杜风头。”斗十方道。

毛二一愣，回看宋朝。宋朝点点头：“有所耳闻。本来以为是挂个名号扯淡，没想到这拨人是真厉害，不管打击多严，他们照干不误。”

说了一句又断音了，斗十方吃得唏嘘有声，明显谈兴不浓。毛二问了：“蒙我吧？别以为我不知道，警察里有政审，你这样的能当警察？这跟我们队伍的政审一样，你没玩过坑蒙拐骗，不懂吃喝嫖赌，我们组织是不收的。”

“可不叫你说着了，组织里也经常混进坏人嘛，比如我，比如……他。”斗十方笑着，示意了宋朝一下，听得毛二哧哧笑了，看宋朝表情尴尬，他又赶紧闭嘴了，端了杯酒，两个人喝了一杯。他们放下杯子时，那碗烩面已经见底了，放下碗的斗十方这才夹菜吃海鲜，看样子胃口极好，一点儿也没有水土不服的样子。

“来，我敬小兄弟你一个，有些事确实是身不由己，你原谅则个。”宋朝瞅了个机会，敬起酒来了。

“甭客气，我当过看守，抓人、拿人上手段的事我干过。不至于记仇，但真成朋友也不可能啊，就算我诚心，你们心里能没个防备？来，喝一个。”斗十方碰杯，直接一饮而尽。

这话倒是字字扎心，一点儿也不作假。毛二倒有点欣赏这小子的坦荡了，他看了宋朝一眼，两个人明显心里有话，但这话怕是不好说出来。

“我说二位，你们俩都把我审了几天几夜了，还有什么说不出口的啊？再说，我底裤都被你们扒完了，你们不至于认为我还藏着什么秘密吧？”斗十方愕然地问。

“逼问出来的和自己讲出来的，那不一样。”毛二道。

“我说的一样啊。再说我就是见习警员，还没有宣誓正式入籍，我能知道多少啊？就算我知道，你们隔着千里之外，打听中州的警务有个屁用？”斗十方道。

“不对，不对。宋哥你说。”毛二把话把交到了宋朝这儿，估计是弯绕得过大，他解释不清。

宋朝笑着道：“也没什么，沈老板本来期待你回去，但没想到你们自己人动手更狠，直接切了，这条路也就断了。本来我们想你会仓皇逃走，可却又错了，没想到你反杀回来，居然在大帅场子里捞了一笔。如果不是我们和大帅有渊源的话，你还真得逞了啊。”

宋朝笑着看斗十方，这么惊艳的小浑球儿还确实不多见。斗十方边吃边问：“然后呢？起了招揽之心？”

“你意下如何呢？如果真是招揽呢？”宋朝顺坡下驴了。

斗十方想了想，热切地看着两个人。就在两个人觉得有门时，他却笑着摇了摇头。毛二怒道：“你没路走了，都愿意去给大帅当马仔，反而看不上我们？”

“毛哥，你看我以前是当条子的，不是当傻子的。要赌个钱啥的还成，你们那事我玩儿不转呀。再说逆风那事是部里盯的大案，相比将来被警察逮住，我其实还是愿意落到你们手里。”斗十方道。

毛二不忿，宋朝却是拦着他道：“这是实话，这兄弟敞亮。但，看在我们兄弟这么客气的分上，还有接下来要给你安排生意的分上，多少给点明示嘛。”

斗十方不说话了，一掏口袋，那一摞一万元扔到桌上了。他一吸鼻子，斜斜一翻眼，更直接地说道：“那这点儿钱，真不够。”

“早说嘛。”毛二一拍大腿恍然大悟了，“钱还不是最简单的事，说，你要多少？”

斗十方竖着一根指头，大开口道：“100万元吧，凑合在中州买套房。我也得活啊，没来钱的渠道，我总不能真当骗子去吧？”

这口气端得是不小。毛二愕然道：“宋哥，我就说了吗，咱们脱裤子放屁，看这要钱多不客气，警察要黑起来根本没坏人什么事。”

“那你准备让我们用这100万元买什么？”宋朝淡定，看不出喜怒。

斗十方眯眼一笑：“点拨啊。”

“你点拨我？收100万元？”宋朝惊愕了。

“不，点拨你老板。你的手包上有个反光点，有人在看咱们吃播吧？”斗十方道，示意了下宋朝放在桌上的包。被揭破的宋朝点点头，并不否认。斗十方继续问道：“你们好像和长安的那伙是一路，手法都一样。今天录下的这个，有一天会出现在网上吗？那样的话，我可就不是吃海鲜了，得吃几年牢饭了。”

“兄弟，你又逛夜场又参赌，都不用其他的事情，已经够吃牢饭了。”宋朝笑道，“警察这个职业不用我教你吧？好事干一百件、一千件不会有什么反应，那是应该的；但坏事只要有一件，那就不应该，你就会被众口铄金、积毁销骨。我只是替身，你要的100万元，得让看吃播的人决定值不值。”

“无所谓了，你们犯的事比我大，总不至于举报我去。”斗十方揪了根龙虾钳子，挑着肉吃道。

那贪婪之相出来，就连毛二也有点儿厌恶了，他小声问：“说说吧。你四把赢十几万元就够稀罕了，你要动动嘴就拿100万元，我可得给你当马仔了。”

“那别耍赖啊，我就开始了，你想知道什么？”斗十方问。

宋朝一愣，反问：“我怎么知道你想卖什么消息？要不你直接告诉我逆风在哪儿。”

“好。”斗十方吃着，直接道。

毛二嘴一哆嗦，把舌头咬了。宋朝眼一直，愣了。恐怕这时候在摄像头终端后的人，也惊讶到无以复加，他们都惊愕地等着斗十方的下文。

沈燕、毛二、宋朝的照片，包括江帅胜的照片，一张一张被巫茜仔细地贴在案件板上。这是晚饭后的学习时间，从计算机犯罪直接跳到了案情分析，让下面听众微微诧异。她清清嗓子道：

“从总局传来的最新案情，沈燕、毛登科（绰号毛二），注意这一个，宋朝，南平市一个中心派出所的所长，因职务犯罪被判处有期徒刑，服刑释放后消失了几年，有证据发现他加入了江前胜电诈犯罪团伙，一直在缅北、马来活动。这位江帅胜，是江前胜的弟弟，现居南港，以经营地下赌博为业。注意，我们接触过的沈曼佳和她的姐姐沈燕，是数年前缅北诈骗行业有名的姐妹花，据传都和江前胜关系暧昧。向组，您有什么疑问？”

“这是朱丰、江前胜以及长安一案的余孽，他们在境外的组织已经被我们摧毁，现在躲在境内肯定比在境外安全。我的问题是，消息的来源是谁？总局不可能从首都把触角伸向沿海一座小城市。”向小园直接点明了。

巫茜摇摇头，道：“我不知道。我的任务是把案情公布给大家，还有问题吗？”

没有人举手了，不过心里都打着小九九，有怀疑一闪而过。巫茜继续道：“我们追了逆风这么多年，对他的情况多有了解。我总结一下，最初的阶段，境内外犯罪活动是这样组织的，由逆风提供黑产信息，包括诈骗目标、需要的银行卡信息等。境外的组织实施诈骗，这些钱也由境外的势力处理，也就是我们见到的大量车手集中取现，有些案情严重的城市，银行甚至不得不限制ATM机取现。”

“第二阶段，在遭到我们打击后，车手取现以及明目张胆地转账行不通了。紧接着他们就升级了犯罪手法，获取黑产的方式不变，而转移黑产的这些人，只认钱不认人。他们不但服务于境外犯罪，而且同时也服务于境内的诈骗团伙，这让他们有机会熟悉实际诈骗的环节，进而催生出了复杂的网络划转洗钱方式。这些是黑客的长项，他们多以工贸公司、对外贸易公司等形式。把赃款大量挪出境外……这些信息来源于对银杏基地缴获硬盘的分析。我们掌握的情况是，逆风不管是一个人，还是一个团伙，他们在五年内划转的资金，超过100亿元。”

在座的人员一阵嘘声，这雪球大了去了。

“从整体上讲，电信诈骗已经成了犯罪领域的头号难题，大量外流社会财富倒逼我们央行不得不出台政策，限制资金出入境管理，其中就有针对电信诈骗犯罪的因素。限制政策出台后，这种划转方式就不灵了，于是他们继续升级，也就是我们现在身处的这个环境，网络支付、化整为零地在网购、电子点卡、物联网卡上等。最终汇集的资金，会由专业的洗钱人士处理，有可能出境，也有可能不出境。这些洗钱高手的背后都有大量的资金支持，完全可以做到境内外资金独立流通。大家应该明白，这一点很有可能让我们追踪非法资金的撒手锏失效。”

俞骏举手了。巫茜示意，他直接问：“为什么给我们讲这种基于全国的反诈形势？总局难道准备接收我们直接指挥？”

众人一笑，这是不可能的。但问题出来了，上级的动机何在呢？又有一种疑惑在众人心里升起，都纳闷了。

“也不是不可能。由部里直接指挥的案件每年都会有很多。”巫茜搪塞了一句，转移了话题，“那再返回来我们说实际的情况，在江前胜一案里，有1.1亿元资金去向不明；在去年‘6·12’朱丰跨国电信诈骗一案里，有9000万元去向不明；在去年长安虚拟传销一案中，有3100万元最终没有找到去向。这些钱的下落最终要落到逆风头上。综合江前胜、朱丰、沈曼佳的口供，我们还原出这样一个诈骗江湖的沉浮，这些人有一个共同的同伙，叫逆风，最早给他们提供黑产信息挣取佣金。然后又通过自己在境内犯罪团伙的关系，给境外这些人提供诈骗赃款出境的便利，从几十万、几百万到上亿元，盘子越做越大。但毕竟是财帛动人心，在江前胜出事的时候，帮凶逆风顺便黑掉了江老板在境内诈骗到的赃款，之后朱丰也遭到了同样的事。两个骗枭其实是两个可怜虫，进监狱的时候都不知道自己怎么被黑的。”

下面一阵笑声。巫茜的手戳戳“沈燕”的名字，道：“这个算得上老板娘吧，她的动作是，先去了趟缅北，不过像她这种上榜的人物，再想在当地组织恐怕就不可能了。我们分析啊，她应该是去招兵买马，为了她妹妹沈曼佳的事。这应该是个狠角色，之后她就销声匿迹了。不过我们在南港市发现了毛二、宋朝这两个江前胜的马前卒，我们判断沈燕暗藏的团伙应该也在这一带。大家讨论一下这个问题，这位沈老板娘会有什么动作？”

“报仇？”邹喜男脱口而出。

“江湖混靠本事，被人黑吃黑是本事不够，报什么仇？”钱加多加入讨论了。

娜日丽一笑，对他竖着大拇指，夸道：“有见地。”

“那她的目标肯定和沈曼佳一致，还是追逆风。”络卿相道。

“你确定？追逆风为什么窝在老家？”陆虎提异议了。

“骗子的较量还用面对面吗？说不定是智商上的较量。”娜日丽道。

巫茜插话道：“我重点问一句，她会有动作吗？”说着她的眼光投向了俞骏。

俞骏点点头：“肯定会。我们不知道如何找到逆风，但她未必不知道，毕竟他们是同伙儿。比如上一次其实就是沈曼佳带的路，否则我们根本找不到银杏基地。”

“总局也是这样判断的。而且警示我们，这股黑恶势力在南港盘根错节，不排除有实施恶性犯罪的能力。可以想象，逆风掌握的财富是数以亿计，冲着这个，杀人放火都在所不惜啊。”巫茜道。

“这是曲线救国，迂回的方式。”向小园脱口说道。众人都看着她，她更清楚地解释道：“我们没有线索直接找到逆风，那就跟着最了解逆风的同类。但这个人未必追得上啊，都是习惯于躲在幕后的人。”

“是啊，越思虑现在的案情，我才越发现你们在长安一案中有多么艰难。我和周组长都欠你们一个道歉，我们不可避免地有贪功的心思，而事实证明，做得最好的，是你们。”巫茜诚恳地道。

人家当面说出来了，在座的反而不好意思了。俞骏却是趁机问道：“如果早这么坦诚相见就好了，请你诚恳地回答一个问题。”

“不要问我十方的事，我真的不知道。”巫茜打预防针了。

“不是他，是其他事，你只需要回答是或者不是，可以吗？”俞骏问。

巫茜点点头，纳闷地看着俞骏，似乎觉得他不该还有其他问题，俞骏认真道：“周修文肯定不在中州，没有回总局。我觉得，他应该在——南港，对吗？”

唑……这个问题让向小园发根一竖，觉得意味深长。

巫茜想想，犹豫了片刻，轻声道：“对。他走的时间比十方失踪的时间晚两天，一直在南港。”

俞骏愣了，其他人也都愣了。不过区别在于，其他人迷惑得一头雾水，而俞骏，阴郁的脸上却慢慢泛起一丝玩味的笑容。

与狼共舞，与虎谋皮

斗十方此时脸上挂着神秘莫测的笑容，他吃了一口，像要开口说话。那俩紧张得眼睛瞪圆了，可不料他却没说，又吃了一口，又像要开口说话，那俩紧张得嘴都张开了。可不料斗十方依然没说话，还拿着杯子喝了一杯。

这把毛二逗得勃然大怒，骂：“孙子！今天你敢涮你毛爷，信不信剥光你再电你一回？”

“毛哥，你这脾气混诈骗团伙，能混到今天简直是奇迹啊。”斗十方笑道。毛二被宋朝拦住了。

宋朝问：“哦，你不是卖逆风的消息，而是卖关子啊？”

“不是卖关子，而是在考虑值不值。这话你能听懂，毛哥肯定听不懂，你背后的人呢，我不确定她能不能听懂。要是货给了不识家，那就亏大发了。”斗十方答道。

宋朝面无表情地说道：“我能听懂就够了。”

“未必吧，在我们原来的单位，信任都是个奢侈的词。到现在你身处的这组织里，要说信任恐怕就是笑话吧？就怕明珠暗投啊。”斗十方道。

“明珠暗投”这个词让宋朝眉头皱了皱，似乎另有所指，他不屑地笑笑，斥着斗十方道：“你高估自己的智商了。沈老板比你聪明的怕是不止一百倍。”

“那好，我告诉你逆风在哪儿。这个问题你们惊讶的原因在于，可能没其他人知道他在哪儿。我也不知道，唯一知道逆风在哪儿的人应该是沈老板。”斗十方道。

毛二一怒，宋朝摁着他，听得出斗十方话里有话。就听他继续道：“她肯定已经有了很多线索以及方式，也有很多想法，否则这种比登天还难的事，没人敢尝试。但是某些方面的缺失导致她无法确定一个最正确的方向，其实就差一层窗户纸，戳破便可。”

“好，继续，如何戳破？”宋朝问。

“第一，我问你，逆风会出境吗？会金盆洗手吗？”斗十方问。

“都不会。境外他不熟悉，没有百分之百的把握他不敢走，在外面收拾他可比在这儿容易。至于金盆洗手更不会，这一行一旦开始便无法停止，除非被抓。”宋朝淡淡道。

“好，这就是我说的第一点，骗局依然会继续。到他这个层次，恐怕设局诈骗更多的是追求一种存在感、成就感，以及满足感。我们可能达不到他所在的层次，但有个问题，他会在什么地方诈骗？”斗十方问。

“这我哪儿知道？”宋朝愣了。

“但我知道。沿海城市、中心城市以及各省会等发达城市，现在的反欺诈预警已经深入到社区、小区、写字楼，宣传铺天盖地。常用的银行卡、对公账户等载体已经被加上了几道限制，所以除了玩高科技远程作案的，不会选这些地方。我判断，他会找三四线甚至更偏远的城市，人口聚集、经济条件尚可的，或者新开发、正在开发的区域，这种区域的信息相对闭塞，对诈骗的预警不像发达城市那么敏感。由一市或者几市向周边的县、镇扩散，是最佳的手法。”斗十方道。

毛二果真没听懂，他看向宋朝。宋朝嗤鼻，不屑地说道：“这地方就多了去了，而且和逆风的身份不符，他恰恰就是个玩高科技的。”

“别人偷驴咱拔橛子，这是犯罪升级；再升一级就是教人偷驴拔橛子，咱只负责牵驴。既然你跟着我和沈曼佳走了一圈都没看明白这个连环局是怎么做的，我打赌你肯定不了解北方八大骗的手法。‘金评彩挂、风马燕雀’，各有特色，杜其安最擅长的就是组织涉众类诈骗从中渔利，用大量的毛骗掩护自己浑水摸鱼。货到付款诈骗，长安那档子虚拟传销诈骗，都是这种手法。”斗十方道。

宋朝疑惑地出声：“这个我知道啊。可即便是杜其安也不知道逆风所在啊。”

“你太纠结于一个目标，而忘了身边的风向。你想过没有，为什么杜其安要收罗张光达这帮臭名昭著的传销分子？”斗十方问。

这一点拨，宋朝眉头一舒，脱口道：“他要拉自己的队伍？！对对……要拉队伍。逆风他们这一伙儿原来主要合作的就是缅北的江老板，这儿一出事，他们的来源也跟着断了。”

“这是第二点。他肯定在组织自己的队伍，而传销前科人员是首选，这些人原本就组织严密，数量众多，反侦查意识强，把这帮人收罗回来可就是现成的队伍。最关键的一点是，这个组织的结构是自带循环，大头目抓了，下面的小头目马上能补上；小头目即便全被扫了，下面大大小小的中坚骨干仍然在。而且他们的量刑都不重，犯个事被抓，出来都还能赶上下一拨。”斗十方道。

这话让宋朝陷入了沉思。斗十方只待他思考着，听着他喃喃道：“对呀，他们不但卖信息，而且还不断往境外卖人头，为什么不能另起炉灶自己干呢？”

“往往是这样，最得力的帮手，会成为最有力的对手。单纯的电信诈骗不论在技术上，还是从组织架构上都没有什么神秘的地方。但如果前沿技术和底层的市井智慧结合在一起，那就显得匪夷所思了。我告诉你一个洗钱的事，你们洗钱都用网络转账，怕被逮着。他们就有一种方式刷卡套现。我最后一次办案，一个小超市，两个月刷卡套现近百万元。所有持卡的人都是他们找来的地痞流氓，那成本可比你们水房还低啊。”斗十方笑着道。

见。大男人说话，一口唾沫一颗钉，你选的马仔不能反悔啊。”毛二极其认真地讲，这认真说话的样子，比威胁差不了多少。

斗十方一副牙疼的表情，不过也只能忍着。这个犯罪分子比想象的有职业操守，不但伺候新大哥吃饭、喝酒，就连上厕所都跟着。直到斗十方累了回民宿休息，他都寸步不离，就在沙发上睡下了。

匆匆离开的宋朝叫了辆车，撵走了司机，自驾着径直上了高速，沿高速行进半个小时，缓缓驶入了一处服务区。这是个临停小站，仅有一个公共卫生间。这样的小站有小的好处，就是非常非常僻静，特别是大晚上，除了嗖嗖掠过的轰鸣的马达声，基本没有其他的声音。

他亮了亮车灯，远处出口也有灯亮了亮。他小心翼翼地驶近，把车放在暗处，然后踱向那个漆黑的角落里，走得更近了，才辨识清楚是一辆黑色的商务车。车门哗的一声打开，他躬身登车，车门锁上了，里面别具匠心的空间就尽落眼底。

香氛很浓，灯光晦暗，改装后的座位是环形的，中间一个小台上放着红酒和杯子。沈老板拿起酒瓶优雅地倾上了半杯，示意着给了宋朝，然后自己捏着高脚杯慵懒地靠着座位，慢摇着杯中的红酒放在鼻下轻嗅，时而还抬起长长的眼睫，看有点局促的宋朝一眼。

“干得不错，软硬兼施，总算奏效了。”沈燕称赞了一句。

宋朝无心饮酒，放下杯了道：“这个家伙口气太大。沈老板，不至于因为这几句话，就给他一百万吧？”

“为什么不呢？我们又不缺这点钱。”沈燕道。

“但是……”宋朝像不舒服，却说不上来什么地方不舒服一样。

沈燕替他说了：“你是觉得无功有禄，难以服众吧？”

“对。”宋朝干脆地认可了。

“他有句话说得好，最得力的帮手往往是最有力的对手。我的理解是，反过来也成立。”沈燕道。

“啊？”宋朝吓了一跳，这意思是，要把这个最有力的对手当成最得力的帮手。他赶紧道，“沈老板，您再考虑一下，这人不是那么容易被收服的。”

“所以才叫你来商量啊。其实，今天我委派律师去见了见佳佳，他还在等我的电话。”沈燕说着，掏出手机，拨通了律师的电话。

电话通了，传来律师的问候：“沈女士，您好。”

“您好，李律师，我妹妹的情况怎么样？”沈燕问。

“开庭估计还得一个多月。没有什么变故，她的精神状态还可以。我按您的要求问了她几句话，现在方便说吗？”律师问。

“嗯，说吧。”沈燕道。

“律师会见会被全程录像，所以我只能暗示。我用笔提前在手心写了一个斗十方的名字，让她看了一眼，直接告诉她，外面的这位朋友问候您。她的表情很奇怪，我说不清她在想什么，咬牙切齿，有点像愤怒，又或者像陷入回忆，好久才说了一句话，‘别去惹他’。”

“别去惹他？”沈燕纳闷了。

“对，就是这句。之后我又告诉当事人‘您的这朋友现在在沈总手下办事’，她就笑了，好像明白了，笑着说‘肯定是我姐看上他了，不过那可是只降不住的小狼狗’，一定让我劝劝您，不要高估自己的魅力。”

律师的话让沈燕沉吟良久，然后追问道：“还有吗？”

“没有了，她可能心情不太好，起诉的罪名很重。”律师道。

“好的，谢谢您，李律师。”

“不客气，有最新的消息我再联系您。”

“好的。”

电话挂了，沈燕看着倾听的宋朝，像自言自语地说：“我这个妹妹呀，从小和我就是你抢我夺，谁也不服谁。能让她给这么高评价的人，还真不多，你觉得呢？”

“我其实也想不通，他这德行怎么当的警察。一定是政治处的人眼全瞎了才招这种人。警察队伍里招聘，政治、思想、信仰是放在第一位的，否则能力再好也不会考虑，这个人反了，警察的品质全没有，浑身江湖气。”宋朝评价道。

沈燕笑了，看着他，欣赏着他笔直的坐姿，调侃了句：“确实是，你比他像警察多了，但你能力真不如他。今天的这席话还真值一百万，不是他点醒，我现在都没弄明白杜其安收罗那帮传销人渣的深意，其实这和咱们在海外开盘买人头一样，确实是拉起自己的队伍了，而这支队伍有个好处是无限循环。我们对于刑罚的态度是规避，而他们这一类，连动脑筋规避都省了，直接消耗。我最早从朱丰处听到过有关八大骗的传闻，电诈历史也就十几年，而这些江湖人的市井智慧，可延续了几百年，小觑不得啊。”

“难道，他蒙对了？”宋朝不信地问。

“当然对了。如果不是在事前抓到他，我都怀疑他参与了，他猜的人员组成、组织构架，甚至案发地的描述都正确。我得到这个消息，代价都不止一百万。这个人在看守所当过两年零八个月的看守，青狗和他们的关系就源于此，我想呀，在那儿耗得学出本事来了。”沈燕道。

宋朝两眼圆睁，消化着这事带给他的震惊，一时竟无言以对。

沈燕欠欠身问他：“如果告诉你一个陌生的城市，你能把这些人挖出来吗？”

“可能不行。我们就几个人，没有准确的信息办不了。”宋朝道。

“那大帅的人行不？”沈燕又问。

宋朝直接摇头：“大帅手下基本上都是地痞流氓，在本地还行，离开南港就差点儿意思了，要是地域不对，方言那关都过不了。”

“大帅的人，没用；我们的人，不够用；外聘的人，轻易不敢用……我现在，可上哪儿找管用的人啊。”沈燕悠悠一叹道。

“您是说，现在逆风确实像斗十方说的那样，在某个城市组局？”宋朝的思路慢了半拍。

“当然，我们都一样，再多的钱也填不满欲壑，怎么可能闲着。”沈燕道。

这个问题就来了，宋朝倾身求教：“那对付底层这帮炮灰意义何在？我们人再多，也不会比他们更多啊？”

“像你们精于格斗一样，制服一个人，得打在他的痛处，他的节奏才可能乱，他才可能露出破绽，否则一层一层招数遮着，谁也看不到真相。我现在需要能准确敲到他们要害的人和手段，否则我们没机会，逆风恐怕理都不会理我们。”沈燕道。

这把宋朝难住了，他思忖道：“您是想，把他这个弃子，当成棋子重新给放回去？以他和逆风的新仇旧怨，肯定是往狠里干，最好干个你死我活？”

“对，就是这个意思，我们处在劣势，需要一个变数，否则逆风这个局我破不了。”沈燕双眸如星，凝视着宋朝道。宋朝知道这不是直视他，而是入神了，像她所有谋划考虑细节的时候。

逆风的局，一个变数……只言片语让宋朝想起了斗十方的判断，老板可能确实不会让下面的人知道所有的事，但有人能猜到她的心思，恐怕足够让她动心了。

“你在想什么？”沈燕突然问。

一句话惊醒愣了好久的宋朝，他出声道：“过于冒险，但值得一试。”

“好，回去等消息吧，把这位爷伺候好，给他个卖身卖命的价。”沈燕道。

“好。”宋朝点头应道，车门慢慢打开，他躬身下去，快步走向车辆，上车驶离了。

看不到宋朝的车灯了，前座那位倾听良久一言未发的胖女人这才启动车辆，回头问：“沈总，这种人未必信得过。”

“你指哪一个，老宋？还是那个斗十方？”沈燕问。

“都信不过，老宋跟了江总几年，每次出事都堪堪避过，不是身上没胆，就是心里有鬼。而斗十方啊，我琢磨不透，经验告诉我，凡琢磨不透的人，都有问题。”胖女人道。

“不重要。只要管用，用便是了，不管是他们惊出了逆风，还是逆风解决了他们，结果都是一样的。这个变数，我看他怎么应付。”沈燕笑道。

“斗十方和逆风不在一个量级上，加上宋朝他们几个也不行。”胖女人道。

“呵呵，你理解错了，斗十方还不够资格成为变数。走吧！”沈燕道。

胖女人愣了下，这真真假假的让她一时分辨不清了，她机械地说：“好的，那我们下一步……”

“消息快来了，我现在都有点儿难以相信，我们千辛万苦淘到的消息，和斗十方猜的基本一致。逆风针对他还是有道理的，像这样有资格日后成为对手的，得扼杀在萌芽中才安心。这两个人是对冤家啊，要是就这么把缘分断了，那可就太可惜了。”

沈燕笑着道，杯中酒一饮而尽，乘着夜色上路了……

一体两面，真假难辨

时间又过了一周，准确地讲，是钱加多已经度过了适应期，他每天掰着指头数到了第八天。意外的是，这货对被禁足居然没有太多怨言，主要的原因是他在这里发现了好玩儿的事情：每天实弹射击。在外面一年也难得摸一次枪，即便实弹也是可怜的几发，而在这里是敞开供应，可能开枪开到你两手发麻、耳膜又痒又疼，教官还在那里纠正着姿势要点让你继续练习。别人觉得难受，对痴迷游戏的钱大少来说就是享受了，他每天噼里啪啦地一通乱射，把这里当绝地求生的实景了，那骚姿势吓得教官派了一个人专门看管他。

晨练，上午培训，午休半个小时，下午训练两个小时格斗，继续培训，在黄昏实弹射击，晚饭过后还有一个小时培训，之后是洗漱休息。

枯燥的封闭生活会让你很快强制性适应，比如吃饭，已经不像在单位里那样说笑逗闹，偶尔还讨论工作，现在每个人都是低头闷声大嚼，基本上三五分钟解决。然后洗盆子，所有人几乎在同一时间洗完，在食堂门口列队，报数，再向楼里排队回去。

到了晚上，学习内容不多，管理也相对宽松，每天可能就这个时间最轻松了，除了不能和外界联系，并不限制你接受外界的信息，但也仅限于与工作相关，不可能像在外头玩得那么昏天黑地。

队伍的标准队列是，俞骏排头，向小园紧随，娜日丽在第三，之后依次是程一丁、邹喜男、陆虎、络卿相以及垫底的钱加多。人丑多作怪说得没错，进楼时钱加多就出怪了，噘着嘴“嘘嘘”打口哨儿，教官养的那条黑贝摇着尾巴奔出来了，直奔到钱加多跟前蹭他，钱加多偷偷地把几块排骨扔给它。

这几天钱加多已经通过这种方式和它建立了深厚的友谊，最起码不用怕跑步时被它威胁了。

络卿相瞥到了钱加多的动作，小声提醒："别乱喂贝贝，教官看见收拾你啊，贝贝是退役犬，健康已经出故障了。"

"所以说你们太没人性啊，都服役这么多年了，好吃好喝死了拉倒，至于节食控制受罪吗？"钱加多反驳道。

"嘿，胖子，你干什么？"

有人吼了起来，坏啦，终于被发现了，队伍自动停下。远处教官奔过来了，这一嚷贝贝都吓跑了，等他奔过来，钱加多斜眼吊眉瞅着他。其他人知道这是钱加多准备搅事的架势，俞骏赶紧上前道："陈教官，这孩子可能是喜欢贝贝，他不是故意的。"

"谁说我不是故意的？"钱加多怒道，把劝的人怼回去了，他不客气地道，"我就是故意的，你给贝贝每天喂米汤药汤那是违反狗性的，就像把我们关在这儿是反人性一样。"

"等等，你说什么？"教官没明白这其中的类比。

陆虎赶紧道："教官，多多特别有爱心，保证下次不犯了。"

"不是我虐待它，它像我的战友一样，它的身体受过伤，手术几乎把胃切除完了，根本消化不了食物。我说这两天它怎么半夜嚎着打滚，原来是你偷偷喂啊。我可告诉你啊，它可是功勋犬，入籍比你们还早，出了事肯定要追究责任。"教官黑着脸道。

这倒把钱加多听懵了，他嗫嚅半天，憋了句："咦，妈呀，我一直觉得是它跟着你，原来是你伺候它啊，敢情这是人不如狗啊！"

"你！"教官瞪着大眼，被这个憨货噎住了。

冲突即将发生的时候，警铃猝不及防地响了起来，这是紧急集合的铃声。教官退后几步，喊着操列，众人迅速整队，等两辆车趁着蒙蒙的夜色驶进来时，这一行队伍在教官的带领下齐齐敬礼。

是省厅的车。谢副厅带着几位警装人员下来了，下午离开的巫茜也跳下车，最后一位下车的稍稍引起了躁动，却是多日不见的周修文。他是唯一穿便装的，显得有点儿风尘仆仆。

消息来了？！

众人你看我，我看你，俱是兴奋之情溢于言表。不过来的这一行人却心事重重，当先几位提着设备奔上楼，巫茜和周修文小声说着什么，也未停步地直接走了，只有谢经纬站到了队伍前。教官归队尾，谢经纬开口道：“稍息，有个紧急情况，需要你们当中来个人配合一下，其他人到会议室集中。配合，你。”

指的不是别人，正是钱加多。钱加多一哆嗦紧张道：“厅长叔叔，不能干啥都把辅警往前面推啊，再说我连辅警都不是了。我妈可就我一根独苗，我可不能出危险任务啊。”

“报告谢副厅……”

“闭嘴。”

俞骏要说话，被谢经纬烦躁地打断，他指着钱加多道：“不让你打头阵，打个电话没问题吧？”

“哦，不早说，吓死我了。”钱加多的表情一下子恢复了正常。

“跟我来，其他人解散。”谢副厅带着钱加多上楼。那几位诧异地互相对视，然后紧随其后，追了上来。

准备工作足足做了半个小时，主要是让钱加多脱了作训服，把大裤衩和花衬衫换上，会议室这个谈话的地方被改造成了一个像模像样的小茶室。让俞骏一行惊讶的是，这队人不知道什么来历，就一个四面白墙的房间，居然被他们用投影的方式，营造出了截然不同的氛围。

今天的主角是钱加多，他一出场，其他人就被清场了。周修文千叮万嘱地把他送进了场景。他烦躁地驳斥道：“知道了，打个电话你搞得像打劫银行一样，至于吗？”

他大大咧咧地坐到了座位上，开着手机自拍了几张，核准后，开始视频呼叫，嘟嘟几声忙音后，通了。屏幕上出现了斗十方的脸。

“你终于肯接电话了，死哪儿去啦？”钱加多怒斥道。

“这不没死吗。有话快说，有屁快放！”斗十方答道。

“还会喘气就成，我以为你想不开自绝于人民了，哈哈……这是在哪儿？”钱加多问道。

斗十方道：“南方。我打工来了，谁也没告诉，哎你别告诉别人啊！”

“我告诉谁呀？好像你还有别人关心似的。不过你真孙子啊，不告诉别人，也不告诉我？”钱加多反问道。

“我走得急，这不，没混出个人样，我也不好意思见熟人啊。”斗十方道。

“那不能连你爸也不管了啊，他都问了我好几次了，整得好像我把你拐没了似的。”钱加多道。

“我不是不想家，而是没法想家啊。这样多多，我一会儿给你转点儿钱，你去看看咱爸啊，等回去了我带你happy……成不，就当帮哥这一回，哥承你情了。”斗十方道。

“行行，我去看。别转钱了，又不差那俩钱。问你呢，你啥时候回来？我女朋友追了好久，快上手了，别办婚礼的时候你不在啊。”钱加多道。

“快了，过几天。现在有活儿我抽不开身，别急啊，人不回去礼也回去，放心，没准给你上个大礼，哥现在攒着钱了。”斗十方道。

“那说定了啊。”

“啊，我挂了啊。”

“成……”

通话结束，钱加多把手机扣到桌面上，投影和灯光消失了，灯光再亮起时，在幕布后面的几位现身了，操作电脑的、挂着耳机的，还有向钱加多示意离开的，仿佛桌上那手机是颗定时炸弹一样。钱加多一起身，周修文就小心翼翼地把手机装进了避光的袋子里，嘱咐着一位来人带走了。

“来吧来吧，都快憋坏了，让周组长给你透露点儿，现在到关键时刻了，也不知道究竟行不行。”

谢经纬叫着门外众人，进了会议室。他忧心忡忡的话像对自己说的。其他人可纳闷了，斗十方走得蹊跷，出现得更蹊跷，缺失了过程，突兀的结果有点离奇。

最后进门的是巫茜，周修文小心翼翼地关上门。巫茜拿着电脑，没有投屏，直接在电脑上播放着，这一放可把众人看得心惊肉跳了。斗十方在吆五喝六地嚷着什么，面前是“庄”“闲”，再近一点，是成堆的筹码和现钞，看着这货就像赢红眼的赌徒一样，每搂一把回来，都是那么肆无忌惮地大笑，身边是一群鼓噪捧场的人。

“现在大家总不至于担心他的安危了吧？”巫茜故意问了句。

“地下赌场？”俞骏问。

“南港市，这和江帅胜有关，一定也和江帅胜的哥哥江前胜有关，和这里有关的——沈燕。”向小园思路一下转过来了。

“不对呀，现在都知道他是个警察了，这还怎么玩？”俞骏纳闷了，他强调着，“即便给他的开除通告是故意的，只要从事过警察，在团伙里也立不住脚。”

“呵呵，我曾经也有这样的疑问，知道十方是怎么回答我的吗？”周修文道，看着大伙，没人说话，都期待着他的回答。他解释道：“他说啊，‘都知道电话上来的和钱有关的事是诈骗，可为什么一直还有人上当呢？恰恰被骗的，往往还会再被骗一次。这个原因在于，一个人对未知的领域没有判断力，警务之于诈骗嫌疑人，就是这样的未知领域’。”

“所以，你们就派他打入团伙内部了？不对呀，时间对不上，机会也不可能有。”俞骏不信了。

“准确地讲，不是打入，而是被绑走了。更准确地讲，在网上舆论出现一边倒的时候，十方到政治处报到，我和他长谈过一次。他在那时候预判，可能还要有针对他的后续动作，而始作俑者肯定是逆风或者与逆风相关的人。所以，当时我们就放了条长线。”谢经纬坐着悠悠道。

众人的眼光复杂地投向谢经纬，这是最虐最没有人性的一种，以人为饵，只要出一点儿差池，就是白送人头了。

“他的判断对了一半，确实有人来了，可却不是逆风或者与逆风相关的人，而是与他有仇的一个人。我们也没料到对方会干净利索地绑人，一下子就失去了联络，不得已才把大家圈在这个干部培训中心。”谢经纬说，听得出话里的歉意和浓浓的忧虑。

周修文接过话头，解释：“大家不要用这样的眼光看你们面前的同事、上级。对于警务人员，任何具有危险性的任务除非自愿，否则不可能成行。十方和谢副厅谈话的时候我在场，其实当时谢副厅给了他另一个选择，背个处分，调离原单位，安心做一个普通人。十方当时的情绪很低落，他说啊，从小他爸不知道出于什么原因，一直致力于把他培养成一个骗子，即便他不想接受这个意愿，也耳濡目染地学会了很多。从问题儿童、问题少年，直到成年，还浑身是问题。他自己总是以骗人为乐，甚至在欺骗中寻找成就感和存在感，哪怕其中有不得已的原因，他终究是于心有愧。其实他心里很自卑，生活之于他是奔波、忙碌、逃避现实，以及和那些罪犯为伍。他说，苦不怕，累不怕，活在别人的鄙夷和白眼里都不怕，怕的是一辈子就这么看不到希望地活着，浑浑噩噩的像行尸走肉一样。”

周修文说着，眼见着这些同事的眼神软化了下来，可能谁都没有真正理解过斗十方的内心，现在却让一个外人知道得这么清楚。就听这位外人继续说：“但后来的生活有了变化，自从被俞主任招进反诈骗中心后，他说他在这里收获了友情、关爱、善意，以及最珍贵的信任。也许他还没有这个职业的信仰，可如果有人试图毁掉他最珍贵的东西，他一定会以眼还眼、以牙还牙。所以他选择更难的一种——背着满身诽谤和恶意中伤，成了被人唾弃的黑警察。”

一室鸦雀无声，他们哪怕是知道其中的蹊跷，也没有想到有如此的艰难选择，和头脑一热变成英雄相比，背着污名成为黑警要更难一些。俞骏一会儿叹气，一会儿激动，一会儿咬牙切齿，一会儿又是疑惑道：“这个任务太糙了，目标、方式、过程都不明确，怎么就实施了？”

“我和你想的一样，我们的脑子都差一根弦。”谢经纬开口了，他指指脑袋道，“普通人只会按部就班照经验办事。而骗子不同，他们最擅长异想天开，然后会按照异想天开的步骤，先下手为强。就像电诈手法一样，还原后非常简单，就是提前做到好的话术、圈套，但你在不知情的情况下，只要一步踏进他的设计，就得等着挨宰了。十方设计的就是这样，他认为一定还会有后手，如果想反制，就得让后手出现，否则藏着掖着，根本无法和骗子面对面PK。不管跳出来的人是谁，是逆风的人也罢，是他雇佣的人也好，只要出现，那肯定和逆风有关，线索就浮出水面了。”

“然后呢？”有人颤声道，是向小园，她眼神有点儿胆怯地看着周修文。

“最了解一个人的人，除了他自己，一是最亲近的人，二是敌人。这一次难度比较大，逆风的敌人先跳出来了，不管是什么人，十方的设计是，想办法加入对方的阵营。”周修文道。

“这……居然都能办到？”邹喜男苦着脸道，“那些骗子总不能被骗了一回，再上一回当吧？”

“这就是我们的思维和他的差距。他的说法是，能骗骗子第一回，为什么不能骗第二回？只要有演技，处处都是戏。”周修文笑着道，难得见他有这种表情，他解释道，“其实刚才和多多的通话就是我们约定的暗语，如果提及去看家里，就是没有发现。如果说去happy，就是要有动作了。如果说想家，就是要支援，反之则不是，现在的情况是，他被毛二和宋朝跟得很紧，我们根本无法接触，这才返回来直接让多多通话。”

“他被犯罪团伙看上，我一点儿都不意外，我们都青睐的人犯罪团伙没理由看不上。”俞骏开口了，直接道：“问题是，这好像南辕北辙了，万一被犯罪团伙委以其他重任，我们会不会瞎了？”

本来脸色凝重的众人，开始笑哭不得。能力太强了，确实想低调也难，想想斗十方的水平，怕是在团伙里也得大放异彩，可能这就是真相。谢副厅苦笑道：“可让你说着了，现在谁也看不出他这是伪装还是真实，短短半个月时间，抓他的两个人成了他的跟班，而且他们几个人组织起了地下赌场，据说收益丰厚。江帅胜对这位新人是推崇备至，连自己的奔驰商务车都给他用了。虽说用人不疑，疑人不用，可现在这情况，专案组的人都捏把汗呀。”

为了配合领导的担忧，周修文又挑选了几段视频播放，两段在赌场的、两段酒宴的，还有一段是在奢侈品店挑表的。果真是士别三日当刮目相看，曾经艰苦朴素的斗警官，现在已经是西装名牌满身、随从如云的大哥派头。那十足的暴发户架势，把刚才大伙儿心里涌起来的敬意和想念登时给冲得无影无踪。

“这小子行啊！”程一丁笑道。

“这货天生是干这个的。”陆虎评价道。

邹喜男龇牙笑了，小声提醒络卿相道："好像缺少美女啊。"

话音刚落，画面就出来了，是好几位美女拥着斗十方。周修文解释道，这是江帅胜培养的荷官，专用于地下赌场出千骗赌，不过一个个出落得花枝招展的，还真没人关注出不出千。

娜日丽看到向小园的脸色变煞白了，赶紧拉拉邹喜男，让他别乱说，却不料忘了一直目不转睛看着的钱加多。钱加多以独特的眼光看出了新意，惊呼道："天呐！奔驰商务、劳力士绿金表、GG男装……这几个女的拿的都是LV包，这种高跟鞋叫莫罗·伯拉尼克，咱中州买不到这个牌子，假货都没有。"

"你想说什么？"巫茜纳闷地问，钱加多的思维不可以常理来推断。

"这得多有钱才这么折腾啊？一身大几十万没了。"钱加多满脸都是羡慕嫉妒恨的表情，他愤愤地说着，"这是每个男人梦想中的生活哪，怪不得连他爸都不管了，玩得这么爽，谁还想得起爹妈来呀。你们咋了？为什么这么看着我？"

突然间画风变了，同组的人围了一圈，把钱加多围在中间，个个眼光如钉、如刺地剜着他，像随时要下手。钱加多护着耳朵，斜眼防备着，不料没防住，后领子被俞骏揪住了，连拎带拖给扔到了门外，然后咣的一声关上门，把他给扔外面去了。

里面的讨论还在进行着，不管承不承认，钱加多对消费更准确的认知把这份担忧又加深了几分。

旧案钩沉，云波诡谲

钱加多被撵出来之后，程一丁、娜日丽等几位组员也陆续出来了，最后出来的络卿相小心翼翼地关上了门，几个人使着眼色，奔回了宿舍，斗十方的消息就这么意外地出现了，但更意外的是，一组警衔高得吓人的警官不远千里来一趟，就为了让钱加多和斗十方通个电话，到现在为止，那些人估计还在分析通话呢。

憋了这么久，心里那块大石头终于落地了。按常理推测，此次的禁闭集训肯定是要在将来发出雷霆一击。关着的宿舍门里，隐隐地已经听到X小组众人兴奋的声音了。

会议室里留下的几位还在沉默中，警察这个职业或多或少总能培养出点喜怒不形于色的能力。在座的职位都不算低，所以这种能力都不浅。谢副厅一直就面无表情，周修文倒是有表情，但很少有变化，哪怕资历尚浅的巫茜也显得十足老成，尽管她心里震惊得无以复加，也明确地知道，案情不可能像周修文说的这么简单，否则都没必要回来了。

“我觉得这样不好。”俞骏突然开口了，看着引起了众人的注意，他清清嗓子道，“上下齐心，其利断金，不管有什么情况，我觉得没必要藏着掖着。”

话是说给周修文的，周修文尴尬地抿抿嘴，看了眼谢经纬，然后解释道：“回避总有回避的理由，您听完再决定是不是可以公之于众。”

“还有什么情况？”俞骏问，他看出来了，这个案情恐怕知情的只有周修文和谢副厅，可能谢副厅都未必知道全部。

“我简要说一下。”周修文从公文包里小心翼翼地拿出了存储U盘，解密，然后屏幕上显示着一堆照片影印件，似乎是一个凶案现场。他放到了俞骏和向小园面前，两个人看得云里雾里，几次皱眉之后向小园脱口而出：“徐则臣？已经死亡？加拿大警方的信息？这都几个月了？”

“七个多月前的事，按准确的时间算，是在我们端掉丰仪银杏基地、抓到沈曼佳的第二天发生的事。因为两国政治和体制上的差异，没有引渡也没有警务协作渠道，这是通过国际刑警组织传回来的，所以用了几个月的时间。此人在艾伯塔省埃德蒙顿市的家里被绑架，尸体出现在离市区90公里的布拉佐河畔，多处体表伤，多个脏器衰竭，窒息死亡。”周修文放着资料。

在座的专业人士很快能恢复这样一个过程：被绑架、被连续刑讯，之后因机械窒息死亡，往河里一扔了事。不管在什么地方做这种事，都是很专业的人才下得了手。

理论上一个外籍人士的凶杀案不足道，可这位徐则臣曾经是第一个被判定疑似“逆风”的嫌疑人，几乎在银杏基地事发的同时被灭口，那就疑点更重了。

“详情我们无从得知，加拿大警方提供的其他资料佐证，徐则臣生前有数个账户接收过虚拟货币交易平台的付款，总量有1100多万美元；在对受害人的住处搜查中，同时发现他操纵着不同国家的大量的离岸账户。加拿大警方怀疑他与国际洗钱犯罪相关，这才把案情通知了国际刑警协助调查。目前的进展是，此案丢失的一大部分赃款跨了几个国家到了瑞士，还有一部分进了开曼群岛的跨国公司账户，甚至还有一小部分通过正常贸易付款的方式，回到了国内，就在南港市，接收方是这家叫“则清电子商务公司”的。不过据查实，这是家挂靠注册的皮包公司，连实际的经营场所都不存在。”周修文道。

向小园眉头皱了起来，出声道：“到瑞士，去开曼免税天堂，这都是惯用的手法，但回南港就说不通了，有这个必要吗？这些赃款肯定是历年来徐则臣从国内骗走的财富。”

“这就是接下来的故事了。南港这家电子商务公司向中州的晟辉工贸、长安的凯达国际转了数笔账，最大的260万元，最小的几十万元。奇怪的是，这些到账的钱又被退回了。长安这个账户因为虚似传销案已经处在我们的监视下，登记法人是郑远东的一个亲戚。”周修文用奇也怪哉的表情看着向小园，像在考她。

向小园脱口道：“栽赃，即便退回也会留下电子记录的，南港则清电子商务如果牵涉境外犯罪，那它所有的出入账将来都会进入我们的视线，包括这两家。”

“对，或者可以说，是有人在煞费苦心地提醒我们。”周修文道，他切换屏幕，显示着几层密密麻麻的数据，解释道：“我分析了这些复杂的划转，发现和我们已经掌握的几起跨国电信诈骗案有很多雷同之处，而且这里面的手法暴露了一点。如果是国际玩家，他们大多会进入证券、房地产等行业，只有了解国情的人才会选择这样一个普通、不起眼的方式进入，南港最多的就是这种小型电商，有几万户。”

“沈燕。”俞骏脱口道，“一定是沈燕在玩，这姐妹俩就是洗钱出身，境内外都熟悉，那她转账的指向……是逆风？这是要祸水东引、借刀杀人吧？”

“暂且可以这样推论，这个账户还给一个个人账户转了100万元。这个个人账户刚刚在南港办理不久。”周修文道。

“那这个就值得关注了，或者是参与作案的凶手，或者是潜入境内的嫌疑人。”俞骏直接道。

周修文没有说话，而是连续放了几屏画面，是斗十方购物、ATM机取现、银行柜台取现的监控画面，一看把俞骏眼睛看直了，他惊讶道：“别告诉我是他的账户啊。”

“这个不用推论，就是。”周修文黯然道。

这就尴尬了，估计是在不知情的情况下，和国际犯罪扯上了关系，案情如果查不清，那不用跳黄河，跳进太平洋也洗不清了。

“这也不是坏事啊。”俞骏来了个逆向思维，评判道，“彻头彻尾地黑了，敢说这不是你想要的结果？”

他眼里有几分怒意，直刺着周修文，周修文叹气道：“他的事我负全责，我也赌上了这身警装，可直到现在为止，我还没有看到一点儿赢面。更困惑的是，我都越来越看不清他了，在南港完全有机会和家里直接接触，他却主动切断了联系。”

主动切断联系、大肆消费、经营起了地下赌场……这事办得俞骏不好意思收回目光了。即便化装侦查，有时候也得把控住一个度，执行任务的人是没有免责的，哪怕你是出于一个正确的目的。

气氛又凝重了，巫茜悄悄看看几位，谁也无话可说了，苛责谁也不忍心，可要维护，恐怕谁也说不出口。在犯罪组织里这么放飞自我，担忧恐怕不是任务还行不行的问题，而是这个人还回不回来的问题。

可能这就是周修文中途回归的用意，谢副厅终于开口了，他斟酌道：“情况大致就这些，这个小家伙比想象中出众，但也比想象中出格，这一桩一件的，后台看得是心惊肉跳啊。有句话叫‘人性是不能考验的’，我们每年职务犯罪的都不在少数，去冬一案中的武建利，本案中的宋朝，都曾经是警务人员。面对可以随意挥霍的金钱、可以任取任予的美色、可以随心所欲的环境……我是真担心弄假成真，真变成黑警察了啊！”

谢经纬欠欠身子，脸上浓浓的焦虑。周修文小心翼翼地问道：“我回来的目的有两个，一个是直接通话确认一下，确认结果还有待分析。二呢，我想听听您二位的意见，您二位毕竟是他的领路人。”

“您不觉得即便我有意见，也会保留吗？不管他做出什么选择，都无可厚非。”俞骏不客气地道。

谢副厅有点愠怒地提醒道：“不要有情绪，正面回答。”

“我回答不了，将在外军令有所不受。我们坐在安全的办公室里，对他的所做、所想无法感同身受，你让我怎么回答？而且不管我怎么回答都无济于事，开弓没有回头箭，硬着头皮也得上。”俞骏道。

这是唯一的选择，周修文无非是想从这里获得更确定的判断，可惜碰了一鼻子灰。谢副厅极度不悦地哼了哼，就差把俞骏也撵出去了，俞骏干脆回敬了句：“既然知道我们最了解，为什么还假手他人？我们坐在一个屋子里都缺乏信任，何况他还在敌对犯罪阵营？”

“这个……”周修文伸长脖子要说话，但话到嘴边又咽回去了，想想黯然道，“有一天你会明白的，和逆风的较量比想象中残酷，一点儿麻痹和大意都要不得。”

“是啊，对自己人一点儿也不麻痹，对逆风却一直大意，到现在都没有结果。”俞骏噎了句。

谢副厅瞬间发作了，一指门道：“出去！”

俞骏巴不得了，起身，敬礼道：“是！”

“站住！”谢副厅气得又吼了声，把俞骏吼立定了，气得手指发抖，道，“你看看你还像个指战员吗？简直和无赖一样！事关一个罪行累累的计算机犯罪嫌疑人，你却还在意气用事，知道为什么你坐冷板凳吗？就是因为你遇事毛躁，缺乏冷静！”

“我很冷静，是他们不冷静。我问你，周组长，即便他现在彻底黑化了，你担心有用吗？还有机会补救吗？不可能了，他是个天才的骗子，连那些骗子都能被他骗得团团转，何况我们呢？”俞骏道。

气氛一下子跌进了火药桶里，周修文脸色发红，额上青筋毕现。谢副厅要怒斥，一转眼又唉声叹气。巫茜想劝一句却不知道从何开口。这时，一直默不作声的向小园说话了，她直接针对俞骏驳斥了句：“俞主任，你一直立足阴暗的角度，所以只能得出阴暗的结果。事实并不是你所想的那样，我们眼中都只有任务，却是从来没有过执行任务的人。我们都奔着这样或者那样一个目的，却从来没有去了解过执行者的感受，就像我们身着这身鲜亮的警服，谁不是背后各有各的辛酸？”

“你不要夹杂个人情感，会成为笑柄的。”俞骏提醒道，生怕向小园失态。

“警察也是人，如果去掉所有警察的个人情感，都变成冷血的机器，那才是笑柄。谢副厅，我可以说几句吗？可能有助于周组长的判断。”

向小园征询道，谢经纬点头后，就见她若有所思地怔了会儿，然后缓缓开口道：“没错，他是个高明的骗子。在他失踪的当天，其实我找过他。他一身流氓习气，还出言调戏，我当时都气昏了，恨不得杀了他。可现在我明白了，他知道我对他最了解，所以就用最意想不到的方式拉开我们的距离，他是怕我们担心。”

向小园一念至此，鼻子酸酸的，那天发生的所有的事都是假象，在释然之后她似乎又有点失落。对于这份把她排除在外的关心，让作为警察的她觉得有种被羞辱，却又很感动的感觉，就像他所有的行事方式一样，根本不向你解释。

这是他，就是他，那个真实的他，向小园轻声道：“我见过他最难堪的样子，因为付不起父亲的医疗费，在我面前拘谨得像个小学生；我也见过他最凶狠的样子，打人的时候像个恶棍；还见过他最狼狈的样子，为了攒点钱在市场卖笔，在夜场卖唱，大半夜在车站拉客……从理论上讲，他应该是个很自卑的人。出身、家世、学历，几乎一无所有，从小就挣扎在社会的底层，可我在他身上没有看到妥协、没有看到堕落，有的只是一种高傲的倔强。你们觉得，一个连长安抓到杜风头的功劳都不放在心上的人，一个骨子里骄傲到视骗枭为无物的人，会被那么一点儿小恩小惠改变吗？周组长，知道他为什么一直对你不假辞色吗？”

周修文猝然被问，疑惑地摇摇头。

“那是因为他一眼就能看到你的内心，你的鄙夷只配他表示不屑。我怀疑过他，可后来的事实证明是我很幼稚，根本不了解一个犯罪团伙能有多少种不为人知的阴谋诡计。我无法感受他在经历的那种小心翼翼、战战兢兢的生活，可我知道，没有人收买得了他，因为他是注定要站在巅峰上的人。”向小园道，心里的话吐出来，整个人都通透了。她突然间明白，为什么他后来变得越来越冷漠，那是因为，自己的犹豫、矜持和却步早被他洞悉，他在顾及着，所以距离越来越远。

会议室静默好久，好久都没有人吱声，因为他们看到，有两行清泪自向小园的眼眶溢出，而她像陷在回忆里已经失神一般浑然未觉……

“咝……”一声长长的嗅闻，斗十方眯着眼睛坐直。同车的几位女荷官都在咯咯地笑，有人手拍拍斗十方问：“靓仔，别光顾享受，答案呢？”

“不单纯是香水，似乎还添了什么料，我说不上来。”斗十方诚恳道。

几位妹子咯咯笑着解释说，当然要添点料了。所有的赌场，包括正规的赌场都会添点料，那种可以引起人兴奋的香料，甚至可能是通过环境加氧，提升赌客的亢奋情绪。得让你使劲赌啊，怎么可以说累呢？

“厉害厉害。”斗十方听得直竖大拇指，行行有门道，只是看不到。这些天和这群娘儿们天天演戏，学的本事可不少。闻香味一辨一个准，偷牌换牌堪比专业水平了。那妹子甚至私下暗示他，可以给他介绍庄家或者叠码仔的活儿，那玩意儿可比这小地方来钱快多了。

眼看着斗十方和其中一位胸大的荷官又打情骂俏动手动脚了，前座开车的毛二出声提醒：“嘿，老大，这些妹子负责出千，不出台啊，可别过了啊，帅哥可饶不了你。”

“毛二，你也太煞风景了，多交流才有默契。嘿，小美，瞧啊，有人不喜欢我们走得太近。”斗十方道。

那些荷官的位置可不低，最起码被江帅胜很看重。有人冷嘲热讽，说老板是怕她们抢了小财神，这也太小气了。小财神，这词听得斗十方好奇拉着一位问：“你说小财神，莫非是指我？”

“当然喽，能拉客、会砌牌、能宰客……你好靓个仔，自己都不知道？到新世界分分钟成大佬啊。”那位叫小美的直接用粤语赞道。

“啊呀呀呀……”斗十方尖叫着，拍着座位嚷：“老宋老宋，这卖身卖便宜了咋办？”

“都卖了还能反悔呀？”宋朝笑道。

斗十方在后头嚷：“多少加点钱呗，这营业额快翻番了，瞧这几个妹子都坐不住了。”

宋朝笑而不语，毛二实在，直接回头讲了：“老大，这不是咱们的专业，咱们就客串一下。打现场都是捞一票就跑，你还想长干啊？”

“网上查得也不松啊，别以为我外行啊，那钱洗来洗去一半都留不下，还不如现场呢。”斗十方道。

“打住，停。”宋朝谨慎，叫停了，就快涉及商业机密了，不能乱扯。毛二有点郁闷地坐正了，商务车后座又嬉闹起来了。宋朝从倒视镜里看到斗十方又在玩变红黑的游戏了，那只手摸来摸去，不但摸牌顺溜，捎带着把荷官的脸蛋摸一遍，惹得那几位咯咯直笑。再看看毛二郁闷的样子，他这兄弟，可快成实打实的跟班了。

时针指向晚上十点，车辆准时停在一处临江别墅院外。组织的、操盘的、控制现场的各司其职的，荷官也未必知道每天在哪儿开场，而知道地点负责接送的人却从来不进现场。至于斗十方嘛，就是逢场作戏，每场必到。下车的时候已经恢复正人君子的模样，荷官被人从后门带进现场，斗十方要扮“赌客”从前厅进去，作为他现场的跟班，王自光已经恭候多时了，这位光板兄弟自打遇上赌神倒没发财，但好歹改善生活境遇了。穿着一身光鲜的冒牌阿玛尼，点头哈腰地迎上了斗十方。两个人宛如一对兄弟，互相搂着肩，摇摇晃晃地进去了。

宋朝看了看表，启动车缓缓驶离了。车行驶在稍显昏暗的临江路一带，早憋了很久的毛二摁下了车窗透着风，点了根烟，嘟囔地骂着这帮骚娘儿们不知道用了多少香水，把车上整得味儿大。宋朝听笑了，打趣道：“咋，给你找个像你一样浑身烟味的娘儿们，你受得了？”

“一码归一码不是。哎，我说宋哥，难不成真把咱俩搞成跟班啦？”毛二抽着烟，这气憋得着实有点儿不舒服，他吐槽道：“沈老板可是胳膊上跑马的女汉子，总不能看上这小白脸吧？再说他脸也不白啊？”

“那倒不会，不过这小子确实有两下啊，场子只要有他在，收的钱总能多几成。我就一直纳闷，这货以前怎么当的警察，总不能警察专门招了这么个骗子吧？你瞧瞧，大帅请的这几个荷官，要不是咱们看得紧，私奔都没问题。”宋朝道，作为坏蛋阵营里的成员，实在接受不了比他们底线更低的。

“嗯，你看着吧，用不了几天，真得私奔。”毛二没好气地道。

宋朝笑了笑，不说话了。停了半晌没见回音，毛二侧头想说话，却不经意间发现行进的路线不对，他好奇地问：“不回市里啊？这三更半夜的，江边风又大。”

“为了预防他私奔，这不想辙吗……来了。”宋朝道。远处的路边，一处废弃的工地，有车灯闪了闪。宋朝驾车驶近，看清了是江帅胜的座驾，两个人跳下车，和江帅胜一起站在黑暗里各点着烟抽。火光明灭间，江帅胜像是思虑不定，看着宋朝问：“是沈总安排的？”

“是啊，这我敢乱说？”宋朝道。

“有点儿损啊？这不等于自己捅自己一刀吗？”江帅胜道。

宋朝小声道：“场子的钱早撤几分钟，至于荷官，大不了关几天就放了，多好呢，都省下中间人的钱了。”

“可是，出一回事可就得好长一段时间没生意，多毁信誉啊。”江帅胜道。

宋朝附耳道：“沈总有大买卖，咱不能因小失大，再说这里能有几个钱？挣得连沈总账户里的零头都不够。人嘛，咱最不缺的还不就是人？”

好像说动了江帅胜，他哼了哼像是拿定了主意，扔了烟头狠狠一踩道：“那可说好了，损失你们得给我补上。自打我哥进去，我这儿也过得一天不如一天了。”

“放心，沈总一句话的事。”宋朝道，然后附耳安排几句，江帅胜自顾自上车，径直走了。

这时候，听得一知半解的毛二才拽着宋朝问：“什么意思？”

“举报这个赌场。”宋朝道。

“啊？”毛二吓了一跳，追着上车的宋朝问着，“啥？啥意思？那小子不还在里头吗？好不容易培养了这么长时间，让条子逮回去啊？”

“就参个赌，逮回去捞人呗。”宋朝道。

“宋哥，你明说，到底要搞啥？总不能让嫂子捅了小叔子的场子啊？”毛二道，说起来江帅胜和沈燕算是亲戚，这自毁长城的事实在没道理。

“这不很明白吗，不拆巢怎么肯挪窝？”宋朝坐到车上了，示意毛二噤声，看看时间，然后顺手把打火机往嘴里一塞。咬着打火机说话就等于有天然的变音器了，就听他拨通了电话说着：“喂，110吗？我要举报一个地下赌场……在沿江路116号排屋别墅，正赌着呢，你们赶紧来啊，好大的场子啊，好多钱哪……我叫啥？我叫王自光，电话号码139×××××，我就是因为赌博倾家荡产的……你们赶紧来啊，一会儿散场啦，挂了啊。”

未久，两个人在暗处看到数辆警车呼啸而过，直奔别墅方向……

猝临事变，逃亡夤夜

十分钟前，地下赌场的第二波高潮来了，一圈脑袋围着赌台喊“庄、庄、庄……”结果就开出庄来了，庄上红白蓝绿可足足堆了二十多万的筹码，一把赢了庄家二十多万，参赌的一群赌客疯也似的围着斗十方，喊声变成了：“赌神、赌神、赌神……”

这些家伙亢奋得像邪教入魔一般，“赌神”可有点儿傻眼了。加上这一把，他可连赢四把了，理论上这把都该杀了，怎么可能又赢了。

庄家不可能犯傻，无非两种情况：不是故意放水，就是场里有鬼。

第一种不可能，放这么大一把，再往回收就不容易，那就是有鬼了。他抬头看看荷官，女荷官笑了笑。这个不用考虑，她是机器人，让赢便赢，让输就输，操纵全场的在角落里。斗十方回头看，换筹码的那个男子，斗十方至今都不知道他姓甚名谁，是个很不起眼的中年男，回头时恰看到这货提着包，像没事人一样往外走。

“赌神，赌神，下把下什么？”

“赌神，您先来。”

“大哥，神助啊。”

一群赌客加上两眼冒绿光的光板，兴奋得把那身冒牌阿玛尼早脱了。斗十方不假思索，两眼凸出、青筋外露，咬牙切齿地喊：“有庄必长，改路不祥……继续，庄！”

斗十方恶狠狠地一垛筹码，砰砰咚咚一圈筹码全押到了庄上。荷官“买定离手”地喊了几声，庄8点，闲一点……“哗”声群情激奋，一下子乱套了，又赢了。斗十方一阵眩晕，摇晃着差点儿栽倒。

“咋了，咋了赌神？”

“快扶着，这是怎么了？”

众赌客焦急地问，斗十方揉着脑袋，艰难万分地说：“今天运气逆天，要折寿啊……光板，快，扶我上厕所。”

“牌正红着，别臭了手！”王自光激动地喊道。

“我师傅教我，赢牌不过三，过三必遭铲。给我下把庄，你们听我的，这把闲必赢。”斗十方吼道，王自光半信半疑，押到了庄上，而另一拨赌客似乎对斗十方已经迷信了，砰砰咚咚全下闲上。

荷官机械地买定离手，开始发牌，庄8点，一出来嘘声一片，闲是7点，爆的可能性很大，嘘声一片，都是失望之色，却不料闲加牌是2，9点，果真是闲赢。

佯作难堪的斗十方长舒一口气道：“哦，好……光板扶我去。”

哎呀，这是泄露天机，自遭天谴啦？赌客拿着筹码，景仰地看着斗十方蹒跚的步履，那句自心底发出的感慨终于出来了：“这才是高手风范哪，宁愿自己输也得让大家赢。”

有人嘀咕上了：“我这几天跟他都输十几万啦。”

有人解释：“这不一把就赢回来了吗？！”

也对，今天都翻本了，眼看着赌神上厕所了，这边可咋下呢？于是小牌子下庄下闲的都有，高潮瞬间就过去了。

王自光真以为斗十方不舒服了，却不料一出门，刚刚还神情委顿的斗十方表情严肃地把王自光推到角落里，轻声安抚：“等着别动啊，今晚要出事。”王自光早对斗十方言听计从，不敢稍动，眼看着斗十方往楼上跑。

不一会儿，又从扶手上滑下来，王自光跟着他追出门，堪堪拽住提着包换筹码的男子，那男子怒道："放开！妈的，想死啊？"

"想拿老大的钱开溜，你才想死！"斗十方二话不说，嘭唧一拳直捣鼻梁，后面王自光紧张道："别呀，哥，那是老大表弟。"

不说还好，斗十方更确定了自己的想法，摁着人连拳带肘加膝撞，边打边骂："妈的，敢偷场子的现金半路跑，老大亲弟也不行……想说什么？"

斗十方揪着人，那人已经满脸是血了，再问，那人刚开口，斗十方嘭唧一拳捣在他腮边，那人扑通摔地上了。

斗十方拍拍手道："看看，没话说了吧。"

"妈呀，亲哥呀，这可要命了。"下楼的王自光吓傻了。

斗十方拎起包递到他手里道："你不是说钱才是命吗？发财的机会到了，快走。"

斗十方拉着王自光就往楼上跑，外面听到了动静的几人奔了回来。一看躺着的人，再一抬头，想往上追，却不料门口喊了，几人一犹豫，七手八脚搀起躺着的人出了门，上车即走。

二楼瞅到这奇景的王自光傻眼了，不解地问："啥意思？这看场的咋都溜了？"

"要砸场了。"斗十方道。

地下赌场是个高危地带，可能被人潜入，可能被警察探知，亦可能被同行举报。出现任何一种情况，这场子就砸了，但这种情况——赌场自己的人先跑，王自光就不明白了，斗十方一扇他后脑勺骂："没看场上一直赢？老板自己砸的！"

"卧槽，坏啦！"王自光明白过来了，下意识要跑，可脚步像被钉住了一样。从他们的位置已经看到几辆车灯瞬间熄灭，然后影影绰绰地从车上下来七八个人，那分跑着守门、守围墙、奔房后的架势，已经千锤百炼被抓过无数次的光板兄弟下意识地喊出来了：

"完了！条子来了！"

“什么，什么？”

远在中州的驻地小组听到这一讯息，扔下研判的东西，直奔会议室，咚咚擂门。门开后，他惊惶地喊：“周组长，零号所在的赌场，被南港治安警力包围了！”

“什么？”周修文一下愣了。他惊声问：“什么时候的事？”

“刚刚。王自光和零号的手机我们一直追踪着，和南港出警重合了。是几条举报信息，都反映在沿江路116号排屋别墅有地下赌场，110通知治安警力出警的。”那位警员语速飞快汇报着。

周修文急得踱步，喃喃道：“不能接触、不能让他落网……这会不会又是沈燕的一次考验？或者是一次随机事件，可如果叫停出警，那是不是嫌疑更大……”

一时间，周修文的方寸已乱，他惶惑地看着谢经纬，谢经纬道：“情况不明，这可着急上火不得。俞骏！”

“到！”

“这种情况，如果是你会怎么处理？”

“我……您确定要听？”

“说！”

“如果是我就不处理。什么都不知道，才显得更自然。”

“这……”

谢经纬犹豫了，俞骏所说的似乎是最简单、也最直接的方式，他踌躇片刻，对周修文道：“你这根弦绷得太紧了，也过于焦虑了……这样吧，虽然时机还差了点儿，不过也该到把小组交给你的时候了。他们相处的时间最长，让他们一起给你出出主意？”

“好，谢谢。我真的快支撑不下去了。”周修文道。

“集合，让所有人都到会议室，把零号所有行踪从头到尾捋一遍。”俞骏直接道。

他快步出门，警灯响时，宿舍里那拨根本没休息的早踢踢踏踏奔出来了……

从看到警察包围的眨眼工夫，斗十方把包交到光板手里，一掏口袋，只有一部破手机可用。他握着朝墙上的开关盒比画了一下，然后垫上衣服，朝着盒身砰砰狠砸，几下砸烂。然后从包里抽了几张纸一卷，借着破手机的光瞄着，拿棍状的纸卷戳啊、捅啊、戳啊……就在王自光不知道这是干啥时，“噼里啪啦”一串电火花一闪，“嘭”地全黑了。

“短路了！牛！”王自光崇拜地刚一喊，就被斗十方拽着往楼顶上跑。场子里已经有人看向窗外，有人发现了在大喊，一群赌客急得踢踢踏踏往外涌。正包围的警力猝遇此变，步话里有人指挥着，队伍迅速向正门收拢，等大队赌客涌出来，三辆车车光一亮，警笛一响，防暴盾堵着门，防暴棍架着路，有人喊话：“警察！都别动！蹲下！蹲下！……”

即将控制住现场的时候，不料变生肘腋。一声尖叫，似乎是在楼顶，然后“哗”地从楼顶往下掉钱，纷纷扬扬的百元大钞就在头顶飞舞，刚安生的赌客一下子失控了，急着去抢。警察大喊着维持秩序，领队的指着楼顶：“楼顶有人！上两个人！”

有警员飞快冲进屋里，打着手电筒沿着楼梯往顶层奔。

此时，窝在二楼窗下的斗十方和王自光两个人大气不敢出，脚步声就从隔着一层薄门的外面响过。等脚步声一上楼，斗十方开窗，先把王自光送出窗外，让他攀着窗，再往他嘴里塞了一摞钱咬着，小声说道：“只有两米高，快跳！”

这货吓得不敢跳，斗十方朝着两只手叭叭两拳。王自光一吃疼，手一松，吧唧掉下去了，“咚”的一声摔得七荤八素，偏偏嘴里咬着一摞钱，喊都喊不出来。抬头时，斗十方整个人早吊出了窗外，一包钱一扔，辨着方向，胳膊一晃悠，准确地落下来了。他一手拎包、一手拽着王自光，沿着后墙就跑。

此时楼顶上，警员正看着堆在房顶斜面上还没有飞完的钞票，干脆在楼顶四下搜索漏网之鱼。而院子里，众赌客已经被警察喝令蹲好，控制了场面。奇怪的是，那堆钞票像自己上去的，根本没有发现可能逃脱的人。

二楼，继续搜。

楼外阴影里、靠着墙的地方，斗十方和王自光像大闸蟹一样，背贴着墙横着跑。一有光照过来两个人就齐齐不敢再动，光线一移，两个人就赶紧移动。就这么横着跑，错出几十米后，手电筒光芒搜索到了打开的窗户，照到地后窗洒落的钱，可再往远处照，已经不见人影了……

零号的手机信号消失……

中州干部培训院的秘密小组，只得了这个无法确定的信息。声像的视频连接不可能直达抓赌的治安单位，准确消息恐怕得几小时之后了。

而俞骏似乎并不太关心信号消失的信息，他和向小园仔细看着这个以“X”命名的行动组所有的日志。除了一次接触，剩下的都在失联中，唯一意外的是斗十方还用着中州的手机号。这个手机号恐怕对方也会用来观测动向，所以它一直保持开通，直到刚才信号消失。

“我们和零号唯一的一次接触是在距离南港60公里的南湾县垃圾处理厂，也就是网上公示被处分的十一名警员的当天。”俞骏喃喃道。那是一段有画面的记录，满脸血迹，胳膊和上身都带着伤的斗十方坐在摄像头的对面，正在有气无力地说着：“……我被关在一所修理厂里几天，遭到了刑讯。不过我认为刑讯不是目的，他们有意透露给我逆风曾经使用过中州晟辉工贸公司账户洗钱的信息。我怀疑是在算计我，期待我把这个信息带回去，然后实现他们借刀杀人的目的……除了被绑架，我再也没有见到沈燕和她带着的四个人。她的目标还是逆风，我觉得她应该有线索了，这一步基本成了。”

“可能是中州的消息导致他们采取了抛弃的方式，这怎么叫……成了？”陌生的声音。

视频里斗十方道：“不管我把信息带回去、导致追捕方向直指逆风的账户，还是我不再回去，就此被毁，之于沈燕都算成了。毁掉一个人最好的方式并不是灭口，而是毁掉他最珍视的东西，事业、自信、精神……就像传销一样，可能连你的人格也会一起毁了。”

“你是什么意思？她放了你是毁掉你？”那个声音问。

“你说呢？”斗十方伤痕累累的脸上没有表情。他捋起袖子，撕开胸前的衣服，在看的同事惊咦一声，那两处狰狞的文身赫然在目。一群人都看愣了，然后胸中腾地激起了一股子怒火。

“这群王八蛋！”一直未开口的巫茜说话了，她气得嘴唇哆嗦，指着屏幕道，“这是活跃在缅北一带一个臭名昭著的黑帮文身，成员大多是偷渡的负案嫌疑人，骗赌、电诈、收债、绑架……无恶不作，前两年被中缅联合打击后，成员大多散落到东南亚一带，小部分潜回了内地。宋朝和毛登科应该就是其中的成员。”

“羞辱，这是羞辱。”俞骏艰难地吐着这样的话，眼睛发滞道，“我们怀疑他，这些犯罪团伙也在羞辱他，这是要永绝了他回头的机会。”

“后来呢？在这种情况下，应该把我们的同志撤回来。”巫茜责备的眼光看向周修文。

“要是能确定情况，那就简单了，继续看，你确定一下。”周修文道。

“那……失利了？！”视频隔了好久才传出声音来，静默的斗十方蓦地抬头了，神情严肃地否认：“不，只要消除所有的怀疑，那他们就会深信不疑，如果他们真是抛弃了我，那就没必要往我身上放这么多追踪了。这和在长安时的遭遇一样，甚至水平可能更高一点儿。如果我是个弃子，他们没有必要下这么大功夫。”

“但你仍然是个弃子，现在你有三种选择，在当地报警，他们会消失；回到中州把这个消息透露出去，正中他们下怀，他们也会消失；第三种选择是你加入他们，但似乎已没有可能，即便有可能，也无法取信于对方。”陌生的声音道，应该是周修文小组的联络人。

“这个世界通行的准则不是信任，而是利益。如果我有攫取利益的能力，或者我就是利益的一部分，他们会找上门的。”斗十方道。

“我没听明白，什么利益？”

“只能意会，很难解释。简单地讲，假如我是一个和他们同等量级的骗子，你说他们会不会动心？哪怕我有个警察前身的身份，但这个不重要，对他们而言这是加分项，在他们眼中会定义为黑吃黑的高手。”

“这岂不是多此一举？”

“不，收个小弟和结交一个兄弟，是两个概念。”

“你的意思是，你就这样回去？”

“对。我会多给出一种选择，只有跳脱出他们的判断，才有可能引起他们的兴趣，我并不担心我能不能做到这一点。”

“那你担心什么？”

“我担心……当我做到之后，本色和角色、戏里和戏外，都会出现混淆。”

“那你得守住本心，这一点谁也帮不了你。”

“你又错了，我是指家里，坦白地说，其实你现在就已经对我充满了怀疑。目光不要动，你甚至已经怀疑我是不是已经变节了。你只要确定我真的变节了，可能会叫停行动，可能会把我控制。对方也一样，也在怀疑我是不是真的变节了，确定我是真的变节，可能会拉我入伙，可能会委以重任。你来判断一下，我应该站在哪个位置？”

“……”

凌乱了，半晌没有听到那位的回话。周修文直接摁了暂停，解释道：“结果我们都看到了，沈燕的团伙成员相信他真的变节，已经拉拢入伙。而我们，至今无法确定！”

他脸上满是苦笑的表情，可能从来没有经历过这种事，这是一个非此即彼的答案，偏偏无法确定。就像现在这样，人一下子莫名其妙地消失，谁也不知道在黑咕隆咚的现场，究竟发生了什么事。

我跑，我撒丫子跑，斗十方背着一包钱跑得飞快。

我跑，我瘸着腿跑。王自光连滚带爬地跑，冷不丁地被脚下的湿泥滑了下，“吧唧”摔了个狗吃屎。他苦痛地嚷：“赌神哥，救我！”

“哎哟，你个丧门星，怪不得输成光板了。”斗十方回头看了眼，无奈地奔回来，连拉带拽带上他。王自光感激道：“谢谢赌神哥啊，你比我亲哥还亲。”

“有亲哥也被你输了，赶紧点儿。”斗十方小声说道，抽空回头看了眼，已经跑出去1公里多了。那个抓捕现场人多且乱，治安警力就那么点儿，应该无法分兵追他们，王自光歇气了，直道：“没事了，没事了，歇会儿。”

“快走！别歇。现场一突审，人不够、钱不够，立马抓来了，你又是个名人，过不了今晚你就得进局子。”斗十方道。

“不可能，怎么也能躲过今晚。”王自光道。

“瞎高兴了吧，过了今晚，你一准上追逃名单。”斗十方道。

这话吓得王自光一激灵，跑快了，又跑一会儿喘着气问：“哥，那咋办？”

“你是不是傻啊，都拎了一包钱了，你说咋办？分赃，花完再回来，不花完也别回来。”斗十方道。这下给王自光打鸡血了，他眼睛一亮，追着斗十方道：“是啊，这人多眼杂的，就说条子全收了，谁也说不清啊。哥，你千万别回来啊，上次没损失放了咱们一马，这次要被逮着，肯定得剁手、砍腿、挑脚筋。”

“说得好像你干过似的，吓唬谁呢？”斗十方不屑道。

“真的，哥，我见过好几回呢。最厉害的都不是这个，是杀人不见血。”王自光情绪亢奋下，管不住自己的嘴了。

斗十方回头揪着他，唬道：“你不会手里有命案吧？这我可不能带着你啊。你要参与过命案也不行啊，条子会追你追到死的。”

“没有、没有，我碰巧见过帅哥他们整过一回。是一个欠钱没还的，要不我怎么那么怕他们，他们真敢杀人啊！”王自光紧张道。怨不得输成光板也认命了，这不认命就得没命啊。

斗十方眼睛转悠着，貌似紧张了，放开光板道：“那赶紧走，咱们都别回来了。”

“哎，反正光板一身……哥，咱们去澳门赌？要不去拉斯维加斯？我有钱的时候真去过澳门，还是那场子气派，厕所修得比餐厅都高级。”王自光憧憬道。

“你都输成这样了还想着赌啊？”斗十方道。

“不是有你吗？我给你当小弟就成。”王自光道。

“我根本不会赌，我是个骗子好不好？”斗十方纠正道。

“那就去骗赌啊，反正能赚钱就成，我不介意的。”王自光认准大哥了。

“但是我介意，赌吧，你不会赢；骗吧，你不会干；打吧，你只会跑；跑都跑不利索，快点儿！”斗十方训斥道。

两个人终于跑出了沿江路，穿过了排屋别墅区，在一片沿江绿化带附近，终于力乏地坐在地上。这时候已经看不到案发地，黑咕隆咚的环境，只有江流的声音和迎面吹来带着潮意的空气。逃出生天的兴奋尚未散尽，两辆车驶来了。两个人以为是过路的，却不料那辆车直接冲他们躺着的地方冲过来，隔着十几米刹停。两个人一骨碌爬起来又要跑，这时候却听到了熟悉的声音：“别跑了，两条腿能跑多远？赶紧上车！”

是宋朝的声音，王自光快哭了，难受道：“命苦啊，钱还没摸呢，就追来了。”

车灯一下子灭了，“哗”的一声开门，副驾上宋朝低沉的声音说：“上车，我送你们出城，钱分我们一份，谁也不吭声。”

这句管用，两个人不犹豫了，掉头奔着上车，那车“呜”的一声倒回到路上，飞驰般驶出南港市……

以变应变，谁辨忠奸

车缓缓通过减速带，王自光紧张地看倒视镜，无车追来，他暗自松了口气。斗十方看着另一侧的倒视镜，好像也放心了，悠闲地靠着椅背，点上了一支烟。

通过收费站，车速起来了，王自光带着口臭的一口气终于舒缓出来了，整个人松弛下来了，劫后余生地叹道：“赌了一辈子都没今晚刺激，哎哟。”

“我说你们俩可以啊。”宋朝回头看看，打开手机的光亮，伸手一拉拉链，那一包钱赫然在目。跑得那么惊险还不忘钱，真难为这两个人了。他用手机手电筒照照闭目养神的斗十方，又照照王自光，光板兄弟谄媚笑道：“侥幸，太侥幸，见者有份，宋哥您先拿。”

这货不光输穷了家产，连骨气也输得丁点儿不剩了。宋朝笑笑，关了手机手电筒：“这个好说，你们想好去哪儿了吗？场子一被查，都得躲风头，特别是光板你啊，你可是南港名人，场子里有一大半人认识你。”

“这不怪我啊，别人是赢钱出名，我是输得出名了，那我咋办？”王自光为难地说道。

“问赌神哥呗。”开车的毛二笑了。

王自光真问上了。

斗十方啧了句：“你是不是傻啊？上贼船了，安生点儿。”

“啊？什么贼船？”王自光不解。不过好歹这家伙也在江湖市井里摸爬滚打了几十年，这么一提醒，他一想经过，想到了一种可能，惊得他“咝”地吸凉气了。前面的宋朝回头问：“明白什么了？”

“不会是自己砸盘吧？”王自光紧张道。

宋朝问：“何以见得？”

“帅哥那老表拿钱走，被我赌神哥给截了。而且，今晚赌场一直放水，大家都快赢疯了……不对、不对，肯定是他们自己砸盘。”王自光更确定了。

“当然是了，地下场子有时候是被条子端，有时候是被内鬼挑，但也有时候，老板自己出手砸。这一砸，中间人拉客不用分成了，参赌的肥羊也不用兑筹了，甚至连外聘的荷官报酬都省了……反正就一句，都被条子没收了，我也没办法啊。”

“宋哥，我知道，可是这回砸的不一样。人家砸盘，我们把钱截了，回头还得找我，不，找赌神算账啊。”王自光把矛头很客气递回给了斗十方。

“对，聪明。”宋朝笑赞道。

闭目养神的斗十方却沉得住气，没吭声，反倒是被提醒的王自光憋不住了，一会儿又紧张地问：“宋哥，那我们咋办呢？”

“不好办啊，人都进去了，就你俩没进去，回头条子得追你俩。钱没了，你俩也不见了，回头大帅也得找你们啊。这大几十万元呢，依大帅的性子，不能白丢了不是。对了，你们还把他表弟打了？哎我说十方，你是不是瞅着不对劲了，准备捞一票跑呢？”宋朝笑着揭底了。

斗十方终于说话了，一拍大腿道：“明人不说暗话，我就这么打算的。可我就想不明白，我把手机都砸了，都不知道自己跑什么地方了，你俩咋一下子就找来了？”

“哎哟哟……光板，你的手机赶紧扔了，不管条子还是大帅，找着你都没好。”宋朝笑道。王自光一激灵，赶紧掏出手机往窗外一扔，听着宋朝“呵呵”的笑声，这恐怕就是正确答案了。

斗十方气得“吧唧”给了王自光一巴掌，骂道：“你这个丧门星，忙着跑把这茬儿忘了。”

王自光没想到问题出在自己身上，有点儿羞愧，不敢接话了。前座的宋朝道：“兄弟，我也明人不说暗话，有地方去吗？我们送你一程，钱归你们俩，这点儿，我还真看不上。”

“呵呵，话没说完吧？地方是不是选好了……老宋，我怎么觉得不会是你下套吧？逼着我们跟着你走？砸盘这事，你不会恰巧就在离我们最近的地方吧？”斗十方道。

“天地良心啊，那么不要脸的事，也就大帅他们能干出来。不过你说对了，我还真想让你们跟我走。即便今晚折进去，我花多少钱，也得把你们捞出来。”宋朝道。

“不管我跑出来，还是被捞出来，南港反正是待不下去了，真被捞出来还得承你的情呢。算计得不错啊？”斗十方笑着道。

这如同亲见的判断让宋朝叹服不已。毛二搭腔了，粗豪地喊道：“老大我直说啊，沈老板把我派给你，我一开始有点儿不服，不过今天我不得不服。啥也不说了，您要觉得那点儿钱够花了，我把您老送走，您要觉得还不够，那咱兄弟们再捞几把去呗。不怕告诉你，你要真见过沈老板是怎么给兄弟们扔钱的，赶你都赶不走。”

斗十方还没回音，王自光倒期待地攀着椅背问了：“两位老大，算我一个成不？”

“滚，我们是跟班，老大在你身边呢。”毛二道。

王自光一激灵，不解地看着斗十方，斗十方犹豫了，俯身从包里掂出几摞钱，在手里有节奏地拍得啪啪直响，响了好久，都没停下来……

“手机最后出现的方位是这儿，S86高速11公里段，这是王自光的手机号；而零号的手机信号，是在排屋别墅消失的，中间相隔了四十八分钟。

现在是23时22分，目前被滞留的参赌人员并没有零号和王自光……情况就这些，南港市局保密处已经应邀赶赴现场，估计还得一点儿时间才能有消息。”

周修文放着一些碎片信息，与会的X小组诸人从兴奋到迷惑，再到现在的紧张，心情已经起伏数次了。究竟发生了什么事，成了笼罩在大家头顶的疑问。

还有更大的疑问出来了，周修文不时看着手机，又补充道：“赌场是被人举报的，音频刚提取到。”

他用手机放着一段话：

“喂，110吗？我要举报一个地下赌场……在沿江路116号排屋别墅，正赌着呢，你们赶紧来啊，好大的场子啊，好多钱哪……我叫啥？我叫王自光，电话号码139××××，我就是因为赌博倾家荡产的……你们赶紧来啊，别一会儿散场啦，挂了啊。”

连放两遍，巫茜脱口道：“变音了。肯定不是王自光。”

“对，还有一个情况是，看场的都溜了，理论上钱也应该消失。奇怪了，场子里没有，反而在房顶，后窗下也发现了，是有人在封场的时候从那儿跑的……究竟发生了什么？”周修文为难地思索着，不敢妄下断论。

这当会儿，很久没有发言的钱加多圆眼滴溜来回瞅，但他已经自知乌鸦嘴，实在不敢开口，反倒是巫茜无意看到钱加多奇怪的表情了。她好奇地问了句：“多多，你好像想说什么？”

“没有、没有。”钱加多头摇得像拨浪鼓。

络卿相提醒了：“有人警告他不许开口。”

“什么意思？”巫茜没明白。

余众笑着看娜日丽，娜日丽无语道：“咋？这么严肃的场合，还指望着看人笑话啊？”

也是，多多一直都是另类，开口就搅场。众人脸上微笑着，钱加多有点讪然，确实是严肃的场合，乱发表意见又要惹人笑话，可他又看到周修文蹙眉苦思的样子时，再也憋不住了，喷道：“这么简单的事还用思考吗？那是赌场啊，警察来了肯定是先拉闸后点钱，然后点人啊？咋，等着被抓呀？”

“是这个道理，但是……”周修文回了半截儿。

“我知道你怀疑十方卷钱跑了。”钱加多道，把众人不敢说的那句话给喷出来了。周修文道：“情况不明，这只能是推断。”

“不用推断，肯定就是，他要想彻底放飞，需要一笔钱；他如果想让别人认为他已经彻底放飞，也需要这笔钱。当好人有很多种理想，但当坏人只有一个理想，那就是钱。”钱加多道。

这理糙了点儿，可似乎有点儿道理，众人愣了。程一丁提问道：“可能是庄家自己砸盘，有两种情况，一种是不信任十方，这是一次考验；另一种是惯用的手法，砸盘坑了赌客、肥了庄家。看这举报，应该是故意砸盘让警察收拾烂摊子，可奇怪的是，为什么钱没有被带走？”

“十方身上要粘上毛，不比猴精呀？谁能坑得了他？肯定还有第三种情况，庄家想砸盘，结果被十方反砸了，不但没控制住人，钱也被十方给卷走了。”钱加多道。

这一提醒让周修文倒吸口凉气，指着钱加多道：“继续说下去，你说的似乎更符合十方的性格。注意，他可是还带着个拖油瓶。这个人是个赌鬼，在南港市很出名，把拆迁赔的几套房子和店铺输得一干二净。两个人在五十分钟内，从沿江排墅已经撤到了高速路，这能说明什么？”

“有接应呗。”钱加多道。

“我们都找不到他，谁接应？”周修文道。

“只有同伙喽。”钱加多道。

这一句听得众人有点脸红，可恰是这一句，让周修文惊醒，马上通过电话布置，寻找毛二、宋朝的位置。片刻后收到回复了，两个人一直在民宿的住处，准确地说，追踪到的手机号在民宿的住处。

“不对！”俞骏脱口道，“这类人是夜生活的主角，白天睡觉才正常，晚上不可能这么安生。宋朝可是个老警务人员，如果有动作，肯定设计好了每一个细节。”

“那会是什么情况啊？宋朝和毛二理论上和江帅胜是一伙儿的，砸盘应该互相通过气，总不能江帅胜砸盘，毛二和宋朝接盘吧？”巫茜搞不懂犯罪分子的行径了。

陆虎和络卿相又要说话时，向小园回头做了个噤声的动作。这时，她看到俞骏眉头锁起来、摩挲着下巴苦思着。俞骏很不自然地掏出了烟，点上，浓浓抽了几口，袅袅的烟雾中，他睁着迷离的眼，慢悠悠地道：

“我们觉得最不可能的，可能就是正确答案，他们不管把他带走、骗走、哄走，似乎都不合情理，只有这一种最合情理——逼走！出这么一档子事，涉事人在当地就难有容身之所了，恰好被他们拉进设计好的圈套中。”

“这又何必？那恰是我们的意图。”周修文道，“反正零号现在身不由己，只能跟着他们走。”

“强扭的和主动投怀送抱的，那感觉不一样。你们记得吗？十方可当过驻场演员，把小秃子演得活灵活现，他这演的是一出绝地逃亡，这倒逼对方不得不上演一出月下追韩信了。”俞骏慢慢地，思路清晰了。

“这太匪夷所思了吧？”巫茜质疑了句。

俞骏一笑，来精神了，用夹烟的手指：“那你解释一下，两个人都能逃走，那依十方的水平，一个人卷钱岂不跑得更利索？为什么还要带个拖油瓶？难道要多个分钱的？”

“他在给家里留线索。”向小园满脸惊喜。

“对。”俞骏一拍桌子，直道，“顺着这个点往下查。我们的思维得向前，不能等消息了，他一定在某个地方给我们留下了线索。技术力量不够的话，可以调用反诈骗中心，沿路肯定有发现。”

众人愣了片刻，然后不约而同地看着周修文。周修文一激灵，奔出门外，刚出门又推门回来，叫上众人一起，那里有总局的一个高规格追踪小组，正等着下一步的命令……

“啪……啪……”

斗十方有节奏地拍着钱捆，唉声叹气了良久，黑暗中听到他唏嘘了一声。他点上了烟，抽了一口，顺便开了车窗透气。听到动静，前座的宋朝征询道：“兄弟，你要一点儿都不犹豫挣扎，我还不敢用你。你要完全无情无义，我还未必高看你，你连光板这货都拉拽着、帮衬着，看得出是位性情中人啊。”

“说起来光板兄弟是被我坑的，不管不顾，有点儿过意不去啊。”斗十方道。

王自光反倒不好意思了，谄媚道：“赌神哥，甭客气，这么多年了，我自己都不把自己当人。”

“你得有点儿志气，对自己得狠一点儿。”斗十方教他。

这一点王自光认可了，他拍着胸脯道：“我够狠了，我把家里几千万家当全输了，这还不够狠？”

驾驶的毛二笑喷了，笑着骂了句：“脑子缺根弦，怪不得输光赔净，不宰你宰谁呀，你这么蠢。学着有点儿眼色，宋哥跟老大说话呢，别插嘴。”

“好的、好的，不插嘴。”王自光赶紧闭嘴。

宋朝回头看看，斗十方仰着头不知所想，他劝慰道：“想得怎么样了？有去处吗？”

“你明知道我和你一样，有家难回了。”斗十方道。

“每年脱了和被扒警服的不在少数，也没听说都憋死了啊？据我所知，有些人混得还不错。我当年可比你惨多了，深牢大狱足足待了六年多，那些年我想明白了一件事，不管被什么外衣包裹着的躯壳，都是被欲望主导的肉体凡胎。欲望，其实也是一种信仰，谁不想要更多的钱？谁不想掌握更大的权力？谁不想娇妻靓车豪宅？这本就是一个物欲横流的时代。”宋朝淡淡地道，听不出他对自己的曾经是嘲讽还是反讽。

斗十方笑了声，出声道：“不想了，逆风给我涂的那个污点，基本就给我的职业生涯画上句号了。老宋，你知道最郁闷的事是什么吗？”

“是什么？”宋朝机械地问。

“是那种作为小人物的无处不在的无力感。对吧。”斗十方道，此话让宋朝大生知己之感，他想回身附和，就听斗十方话锋一转道，“但反过来，即便我脱了这身警服，感觉还是一样。我要钱，是个穷光蛋；要打，拳头不够硬。我比你还想弄死这个逆风，可我一想这档子事还是泄气啊。他有钱，要多少有多少；有人，也要多少有多少。我怎么跟他斗啊？没准落到他手里，我还得认命……别说他了，就现在落在你们俩手里，我都想着这辈子画句号了。”

“那是吓唬你呢，没冤、没仇、没好处的，弄死你干吗？”毛二插了句嘴，说出真相了。

宋朝笑了笑说道：“没错，我们感觉相同，你只是暂时的气馁，逆风也是人，是人就有弱点，要没几分把握，沈老板不会回来的。这个我可以教你，单拳难敌众手，可要我们抱团联手，那形势就逆转了。你不至于认为我们只有这一点儿势力吧？”

“很多吗？我倒没发现，就帅哥那群料，真不够看啊。传销那帮人有多恶，别人不知道，宋哥你应该清楚啊。一出来一村、一窝的，要结伙干什么事，除非一锅端，否则拿那些人没辙。”斗十方道。

宋朝纳闷回头问：“你怎么知道要对付那些人？”

“那些人是整个骗局的保护层，也是最底层。对标的肯定就是我，或者我们了，我总不至于已经成为中层了吧？”斗十方道。

宋朝呵呵地笑了，对毛二说：“毛二，服不服吧？老大和老板都看到一块儿了，我觉得这局赢面越来越大。”

“我可真没那么大自信。”斗十方又叼了支烟，瞥了眼已经侧头眯睡的王白光，他点着烟，顺手又摁下了车窗。宋朝没回头，说道：“会有的，能让逆风出手黑你，这资格足够了。知道不，老板身边那人也是个黑客高手，逆风理都不理她。”

“你指那个胖妞？比光板还丑的？”斗十方道。

这句损话听得毛二和宋朝哈哈大笑，毛二赶紧提醒，妮可不但胖和丑，脾气还坏。以后有机会见了别惹她，她要发起飙来，敢把咱们的账户都清零了，那惹不起。

几人哈哈笑着，驶过了一处公安检查站，横杆灯光一闪，记录下了过往车辆。不过这车特殊，遮挡板都是半开的，从头顶的方向根本拍不到全貌。偶有过往的迎面车灯从另一向车道照来，勉强可以看到两个人都戴着网球帽。除此之外，整个就是一个移动的黑暗空间。可能也正是这种安全环境，三人无话不说，随着行程的拉长，关系愈见亲近。

尽管还不知道此行的目的地是哪儿……

从凌晨开始，南港市警方动用了天网，以抓捕“地下赌场”漏网人员的名义锁定了出逃时间段进入高速的车辆。因为只有一个手机信号给出了大致的位置，不知道车型、不知道入口，所以原始数据大得吓人。十分钟里，六个入口，过去的车辆有一千四百多辆，一下子让技侦分析警力满负荷运转了。

凌晨二时，数据联通到交通信息中心，沿路公安检查站信息数据迁移缩减到十五分钟。也就是说，可以在中州几乎实时看到远在千里之外的行车记录影像。

但问题依然存在，现在的交通网络四通八达，如果不知道车型、车号，只要车随便从一个出口下高速，那可能就让后台警力全部变成瞎子。

这时候俞骏以及X小组全体成员，意见出乎意料地高度一致，坚持认为零号一定留下了线索，理由很奇葩，都说他一定会骗过所有人的眼睛。

这个异想天开的理由，居然说服了谢副厅和周修文带的小组，组里陆虎和络卿相加入了排查搜索视频的队伍，跟着连向小园也加入了。

又过了漫长的三个小时，南港暂停、中州追踪已经重复了三次。不知道是一次有意还是无意，在中州反诈骗中心的一位技侦员放大了深夜过往公安检查站的车辆，倒没看清车辆和驾驶位置，奇怪的是发现了车顶上空飘着一样异物，还很熟悉。放大、放大、再放大，咦，认识了，是一张百元大钞。

这个截图被不明所以的技侦员报上去了，已经快绝望的络卿相、陆虎，两个人像瞬间打了一针鸡血，相视愕然了片刻，然后互相一指，道：“就是他！”

“肯定不是偶然。如果有，应该不止一处。”络卿相道。

“只有他能想出这办法来。黑夜从车窗里飘出一张纸币，迎风往上飘，在过检查站的时候，上空的位置会被拍到。但只有相机闪光能拍到，而车里的人根本看不见。”陆虎兴奋地说着，开始击键了。

一下子辨不清真伪，周修文命令所有技侦放大公安检查站的照片，不找车了，专找车顶被抓拍到异物的目标。

此时，晨曦微露，天未破晓。方向一对，信息迅速蜂拥回来了，十分钟发现了二十一处，他们刚兴奋了一下，又多出几处来。所有的照片都是一辆车号相同的老款别克商务车，看不清驾驶和副驾位置的人，却能看清车顶飘飘扬扬着一张张百元大钞，甚至还有飘了七八张的，在摄像头的灯光下，像天女散花。

兴奋的追踪小组沿着摄像头编号标注着地点，很快显示出来了一条清晰的行进路线。这辆车自南港出行，沿S86高速进入京港澳高速，向北穿过连霍高速，进入南安省，现在行车所向，有一个让专案组耿耿于怀的地名：

随阳市！

第三章
隐蔽见面交换情报

下车伊始，难题又见

沈燕是被一阵急促的电话铃声惊醒的，她慵懒地伸出玉臂，半掀被子，蒙眬的视线里窗外已经天亮。她揉揉眼额，舒了一口浊气，北方夏日的干燥让她很是不适应，喉咙有点发痒、发干，每天早晨起床都感觉很不舒服。

她似乎无心去接电话，坐在被子里靠着床，让自己的脑袋清醒一会儿。身处险境或者遇上棘手的事，她总是习惯性地让自己努力保持着最清醒的状态。而现在，是两种情况同时遇上了。在这种时候，每一次露面、每一个电话、甚至衣食住行的每一个细节都得注意到。

“大帅的电话。”

她如是想着，然后拿起了手机，上面显示的“江帅胜”证实了她的判断。不用说是什么事，这位便宜小叔子是典型的胃口比本事大，砸了他的赌场，怕是要狮子大开口了。

电话再响时，她接住了，没好气地道：“怎么这么早打电话？不是告诉你不要随便打吗？！”

“坏事了！那个黑警察跑了！”江帅胜急急道。

“啊？！”沈燕故意愕然一声，昨晚的事她已经知道了，现在那几个人应该已经到这座城市了。

电话里江帅胜怒了，质问道：“你装什么装啊？你肯定知道！”

“我没说不知道啊，这不正好省事了。”沈燕道。

“那你知道就好办了啊。这事的损失，至少一百万，你就照这个数给我转过来。”江帅胜道。

沈燕笑着反问：“大帅，你穷疯了吧？砸场都是赚钱的，你里外赚了，回头还宰我？”

“我赚个毛呀？那孙子把二立，就我大侄给打了，场里的钱都被他截了，不知道怎么去了那么多条子，他都能跑了……哎这孙子能耐得，要被我逮着我非卸他两条腿！我说燕子，你们不会里应外合坑我吧？”江帅胜怒道。

“闭上你的臭嘴。你那边什么情况，给我细细说一遍。”沈燕好奇心被勾起来了。

电话里江帅胜骂骂咧咧地叙述了一遍。治安队扣留了几个非法入境的荷官，有微信转账记录的人也还没放，但放了几个没有找到实质证据的赌客。昨晚的情况一打听，就知道了七七八八，再一问，斗十方和光板跑了，钱也不对，这一想自然就猜到发生什么事了。

“好了，好了，别生气了，钱转给你。你安生一段时间，他跑了不正好，组织和经营赌场推到他们身上不就行了，就这样。”

沈燕安抚下了江帅胜，拿着手机，怔了好大一会儿，脸上是一种奇怪、好笑、再加上哭笑不得的表情。要是斗十方见机跑了，她倒不至于这么奇怪，但跑之前还捞了一大笔钱就让她奇怪了。

她思忖片刻，直接拉开了门，敲响了几步之外的另一房间。门没关，一开门，胖妮可还在打着哈欠玩电脑，她说道：“怎么起这么早啊？他们一个小时前已经到了。”

“大帅的电话把我吓醒了。昨晚好像还有其他情况，他们还卷了场子几十万？”沈燕问。

“嗯，老宋说了。本来是两手准备，拉空场子，就算被警察端了也无所谓，只需要想想办法把人捞出来。但出了点儿意外，这个家伙带着光板卷了钱跑了，要不是追到光板的手机信号，这两个人怕是要得手了。呵呵，我都想不通他们怎么跑的。”妮可笑道，她侧头看看沈燕，问了一句：“沈姐，这越坏好像越合您的胃口啊？”

“嗯，有点儿意思，这事儿超出我的预期了，本来我以为还得耗几天。你这边怎么样？”沈燕上前打开窗户，呼吸了一下新鲜空气，她眺望着此地与南方截然不同的风景。

身后的妮可一伸懒腰，泄气道：“不行啊，沈姐，只告诉我在这座城市，我一个‘键盘侠’没法下手啊。无法接入公共监控、无法接入民用数据中心，当然，接入天网系统更不敢想了。可即便能接入，我这手头一两台笔记本的运算能力也不够。中国警方的面部识别、追踪系统都是独立开发的，目前在世界上算是最先进的，没有哪个黑客敢在这个上面动脑筋。再说，动脑筋也没用，搜索一个面部少则几小时、多则几天，任何入侵都不可能有这种机会和时间。”

“是啊，茫茫人海，找人不比大海捞针容易啊。”沈燕手叉在胸前，看着已经车水马龙、行人如织的城市街道，一天早高峰即将来临，哪怕是一座三四线城市，也是缺啥都不缺人。

“四十七个乡镇，下辖两市三区，河流山脉纵横，人口三百六十七万，人均GDP去年是五万两千零三万。主城市区有一百八十多万人，相对比较落后。我现在怀疑，逆风真会选这种地方吗？”妮可为难地问道。

“我也怀疑，但给我们消息的就在这一带，应该不假。这段时间我在了解传说中的‘金评彩挂、风马燕雀’。随阳这种未被现代科技格式化的地区，还真是适合八大骗存活的市井。你不要单纯看GDP，再少，满足一个骗子的胃口也足够了，只要有方法。”沈燕答道。

说到这里，妮可期待地问：“那个变数，也就是给我们消息的人，为什么不加点儿价码？”

加点儿价码，买到更直接的消息，这个想法让沈燕嫣然一笑，她摇摇头，踱步道：“我之所以叫他变数，是因为不知道他的脚站在哪一头。而且，恐怕他也未必知道逆风究竟是谁，只是身在局中而已。这样的人给的消息，我也得半信半疑啊。”

“那现在怎么办？”妮可问。

“如果逆风真在这儿，那他的老对手总会有办法的，这个搅局的进来，我就不信逆风还坐得住。”沈燕笑道。

“有点儿高估他了吧？”妮可怀疑道。

“打穿组织破局的难度不小，是真的，但要搅局啊，我觉得一点儿问题都没有。只要让他们照了面，只要逆风在后台发现这个人阴魂不散地咬上来，你放心，他会第一时间来找我们的，呵呵。”沈燕笑道，想到兴起之处，她心情颇爽地离开了，关门时还不忘提醒妮可给江帅胜付钱。斗十方在南港抢的钱，可全让这边买单了。

妮可照办了，不过这事办得有点儿气郁难平，她又一次拉出有关斗十方的所有视频。从绑回来到进赌场，对比着中州警方的公告——那份公告还挂在网上。从她这里看来，这是一个警察堕落的完整轨迹。说起来他算是被精心设计、一步一步地进到了圈套里，一次又一次地挣扎、逃亡，可拼了命也跑不出这个圈套。

其实这才是一个开始，圈套之后是更大的圈套和骗局。

可怜吗？不觉得。妮可唯一关心的是，这个棋子还能走多远，能不能搅进现在这个僵局里。

文件一页一页地传输得很慢，是几个G的镜像文件。电脑上进度条的百分比慢慢增加着，忙碌了一夜的诸人此时一点儿倦意也没有。南港警方从现场提取的各种证件，和一部被损毁手机的镜像复制文件，在周修文的要求下，远程传输到中州了。

“他在南港这么久，我们一点儿接触机会也没有？”向小园纳闷了。

“有。”周修文道。

“哪一次？”向小园不解。

“这一次。”周修文在一台电脑上播放的是斗十方打麻将的视频。他身边坐着王自光，一下子把X小组成员看愣了。

周修文解释道：“他说绑他的人和地下赌场有关，第二次跑回去，只要找到进入地下赌场的方式，就有可能和那些人搭上线，所以我们就从有案底的人里找了王自光这么个人。这是个资深赌棍，在南港很有名。而且他们俩没钱，起步得赢点钱，一则当本钱，二则得让王自光深信不疑，所以我们就安排了这么一场戏。”

“这是棋牌室？打麻将？没听说他这个很牛啊？”钱加多脱口道。

周修文指指打麻将的三位，又指指此时坐在这里负责远程联络的一位。众人一看，是视频中的一人。想到其中关窍的俞骏先笑了，周修文解释道：“陪他打麻将的三个人都是警察，其实这场麻将就是打给王自光看的，让王自光深信不疑，他就是个赌神。”

还有这种操作，众人听得哭笑不得，怨不得周修文没好意思说，原来是被斗十方牵着扮赌客，总归不是什么光彩的事。向小园却笑不出来，她更疑惑地问道：“他都不擅长这个，那进了地下赌场怎么混？”

“那我就不知道了，我不也纳闷吗？没几天他就真成赌神了，再让他混几天，得被当地警方当作地下赌场的庄家抓捕了。”周修文稍显难堪，这恐怕也是他担心的原因。作为地下组织成员，这种“崛起”速度是要出事的。

“传输完成。”那位扮过“赌客”的警员出声惊醒了大家。镜像文件被释放，通信号簿、图片、位置信息等文件被几人分别分析。很快，巫茜出声道：“这手机被做了手脚，根目录下有黑客程序，在联网的状态下，手机的短信、图片等通信内容会被远程侦知。”

这个消息一点儿也不令人惊讶，反而让周修文如释重负了。他喃喃道：“难为他了，不联系是有原因的，如果被对方发现有问题，恐怕这场行动早就结束了。还有什么其他信息吗？”

“女荷官的照片，还有些不雅视频。”另一警员道。

不雅视频，是偷拍一名女生的，惹得几位同事哧哧偷笑，俞骏严肃道：“如果说细节，没有人比他更懂细节，恰恰是这样，比什么都没有更显得正常。他是被开除警籍的人，混社会总不能是个正人君子的样子吧？”

同事们唏嘘了几声，一旁等着结果的谢经纬鼻子哼哼道：“那公告浏览量才一千多，又没几个人看，关心的才当真，不关心的，谁认识斗十方是谁啊？”

难得见领导露出这么无赖的表情，向小园和俞骏相视暗笑了笑。

还是组里同事关心，络卿相小心翼翼地问：“谢副厅长，那将来怎么澄清啊？毕竟是公告过的。”

“我们执法过程中，这样那样的失误总避免不了发生，纠正不就行了？再说了，对付的是一群骗子，我还用跟骗子澄清啊？”谢经纬道。

这老而弥“奸”的样子逗得大伙儿想笑却不敢笑，都憋着。俞骏有点儿愤意道：“那老领导，你也别吓唬我这么长时间啊？”

“这是出于保护啊，既然他拍下了十方，那就有可能拍下你们反诈骗中心的所有人。这种情况下，不禁足、不封队，再出点儿其他事，你负责啊？”谢副厅长道。

俞骏再无赘言，唯余感激，向老领导敬了个礼道：“谢谢老领导。”

“不用客气，我没想感动你们，不让你憋足这口气，这动力就不足啊。”谢副厅道。

正要问时，梳理文件的一位警员出声了：“周组，这儿有两段音频，是信号消失前录下的。”

“传输出去了吗？”周修文紧张地问。

“应该没有，没有……没有远程登录痕迹，零号可能知道风险，手机经常处于流量关闭状态，上行流量很少。”警员道。

“恢复出来，可能是他留下的信息。”周修文道。

又是紧张而漫长的等待，就绪之后，音频一放开就是急促的声音：

“我是零号，情况紧急，今晚庄家一直在放水，换码的中场溜了，我判断可能是要砸盘。有两种可能，一种是连我一起砸，送给警察收拾；另一种是有其他情况，他们砸了这里的盘逼我跟着他们走。我准备通过逃跑测试一下，如果是第二种，他们肯定能追到我，我会设法留下线索……你们一定跟上来。”

停顿，然后窸窸窣窣的声音，听到了一男的骂声：“放开！妈的想死啊？”

“拿老大的钱想溜，你才想死！”

“妈的，敢偷场子现金半路跑，老大亲弟也不行……想说什么？……

看看，没话说了吧。”

“妈呀，亲哥呀，这可要命了。”

“你不说钱才是命么？发财的机会到了，快走！”

“啥意思？这看场的咋都溜了？”

“要砸场了！”

“……没看场上一直赢，老板自己砸的！”

“……坏啦！”

“完了，条子来了……”

夹杂着打斗声、惨叫声、乱嚷嚷的声音，然后音频中止，不过当晚的整个过程完整地恢复出来了。他在事发前偷偷留下了这段珍贵的音频，只要找到手机就能判断出真相。此时巫茜和周修文看向了俞骏，毕竟是斗十方的上司，他猜测得几乎完全相同。俞骏悠悠道：“我顶多能猜到，但放我身上，这个机变我做不到。对危险的直觉和对事情的预知能力，他一直是我们望尘莫及的。”

“是的，我现在为我的想法感觉羞愧，我欠他、欠你们所有人一个道歉。”周修文诚恳道。

谢经纬起身了，笑笑道：“别自责了，劲憋足了，该动了。所有人，现在我宣布，封闭学习结束，准备出发！”

旁听的，在座的，齐齐起立，喜形于色地敬礼吼道：“是！”

毛二是天擦黑的时候从酒店公寓出来的，他已经习惯了在陌生城市来往的生活。他先是很警惕地在租住的公寓转了两圈，没有发现异常后，才打车径直朝着宋朝指示的方向去了。

公寓是提前租好的，妮可在网上预订的。以前房东顶多看看钞票，现在好了，连钞票都不看了，交个身份证、换个密码，自己就住进去了。不过坐在车上他老觉得心不安，租了四间房，宋朝离开了，他再一走……直说吧，那俩货要是跑了，那可就瞎了。

目的地是一家中档偏低的川菜小饭店。睡了一天、还有点儿疲累的毛二上楼一坐下来，打着哈欠，直接把担心说出来了：“宋哥，你咋彻底放飞了？那俩货要是跑了咋办？总不能咱俩都出来吧？”

宋朝呷着茶，笑道：“看看，你现在也认可这小子了吧？既然认可，那就得让他自愿啊，要不情不愿，这活儿也不会给咱好好干。跑了就跑了呗，没啥可惜的。”

“可是……”毛二觉得什么地方不对，可一下子又说不上来。

宋朝提醒他：“毛二你性子可太直啊，不要轻易和人惺惺相惜。他前身可是条子，骨子里是个骗子，要换他那份真心，没那么容易。”

“知道了，宋哥，老板咋安排的？”毛二问。

“老板现在有点儿为难，她得到的消息是，逆风操纵的那群骗子，有一部分就在这个城市，让我们想办法把他们挖出来。”宋朝道。

毛二挠挠后脑勺，难住了。宋朝说：“我也觉得很为难，毕竟这是个上百万人口的城市，没那么容易。”

“不是、不是。”毛二问着，“这哪跟哪呀，老板怎么把咱们当警察使啊，找这拨毛骗有什么意思？”

“顺藤摸瓜呗，电诈是远程操作，八大骗习惯的是人传人，打穿这种人摞人的组织，不比找到网络据点容易啊。我刚才想了想，这是老虎吃天，无处下口啊。就算把大帅的几十号人拉过来，也是杯水车薪，在这么大一座城市里，实在不够看啊。”宋朝道，敢情犯罪组织里的任务并不容易，把他难为得开始挠腮了。

毛二心思单纯，想了想直接道：“我有点儿明白了，其实老板早想到这儿了，这个货以前和这些骗子打过交道，有可能找到他们是吧？”

“嗯，有这层意思。现在目标不明，出手都在落空。不管是刨到这个局，还是被逆风知道有人在刨他的局，都能达到我们的目的。现在真正为难的是，咱们和他们对不上火、照不了面啊。”宋朝道。

毛二为难地说：“这也太难了吧？咱们国内，哪个城市人都多，哪个人多的地方骗子也多，找他们还不如咱们自己组个伙儿骗钱去。”

“这你就真的高看自己了，咱俩加一块儿都不行……”宋朝正说着，有人推门进来了，是斗十方和王自光。王自光谄媚地问候，宋朝笑笑致意，毛二却是不怎么客气，对斗十方说道：“咋来这么慢？我以为你跑了。”

“人与人之间最起码的信任呢？钱还在老宋房间里呢，我跑了不是便宜你俩了？”斗十方坐下来，给了个无懈可击的理由。

宋朝笑了笑，直接把车钥匙扔到斗十方面前了：“房门密码132476，车也给你，别说埋汰人的话啊。从现在开始，你想去哪儿就去哪儿，我们哥儿俩要拦着你，都是小妈生的。”

“那就不客气了啊。”斗十方喜滋滋地拿走车钥匙，看看毛二，又看看不敢吭声的王自光，故意道，“光板，一会儿分完钱，再分道扬镳啊。”

“嗯。”王自光点点头，一看宋朝和毛二，又“嗯？”，摇摇头。

“你不要拉倒，我一个人全要了，宋哥，那这个兄弟交给你了，你们别饿着他啊。”斗十方笑道。

王自光憋不住开口了：“你路上还说老宋和毛二……不，宋哥和毛哥要找那帮骗子，可以趁机赚笔大的，这咋一转眼撵我走呢？”

宋朝和毛二眼神一滞，被刺激到了。斗十方讪讪一笑，逗着王自光道：“你做人不能这么老实，怪不得输成光板了，怎么可以轻易把底牌亮给人家呢？那还咋搞呢？”

“啊？”王自光凌乱了，看着这三个人都惹不起，不知道该说啥了。

宋朝笑笑问：“没事，自家兄弟，随便点儿。光板啊，赌神哥就没告诉你怎么找？这难度可大了点儿。”

服务员进来了，斗十方抢着点菜，宋朝一点儿也不避讳有人在就说这话。王自光脱口道：“他说很简单啊，比场子里抢钱还容易，弄到手就能去happy了。”

这快撩起毛二的邪火了，他憋着火看斗十方点了一堆菜，好不容易打发走服务员，毛二急着问：“你别卖关子，不知道老子的脾气大啊？”

“你给老大当老子是吧？”斗十方怒道。

毛二气得一拍桌子，站起来了。宋朝一把拉住他，示意：“道歉！”

这可把毛二给搞得手足无措，憋得脸红耳赤说了句：“老大，对不起！”

能让这猛人服软也真不容易，斗十方话一转道：“好，那我不卖关子，卖情报成不？这个数。”

斗十方竖着一根指头，毛二看得差点儿磕牙了，紧张地说：“又是一百万？老大你真黑。”

斗十方不为所动，手指指向宋朝。宋朝也被刺激得没脾气了，点点头道：“可以接受，但得在得手之后给你。”

这装腔作势把王自光刺激到了，他抢道：“不是一百万，他说一天就能找到。”

“噗……”喝茶掩饰表情的宋朝一口喷了，毛二给搞得七上八下，瞪着王自光。王自光吓得指着斗十方道：“真的，他进门时还告诉我，只用一天。”还学着斗十方的比画姿势。

斗十方哈哈笑道：“毛二你看，抢着说话吃亏吧。这不是我坑你啊，你自己说的一百万。”

又转向老宋，笑着将了一军：“看来你不缺钱啊，也没必要替老板省钱啊？别以为我不知道，沈老板在境外的生意是几十亿的摊子，瘦死的骆驼比马大，这点儿钱，毛毛雨都不算。”

“好、好、好……说说，怎么找？”宋朝道。

服务员开始上菜了，斗十方倒也不忌讳场合，直道：“老宋，你当好人不合格，怎么当坏人也不及格啊。物以类聚，人以群分，根据特点去找就行了，很难吗？”

“还真的很难。第一，这伙骗子肯定不用自己的身份；第二，经常性犯事肯定有起码的反侦查意识，住店、租房、出行都会形成下意识的反侦查习惯；第三，上什么台子唱什么戏，现在不知道他们唱的是哪一出，也就不知道他们是什么扮相；第四，所有犯事的，在过程中都是深居简出，会规避警察、同行以及其他可能潜在的风险；第五，最关键的一点，还不确定是不是就是这些人，而且不知道有多少。而我们呢，只有这几个人，即便增加也增加不了多少，否则风险就在我们这一边了。”宋朝道，一下子把难度系数提升到无限大。他轻轻地把手机放到了斗十方面前，是台大屏的智能机，那上面正显示着长安一案中他随行偷拍的那伙虚拟传销涉案人的照片。

“呵呵……”斗十方笑了笑，夹着菜大嚼着，且吃且说，“问你个问题，在电诈行业里，为什么话务员都是操着一口广普或者港普，找个普通话标准的骗子肯定没有那么难。但不难，为什么不找呢？”

“哎，对呀。”毛二挠着脑袋，虽然身处这个行业，但对这个行业亟待提高的问题居然忽视了。

宋朝似乎知道，笑着问：“你好像知道啊？”

“当然，是过滤掉聪明人。那些聪明的、不上当的，你操什么话也没用；而不聪明、容易上当的，你操什么话都一样，所以相比之下略显拙劣的话术，反而更容易让聪明人直接挂断，提高效率，对吧？”斗十方道。

宋朝点点头：“没错，可这和现在这件事，又有什么关联？”

“它们的关联在于，都是一个浅显的问题，但你没经历过，就不明白其中的诀窍。我问你，这么一群传销的、诈骗的，不管聚在什么地方都会让警方警觉，可为什么却没有人抓他们啊？”斗十方问。

“没犯事抓人家干什么？”毛二驳道。

“是啊，都没犯事，你把人家想得那么神秘干什么？他们可能在行为上形成反侦查习惯这没假，你要说他们会深居简出、隐藏形迹什么的，我还真不赞同。你分析这些是因为你从一开始就把他们定位成骗子，这是不对的。他们不觉得自己是骗子，会认为这是生意，不过是有点儿风险的生意，在做这个生意的时候，一定要处处防着警察，防着露馅儿。但其他的时候，他们会比正常人还像正常人，最起码让普通人看不出他们不正常来。这就引申出结论来了，既然是正常人，找到他们很难吗？”斗十方问。

宋朝眼睛亮了亮，灵感一闪而逝。他兴奋地看着斗十方，求教道：“请明示一下，似乎确实没那么难。”

“找女人无非美容、购物，找男人无非吃喝玩乐。别说咱们有四个人，我一个人就能找得着。老宋我觉得你当初是走后门了，这片儿警的本事你都不会？从根本上说，这就是一群踩着红线混饭的流氓无赖，有那么难吗？”斗十方嗤笑道。

还真是思路决定出路，这下宋朝彻底明白了。他想想，兴奋地倒了杯酒，这回可是诚心诚意地敬斗十方了。别说宋朝，就连毛二和光板也被点拨得茅塞顿开了。就是嘛，他们找别的地方不行，找这种吃喝玩乐的地方，那还不像玩一样？

说干就干，吃完饭，这两对奇葩组合还真就上路了。第一步就是乘出租，要不就是找黑车，上车给司机递根烟就开聊了，神神秘秘问一句：

“师傅，我们外地来的，你们当地洗浴按摩有啥好地方？”

几车穿梭在夜幕下的城市，开始了寻访之旅……

云里雾里，何处觅见

柔和的月光穿越过楼前垂柳的枝头，在地上洒下一层疏影，月光与灯相映成趣。假山、绿丛、小径，隐约的景致，让观者心底会浮起莫名的祥和。

陈策慢慢地掩上窗户，他无心欣赏夜色美景，只是确定一下安全与否。

窗掩上时，掩的门被轻轻推开了，那位胡会计闪身进来。陈策小声问道：“怎么样了，干妈？”

“石胖子和张副市长挺谈得来，老贾也没问题。这地方不错。”胡会计坐下来，娘儿俩在黑暗中，却没有开灯的意思。陈策把皮箱放到了桌上，打开拿着什么。黑暗中窸窸窣窣地响着，只听到他在问：“见面礼，送多少合适啊？”

“2万元吧……从张副市长这儿再淘淘消息，不要太贸然了。”胡会计道。

“我们的衣食父母，我们得供着啊。”胡会计道。

“知道了，干妈，那我去了。”陈策道。

“司机叫小张，你多跟人接触下。”胡会计安抚道，她也起身了。

这半路娘儿俩出了门，过走廊，下楼梯。胡会计去后厨看菜品准备，陈策径直出了门。在这别墅后面，泊着一辆不起眼的大众轿车，那里面有陈策要见的人。

秘书、司机、情人，随便搞定其中之一就足以登堂入室。陈策貌似已经轻车熟路了，上前敲敲车窗，里面那位正在小憩的司机摇下车窗，好奇地问了句：“怎么了？陈总。”

“你怎么这么不小心，东西都掉地上了。”陈策佯装弯腰，然后把信封扔进了车里。

司机一捏紧张道：“这……这是干什么？”

“肯定是你丢的，呵呵……张师傅，您这么辛苦，我心里过意不去。请您进去呢又不合适，我抱歉了啊。”陈策道，已经转身了。

果真和以往一样，那司机悄无声息地把“丢”的东西给装起来了。几步之外陈策蓦地回头又问了：“哦，对了，张师傅，我们万博保险公司开业已经有段时间了，业务也稳定了，您要有什么亲戚好友对这个有兴趣，就来我公司点个卯领工资。您可千万别误会啊，我们业务发展也需要大量人才。”

“那……那谢谢陈总。”司机伸出头来，话里有点激动。

这个细节被陈策捕捉到了，他干脆回身递了张名片给司机道：“您直接打我电话就成。营销部、人力资源部，都大量缺人。我们是合资公司，薪水和福利待遇都不错，要干几年兜着底，收入会非常可观的。”

“谢谢，那太谢谢了。”司机兴奋了。

“这个更别客气，您给我介绍人，得我谢你啊。一会儿到一楼那个侧室加点儿餐哦，可能领导谈话还得点时间，辛苦您了。”陈策极尽谦恭。

这一番还是有效果的，原来神情木讷，见谁都是拒人千里之外的司机，破天荒地下车了。他和陈策握手作别，把这位在本市冒头未久的保险业新秀给恭送走了。

司机坐回车里，看了眼名片：陈策，万博（中国）保险公司执行总裁、万博（中国）保险公司荆汉市分公司总经理、中国保险协会理事等一长串头衔。这些对司机来说不重要，想攀附的商人他见过很多，大致分为两种：一种是只攀领导，那属于不长眼的，办事会很曲折；另一种是很有眼色的，会攀上领导以及领导身边的所有人，就像陈策这种，他预感这人办事很顺利。

这么会办事，不顺利没道理啊。他小心翼翼地装起了名片，满心窃喜地捏捏兜里硬邦邦的钞票，已经在想，把家里那个穷亲戚介绍到陈策公司，或者干脆点，给哪个托他办事的找上这份工作，没准还能收点儿好处费什么的。

漫长而枯燥的等待，因此而变得有趣了。不多时又来两辆普通轿车，司机一眼认出来了，一辆是城市银行行长的私车，另一辆是财政局一位副局长的车。现在禁令查得严，车不可能在领导名下，但在一市不大的政商圈子里，司机彼此认识倒不是什么新鲜事。

政府的、银行的、财政局的……这个能量大得去了。

司机无聊地玩着手机，越琢磨这事越有趣了。他干脆在手机上翻查着万博保险，哦，吓了一跳，敢情是中外合资，总部在上海，荆汉市是刚成立的分公司。估计要在这里开拓市场，那前期肯定是烧钱喽。

他对介绍工作的事又放心了几分，在官网上看到陈策的照片，又鬼使神差地点进去。哦哟，继续吓了一跳，这位是加拿大留学回来的海归，保险业从业八年，从业务员做到了万博中国的执行总裁。当然官网介绍和官方发言一样不可信，但凭着刚才的举动，他判断得出这个人不简单。最起码能把他的领导和银行的领导都约到这儿，就不是一般人能办到的。

办什么事，司机不可能知道，但知道肯定是个办大事的。他的兴趣在于，自己能不能搭个便车，在不被领导知晓以及不带来麻烦的前提下。他思忖片刻做了决定，关了介绍陈策的网页，拨了一位八竿子打不着的远房亲戚的电话：

“喂……二伯啊，你上次不是托我给你家凤找工作？考公现在多难呢，先找个工作干着也不错啊……是这样，我现在有个门路，是一个中外合资的保险企业，工资福利待遇都挺高。不好办，都抢着去呢，托人找关系呗，先进去的都是元老，将来没准干好了，都不用考公了……成，我给您想想辙……哎呀，瞧您说啥呢，办事正常花呢，该花花点，你谢我干什么？成……明后天您等着我消息……”

电话结束了，他心里的窃喜又多了几分。这位攀附商人的一句话，可能给他带来比兜里更多的收益。他在寻思着，给亲戚办这个事，收三万是不是少了，五万合适不？好像也差不多，现在考个工作都挤破头了，那些开培训班的张口都敢收大几万……嗞，对了，他又想起一件重要的事，如果他往这位急于办事的商人那里塞上不止一个人，那岂不是能挣更多？反正这位海龟土豪也不差这点儿。他决定了，如果合适就再塞一个人，就凭领导司机的身份，这个面子对方得给。

欲望和贪婪一旦打开缺口，那就关不住闸了。就像身边渐浓的夜色，你都不知道它什么时候已经吞噬了月光疏影，让视线里变得漆黑一片……

距荆汉80公里外，江离市。

位于市中心的江都大厦写字楼顶层灯火通明，平常这个时间该关门了，不过今天万博保险公司的卸货，专让保安留了门。眼见着十几人搬着大箱小箱自电梯往楼上运，保安百无聊赖地踱到门口，看着一工具车的大箱小箱，好奇地问了句指挥的："这搬啥呀？这么多？"

"票据，保单。白天大车交警不让进。"指挥的那位掏着烟给递上来。保安接了支，那指挥的直接把一包塞进保安兜里了，保安谦让两句也不客气了，这递的芙蓉王以他的工资可舍不得买。

俗话说呀，你敬我一尺，我敬你天上，那保安叼着烟干脆自己上手，替这家公司搬运了。指挥的倒不好意思了，那保安扛着箱子道："哎呀呀呀，客气啥，顶楼管经理我们认识，没少请兄弟吃饭。哥儿几个，管经理的货，来帮把手。"

出来的几位保安被叫着也上手了，几人运着箱子上顶层。一出电梯，哦，这个整层租下的公司的业务真是吓人，满满地几大间，连走廊都摆上了箱子。那位浓眉大眼的管经理迎上来，笑吟吟道："哟哟，咋把你兄弟几个也用上了？"

"别客气，顺手的事。"一位保安道。

"那就不客气了，一会儿大家一块儿吃夜宵啊。"管经理道。

人多事杂，那头摞得不对，这位管经理呵斥几句，让人摆正了。指点江山间，他无意瞄到角落里，有一位坐在箱子上抽烟的人，老管上前踢了踢，骂道："傻雕，你改改习惯成不？这种高档地方都有烟雾报警器，你咋到哪儿抽到哪儿？"

抽烟的这位，獐头鼠目、形容猥琐，不是失踪已久的王雕还能有谁？他得意地指指头顶，管经理一瞧，烟雾报警器早被透明胶带缠住了，气得管经理一屁股坐到王雕身边，顺手从傻雕嘴里抢走烟叼上抽了几口，愤愤道："这装相装得老子都累，我们干传销那时候不讲究这个。"

"哎，对了，我听说以前搞传销，男女共住是吧？"王雕笑着问。

管经理瞪了他一眼道："你哪儿听说的？那不可能的，人被洗脑到只剩赚钱一个想法，基本上都不会想那事。再说了，一天三顿清汤寡水，吃饱都困难，没那需求，别把人想得都跟你一样，不想着发财，只顾着发情。"

"呵呵……你们都是我牵线的，不是我牵这条线，你们还指不定在哪儿睡地板，做梦当老板呢。敢说不是？"王雕刺激道。

说到这茬儿，管经理真是对傻雕感谢到就差纳头便拜了，他放低了声音道："这我真不敢说个不字，咱们上头老大厉害，厉害呀，真厉害。我们那生意干得跟过街老鼠一样，东躲西藏的。咱们老板牛啊，到哪儿办事都是开绿灯，厉害！"

能让传销小头目赞到这种程度的人恐怕是绝无仅有，关键是，他都不知道自己老板是谁。话到这儿管经理就自动打住了，这种埋头干活儿从来不多问的品质很是罕见。

傻雕赞了个，问："你招的这些人也不错。哎，老管，我还是整不明白啊，你们以前犯了都不止一回事，咋进进出出这么快？老子上回拉了一车货，非法经营，给关了一年呢。"

"雕哥，那不一样，每次被雷子端了窝，一查，嘿，我们没碰过钱，钱都是公司走账了；再一查组织的人，大经理不认识，讲师不在，那我们只能是无辜受害群众了，反正我们自己都参与了，也掏钱了，那能咋办？以前都是遣返回家就没事了，这两年也不行了，查得太严，还不好骗钱了。"管经理道。

他看着傻雕，傻雕皱着眉头似有所想。以傻雕的智商，管经理能猜到他想什么了，小声教唆："咱们这事，就出了事也没咱们什么事，没碰过钱，没组织过，顶多是个不知情的员工……现在公司正是上升期，我估摸着这架势啊，最少能干一年。"

骗局里的所有人，包括骗子本人都知道是骗局，之所以安心地在局中不愿出来，是因为利益远远大于风险。傻雕似乎想的并不是这个，他撇着嘴笑了笑道："你想多了，真让干一年，老板得上富豪榜。这不比在境外人家一时逮不着你，真要抓咱们，那是分分钟的事。"

"哟，雕哥我咋看你胆小了，是我认识的那雕哥吗？"管经理笑着道。

傻雕掐了烟头起身道："老子从小就胆大，可被这趟生意吓得老是睡不安生啊。"

他说着，顺手拆开了一箱，抽了一摞，那是格式单据，上面标着"万博（中国）保险公司江离分公司"的字样。这生意已经远远超出了他的认知能力，他打破脑袋也想不通，这手法简直是阎王面前谈长寿——活得不耐烦了。

可奇怪就奇怪在这儿。这是一个合法注册的保险公司，经营到现在顺风顺水，一点儿意外都没有出现过。

凌乱了，傻雕凌乱了，他觉得自己彻底落伍了。当了一辈子骗子，都看不懂人家新人玩的这新花样了，那落寞的心情简直堪比戏子卸妆啊。

此时，在通往随阳市的高速公路上，一辆中巴正行进在途中。

案情介绍已经分发到X小组诸人手机上，几遍看过，早昏昏欲睡。向小园回头看了眼，睡得最香的是钱加多，已经在打呼噜了。巫茜和陆虎、络卿相有更多的共同语言，他们在讨论着什么。被关了这么久一下子放出来，又是直接上规格这么高的案子，怕是那兴奋劲头得持续段时间了。

她起身，往前挪了两个座位，坐到了周修文的身边。正看平板的周修文侧了眼，很客气、很礼貌，也很得体地把手里的平板递给向小园扫了一眼。是公安部发布的，关于缅北招工多被强迫参与电信诈骗的预警，向小园皱了皱眉头，问："这能说明什么？"

"这说明我们对出入境的管控成效显著，他们通过正常的渠道已经无法招到更多的参与人员，所以只能走这种非法手段。不过，对于我们还是任重而道远啊。"周修文叹道。

这些过于遥远的事明显不是向小园关心的内容，她换着话题问："我们的具体任务是什么？"

"没有更具体的任务，只有一个终极目标。"周修文道。

向小园脱口道："逆风？！"

"对，找到他，一切就不破自解；找不到，可能我们对于这些年大大小小的骗局还是一知半解。"周修文道。他侧看了眼表情落寞的向小园，又补充道，"俞主任应该已经在设法和零号取得联系了。专案组设置在随阳市交警大队，那儿的交通指挥中心有最直观的监控数据。随阳的信息化建设相对滞后，其他地方暂时找不到可以接驳中继传输的信息网点。总局已经批复我们的申请，这次专案组以'X'命名，主力队员以你们为主。"

这对地方是一份殊荣，不过向小园似乎并不为所动，她喃喃道："可能又迟了。"

"什么迟了？"周修文问。

"两个多月前，随阳就出现在我们的视线中。那时候又是忙保健品诈骗，又是出了十方的事，紧跟着我们全部被禁足，十方又被绑到了南港。兜兜转转，似乎终于回到起点了。如果当时没这些事，直接介入随阳，那现在的形势可能要好得多。"向小园有点儿遗憾道，时间是检验预测的最好方式，只不过经常检验出来结果时，已物是人非。

"也未必，如果介入得早，管控收紧，这帮骗子会销声匿迹的。他们选择这儿，恐怕也是因为这儿的信息建设相对滞后。我们追过他很多回，都是因为没有最佳的切入点，结果收效甚微。而这一次，我无比期待了。"周修文道，即便到大数据时代，最具威力的侦查依然是深入对手内部，所有堡垒从内部攻破依然是最佳的方式。

"我在想另一个问题，不知道您想过没有？"向小园突然说道。

周修文不解，好奇地问："是什么？"

"我在想，虽然随阳经济建设、信息化建设相对滞后，但也并不是那么差。最起码有高铁联通，有便利的交通枢纽。"向小园道。

"你是指？"周修文一下子没有反应过来。

"我是指……曾经金瘸子、杜风头在设计骗局时，着眼的都不止一个地方。上一例保健品诈骗案，跨了三省、十几市，你如何保证随阳会是他们的据点所在？假如不是呢？周边樊城、襄州、江离、丹江，甚至离省会荆汉市也不过200多公里，他们核心可能有几人，但最早发现往这些地方聚集的前科人员有上百人。这些人已经销声匿迹，不知是隐藏起来了，还是易地再起炉灶了，但未必会聚在随阳市啊？”向小园问。

这一问，恰把全部心思都放在零号身上的周修文问住了。他愕然了半天才给了个令人失望的答案，他说道：“如果和你猜测的一致，那就真棘手了。”

“做好心理准备吧，肯定是最棘手的一种。”向小园道。

“你……如何判断得……这么肯定？”周修文不解。

“直觉，能让十方这么小心，连传讯都这么难，我们想测知真相，恐怕没那么容易。”向小园悠悠地道。她托着腮，不知是陷入了沉思，抑或是品味着回忆，那哀愁的样子，让周修文怔了怔，没有再往下问。

人倒霉的时候，喝凉水都会被呛着。这话斗十方一行人深刻体会到了。本来宋朝也认可斗十方的想法，这群骗子只要兜里有几个钱，想的还不是吃喝嫖赌，而且大晚上的，肯定要找地方happy，那能去的地方无非是烧烤、啤酒摊，按摩、大保健之类的地方。这些地方，出租车司机肯定是轻车熟路，而且也不会很多，四人很轻松便知道了随阳的两三处夜市、七八家洗浴，以及很出名的KTV一条街。

但事实和想象大相径庭，烧烤摊全部不见了、KTV全部关停了，至于洗浴中心，倒是有开门的。几人进去实际体验一下，连正常按摩都没有了，想和里面那些保安、迎宾、前台搭个腔都不可能。他们都警惕地看着你，然后一句话都不告诉你。

坏了，这有事了。他们百思不得其解，走了许多处，斗十方恍然大悟，要手机一查，发现真相了：随阳正在创建文明城市。新闻搁宋朝眼前，宋朝郁闷得直拍大腿喊，坏了、坏了。

一问司机，您这地方咋了？司机牢骚一堆，说了，街上晚上警察看到二半夜，白天一大街全是志愿者。你吐口痰都有人管，小商小贩都给撵得不见影儿了。

所以，哥儿几个早点儿洗洗睡吧，甭乱跑了，这些天查身份证查得紧呢。

“哎呀，上当了、上当了，前几个司机都没说啊。”毛二怒道。

司机说了：“说了你们还坐车吗？这都十一点多了，没啥转悠的了。几位老板，还去吗？到了，前面就是。”

几人伸着脖子，前方“大浪淘沙”的霓虹牌子已经在望了，宋朝有点儿想打退堂鼓了，毛二打着哈欠想回了，斗十方出声道：“来都来了，干脆洗洗去。光板，别打瞌睡，醒醒，给你找个妞。”

“不可能，没老司机带，人家肯定不招待。扫黑除恶开始后，咱南港都查得紧呢，我认识几个姐们儿都改行当店员了。”王自光道。

“那你不早说。”斗十方轻轻在这货脑后扇了一巴掌。光板龇牙笑道：“我想这儿兴许查得松能找到呢，谁知道比咱们那儿还严。”

“下车，洗个澡好好休息吧。”斗十方道。

几人干脆在这个洗浴中心下了车，登记入住，不一会儿自房间到洗浴的大池子里聚合了。果真是萧条得厉害，偌大的洗浴中心不过十几人，倒有一半是服务员和搓背佬。开了一天车、还没歇过来的毛二泡了会儿先去搓背了，斗十方邀着宋朝去蒸会儿，不料宋朝毫无兴趣，斗十方转头硬拉着光板和他一起去蒸房了。

里面坐着一位擦汗的中年人，光线不好看不清。不过男人脱光都一个样，没啥稀奇，稀奇的是另一位光屁股男人，一直哗哗往蒸房炉上洒水。那一股一股热浪袭来，几下王自光受不了了，摸着满脸的汗要跑，斗十方笑拽着他道：“别走啊，我一个人多没意思？”

“哎呀，你饶了我吧，骗着大家跟你跑了大半夜，让不让人活啦。”光板拼命挣脱，跑了。

一跑，这个潮热的空间就剩三人了，三人相视而笑。泼水的是程一丁，坐着的是先期到达随阳的俞骏。程一丁笑着出了蒸房，就近泡到视线能看到蒸房的池子里，权作放哨。

里面的斗十方笑道：“没想到和领导还有这种赤裸相见的机会啊，呵呵。”

“少贫，抓紧时间。热死我了。”俞骏道。好不容易找到几人形迹，又把中州车牌泊在洗浴中心外，这个机会撞得不容易，他快速交代着，“X小组落脚地在交警一大队后院，如有紧急情况，那儿是最直接的撤回点。紧急联络号码13×××××××××。剩下的传讯方式你可以随机选，主要目标是侦知沈燕的动向，以期从她身上找到逆风的方位。”

斗十方语速飞快地把自己知道的情况汇报了一下，包括沈燕身边那女人可能也是个黑客，江帅胜可能负有命案等情况，末了要求了一句：“我这儿有个难题得马上解决一下。”

“说。”

“沈燕期待的是，依靠我们这几个人打乱可能在随阳的骗局部署，引起逆风的注意，主要目标是虚拟传销案里那帮人。我本来以为从吃喝嫖赌上能找着这群人，可一出来傻眼了，又是扫黑除恶，又是创建文明城市，把这帮人不知道扫哪儿去了。这都没天网，让我怎么找啊？”

“就算有天网，也不能帮着一拨犯罪分子对付另一拨犯罪分子啊？！”

“我知道，特殊情况吗？找不着人，怎么往下进行？”

“呵呵，你以为天网能找到吗？”

“啊？不会你们也不知道吧？”

两个人几句怼上了，看俞主任的表情，斗十方吧唧一拍额头，明白了：“家里应该不知道，肯定还没有想到这层。”

“我三个小时前才到随阳，之前都被关着，为了制造你这个‘开除人员’形象，X小组都被禁足了。现在大队人马还在来的路上，最快也得明天才能建好信息联络和指挥系统。你还不知道吧？这是个四线小城市，你以为和中州一样？体貌识别可以覆盖全市各个节点？”俞骏道。

“那我怎么办？牛都吹出去了，找不着这些人，从哪儿下手啊？”斗十方问。

“赌神你都当得了，找人能难住你？自己想办法。注意，从现在开始，有重大信息要及时传讯回家里，这里发现的情况会同步给你，联络靠随机应变吧。”俞骏道。

“就这些？”斗十方问。

“目前就这些。还有一个情况是，两个多月前，你最后在中州研判随阳要有诈骗案件，现在你们几个又回到了随阳，可奇怪的是，在随阳目前并没发现有成规模的诈骗案。我其实一直关注这儿的警情，如果有情况，应该可以发现点蛛丝马迹。”俞骏道。

“暴雷之前，很难发现雷在哪儿，这很正常。骗子又不是傻子，那么早让你发现？”斗十方道。

听到这话时，俞骏诧异地盯了斗十方一眼，愤愤道：“你小子混了几天胆肥了啊？都忘了我是你上级了吧？”

斗十方嬉笑着看向俞骏，俞骏下意识地拿毛巾遮着羞处。话说和一个后辈这么着赤裸相见，确实也有点尴尬，他直接斥道：“去吧去吧，毛登科和宋朝都是老江湖了，别让他们起疑。”

“摆什么谱啊？现在我在团伙里也是上级，是他们的上级……呵呵，那我走了。”斗十方道，按要求把俞骏交代的细节重复一遍，起身走到门口时，俞骏又喊了声：“嘿，等等。”

“怎么了？”斗十方应声回头，看着俞主任。

“我去你家里看过，老爷子很好，都下地种菜了。他被市局保密处盯着，你放心。大家都有点儿担心你，一个人执行任务，要多加小心。”俞骏道，话里的关心甚浓，和他脸上的无动于衷恰成对比。

这位外冷内热的主任，还是那么不平易近人，不过却让斗十方觉得格外亲切。他笑了笑，像想起什么来，不过却没有说什么，拉开门走了。

过了很久，门又开了，程一丁站在门口，提醒着沉思的俞骏道：“他们走了。”

俞骏慢慢起身，下意识地擦着满身的汗水。程一丁小声道：“他状态不错，我看他和那几个人混得似乎也不错。”

“表象，只是表象啊。离真相还不知道有多远的距离，我们连外围毛骗的行踪都未掌握，真不知道幕后这几位巨骗又得捅个多大的窟窿啊。”

俞骏答非所问，说话间脸上的愁容更甚，或许担心案情，或许更担心，那个状态很佳却显得更浮滑的年轻人能不能扛得起这么重的担子……

初到随阳，粉墨登场

随阳市交警一大队后院毫无征兆地成了讳莫如深的地方，由市局保密处加的岗哨，执勤的武警内卫番号不详。昨晚不知道什么时候开进去几辆车，一大早那些人忙碌着接驳光缆、拉线，还有各种奇形怪状的仪器流水般地往里面运，这架势只要穿警服的都知道该怎么应对。

什么都别问！

外面看着神秘，其实里面没有那么神奇。惯例要准备中继光缆，几个办公室的终端要调试。其实从半夜开始，网安抽调的宣冬青带着陆虎、络卿相几人，干的就是接线工和装电脑的活儿。毕竟对手可能是个有潜在威胁的计算机犯罪人员，这里肯定是越保密越好。接通网络的宣冬青和巫茜一起操作，很谨慎地清理一切有关X小组成员的个人信息，甚至连车辆进入随阳的监控都做了屏蔽。

这中间多了一个不合群的人物，谁呢？当然是钱加多了。别人忙活，他睡觉；等他睡醒了，别人还在忙活。这好奇宝宝就按捺不住，要出去寻地方吃小吃，结果被岗哨挡回来了。回来也坐不住，好奇地拽着巫茜问了："那个秃子干什么的？咋跟木头人一样？"

巫茜愕然，钱加多所指是有点儿秃顶的是网警宣冬青。他正在焊接中继传输呢，似乎听到了，没理会。尴尬得巫茜不知道怎么处理，络卿相和陆虎偷笑。还是俞骏处理得直接，上前揪着钱加多，一个脖拐子扔外面了，捎带吼："闲着没事是吧？院子里跑十圈减减肥。去不去？再犟？！"

俞骏施展淫威把钱加多吓跑了，回头尴尬地解释："小宣别理他，这孩子就是有点儿大嘴巴，心眼儿其实不坏。"

宣冬青笑了笑，没当回事，这位网安高手确实显得有点儿木讷。巫茜打抱不平，嘟囔了句："主任，怎么把这人带上了啊？"

"没办法呀，你说这么个大嘴巴，我敢留在家里吗？再说了，他和零号很有默契，指不定能用上什么的。大家忙吧。"俞骏给了个不太令人满意的解释，安抚了下众人。

一直到下午四五点才告一段落，第一次非正式会议就在这个简陋的大办公室召开了。这个仓促拼起来的组合尚需明确和统一指挥，视频电话里中州省厅宣读了任命，意外的是，任命俞骏为X小组组长，周修文为副组长。

这就又尴尬了，周修文自总局带来的团队五人，俱是诧异不已。巫茜附耳解释了句什么，那些人听罢像是认可了，不过看俞骏的眼光里，明显还有点儿怀疑。

这时候俞骏也有点儿不舒服，说推到台前就推到台前，这点可真没心理准备。他对周修文道：“周组长……怎么任命也不提前通知一下啊？再说您这几位都是总局来的，哪有下级指挥上级的？”

“非常之事，非常之时，为什么不能用非常之法？他们几位参加过银杏基地窝点的后续追踪，事实证明，你们是最棒的。请。”周修文道。

巫茜笑看着中州一行，出声道：“我刚才告诉我这些同事，面前就是端掉银杏黑产窝点、拿下虚拟传销一案的领队。他们和我一样，等着接受您的指挥。”

“你错了，不是你的这些同事，而是从现在开始，我们都是同事。请！”周修文二请俞骏坐在首位。

俞骏终于坐下了，他审视了一遍全新的X小组，不禁免不了踌躇满志，自嘲地笑道：“这么吓人的阵容，即便栽个跟头也得是个大动静啊。那我不客气了啊，我的风格很简单，只要对案情有利，只要对早日铲除逆风这个祸害有利，只要对保护人民群众的财产不受侵害有利，你们放手去干，责任我来扛，工作中如果有什么问题你们放开提，千万别给我留面子。”

“好，这个开场提精神。”周修文带头鼓掌，气氛随即融洽了许多。

人员的搭配不难，偏网安的由巫茜领队，负责大数据；总局数位负责追踪；娜日丽、邹喜男几人被分配了外勤任务。按照X小组办案的惯例，会议室整面墙划作案件板，向小园负责把所有案情涉及的节点、嫌疑人，全部直观地呈现。

“这个好办，从哪儿开始呢？”向小园问。

“哦，对了，昨晚见零号的情况怎么样？”周修文得空把这件事问了。

“我和老程是通过刑侦上的监控追踪找到他们的，提前把车停在‘大浪淘沙’洗浴中心外面，他认识那辆车，于是就见了一面。不过，是脱光了在洗澡堂子见的，就没录像啊。”俞骏道，众人一笑，这恐怕是最安全的方式了。俞骏低头在纸上写了一个电话号码给了巫茜道：“这是零号现在在用的手机号码。另外，零号还反映了一个情况，说沈燕身边有个又丑又胖的女人，叫妮可，也是个计算机高手，你们网安行事一定要小心啊。这些躲在幕后的，一有风吹草动就会消失，想固定他们的犯罪证据，那可太难了。”

“那就从追踪这个号码开始吧，现在初始的目标是四个，除了零号还有他们三个，大家熟悉一下。毛登科，男，37岁，有开设赌场、暴力收债、寻衅滋事前科。近几年一直在境外活动，我们分析他应该是江前胜前团伙里打手的角色，对江前胜的二次提审很快会有信息传来。第二个，宋朝，之前为我们警务人员，因职务犯罪服刑六年。之后出境，在缅北生活过数年。前江前胜犯罪团伙成员，是个极度危险的对手，我们的常规侦查方式应该对他无效。第三个，王自光，这人是南港一个有赌博前科人物，是被他们三个捎带出来的。现在这四个人受沈燕的指挥，目标是寻找随阳潜藏的诈骗团伙。这个目标就大了，不过方向是与去年冬天的虚拟传销一案有关，所以我们分两条线。一条线追踪这四个人，另一路追踪……疑似逆风操纵的诈骗团伙究竟在不在随阳，如果在，在什么地方……开始吧。”

周修文有条理地安排完，可没想到即时就投入工作了，这项工作开始得让人瞠目结舌。因为追踪零号的一方循着手机定位接驳监控节点，只用几分钟就找到了零号。那四个奇葩正漫步在大街上，像漫无目的地闲逛。而另一路找诈骗团伙的因为涉及人员甚众，都一个小时了，连人员信息都没有输完。

早餐是春卷拐子饭，午餐是滑肉泡泡青。

今天主要的任务是沿随阳大道、交通大道、编钟大道以及林荫大道还有什么什么大道逛一圈，逛得三个跟班晕头转向，什么都记不得，倒记得这地方的几味小吃。

猪脚做的拐子饭、肥膘做的滑肉，美食能吃得人暂时忘记忧烦。宋朝三人跟着斗十方下午又转悠几个小时，半乘车、半步行，又到一地，斗十方喜出望外直喊：“就是这里！”

是哪里呢？神农源，还是一家酒楼。毛二气得想揍人，宋朝好歹拉住了，只见得斗十方拽着王自光奔进去，不一会儿喜滋滋出来了，两个人一手提着一个怪模怪样的瓶子。

“这是什么？”宋朝愣了。

“地方特产，巷子深曲酒。看看，瓶子都是编钟样的，我记得很早以前我爸喝过，我尝了一口，那味道很特别。”斗十方干脆拧开瓶盖先闷了一口，吧唧着嘴直呼好喝。

宋朝奇怪了，问道：“你来过？”

“没有啊。查查手机不就行了，拐子饭和滑肉好吃吧？也是度娘告诉我的。”斗十方全无正形，嬉皮笑脸道。

宋朝对这货有点儿没治了，愤愤道：“有个毛二兄弟就够了，再出个斗二，还加上赌二……呵呵，兄弟你是准备气死我不偿命是吧？”

“宋哥你看你这人，我这不尽心竭力办事吗？再说了，拿人手短的，好歹沈老板也给了不少钱了，咱不能昧了。”斗十方又来一口，喝得滋滋作响，递给王自光，王自光也灌了口，辣得龇牙咧嘴直摇头：“不好喝，没红酒好喝。”

“蠢货。”毛二把王自光扒拉到一边，质问道，“你还知道老板给你的钱不少啊？你这上下行头，哪件不是老板给钱买的？你们劫了赌场几十万，都是沈老板赔的，那边的事还得老板摆平，要不回头把你挂网逃上，搁这儿你都得被抓。”

“啊？！”斗十方大惊失色，就在毛二觉得威胁起效时，斗十方话锋一转道，“抓了我有啥好处？我不得把你们卖了？抢钱还有你们的份呢，你们协助我们逃跑，那叫从犯。你拿这个威胁警察啊？”

“哎哟，气死我了。”毛二牙齿咬得咯咯直响，拳头捍得指节啪啪有声。

斗十方却是把酒瓶一递，眼神睥睨着道：“来，喝两口，老大告诉你怎么办。逼我出绝招儿，那我出个招儿让你们瞧瞧，这不还不到一天吗？到一天头上，管保找到这群毛骗。”

“你说的啊。”毛二豪气，端着瓶子咕嘟几声，直接喝干了，他看也不看挥手一扬，那酒瓶准确地扔到了十几米外的垃圾桶里，这海量、这手法，吓得王自光直缩脖子。

斗十方一竖大拇指，一挥手：“走，来吧，给你们展示一下……一会儿别奇怪啊，老宋，如果给你手机号，别告诉我你找不着人啊。”

“找着手机号，还不就等于找到人了。”宋朝道。

“OK。那就好办了。”斗十方道。

四人拦了辆出租车直驱客运南站。瓜子台巷，这地名宋朝都不知道斗十方是怎么蹦出来的，而且说话的口音都不像外地人。不一会儿到地方下车，还没来得及问，斗十方就轻车熟路地钻进标着“大众生活”字样的巷子里。几乎到下班时间了，那个房子里的营生估计也没啥人，应该也是图便宜才租了巷子里的房子，老板正要关门，被斗十方喊住了。

“干啥？！”

“做广告。”

那个留着两撇小胡子、一嘴烟渍牙的老猥琐男，没想到居然就是老板，估计老板加员工就他一个人。他皱着眉头问：“你做啥广告？”

“一两个小时内，给我发遍全市的广告，有办法吗？”斗十方直接问。

那老板一吧唧嘴：“有。”

“包括网络上的、手机上的，当然还有纸质的，得有人贴到老城区，最起码晚上有人活动的地方都得贴到，能办到吗？”斗十方又问。

那老板一撇嘴道：“能。但是……”

斗十方伸手一掏，一摞钱亮在眼前，老板眼睛一瞪，病恹恹的表情瞬间精神焕发。斗十方笑着问：“但是后面是什么问题？”

“本来要告诉您，创建文明城市，小广告涨价了，不过老板这么爽利，没啥问题了。”老板伸手拿钱，这得有四五千的样子，他斜眼翻着又问，“这价码不太够啊？”

“你多长时间能开始？”斗十方问。

“不是纸质的现在就能开始，纸质的得一个小时。”老板道。

“一个小时后每隔十分钟给你一千，今晚上我吃喝拉撒的地方要碰到你没贴到的，钱甭想要了，成不？”斗十方道。

这是设了个坎儿，怕被糊弄，那老板一咧嘴：“行家呀！成，内容呢？别太过了啊，卖枪、卖炮、卖春、卖药那别乱发，回头怕麻烦。”

“那违法的事咱不干，寻人启事，不给您找麻烦。”斗十方道。

这下钱可以放心收了，斗十方加了老板的微信，准备好的内容一发，交易爽快完成。这货忙着打电话叫人，估计要安排印刷，还信誓旦旦地说，您几位忙您的，到了晚饭光景就给您传出去了。

就这么简单，而且简简单单一搞完斗十方就走了，那几人诧异地追上来，要看斗十方手机上的内容。不过一看之下，都是一头雾水，只见配图是个关公像，照片就过分了，文字更过分：

寻人启事

师佳迪，男，66岁，身高1.66米，长方脸，患有间歇性精神病和抑郁症。走失时身穿灰色大衣，下身穿深灰色大纹花哔叽裤。中州口音，6月6日出走至今未归。有知情者请拨打电话134×××××（微信同号），重金酬谢。

这看得宋朝也火冒三丈，几人直觉被戏弄了，气得要真揍人了。斗十方见机，在毛二暴怒之前拔腿就跑，那几个急着就追，怎么看都像胡闹一般……

群众的智慧是无限的，特别是坏群众。夜幕缓缓降临的时候，按部就班的平静生活里无风起浪，这拨坏群众悄然地卷进来一股浊流。

某某公厕，一男的正龇牙咧嘴地往下憋，冷不丁，遮羞门哗一声开了，吓得蹲坑男惊声尖叫："干什么？！"他面前是位穿着带环卫标志服的老丑男，那人一言不发，一撕不干胶，吧唧往门后一贴，把门又给他关上了。蹲坑的惊魂稍定，念着眼前只要蹲着就必须看到的内容：师佳迪，男，66岁，身高1.66米，长方脸，患有间歇性精神病和抑郁症，走时身穿灰色大衣，下身穿深灰色大纹花哔叽裤，中州口音……念着念着，受不了了，觉得贴的人比被要找的人精神病还重，听声音好像是在一个坑位、一个坑位地贴，这总不至于专门来厕所找人吧？

沿随阳大道的一溜中小饭店，几位穿外卖服装的小哥驾着小电驴在车人混行的路上急行。喇叭声响、人声鼎沸，上下班的高峰期还就这小电驴能窜行。咦？不对，穿行的车辆里有个另类，有一车，后座载着另一个人，正伸手变魔术一般吧唧、吧唧贴广告，他们所过之处，小面包的车屁股上、车后窗上、甚至外卖车载物箱上，都凭空多了一张白纸。有司机发现了，正龇牙笑着，不料回头看时，自己的后车窗也被贴了一张。气得他脑袋伸出车窗，破口大骂，可根本无济于事，那辆双人广告电单车在前方依然故我，不紧不慢，吧唧一张，吧唧又一张……

步行街里的市场，已经很整洁规范了，因为创建文明城市，这段时间许多公务员都不上班了，专在街上当志愿者，盯的就是那些小商、小贩、小广告。夜幕初降的时候，就是这些人出来晃荡的时候，所以得盯紧点。哟，有位红衣红帽的志愿者，对着远处一个鬼祟的人喊："站住！干什么？"

是贴小广告的，得赶紧撵走，他快步奔过去。那人顺手往店门、墙上、泊停的共享单车上贴了几张，边贴边跑。那人毕竟是专业的，跑得比粘得还快，等那位志愿者追到时，人已经跑远了。他气愤地仔细地一张一张往下撕，足足六七张的样子。不过等他撕完回头时傻眼了，刚才离开的重点盯守区域现在被入侵了。有四五个手脚麻利的家伙已经把店铺门上、橱窗上、共享车上、电杆上、垃圾桶上给粘了个遍，还有人专门盯着他，他一动，口哨一响，全部一哄而散。

广告的目的就是用大概率的撒放去撞巧合，可惜这个巧合最先撞回了自己人手里。晚饭的时候，俞骏听到楼下有人喊他，他从自己办公室出来，楼下采买晚饭归来的钱加多和娜日丽被几人围着，不知道在看什么。他以为又生了变故，赶紧下楼，等凑近一看，傻眼了。

"这眼熟啊，师佳迪……似乎去年……"俞骏一下子想起来了。向小园笑道："这不是傻雕在公园用的那招吗？难道他们出现了？"

"哎呀，注意电话！"娜日丽提醒道。

两个人定睛一看，然后暗道"苦也"，留的是斗十方在用的电话号码，不用想也知道怎么回事，肯定是斗十方在捣鬼了。

"怎么回事啊？"周修文凑上来一看，看到斗十方留给家里的电话号码出现在车身上时，愕然抬头。俞骏嘬嘴"吁"一声，示意他别大惊小怪，然后揪着钱加多，严肃地问："怎么回事？乱贴什么呢？咋不贴你脸上呢？"

"不是我贴的，我们去买饭，就打包那一眨眼的工夫，这车前车后给贴了三四张……我想起来了，傻雕，绝对是傻雕在这儿。”钱加多道。

“好了，撕了、撕了，吃饭、吃饭。”俞骏挥手道。

这回钱加多可不依不饶了，拽着俞骏提议：“这不有电话号码吗？楼上定位啥的一开，顺藤摸瓜呀？”

“嗯，吃完饭动手，快吃。”俞骏胡乱应着，娜日丽开着车后厢给大伙儿派饭。钱加多心心念念要摸傻雕这只坏瓜，可也邪了，为啥这么重要的情报，都没人理他呢？

这只坏瓜是谁，可能除了钱加多都心知肚明，吃饭的几位吃着吃着就乐了。巫茜一看到那车门上的一张粗制滥造的广告纸就乐，好奇地问向小园，向小园附耳告诉了她几句，巫茜一下子明白了，好奇地问道：“这要真让傻雕看见，不一下子穿帮了？”

“也未必。杜风头一脉基本上都是用这种传讯方式，长安一案，他的徒子、徒孙被逮了个七七八八，监狱内外是两重天，外面的肯定不知道里面的情况，没准真把他当成出狱找来的同伙。”俞骏道，不过他脸上的表情很复杂，肯定也是往好处想。向小园戳破了，小声道：“现在这里创建文明城市，这么着胡搞瞎搞，别同伙没找着，城管和派出所先找上了他们。”

“赌场庄家都当了，再贴个小广告怎么了？你看你，就不会装个不知情？”俞骏严肃斥道，端着饭盒起身走了。

巫茜和向小园愕然相视，不承想领队底线也这么低，愕然之后俱是哭笑不得，偏偏这时候钱加多又在一边嚷：“嘿，你们怎么了？线索自己找上门来了，咋都不吭声了，这肯定是那个漏网的傻雕。”

佯装不知情也难呀，低着头的众人似乎没在吃，而是在哧哧地笑……

君以此兴，必由此亡

“嘀……嘀……”

手机微信提示音，一桌吃饭的男子，其中一人拿出手机，嘿嘿傻乐。

“咋了？”旁座问。

“老三把村主任媳妇给拉进群了，呵呵，你们信不？村主任媳妇比村主任说话管用，回头这村得全进来你们信不？”看手机的人笑着道，往下翻了翻，有一则朋友圈求点赞、求转发的信息让他皱了皱眉，不知道想到了什么，一时摸不着头脑。

问话的可是乐了，直跺脚道：“哎呀呀呀，发财了、发财了……这顿我请……”

“别刚摸着钱了就嘚瑟，还有老皮，什么拉人不拉人，咱这叫电子商务，你可以没出息，不能没文化啊。”主座一个高个儿、帅气，中分小发型油光程亮、十足风流倜傥的人物训话道。

这不是别人，恰是从毛贼到毛骗，咬紧牙关改行，经过“艰苦奋斗”已经华丽转身成包总的包神星。你瞅他现在右手大金戒、左腕小名表、一身好西装的样子，谁敢相信这人几个月前还是流浪街头的混混？

要请客的是赵成功，私下里依然被称为“大丫”，虽然胡子剃了、牙刷白了、头发也理了，可依然掩饰不住眼睛里的猥琐。他谄媚道：“是、是、是，包哥教育的是，成功时不能骄傲，失败时不能气馁，我叫赵成功，我不骄傲。”

说着，他夹了块肥肉张着血盆大口，一口吞嚼着，傻乐呵。包神星正要说话，门嘭地开了，巨响把赵成功吓噎住了，凸着眼使劲儿咽，奔进来的二丫刘小旦欣喜若狂道：“包总，我在厕所里拉屁屁的时候发现新大陆了。”

“啊……呃……”一句话恶心得赵成功直呕。不过已经吃下去了，光呕没吐，包神星正夹着菜，气得啪一放筷子怒道：“不稀奇呀，你要吃屁屁发现新大陆还差不多。”

“不是，不是，你看你看。”刘小旦递着手机照片。

“无抵押当天放款？小旦你好这口？”包神星愕然了。

刘小旦惊了，拿回来一看，赶紧按一下手机道：“错了、错了，这张。”

另一张图片放到了包神星眼前，他一下子肃穆了：“寻人启事，师佳迪，男，66岁，身高1.66米，长方脸，患有间歇性精神病和抑郁症，走时身穿灰色大衣，下身穿深灰色大纹花哔叽裤，中州口音……啊？这不是？”

他看向了另一位，那位拿着手机还在看的周鹏。雕哥走时安排了，有事多问周扒皮，他的江湖经验丰富。此时扒皮兄也犯难了，他转过手机给大伙看着道：“我也正在看这个寻人启事，这倒确实是千子常用的，不过反了。”

“什么反了？”包神星不解，“我们当时出来，我见雕哥就是冲着这广告找着风头叔了。”

“对喽，这是我要招人扯旗干活儿时才发这个寻人启事，而且这法子只有咱们中州那片的千子才用。对了，还是杜风头想的这招，但凡有落单的兄弟看到这个，总能找着去处……可现在咱们不落单，也不落难啊？”周鹏道。

“那肯定是自己人啊。”刘小旦道，他说了，听雕哥讲过江湖逸事，做人得讲义气，比如雕哥就很有义气。

包神星直接拿电话拨着王雕的号码，一拨，通了，可仅限于通了，半天没人接。赵成功瞅瞅时间，小声说：“雕哥这段时间心情不佳，老是喝酒，白天迷糊，晚上死挺，基本上没清醒的时候。”

“哎……这事我知道，杜风头后来下落不明，带着一身病，不知道怎么样了。傻雕和杜风头，比父子还亲啊，还有传说杜风头被雷子秘密抓了，反正说什么的都有，他心里堵呗。”周扒皮道。

这思路触得包神星灵光一现道：“咦？你们说，这不会是杜风头吧？他可是咱们的前辈，万一……他找来了，有没有这种可能？”

“不可能吧？咱们都改头换面了，我自己都不认识自己啦。”赵成功道。

刘小旦反驳道：“咋不可能？咱们现在上头的上头的上头的老板，传说都是杜风头的小弟。”

“你听谁说的？”赵成功不信了。

刘小旦一指周扒皮：“老皮说的，按字号排，杜风头是四门第一。”

“停、停、停。”包神星一举手，示意安静，他看看周扒皮，虽说江湖经验丰富，可猝遇此事，老江湖也拿捏不定这个新情况了，包神星见没拿主意了，自己也蒙了，拿着手机照着广告上的输入了号码，犹豫了半天，不知道是拨呀，还是不拨……

在同一时间，不同的空间，同样有四个人拿着手机在发呆。一千、一千……大几千转出去了，反正不是自己的钱不心疼，但花出去这么多没有效果，就让人心疼了。

四人是坐在宋朝房间里的，斗十方的脚搭在茶几上玩手机，左边王自光，右边毛登科，屋里踱来踱去的宋朝听了一番他对北方“八大骗”的解释，这么着，发广告的渊源他倒是勉强接受了，但过了两三个小时一点儿反应都没有，就让他又重新怀疑了。

“不对呀，十方。”宋朝寻思着，“患有间歇性精神病和抑郁症，这个正常，但走时穿灰色大衣，六月份穿什么大衣？还有大纹花哔叽裤……说的是戏服？谁一听都会觉得……你这发广告的才是神经病呀？”

“你只看到了表象，这和电信诈骗操一口广普、港普的意义是一样的，就像咱们现在，一接到咬字不清的南方人电话，说你信用卡有境外消费，直接就挂了……而这个寻人启事，让思维正常的人看，都不会理会的。”斗十方道。

所以，它的目的在于过滤掉正常的人，专门找不正常的目标。

一旁呷酒的毛二撇着嘴道：“我觉得你就不正常。”

“说对了，犯罪就是一种不正常的社会形态，其实咱们是一样的。”斗十方道。

已经备受打击的毛二现在没什么脾气了，不生气了。他呷口酒道：“宋哥，好歹妮可也是玩那个大数据出身的，总不至于听这货扯淡吧？”

“在屏幕后的见识，和行万里路的见识，截然不同。”宋朝好歹说了句公道话，但他似乎依然无法接受斗十方。斗十方没有看他，却似乎长了第三只眼睛，知道对方在看他，就听他悠悠道：“老宋你是奇怪我为什么对这个这么了解吧？”

“是啊。”宋朝直道。

“我爸就是走江湖的，我从小吃百家饭长大的。北方八大门的渊源可比警察建制的时间长多了，清末、民国、中华人民共和国成立前中原出现黄泛区，是八大门鼎盛的三个时期，之后销声匿迹了几十年，现在是借着网络死灰复燃了。要说他们真学到八大骗的精髓，我倒不觉得有，但这些招数可是学得精，不比传说中的八大骗差。”斗十方道。

“没有精髓？只有招数？”宋朝不解。

“对，比如南方的江相派，传说创始人是刘伯温，其宗旨是给底层人在社会不公的环境里求条活路。八大骗的起源类似，铁口断金和江相差不多是一脉，都是通过察言观色算命卜卦。‘金评彩挂’说穿了就是底层的手艺人，‘风马燕雀’再差点儿，也就是捞偏门的手艺人……现代的骗子顶着他们的名号捞钱，其实对传统是一种侮辱啊。”斗十方道。

“啊？”毛二侧头问，“兄弟，你这是当着和尚骂秃驴呢？”

“你看你这人，捡钱不会，光会捡骂。我和宋哥讨论学术问题，不要乱插嘴行不？”斗十方逗着毛二。

毛二扬瓶子威胁要砸，不过斗十方根本不惧，而毛二也没有真砸下来。这时候斗十方就又有话说了，直道：“其实你是怀疑，怀疑的意思是，仍然有相信的成分，否则你这瓶子早不客气地砸下来了。既然有相信的成分，那为什么不能耐心等等呢，你看人家光板兄弟，多安静。”

光板半天没吱声，斗十方回头看，却不料光板兄弟斜靠着沙发，早睡着了。这可真是明月照沟渠了，斗十方讪讪笑道：“说这么多还是有效果的，最起码催眠效果明显。”

“虽然你相信这办法，但其实你心里也有怀疑的成分，否则就不会这么紧张，你一紧张话就多。而且你喜欢把话说满，就像孤注一掷一样，要么满盘皆输，要么准得吓人。”宋朝道。

哟？！不愧是前同行，这察言观色的功夫把斗十方惊了下。他很知意地向宋朝竖了竖大拇指，然后解释道：“没错，骗子都是异想天开的性格，你要连异想都不敢想，天怎么开呢？”

“这其中有运气的成分啊。比如电信诈骗，一百个电话能找到一个目标，就已经是很高的概率了。”宋朝道。

斗十方捏着手机，同样反驳道：“是啊，几万份广告，针对上百人，而且其中中州籍的不在少数，我就不信没人看到。”

“要是他们识破了呢？”宋朝问。

“不可能识破，我们对他们一无所知。反过来也一样，他们对我们也同样一无所知。而这些底层毛骗在看守所、监狱进进出出，准确数字有多少我都没算过，突然来个颠沛流离的同行完全说得过去啊……这和人上当一样，其实你接到诈骗电话时，第一时间永远是怀疑的，所以接下来肯定要一探究竟……诈骗最直接的目的并不是马上让你怎么着，而是引起你的好奇，让你去一探究竟，等你一探，就掉坑里了。”斗十方道。

宋朝看着他，不知是欣赏还是审视，半晌才憋了两个字评价：“怪胎！”

“嘀……嘀……”手机响了。

斗十方触电一般拿起手机，有个加微信号的请求，他笑了，是一个通过手机号搜索申请加好友的，斗十方加他，点开此人的微信头像，是句名言：成功 = 艰苦的劳动 + 正确的方法 + 少说空话。

他一下子想起这个二货是大丫，再一翻朋友圈，那货还放着自己的照片呢。宋朝赶紧说：“你等一下，我让妮可处理，给对方发个嵌入小程序的图片。”

“不用那么麻烦。对付这群文盲法盲，你用那么高的科技也不嫌寒碜。”斗十方亮出手机，那上面放大着一张图片，是介绍公司的照片，叫“神星电子商务公司”，主营业务一大堆，那不重要，重要的是，介绍末尾留着电话号码呢。

宋朝一屁股坐到床上，半捂着脸，笑得浑身直颤，敢情就这么搞定了，真不知道老板要知道这么简单，会是一种什么样的尴尬表情……

“他们离开了！”

X小组驻地，监控的警员提醒道。

众人的目光转向墙上的大屏，那上面显示着从公寓出来的宋朝、毛二等人。这次连伪装都没有，直接开着从南港驶来的那辆商务车。他们走得很匆忙，看那驾车起步的姿势就判断得出来，起步后开得很快，在交通监控里时隐时现。

向小园脱口道：“难道找到目标了？”

这么急着去干的似乎只有一件事，此话一出，目光都投向忙碌着输入嫌疑人面部特征的宣冬青一组。宣冬青道：“应该没有这种可能吧，除非是广告真奏效，和他们直接联系上了，否则不可能有第二种途径。我们刚刚建库完成，要捕捉和比对，最快也得几天，而且是运气好的情况下。”

大数据排查需要的是时间，而且遵循的是科学，像这么不科学的小广告会被警务人员嗤之以鼻的。向小园看看未发言的俞骏，又看看一脸茫然的周修文和巫茜，这个妄语不敢轻下了。

“这大晚上的能有什么事？如果是紧张情况，零号会示警的。”周修文喃喃了一句，明显不太确定，他持着步话询问着，“X3号，什么情况？”

“不太清楚，他们急着出来，这个观测点看不到人了。”

“是否看到对方接电话或者什么异常情况？”

“似乎一直拿着手机在说什么，但没接电话，下楼的时候，1号目标打了一个电话。”

“好的，知道了。”

通话的外勤是程一丁，远距离观测要记下目标的一举一动，这个很快可以反查，但反查还是没有这些人行进得快。从交通监控可以直观看到去向，没多久方向就明确了。周修文看了看，十二分钟，而这时候，那辆目标车辆驶出了解放路，进入南郊园区路，那儿只有一个去处——随阳市的南郊轻工园区，是本市新的开发区。

“冬青，开发区的公共监控有多少？”俞骏表情奇怪地问。

宣冬青一查，汇报道：“园区尚未接入公共监控，远程只能看到园区路尽头，这一片开发尚不足半年。”

“哈……绝对在这里，规避排查的最好方式就是找盲区，这是个天然盲区，查一下园区的情况。”俞骏道。

耳听着键盘噼啪响，俞骏抚着下颌又命令道：“通知一下各外勤小组，不要靠太近，今晚摸一下情况，看一下能否建立观测点……搜人的事暂停一下，先把园区的情况捋清楚。”

俞骏踱着步连下数条命令，周修文一下子没明白俞骏的思路，他凑上来轻声问道：“什么也看不到，您的依据是什么？”

“大鱼潜得深，等闲肯定不会让我们看到。这里应该有一群小鱼、虾米，千万不能炸了群……依据嘛，你说两个多月前那么多传销、诈骗前科的人物，都去哪儿了呢？”俞骏笑着道。

周修文想了想，未敢再提异议，像这种老警察敏锐的直觉，有时候真不算科学，但要是准起来也是很吓人的。

目标：轻工业园区。

更准确的方向拿捏在宋朝手里，宋朝的另一部手机此时才示人，又厚、又大，像半块砖，不过小觑不得。那上面闪烁着红点定位，是后台那位妮可根据手机号给出的，虽说GPS定位在现在已经不算什么高新技术，但像宋朝这样轻松就可以拿在手里找人的，也并不多见。

对这些人的能力，斗十方又高看了一层。下车走时，他顺手在地摊上买了顶不伦不类的凉帽扣着，悄声给众人解释，肯定是熟人，伪装一下。刚说完未久，宋朝循着手机定位看着前方，不到二十米处有一个小饭店，晃悠悠地出来了四个人。他脸上一喜，示意了毛二一下，毛二脚步不停，佯做行人径直走着，和那些人擦肩而过。

后面的几个躲到一边了，近距离的偷录已经显示在宋朝手里了。他定格着画面：包神星的照片，熟悉；大丫、二丫和周鹏的他不认识。斗十方小声解释："这两个被卖人头送出去过境外，又给遣返回来了，原来在老费手下干，这个是老中州户……这个以前是个贼，改行了，你那照片里拍到过他。"

"好，换位，你们和毛二会合，我跟一段。"宋朝道，收起手机，佯作无事地跟着那几位酒意盎然的。走了十几步后回头看时，斗十方带着王自光已经坐到小摊边吃上了，毛二已经折回来和他们坐到一起了。

其实都不用跟了，凉粉吃了一口，斗十方就拽毛二，向他示意前方，还是饭店里出来的，一行十几人。毛二犯愣，斗十方小声斥道："快录，里面可能有逆风。"

毛二摁着藏在胸前的针孔录像设备，瞪着眼仔细瞧着，现在连他也眼熟了。还真是照片上见过的那些目标，而且不止一个，都喝得兴致高昂，唱的、喊着、袒胸露怀的，旁若无人。斗十方小声解释着，他们唱的那是传销金曲《出人头地》，前面那个手舞足蹈，跳的是传销舞蹈《鼓掌舞》。他们的纪律比你在骗子团伙可严多了啊，你看都喝多了，唱得还不走调。

可不，还是会唱歌的“特种兵”，就听他们唱：“……我要好好地把握住在这里／干出成绩／二十年来的生活／让我明白一个道理／人在没钱的时候／谁都瞧不起……”听着听着就把王自光感动了，他想想自己的身世，确实是没钱谁也看不起，他说：“人家唱得多对呢，一点儿也不像坏人。”

话被毛二一巴掌扇回去了，此时连毛二也惊愕了，看这些人成群结队、亲密无间的架势，恐怕找到只是开始，更棘手的还在后头……

骗分优劣，以骗诳骗

当完整的照片的影像和资料里记载的人脸重合时，一直对斗十方持怀疑态度的沈燕简直要出离惊讶了。

一天，确实才一天哪。

她翻阅着妮可整理出来的人脸对比，重合了十一个人，这估计还是去年宋朝监视照拍不全的缘故。不过据此判断，肯定是同一个团伙无疑了，他们的居住地就在轻工业园区。无法想象，他们在这里租了半幢楼，办公场所、库房、宿舍一下子都解决了，捎带着把骗子最忌惮的监控也给全部屏蔽了。

那楼被宋朝拍回来了，“神星电子商务公司”的标志赫然在目，几百平方米的办公场地，似乎和玩空手套白狼的出入很大。不过也恰是因为大相径庭，实在让人不敢相信这里面住着一伙儿传销和诈骗人员。

“应该错不了，有一两个是巧合，十几个就说不通了，这个黑警察真厉害啊，就算脑袋里装着大数据也不可能对比得这么快啊。沈姐，您信不？宋朝说他发了个小广告，这伙骗子自己找上门了……对了，这是提取到的手机信息，这个叫什么成功的人，手机被我控制了。”对面坐着的妮可，给沈燕的电脑传了份资料。

沈燕翻了翻，没有什么有价值的东西，定位只限于在轻工园区。通话倒是不少，有上千个通话记录，这不用说，肯定是营销电话。要从这里提取出重点号码，也得费不少工夫，这事她暂且搁到一边，思忖问：“有点儿不对啊。”

“哪儿不对？不应该啊，我比对了好几遍。”妮可道。

“不、不，我不是说内容，而是说……这么大的局，不符合逆风的胃口啊，你不觉得太小了吗？”沈燕问。

妮可一拍前额，道：“对，确实太小了。”

“而且手法似乎也不对，传销是个坑杀模式，长战线消耗特别大，能收到的钱得消耗掉一半以上才能维持局面。所以你想赚更多，就得把规模做到无限大，你看这个……太小了啊。”沈燕道。

“是太小了啊，怎么着也得几个亿的盘子吧。”妮可想到这一层，却无法再深入了。

骗局就是如此，不是亲见，无法明辨，你的思维不可能知道组局的人会放飞到什么程度，哪怕是骗子也不可能洞悉另一个骗子的用心。

“往深里找，这是外围的，不管是金瘸子还是杜风头，惯用的手法是多种骗局串在一起，互为补充，而且像布雷一样。外围的只是警示雷，只要外围一响，他们就有充分的时间撤出……告诉宋朝，不要惊动他们，想办法找其他的团伙，肯定还有……还有这些手机的归属地你列一份给他们。找找有价值的信息。”沈燕安排着。

“好嘞，这个容易，但是，要深入恐怕不容易。”妮可道。

“你是指什么？”沈燕问。

“人手太少啊，老宋粗略估了一下，公司驻地大致有三四十个人。”妮可道。

力量对比是一比十，沈燕握鼠标的手停了，想了想，犹豫道：“打探消息，又不是打架，多动脑，少动手，人手多了反而累赘。我觉得够了，逆风绝对想不到，是他恨之入骨的黑警察在拆他的台。”

想到手里的人物时，沈燕奇怪地不犹豫了，她的口气变得非常、非常自信……

案情推进得奇快，而且此次让人啼笑皆非的是，外勤居然和偷摸拍摄神星电子商务公司的宋朝擦肩而过，据程一丁汇报，宋朝一上午在轻工园区溜达了三遍，不愧是警察出身，甚至连观测角度的选择和外勤也一致，外勤不得已只能躲着，生怕被察觉。

空白的案件板在一夜之间填补了，向小园画了一个神星电子商务的区域图，上面密密麻麻地贴上了十几个被捕捉到的传销前科人员的照片。午饭后又增加了几人，这时候才发现，他们的业务可能不局限于网上，实体似乎也有。下午该公司所有的账目信息被提取到后，着实让专案组诧异了一会儿，这个公司的往来业务已经遍及全市，拓展触角早在一个月前，已经到省外了。

“账目没有什么问题，这个公司以经营手工制品为主，这是网上做的广告。目前看来，注资资金100万元，陆续回收了230余万元合同款，应付租金、水电、人工以及原材料，也接近300万元了，这么大规模的公司，算正常了吧？”巫茜捋理着信息，如果正常看数据，是挑不出毛病的。

“事没毛病，人有毛病啊。”俞骏说了，一指案件墙道：“我们最早追的就是包神星这个人，绰号憨炮，有点蠢，一年前还在中州小吃摊上贴二维码骗钱呢，这华丽一转身就成公司大股东了，我咋觉得这事有点儿魔幻啊。”

“让外勤再查查操作手法，这怎么骗钱的？投资够大的啊？再说，法人、公司、资产，都不好跑啊。”周修文道了。

想到这茬儿，俞骏直接伸手了，指着向小园道：“去，把多多叫上来。”

向小园离座而去，巫茜惊讶地问：“啊？您不会想和钱加多讨论案情吧？”

“呵呵，你猜对了，多多对钱比在座的任何人都敏感。他有句名言，叫奸商和骗子是同行，都是收智商税的。不要怀疑，就在这拨骗子里，有点儿文化的占少数，没文化的是绝大多数，冬青，数据对不？”俞骏问。

“对。”宣冬青头也未回，对着电脑念：“有记载的大部分学历都是空白。他们公司现有员工里，倒是有几位大学生，不过是当地户籍，应该是刚招聘的……在反欺诈的大数据统计里，诈骗嫌疑人里，初中以下文化程度的占到了百分之八十。而被骗的受害人，高中以上文化程度的，却占到了百分之六十五以上。”

“也就是说，聪明人更容易被骗……多多，进来。”俞骏喊着。

到随阳后，钱加多受到了“非人”待遇，外勤不带他，内勤不用他，居然把这么个人才放后勤上了，那情绪直接就写在脸上呢。他噔噔噔进来就说：“不刚吃了吗？又想吃？”

其实他憋着不敢笑，俞骏道：“先别说吃，你不就想上外勤吗？给你个机会。”

“好，你说的啊，把我跟娜娜分一块儿。”钱加多兴奋了。

“打住、打住，这是个追踪任务，你想追对象去啊。”俞骏驳斥道。

想让钱加多羞愧没那么容易，他一瞪眼，振振有词道：“咋不行啊？反正我这辅警当不了多久了，别啥也落不着啊？你说我还年轻着呢，总不能和你一样打光棍吧？”

案组里哄笑，俞骏尴尬地捂着眼睛，忘了不该和钱加多争辩了，这头毛驴得顺着来。“啪”，他一伸手拍案把笑声惊没了。钱加多哆嗦了一下差点儿吓跑，还好，主任表情好像没发怒，就听主任很霸气地道：“有理想，有追求，作为领导我得支持你……先把这个事办了。”

“啥事呀？”钱加多纳闷了，向小园笑着叫他过去，碎片化的信息草草一说，钱加多小眼眨巴着，伸着胖手指计算着，像村里跳大神的。这光景持续了几分钟，然后钱加多吧唧一拍手，响如惊堂地喊了声：“我知道了！”

“说说，这个钱是怎么赚的，或者……怎么骗的？”俞骏问。

周修文和巫茜等人瞠目结舌，总不能案情症结让钱加多这智商解决吧？

可恰恰就是如此，钱加多一提到赚钱，就两眼放光、神情激动得白话：“你们看应收账款这一笔，十四万，还有一笔五万二，这样算，就以每单十四为单位，不用加千、加万。看这个小广告上，高价回收对吧，这是做啥，做十字绣之类的手工。正常价位，应该不是一千四，是一百四左右。回收的价格至少要翻一番，也就是说，在二百八到三百。应该就是这么多，这都是找农村和城镇闲散老娘儿们干的活儿，再多不合实际了。”

“订单？怎么收钱呢？”陆虎问。

“哎呀，相当于来料加工嘛，给你材料，你做手工。材料款是预收嘛，不收钱，我光卖卖材料不就赚了？”钱加多道。

“听起来差价似乎很大，也能赚钱，注意下，这可能是群诈骗的，万一拿走订单，人真做出来，你不收啊？不收吧，这进行不下去，收吧，骗子可就要赔啊。”巫茜给钱加多设障。

钱加多小眼一瞪，指摘：“美女，你不注意细节啊，手工制品啊，需要时间，比如十字绣，你去哪儿找那么多老娘儿们绣花去？即便你能找到，我也不在乎，做好拿过来我就收，反正你做的要比我发展的慢，只要我足够快，就永远是赚的。”

咦？周修文一愣，好像就是这么个理儿。他心思一起，伏案用笔计算着什么。

钱加多直接道：“别算了，这个生意不用算赔赚，主要是卖订单，这和那个健身、美容收预付款是一样的，只要预付款收得足够多，远远超出成本，一旦达到奸商的期待，就关门了。”

众人被钱加多的侃侃而谈震晕了，敢情这么简单，可似乎也难不到哪儿。震惊间，向小园道：“以这帮传销人员的水平，虚拟推销都没什么问题，实物订单，似乎更容易。但是，如果单纯是个传销，我又觉得过于简单了。”

“再难我就不知道了，但就这么几块料，能干成多大事啊？”钱加多道。

“对，我们不能把他们想得太神秘，这就是一群受人驱使的乌合之众。地点应该不止一处，其他人在哪儿呢？”俞骏点头道。

研判和分析继续进行着，钱加多被冷落几分钟后，连叫几声“主任”，惊醒俞骏后，俞骏摆手让他忙活去。这下钱加多就不乐意了，不客气地提醒：“你这当领导的办事不能这样吧？有头没尾，答应人家的事不认账了，这可这么多人听到了啊？”

“我答应……哦，外勤的事吧？”俞骏反应过来了。

“对，那我……你给下个命令呀，要不哨岗不让我出去。”钱加多期待道。

“这个啊……”俞骏想想，慢条斯理道，“这问题不还没解决吗？你虽然启发了我们的思维，但我们还没有证实你说的对不对，是吧？等两天，验证正确了你再上任务。”

“啊？”钱加多一嚷，看这么多人，自己势单力薄，怕是难以如愿，他气咻咻转身走了。出了门，脑袋又伸回来，恨恨地对俞骏说了句："等着吃饭给你们饭盒里下料啊。"

"就这么点事，你就想毒杀我们啊？"俞骏笑道，只当玩笑了。

"哼，我往饭盒里吐唾沫、擤鼻涕，让你们吃出一肚子心理阴影……不让我出去。"钱加多出大招了。俞骏气得拿起手边的资料就扔，钱加多一转身一溜烟跑了。

钱加多总把人置于尴尬境地，不说也罢。但这最后留的一句狠话还真让人有心理阴影了，憋了半天，向小园说了："主任，要不让他上外勤吧，他一直窝在这儿，我觉得那事他真敢干。"

众人扶额窃笑，唯有俞骏一脸哭笑不得……

此时斗十方也在干让人哭笑不得的事。宋朝匆匆回到住的公寓，一上午没见，那仨人没闲着，正关着门打扑克"斗地主"，他回去时毛二和光板眼都青了、脸都绿的了。斗十方面前垛了好大一堆钱，正玩得不亦乐乎，一问才知道，斗十方把南港劫回来的钱给两个人分了赃，然后顺便全部赢回来了。

"不玩了，不玩了，这牌有鬼。"毛二见宋朝回来，如见了救星一般，光板也趁机把牌扔了。斗十方收着牌提醒："光板，你那份输完了啊，没你的了。毛二，打欠条，八万二。"

"哪有那么多？"毛二不认账了。

"这都记着账呢。"斗十方亮着一张写得歪歪扭扭的字条，毛二凑上来说："我看看，你瞎记了吧？"

斗十方递过去，毛二一拿，一揉，然后冷不丁地就往嘴里塞，边嚼边阴险地笑着，气得斗十方怒道："哎，我去！要赖是不是？"

光板愣愣地看着这场面，激动道："那我岂不是太亏啦，不行，不能算。"

说着就扑向那堆钱，毛二还替他抢了两摞往怀里塞，斗十方护也护不住，宋朝气得斥了两句，这三人才消停。宋朝兜着钱往边上一扔，让光板装起来，烦躁道："不嫌累啊？没看十方逗你玩呢？这俩小钱都抱得跟亲爹一样，瞧你那点儿出息。”

光板讪笑着，赶紧把钱收罗到一起了，斗十方说了：“怎么叫逗他玩呢，亲兄弟明算账，这不给你找着人了，一百万拿来。”

“哎呀……这事还没跟老板商量呢，你找得太快了，没来得及啊。”宋朝推脱了。毛二龇牙笑道：“宋哥说找着，是抓着的意思，你完成了一半。”

“逗我是吧？那拨几十号人，你不想活，我还想混呢。要去你打头阵，我跟着。”斗十方道。

毛二说了：“少来，你孙子鬼太大，我在前头，你敢先把我卖了。”

“闭嘴，别争了，现在的情况是这样……”宋朝把情况大致一说，一听要找得再深一点儿，那就免不了和那伙人照面了。可要照面就免不了冲突，现在己方就这么几个人，想想都头大，反正毛二一想那些人成群结伙出来的样子就犯难，不落单，还真不好下手，而在园区那个偏僻的地方，让他们落单还真不容易。

“这个……”斗十方喃喃地说着，那三个人一听斗十方开口，都期待地看着他，隐隐间主心骨移位了。斗十方暗笑道：“打牌赖账、干了活儿不给钱，就这么几个人劲儿都不往一块儿使，活该你没办法。”

“办法倒是有，蹲上几天，趁他们出行或者落单，逮住一两个问问就解决了。老板觉得这是冰山一角，肯定还有其他团伙。”宋朝道。

这办法直接让斗十方嗤之以鼻，他挖苦道：“我说老宋，你都弃明投暗了，咋还老是条子那一套？你明明是犯罪分子，为什么不会用更直截了当的方式呢？”

老宋被教育得面红耳赤，苦着脸问：“那你说说，什么是更直截了当的方式？”

“骗出来不就行了，亏你们俩还在诈骗团伙待过，我咋这么替你俩脸红呢？用脖子上这颗头能解决的事，为什么只想着通过拳头解决？就你拳头大啊？”斗十方这一句，连毛二也教育了，听得毛二羞赧不已，他憋得面红耳赤地反问：“你行，你来呀？”

“可不是我来，还能指望上你呀？……来，我教教你们，数据给我……哎，我去，你们的大数据水平不比警察的差呀？就给赵成功发个图片，都入侵人家手机了？”斗十方看到宋朝的手机信息时，惊讶了，幕后那个丑女黑客，怕是对标网安里任何一个高手都不逊色。

宋朝回避了这个问题，轻描淡写道：“这是部营销用手机，没什么有价值的信息，光拨出去的电话就有两千多个。”

“呵呵，亏你们还是玩电信诈骗的，线索还不就在这里面……这个号，通话超过四分钟，光板，手机给我。”斗十方看着号码，光板赶紧递上手机，他循着号码拨出去，一接通，痞里痞气的口吻瞬间来了一个一百八十度大转弯，就听他用标准的普通话说着：“您好，我是神星电子商务公司业务员，我们几天前通过话，您一定还记得吧？”

“记得……不是这个号码啊。”一个瓮声瓮气的中年人声音。

“那是我们公司赵经理跟您沟通的，先生您贵姓？”

“免贵姓王。”

“王先生，是这样，我们公司现在对新加入的客户有返点提高的优惠，赵总一定跟你沟通过了，你想得怎么样啊？如果这几天办理的话，优惠力度很大哦。”

“倒是优惠够大，就是得先给钱呢，我们这地方穷的，一说先掏钱吧，就都缩回去了，再等等，我先挂了啊。”

“哎对了，你们那地方叫什么？能加您的微信吗？”

“冒山乡的……不要加了，我也不会用。”

挂了，这是一次失败的营销推广。毛二鬼鬼祟祟地笑着，像等着看斗十方的糗相，宋朝故意道：“别气馁，多推销几个，没准就能撞上。”

“呵呵……一个高明的骗子之所以高明，是因为你永远猜不到他的下一步会怎样反转，学着点啊，用最简单直接的方式达到目的才叫高手。”

斗十方在三人瞠目结舌中，换毛二的手机直接拨通了赵成功的电话，一接通，他的口吻瞬间变了，不是普通话，而是瓮声瓮气的假嗓，而且操的是随阳地方口音：“喂，我是冒山乡的，老王你记得吗？”

“哟哟哟……记得记得，您是伍子介绍来的吧。”

“啊，是滴。”

“啥事，王叔？”

“我们乡有几个倒是有意思想干，又有点怕上当，这不，我也说不通，我带他们进城来了，你找人给大家伙说说咋样？”

“哟哟，那太好了，来来，您直接来参观我们公司，参观完包您放一百个心。”

“嗯，行，我们一会儿在东站口下车，去你们那儿……”

“没事、没事，我们派车接您，几个人啊？”

“四个，加上我五个。”

“好，啥时候到啊？”

“再有……半个小时吧。”

“好嘞，我等你们。”

挂了，通话间宋朝反应快，还用手机播放了一阵路上车喇叭的声音制造情境。这个电话挂后，毛二已经石化了，大张着嘴，眼睛发滞地看斗十方，估计怎么也相信不了，居然这么容易，打个电话就把人约出来了。

“傻看什么？还不准备走？”斗十方笑着提醒。

毛二一激灵，起身拎裤子整衣服。宋朝直朝斗十方竖大拇指，这实在让他佩服得五体投地。出了门，毛二紧张兮兮地小声问宋朝：“宋哥，这货以前到底是条子，还是骗子啊？这么玩都行？”

“哎呀，境界太高，我实在评价不了啊。”宋朝笑着道。

四人一行出了住处，直往客运东站去了。

半个小时后，追踪出行嫌疑目标的外勤拍下了很难理解的一幕，嫌疑目标赵成功不知道怎么去接宋朝、毛二一行了，还很客气地亲自从驾驶位下来把人往车上请。可不料是引狼上车了，毛二一把挟住了人塞进了车里，同伙迅速抢了驾驶位置，威胁住了另一个。四人一股脑儿钻进车里，那车立即驶走。这活儿干得干脆利落，一点儿都没引起路人的关注，一看就是老手。

对了，坐在驾驶位置的“同伙”，正是斗十方。

这回该俞骏体会周修文在南港那种胆战心惊、坐卧不安的心情了，不用说，这肯定是用最直接的办法去获取信息了。这段视频回传后，专案组办公室的人都张口结舌地看着俞骏，而俞骏呢，在尴尬地挠后退的发际线后不多的头发，就那么苦着脸挠啊、挠啊，愣是一点儿招没有……

冒骗诳骗，真相自现

小面包冒着一股黑烟，从东客站一溜烟地往城外跑。握住了方向盘，宋朝几人才发现最危险的可能不是被警察逮住，而是坐这个“黑警察”开的车。那疾速穿行、几次堪堪和来车擦身而过的惊险，真把小面包车开出了F1的感觉，车上的人坐得呼通呼通直墩屁股，吓得那俩被控制的愣是连“救命”都没敢喊。

“慢点儿，慢点儿……出城了，没事了。”宋朝攥了把汗提醒道。

驶上了城际公路，斗十方终于放慢了点儿。不过，错了，副驾上的刘小旦刚松了口气，呜的一声速度又加起来了，他脖子被一根腰带和车座枕头捆在一块，重重颠了下，惊得他连声大呼：“斗哥饶命啊！”

可没想到这俩货这么怕斗十方，这倒省事了，宋朝问被毛二勒着的另一个：“叫什么？”

“赵成功。”大丫紧张道了句。

“在园区做的什么局？”宋朝问。

“没有、没有，大哥我就一打工的，你们别杀我……我身上没钱，也没值钱的东西……啊，救命啊，大哥你们饶了我吧。”大丫开始撒泼耍赖，大喊大叫兼口吐白沫，恶心得毛二只得放开了他点儿。

前面的斗十方可不客气了，提醒道：“这个死不要脸的大丫你们对付不了，搜他身上。”

王自光和宋朝摸索着，确实没多少钱，不过身份证有好几张，手机有三部。这货可能知道不是被警察逮了，不客气地张嘴就咬，倒把王自光吓了一跳，一下没摁住，这货还在张狂大喊：“有本事你弄死我呀？弄不死，我几百号兄弟回头整死你。斗十方，你都不是雷子了，吓唬谁呀？”

“哟，看来知情啊！”开车的斗十方一点儿也不着恼，笑道，“大丫你错了，如果是我雷子，还真不敢把你怎么着。你说我都不是雷子了，该担心的是不是就是你了。”

“咝……”大丫想想，倒吸凉气，被吓了一跳。是啊，这货当雷子时都敢胡来，这要不当了，会不会变得更坏了。思忖之下，他外强中干地吼

“樊城。”

两个人脱口抢答，不过答案不一致。

斗十方一愣，两个人还以为回答不对，大丫又抢答：“襄州也有。”二丫不甘示弱，抢答：“荆汉也算。”

这一下四座城市，可把宋朝听傻了，不料还不是全部。大丫又说了：“其他地方也有，我们不知道，你得找管毛，他是大头目。那群孙子抠得狠呢，收那么多钱，根本不让我们沾，要不是看雕哥的面子，我们兄弟早不干了。”

“你俩这脑子向来不清楚，这几个地方你去过？”斗十方问。

两个二货摇头，斗十方直接俯身捡钱。二丫赶紧道：“我听老虎打电话说，江离有他亲戚，省城荆汉也有。”大丫也赶紧解释：“我听老皮说雕哥在樊城，包经理，不，包神星去过襄州，那儿肯定也有，要不他去那儿干什么？”

“哦……有长进啊，居然会判断了，考考你们。”斗十方蹲下身子，开始旁敲侧击，循循善诱，很快毛二和宋朝听出来了，这儿的头儿叫“来晋虎”，和“管大军”是一路，在襄州、樊城，甚至在省城荆汉市的，也都是这帮人的同伙。因为傻雕、老皮等中州来的人，和这些人曾经不是一路，所以在团伙里地位不高，备受排挤，后来就分开去其他地方了。

看这俩蠢货的水平，顶多就能知道这么多，不过已经足够让宋朝惊讶了。问完了又有点犯愁，宋朝示意斗十方，用口型小声说，那意思是：这对货可怎么处理呀？

带着肯定不可能，但要放了，肯定也不放心。就俩被诈骗团伙操纵的工具人，总不至于掐死人家吧？

这事斗十方已经胸有成竹了，和宋朝耳语几句，宋朝点点头，附耳小声说话。这可把那俩吓住了，二丫紧张地道：“斗哥，你不是要灭口吧？我这嘴牢着呢，出去我啥也不说，你放了我吧。”

就这嘴还牢，毛二都给气笑了，大丫也表忠心：“斗哥，要不你收我们当小弟吧，我们保证忠心耿耿。”

“就你俩，气不死我也得坑死我，光板，给他们俩解了。”斗十方直接道。光板找着小刀割了扎带，那俩一被解开，彻底放心了，挨着个鞠了一圈躬，不料毛二和宋朝顺手把两个人揪住了。斗十方继续命令：“衣服扒了。”

“哎哟哟，干啥、干啥……啊？”

“不是吧？我长这么丑，哥你都动心？我脱。”

两个人不情不愿的，斗十方道：“就这么放了你们俩，回头报警谁受得了，脱吧、脱吧，脱了给钱。”

一说给钱，两个人倒不那么抗拒了，听命监督的王自光玩兴大起，连裤衩和鞋子都给人家拽了，两个人缩成一团蹲着，紧张兮兮地看着地上的钱，又看看四个虎视眈眈的人，斗十方拿起四摞钱来，看样子要递给两个人，两个人一喜，不料斗十方只抽了两张，给了两个人一人一张100元的，两个人的脸瞬间成苦瓜脸了。

“别不乐意啊，我说到做到，说给就给，可没说给你们多少啊，蹲好。”斗十方嚷着，自己已经跳上车，四个人开着神星电子商务公司的面包车，一溜烟跑了。

后面，两个赤条条的大男人，大白天的显得格外诡异，半晌，大丫说：“坏了，他们把公司的车都开走了，这可咋办？手机也丢了……老虎饶不了咱们啊，衣服也扒了，这可咋回去呀？”

“老虎要知道你说了这么多，别说衣服，皮都得给你扒喽。”二丫道。

“放屁，你先说的。”

“你才放屁，明明是你先说的。”

“你先说的。”

“你先说的。”

两个人争执着，冷不丁看到有车开来，两个人顾不上吵了，激动地跑上路面挥手拦车。可那光溜溜的样子，司机吓得差点儿直接把车开沟里，一加油门跑了。连着三辆车都被吓跑了，两个人互相看看，暗叫一声“苦也”，心里把那群人暗骂了千百遍。敢情扒光就是这用意，让两个人困在原地，想搭个便车都不可能。

咦？也不对，世上还是有好人的，一辆轿车慢悠悠地停下来了，车窗里伸出来两个人头，是两位男子，司机笑着问：“咋回事呀？行为艺术？”

“还是野战被人偷衣服了？”另一个问。

“大哥、大哥，拉我们回城里行不，我们有钱。”大丫紧张地一手捂着下半身，一手递过一张一百块钱，二丫也赶紧递上来一张，副驾上人说了：“兄弟，你付了车费还有钱吗？”

两个人摇摇头，那人笑着问：“那拉回城，把你们光着屁股放哪儿？”

两个人还没顾上想这茬儿，愣住了。

司机提醒道：“上来吧，别逗人家……哎，我说，出什么事了？要报警吗？”

二丫要说话，却不料大丫拽拽他：“不报、不报，没事、没事，我们在那儿野泳，衣服给人偷走了，报啥警呀，多丢人呢。”

“偷了衣服也算盗窃啊，这得报警呀，要不找不回来了。”副驾上那人献计道。

“不用，真不用，还没准是被风吹走了，怎么能去麻烦警察叔叔。”大丫道。丢人的事不怕，抓人的事可就怕了。二丫明白过来，哀求道：“两位大哥行行好，随便给个裤衩穿，不能光着啊。”

“没问题，回城里给你们买两条，给你们找个地方住都没问题。坐好喽，走喽！”司机道。

此车掉了个头，循着来路驶离了。大丫、二丫这俩憨货都没注意到，这辆车像是专门来接他们似的……

接人的不是别人，是程一丁和邹喜男，两个人从观测点一直追到路上。汇报情况后，家里命令把这两个人带回来，这两个人被扒得光溜溜，总不能真扔荒郊野地里吧？

不过这事办得就让专案组无语了，有人捂着嘴偷偷笑，有人硬憋着，不过眉眼里都是促狭，连向来不假辞色的宣冬青也难得地笑上眉梢。不得不说这个处理比铐在原地还厉害，那俩愣是什么地方都去不了。

男的可以笑一笑，女同志就脸红了。音频和视频都回传了，白花花的人影就显在屏上，看得巫茜和向小园面红耳赤的，现在明白钱加多为什么和斗十方能成莫逆之交了。这哥儿俩的脑回路有共通之处，坏水总是那么出其不意地憋出来。

这其中道德底线较高的就受不了了，周修文弱弱地站到俞骏办公桌一侧。他轻轻叩响桌面示意，俞骏回头看他，他胃疼一样的脸上，表情痉挛着，说：“俞主任……这事……再不收敛点，怕出事啊。”

“虽然实践中，他在为我们提供消息。但理论上，他是被正式开除公职的人员，我没法拿警察的标准来要求他啊。”俞骏严肃道，说完他自己没憋住，眉眼挤一块儿笑了。看周修文接受不了，他提醒道：“你想想，这是最合适的一种方式了。真要上手刑讯逼供，把人打伤、打残了，那罪过就大了。”

“好吧，我保留意见。我也是出于一片好心，等有一天他重归警队了，这些案情的整个过程、细节，都会成为考量他的根据。我真心希望不要出什么意外。”周修文道，虽然人差异大，可道相同。

“我知道，就像我嫌弃你一身书生气，可依然尊敬你一样，因为我们的目标是相同的。但我仍然坚持我和你认同有异的地方，犯罪实质上就是破坏既有社会、道德准则和规则的行为。警务人员遵循规则执法没有错，但要求每一个警务人员不管在针对哪一种犯罪行为时都一丁点儿错误不犯，那就是最大的错误了。”俞骏道。

周修文怔了下，反驳道：“但无意和蓄意是不同的。”

“对，你怎么认为他不是在蓄意给我们留下这两个人？你不觉得和高速撒钞票的传讯有得一比？现在他们可没有返回随阳。这两个人你可以作为人证，严肃处理零号的违规行为，或者作为知情人，探究一下传销团伙的信息。你可以做个选择。”俞骏笑道，烫山芋直接烫手地扔过来了。

周修文想想尴尬地说道：“我是没办法，被逼着做这么一个自私的选择。”

这话，听得巫茜也忍俊不禁。接下来是准备预审室，当然还捎带着给两个人准备了衣服。这两个人是出去接人时销声匿迹的，也不怕惊动窝点同伙，于是二人就荣幸地成为首批落网的嫌疑人了。

两个人被带回来，赤条条地下车，把在院子里闲逛的钱加多吓了一跳。他先惊后愕，然后哈哈狂笑着一屁股坐在地上，那两个人吓得更厉害。抬头一看楼上一层都是警察，不知是羞的还是吓的，惊声尖叫着，捂着要害处自己奔预审室了。

很快，随阳这个团伙的信息被专案组掌握，惊喜和担忧是同时来的。喜的是随阳团伙大致情况已经摸清；忧的是，不止随阳，在襄州、在江离、甚至在省城荆汉市，都有这个团伙散布的窝点。可能和前几次的诈骗案一样，这个雪球已经在不知不觉中滚到了让人瞠目结舌的程度……

第四章

箭在弦上锁定目标

不期有约，识骗学骗

车在阳江高速中段放缓速度，驶入了服务区。这个双向服务区来去车辆均可进入，里面公厕、餐厅、加油站、旅店什么都有，居然还有个像模像样的冷饮咖啡店。斗十方疑心方起的时候就看到了背阴处的一辆商务车，那个叫妮可的出现了。

宋朝警示了他一句“别乱说”，两车泊到一起，宋朝把缴获的东西递给了妮可，又从妮可手里接过一样像安检仪器的东西，仔细地扫描着大丫、二丫开的这辆车。斗十方和王自光看得大眼瞪小眼，可能都有点儿奇怪，敢情犯罪现在都整这么专业了。

“二哥，找什么呀？”光板问毛二。

毛二懒得回答：“别多问。”

“这是剽窃警察的办案手法。”斗十方道，这么说无异于损人家犯罪分子呢。听得毛二呸了一口道：“条子技术比我们最少落后五年，我们玩大数据筛查目标的时候，国内这些条子根本还不知道怎么用的呢。”

“吹牛了吧，什么大数据，偷数据。”斗十方道。

“那偷来的，也算大数据，呵呵。”毛二得意道。

两个人刚呛两句，宋朝敲着熄火的车前置物箱道："这儿有一个，拆了。"

毛二动手干活儿，干这活儿麻利得很，不一会儿宋朝又在引擎盖一侧、尾箱底部各找到一个。毛二依次拆下来三个像微电池一样连着红、蓝线的小电子元件，一并交到了商务车那位妮可手里。开关门的刹那，斗十方见到了让他惊奇的一幕，改装的商务车上居然有个小桌子，两台电脑连着搜到的几部手机，绿色的指示灯闪烁着。门关上的一刹那，他才注意到，这可能和警方的通信车一样，车顶吸附着一根不起眼的天线，在那些高人手里，恐怕这台车和一个微型指挥中心的功效类似。

此时斗十方的第六感非常敏锐，他觉得如芒在背，等他收回眼光，蓦地发现自己大意了。这辆车不远处的楼拐角站着一个眼神阴鸷、颧骨高耸的男子，正盯着他。他一下子回想起了长安，伍建利带的手下差不多都是这德行，那些从邻国偷渡来的人，是这骗子团伙里最危险的角色。

"警惕性不低呀，已经发现自己人了？"有人拍了拍斗十方的肩膀，把他吓了一跳，斗十方样子痞痞地回头道："这帮货看着吓人呢。"

"办起事来比看着更吓人。呵呵，去吧，冷饮间里，老板要见你。跟着他走。"宋朝道，用缅语和那人打了个招呼。那人毫无表情，一摆头，两个人一前一后离开了。

这个见面来得很仓促，似乎也过于简单了点。就在开放的冷饮间角落，沈燕面前放着一杯带吸管的冷饮。她百无聊赖地吸着，神情显得有点儿落寞，倩影显得有点儿孤单，哪怕再敏锐的人从她身上也嗅不到哪怕一点儿危险，估计会把她当成失恋或者失意出来旅游的女文青。

对了，她包着一块花色的头巾，与环境显得格格不入，可却成了这个环境里最亮的一抹颜色。斗十方进门径直走向她，轻轻地坐下来，沈燕一扬手指，里面仅有的一个侍应谄媚地端上饮料来，然后回身在门上挂上了暂停营业的牌子。

有钱人总能左右规则，或者是钱在左右规则。斗十方回头看了看那个很尽职且不明身份的人。这个细节成为沈燕的切入点，她笑道："雇他们，还真没你贵。"

斗十方笑道："我们似乎还没谈价格。"

"让我听听你的期待。"沈燕道，她悠然地夹了一支烟，斗十方变戏法似的将打火机递上来。沈燕怔了下，笑了笑，凑着火苗点了烟。她俏皮地吐着烟圈，那烟圈慢慢地向斗十方袭来，在他的眼前扩大、扩散。斗十方凝视着红唇青烟，似乎有一种邪魅的魔力让他移不开眼。

"你胆子很大，但在女人面前是个白痴。"沈燕轻飘飘地化解了斗十方眼中的炙热。男人的这种目光她已经见到过太多了，完全免疫，而且在她看来，面前的人也根本不是个风月场中的人，不过她依然有点自得，毕竟被注视总比被无视好一点儿。

斗十方抿着嘴笑了笑道："这方面我确实是个白痴，就像憧憬财富一样，仍然在暗恋阶段。"

"呵呵……我明知道你是个骗子，可为什么又感觉你那么真诚，看人我可很少有这种截然相反的错觉。"沈燕盯着他道，像在审视自己的投资是否有价值。

"因为我给您袒露的是真诚的一面，所以才引起共鸣，难道还会有其他原因吗？"斗十方道。

"好，我问你。"沈燕把抽了两口的烟掐了，笑着道，"佳佳是从郑远东嘴里得到徐则臣和丰仪银杏基地的消息的，我到现在还没有想通，她怎么会陷在那里……如果她陷在逆风或者其他人手里，我能理解，技不如人怨不着谁，但陷在警察手里，我就有点儿百思不得其解了。"

斗十方抬抬眼皮反问："你在怀疑和我有关吗？"

"难道没有吗？"沈燕问。

"不……有。"斗十方突然想起了那杯让沈曼佳感动的热水，他正色道，"她犯了一个致命的错误，太轻信杨菊苹了。这个叫菊儿的是个半吊子黑客，也就是那个行业所说的'脚本小子'。她一直替逆风搜集前台的信息，有一部碎屏的手机里面，网安里的高手做了手脚。她在无知觉的情况下接入了自己的笔记本电脑，然后，她一直被追踪着……你也知道这里的公安监控覆盖有多广多密，其实只要追到她，也就追到沈姐了。"

"那这部碎屏手机的来源呢？谁送到这个菊儿手里的呢？"沈燕问。

斗十方尴尬地笑道："不就坐在你面前吗？"

"哦，是你。"沈燕表情蓦地冷若冰霜，直视着斗十方。略显尴尬的斗十方叹气道："各为其主，我没有别的选择。这事我没法说抱歉，冤有头债有主，现在杨菊苹进去了，债主就只剩我一个了。"

"不尽然，你并不了解这一行人的真实心态。其实对于严刑峻法和深牢大狱，这一行人除了恐惧，还有几分感激，要没这东西，我们这一行可就人满为患，也就无利可图了。在某种程度上，严刑和牢狱对坏人既是一种门槛，也是一种恩赐。"沈燕道。

好像是，就像宿命论一样，出来混总是要还的，所差不过早晚。但在未还之前，所有人都觉得自己的能力或者运气能够躲过。比如，面前这一个。斗十方感觉到了她的高傲，不过可以理解，能驾驭得宋朝、朱丰，能在缅北长袖善舞，应该还有很多过人之处未显露出来。

尴尬了好一会儿，斗十方轻声道了句："谢谢。"

"不客气，如果有合适的价格，我会卖掉你。或者，我也不介意被你出卖。这是一个各凭本事、尔虞我诈的危险游戏，你准备好了吗？"沈燕诡异一笑，笑得斗十方心惊肉跳。

他摇摇头："并不觉得啊。"

"你居然这么迟钝？"沈燕嫌弃道。

斗十方想了想，狐疑道："难道是……妮可有发现？"

"嗯，这辆车上有三个追踪，你们抢来的五部手机里，也是做了手脚的。恭喜你，找到逆风了。"沈燕笑道。

斗十方皱眉道："这是这些团伙常用的手法，像赵成功、刘小旦这样的炮灰，没有一千也有大几百。单凭手机的线索可以找到逆风？"

"那倒不是，只是用一天的时间，就让我确认了正确方向，已经很了不起了，最起码比我手下这几个强。接下来，你会怎么做？"沈燕问。

"我还没想，不过总归简单粗暴的方式会收效明显，想办法让他们炸了窝干不下去，自然就见效了。"斗十方道。

"不，头顶上悬一把剑，和出其不意直接砍一剑的效果，是截然不同的。直接断了念想，那谁也别想找到逆风，他溜得可比兔子还快。在这个人生地不熟的地方，我们天然处于劣势啊。”沈燕道。

斗十方点头回应道：“我明白了，打痛，而不打死打散，是这个意思吗？”

沈燕嘉许地点点头，饶有兴致地看着斗十方，笑眯眯地道：“该谈价格了，提前说一句，我真怕你的胃口太小让我不放心。”

“但我不知道胃口大到什么程度您才会放心，以我现在的高度提价格估计只会惹你耻笑。我这么说吧，在我有命花的范围内，你给我一份，我不贪，你不给，我自己也凭本事拿。逆风我未必对付得了，但下面这些虾兵蟹将我分分钟收拾他们。这么大一个诈骗团伙，我要榨不出油水来，会让你小看的。”斗十方道，不是具体的价码，不过这个价码似乎并不低。

看着他眼中的兴奋，类似见猎心喜的兴奋，沈燕笑，她道：“很聪明的答案，我都挑不出毛病来，接下来的动作我就更期待了。老实说，我还真不知道怎么对付这帮小卒子，可能数量大得超乎想象。而且在另外几个城市，落脚点真不好找啊。”

沈燕说着，面对面凑得近了，吹气如兰，温香带着淡淡的烟味让斗十方失神片刻。他笑着问：“您在考我？”

“那你考得过吗？”沈燕反问。

“试试看，那两头货被扒光了扔野外今天肯定回不去，过了今天又未必敢回，车丢了，手机丢了，回去得被同伙痛殴一顿。所以我想他们回不去了，而同伙不知道发生了什么事，肯定要找。恰恰他们也有找到车和手机的能力，如果这些东西突兀地出现在另一座城市，您说，他们有没有可能来一探究竟。毕竟逆风是个心细如发的人，每一个细节都有追求完美的强迫症。”斗十方思路清晰地说道，已经看到下一步和再下一步了。

沈燕不说话了，伸着玉手，抚过斗十方的下巴，做着俏笑的表情捏了捏，又抚了把他的脸蛋儿，很嘉许地说道：“你真是入错行了，老练得都和你的年龄不相称，省得我教你了，就这么办。宋朝和大毛归你用，人手不够随时可以添，他们俩要不听话，你直接告诉我。”

她说着，从包里掏出一部手机递给斗十方。谈话结束了，她笑吟吟地起身，临走时还不忘叮嘱一句：“不许调皮哦，我可在后台看着你呢。”

“好，一定会满足您的期待。”斗十方略显羞涩，捂着被捏的脸蛋儿笑道。

沈燕迈着轻盈的步伐出了门，可不料斗十方追了出来，那保镖以为要干什么，紧张戒备，却不料斗十方只是加快了步子走到沈燕的面前领着路，尔后殷勤地给拉开了车门，拍马屁地恭迎老板上车。这个小动作让沈燕格外满意，轻轻拍拍斗十方另一侧的脸蛋儿，笑吟吟地上车走了。

是两辆车，一前一后，出了服务区不知所向。斗十方恭送的背挺直之后才发现，同行的三人正以异样的眼光看着他，他纳地问：“怎么了？”

“老大你拍马屁的样子，比我还贱啊。”王自光口无遮拦，直接说出来了。斗十方啐了他一口，瞅瞅宋朝：“咋了老宋？我把老板伺候得这么舒服，怎么好像你们不舒服了？”

“不是，我有一两年没见老板这么开心过了。你给人家灌了点儿什么药啊？”宋朝纳闷地看着斗十方，像初见似的。

“男爱钞、女爱俏，长得帅天生招女人喜欢，我也没办法啊。”斗十方给了个搪塞的理由，这理由连毛二都受不了，直咧嘴作呕然后指摘斗十方说：“你真是狗舌头舔刀头，不知道厉害，江老板没被抓的时候，缅北大佬都得看她眼色办事。”

“哈，拽什么呀？！”斗十方大大方方坐到了驾驶位置，一扬头示意众人上车，不屑地说道：“明儿我给你们玩个马后炮，让你瞧瞧咱的厉害。老板喜欢我主要问题在你俩啊，你说你俩这么矬，老板能咋办？只能更看好我一点儿啦。”

边开车边损着毛二和宋朝，两个人一把年纪被损得无地自容，气咻咻地坐在后面。可能还真是失宠了，接下来干什么两个人都没得到明确的提示。随阳市交警一大队，专案组所在地。

赵成功和刘小旦一直混迹在骗子的底层还是有道理的，这一对货心里装不住事，嘴上把不住门，让程一丁和邹喜男两个老刑侦三两句就诈出真相来了。前后用时不到十分钟，两个人就把这个窝点认识的、能叫上名来的，一股脑儿全卖了。

自楼上监控里观摩审讯，中间打断两回，俞骏一直在征询细节，审讯结束后，从程一丁把笔录拿上来都过了十几分钟了，俞主任还在发呆。周修文和巫茜未敢打扰，可能猜到纠结在什么地方。这种“订单”式的传销，在前期可能存在法律风险，如果一直在正常回收中，你都无从去证明这是诈骗。就像所有的骗局在暴雷之前，不管局里还是局外，没人会把它当成骗局。

“俞主任，这个不用纠结，暂且放一放，如果不具备固定证据的条件，我们就暂且不动他们。”周修文轻声道。

不料俞骏没好话，直言道：“你倒想动？他们是几市联动，即便我们侦知一处两处也是投鼠忌器。像上一次的保健品诈骗案，中州一暴雷，其他地方的全跑了，费了多少警力都没有一网打尽。”

这是实情，底层的骗子可能被抓到，而在组织层，可能在设局的时候已经布好了完美的退路。可能在每一个细节上都已经摘清了自己与骗局的关联，被警察端窝点从某种程度上讲，倒是替他们收拾残局了。

看气氛尴尬，俞骏眼光投向巫茜问：“你有什么想说的？”

“没有，我的目标在逆风，和这种毛骗没有打过交道。”巫茜道。

“是啊，你也看不起这种毛骗来，逆风……不至于玩得这么Low吧？”俞骏道。

巫茜点点头道：“肯定不至于，每一次都是若隐若现，每一次都是层层包裹，不等我们找到核心，他就已经溜了。”

“所以只能等着，而且在焦虑中等着。根据赵成功和刘小旦的交代，随阳、襄州、荆汉等几地都有，这八成错不了……唑，我们该相信直觉啊，在他们最初汇集随阳时布置一下，就不会像现在这么被动了。”俞骏有点儿惋惜地道。可那时候一边是保健品诈骗未结案，一边是斗十方陷进泥潭里，根本无暇顾及那个今天看来匪夷所思的预判。

“他的身上真是有骗子基因啊，这两个人居然被他打了个电话就骗出来了。”巫茜觉得这案情里有充斥着某种黑色幽默的成分，下面那俩骗子，一直口口声声地在说自己被骗了。

“主任，有情况。”宣冬青喊了一声。

两段视频，一段是高速服务区两车相汇的场景，一段是离开的场景。

所有人的眼光注意到了那个裹着头巾的女人，虽然早露了半张脸，可躲不过识别软件的分析，结果显示这个女人的名字：沈燕。

正主出现了？

宣冬青介绍道：“我追踪了高速沿途的监控，应该是两辆车，一前一后。能看到的，沈燕、两名司机，以及这辆商务车里应该至少还有一人，宋朝往车里递东西……这两个人，无法找到任何信息，看这种体貌特征，我怀疑和长安一案的存档案情有关联，可能是偷渡人员。”

“看得太紧，得想办法建立更多沟通渠道啊，要不咱们在后台瞎分析，他在前面瞎胡来，这不得让人猜破脑袋了。”俞骏提醒道。

“这儿这儿……往回倒一点儿，放慢速度，再慢。”向小园似乎发现了不对，提醒着宣冬青。监控拍到车走时，斗十方侧过脸对着车窗，朝外勤偷拍的方向似乎做了一个鬼脸，速度放到极慢时，却不一样了，他似乎在说着什么，用口型传递。

“快……都过来，他在说什么？”周修文叫着。

一室内勤围上来，看一遍，第一个字开口音，好像是de音，第二个闭口音b，第三个却分不清闭口音还是开口音了，络卿相猜了“大奔车”，让追那辆奔驰商务？陆虎猜了“打掩护”，似乎很像？宣冬青也猜了，说像“打补丁”三个字，似乎在传递黑客可能入侵什么地方的信息？

众说纷纭，莫衷一是，一下子不知道该相信谁了。指挥员就要求在这种不确定的时候找到正确方向，众人的目光投向了俞骏，俞骏一挥手，老办法来了：“去，叫钱加多。”

对了，把这货忘了，两个人被滞留后才发现这位掉钱眼里的猜得有多准。不一会儿钱加多就颠儿颠儿地进来了，看着一室人都盯着他，他紧张地道：“咋了？我还没给你们准备饭呢，我就说说，我能真干那事啊。”

这倒把众人给逗乐了，俞骏说：“别废话，看看，十方在说什么。”

仅仅是远远一瞥，钱加多视力奇好，一下子瞪圆了眼睛，络卿相了解，惊呼道：“多多你好像知道啊？”

“当然知道啊。这事重要不？”钱加多问。

“当然重要了，很重要。”周修文下意识地接了一句，俞骏拦都来不及，钱加多嘿嘿一笑就坐地起价了："既然重要，那就得提条件了啊，甭跟我讲其他，我是辅警。"

向小园笑了，小声跟周修文道："千万不能忽视多多，否则他会睚眦必报。"

俞骏看他似乎很有把握，反而不着急了，坐下来道："多多，你是皮又痒了吧？"

"痒啊，我手都痒。我这么要求进步的，你愣是不给机会，这不嫉贤妒能吗？"钱加多道，向小园插了句道："这不是开玩笑的事，多多。现在十方被看得紧，无法建立沟通渠道，好不容易才传了这么个信息，你倒漫天要价了，想要什么？"

要……钱加多一听这个字兴奋地道："完事了给我发个奖状咋样？盖上单位的章。在家时我妈一直骂我没出息，我得出息下给她瞧瞧。"

这么朴素的理想可把众人感动了，没承想这孩子还这么单纯，就想要个奖状。看他期待的样子，那要求进步绝对不是假的，可惜大家还一直把他当笑话。

没人说话，钱加多还以为分量不够，赶紧道："沟通我有办法，绝对神不知鬼不觉……"

"好，我亲自给你发个，我亲自给盖章发一个……先说十方是在传递什么？"俞骏道。

这下钱加多乐了，笑吟吟地问："你真不知道？"

"废话不是，再卖关子我抽你啊。"俞骏拍着桌子。

钱加多龇牙笑学着口型："大……保……健。刚来不是说程哥和他在洗浴中心见的面吗？光着屁股见面多安全啊。"

众人一笑，随即眼神一凛，俞骏的愁容一下展开了，直道："对对对，这么简单。冬青，发现他们进城后查一下当地的洗浴中心，所有的都列出来，如果有机会，让外勤设法接触。"

"脱光了就为说句话，其实和脱光了放屁是一个道理，不用那么麻烦。"钱加多不识趣地打断领导的话了，其他人暗笑着没点破，俞骏脸上就挂不住了，回头问道："那你说个穿着裤子放屁的简单方式？"

钱加多一指想当然道：“直接打电话呀！”

众人哗声哄笑，向小园上前拉把椅子劝着钱加多道：“你别添乱了，他正和几个嫌疑人形影不离，根本没有分身的机会，手机也可能被监听了。”

不料钱加多并未领情，而是同情地看着笑话他的众人，摇摇头道：“哎，我是真为你们的智商担忧啊，现在只要申请一个手机号，开机就有N个垃圾短信，用不了两天就有一堆推销、诈骗电话，咱们都分不清，骗子能分清？电话营销是个基本功知道吧？下面那俩光着屁股被抓进来的说的都是一溜一溜的……比如卖房的小姐姐，会这么说：先生（老师）您好，我是没良心房产的客户经理，我叫小兰，我的工号是×××……比如卖茶叶的小妹妹会这么说，哥，我是森林茶行的小美，您在我们淘宝店里买过茶的，节日快到了，我们这里有一个活动……哦，您不喜欢乌龙茶，那您平时喝什么茶？还有卖保险的，一接通就甜甜的一句，哥，我是垃圾汽车保险公司的，我在这里看到哥您的车保快到期了，您要有需要的话我们上门给您办理……”

钱加多不愧是上过卫校当过话务员的，把女人说话仿得惟妙惟肖，一干专案组人员看得大眼瞪小眼，被这个表演惊呆了，敢情这货除业务不通，其他都门儿清啊。模仿几句震住众人，钱加多恢复了原样，笑着解释道：“卖保险的、卖茶的、卖车卖房的，还有天天打电话诈骗的，你说谁能分得清清楚楚，我咋不信呢？”

“话术，我们也可以有一个话术。”俞骏喜出望外。宣冬青立马接上了：“我们可以用95开头的出局号码，这种的骗子常用。”

“如果用我们的声音，十方应该分辨得出来。”向小园补充道。

“对呀？！可是，还有个问题。”陆虎一想，脱口问道，“他们几个可天天在一块儿，十方接骚扰电话，不还是会被怀疑吗？”

“说你学历高学傻了吧，你别不服气。你给他们都打不就行了。”钱加多损了句，惹得众人皆笑，陆虎尴尬地摸着羞红的脸，无语了。

“别乱了、别乱了，大家组织一下，捋清细节，咱们自己准备一套话术，以备紧急情况下和零号直接联系。周副组长，你把暗语给我，嵌到话术里……多多，来、来，过来，奖状回中州就给你啊。后勤的事你别管了，你正式参案，等一会儿他们讨论出细节来，你挑挑毛病。”俞骏安排着，钱加多乐滋滋地应了。一群年轻人兴奋地以社会流行的各种营销、推销甚至诈骗电话范本，开始组织编撰对骗的“话术”了。

“我现在相信骗人确实和智商无关啊。”一直被冷落的巫茜对身边傻站着的周修文轻声说了句。真相在谁手里都能接受，可唯独接受不了的是在钱加多这里。

“呵呵，等这个案子结了，我们的‘三观’应该要彻底被改写了。”周修文笑了笑，听不出这话里的褒贬，不过看他上心和众人一块儿讨论的样子，应该是对这个“骗骗子”的传讯方式并不反感。

冤家路窄，刀兵相见

起床、洗漱、晨练、早会……一群男男女女整齐地坐在会议室里，时而侧耳倾听、时而整齐鼓掌、时而若有所思、时而挥舞拳头齐声喊着什么。

一架无人机自神星电子商务公司窗外的安全距离掠过，拍下了如是场景。无人机回旋着，又绕楼转了两圈，等轻工业园区行人渐多时，它悄然升高，向远处飞去。

不到1公里外，无人机准确地落在一辆车的车顶上，车窗里伸出一只手来接了回去，车即时发动前行。车里，前一天上外勤的钱加多看傻了眼，不愧是总局来的，侦查方式都闻所未闻，就这么一按控制钮，人都没下车，就把那个场所里的人员体貌提取了个七七八八。他伸长脖子看，那些远距离拍摄的画面分辨率极高，放大十倍都不失真，虽然不咋好看，可用于识别足够了。

“多多，别多嘴。”开车的娜日丽警示了一句，生怕钱加多胡说惹这位临时搭配的外勤笑话，人家毕竟是总局来的。

钱加多没多嘴，这位可多嘴了，操作着电脑说：“昨天全靠多多多嘴。和这些骗子较量，最终制胜的点应该在思维上，这点我是深有体会。技术和设备是次要的，我们很早就装备上了最先进的仪器，可银杏园的黑产窝点，还不是你们端掉的？”

“哎，这哥们儿谦虚，早这么谦虚，逆风的窝都给端了。”钱加多道。

那人给一噎，尴尬地笑了笑。娜日丽道：“闭嘴，就你这块儿料还想端逆风？”

“想啊，咱们组谁不想啊？”钱加多道。这倒是句实话，他攀着座位问着：“干吗不把这伙儿一窝端了呀？好几十个人呢？”

那位总局来的人奇怪地笑看了他一眼，钱加多明白是自己太急了，又赶紧反过来问：“我知道，怕打草惊蛇……但是，那俩光屁股的给抓了，不也等于打草惊蛇了吗？”

“以那俩人的分量，还惊不走这个窝点。你们看，从昨晚到今早，这个人，站在窗口打了几次电话，而成员里几乎没有拍到打电话的。这个应该就是头目来晋虎了，丢了俩人虽然不至于让他跑，但他也坐不住了，肯定要有点儿动静。”那人说着，把监控的信息上传，看着进度条缓慢移动。他看身后的钱加多在发愣，好奇地问了句：“还有疑问吗？”

“有啊，活儿都让无人机干了，那我们干什么？”钱加多问。

“越隐蔽的侦查，就越要减少露面的机会，坐在这儿不就行了？”那人诧异地说道，可能没明白钱加多为什么连这个都不知道。

“哎呀，我还以为能和……”

“闭嘴，再胡说把你踹下去啊。”

钱加多一句牢骚没发完，娜日丽已经抢白了。然后后面的钱加多正色端坐，显得无比老实。那位总局的外勤看看这一对，心知肚明地暗暗笑了……

进度条走完了最后一格，实时的视频显示在专案组，提取的面部特征一个一个地跳跃到屏幕的方格里。不一会儿让楼下滞留的赵成功和刘小旦辨认，名字不可能掌握，但绰号给标了个七七八八。

警方对嫌疑人信息的掌握都有两本账，一本是姓氏、籍贯，另一本就是这些江湖绰号了。比如排头的这个中年男，叫来晋虎，而团伙以“老虎”“虎哥”相称。巫茜查阅着他的简历，却总觉得他有点儿名不副实：有过两次参与传销被遣返的记录，没有案底。严格地说，作为犯罪分子，他属于那种资历尚浅的。

“别小看这号人。”俞骏像窥破她的心思一样提醒着，“七十二行，诈骗为王，传销诈骗是王中王。最早都没法适用的刑法定罪量刑，很多组织者也只给个‘非法经营’的罪名，判很轻的刑罚，即便现在组织传销的罪名也不是很重。这仅仅之于组织者，像他们呢，一旦失手就会自动变成‘参与群众’的身份，没有接触过赃款，没有参与过宣传、鼓动以及教唆。即便有，我们也拿不到证据。结果就是这样，这些人在周而复始地干一件事。”

“似乎有变化，最起码现在有个公司包装了。”巫茜道。

“所以更难了，等于传销生意不景气，和电诈搭伙了，两股骗子一互通有无，这难度就大了啊……冬青，跟到江离的有什么消息？”俞骏问。

网安上那位回了句“没有”，俞骏掩饰不住失望，坐在椅子上长长伸了个懒腰，这一夜他就是这么囫囵在沙发上凑合着过来的。巫茜小声道：“组长，要不您歇会儿吧，有消息了我们叫您。”

“我倒不累，我就是有点儿紧张，你说零号一个人就搅得南港鸡犬不宁，现在带了一对半浑球儿，真不知道要搞出多大动静啊。”俞骏不无忧虑地说道。

下面滞留的这对，肯定让随阳的团伙警觉了。这儿一警觉，其他地方的没理由不知道。如果一知道，那辆丢失的面包车和几部手机就成了目标。可从昨夜开始，斗十方几人就驾着那辆车去了江离市晃荡，以俞骏对传销团伙的了解，他真担心从那儿奔出来几十号人，把这几个不知天高地厚的围殴一顿啊。

向小园想了想，轻声提醒道：“主任，要不我们电话警示一下，我们设定好的暗码，他应该能听懂。”

“不用，时机不到。我们的重心在后台、资金去向，以及对方的组织层面，过早介入这些外围的人员，会吓跑他们的。”

俞骏靠着椅背，摇摇头，有点儿不甘，可又确实不敢轻举妄动。

“什么？什么？大丫、二丫跑啦？你瞎扯不是？他们老家穷得连吃都成问题，跑回去干吗？车开走就更不可能了，那车手续就不全，想卖出去都不可能……到底怎么回事？”

被窝里，管大军怒坐起来，骂骂咧咧地听着来晋虎的汇报。据说这一对哼哈二将自昨天去接人就再没回来，随阳的伙计们经过讨论一致认为，这两个人私自离队走了，顺道还把公司的手机、车全给卷了。

“不可能，不可能。”管大军摇着脑袋道：“傻雕找的人，从来都是过了今天不管明儿的主，总得有个好去处才跑啊……你们等着。”

管大军跳下床，跑出了房间。这是租住的三室一厅，条件明显不错。他咚咚咚擂响了主卧室的门，几下后响起了女人的声音，嚷着“来了、来了”。哗的一声门打开，是个妖艳的女人，披头散发两眼惺忪地站在门口，下半身还露着两条长腿。管大军嚷着：“快起来，傻雕，出事了。”

“什么事啊，大清早的？”傻雕愤愤地坐起来。

管大军使着眼色，明显是有外人不好说。傻雕慢吞吞地穿着衣服，没等穿整齐管大军就上前拽着他走。他刚拽出来，傻雕又被那女人拽回去了。女人杏眼一瞪、手一伸，怒道：“还没给钱呢？说好了包夜八百。”

“哎呀，我喝晕了都不知道怎么回来的，就要八百？”傻雕郁闷道。那女人却是不饶人地说：“你自己去卫生间看看，都吐了，没加钱算好的了。”

“给你、给你，自己走啊……”傻雕数完钱，利索地穿衣服，管大军拽着傻雕往自己房间里去，一关上门教育：“雕哥，你不能老这样，把不三不四的女人往家里带啊！”

傻雕一翻白眼，道：“咋，不带女人，带男人啊？”

“别抬杠，你这醉生梦死的，堕落成这样，我都替你惋惜啊，你还是我曾经认识的雕哥吗？”管大军试图激励他，没想到反作用更强。傻雕道：“堕落生活就是我们的理想，我实现理想了，你惋惜什么啊？捞点儿钱为啥，还不是为了想吃啥就吃啥，想玩啥就玩啥？”

“好好……”管大军败退了，“我不跟你争了。”

“那我再睡会儿。”傻雕要走，管大军一把拽着他道，“等等，你把我说糊涂了，正经事都忘了。随阳出了点儿事，大丫、二丫那两个人跑了。”

“呵呵，笑话，你扯什么呢。”傻雕不信，那两个见钱比爹亲的人，他比谁都了解。

“真跑了，公司的车和手机一起丢的，信号都没了。”管大军道。

这下傻雕吓了一跳，赶紧掏出兜里的手机，一看有几十个未接电话，郁闷地直龇牙咧嘴，这小酒小妞累得误了正事。他赶紧拨通了包神星的电话问了个大概，问完摸着下巴寻思了一会儿。管大军惊声问咋了，傻雕奇也怪哉地道：“奇怪了，憨炮说前天他们还发现我叔的那个寻人启事了，隔了一天就出事了……他们好像是去接冒山村的下线，可冒山村那里说根本没这事啊，就打过一个电话……要说那两个人卷了笔钱溜了我信，可光着屁股溜，不可能啊……我跟上头说下。”

傻雕知道事情在自己这儿解决不了了，到屋里换了手机，拨通了电话，就听他严肃而认真地说：“石叔，随阳丢了两个人、一辆车，车牌号是×××××××，还有五部手机。昨天的事，他们一天没找着人，电话也打不通，那两个人自己肯定不会跑，我寻思着，可能有其他事……”

对面是上线，管大军知趣地回避着。这个行当知道得多了不是什么好事，更何况他知道上线神通广大，这点儿小事是难不住人家的。果不其然，傻雕打完电话就匆匆走了，连去干什么了都没交代一句……

车钥匙就放在桌上，五部手机一字排开。斗十方等四人已经起床了，齐聚在一家快捷酒店的房间，车就放在楼下。

斗十方掀开窗帘朝下看，这是个嘈杂的环境，楼下车人混行显得拥堵不堪，旧街道的小吃摊刚收，接下来的上班高峰即到来。他回头时，宋朝很专业地说道：“车上有三处跟踪器，和信号灯的原理一样，车身只要用钥匙接通电源，对方就可以远程测知我们的位置。这几部手机也一样，开机状态下会被跟踪到……我想这个团伙的后台就是通过这些掌握外界情况的。”

“这个不用你教啊，你在犹豫什么？”斗十方问。

“总得合情合理地让人家找到。如果是你，你不起疑？那丢的两个人咋解释啊？”宋朝问。

“如果那俩不回去，这就永远是个谜；万一回去，那自然就有解释了，没有谜题你无法勾着他们走啊。”斗十方道。

“另一个问题是，车和手机一送回去，我们就瞎了。如果能拿到对方更多的东西，就好办了。”宋朝道。

毛二眼睛一亮，不过没想出招来，而是指着斗十方道：“听老大的，他馊主意多。”

“呵呵，终于把你调教出点样子了。听我的，我拿着手机，开着车，如果有人找到我就跑，你们跟着，咋样？”斗十方道。

“不行。”宋朝和毛二齐齐道，戒备之心尚未根除，肯定不能让这货离开他们的视线。

斗十方一笑：“那好，反过来，你们两个到车里，打着车，打开手机，沿街晃悠一会儿，我和光板跟着。如果有人找来，暗处肯定还有人盯着，放心，我揪出来……没事，钱让光板背着。咋，还怕我跑了？”

宋朝和毛二互看一眼，点点头，手机和车必定得看严，他们还真怕斗十方来一个意想不到。

说干就干，两个人先行下楼。斗十方后走一步，出门就一把揪着光板，瞪着眼问：“老实说，是不是毛二收买你了？”

“没有、没有，他威胁我了。”王自光紧张道。

“威胁你什么？”斗十方好奇地问，看来是三个人都防着他。

王自光难堪地道：“他说你要跑了，回头弄死我。”

“哎哟，这个代价大了啊。看来为了你的生命安全，我还是不能跑啊。”斗十方笑道，王自光凑上来道：“老大，我和你一起，你要带上我，我就跟你一起跑。”

“没出息，跑什么跑。他们担心我，我还担心他们能不能跑出来。走，跟老大看戏去。”斗十方道。

“看什么戏？”王自光不解道。

“肉搏戏，狗咬狗。”斗十方嘿嘿笑着，给了王自光一个促狭的表情，王自光根本没看懂。

这场戏在王自光一碗豆腐脑喝到一半时就开始了。起先是宋朝和毛二在车里鼓捣，发动了一会儿车，毛二还下车佯作检修。之后冷不丁就来了几个人，以王自光混迹多年的眼光看得出都不是善茬。毕竟南北的地痞流氓没啥差别，叉臂、撇嘴、腰里揣家伙、走路一摇三晃的德行变不了。而这一次他们直接守住了酒店小停车场的出口、入口，仔细一看，是把毛二和宋朝逃跑的方向全给断了。不过毛二明显艺高人胆大，快一米九的个子虎背熊腰，搁那儿一杵都吓人，他不屑地朝来人的方向唾了口唾沫。

“我觉得毛二吃不了亏。”王自光小声道。

吃饭的斗十方一笑，神神秘秘地问：“知道你为什么输成光板了吗？”

“为什么？”王自光不解。

“不知道对方的底牌就下注，怎么可能赢？别看我，我不可能输，我可是在骗子和传销团伙里待过。”斗十方轻声道。

“那里头是什么样？”王自光问。

“马上你就看到了。”斗十方道。

这时候王自光眼睛一直，从泊停的公交车上下来一拨人，你以为是普通乘客，错了，他们和先前的居然是一伙儿。然后他们层层叠叠地向毛二和宋朝围过来。当前几个人已经走到毛二近前，毛二都有点心虚了，正要开口说话，可不料那些人根本不吭声，掏出怀里的家伙就招呼。

一根锯短的水管，咣一下，毛二用胳膊直接挡住了，然后顺势一脚把那人踹出几米远，跟着肘拳飞舞、长腿乱踢，围上来的几人像沙包一样飞出去几步远。可能没想到毛二的身手居然如此了得，再加上宋朝抄着扳手跳来助威，两个人背靠背，又是几个照面，袭击的人又躺下了七八个。

远观的王自光还没来得及叫好，两个人的颓势立现。地下伤了的爬上去也要抱着腿，后面见只有两个人，拼着挨几下也要扑过来。毛二被一个躺在地上的在腿肚子上狠狠咬了一口，打了个踉跄，一下子被两三个人围住了。跳起来勒脖子的、低着头搂腰的，还有更狠的举起一辆共享单车，劈头盖脸地就砸下来。

宋朝应付着两个人，顾不过来，眼见着大发神威的毛二被围殴了。他一分神，咚地一个酒瓶怼了上来。他顺势把扳手朝偷袭的人一砸，那人啊的一声倒地。他自己头一晕，一摸额上，全是血。

远处的斗十方一伸手：“钱。”

“在这儿。”王自光紧张地拍拍包道：“老大，咱们跑吧。”

“放屁，出来混不仗义怎么行？”斗十方拽过包，拿出一大摞钱来，在围观者瞠目结舌的注视下飞奔而来。不过不是加入战团，而是挥手洒了一把钱，且走、且扔、且喊：“兄弟们，大哥让我慰问大伙儿，发钱喽。”

斗十方喊着、扔着，钞票像天女散花般纷纷扬扬。这比什么都管用，一拨打架的石化了，看着掉下来的钱，斗十方推推一个人提醒道：“快捡呀，谁捡到归谁。”又拽了一个还在挥拳的：“快捡钱，一会儿捡完没你的了。”

这么个搅局的，瞬间把肉搏戏切换成了抢钱戏。那些来路不明的打手兴奋地趴在地上捡、跳起来空中抢，抢着抢着，自己人干起来了。趁这工夫，斗十方一拽毛二、一踢宋朝，三个人落荒而逃，就一个清醒的急得喊“别抢了”，要追三人。斗十方转过身，嘭，冲他鼻子上就是一拳，那人一捂脸，斗十方抱着一侧摔，把他摔出去几步远。等那人捂着鼻子爬起来，酸疼得两眼泪流，只见抢钱的乱成一团，早不见那个扔钱的朝什么方向跑了。

跑啊，跑啊，王自光追着三个人跑了会儿喊道：“没人追了，歇会儿。”

斗十方掉过头来，朝着王自光屁股就是一脚，骂道：“快跑，抓住弄死你。”撵跑王自光，他扶着垃圾桶歇了口气，前面的人停下来等他，斗十方挥手道：“右拐，往东南方向，农贸市场乱，别走散了。”

四人跑啊，跑啊，进入熙熙攘攘的市场，到了露天厕所的垃圾堆旁觉得安全了，才终于歇了口气。宋朝说：“真可怕，一下子来几十号人。谢谢啊，兄弟！”

“不客气，毛二，这回你总得服气吧，我说我到车上当诱饵吧，你非要抢，没那金刚钻，别揽那瓷器活儿……看看，这脑袋被人打得跟个猪头一样。”斗十方关切地说道。他这么正色一说话，倒把王自光给逗乐了，只见得毛二额头、脸上肿了几个大包，一只眼睛都青得睁不开了。都这么惨了，他还拱手作揖道：“谢谢兄弟啊，我可没想到这帮人这么黑。”

“更没想到这种情况我不但没跑，还帮你们了是吧？别谢我，就当为了老板将来给的钱啊。”斗十方拍拍毛二的肩膀，这货太高，得抬高手拍，毛二感激不尽，要给个拥抱，直接被斗十方嫌弃地推开了。

回头时，宋朝正诧异地看着他，斗十方冲他一笑，扔过来一包餐巾纸，宋朝接着擦额上脸上的血，自嘲道："大意了，在这个小阴沟里翻船了。"

"没事，我替你瞒着，回头跟老板讲，我们已经截获这个团伙的重要信息。"斗十方笑道。

"笑话我们脸上留下对方的手模和指纹了吧？"宋朝道。

"这是其一，其二……光板！"斗十方一喊，王自光扬着手机道："我开机拍着呢，还有辆车，老大说拍下它，我都拍下来了。"

宋朝眼一滞，这可厉害了，毛二一喜，脱口道："啥也不说了，以后我诚心诚意认你当老大啊。"

在那个纷乱的时候都抓住机会，让两个人心服口服了，斗十方语不惊人死不休似的补充道："我这个人受不了表扬，一表扬就忍不住要和对方推心置腹……呵呵，看看这是什么？"

斗十方变戏法似的掏出来两部手机扬着，宋朝眼一直，瞬间明白了，那是撒钱、推拽别人的时候顺手捞的。他笑到无语了，王自光惊讶地问："老大，你还当过贼？"

"当条子的时候见的坏人太多，不小心就把他们的本事学了点儿，总算有学以致用的机会了啊。走了，赶紧离开这个地方，要被警察追上，这招儿可就不管用了。"斗十方道。几人鬼鬼祟祟地沿着胡同小巷钻，不一会儿消失在熙攘的街市里。

他们跑过的垃圾桶前，一辆车慢慢刹停。车里的人确认后，车门打开，程一丁自车里出来，手伸进垃圾桶里摸索着，不一会儿转身上车，手里赫然多了一部手机。

"他跟一个骗子、一个贼在长安溜了一圈，把人家的本事都偷了啊！"

驾驶的位置上，邹喜男笑道。他手里把玩的手机正播放着这一段：斗十方一拳打过去，那人捂着鼻子弯腰，被斗十方抱着腰侧摔，抱的时候，斗十方的一只手已经伸进对方口袋里了。

东西现在就在程一丁手上，他联上电脑，家里很快就可以读出该手机的数据，用不了多久，这个团伙就要在大数据里显形了。现代的侦查只要有一个数据点，虚拟的追踪就可以找到所有关联。

程一丁都有点儿浑身力气用不上的感觉了。这发生的一切实在是既惊心动魄又让人眼花缭乱，他都还没想通过程就直奔结果了，那种作为侦查员发现秘密的乐趣可就少多了。

几分钟后这部手机的主人的信息就查到了：姓王，名社会，甘省人，一年前的虚拟传销一案中被判处拘役四个月。意外的是，这是一部没有在生意上使用的实名注册手机。手机上显示最后一个通话记录，是专案组都熟悉的绰号：

傻雕。

明争暗斗，各显身手

江离市的突发情况，让100公里外的专案组驻地忙碌起来了。

由王社会的手机号关联到了九个重点嫌疑号码，由这九个嫌疑号码二次关联，有一百七十个号码，再由这个基数向外扩散，大数据在第五层关联号码时给出的数字是惊人人的，达到十五万个。

再以注册地、通话频率、出局基站等设定条件筛选，数量锐减，但也有一万多个。一般到这种程度，数据员就不敢再贸然缩减了，如果筛掉了重点嫌疑人的通话记录，那可没机会补救了。

这一万多个号码分布于荆汉、樊城、襄州、江离市、丹江、随阳等市，如果以出局基站为所在点，标注出来，可以清晰地看到几簇人员聚集的地方；其中特别标注王雕号码的关键嫌疑人，他居然和几市的人员都有联络，如果不知情，恐怕会把他当成这些纷杂线索中的主线。

数据是真实的，但也是沉默的，它给不出真相。事实上如果不是王社会的备注，恐怕拿不到这个王雕在用的手机号，这种号码肯定也不会是实名登记的。

全体技侦用两个小时做出一张虚拟的数据图，展示在专案组大屏上时，满眼都是红蓝点和红蓝线，看着都让人有眩晕的感觉。周修文盯了很久，不知道该从哪儿开头。他看了看巫茜，巫茜解释道："这仅仅是通信记录的关联图，我相信，大部分号码都不会是实名注册的。"

不是实名注册，当然也无法成为证据。运营商的管控不严一直以来就是反诈工作中的一个痛点，对此警务人员只能无语慨叹。

"但起码可以测知，这个雪球滚得已经足够大了，十五万个关联信息点，那意味着至少有上万人参与了。"周修文后背有汗涔涔的感觉，这才几天啊。

俞骏却是见猎心喜道："我倒觉得这才是骗枭该有的水平，在极短的时间里能把骗局铺到无限大，有这种能力的人可就呼之欲出了啊。"

"但这其中还有个问题。"向小园开口道，她看着示意图道，"樊城、襄州、江离、丹江、随阳等几市符合我们的判断，警力相对薄弱、管控相对较松。但荆汉可是个省会城市，在这里作案，警方不可能没有一点儿预警啊，特别是有大量前科人员聚集的时候。"

俞骏看向了周修文，盘子这么大，恐怕这个小专案组就不够看了，即便将来需要协调，恐怕也不是这个规格的专案组可以实现的。周修文知意，随口道："协调不是问题，但情况并不清晰啊，我们怎么向上级汇报？"

"这不才两天吗？急不得。"俞骏道。

巫茜接着问："俞组长，刚来时是没有头绪，现在又是千头万绪，我们可怎么入手啊？目前看来，诈骗的核心，可能不是在随阳。"

"那有什么关系，正好隔空较量，省得把他们惊跑。"俞骏无所谓地道。

周修文一愣，可没料到俞骏是这么轻松的态度，他问："那现在呢？"

"不要急，兵来将挡，水来土掩，我们见招拆招。注意一点，即便我们现在知道可能是逆风，或者是金瘸子那个骗枭在作怪，也要藏拙。过早地顺着这些疑似线索直奔主题，只会把正主惊走，也不可能拿到什么证据。不到十拿九稳，宁愿不要动手。就事论事，我们看看这摊子究竟有多大。冬青，情况怎么样？"俞骏闲坐着问。

"和预想的有点儿差别，追到了一个有意思的人。"宣冬青投屏，播放着一段录像：两个人交谈，然后其中一位上车，车号、驾驶员、副驾人员分别被标注了信息。就听他解释道：“我通过交通监控追这伙来历不明的人，这些人组织分工很明确。依次散开，有的去火车站、有的去汽车站，一下子就四零五散了。这个王社会倒是回去了，他去的这个地方是个物流市场，外勤发现这个叫春兰物流的关门走人了。我追踪这辆货厢，副驾上这人叫史秋魁，是个大名鼎鼎的人物啊。”

非法倒卖银行卡、非法经营几项前科，这个让巫茜等人眼睛一亮。宣冬青继续道：“我在罪案信息网里找到了他的审讯记录，近十年两次入狱，都与非法倒卖各类卡有关。第一次入狱绰号还叫‘卡霸’，第二次进去绰号就成了‘死鸡’，连起来是个杀毒软件卡巴斯基。”

这个黑色幽默没有逗笑大伙，却让周修文兴奋了一下，脱口道：“卡池，如果他们自建卡池的话，那骗局可就大了去了。”

骗子都离不开各种卡，一般都由“卡霸”这个中间人提供，如果连中间人也在局内，那只能说明一种情况——卡的需求量极大。以此反推，骗局肯定也足够大。

“谁在追这辆车？”俞骏问。

“三组。”宣冬青道。

“咬住他们，这伙是藏在暗处的势力，一定得在控制之下。我想到一种很可怕的情况，小向你查一下，近期——前推三个月，几市的银行开卡数量、对应的身份证，特别是一证多卡而且卡使用不在本地，或者休眠的，还有异地身份证办卡、异地卡在本地使用的，任何反常情况都剔出来。”俞骏道。

向小园应了声，巫茜惊问：“您是怀疑，他们可能就地取材？”

“不然呢？你觉得‘卡霸’这号货，还会去办个物流公司勤劳致富？”俞骏反问，一句话让巫茜默认了。嫌疑人的生活方式就是使尽浑身解数钻空子，还真不敢保证他们不捣鬼。

这个查询的难度就大了，通过省厅和省人行申请权限，四大行、各商业银行、地方银行、农商行……数据可能要比嫌疑人跑得慢多了……

当鼻子上贴着创可贴的王社会赶到指定地点时，已经看到等他的面包车。他喜滋滋地奔上前来一敲车窗，却不料里头的王雕一开门，劈面就扇了他一巴掌。

捂着脸的王社会不敢吭声，喃喃地说："雕哥，那俩人太厉害，七八个人摁不住，死鸡的兄弟伤了好几个呢。"

"你以为老子不知道，让你们打架去呢，抢钱抢得来劲了。"王雕说着又是一耳光。

"不是、不是，雕哥你听我说。"捂着另一边脸的王社会解释道，"是有个孙子捣乱，撒了钱趁机把人救走了，要不我们一准把人弄回来。"

"看清谁了吗？听说撒了好几万，比车还贵，我就觉得像听评书呢。"王雕有点儿不信。

"我说了都怕您不信，就那个人，去年在宁夏和那个漂亮女老板一起去过咱们那儿的。"王社会道。

王雕整个人一哆嗦，旋即骂道："那是个雷子，被开了，还不知道死哪儿去了。"

"看，您不信吧？您不派人录现场去了吗？一看不就知道了。"王社会道。说到这茬儿，王雕气得回头看车里，车里两个人羞愧地低下头了，气得王雕愤愤道："可教你说着了，这俩孙子急着下车去抢钱，后半截儿没录。"

王社会笑了，一摊手道："那这不能赖我啊！"

"这些人什么素质啊，可气死我了，你……自己滚，去襄州吧，别让雷子逮着你啊，进去可没人管了……嘿，刚才打电话你咋没接呢？"王雕吩咐着，要走了又随口一问。

王社会期期艾艾地说："打架时手机丢了一部……不是公司的啊，我自己那部。"

"哎呀，我去……滚远点。"王雕斥了句，撂下他，上车走人了。

在车上他翻着手机，寻思着找张斗十方的照片让两个手下瞧瞧。这个好找，在网上搜了搜，几个月前的信息居然都还在。王雕找出了一张照片让后座的手下认，那人瞄了几眼，点点头了，司机瞄了几眼，也点点头。而且附加说明："不可能是警察，警察看见打架还跑上去给大伙撒钱？发奖金哪？”

“这个货当警察时就像个土匪，现在不当了，不会真成土匪了吧？”王雕看到了录的前半段，那个身手利落的大个子和另一个人，明显是道儿上的人，如果被斗十方救走，那明显是同伙了。

一切都很明显，偏偏让他看不明白了。尤其不明白，车和手机都找回来了，大丫、二丫被整哪儿去了。桩桩件件让他嗅到了危险的气息，可却智力不济，想不出险从何来。

知道斗十方是警察时，他后怕了好一阵子。而现在知道他不是警察了，为什么更害怕了呢？

“雕哥，去哪儿？”

手下连问两声，才惊醒了沉思中的王雕。他随口道：“去荆汉……去了你们坐车回来，别管我了。”

他说了句，眼睛下意识地瞟着后视镜，此时夹在车站路拥挤的车流中，根本分不清是不是哪儿有双眼睛盯着他。被警察从少年抓到成年，已经练就了他奇怪的第六感，那种如芒在背的感觉很清晰。他觉得心慌、心悸，冷不丁地电话铃声响起，吓得他一哆嗦把手机给扔了。

车戛然刹停，手下好奇，问：“雕哥，你咋啦？”

“没事没事，你们俩干脆在这儿下吧，我自己开车去。”王雕俯身捡手机，打发手下下车。两个人下了车，这时王雕才拿起手机看这个未接电话，再次响起时，他接了：“石叔，车和手机都找回来了，人没摁住……有个坏消息，中州那个被开除的警察记得不？”

“是他？”对方不信的口吻。

“嗯，还有两个，现场太乱我看不清了。我把视频发给你。”王雕道。

做完了这一切，他自己忧心忡忡地上路了，一路担心的有追踪、有盯梢、有拦截，可惜猜错了，什么都没有，一路畅通无阻……

石金山收到了信息，递给了胡会计，胡会计的干儿子陈策凑上来一起看，那两个打架的被截了屏，胡会计手指滑着放大，递到了陈策面前，陈策眼睛有点滞，像是熟悉这个人的身份。

“咋回事呀？那个黑警察撒钱把他们俩救走了，要不差点儿摁住。”

石金山道。

胡会计道："这个瘦子当时和伍建利、沈曼佳一起去过长安，另一个资历就更老了，算是江前胜的把兄弟，我以为他在哪儿吃牢饭呢。"

"那他们？"石金山愣了，作为更早期的同伙，他很容易想到，这可能是被现同伙坑过的合伙人找上门来了。

"沈燕来了。她怎么可能知道咱们在这里呢？"胡会计斜眼觑着石金山。石金山一身胖肉哆嗦了下，赶紧道："你不会怀疑我吧？我都不认识沈燕，再说他们找的是传销那拨人，八成是那个姓斗的黑警察在作怪。"

"上头前段时间警示过我，说沈燕联络他，要给他一份礼物，就是这个黑警察。"陈策道，手机递回给了胡会计。

这话听得石金山不解，好奇地问："那干吗不收下呀？哎，不对呀，他们把警察当礼物送给逆风？"

"呵呵，他们还发来了这个警察的照片，是被绑走的。"陈策道。

石金山听得又一哆嗦，吓了一跳，胡会计却是道："没有什么稀罕的，缅北混的这帮人，杀个人都是家常便饭，绑架更是小菜一碟。策啊，这人阴魂不散的，怕坏了大事啊！"

"等等……他们截了随阳公司的两个人，人不知道去向，车和手机出现了；一晚上都没信号，第二天却在江离市出现……好像是等着咱们去人啊。"陈策思忖着，一思忖脑海里便出现了斗十方的样子。在中州，没证没据就被带到了派出所，估计他心理也有阴影了，这个人总是挥之不去。

石金山提醒道："用的是老卡的人，那拨人不露面，已经撤了。"

"如果是沈燕，那她的目标肯定是找咱们老板……手机、车一经她的手，肯定要做手脚。"陈策想明白了，脸上浮着笑意。

石金山慌乱地说道："那赶紧让傻雕停下，他可快来了。"

"呵呵，来就来吧，反正老板又不在这儿。我去接他……哎，对了，干妈，副市长司机小张的亲戚说今天来上班，您面试一下，安排在财务。我出去接傻雕，你们别露面了。"陈策说着，拿起公文包自行离去了。

总经理办公室只剩下石金山和胡会计了，石金山的眼睛滴溜溜地转着，不知所想。胡会计似乎很了解他，出声问："老石，又在打什么算盘了？"

“我是担心啊，我干了多少年没本买卖，就在这个黑警察手里折过一回，这人有手段啊！”石金山不知道是不是搪塞，话题回到斗十方身上了。

胡会计不以为然地说道：“呵呵，有手段，他咋不知道你是假冒保健品的幕后黑手啊？知道我瞧不上你什么吗？在吃的东西上下手，属于最没品的，而且还是骗老头、老太太，既没品又没技术含量。”

数落了几句，胡会计给了个厌恶的眼神离开了。石金山怔了半天才朝着胡会计去的方向不屑地道：“都是骗钱，讲道义就没道理了吧？！”

真是的，听说过文人相轻，没听说过同行相轻的，老石摇摇头，背着手出门了。一出门恰逢穿着工装的女职务躬身问好，亲切地称他“石总”。整个开放的工作间林林总总已经有几十位帅哥、靓妹在努力工作了，说实话，看现在这境况，他还真觉得自己以前有点Low了……

四个小时后，几位神色肃穆的男子出现在荆汉市正汉大街上，他们边走边看着手机寻址，很快在一群人簇拥的地方看到了他们一直在追的目标：一辆白色的面包车。

现场让他们愕然，要追的车撞在一根电杆上，前车大灯都碎了，车主不知去向。交警在现场，正指挥着把面包车拖走，这几个男子拿着手机悄悄地拍了几张照片，便迅速消失在熙攘的街头了。

“全盘失利。”

电脑前追了几个小时的妮可懊丧地道，愤愤地躺在椅子上，她有气无力地道：“反追踪和手机嵌入全部白做了，这些聪明的混蛋直接交到警察手里了，线索断了。”

“哦，这样啊。”贴着面膜的沈燕走上前来，看了发回来的视频几眼。那辆面包车经过三市旅行，现在寿终正寝了。

“不对呀？”妮可神经质地又坐正了，喃喃道，“为什么大老远开到荆汉市去弃车？我的技术不是同等量级的人发现不了……他们怎么发现的？”

“还用发现吗？宋朝、毛二，包括十方，都是他们知道的人，现在他们知道我来了就足够了。没错了，是那个胆小鬼，他根本不敢露面，我看他躲到什么时候。”沈燕笑道。

“他要这样躲着，还不是想躲到什么时候就躲到什么时候？”妮可道。

“那可未必，他看得住咱们的人，就是不知道他能不能看住自己的人。”沈燕貌似并不着急。

那淡定的样子让妮可瞬间想起了她的专业：“手机？！那几部做了手脚的手机瞒不过逆风，而且一直处于关机状态，根本没有使用。”

那是大丫、二丫的手机，自从服务区做了手脚之后再没开机，而且那两个人位置太低，妮可在他们的手机里并没有找到有价值的信息。可听沈燕的话音，仿佛是从这里想办法，这就让妮可不解了。

“稍等，一会儿他们就到了，还会带来新的手机。不用奇怪，那位黑警察总会给我们带来惊喜。他不光会顺手劫钱，劫手机也是把好手。”

沈燕笑着，自行出去了。妮可愣了半晌，这个屡屡出彩、总是一直有过人之处的黑警察，为什么就让她觉得这么不舒服呢……

千里之外，骗尔入彀

出随岳高速30公里，就接近目的地了，一路绿树成荫看不到边际，眼前是一线天光的路，偶尔有成群的水牛跨过路面。从喧嚣的都市一下子进入乡间风景，再不懂风雅的人也觉得心胸开阔了许多。

租的是辆黑车，原本司机还紧张着，不过上路不久就和斗十方聊得热络了，倒忽略了座位后那位满脸伤痕的男子。没到目的地，宋朝就喊着下车，付了钱，打发走司机，几人在路边站成一排放水。王自光侧着头看看别人，斗十方直接道：“光板，看什么看，会让你羞愧的。”

宋朝扑哧一声笑了。话说光板兄弟也够倒霉，平白摊上这档子事，融不进团伙，也走不了，真不知道是幸运还是不幸。

可能光板并没有想这么多，提着裤子道：“我这二兄弟不能跟各位老大的比。我是奇怪这前不着村，后不着店的，到这儿干吗呀？”

“教你一招，不要让别人知道你的落脚点，江离一闹事，还打得那么凶，用不了多久警察就跟着监控追上来了。”宋朝道。

这是规避警察的方式，哪怕找到黑车司机线索也是断的。斗十方笑道："我说老宋啊，你当年执法的时候，是不是就手脚不干净？"

"比你还差了点。怎么？你也想让我羞愧？"宋朝道。

斗十方嘚瑟，提着裤子说："难道你从来没有过这种情绪？或许你背叛有值得让人同情的理由，我跟你不一样，我就这德行。"

连毛二都觉得这话刺耳，不善地瞪了斗十方一眼，却不料宋朝无所谓地道："你怎么会觉得我要找理由？我没有什么让人同情的理由，一个'穷'字就够了。我老婆和孩子都很好，没灾没病，那些年我唯一羞愧的是，没有钱去满足一个普通妻子、孩子的虚荣。所以我就开始捞钱了，然后被人举报了，你还有疑问吗？"

这么毫不掩饰的坦荡，倒把斗十方听怔了，他看着宋朝那宛如大义凛然的表情，羞愧地摇摇头道："没、没有，老宋你是我佩服的第二个人啊。能把这么羞耻的事说得这么大义凛然，我得好好跟你学学。"

宋朝且走且道："我好奇第一个是谁？"

"我爸，一个江湖骗子。"斗十方无所谓地说道。

这回王自光没憋住先乐了，毛二顺势踢了他一脚，听怔的宋朝看斗十方这满脸损样，笑了笑。恐怕也只有两种截然不同的环境才能培养出这么个怪胎。

前行不远，车就来了，是沈燕亲自驾车。路途不长，过一条岔路就是目的地，一个市级景区，叫白鹤子坞。不是旅游旺季，那里几幢沿湖而建的民宿成了最佳的躲藏地。

到了民宿，沈燕先安排王自光和毛二回房休息，回头勾勾手，叫斗十方和宋朝跟来。两个人上了二层，观景的窗前，那位胖妞赫然在座。宋朝把手机递上去，带着歉意道："老板，我们失手了，对方一下子来了二十几个人，要不是十方，我们怕是得陷进去。"

"没事，现在我们是攻方，有点儿小胜就是大胜，坐。"沈燕请两个人坐下。没茶，沈燕推过来几听饮料，斗十方却是注意到妮可抽出几张空白的卡，那样子和手机卡大小相符。他惊呼了声："啊？姐姐，您这都要把运营商的饭碗抢了？"

要是能做出手机卡，那就吓人了，不过不可能啊！

那位胖妮可得意道："只要你知道任何一张卡的IMEI、SN码，那就没难度了，没听说过克隆卡吗？"

"没有。"斗十方摇头。

沈燕笑道："你要连这个都通了还了得，没人看得住你了。喝吧，稍等一会儿，写完卡，再读一下你们带回来的两部手机……正好也有个事想和你俩讨论一下。"

沈燕说着，把平板推给了宋朝，宋朝一看，皱了眉头。他推给了斗十方，斗十方也皱了下眉头。两段，一段是拍下了开车的司机，另一段是车扔在荆汉市某广场，给交警拉走了。斗十方道："这就是傻雕，我现在发现可能看错人了。一直以来都以为他是个毛骗角色，但从我认识他开始，他连着几次都溜了。"

"所以最好的隐藏方式还是藏在局中，而不是局外啊，说说你们的看法。"沈燕问。宋朝道："故意把车开到省城去扔，有两种情况，一种是转移视线；另一种恰恰相反，故弄玄虚。"

"哎呀，一共就两种情况，都被你说了，肯定是第二种。"斗十方道。

沈燕笑着问："何以见得？"

"随便扔在荒郊野外的垃圾堆里不就转移视线了？费这么大劲，肯定是故弄玄虚，而且他们的心现在也是虚的。虽然是同伙，但你们不认识他们，他们也不认识你们，我们摸着石头逮王八，他们当王八的肯定是把水搅浑啊。"斗十方道。

宋朝愣了下，想想还真是这个理，沈燕思路被点拨了，眼睛一亮道："精辟。"

"呵呵，这孩子还有点儿屁精。"宋朝看到斗十方眼冒小星星地看这女老板，损了句。

"不要这么夸我，我会骄傲的。"斗十方不好意思地说道。

这下连玩电脑的妮可都受不了，直给了个作呕的表情。斗十方提醒着说："姐姐，你别这样，我非常同情和理解你每天对着老板的那种自卑心态。"

嗯？！妮可听出话里有话，瞪眼了，这是说她丑呢。她方要发作，沈燕敲敲桌子道：“妮可，别跟他一般见识，他不知道你是谁。”

妮可哼了哼，不理会了，那样子居然没有一点儿自卑。

斗十方寻思片刻，侧头看沈燕时，沈燕恰也在观察他。沈燕先说了出来：“不愧是当过卧底，观察出什么来了？”

斗十方心一揪，嘴上却说：“我在观察，是不是我的用途基本结束了。”

“明显不到卸磨杀驴的时候嘛，那个场面不可能是我和妮可在场，呵呵。”沈燕毫不避讳地说，促狭地问斗十方，“用你聪明脑袋猜一猜，那个场景会出现吗？”

“会！”斗十方点头，这一句吓得宋朝激灵了一下。

沈燕问：“那你还跟来？干得还这么卖力？”

“所有的底层人都知道，自己拼命一辈子的终点还达不到有些人的起点，可所有人还是在拼命地活着。我就是这样，与其一无所有当个普通人赖活着，何不拼一把光鲜一回，哪怕是落个不得好死的结果，说不定有意外呢？”斗十方道。

这个回答让沈燕蹙了眉，可她听不出毛病，而且所有作奸犯科的人谁敢说不是有这种冒险的心态？她笑了笑，止住了话题道：“一定会有意外的，你每次都带来意外。老宋，得来一把看不见的较量了，你们可以稍事休息，等妮可这儿的信息……妮可，怎么样？”

“好玩了，他还真给带来了意外，你们看。”

妮可把笔记本翻过来，那上面是读取出来的微信信息，一个名字标着“1”的人发的信息：“……重点找学校，那些技校、体校，以及野鸡大学的，特别缺钱的、有网贷的，可以发展成下线，做一个‘四连冠’，给他们每月2000元至3000元，这个空间足够他们去发展更多的人……”

“……工地上多找找，那些小工头，他们扣工人的身份证多着呢。网吧常混的，还有中介；负责扫村的要注意啊，一定要探清情况，是村主任还是支书当家，村里有没有村霸，找个说话算数的，这事就能办。注意事项一定记牢啊，有前科的、有工作的、上黑名单的，还有当过兵犯过事的都别招惹啊……”

斗十方明白怎么回事了，有点儿郁闷。这部关键的手机没给到家里，却给到团伙了，弄岔了，这信息和手机号绝对能关联到一大波团伙人员。

宋朝惊呼了出来：“这是个办卡团伙？”

“对，中奖了，呵呵……看你这么优秀，姐就不羞辱你了。”妮可得意地道，“前五台手机卡我复制出来了，有他们的手机镜像，做一部程序一模一样的没问题，还有这两部……他们肯定用的不是自己的身份证，所以短时间内根本换不了卡。这里面关联的手机号有几百个，短时间他们也换不了，除非他们现在把七部手机全部踢下线，警示所有人出问题了，不再接收任何信息，否则，我们就有机会了。”

正面接触还隐藏着这一目的，斗十方眨巴了几下眼听懂了，这骗子确实是日新月异啊，准备出大招了：黑客攻击！

“漂亮！那就开始吧，把老家那边的都叫上线，一起玩。”沈燕道。

妮可飞快地敲击着键盘，居然还能分心说话：“我下载个黑客程序，把链接做到咱们的服务器上。现在能用的方式是，短信链接、微信图片、登录网站等几种，但有一个问题。”

“什么问题？”沈燕问。

“这是电诈常用的软件，我担心能不能骗过这帮骗子。”妮可道，普通人容易上当，骗专业的骗子可能就存在风险了。

沈燕皱眉，喃喃道：“那得非常有噱头了，而且不能让对方瞬间警觉，万一关机就麻烦了……这需要多少时间？”

“如果点开图片默认安装稍快一点儿，几十秒；其他就慢了，而且要程序自动发送信息和手机内容到服务器上，必须是开机状态，这个怎么也得五到十分钟，而且受网络影响较大。”妮可道。

“这个……”沈燕看向了老宋，具体问题上，就不是她的长项了。

老宋想了想道：“老办法呗，暴露的图片，噱头十足的标题党。比如这个，还是个大网站的，浏览人数三十九万。”

老宋拿着手机边查边说，两个女人都哈哈大笑。这些无良新闻可能比骗子还可恶，不但骗点击，有时候还给用链接骗钱。其实你点进去，可能文不对题根本不是那么回事。可你不知道的是，可能后台安装软件了、读取了你的个人信息，甚至给你的手机上安装个黑客程序也有可能。

“错！”

斗十方语不惊人死不休地又来一句，把三位乐呵讨论的叫停了。他道：“你说的这种，无差别撒放可以，但精准就差点儿意思了。你看这群办卡的纪律多严明，有人乱发黄图和来源不明的信息吗？交流都是用暗语，这还是无意被偷的手机。再则，都是骗子，你这点伎俩会被直接忽视的，即便中招也是一个、两个，有用吗？”

“咝……”宋朝倒吸一口凉气，一下子被难住了。即便是大佬沈燕也一脸苦色，大骗不见面，小骗不好骗，隔空对付一群小骗子，还真把她难住了。

妮可看着一脸郑重的斗十方，鬼使神差地问：“好像……你有办法？”

“当然，为了将来事成后我不被踢出局，我当然得想办法啊，得给他们一个无法拒绝的标题及内容才能成功，随意想出来的不行。”斗十方道。

沈燕激动了，一指道：“往下说。”

“事不关己，关己则乱。”斗十方笑了。

沈燕愠怒：“你喜欢欣赏我乱了阵脚的样子？”

“不，我是说他们。关己则乱，关心则乱。找一个他们关心的内容，一切就OK了。”斗十方道。

这个点是正确的，沈燕点点头，可具体一想又不对。对方几乎都是陌生人，怎么可能测知对方关心什么……她想到这儿时眼睛一亮。斗十方提醒道：“那两个人被我们扒光扔在野外，王自光调皮，拍了几张照片，你说用‘二男野战被人撞破，裸身狂奔’或者‘随阳两名男子公园裸奔，原因竟是……’做标题，后面不用说，让他们自己点进来看，照片就用两个人的脸……怎么样？”

三人愣了，那些人正在四处找这两个人，突然来这么一个消息，怕是会排着队扑通扑通往坑里跳。想想那场景，妮可张着血盆大口哈哈狂笑着道：“姐头回这么喜欢一个人……哈哈，太棒了！”

“先别笑，还有。”斗十方一指，把妮可的笑吓停了，就听他说道：

“今天打架，你往刚才送来的两部手机关联号码发这样的新闻‘江离街头发生涉黑人员械斗，警方已经介入调查’，内容你到网上抄一段，今天参与的人和知道的人，只要接到信息，保证会认认真真地读完，一定给你争取到时间。”

涉案的信息有两种人看，办案的和犯案的，这个局简直天衣无缝。宋朝此时真的羞愧了，沈燕咂摸着，给斗十方竖了个大拇指，赞道：“天才！放骗子里你也是天才，就按这个来，今天让他们全部掉坑里。”

斗十方起身去拿王自光的手机，妮可兴奋地在网上布置，一场看不见的较量，无声无息地拉开帷幕了……

明出烂招，暗藏精妙

“丁零零……”信息声响起。

饭桌上的某人拿起手机，嘴里嚼的东西噗地一喷，他赶紧转头，倒没喷桌上，全喷到邻座脸上了。那位怒极，伸手揪着他脖领子，连人带椅子摁倒在地，耳光随着骂声招呼上来了。

“哥，别打、别打，你看、你看。”

倒地的那位把手机转向他，那人一看，瞬间忘了脸上还沾着食物残渣，瞪着眼，然后痴痴看向众人。在众人不住地催问下，他才抹了把脸，艰难地道：“我的娘哟，这两个二货居然是一对相好？”

风铃声、嘀嗒声、鸣号声……乱七八糟的信息铃声此起彼伏。在座众人各摸着手机，一点开就是“随阳市二男公园野战被撞破，裸身狂奔”。众人愕然地看着，几张捂胸、挡胯的样子看得他们慢慢张大了嘴，然后愕然相视，旋即是一阵放浪的狂笑。

“就是他们，包总还在到处找呢。”

“这个新闻真的假的?《警方已经拘捕裸奔二男赵成功、刘小旦》。”

“假的吧，警察说名都加某字，应该赵某功，刘某旦。”

“反正俩都露了，哈哈。”

“不对、不对，这是随阳新闻，公众号的。”

“不对吧，现在新闻脸都不让露，还能放光屁股的？”

“不露脸还不认识呢，快跟虎哥说别找了。”

这是在神星电子商务公司的餐厅里，众人七嘴八舌地讨论时，已经有人急着给来晋虎总经理、包神星副总经理打了电话，按捺不住地笑话：

“虎哥，别找啦，他俩在公园裸奔被警察提溜走了……真的，光屁股照片都出来了，我发给你啊……什么？谁发的？我没注意看……我先发给你。”

这一厅堂的男多女少，边吃边乐呵讨论着这一对平时就有点儿缺心眼的。讨论着又有人发现问题了，大喊：“呀？不对啊，这个微信号是刘小旦的，他发自己的裸照？”

“这不正常吗？那两个人蠢起来，连自己都坑。”有人不以为然，惹得大家又是一阵哄笑。

即便有人泛起疑念，也在笑声中一闪而过，没有人注意到手里拿着桌上放着或兜里装的手机，在悄无声息地泄露着这个封闭空间里的秘密……

“大哥，大哥，坏事啦！”

一个西装革履、满脸坏相的小子奔进了房间。到此地才歇下来的史秋魁，刚开了瓶烧酒闷了一口舒缓焦虑的情绪，被这么一喊，他气得一顿酒瓶子，骂：“尕娃，让你去打个架，你高兴地抢钱去呢？知道坏了老子多大事？咱们的生意全靠上头这几位金主罩着，就托咱们一件事都办不成，你说你能干啥啊？”

“大哥，又不是我一个抢，都抢钱了。”尕娃苦着脸，给了个解释。

史秋魁怒道：“犟，别人抢你也抢？见了钱，你连爹都忘了。”

尕娃撇撇嘴没的说了，弱弱地解释：“当时脑子一热就抢开了，那孙子没落着好，折了好几万呢。老三一个人就抢了八千多，我才抢了十几张。”

这素质低的队伍实在不好带啊，都不知道自己误了多大的事。史秋魁气到无语，摆摆手，让他滚蛋。这小子退了出去，片刻后又紧张兮兮地回来了，还是那句：“大哥，我都忘了说了，坏事啦。”

“早坏了，还用你说？到现在老板都没来电话。”史秋魁道，他手机响了，一看并不是老板的信息，眼尖的尕娃赶紧道：“我说的就是这事，咱们上新闻啦！”

“啊？！娘呀，你不早说？”史秋魁吓得一哆嗦。尕娃赶紧解释：“我一进来你就骂我，吓得我忘了说啦……”

他声音低下去，史秋魁看那则新闻，看得脸上肌肉、眼皮子、嘴角不规律地抽动，边看边想可能有多大的后患。那新闻标题实在吓人：《江离市江城快捷酒店斗殴事件警方已介入调查，欢迎广大市民举报》。

内容比标题还吓人，现场还拍到了自己手下的丑脸，犯事的一露脸，差不多就等于露馅儿了，有个正面照片给你挂在追逃网上，你干啥都寸步难行。他小声地问道：“那个小店附近不是没监控吗？”

“不是监控，大哥，是谁的手机拍的。”尕娃提醒道。

史秋魁仔细瞅了瞅，都是竖条画面，似乎还真是手机拍的，气得他叹道：“现在手机真是害死人啊，没事自拍还不过瘾，乱拍别人，哎……这可咋办？”

“我看了，就老三和七弟能认清，其他人也认不清啊。”尕娃道。

“这是曝出来的照片，你怎么知道他们拍了多少？”史秋魁斥道，瞪得尕娃不敢吭声了，思忖良久，他拿起电话，拨通后，直道：

“王雕，出事了，我们给挂新闻上了，好几个兄弟露脸了。”

“啊？！”

那头是一声惊叫，明显被吓了一跳……

“你慢点儿说……我没收到，没人给我发，我是台按键手机……你发另一个号。老史你别急，没你想的那么严重，叮嘱下面兄弟，真被传唤或者逮着，就瞎诌个替人收债什么的，不知道老板是谁就成了……别乱说……你们该干吗干吗，没给你打电话是这边也正忙着。好了，就这样。”

王雕接完电话，掏出另一部手机，那上面的信息有好多条，他点开，看得欲哭无泪。相对而言，大丫、二丫捅的还不算大娄子，史秋魁这儿被“江城警事”的微信公众号曝出来了，这后果有多严重，他根本不敢想象。

“陈总，这可咋办？”王雕大致扫完，把手机放在陈策面前。两个人此时身处一个密闭的空间，哦，是身处一辆黑暗的车里，几百米外亮着灯光，王雕自己都不清楚准确的地址，是被陈策带到这儿来的。

“不要打乱我的思路……他们肯定是想钓咱们，也肯定没有预料到咱们去了那么多人，我让你带着几部手机，是在反钓他们……奇了怪了，为什么会没有动静？”陈策在思考着，目光直射向亮灯的地方，那是一处租赁的别墅。

又见一个人影匆匆跑来小声汇报时，王雕一下子明白了，佩服得五体投地。那些手机成了“饵”了，陈总肯定已经做好了埋伏，等着对方顺着饵来上钩。

也不对，似乎没上钩。

“坏了……不会是那个人出手的吧？”陈策惊呼一声，紧张了。

“那个黑条子？”王雕问。

“他算个屁……不是他。”陈策道，王雕很识趣，不问了，但这似乎不算什么秘密。陈策喃喃道：“我听逆风讲过，江前胜、沈燕手下有个很厉害的高手，最早的赌博网站都是这个人设计的。如果是这个人出手，那会是……”

他心如死灰地看向王雕的手机，神经质地一把抢过来，然后如触蛇蝎般地在方向盘上磕碎，远远地扔出去，发动车迅速驶向别墅。随着他的手势，埋伏的人现身，撤出门外。他急急下车，王雕急急跟着，两个人奔进门廊，那几部手机就扔在窗台上。王雕正不明所以呢，陈策莫名其妙地说了句：“打电话，拨窗台上的手机号码。”

王雕依言拨出，听到嘟嘟音后，纳闷地道：“通了啊，正常啊。”

陈策看着那几部手机，王雕猛地倒吸凉气，电话通着，可手机并没有响。他不明所以，问道：“这是怎么了？”

“我们中了木马计了。”陈策难堪地道，“我说怎么手机没做手脚，他们确实没做手脚，只是复制了一张卡。”

“还有这技术？”王雕觉得超出自己的认知了。

“当然，还有比这更厉害的技术。现在看到信息的人，手机都有可能被控制了，被扒光的，不光是那俩人。”陈策道。

“那不好办了。”王雕寻思着，生意做到一半最忌讳换卡，可能这事只换卡都解决不了。

两个人对视，无计可施的时候，电话接通了，响起了一个温柔的、磁性的女声：

“喂，您是王雕先生吧？！”

一贯于出口成“脏”的雕哥，听着这骨头都酥的声音，紧张到无法言语了。陈策小声叮嘱了几句，王雕依言回话：“对，您是沈燕女士吧？！”

“对，虽未谋面，但久仰大名啊。咱们还是有点儿缘分的，我妹妹曼佳带过你。”

“嗯，沈总，我不知道该怎么对你说，我就是一个跑腿的，那事全怪那个黑警察，我没害过您妹妹。”

“我知道啊，所以我们才这么和谐地对话啊。而且，既然你的电话打过来了，一定也明白发生什么事了吧？”

“嗯。”

“可能比你想象的更严重一点儿。这几部复制的手机卡已经联络了所有关联号码、微信号，得到的反馈信息呢，现在有上万份了。这些可能您不太懂，不过我相信您身边站着的人一定会懂。”

“呵呵，沈总，我是一个人。”

“聪明是好事，自作聪明就不好了，一个人怎么打埋伏啊？”

“……”王雕快谈不下去了，求助地看着陈策，陈策却无动于衷，王雕想了想，说道，“我真是一个人，沈总，不相信您自己来看看。”

“您在荆汉市西南方向，雍豪府，那儿是一个别墅区，应该在17幢，我也想去，可惜没有翅膀啊……呵呵，王先生，我想拜托您一件事，可以吗？”

王雕的嘴咧到耳根了，对方客气的话却听得他毛骨悚然。连面都不见就能一句点出你位置的对手，实在让他心虚。他机械地回应道：“什么事？”

“告诉你上面的人，有位来自加拿大艾伯塔省埃德蒙顿市的老朋友托我代他问好。一定传达到啊，否则误了事，你老板一定会责怪你的。”

电话挂断了，王雕听得云里雾里。他看陈策，这位老板沉思依旧，面无表情，看不出他是听懂了，还是听傻了……

挂了电话，蹙眉沉思的沈燕把手机轻轻地放在桌子上。她轻盈而优雅，修长的双手交叉托着下颌，这个思考的时间没人敢打扰，或者是不忍心打扰。她总是散发着一种既亲和又摄人的魅力，就像跌落凡尘的仙子，再愚钝的人也会生出倾慕之心，不敢有半点儿亵渎之想。

哪怕明知她不是仙子，而是骗子，凝视她的斗十方依然有点惋惜。真是“卿本佳人，奈何做贼”啊。

片刻，她似乎回过神来了。妮可很有默契，开口汇报道：“目前已经有三千多部手机中招了，我怀疑这几个位置是他们的聚集点。第一个，随阳轻工业园；第二个，荆汉大学城一带；第三个，襄州贾洼工业园第二园区；第四个，东宝电子信息产业园区……几乎都是新建园区，都有地区政策优惠。对比随阳这一窝，我觉得差不多，三千多是个什么概念？”

妮可回头征询斗十方，斗十方想了想道：“实际永远要超过想象，人传人比手机传手机更快，也更大……其实和上回差不多，骗局开头难，有一定规模之后速度是翻倍的，没有公式能够计算出究竟有多少人已经入坑了，但肯定有很多。”

“传销从来都是靠大量坑杀新人积累财富的，几万人应该是有的。”宋朝插了句话。

见沈燕无动于衷，妮可提醒道：“如果对方发现我们复制了手机卡，那我们现在的位置也有可能暴露，是不是？”

“不用。”沈燕说。知道这是担心她的安全，她笑笑道，“相信我，不会有人来，警察不会来——主要目标肯定不是我；逆风也肯定不敢来——现在光脚的是我。休息吧，明天一早再挪地方。妮可，你辛苦了，让后台的人做吧，都早点休息。”

沈燕似乎有什么心事，若有所思地离开了。这时就剩下宋朝、斗十方和妮可三人了。妮可扭过头来时，诧异地发现斗十方正像白痴一样盯着她看，她警惕道：“看什么？”

“姐姐，你别误会，我现在对你的景仰之情如滔滔江水连绵不绝。”斗十方恭维道。妮可很受用地问：“不至于这么惊讶吧？其实白帽子里也有高手，这点世面你能没见过？”

“没有。”斗十方摇摇头，心里却在对比着巫茜和妮可的水平高低，他估计面前这位可能更厉害一点儿，毕竟不择手段。看妮可不太信的样子，斗十方解释道：“不一样啊，姐姐。他们不可能像你这么传播病毒啊，那不也成犯罪了。”

“不过是程序、代码以及应用方式的问题。如果在虚拟世界里也受制于现实世界的规则，那技术何来进步啊？每年的黑客大会，参加的人里黑白帽子各占一半。很多大厂商的零日漏洞其实都是黑帽子或者灰帽子发现的。懂吗？”妮可问，斜觑的眼睛明显充满鄙视。

斗十方嘿嘿傻笑着道：“不太懂，不过就是觉得很厉害。隔空就能挖到对方的窝点，太牛了！我还在纳闷，这怎么玩的？”

“任何嵌入式操作系统，基本都是由JAVA、C++等语言编写，相当于一个小型的智能处理器。比如手机的铃声、图片等信息，都需要手机中的操作系统进行解释，然后显示给手机用户。这不可避免地要涉及各种软件，而每一个软件就相当于这个系统中的一个个体。你可以把它看作一个人，是人就有缺点，软件的缺点呢，就是我们可利用的漏洞。”妮可运指如飞，得意扬扬地解释着。回头看斗十方侧耳倾听，她炫耀的心理更重了，继续侃侃而谈：

“其实你也可以把病毒视为在嵌入系统中运行的软件，只不过它是一种具有传染性、破坏性的手机程序。它可以通过发送短信、彩信、电子邮件，浏览网站、下载铃声、浏览图片、蓝牙等方式进行传播。后果就像人患病一样，出现各种问题：宕机、关机、资料丢失、自动发送邮件等。不过现在更多的是混合式攻击，再狠一点儿，可以重写中毒手机的存储、修改PIN码、锁机甚至损毁SIM卡。”

“这些您都可以办到？”斗十方小声问，声音犹豫。

妮可回头看他，那茫然的表情，以及拿着手机像烫手山芋的样子惹得她龇牙笑了。她逗着斗十方道：“我说的都是入门水平，很多脚本小子到暗网买个黑客软件就能办到，我们要做，就得是蠕虫了。逻辑炸弹或者远程挟持之类的，比如……这个。”

她拉出一个程序，眼花缭乱地操作着，几秒钟后，声音从电脑里传出来了，是打呼噜的声音。斗十方耳朵一竖，吓了一跳，他听出来了，是在楼下睡觉的王自光的声音，这哥们儿和他搭伴已久，他太熟悉了。

“哎呀，我的娘咧……我说怎么这么大方给我手机呢，敢情在我兜里和在你手里没啥区别啊。”斗十方紧张地把手机往桌上一扔。

妮可嫣然一笑道：“所以，一定要乖哦，要不姐姐可不会喜欢你了。”

哎呀……斗十方恶寒到哆嗦的表情惹得妮可哈哈大笑。冷不丁地一阵手机铃声响起，妮可的表情一下子严肃了。看着桌上的手机，这个时间点，这个特殊的环境，连宋朝都奇怪地看着斗十方。斗十方赶紧拿起手机，给两个人看：“不要这么风声鹤唳好不好？95开头的号码，咱们同行。”

他直接外放了，里面传来了磁性的女声：“喂，先生您好，我们这里是370借条公司的，您之前在我们平台申请贷款没有通过吧？经过我们后台查询了您的征信是没有问题的，是可以借款的，如果有需要可以加我们的客服QQ人工审核。”

宋朝笑着道：“听口音很专业啊。”

“挂了、挂了。”妮可不耐烦了。

“这么多天好不容易有人给我打电话了，我激动得都舍不得挂了，小姐姐的声音多好听呢？”斗十方笑着说道，拿着手机说，“有，有，有需求，小姐姐我怎么加你QQ啊？”

“我们的客服QQ是4345×××××。”电话里说道。

“好的好的，给我发个短信，我记不住。哎，小姐姐，晚上能找你聊吗？”

“可以的，先生，我们客服24小时在线。”

“可别换人啊，我就喜欢听你的声音，这么甜。这么甜的小姐姐，能知道你的名字吗？”

“先生，我们这里是370借条公司，是做贷款的。”

“我知道啊，那问你个业务上的问题。”

“什么问题？”

“欠债不还的，能肉偿吗？”

“……”

估计把客服问凌乱了，妮可哭笑不得地道：“挂了、挂了，男人怎么都这色坯样子？”

宋朝摆摆手：“一边去，别打扰妮可干活儿。”

切，斗十方撇了下嘴，拿着电话起身，继续撩：“等等，小姐姐，你还在线吗？我确实有贷款需求，能给我详细介绍一下吗，反正我闲着也是闲着。”

说着话他出去了，隐隐能听到这货在楼道里和诈骗电话调情，调得还蛮来劲，间或一阵淫荡的笑声。宋朝哭笑不得地道：“我们刚启用的号啊，这就被盯上了？”

妮可坐在电脑前愤愤道：“盛极而衰啊，现在手机号只要入网就会被各种诈骗套路扫一遍，以后这行的门槛只会越来越高啊。”

两个人感慨未竟，门外又嚷起来了，只听斗十方在大声教育：“……小姐姐不是我说你啊，太不专业啦，当骗子最重要的是耐心，不管调情还是调戏你都得接下来，你不勾引得我心痒痒，我咋上当呢？要不这样，咱们视频一下，我亲自示范教你？哎，等等，别挂……居然真挂了，这么没耐心当什么骗子，要长得漂亮我都准备上当了。”

“这个活宝，能相信他吗？”

耳听斗十方脚步下楼，妮可问，尔后回头直勾勾地看着宋朝。

“你有点儿喜欢他了。”宋朝道。

“什么？”妮可脸一阵红，难堪了。

“你问，这就是一个危险的信号，说明你试图去相信他，但还在怀疑。”宋朝解释着，“而我们这一行办事凭的是技术和手段，什么时候需要信任了？”

妮可啪地一拍自己的前额，不吭声了。在心理、情绪以及识人上，身边的这人可比她这个技术宅强太多，他给的答案是诈骗行业通行的准则：

从无信任。

话中有话，骗中有骗

骗子，都会在最不经意的时候放个大招，或在你视线的盲点，或在你认知、思维的盲点，可能连幡然醒悟的机会都不会给你。

现在，远在随阳的专案组就静静地欣赏着一起在骗子眼皮子底下实施的骗局。

斗十方的声音："等等，小姐姐，你还在线吗？"

这句调戏之后，是一句语速飞快的低声："荆汉大学城、襄州贾洼工业园第二园区、东宝电子信息产业园区都发现有逆风的团伙。"

斗十方的声音："我确实有贷款需求，能给我详细介绍一下吗？"

话后又是一句低声："妮可通过传播病毒测知，团伙可能有三千人左右，服务器在香港。"

斗十方的声音："……小姐姐，不是我说你啊，太不专业啦！"

嚷后又是低声："妮可能复制手机卡，今晚和对方隔空较量，另一方在荆汉市雍豪府别墅区，盯紧傻雕，他是个关键棋子。"

继续调戏："当骗子最重要的是耐心，不管调情还是调戏你都得接下来，你不勾引得我心痒痒，我咋上当呢？"

继续传递："沈燕提到了'加拿大艾伯塔省埃德蒙顿市的老朋友'，逆风与此相关。"

调戏："要不这样，咱们视频一下，我亲自示范教你？哎，等等，别挂……"

传递："妮可这个黑客水平很高，似乎对逆风很熟悉。"

调戏："居然真挂了，这么没耐心当什么骗子，要长得漂亮，我都准备上当了。"

最后的传递："除了我们，沈燕还有隐藏势力，应该是缅北的来人，有四人。"

……

连着播放了几遍，周修文记下了几条内容，录音停止播放的时候，众人才如释重负般地出了一口大气。扮话务员的向小园心在怦怦乱跳，亲历抓捕现场的时候都没有这么紧张过。一旁的俞骏看她紧张的样子，安慰道：“不愧当过驻场演员，如果隐去这些传递信息的话，那正常的说话一样听不出破绽。”

“毕竟是在对方的眼皮子底下干这事，要被发现太危险了。”向小园道。

“我们都没想到，对方怎么可能想到？他可是个见缝就钻的高手。”俞骏一拍手站起来，活动了下酸痛的腰身道，“看来两方旗鼓相当，恐怕对方这个计算机高手还略胜一筹。冬青、巫茜，有办法查到对方使用的非法程序吗？”

“不好查。”宣冬青直接道。

巫茜想了想，摇头道：“如果对方有复制手机卡的技术，那他们拿走对方团伙成员的手机，就肯定是以那些手机的关联为基础信息发送的。除非我们的信息和他们的有交集，否则就不好查……咦？王社会的手机。”

正说着，连着电脑的手机嗡嗡响了，宣冬青拿起来一看，笑了：“不用查了，来了。”

“注意信息安全，肯定做了手脚。”巫茜提醒着。

“顶多是远程挟持非法程序，挟持的也仅限于本部手机的信息内容，除非有自动连接蓝牙……我去，还真有。”宣冬青操作着，大惊失色，还好非法的程序在这个防范极严的环境里不可能奏效。过了一会儿，宣冬青做完了手机镜像，拔了卡，这才把手机的信息投影到大屏上。显示的瞬间，俞骏哑然失笑了。

“标题党太可恶啊，我怎么觉得有点儿熟悉？”陆虎小声道，络卿相心知肚明努努嘴，示意噤声。向小园出声道：“这也是一种诈骗，信息诱骗，只要骗看到的人点击，可能后台就自动安装了。”

“没错，这是个类似‘钓鱼王’的黑客软件，只要被钓到，手机就没有秘密可言了。妮可应该是用这个病毒的反馈信息测知了逆风操纵的团伙数量。”巫茜道。

“反追踪一下，找出他们的服务器。”周修文的脸上有点儿兴奋，他看着俞骏，俞骏点点头，已经知道他要说什么了。就见周修文直接命令追到荆汉市的一组：查找荆汉市雍豪府别墅区周边所有监控，尽可能恢复嫌疑人王雕的行动轨迹。

“这几条信息很关键，你们帮我捋一下。第一，他特别强调王雕，那王雕能成为关键棋子，是不是意味着逆风和八大骗有某种很深的关联？第二，妮可和逆风很熟悉，这两大黑客高手会不会认识呢？如果认识，那就有必要深挖一下这个妮可的底子。第三，沈燕还隐藏着缅北带来的人，准备干什么？那些可都是危险分子，难道会像处置徐则臣一样？第四，他们通过技术手段测知了逆风操纵的底层团伙，难道会以此要挟他？是要报仇？还是会有什么其他目的？”

一连几个无法回答的问题让俞骏自己都蹙眉了。他来回走了几圈，抬头时才发现大家都看着他，他讪笑道：“提问式是我的思考方式，你们还有什么问题，一起提出来，可能提供给我们多线追踪、精准研判的方案。总局的指示是不要受限于抓一人、一案，而是要把这些职业诈骗的组织、策划、操纵层面来一个连根拔起。那我们就得动动脑筋了。”

“但也只能一步一步来，先查清这几个新建园区的团伙究竟在干什么、有多少人、做到了多大的规模。”向小园道。

“嗯，这是肯定的，但一条腿走路不行，没有前瞻性的布置，恐怕网不住这群高手。而且，我预感他们不会这么简单地就搞个传销诈骗，尽管这是骗子们屡试不爽的方式。”俞骏道。

“也不能想太深，参照杜其安一案，一件事只要做到极致，就是高手的手法。”向小园道。

俞骏摇摇头道：“高手之外仍有乾坤。逆风、金瘸子都是此中之人，包括沈燕。如果不是零号的介入，我们根本不可能掌握她的犯罪证据。甚至，截止到目前，我们都没有掌握有关她像样的信息。”

争论出真知，但那仅限于信息和线索的取舍，现在肯定不是那种情况，讨论很快就陷入僵局了，不过意外的是雍豪府别墅有了发现。监控里找到了一辆可疑车辆，面部识别软件报警，显示出了这个人的信息：

陈策，男，33岁。

剩下的条目都是问号，出问号有两种情况，一种是暂无信息，另一种就是权限不足了。

俞骏奇怪地问周修文：“我们这个专案组的权限也受限？”

只可能是权限不足，如果暂无信息，这个人就进不了标注嫌疑人名单里。

这一次周修文可不像往常愁眉紧锁了，反而是一种释然的笑容，笑得有点诡异。陆虎脱口道：“这个人我记得啊，几个月前中州查健身房预付款案情，我们滞留过他几个小时。当时他是一家商务公司的经理，他叔好像叫石金山，那次主动退赔预付款了。”

“就是那次事情之后不久，十方卧底时被拍的不雅视频才哄传全网。”周修文补充道。

众人眉头一皱，心里一凛，后背有种寒意袭来的感觉。

向小园弱弱地问：“那为什么标注他是重点嫌疑人？”

一出口向小园又觉得自己问得白痴了。如果和本案无关联，那自然没有嫌疑，可如果恰巧又和追查的本案相关，又在中州出现过，还和斗十方有过交集，那嫌疑自然就扣上了。

周修文没有回答这个问题，而是说道：“警察的朋友圈一贯很简单，接触到的人都是有限的，可能对方并没有想到他们针对的是一位熟悉市井而且记性超好的警察。我和十方见面的时候，他自己就已经回忆了从长安归来之后经过的事、接触过的人，不止有陈策，还有十几个……如果再一次有交集，那就不是巧合了。巫茜，陈策的简历。”

巫茜排着陈策的简历：男，33岁。只有早年出境的记录，是被收养。九个月前突然归国，如果回国捞金不算稀奇的话，那回国之后九个月的经历就够吓人了。滨海出国培训某公司法人，之后是中州成立的商务公司合伙人，再之后摇身一变，又成为万博（中国）保险公司荆汉分公司的法人。

俞骏道：“他在中州的时间和保健品诈骗案的时间是重合的；到荆汉成立分公司，和我们最早关注到随阳的时间点也是重合的；今天，他和沈燕测到的位置同样是重合的；找一下他和傻雕的关联，如果和傻雕有关联，那就不排除，他和长安一案有关联……咝，修文，不会是？”

俞骏想到了最可能的一种情况：失踪的逆风。

“狐狸尾巴已经露出来了，这次他总溜不了吧。”周修文没有正面回答。再无限接近真相的可能，也仅仅是一种可能，真相必须等待证据确凿。

打印机徐徐地吐着纸张，陈策的信息人手一份。向小园小心翼翼地剪下了他的照片，贴到了案件白板上，不过拿起笔时又踌躇了。这种高高在上的精英人士，和在市井混迹的传销团伙成员，怎么建立起关联呢？

所以，这个重点嫌疑人只能孤零零地贴在案件板的中央，描述、涉案、关联等项目，向小园只能先打上了一个大大的问号。

入夜，夏季的潮热随着夜色渐浓慢慢退却，走在沿江路上慢慢能够感受到惬意的习习凉风。踏着慵懒的脚步，百无聊赖间，可以看到江中偶尔反光的波色如镜，可以看到城市霓虹的流光溢彩。那依然匆忙的车流在夜间像一条灯河，让这座夜城灵动了起来。

不经意的美，每每总是能触动观者的某根心弦，从而生出某种情绪，或是惊艳，或是留恋，或是回忆，抑或是像此时踱步的陈策一样，是一种落寞。似乎这平淡无奇的风景可望而不可即，让他如此落寞。

一个从出租车上下来的女人，发现他之后匆匆快走，他踌躇着，却没有挪步，那个女人走到他近前时驻足，默默观察了良久，然后和他一起并肩站在防护栏前，一只手慈爱地搭上了他的肩膀。

是胡会计，干妈，很多年以前他被领上路时，就认了这位干妈。很多年了，他依然像初识般，对这位干妈除了尊敬还有点畏惧，就像今天发生的事，他像做了错事一样有点儿内疚，嗫嚅半晌，都没有说一句话。

“策儿，有多严重？”胡会计问，轻抚着他的后颈。

“现在还不清楚，可能会很严重。针对便携信息设备运行的病毒，也就是攻击手机的Bug，会像瘟疫一样传染，点开的手机都会中招。这等于对我们的人来了个点名，对她来说，很快外围就没有秘密了。”陈策掏出一部手机，已经断网了，不过信息可以浏览。

粗粗看过，胡会计皱眉了，寻思片刻后说道：“这招四两拨千斤玩得漂亮，沈燕长进了啊。我们想来个伏击，结果被他们反制了。”

“她还托人给我带话，说有个来自加拿大艾伯塔省埃德蒙顿市的老朋友问好。怪不得联系不上，老徐凶多吉少了。”陈策道，眉宇间皆是惊惧。

黑客是神秘的，沈燕身边同样有一个神秘的黑客，曾经和徐则臣搭过伙，这次算是见识到了。胡会计犹豫地收回了手，寻思道：“还好你没事，她一时半会儿还找不到这儿，对了，怎么给你传的话？是谁？”

“他们复制了那几部手机的SIM卡。我以为他们是想追着GPS信号找我们，没想到是个缓兵之计。他们故意让我们以为没有做手脚，却用复制的卡扮成内部人员发这些手机病毒……电话是直接打给傻雕的，我就在旁边。”陈策道。

“这样啊……”胡会计有点儿不信地皱了皱眉，这群只敢隔着国境线搞诈骗的货色，在她的认知里似乎干不出让她如此惊讶的事来。她犹豫地道：“哪儿不对呀？她身边那几个人我们大致都了解，境外来的见不了光，能见光的在这个环境也玩儿不转。他们在内地公安里的案底可比我们加起来还多，这么大大方方地就来了，而且还这么快找到我们……哪儿不对呀？”

“是不是我们内部……？”陈策小心翼翼地问。

“不可能。”胡会计摇摇头直接否决道，“要在内部，她还在外围费那劲干吗？早杀上门了。”

“那就只有一种解释了。”陈策递过手机，顺手摁开了一段视频。嘈杂的场景里，一人在大声嚷嚷着“捡钱”，一把一把地撒着钱，围堵的二十多人，神奇地被金钱的魔力化解了。胡会计看得一脸牙疼的表情，都不用陈策提示：“又是他？！”

不过如果这样解释就完全合理了。胡会计道：“老杜聪明一世，可能就遇到了这么一位克星，沈家这两姐妹胆子可不是一般的大啊，收了一群黑警察……我就纳闷了，前脚还不死不休地追着骗子，后脚怎么就死心塌地地入伙了？”

前有武建利，后有宋朝，现在又有斗十方。如果说同行倾轧还好处理的话，那这种当过反骗警察、现在又成同行的就难对付了，那可是天然的双重天敌哪。外围一个照面就输得一塌糊涂，再没有比这更有说服力的事了。

“沈燕的长处就在这儿。缅北的几个将军都被她收买了，何况一个小警察。我在想，要不我们找个中间人和她谈谈，她终究是求财，我们真倒了，对她也没好处。”陈策道。

“如果她答应合作，你敢信不？或者，即便我们诚心妥协，你觉得她会信吗？”胡会计笑着问。

一针见血，让陈策一下子绝了此望：都是精于尔虞我诈的人，怎么可能有相信可言。

“不要被这件小事乱了阵脚，再不济我们现在也是几千人的团队，一人一口唾沫也把她淹死了，我还真不信她那几个人敢闯连营……等找到我们这儿，我们也该远走高飞了。策儿，走走吧。我怎么觉得，就算没这事，你也是心绪不宁的？”胡会计问。

陈策且走且道：“没有啊……对了干妈，杜叔有消息不？”

“没有，不用担心他，他的尘肺病已经命不久矣。我想以他的性子，应该是安安静静地找个地方谁也不见，给自己留下最后的尊严。”胡会计道。

陈策哑然失笑：“我们……还有尊严？”

“当然有，你这一代已经无法理解像杜叔这样的前辈了。他其实是个很仗义、很实诚的人，当初带着一群乡邻进城打工，无非是求个糊口、混个温饱，干的是最差的活儿，受的是最苦的累，那时候才叫没有尊严。小雕的父亲运预制板被砸死了，工头儿连丧葬费都不想出。有身体差的运水泥两年过来，咳得腰都伸不直了，工头儿直接是打发走人，连路费都不多给一毛……那时候可真是诚实、勤劳，你觉得有过尊严吗？”胡会计悠悠地道。

“呵呵，我想起了一句诗叫‘世界给我伤痛，我却报之以歌’。诗歌毕竟是诗歌，现实中大概率的情况是，我们给予伤痛的回应，是报复而不是报答。”陈策道，那讪笑的样子似乎感同身受。

“对于绝望的人，报复就是最好的报答。因为即便我们幡然醒悟，也依旧是无路可走。呵呵，现实可比诗歌要浪漫得多。我在二十出头的时候，可是公社的三八红旗手啊。”胡会计笑着道。

这似乎勾起了陈策的谈兴，他笑了笑好奇地问：“那干妈，你和杜叔遇见的那位高人，他是怎么说服你们改变世界观的？”

“不用改变，穷疯了的人随便给点钱，还有什么舍不得卖的？他给我买了几件新衣裳，骗我跟他上了床，又教我去骗别人。在没有网络的时代，他绝对是一等一的高手，他犯的那案子现在还是悬案。”胡会计笑着道。

“那……顺带把杜叔也拉入伙了？”陈策道。

“对，杜叔、石叔、老贾、朱丰，都是他的拥趸。他几乎改变了我们所有人的命运，而且他可能是我们所有人的心理魔障，如果他在的话，我们这几个人可能都不至于后来各顾自家，分道扬镳。所谓‘金评彩挂、风马燕雀’，是个乱世求活的法门，其以善为心、义为本、信为要……啧，走到今天，我居然有点儿怀念这个混蛋了。”胡会计的思绪似乎飞回了最初的时候，此时心情复杂得难以言表。

更难理解的是陈策，他好奇地问：“善、义、信？”

这总不能是骗子的品质吧？

胡会计解释道：“明四、暗四八大门，这是三字真义，它教导着入门之人就是要具有善、义、信的品质，其旨在于但求糊口之资，莫做敛财害人之举。所以旧时那些走江湖之人还是有可取之处的，算命卜卦的，给钱不嫌少，没钱一顿饭也罢；摆摊卖药的，药不医病但也绝不害人；彩门的玩的和现在的魔术表演差不多，就是挣个辛苦钱……即便暗四门手脚不干净，也是非常有底线的。”

“哦。”陈策头回听到干妈讲前身，一副受教的样子，却不知这八大骗还有这么让人景仰的底线。到这个时候问题就来了，他反问道：“您刚才说，那位高人干过大案？那岂不是突破底线了？”

“嗯，财帛动人心，谁又能真守得住自己的底线啊？八大门创造者确实是个高人，揣摩人心是高人，不过可惜的是，他们唯独揣摩不了自己的心。求糊口之资的出发点不错，但谁又能保证弱水三千，只取一瓢的节制？所以后来，明四、暗四八门所有成气候的人都脱不开这个魔咒。要么不得好活，要么不得好死，可能我的下场会是后者。”胡会计道，她苦笑着，在说自己。

陈策有点尴尬，转移话题道：“您说的这位高人……就是咱们经常借用的那个名字‘金瘸子’？”

“对，那是块金字招牌。二十多年前就是神龙见首不见尾，现在嘛，也是。”胡会计笑道。

陈策心里一直以来的疑问借此机会问了出来：“那他人呢？”

“刚才说了，他犯了一个错误，突破底线了。他带着我们几个做了一桩大案，在那个平均工资三两百块的年代，一下子赚了几十万。”胡会计悠悠道。

“那是好事啊。”陈策顺口道。

“福兮祸所伏，这么多的钱，大家都红眼了，而且不想给他分大头，就合伙把他做了。”胡会计轻声道，这似乎也是她心里的魔障，却不知为什么会在几十年后的现在吐出来。

陈策一下子听傻了，也一下子明白了，为什么所有知情人都对“金瘸子”这个名字讳莫如深。

“我告诉你这些是让你明白，谁也不要相信，除了自己。抽身的时机自己把握，不要有任何顾忌。”胡会计回头叮嘱道。

可这与她眼神里的关切同样是相悖的，陈策莫名地有点儿感动，轻声问道：“那您呢？”

“捞了这么多年钱，兜里越来越满，可心里却越来越空。人穷钱能医，命穷无药治啊。我总觉得他没有死，二十多年来他老在我的噩梦里出现。我和老杜一直打着这个旗号，其实是在找他……如果真是那样的话，我得再把他往死里做一次。我这一辈子人不人、鬼不鬼的，可全是拜他所赐。”胡会计温柔慈爱的面庞变得凄厉、难堪，牙齿咬得咯咯直响。

“做了”，却还心心念念觉得没死？有钱了，却是纠结着放不下的往事。上一代这些人之间究竟发生了什么？似乎在干妈心里，还有比钱更重的执念让她放不下。

陈策一肚子疑问却没敢再问，可他看得出，恐怕干妈走不出这个人的阴影……

第五章
深思熟虑诱敌深入

心有戚戚，相惜何妨

沈燕一行是凌晨时分离开的，走时夜深露重，万籁俱寂。那一对孤零零的车灯像鬼火一样，悄无声息地消失在夜色里。送走她们的宋朝在原地呆立了很长时间才返回民宿，他走到院子里的时候，像着魔一样连抽了两支闷烟，然后像游荡着踱步上了露台，侧着脸，看着一个方向长时间不动。

于是黑暗里的斗十方就藏不住了，过了一会儿门轻声吱响，斗十方提着半瓶酒从屋里出来，且走且道："你绝对没有发现我，只是猜测。"

"当然，如果你连这点起码的警觉也没有，我会失望的。"宋朝道，顺手接过酒，仰头恶狠狠地灌了一口。

白酒很烈，辣得他直咧嘴，接着又灌了一口，第二口咽下去，他侧头看着斗十方道："真是穷命啊，都有钱了，至于还喝这种劣酒吗？"

"呵呵，找点刺激，也是证明自己存在的方式嘛。太爽口的没感觉啊。"斗十方道。

宋朝笑笑，像在回味，道："就像当小警察的时候，只能有这种不太费钱的娱乐，喝高了骂一场、闹一场，然后四仰八叉一躺，起来就又是生龙活虎，那时候都不知道浑身使不完的劲儿是哪儿来的。"

“环境使然，大家都拼了命地干，你总不好意思闲着。就像现在这个环境，大家都在挖空心思怎么刨坑埋人，那咱们就不自觉地要焦虑，千万别成被埋的那个人，对不？”斗十方没正形地道。

宋朝未置可否，转移着话题问：“你还用埋吗？沈老板给的一百万，你在南方花了大几十万，剩下的都从手机上转走了。十方，我有点儿纳闷啊，你以前怎么当的警察？”

做过警察，不可能不懂得作案别留线索，而像斗十方这样大大方方转走明知道可能有问题的黑钱，怎么看也是胆大包天、不知死活，万一事发，这简直就是直接得再不能直接的证据了。

“穷疯了，哪顾得上那么多讲究，再说了，比插翅难逃更郁闷的事是什么知道吗？是人赃俱获，就是人都抓住了，嘿，钱没来得及花，哈哈，你说对不？”斗十方道。

宋朝笑问：“不是吧，我倒觉得是授人以柄。”

“相对巨额资金，这点儿小钱，我倒觉得完全有可能浑水摸鱼，沈老板不就想把我绑到她战车上吗？她不出事，我自然就没事了嘛。”斗十方道。

“不，我理解的是倒持太阿，授人以柄……敢这么做，要么是死心塌地，要么是别有用心，而我呢，为什么就从不觉得你是死心塌地的人啊？”宋朝笑着道。

试探？！斗十方心一惇，此番最难对付的可能还不是沈燕，而是身边这位从警时间和他年龄相仿的前辈。这种人警服虽脱，可警觉尚在，想瞒过他并不那么容易。

斗十方干笑了几声，思忖道：“每个人总有不愿意和别人分享的秘密，说不定是苦衷，这句话我也可以送给你，为什么我也从不觉得你是死心塌地的人呢？否则以你干这么多年电诈积累的身家，我在你面前算个屁？你还有兴趣和我聊？”

“呵呵，还是沈老板有识人之能，聪明，不过聪明人在这一行的下场都不太好。”宋朝倒像是没有恶意的提醒。

斗十方觉得怪怪的，反问道：“那我就得请教了，想活得久点儿，该怎么做人？”

“你已经做得很不错了，找到正主，你的使命差不多就完成了，你已经给自己成功地续命了。”宋朝又提醒道，“沈老板的随行就在左右，不过即便是她一人你也对付不了。她最喜欢的就是射击格斗，喂在她手上的子弹得有一卡车。要不你以为武建利和毛二怎么会对她一个女流之辈臣服？”

这个却是出乎斗十方的意料了，他惊讶道：“女悍匪呀，这么厉害？没觉得啊。”

“等你觉得的时候就晚了，来，抽一支。”宋朝递过烟，两个人凑到火上，明灭的火光中，看到宋朝忧虑的脸和晦暗的眼神，斗十方叼着烟随口问：“接下来干什么？这么多团伙，我们侥幸一两回成。今晚之后，他们肯定都有防备了，咱们再出现就是送人头了。”

“不给你提示，你猜猜。”宋朝道。

斗十方略一思索便开口道：“得借兵了，而且得出奇不意，否则这铁桶一块打不破，我们反而会受到威胁。”

“我不喜欢猜测，但我可以教你个更聪明点的方式，不要问太多，有时候自作聪明可不好，害人害已。”宋朝道。

又像是提醒，斗十方以一种已经习惯自作聪明，反而有点儿无所适从的态度，轻声道：“老宋，忠心我就不跟你表了，反正你也不信，可这事你不可能不清楚，要干挺一个人得狠准损，不给对方喘的息机会。咱们两拨人屁股都不干净，要让对方瞅着空档，咱们可连一点儿招架余地都没有啊。”

斗十方的推心置腹却没有得到回应，宋朝只是嗤声冷笑，反问：“是吗？”

“哦，我忘了，不能自作聪明，那听你的。不过即便你这么听话，也未见得老板就会信你呀！这神龙见首不见尾的，我怎么觉得有点儿心虚呢？”斗十方一下子被泼了瓢冷水，自觉不敢再往深里诱导了。

宋朝狠狠地抽了一口烟，看得清明灭的烟头，随着他鼻孔里、嘴里喷出的袅袅烟雾，这人又是优柔寡断地说一句不确定的话：“当然心虚，即便你能猜中所有的事，也不可能猜中她的心思，想活着回去，就安生点儿，别锋芒太露了。”

“回去？”斗十方心一凛，眼侧视，紧张了一下。

宋朝笑了笑，远远地弹了下烟头，像是自言自语道：“我似乎听到了你的气息紊乱、心跳加速。”

“呵呵，我也看到了你忧深愁重，心有不甘。我们都是卖命，既然卖命，那纠结的只有一件事，要么卖个好价钱，要么卖个好归宿，归宿恐怕不会很好，价钱呢却不会很差，那我就不明白了，什么让您这么纠结呢？”斗十方揶揄地道。

“你不会明白的，世界上的所有东西，可以用钱买到，可以通过努力得到，可以偷到、抢到。但有一种东西，不管你怎么不择手段都得不到，你明白吗？”宋朝问。

“不明白，是什么呀？”斗十方愣了，饶是他聪明过人也被难住了。

“我也不知道，所以我在纠结，不管我们俩人谁想明白，都一定告诉对方啊！”宋朝悠悠地道，又点上了一支烟，他自顾自地抽着，明灭的微光中他深邃的目光看向前方。而他的前方，却是一片漆黑，什么也看不到……

随阳市新建的专案组指挥部里，灯光通明至深夜……

追查荆汉市惊鸿一现的陈策，追查散布在周边各市的诈骗团伙，依托通信大数据的节点越来越多，沈燕身边那位神秘的黑客一搅局，有大批量的手机信号开始逐步消失，这可以直观地看出，背后操纵这些诈骗团伙的人已经警觉，开始有所动作了。

“……这种病毒在无意识的情况下危害大，可有意识的时候，想处理也不会很难。手机删除一切数据恢复出厂设置，下载杀毒软件，或者更简单一点儿，换一部手机，继续用原卡，再厉害的病毒也无济于事了。”巫茜看着电脑道，她扫了眼几位倾听的指挥员，又补充道：“零号提供的信息是三千人，而我们找到的是一万多人。这个解释应该是这样，沈燕得到的那几部手机，可能直接切入到了团伙成员的业务领域，而我们拿到王社会这部手机，关联的是这些人的正常社交网络。比如赵成功和刘小旦两个人就有五部手机，公私是分开的。根据这类犯罪嫌疑人的特征，但凡警觉，只要扔掉自己常用的业务手机，那就等于毁灭一切证据了。”

"数量差别这么大，那原因应该……是不是除了搞订单传销的，还应该有其他业务的人员？"向小园心思敏捷，脱口问道。

巫茜点点头："对，鸡蛋肯定不是都放在同一个篮子里。"

"俞组长。"周修文提醒道，"零号提供的四个地方，荆汉大学城、襄州贾洼工业园二园区、东宝电子信息产业园，加上随阳轻工业园区。这四处情况类似，都是新建未久的园区，配套尚不完善，公共监控极少，或者根本没有。唯一一个情况相对较好的大学城，又是人口极度密集的地带，基本都符合诈骗犯罪高发、高危地区的特征。"

"嗯……沈燕有什么动静？"俞骏问。

"离开了，凌晨零点四十分离开的，乘的还是随阳高速服务区发现的那辆商务车，现在已经通过了高速入口，不过车里的乘客不清楚，我们也不敢贸然追踪。"周修文道。

"她连行迹都不隐藏，那肯定是不怕追喽……方向是哪儿？"俞骏问。

查询片刻后，宣冬青汇报道："荆汉市或者襄州市，向南目前只能看到这两个去向。"

"哦……她的意图何在呢？就这么几个人难道还动得了上千之众的传销团伙？"俞骏自言自语道。毕竟传销团伙的战斗力是出了名的，那拨人不是群众，而是流氓，还是被洗脑过的流氓。别说沈燕这几个人，哪怕是一个公安局的警力都会棘手。

沉默片刻，向小园提议道："我们得申请增加警力了，否则这几个城市我们难免顾此失彼。"

"省厅和总局也正在研究此事，很快就有回复。目前的情况是，在这个多头乱局里，我们得找到主线，万一追岔了……我是说，我已经被他们骗过不止一次了，往往一个显而易见的目的，会被他们隐藏在纷乱的骗局里，等我们追到才会醒悟上当。这一次可能都不是一个目的。"周修文道。

"逆风的目标肯定是钱，不管用什么眼花缭乱的手法，最终目的肯定是钱。只有这一个目的。"向小园道。

"是啊，哪一笔钱呢？难道只是传销的这些蝇头小利？我是指对他而言也不过蝇头小利，假如志在于此，他办万博保险公司有何意义？保险业的准入审核是相当严格的，他申请的万博（中国）保险是一家外资保险公司，光这个代理的身份花费就得上千万了。”周修文道。

如果没有之前中州的偶遇，恐怕嫌疑未必敢指向陈策这样身份的人，即便如此，还是尚有疑虑。保险的准入和审核都是相当严格的，要堂而皇之地打着这个招牌诈骗，专案组还真不敢想象，最起码他们不应该打着自己的旗号。可这些人恰恰相反，法人的位置上就是陈策。这看过来看过去，怎么看都像和阎罗王谈生意——活得不耐烦了。

在思路多头、众说纷纭的时候，就需要一锤定音的人。众人将目光投向一直发呆的俞骏，好半天俞骏才醒过神来，表情有点儿犹豫，他思忖道：“巫茜，你带人跑一趟香港，不管是沈燕还是这些诈骗团伙，其服务器都在香港，这只看不见的手得砍掉，否则我们会处处受制。”

“没问题，我带陆虎去一趟。”巫茜道。

“申请抽调侦查员队伍，全部异地用警，订单传销究竟有多少人、多大的规模，底子我们一定要摸清楚。向组，你天亮向谢副厅汇报一下，我建议迅速抽调人员，最好明天全部到位。”俞骏道。

“好的，我准备下汇报资料。”向小园道。

“紧跟零号小组的人员不能动，那儿是靠近沈燕最关键的一个节点，有可能成为全局的棋眼。小组人员全部戒备，武器配足，境外潜入的这些嫌疑人如有异动，一旦发现威胁，可就地击毙。”俞骏道。

可能没有料到，刚揭开序幕就临近高潮了，目睹过去年冬天银杏基地黑产窝点的惨相，在座众人没有觉得这道命令有何不妥之处。骗局的底层是骗来骗去，可到了黑金争夺的这一层次，肯定是兵戎相见、你死我活了。

“修文，看来咱们得分开一段时间了。你带组进省城荆汉吧，如果这个陈策是逆风，那就有意思了。即便他不是逆风，也应该和逆风有千丝万缕的联系，这是个细思恐极的事。也就是说，逆风盯上了保险行业，如果他在这个行业里结结实实地骗一把，且不说财富损失多少，那得引起多大的社会反响啊！”俞骏道。

周修文感激地看了俞骏一眼，怨不得能驾驭零号那样桀骜不驯的人，他几乎是点出了自己的想法。略一顿神周修文道：“谢谢您，俞组长，我正有此想，我们多线并进，哪头出现线索都可以迅速跟进。”

“去吧，准备一下。”俞骏道。

巫茜和周修文对视一眼，站起身。这一组立时就要兵分三路，心里倒不激动，就是有点儿虚。陆虎起身想和俞骏告别一句都被向小园制止了，她示意陆虎看俞主任像濒危病人一样的脸色，两个人实在不忍心打扰他的沉思。

车的引擎声响了，陆续下楼的人员登上车，专案组一下空了一大片。宣冬青下楼叫起睡觉的一位上楼换班，他看到在院子里踱步的向小园，这位技术宅立在暗处叫了向小园一声，吓了她一跳，看清是他时，向小园出声道：“休息会儿吧，辛苦了。”

“我们都熬习惯了，向组，你劝劝俞主任，他到现在都还没合过眼，这案子还不知道得熬到什么时候呢。”宣冬青道。

“我不正在想怎么劝他吗，不过大概率的结果是没什么用，参不透这个局，他恐怕根本睡不着。”向小园说完径直上楼。

宣冬青正要回临时宿舍时，那门吱呀一声开了，一坨，不，一个胖子露着白花花的肉出来放水，不用定睛观察也知道是多多。他哼哼唧唧放完水，又迷迷糊糊地回宿舍睡觉了。

向小园不经意看到，给气笑了。从事这个职业改变了她很多，最直接的是心理承受力在无限增强，而底线可能在无限拉低。她现在只恨无法拉低到极限，和那些骗子的阴暗心理同步。她很清楚搭档俞骏在和她做着同样的事，而且结果也一致，作为正常的人，有时候可能真的没法和坏人的思维同步。所以也不可能判断到，那些诡计多端的坏蛋，接下来会搿出什么吓人的大招来。

一杯水轻轻放在俞骏的面前，俞骏惊醒了，抬眼看了看向小园，他勉为其难地笑了笑，向小园道：“我知道劝你睡一会儿是多此一举，我自己都睡不着。有兴趣谈谈吗？说不定能互相启发一下。”

“恐怕不能，咱们的经历虽然有差异，但都属于正常范畴，不可能有十方那样的经验。”俞骏道。

向小园笑了，点点头道：“也是啊，每次有疑难杂症，他的脑洞一开，给个让人没法相信的判断，很快就变成真相了。就像几个月前，判断到随阳这个地方，说实话，我现在都觉得像做梦一样。”

“他的预判还是差了点儿，就像我们每一次预判犯罪的过程和目的，永远都离真相差很多。因为用我们的心理和道德底线去判断嫌疑人要干什么、怎么干，几乎不可能正确，你无法知道一个人的心理究竟能阴暗到什么程度。”俞骏道。

向小园观察着俞骏，接着话茬儿问：“你好像在担心什么？逆风不可能那么简单被找到，沈燕的势力又很简单，我们介入虽然稍迟，但相比其他案子已经足够早了……你在，担心他？”

肯定是斗十方了，俞骏点了点头，这是关上门说话，他小声道：“姓沈的这一对姐妹都不是省油的灯啊，沈曼佳明知道零号身份有问题，还是照样用他，如果不是十方心眼儿多，怕是早毁在长安一案上了。这一次，我担心她是将计就计啊。”

如果那样的话，最关键的线索可能就是错的，很有可能把后续的侦查都领到沟里儿，向小园思忖片刻道：“真想不通这些人是怎么想的，若真怀疑，就应该早打发了啊！可现在看来，他似乎已经接触到核心了。”

“别忘了那是个诈骗团伙，玩心眼儿他们是职业的，骗子可是站在上帝的视角，以众生为棋子，除了她自己，任何人或者物，都能成为弃子。你想想我们一路走来，抓的也不少了，聂媚、朱丰、杜其安、郑远东等，不管损失多少棋子，似乎都不影响他们的棋局。棋眼儿在哪儿呢？每一次骗局都让人眼花缭乱，我们如果找不到棋眼儿，可能用不了多久，同样的诈骗还会在另一个地方上演。”俞骏道。

“那我们就事论事，既然我们不可能往前几步，那我们就见招拆招，想一步总可以吧？”向小园道。

俞骏回味了一下，点点头道：“对，愚者千虑，必有一得，我得承认，我是个愚者。”

“我们都是，那我们用最笨的办法反推，她再聪明，事情也得一步一步来。接下来有这几种情况，第一，沈燕让十方他们直接去捅逆风的老窝，可能吗？”

俞骏摇摇头，肯定轻易找不到。

“好，那就说第二，沈燕会召集同伙，针对逆风手下的关键人物下手，比如傻雕、王社会这一类人。”向小园又道。

俞骏又摇摇头道：“不可能，她手里的王牌打出来，就是结束的时候，那个阵容出来是要命的，不可能过早暴露。”

向小园再一屈指道：“再说第三，逆风或者其他人，肯定会针对昨晚的攻击采取预防措施，这些病毒并不致命……对呀，沈燕完全有能力用更厉害的手法，比如传染破坏性更强的非法病毒。那样的话，几乎是等于断了传销团伙的通信。”

提问的先把自己问住，俞骏解释道：“我想过让我们的网安出手，但不行，一个化装侦查的手脚不干净能理解，可要一个专案组指挥部都不能保证程序正义，那会玷污我们的信仰的。”

所以，一切只能按规矩来，向小园有点儿脸红。她掩饰道：“好。第四，这个僵局如何打破，是沈燕继续攻击逆风，还是逆风反击沈燕？我觉得逆风会投鼠忌器，而沈燕却可以无所顾忌。”

“对，我也想到这儿了，也恰恰卡在这儿。沈燕现在不可能知道最大的嫌疑人是陈策，甚至未必清楚核心团伙的目标就在保险业里，那她只能针对传销团伙下手。可你看，随阳、襄州、荆汉、江离几市都有团伙，少则几十人，多则几百人，我们都头疼，她几个人的团伙总不能打穿这种强悍的组织吧？现在是什么情况我们都还没摸清呢。”俞骏道。

“我们不要想那么远，如果下一步是传销团伙，那我们是不是可以将计就计，把这些传销团伙清理掉？我知道你考虑会不会打草惊蛇，可是我有一种奇怪的感觉，你不觉得沈燕一直在打草惊蛇吗？她几乎像我们的外勤侦查员一样，不遗余力地在提醒着我们有关逆风的信息。”向小园道。

“对呀，难道她不怕惊走逆风？她肯定有后手啊。徐则臣死前被逼问出了什么我们无从得知，会不会她其实知道是谁，只是在逼他现身。”俞骏眼神一下子凝滞了，他陷到更深、更难的思维泥沼里了。

两个人讨论到接近天亮，结果依然无果。

天亮时分，在荆汉高铁站，出来几位睡眼惺忪的男子，当头的一位裸臂短襟，文身狰狞。几人出了荆汉东站，在停车场里转悠了片刻，有人先找上他们，把领头的那位带上了一辆商务车。

是青狗连夜从中州赶来了，现在坐在沈燕的对面。沈燕正饶有兴致地给他放着斗十方的神勇表现，本来还心存惧意的青狗一下子放心了。

“我得谢谢你啊，狗哥，给我增添了一员猛将，你一定以为我是黑社会绑架灭口是吧？”沈燕笑着问。

青狗有点羞涩，不好意思道：“没有、没有，就沈老板您这气度，一瞅就是干大事的！哎，对了，您召我们来，有什么吩咐？”

“吩咐不敢当，做点儿生意。”沈燕俯身，从包里掏钱，成扎的，一扎五万。撂一扎，青狗眼皮跳一跳，再撂一扎，脸皮抽一抽，又撂一扎，青狗嘴皮哆嗦，有响声，是激动得牙齿打战了。又撂一扎，青狗捂着心脏部位快受不了了，激动道：“沈老板，您明知道我快穷疯了，您这是要我的命呀。”

“我可是要人不要命啊。这是一半，订金，只要诚心干，即便干不成也不用退，有兴趣吗？”沈燕诱惑道。

青狗眼睛一瞪，凛然回应：“必须有啊！怎么可能没有，没啥二话，我接了。”

“你还没问什么活儿，就接了？可能是会让你吃牢饭的活儿啊。不过放心，罪不会很重。”沈燕道。

“没事、没事，我们就一群混子，您也不会让我们杀人放火，吃牢饭多大个事，反正兄弟们已经习惯了，迟早都得进去报到。”青狗果真很仗义，在钱面前，牢饭都不是个事了。

“好，爽快！下车有人教你干，傍晚前把这事办完，拿另一半钱走人，当我们没见过。办不好，这钱不用退，也当我们没见过，能办到吗？”沈燕道。

“成，我信您。”

青狗接过了沈燕扔的袋子，四扎钱装起来，喜滋滋地下了车，这待遇真是没得说，已经有数辆车在等着恭请他们上车了。

看着那伙人挤挤攘攘、满口脏话，吐痰、扔烟头一点儿也不讲究的样子，车里的妮可皱眉回头问：“沈姐，这成不？他们的素质实在堪忧啊。”

“没人能想到的办法，就是最好的办法，一定行。”

沈燕笑着道，她靠着椅背和衣而眠，车缓缓驶离高铁站。

这是辆租赁的车，当再一次出现时是几个小时之后，它静静地泊在一家连锁租赁公司的院内，而租赁它的车主，早已消失了。

吓骗入场，甚于虎狼

娜日丽驾车看到襄州南高速出口的市界时，天已经大亮了。南方的夏季与北方的不甚相同，一开车窗就是一股子潮热蹿进车内，让习惯干燥的这位北方姑娘觉得浑身黏黏糊糊很不舒服，特别是车里还响着抑扬顿挫的鼾声，更让她心烦意乱。她推了推副驾上的钱加多，喊道：“嘿，醒醒，太阳晒屁股了。”

钱加多哼哼叽叽吧唧着嘴，迷迷糊糊地揉着眼睛醒了，嘟囔着，渐渐恢复神志时，车已经驶出高速口。娜日丽泊停车辆，在手机上调着导航。钱加多跳下车放水，一泡水放得整个人清醒了，又打开车后备厢，就着矿泉水洗脸。娜日丽也下车擦了把脸，再坐回车上时，钱加多已经把面包、酸奶放在方向盘前面，殷勤地把娜日丽那股子邪火消弭于无形了。

“什么时候准备的，我怎么不知道？”娜日丽问。

“采购时我多买的，藏车里了，谁也没告诉。”钱加多得意地嚼着，秘密只分享给让他眼里冒星星的人。

娜日丽哧哧笑，几口吃完，发动着车，钱加多嘴不闲地问：“啥任务啊？半夜就把我拖走了。”

“襄州贾洼工业园第二园区，GPS上监控到了聚集点，是什么人、什么门面，暂且未知。昨晚你睡得死不知道，人全分开了，巫茜和陆虎去得更远，香港；大邹和老程跟着零号，那儿是重心……周组长的核心力量全部调荆汉了。”娜日丽道，这一次散得可真够大了，不过十几个人要在几个市同时侦查，那难度可想而知了。

特别是驶近市区，更让她暗叫一声苦也。这座轻工业城市沿途满是林立的楼厦，竣工的、半竣工的、在建的，远远地看到要去的方向，几乎还是雏形。这种地方别说警务设施，恐怕基本的公共设施都成问题。而如果没有那些设施，那就意味要把侦查拉到原始时代，得靠两条腿和一双眼睛了。

钱加多可没想这么深，吃完了擦擦嘴，翻着手机查附近的美食。娜日丽赶紧警示他，执行任务期间不许擅自行动，钱加多有点儿不乐意了，直道："好吃好睡，干活儿不累，别光想着工作成不？"

"你就好吃好睡了，啥时候工作过？"娜日丽怼回去了。

"这不就在工作吗，要在家我怎么会起这么早？哎，娜姐，别太当真了，真要是个重要任务，怎么可能只派咱们俩。"钱加多道。

"千万别觉得自己不重要，上回保健品诈骗，不就是大杂院捅出来的？你打起精神来啊，我们的侦查直接决定后续的警力布置，重要不重要不是咱们说了算。现在恐怕没人知道哪儿是重点，都乱成一锅粥了，几个市都发现了诈骗团伙。"娜日丽道。

"成，听你的，咱俩你当家。"钱加多道。

"啊呸！"娜日丽听出这货话里有话，啐了口。不过看他时，他却美滋滋地在得意，那傻乐的样子让娜日丽莫名地脸红了。

他们沿着环城路西行，在这座城市的西北角找到了刚开发不久的二区。距离市区9公里，占地4平方公里，整个园区以化工、精纺、制衣等行业为主，一眼望去是密密匝匝的楼宇、工厂、车队。地图上不过一个小点，现实中几乎就是个迷宫，进园区未久，两个人连方向也找不着了。

"往北，北区……你们的位置和标示位置直线距离应该不到一百米。"步话里传来了宣冬青的指示，可两个人一瞅，这是堵墙啊。

"这儿根本没路啊，你以为我们开飞机呢。"钱加多嚷着。

步话里解释："新区建筑图未更新，不可能那么精准，我给你们标上点，你们找这个点。"

"快点儿快点儿，都快转晕了。"钱加多嚷着。

娜日丽循着导航又转了两圈，终于绕到了正门，她远远地停下，视线里是一处标着"金鑫电子商务有限公司"门牌的院子。大院子不止一个门牌，应该是几个大小公司合租了两亩场地，简易的围栏院子里，有公司的方队阵列正在接受训话。

任务就是监视，娜日丽打开车身自带的录像设备，将随身的录像设备轻轻地搁到了车窗前。这个位置较高，可以纵览全貌。那个整装列队的公司她估计就是了，可奇怪的不是那儿，而是她看到一辆标着“市场监督”字样的公车缓缓地停在院子门口。

车上下来三个人，一位穿市场监督制服，一位像税务人员，还有一位像是警察。此时钱加多也注意到了，直勾勾地盯着。那三个人径直踱步进了院子，刚还在训话的公司小老板点头哈腰地迎上去，把三位检查人员请到了公司里。

“咋了？”娜日丽见钱加多好久不吭声，都不习惯了。

“我咋觉得这几个人有点眼熟啊。”钱加多使劲想着，却是想不起来。

“联合检查呗，哪儿还不都一样？”娜日丽怔了下。

“不是检查不检查，那几个人……我怎么觉得我见过呢？”钱加多挠着脑袋，娜日丽质疑，钱加多反驳道：“做生意记人脸都是天生的本领，怎么可能记错呢？再说了，你看，这脖粗、腰粗、屁股大，肯定就不是本地品种啊，这地方的人天生个矮人瘦，我咋觉得是中州人？”

“胡扯不是。”娜日丽驳斥了句。

“啊，我想起来了。”钱加多尖叫一声，吓了娜日丽一跳。钱加多小声解释着，一个人是青狗手下，一年前斗十方带着他去见青狗时，就和这货在一起吃过烧烤。之所以这么记忆犹新，就是这货比他稍瘦一点，可吃得比他还多。

这故事把娜日丽听蒙了，前后相差十万八千里呢，总不能中州一个痞子，到了襄州这儿的案子上吧？还是一年后，还变成了公务员！

她愣了，迅速地把这三位不相干的人员体貌发回家里识别……

公司里，热茶已经放在三个公务员面前了，那个领头的自称是“吴科长”。这个公司的负责人姓马名礼，客套话还没开始，那吴科长就一副公事公办的模样，说：“别紧张，正常检查啊，公司登记注册，人证址查一遍相不相符。这位是开发区税务分局的，看看纳税登记做了没有，台账建了没有，正常申报了没有，很简单。这位是派出所的同志，看一下你的雇佣人员，也是人证相符。如有雇佣外来人员，得办个暂住证，现在办都不花多少钱，图省事，万一混进来个坏人，你们不嫌麻烦啊？”

“是、是、是，领导说得对。”马老板点头哈腰，软绵绵地给了个闭门羹，“可公司财务不在呀。这账目我也不清楚。”

“那法人呢？是你？”吴科长脸拉长了。

“不是，不是。”马老板赶紧摇头。

吴科长翻看着本子说：“注册法人叫马英，61岁，社会信用证代码××××××，财务负责人就是你的名字吧？马礼？营业执照呢？”

“这儿、这儿，领导您看，咱们……咱们借一步说话？”马老板心虚了，哀求着。

“别来这一套啊，想贿赂国家公职人员，这是犯罪的事。现在，把税务登记证拿出来，我们有权封存你的账目，清查盘点你的财务状况。”税务黑着脸说道。

马老板傻眼了，尴尬了。半天税务人员醒过神来了，好奇地问道：“马老板，你不会是根本没记账吧？”

嗯？点点头，又摇摇头，不知道是想表达是有还是没有。

“那肯定也没申报纳税是吧？”税务道。

嗯？点点头，没有。

“给他下个处罚通知。”民警气得说了句，颐指气使道，“把你的人员登记表拿过来，人证核实一下。我告诉你啊马老板，现在全国诈骗很严重，特别像你们这样不申报、不纳税的皮包公司，干几天就扯乎跑没影儿了，说不定就是骗子公司，快点。”

马老板回头看，门口等着的人露着脑袋，他使着眼色，那人蹑手蹑脚退了几步，迅速跑了。等人跑了马老板才慢吞吞地出去作势喊了几句，不一会儿回头面露难色道：“领导啊，人员花名册倒有，可这工作时间都出去跑业务了，这我咋给您叫回来啊？”

“那名单，身份证号都给我，你们公司多少人？”民警问，突然诈了句，“五百？”

“不、不，不到一百。”马老板道。

“那把不到一百的名单，快点拿出来。”民警催着，眼睛瞄着标着财务室的房间。马老板还在磨叽的当会，民警掏出东西，是个记录仪，他打开道：“你看好啊，马老板，全程录像，像你这个情况肯定要接受处罚，你要不配合了，我们换个地方说话。”

“配合、配合，咋不配合啊。等下，我拿钥匙。”马老板说着到车里拿钥匙，眼见着他上车，可不料这货一加油门，噌地开着车跑啦。那位民警急得奔出来追，大喊着“站住”，不但车没停下，院子里还在观望的不知道什么人，呼啦啦地全撒腿跑了。

又过了一会儿，那三个“公务员”从公司出来。车发动时，开车的“税务”脱了帽子兴奋问：“拿到了吗？”

“拿到了，就财务室那笔记本，还有这么多卡……现金还有好几千呢，一会儿分分。”市场监督这位摸着后座上一盒子卡，他看了看道，“还是信用卡。”

“卡没用，我们又不敢去取钱，东西兜好，一会儿给狗哥……哎，我去，这身皮是管用啊，这么多人吓得全跑了。”那个“民警”一脱警服，露出满臂文身。

后面那个激动道：“他们是骗子团伙，不跑咋的？”

“不会有事吧？我刚才说话心里都害怕。”开车的道。

“怕什么？咱们这是替天行道，取不义之财……再说又没监控，我就不信他们敢报警。”后座那人道，先偷偷地把要分的现金藏了一份。

三人扯着，车飞驰着，迅速驶上高速，可能跑得比那群“骗子”还要快。

“什么？骗子窝点被查了？查他们的公职人员也是假扮的？”

俞骏一听，差点儿从椅子上一头栽倒。越怕事越出事，想了一夜不知道会发生什么情节，却不料刚消停一下，就出大情况。他急得奔到宣冬青的电脑前问：“什么情况？”

“十几分钟前，X4组发回要求确认的信息，这三个人能辨认出一个有前科的，叫吴德林，中州人，有故意伤害和非法收债前科。您看……”

记录里，是三个穿制服的男人，穿市场监督管理制服的那人，和罪案信息库里的照片一比对，可不就是吴德林！

“不知道他们进去发生了什么，很快，里面几十个人就分散跑了，包括这位开车跑的，马礼，前传销参与人员。他们三人是最后走的，X4小组问如何处置，现在成空场了。”宣冬青道。

向小园愕然看着俞骏，消息来得如此突然，这可怎么处置？

“我们昨晚才知道这个点，这群地痞流氓怎么就搅场去了？”俞骏愕然想着，驻足看向向小园时，两个人不约而同地迸出来个名字：“沈燕！”

向小园急着道：“好几个点呢，沈燕不会用这种方式把骗子窝点全捅了吧？”

那可难办了，这群骗子看重的就是保密，不管市场监督还是税务，或者警察，只要穿制服的人一出现，那肯定是四散奔逃，没有比这更厉害的损招了。

俞骏大张着嘴，下不了这个判断，不过他想得更远，略一沉思道：“X4原地留守待命，不要靠近现场……向组跟我来，盯住随阳这个点，我们去市局借兵，他们来的人应该不会多，我们在半路摁。”

他带着向小园这个唯一的机动人员，两个人驱车直奔随阳市局……

此时，通往江离市的高速上奔驰着一辆贴着“市场监督”字样的车辆，车座后排的三人正头碰头看着视频教程，查注册人和地址、查纳税、查暂住证，恰把工商、税务以及警务三职全部涵盖。那仨刚从高铁上下来，愣怔怔地乱眨巴眼，心里肯定在打小九九了。

左边的说了：“狗哥，这好像叫啥罪来着？冒充国家公职人员罪？”

边上那位牢骚：“狗哥，消停点吧，现在扫黑除恶，雷子连几年前打个架的事都揪着不放，这你去冒充人家，他们逮到得整死咱们呢。”

副驾上的青狗回头睥睨后座这一对半歪瓜裂枣，严肃道：“第一，这是个骗子窝，进去不打不骂，把该说的说一遍就行。第二，标着财务室的地方，把电脑、银行卡、身份证之类的收走，拿不走的台式机拆了硬盘拿回来。第三，如果他们走，咱们动手，如果他们动手，咱们就走。说白了，这就是商业竞争，骗子间的商业竞争，咱们就是帮个忙，很难吗？”

教唆的精髓在于大事说小，小事说了，千万别让他们保持清醒的头脑。青狗对此非常清楚，他是想了很久才想出“商业竞争”这个说辞的。

“倒是不难，可毕竟拿人家东西啊。”左边的道。

中间左右看看，出声问：“这事重不？是不是逮着得拘留呀？也不一定，要是骗子窝，他们指定不敢报警。”

“可是万一报了呢？咱们屁股都不干净，进去都是累犯。”右边的道。

对自己手下这拨人，青狗最懂用什么激励，他头也不回道：“甭废话，一人一万，不干滚蛋。反正都迟早得进去，好不容易在外面待些日子还得受穷？”

这话对路，后面的一对半被刺激到了，你看我，我看你，就一个字：“干！”

“看准了啊，东宝信息产业工业园区，里头西北角有家……名称暂时不知道，你们进去瞅瞅，就是做传销的那帮货，知道怎么找吗？”青狗问。

左边道：“穿西装，打领带，走路酷炫拽。”

中间道：“看脸就知道，绝对没有底层苦穷逼表情，个个跟打了鸡血一样。”

右边的也抢答了：“我干过，进去一喊‘兄弟姐妹们’，然后他们都看你，那就是了。”

看来经验丰富，这倒不用多交代了，驶到高速路口青狗下车，那三位换上“制服”，直驱目标。

四十分钟后，随阳的指挥部接到了X2小组的汇报，这个刚要求监视的目标点炸窝了，原因是市场监督、税务和公安联合检查。坐在电脑前的宣冬青暗叫一声苦也，这一次连监视警员也没有发现“公务员”是假的。让他难堪的是，根本没有机会，也没有可能阻止这场“骗吃骗”的闹剧。

也在这个时间，去信息产业园区的“执法”车辆已经返回高速口了，接上了狗哥，坐进去的青狗发现车里的三人兴奋异常，两台笔记本、一堆银行卡、一摞账本，甚至还顺手牵羊把那团伙的烟酒也顺了不少。一次成功尝试把这群文盲加法盲刺激得信心暴涨，一听狗哥说还有一家可以折腾，纷纷拍着还没脱制服的胸脯表态：“狗哥，别找其他人了，还有几家？我们全干了！”

一叶知秋，我心彷徨

斗十方和宋朝一行是9时到达荆随高速武村服务区的，作为团伙的成员，他们基本和曾经当警员的规格差不多，是不可能知道上峰的布置的，服从命令是基本要求。不过斗十方知道早上宋朝接了个电话，叫上他就上路了，而毛二和王自光被留置在民宿区养伤。主要是毛二，伤倒不重，就是脸肿得羞于见人。

9时40分，接到了第一辆车，一包东西给了宋朝，那车就走了。

10时20分，接到第二辆车，又一包东西给了宋朝，那车就走了。东西很多，除了看不见里面的包，还能看见的有一大摞账本。

隔了不到一个小时，又接到了一辆车，这辆标着“市场监督”的公车让斗十方皱眉了。这辆车明显是假的，主要车上坐的人太不和谐，是青狗的那几个小兄弟，也是提了一大包东西，给宋朝扔到了车后厢，然后呼啸而去。

如果你无法站在统揽全局的角度，那就无从知道一件事的前因后果，比如今天的事就让人一头雾水，斗十方在服务区沿着花圃转悠了好久都没想出头绪来。

沈燕能把青狗这帮人招来好解释，这伙烂人给钱就来。可这些烂人斗十方清楚，吃喝嫖赌打架闹事很专业，可在像沈燕这样职业犯罪的眼里，恐怕他们也是人渣。用这些人不一定能成事，但十成十可能坏事，而且还可能后患无穷。

所以，把他们招来干什么？

斗十方从这里的专业想到在做的事，从在做的事又想到其中的关联，从人员的关联又想到地点之间的关联。在似有所得的时候，宋朝的喊声把他惊醒了。

宋朝是叫他吃饭，不知不觉已经中午了，斗十方从服务区买了两份盒饭，回到车上，食不知味地吃了两嘴。宋朝吃着问：“你一定很好奇这是干什么。”

“问你，你也不知道，你和我一样好奇。”斗十方怼了句。

宋朝哈哈一笑，直称赞道：“我就喜欢你这不饶人的劲儿。”

“你还喜欢我什么？我一定改。”斗十方笑道，并不那么客气。

“还真没喜欢的了，就你这脾气如果还在警察队伍里混，我保证你过了40岁还是原地踏步。”宋朝道。

这下斗十方有兴趣了，好奇地问：“那以我这脾气在团伙里混，你说到时候会不会结果相反？”

“不，只会更惨。不管是在团伙还是不在团伙，作为领导或者主谋，都不会喜欢太聪明的人。”宋朝道。

“我活得好好的，让你一说，还成生不如死了。”斗十方道。

宋朝撇嘴道：“你不行，你只有小聪明，没有大智慧。”

“往根上讲，骗子无非就是靠点儿小聪明求活，要大智慧干什么？大家只求活得像个人而已，没听说谁的理想是活得像个圣人，干吗非得有大智慧？”斗十方反驳道。

这句听得宋朝一怔，点了点头，又点了点筷子道：“有道理，俱‘为稻粱谋’算是一种生活态度。那你就不应该鄙视我啊！我无非也是为了生存嘛。”

“你怎么会觉得我鄙视你？”斗十方严肃地问。

宋朝眼里一喜，反问：“没有吗？”

“不，有的，我藏得很深啊，你怎么可能发现。”斗十方哈哈一笑，把宋朝憋了个大红脸，无语地朝斗十方竖竖中指。

两个人看来都是无心吃饭，而且都不约而同地朝车后看了几眼，最终还是斗十方提议：“出于对老板负责的态度，我觉得还是应该看看。”

“你这话肯定不是真心，但我表示支持。”宋朝道。

两个人又是不约而同地放下盒饭，一左一右下车，打开车后厢，拉开了蛇皮袋子，那些被神秘送来的东西就出现在眼前了：笔记本电脑几部、硬盘两块、银行卡无数、身份证无数，还有账本，斗十方翻了几页，惊叫了一声：“这是把传销窝抢了？”

账本递给了宋朝，那是个正常的账本，标着鸳鸯鞋底多少副、手工织篮多少个、本命年编织腰带多少条等。其实出货单就是个人业绩统计，换了一种说法而已，突兀出现的这么多东西让宋朝皱眉了。他可能在奇怪沈老板怎么还隐藏了这么大实力，分分钟把最难搞的传销团伙给打穿了。

这就是战果啊，卡、身份证、电脑都给抢了，这要放警察手里，基本证据确凿，可以照单抓人了。

“青狗是个中州的老痞子，手下曾经有几十个兄弟，这两年严打，他出来得迟，侥幸逃过了，这一次怕是得多蹲几年了。”斗十方评价道。

“什么意思？”宋朝愣了下。

“你老眼昏花了呀？他们开的是市场监督的车，肯定是扮公务员去抄场子，这跟穿上警服抓赌是一样的，人一吓跑，场子里的钱就归他们了。”斗十方道。

“哦哟……这个沈燕啊。”宋朝咧嘴叹了句，像是并不认可这种法子。

“还有更厉害的，武村服务区是通往荆汉、江离、随阳、襄州的必经之路，他们要失了手，万一被查回来，可能我们这两张脸就得进嫌疑人识别名单了。”斗十方道。

其意似乎在离间，宋朝斜眼觑了斗十方一眼道：“作为马仔得有马仔的自觉，老大出行你拎包、老大犯事你放哨、老大出事……咱扛包，难道有错吗？”

“也对……但你想过没有，我们的存在可能就是为了扛包。沈老板做事的目的性很强，而且不择手段，从这事就看得出，青狗要被她送上死路了。”斗十方道。

宋朝眯着眼，似笑非笑问：“你不会劝我这个下水的再反水吧？”

“不，我会劝你忠心耿耿，将来死都不知道怎么死的。”斗十方笑道。宋朝下意识地把手伸向了腰后，像是被刺激到了，不过斗十方笑吟吟的，又让他的手僵住了，两个人目光如刀如剑地对视着。片刻后，宋朝狠狠地剜了他一眼，嘭一声关上了车后门。径直上车去了。

斗十方像是不想面对他了，自顾自踱进了服务区。他转悠着，一眨眼工夫钻到了卫生间，低头看谁在方便，冷不丁嘭地拉开一扇门，挤进去了。在里面蹲坑的一位旅客吓得目瞪口呆，斗十方直接抽出一摞钱递给他，脉脉深情地问：“卖吗？”

那男子一愣赶紧提着裤子说道：“大哥，我不卖……再说这地方人多，也不方便干这事啊。”

“卖手机吗？手机归我，你拿着钱马上消失，不许在服务区停留。”斗十方说着，又加了一小摞钱。原来他脉脉含情的焦点是男子的手机。

足足上万块，那男子看着自己手中的破手机，直接递给斗十方说：“密码2134××，我支付宝和微信只有二百块，你真要？”

斗十方认真点点头，拿住过手机，那人一把抓走斗十方手里的钱，提着裤子就跑，急得屁股都没擦。斗十方顾不上污秽，坐到了坑位上，小心翼翼地看看无人注意，然后再一掏口袋，将刚才故意激怒宋朝的战果拿了出来，是顺手偷的手机和一大摞身份证。他将这些东西往地上一排，手机咔嚓咔嚓拍着照，然后拨出号码。

于是随阳专案组驻地，那部专门联系零号的号码，第一次响了……

隐蔽在高速出口超载超限检查站小房间里的俞骏，手机嗡嗡地在兜里震动，他目光看着窗外，随手拿起来接听，然后不可抑制地惊讶道：“什么？直接通话？”

“对，零号来电，和我们判断一致，是沈燕调的人抄了传销窝点，所有抄到的东西都集中放在武村高速服务区。已经见过三拨了，最后一拨见到了席青山——绰号‘青狗’的嫌疑人，所劫物品是笔记本电脑、银行卡、身份证等。他拍了几张照片，我正在查关联号码。”宣冬青汇报道。

“好的，发过来我看看，还有什么？”俞骏小声问。

“还有，零号汇报，沈燕的动向很诡异，不好判断，但他认为这次骗局的操盘可能出乎意料，要割的韭菜可能不在传销上。”宣冬青道。

“这个我想过，有可能在保险上。这情况你跟他说了吗？他怎么说？”俞骏问。

“他说你如果这样判断，肯定就是错的。”宣冬青道。

俞骏一皱眉问：“理由呢？”

“旁观者迷，当局者清。所有骗局你不可能站在局外看到局中人的目的。而且他发现，青狗一伙儿抢回来的卡，全部是信用卡。他说有可能从现在开始，他将成为沈燕的弃子，很难再接触到她。有可能此次亮招之后，就成了两个骗子团伙上层之间的较量或者妥协，而在他的位置，就接触不到了。”宣冬青道。

沉吟了片刻，俞骏道：“好，我知道了。”

电话挂了好一会儿后，俞骏觉得右边发热，一侧头差点儿撞上一直贴近听着通话的向小园。向小园有点儿尴尬，那句道歉还没说出来，俞骏就直接问道：“你觉得呢？”

“我相信他的直觉。”向小园道。

“我也相信，可我想不明白真相是什么啊。几座城市来回蹿，别说追踪了，研判都跟不上……来了，这群人不知死活，你都想象不到他们胆子能大到什么程度。”俞骏说着，一辆市场监督的车已经开下了高速，出高速不远，有一男子下车，那车继续前行。

谈话中断，俞骏在步话里指挥着，几个便衣悄悄靠近蹲在路边抽烟的男子，冷不丁地几个人扑上去，直接摁住，蒙着脑袋塞进路边的车里。

“走，会会去。”俞骏奔着出了临时房子，带着向小园登上了伪装厢车，车里的人露出脑袋，赫然是赫赫有名的狗哥，他愣愣地问：“哪条道上的兄弟？”

“还有姐妹呢。”俞骏笑着示意了向小园。

不过向小园的夏制警服把青狗吓了一跳，他瞪着眼看了半天，然后知趣地闭上嘴，开始装死猪了。

“青狗啊，我真不需要你配合，用不了多大一会儿，你那几个兄弟带着抢来的东西就回来了。敢不敢跟我打赌，他们要像你这样一声不吭，好，我没证据，拿你没治。但他们要是全交代，是你指挥而且策划的，那这冒充国家公职人员、抢劫、诈骗、非法改装仿制国家公务车辆，哎哟哟哟，这罪名得几条啊！”俞骏悠悠道。

别听这话软绵绵的，可比威胁以及恐吓都管用，青狗的脸苦了，难为地吧唧着嘴。

“说吧，啥时候接到的电话邀请，我们已经查到你乘的高铁班次。”俞骏道。

“昨天半夜。”青狗道。

“谁呀？”俞骏问。

“不认识。”青狗道。

“还能不能好好说话了？第二个问题就说‘不’字？”俞骏问。

“不是、不是，真不认识。有个狠娘儿们，我真不知道她叫啥，给钱可大方了，她叫我办点儿事，我就来了。这真不是我主谋什么的，我哪想得出这主意来。不过这主意真好，那拨龟孙吓得屁滚尿流了。哎，对了，政府领导，那帮人都是搞传销的，骗子窝点啊，你们赶紧去抓他们，别又被我兄弟吓跑了。”青狗道。

这货的混蛋逻辑听得车上的警察哭笑不得，俞骏笑道：“哎哟，把你累得，还替我们执法，可教我怎么谢你呢。这样，来龙去脉详细说说，我看能不能找点儿从轻发落的情节。别隐瞒啊，你那哥儿几个可快回来了。”

“哎，不隐瞒……是这样，我刚开始也觉得这事有点儿危险，可那狠娘儿们答应给二十万，我这不就接了……没想到这么容易啊……”青狗逻辑虽然混乱，但啰啰唆唆把情况交代了个七七八八，快要说完的时候，追踪示警响了。

询问暂停，那三个劫掠归来的正在车上乐呵着，冷不丁地被几辆车堵住前后路，荷枪实弹的警察从天而降。他的一个个乖乖举着手被铐上了铐子，仨人的“公务员”制服还没脱呢，干脆就来了个现场指认。车里东西一划拉，电脑、银行卡、身份证，再加上顺手牵羊劫了一堆现金。事情果如俞骏预料，车下审问几句，那三人就把狗哥给卖了，车上的狗哥听到了，生怕自己被定成主谋，一个劲儿地交代别人的事。

“嗯？！”

一辆行进的车里，妮可整理视频时，无意看到几处定位，她奇怪地“嗯？”了声，然后迅速在键盘上运指如飞。确认之后，她稍显疑惑地说：“沈姐，随阳这儿可能有点儿问题。”

“直说。”后厢里沈燕道。

“那几个人似乎又折回去了。”妮可道。

沈燕的脸从两座中间凑过来，看着屏幕上显示的信号追踪，妮可不断放大实时地图，信号是沿高速向随阳市区折回。理论上青狗得手后应该迅速上高速，把东西交到服务区等待的宋朝手里，这一变故让她警觉了。

“等等，再等等。”沈燕说着，两个人盯着信号的路线，妮可甚至还远程打开了青狗所持的手机。视频是一片黑暗，音频倒是有，隐约可辨是汽车引擎的声音，这明显还是在车上。又等了不多会儿，信号点终于停了，妮可放大的电子地图，查询的结果让她张口结舌了：随阳市交警一大队。

“坏了，不是车被扣了吧？”沈燕脱口道，车牌和车都是假的这问题倒不算大，要是查到那几位公务员也是假的，可就真坏了。

“怎么办？要不打电话问问？”妮可征询道。

沉吟了两秒钟，沈燕做了个决定，拿着后座一部手机直接扔出了窗外，一屁股坐下道：“切断和青狗这几个人的所有联系，通知咱们的人，走。”

“好嘞。”妮可说着，解除了追踪。这辆停在高速路上临时停车点的商务车即时发动，加速驶离了。

同一时间，截停的车辆和滞留的人员正被带进随阳专案组驻地，不像平时那么大阵势，而是悄无声息地进去的。人进滞留间，车进仓库。戴着白手套手持仪器的宣冬青和络卿相根据要求，一人小心翼翼地取走这些人身上的电子设备，全程密封，一人拿着仪器对整车进行扫描。

很快，在车尾厢的地方发现了信号源，立即拆解；就地对缴获电子设备的分析也发现了黑客软件，两个人快速做完这一切，才切断了信号。

门打开时，俞骏和向小园已经等在外面了，俞骏出声道：“直接说。”

“车辆和席青山的手机都有追踪，不过已经切断了。”宣冬青道。

“也就是说，已经惊动了？”向小园抱着万一之想，期待地问。

宣冬青和络卿相点点头。向小园有点遗憾地看向俞骏，轻声道：“不幸言中啊，肯定惊动沈燕了。”

“惊动沈燕问题不大，她就是来搅事的，就怕事不大呢……要不，反正他们在以假乱真，要不咱们也来个以真乱假，浑水摸鱼？”俞骏心思飞快地转悠着，几人听蒙了，没明白，俞骏眼睛一亮解释道：“对，逆风这个团伙也处处使用监控录像设备，那他在幕后也会很快发现是沈燕在捣鬼，而不是真的警察。那咱们乘虚插上一手，真真假假的我就不信他能分清，正好咱们趁这机会也可以摸摸这个连锁传销的底子。”

他解释着，看着向小园，向小园都没考虑就点头了。俞骏好奇道：“我以为你会劝我三思的。”

“劝什么劝，我都快憋死了。”向小园道。

说干就干，这一队借来的便衣警力马不停蹄地直奔随阳轻工业园区。冲在前面的现在是网警了，一个负责断电，一个负责掐网，不得不说这个诈骗团伙的警觉性相当高。那三个假税务、假市场监督以及假警察的出现，把这群人吓得跑得一个不剩，正好方便对人去楼空的神星电子商务公司进行一次彻底搜查。

很快，他们发现了七处可通过IP远程连接的摄像头。培训文本、资料、名单搜出来排在地上的快有半屋子了。在移除远程摄像头，重新通电检索遗留的两台台式电脑时，楼外出事了。守着门口的两个人眼睛一直，吓了一跳，那些吓跑的人不知道怎么又回来了，个个气势汹汹而来，那便衣怒喝一声：“站住！”

“假税务、假警察来吓唬老子，兄弟们上！”当头一位一挥臂，他身边的人哗地就夺门而入，直接把两位便衣给淹没了。屋里已经听到动静的便衣愣了下，然后下意识地往一块儿聚。冲进来的看到情景来了个急刹车，面前那些便衣高举着武器，咔咔开保险的声音格外吓人，这可是实实在在的枪哪。

“咋啦，咋啦，咋没动静啦！都没吃饱是吧？上头都说了那些是假警察，一群尿货吓得跟孙子一样，跑得比兔子还快。”当头的那人听着动静不大，骂咧咧地进来了，一进门眼一直，吓呆在原地。自己手下全老老实实地蹲在地上，手抱头，好几支枪指着他呢。

他下意识地扭头就跑，嗖地一个凳子飞来，嘭地直砸在腰上，这哥们儿哎哟了一声，向外跌了个狗吃屎，被上来的两位便衣给拧住了。

扔凳子的是俞骏，他拍着手从楼梯上下来，和这个被抓的来了个脸对脸近距离观察，然后摸着对方的口袋，搜出了手机。那人紧张道：“你们……你们到底是谁？我犯什么事了？”

“你说话带着颤音，明显紧张过度，先冷静一下……看好啊，我们都是真警察。刚刚抓了几个冒充警察的骗子，据他们交代，这里是个骗子窝点，在场的都是骗子。”俞骏持着证件道。

“不可能，我们这里是正规的电子商务公司。”被抓的那人解释道。

“那就不对了，你说你一正规的公司，怎么可能被几个假市场监督、假税务三两句就诈跑了呢？还有什么让他们解释一下。”俞骏道，里屋的宣冬青说：“他们注册了32家公司，纸质营业执照都在这儿，还有22台POS机，关联地址和账户全部不是这儿，目前流水有两千多万，不完全统计。”

这一说，被抓的脸色泛苦，气势全无了，俞骏道：“兄弟，这事你不能怨警察啊，你被同行黑吃黑了，我对你非常同情，来来，咱们上楼聊聊。”

这人被带上楼了，其实他是被最早关注到的涉案人员，也荣幸地成为本案最早落网的涉嫌诈骗人员，也是赵成功和刘小旦的上级、随阳这里的负责人——来晋虎。

这一次出警的警员见识到一位与众不同的警察，俞骏一会儿安排着络卿相通过来晋虎的手机发信息，一会儿又让来晋虎在微信里说话，安抚跑散的队伍。很快戏剧性的一幕出现了，这里被惊散的团伙居然三三两两回来报到了。这可是实实在在的自投罗网，有一个算一个，全给关到神星电子商务公司的仓库，开始点名了。

盲人摸象，隔空较量

襄州窝点负责人马礼开车溜走后，直接去找的是王社会，话说他这会儿可是结结实实吓出了一身冷汗。他跑到王社会租住的城边村民宅时，王社会已经在门口等他了。这货擦着汗，像被狗撵一样往屋里跑，关上门直喘大气。

王社会有点不信，问道：“至于吗，你怎么胆小成这样？”

“法人马英是我堂姐，那一查身份证就露馅儿。”马礼紧张道。

“为啥？瞎编个理由不就行了？”王社会道。

“我姐早死了两年了，瞎糊弄办个证还行，真查经不住。”马礼道。

王社会又气又好笑，斥道：“你找个啥身份证不行，非找个死人的。到底咋回事？”

“我说不清啊。工商、税务、公安一起来了，现在工商不是叫市场监督嘛，进来二话不说要查证件，要查账、要查税务登记。你又不是不知道，咱们啥都没有，就等着割拨韭菜呢，哪经得起查呀？也是奇了怪了，一般都没人查啊，园区上千家企业呢。”马礼拍着大腿，痛不欲生，这可是快煮熟的鸭子……不，快长成的韭菜，全黄了。

“上来，雕哥在，一起合计合计，这地儿没人知道。”王社会拽着他进屋。

马礼好奇地问：“雕哥什么时候来的？他不是在江离吗？”

“昨晚来的。”王社会顺口道。

两个人上楼进屋，傻雕早已起床了，估计是被吓起来的，正在一支接一支抽烟。他边抽边咳，两个人站了半晌只待咳声稍停，想汇报时，傻雕一摆手制止了，他说：“等等，不要急，不要慌，吃了干饭喝口汤，可别自己把自己噎死。”

“我倒不急，可公司里咱们那些乱七八糟的东西可都没来得及收拾啊，太突然了。”马礼道。

“再突然也不能急，等等，等等……”傻雕神经质般地重复着“等等”，他再镇定也看得出是装的。当骗子的没人不怕雷子，人被抓起来大家倒是也不介意，但介意的是，万一钱还没到手，人就被抓了，那就郁闷了。

说着“等等”时，手机响了，傻雕神经质地拿起来。看着有人发过来的视频，王社会和马礼凑上来。马礼一看被吓得一哆嗦，刚刚他在公司经历的事，可不知道咋地重现在傻雕的手机上，傻雕无所谓地说了句：“上头总得想点保护投资的方法，事前没告诉你们。不过老马你可真够呛啊，你们团队里的女员工，差不多快被你睡遍了，数你们这一组业绩差。”

这可真抵赖不了，马礼挠着腮帮子解释道：“雕哥，她们也饥渴啊，你情我愿不是个事啊。”

“没说是个事啊，是这几个人？”傻雕播着视频，那位吴领导在张牙舞爪地训话，马礼点头道：“对对，就是他们，这他妈穿制服的都这鸟样，惹不起啊。”

“别人干这生意靠眼尖，你靠的是眼瞎啊，这口音就不太对。”傻雕刚挑了个毛病，接下来的视频把三人看傻眼了。那三个“公务员”一等人走，便在公司里翻箱倒柜，电脑拔了线往包里一扔，抽屉里的银行卡往包里一倒，铁皮的办公文件柜没钥匙直接用家伙一砸，连里头放的几条烟也不放过，三人洗劫得干脆利落，一看就不是公务员。

“唉……”傻雕看完了，气得肝火上升，无语地看向马礼和王社会。

对方可才三个人，最郁闷的就是这种阴沟里翻船，偏偏还是条传说中最能扛造的传销贼船，这比被人揭破男女糗事还让马礼脸红。他张口结舌，半天无语，差点儿要当场狂喷一口老血了。

丁零零……电话又响了，傻雕一接听，里面就传来急促的声音：“雕雕雕雕——”

“别叫雕哥了，咋啦？”王雕怒道。是包神星，他心里不祥的预感升起，急速问道：“是不是碰上税务和警察联合检查了？”

“啊？我去，雕哥你神了，这你都知道？”包神星夸张地拍马屁。

王雕气得已经说不上话来了，电话里包神星急急地道：“来了仨查证的，这一查准保露馅儿啊。法人登记的是我，我可屁都不知道啊，这会不会先抓我呢？”

“不会，没事，假的。”王雕道。

“不可能，你又骗我往坑里跳，怎么可能是假的？咱们是假的好不好。”包神星道。

“咱们是假的，他们也是假的。”王雕解释着。

“不可能，你逗我呢？咱们是假的是为了骗点钱，他们是假的是为啥，吃饱了撑的逗咱们玩？”包神星的逻辑居然非常无懈可击。

跟这货拎不清，傻雕说：“这个随后再说，你回去看看，要抓那么大个窝点，只去三个人？”

“一个人就够了，知道咱们是假的那还有跑？”包神星道。

“别跟我废话，滚回去，没事。”傻雕怒了。

“你吓唬我也没用，我和周扒皮早快到襄州了。我跟你讲啊雕哥，法人可是你让我登记的，要抓了我，我得先卖了你。”包神星听音是急眼了。

这没治了，傻雕把手机递给王社会了，让把那俩憨货带过来，省得乱闯坏事。

这头联系罢，王社会指示着方向，刚接到仓皇从随阳跑出来的包神星和周鹏，那头就又有消息来了。江离也出事了，几乎是相同的事，去的人、情节、过程像克隆的一样。这个损招恰恰击中了团伙的软肋，结果都是领头的一哄而散，扔下摊子，顾头不顾腚地跑了。

不得不说现代高科技还是管用的，最起码监控还原真相的速度足够快。坐下来刚歇口气的包神星和周鹏看得到现场也和马礼描述的如出一辙。这简直是强盗被劫，那种愤懑和羞辱简直难以用语言形容，千言万语化成一句糟心的话，包神星拍着大腿道：“哎哟哟，咱们可把骗子的脸给丢尽了啊，好几十人全给吓跑了。”

“现在咋办？”王社会问刚接完电话的王雕。这趟组局，雕哥是引路人，很多智计自他而出。光凭有远程监控这一手，就足够让这群只会凭嘴忽悠的家伙马首是瞻了。

王雕略一思忖道：“上头让回去看看，走。”

“啊？现在回去？”马礼吓了一跳。

“你走没人拦你啊，不过这月分红就别想了，钱可都在上头手里分配。”王雕轻飘飘一句，直接把马礼打蔫了。

几个人挤到马礼的车上，加速往襄州市东宝信息产业园老窝疾驰，不一会儿便到了地方，沿途一直安静，并没有想象中警车追着或者公司被警车围着的情况。一个多小时前离开的公司就那么大开着门，一个人也没有，几个人远处看了看没啥情况，这才试探地往里走。

除了电脑被拿走两台、银行卡被扫了一抽屉，还有马礼的个人物品丢了一堆，其他损失倒没有。马礼望着一地狼藉，气不自胜地跌坐到沙发上。

这时，周鹏的手机响了，是微信的提示，他看了一眼道：“老虎发信息了。”

“说什么？”王雕问。

“他说没事，让大家都回去。”周鹏道。

王雕没吱声，掏出了手机，直接拨了来晋虎的电话。一接通，他便出声问道：“喂，老虎，我，傻雕，你们那儿啥情况？”

“被几个孙子给骗了，一个一个跑得比兔子还快。”来晋虎道。

“损失大不大？”傻雕问。

“倒不大，丢了一堆卡，还有几千块钱，上头说是假的，我还没整明白。”来晋虎道。

“嗯，没事，竞争对手……那个，上头说你那边看不到影像，网也联不上了，是怎么回事？”傻雕问。

“停电了呗，轻工业园区这鬼地方，一个月能把路扒开三回，又把哪根线刨断了。我的人回来得差不多了，憨炮和周扒皮不知道跑哪儿了。”来晋虎道。

“别管他们，没事就好。”

“接下来咋办呢？这给搞得人心惶惶的。”

“虚惊一场，总比出事强吧？等等，很快就有结果了。”

挂了电话，王雕坐下来催着马礼，别郁闷了，快把人都招回来，队伍组织不易，可不能就这么散了。这倒也不难办，马礼开始拨电话一个一个联系，开始召回队伍了。

骗子在千变万化，反骗也在千变万化。

来晋虎挂断了电话，而随阳神星电子商务公司的来晋虎还戴着铐子坐在椅子上呢，他根本没有说话，而是目瞪口呆地看着面前一位警察操作着怪模怪样的设备，不知道怎么用他的声音和王雕对话。

操作者是位腼腆的男子，挂了电话向他微笑示意，一旁侧立踱步的俞骏拍拍来晋虎的肩膀问：“别犯傻了，电信诈骗出来这么久了，我们还不能电信反诈呀？这是把你说话的声调、声线、口音用电脑合成出来。恭喜你啊，你荣幸地成为这项警用技术的首位试验者。”

这份荣幸让来晋虎有点儿哭笑不得，更紧张的是，他已经发现警察知道的比他想象的多，这时候就得慎言了。偏偏询问他的这位，那病恹恹的眼睛像有透视功能一样，总能看穿他的心思。这不，稍一犹豫，这位警察又提醒道："我知道你在揣摩我们知道多少，这个我真不能给你解释，怕吓住你……你这个团伙真没什么秘密，赵成功、刘小旦在我们这儿已经待了有些日子了。别说名字，我连你们的绰号都能叫上来。"

"我……我知道您是要问上头，可上头我真不知道是谁，他不可能告诉我们真名啊。"来晋虎道。

俞骏笑了笑，突然说道："管大军，绰号管毛，再往前你们上线是张光达，在监狱里蹲着。忘了告诉你，上次长安办的那起案子，你们在银夏市，也算涉案，跟我绕圈子好玩吗？"

来晋虎可没想到这出，他张着嘴瞪着眼，这还没较量个来回呢，人家已经都知道了，这可咋抵赖？

"问你个细节，你这儿知道得最快，而且接到消息回来得最快，那你知道原因是什么吗？"俞骏问。

这个并不神秘，来晋虎道："公司里有几处监控，是上头派人统一来装的，我们这儿的一举一动上面都知道。这和我们以前同村、同乡互相监视差不多，就是防着出事。"

"诚实，应该奖励。那谁通知你的呢？"俞骏问。

"我手机里……尾号9768那个手机号。"来晋虎道。

"认识吗？作为领导你的手机号，知道的人不会多啊。"俞骏问。

"金瘸子。"来晋虎说道，这一句听得俞骏和宣冬青竖起耳朵来了，就听他道："管毛说这是老大的电话，万一有事会直接给我们消息。他告诉我，那几个'公务员'在公司乱搜东西，肯定是假的，我就回来了，我都差点儿上高速走人了。"

"金瘸子？见过本人吗？"俞骏问。

"没有。"来晋虎道。

又问几句不相干的话，俞骏示意宣冬青，宣冬青在电脑里排了几组信息让俞骏看。这个尾号9768的手机号在近几个小时里频繁联系包括傻雕、来晋虎，以及已掌握和未掌握的人，电话信息都被锁定以及标注了。

俞骏示意继续和嫌疑人谈话，他悄悄掩上门出去了。下楼时，向小园正往上走，俞骏道："到院外说。"

"院外也不方便了，随阳市局听闻这么大个团伙，已经派来两队警力。纸里包不住火啊，断电、断网瞒不了多久。"向小园追着他汇报着。

两个人一出门，已经有几辆警车驶来，俞骏头大了。这里头真要漏一个两个，怕是得走漏风声，他带着向小园走远了点儿道："刚刚来晋虎交代，电话通知他回来的是金瘸子。冬青查到，这个号码在近几个小时里拨号不断，可能现在除了随阳这个点，其他的都稳住了。"

"是我们在追的八大骗吗？"向小园一下没捋清。

"即便不是，也是知晓内情的人，定位他没什么难度，他目前还蒙在鼓里。我在想，既然做了，咱们能不能把战果最大化。"俞骏道，因为"逆风"这个让警方一直投鼠忌器的存在，大家都憋得足够久了。

"这个……我们都当不了家，我是给你汇报个新情况。搜查发现，来晋虎这个公司还藏了一百多张信用卡，您看。"向小园拿着表格，是刚捋出来的，密密麻麻的卡号，几张照片，背面还贴着数字，看到这儿俞骏眉头一皱问："还有密码？这是……"

"一部分是公司员工办的，一部分是用下线的名字办的，金额三到五万不等。刚刚询问得知，卡由公司代持，是作为下线加入购买公司订单的钱，这是个新的模式。我们一直纠结传销组织针对底层割不到多少韭菜，现在他们已经成功解决了——信用卡。"向小园道。

"也就是说，账面上那是表象，其实他们已经从信用卡里刷走了钱，进入不同的账户？"俞骏问。

向小园点头，兴奋里带着紧张："对，全部是空卡，每个月以刷卡消费的形式还卡，就像市面上代还信用卡一样，给你还一万再刷出来，只需要100元不到的手续费，这其中银行要收取60元左右。"

"60比10 000，每月损耗60元就可以把10 000元的资金沉淀在资金池里？"俞骏道。

"对。不管什么时候砸盘，不管什么时候抓人，都找不到钱。他们可以以千分之六的损耗不断扩大资金池。"向小园道。

说着，俞骏脸僵了，半天才回过神来，喃喃道："我的天呐，这是……要割银行的韭菜？那银行难道一点儿察觉也没有？"

"有公司担保，只要没前科，特别是其中还有大学刚毕业的，申领一张透支卡难度并不大。而且像这种'养卡'的方式，甚至可以自动提高额度。不过他们肯定做了手脚，信用卡发行都集中在几家地方商业银行。"向小园道。

"坏啦……坏啦……又来不及了。"俞骏端掉这个窝点的兴奋已经被巨大的惊恐替代了。如果随阳、襄州、江离几地都是这么个玩法，那幕后操盘的肯定已经洗劫了足够量的资金。这要打草惊蛇，恐怕又要留下一地狼藉。

"马上向谢副厅汇报，这里的情况知会周修文他们。外围都玩得这么巧妙，那万博保险核心恐怕玩得更吓人……沈燕还在搅局，万一两头起火，不管是吓跑了金瘸子还是逆风，我们又得功亏一篑了。"俞骏道，他急急地奔上楼，要重新审问来晋虎了。

向小园拨着谢副厅的电话，没料到是关机状态。这下她可心急了，赶紧找周修文，没想到得到一个让她稍稍放心的消息：谢副厅在航班上，很快就在省城落地，这个案子隐隐透出来的狰狞已经让两地省厅不得不联合应对了……

道长魔消，魔消道长

航班提示到站的声音刚响，周修文就伸长脖子等在接机口。过了不久看到谢副厅一行数人出站时，他迎了上去，伸手帮提行李，不过被谢副厅拒绝了。谢副厅直接握了握他的手，说了一句场面、客套，可听起来很暖心的话："辛苦了。"

"就怕苦劳兑不成功劳啊，我的脑袋都快被这群骗子搅糊了。"周修文道。

"走，车上说。这是总局的几位，你们应该认识吧。"谢副厅道。

他们是周修文的几位同事，相互打了个招呼，匆匆出站上车，驾车的是一位外勤。周修文第一时间把几封整理好的纸质报告给了几位，是刚刚打印的，后面还有未来得及整理的信息，都是实时收到的，哗哗的翻页声音响了几十秒钟，几人扫完。总局的一位皱着眉头道：“突袭随阳窝点，会不会惊动他们啊？”

“这个俞骏呀，向来是胆大妄为。”谢副厅拍着报告，其他人听不出评价的褒贬。

“好坏参半，你们在飞行途中俞主任提供了一个新的想法，看最后一页。”周修文道，众人翻到了最后一页，周修文解释道：“他们给出的这个研判，我觉得非常有可能。传销割韭菜的方式已经被发挥到极致了，如果想做短平快的诈骗，那就必须有针对性地选择高净值诈骗目标，似乎这个方式……是行得通的。”

“哦哟，这单玩大了。”有位惊讶道。

“洗劫银行？”另一位怔住了，不过想想，又觉得这种异想天开的方式透着某种可能性。特别是在目前金融市场相对混乱的情况下，银行爆雷都不是什么稀罕事，有时候他们自己人都监守自盗呢。

众人的目光看向了谢经纬，谢经纬合上报告道：“我已经被骗子折磨得处变不惊了，我现在就关心两件事。第一件，逆风目标是否确定？第二件，零号处境是否有危险？”

“对不起，我可能要给您一个失望的答案，没确定逆风，也无法确定零号是否有危险，不过今天他还主动传了信息，几乎和我们发现的时间点一致。”周修文道。

“如果无法确定，我们就不能纠结于这一个特定的目标了，说不定他和金瘸子一样，是诈骗团伙故意扰乱我们侦查视线的一个托词，小许，你把总局命令传达一下。”谢经纬把话语权交给了随行中的一位。

这是位和周修文年龄相仿的警员，他递上了一份未启封的绝密档案，出声道：“这是一把尚方宝剑，能斩多少妖，除多少魔，就看你们了。根据我们和境外电诈团伙较量的经验，只要能抓到这群职业犯罪分子三个要害处，那战果就小不了：第一是卡池、第二是资金池、第三是猫池。”

电诈需要大量的银行卡、公户，这是首要条件。诈骗得来的赃款要在这些卡、账户里来回划转，最后流向的地方就是资金池。而猫池就更神秘了，处理这些卡信息、账务信息、资金划转，以及选择针对性目标都需要人工或者电脑操作，集中操作这种事的地方就是传说中的“猫池”。“猫池”是专为诈骗团伙服务的，找到它们不比找到逆风更容易。

“本来是一个难点，现在成三个难点了，我怎么觉得更难了。”周修文苦笑着，拆着密令。

介绍的许警官笑道：“我分析过你们的案情进展，同等体量的案子侦查时间在半年到一年我觉得正常，你们一个多月就到这水平，已经很让刘局动容了。而且这种体量我可以告诉你，猫池是绝对存在的，否则这么多银行卡还款、刷走，而且在不同的城市，去向又是不同的账户，得找多少个会计师才能处理得妥妥帖帖？还有远程监视，这比我们基层警员的水平都不差啊……刘局说了，三种情况，第一种是摁住和尚抄了庙，这最好的结果；第二种是跑了和尚跑不了庙，也算是好结果；第三种是跑了和尚而且庙没找着，那你就等着回去领罚。”

周修文尴尬未语，有一位同行安慰道：“想开点儿，我们这不帮你来了，可别觉得我们抢功啊。”

谢副厅笑了笑道：“快看吧，我这是以德报怨，你给我失望的消息，我给你呢，是希望的曙光。”

可能文件袋里确实有货？周修文拿着一份薄薄的文件扫了几眼，脸色陡变，从失望一下子变成了惊喜。他兴奋地看着谢副厅几人，甚至激动得无法言语了，扫了几遍他不迭地说：“太好了，太好了……这可是釜底抽薪啊，啧啧啧，怪不得你们这么轻松呢，敢情是都来抢功来了吧？”

“哈哈，必须抢，我老头儿都来抢了。刘局给的预计是三种，我们只有一种啊，摁住和尚抄了庙。同志们，有没有信心？”谢副厅童心大起，朗笑地问着。

一行年轻人跟着他起哄一声：“有！”

笃……笃……

敲门声惊醒了在会计师室沉思的胡会计，她招手让敲门的小姑娘进来。小姑娘是新招的，某副市长司机的拐弯亲戚。小姑娘长得清清秀秀的很讨人喜欢，进门时胡会计笑着问："小玉，有事吗？"

"对账单我拿回来了。"小姑娘放下银行对账单，拘谨地站着。

这是会计部的正常事务，无非是每月定时跑趟银行，拿个对账单，胡会计扫了一眼没当回事。看小玉还站着，她慈蔼地笑着问："怎么了，小玉，你好像有事？"

"哦……我……我不知道该不该说。"小玉把玩着手指，像紧张。

"有什么该不该的，说吧，有什么困难公司给你解决。"胡会计笑道。

这更让小玉紧张了，她不好意思地道："我刚来，公司给我这么高的待遇，又是安家费，又是服装费什么的，我都觉得受之有愧了。"

其实招来的这帮领导家亲戚，也没指望有什么能力，胡会计笑一笑刚要安慰她，却不料小玉说："我学过会计学，关于咱们公司，我……我有点儿建议……"

"哦，那太好了，说说。"胡会计心里一抽，暗道坏了，吃闲饭的要管闲事，那可要出事。

小玉鼓鼓勇气道："我梳理了一下公司的账务，有好几个问题。第一是江离、襄州等几个分公司，他们的往来账目还没有建起来，就是基本的流水账，这个漏洞会很大，收保费也不规范，有的还是从员工卡往公司户里转；第二是向总公司汇缴的保费，似乎和咱们原始账目对不上号，很多没有计入，这将来理赔时会很麻烦；第三是我看到了咱们公司出具了60多封保函，大多是给电子商务公司做的贷款担保，这可是个高风险行业，而且总公司有文件，对于此类业务是持不支持态度的……"

小姑娘林林总总说了一堆问题，胡会计用欣赏的眼光看着她，末了，胡会计突然问道："你还没有工作经验吧？"

小玉愣了下，点点头。

胡会计起身，想了想，笑笑，慈蔼地说道："你的问题这么多，我只有一个问题。你学习了十几年又上了大学，还参加了公考，算是接触社会了。现实的社会生活，和你曾经憧憬的一样吗？"

小玉想想，神色黯然地摇摇头，肯定是就业后已经被社会捶过不止一遍了。

“那就对了，你憧憬的是合情合理合法的一种公平环境，而真实的世界是光怪陆离，充斥着各种合情不合理或者合理但不合法，甚至合情合理却不合法的事。你得学会接受，而不是抗拒身边的这些事，我们公司已经够规范了，很多保险公司连底薪都不给，那可是赤裸裸的剥削。你认为哪种更好？”胡会计道，轻轻地揽着小玉的肩膀。

小玉又想想，噘噘嘴，尴尬地笑笑道：“对不起胡会计，我就是尽到义务，提醒一下。”

“谢谢，我一定会转达给总经理的，忙去吧。”胡会计送走了小姑娘。小玉刚出门却不料看到总经理正走进来，她像做错事一样低着头走了。匆匆而来的陈策好奇地看看小姑娘，掩上门问：“怎么了干妈？”

“本来养个吃闲饭的，来了个专业的，都看出账目一堆毛病来了。”胡会计哑然失笑道，他看陈策表情慌张，出声问：“怎么了？”

陈策俯身简要交代几句，听得胡会计耸然动容了，轻声叱道：“小看这个女人了，损失大不大？”

“损失倒不大，就是场子里的电脑、身份证、银行卡被卷走不少。”陈策道。

“坏了，这女人是要砸场，现在可真有这能力了。”胡会计道，这一行警察是天敌、同行是冤家，实在是防不胜防啊。她头疼地揉着额头像是思考应变之策，陈策小心翼翼地问：“我不确定她是要人还是要钱，目前还没有看到消息。”

“都要。境外玩电诈的这帮人不讲究，所到之处肯定是蝗虫过境。不要对他们有期望，更何况咱们还结结实实坑过人家不止一回。”胡会计道。

“那怎么应对啊？现在主动权可全在她们手上，她砸盘很容易。”陈策道，那些东西真要扔给警察，基本就完蛋了。

“你跟我说说，你究竟还有什么秘密瞒着我？”胡会计话风突然变了，斜斜看着这位半路子嗣。陈策稍显慌乱，明显没料到这个时候跳出这种问题来，胡会计继续道：“这个盘虽然不小，可还不至于让沈燕这么拼着命砸，明显是冲着你来的。”

“也没什么，徐则臣有点儿东西存在我这儿，也有我一份。”陈策道，他的表情肃穆了，警惕地看着胡会计。

可能提防，可能觊觎，身处这一行恐怕连至亲都信不过。胡会计凝视着他，良久，她有点儿失望，喃喃自语道：“终究还是半路结缘……我不问你了，只提醒你，你藏着的秘密就是沈燕不放过你的原因。她现在是穷途末路，不要期待和解，她一直在搅局的原因，是在找你。”

“那我……怎么办？”陈策求计道。

“该挪窝了，咱们的缘分尽了。”胡会计有点儿伤感地道，她有时奇怪自己的直觉总是能嗅到危险降临的气息，比如现在。

这个提议却让陈策十分惋惜，他有点儿不舍。胡会计笑着道：“我也舍不得，但我更小心……我提醒过你一句话，还记得吗？”

“谁也别信。”陈策脱口道。

“对，包括我。”胡会计严肃道。

这是针对已发生的事，还是针对正在发生的事？陈策有点儿混乱了，而胡会计已经款款起身离开，招呼都没打。陈策有点儿郁闷，觉得自己说错了话。可他又分不清干妈是舍不得对他生气，还是对他隐瞒着秘密生气，反正似乎真的生气了，干妈就那么走了。

正处在混乱间，手机意外地响了，他看看，是傻雕的号码。这枚暗棋布置得很特殊，没有人怀疑到傻雕这个小卒子其实处在棋眼的位置。他直接接听了问：“什么事？”

“所有的手机都接到了一个信息，我发给您，我们看不懂。”傻雕问。

“发过来吧。”陈策接听后，直接挂了，然后信息声音响起，他一看，有一行英文字母，是一个IP地址。他似乎并不畏惧有黑客入侵什么的，直接点开了网址。是一个视频片段，录着成堆的电脑、银行卡、身份证、账本，有整整一后车厢。

这是预料到的威胁，陈策看着视频里显示的一行英文字母，他认识这个网址。下意识地确认这里安全之后，他切换了手机卡，用电脑连接手机的热点网络，然后迅速在电脑上运指如飞地操作。不一会儿，重启的电脑成了一个不同于Windows的奇怪界面，他联网，进入。巨慢的网页慢慢显示，这种老式、几乎原始得和几十年前网络初兴时代的论坛界面一样的网页，有着传说中让人色变的名字：暗网。

他在论坛里的ID是两个花体字字母：NF。这是一个让他既感觉骄傲，又时时恐惧的ID，因为ID持有者是警方红色通缉令追捕的计算机犯罪人员：

逆风。

“他现身了。”

妮可在车里道，一模一样的界面，刷新到了留言，是一串奇怪的数字加字母。妮可记着这些数字和字母，顺手拿起手机输入，边输边道：“他给了一个即时通信的号码，阅后即焚。小样，吃不住咱们折腾，沈姐，你这借兵可是神来之笔啊。”

“你陪他聊聊。”车后的沈燕懒洋洋地道。

上线，连接，两个黑客的通信都是层层加密，没有人会期待追踪对方。妮可拿着手机扬一扬问：“他向您问好。”

“礼貌地向他问好。”沈燕笑了。

“进主题了，他问咱们要什么？”妮可问。

“你先问他能给咱们什么？”沈燕道。

输着文字的妮可很快回道：“他说给我转两个亿，黑我们的钱连本带息还给我们……哦，这混蛋现在口气蛮大的啊。”

“好啊，让他现在转，账号马上可以给他，而且是境内的，不会受到限制。”沈燕道。

妮可输着，等了片刻道：“他说给他三天时间，而且请咱们不要砸盘，否则散了伙大家都捞不到好处。”

沈燕的表情一下子僵住了，妮可回头看她，她怔了片刻说道：“答应他，三天后的现在如果他没有出现，敢要花招儿，别怪我砸得他一无所有。”

妮可输着，说：“他答应了。”随即向沈燕亮着手机，用一个“DEAL”结束了对话，随即对话框像粉碎一样在手机屏幕上消弭于无形。

沈燕出神地看着，久久都没有回过神来。

过了许久，妮可好奇地问："他会给我们钱吗？"

"不会。"沈燕表情僵硬，眼神发滞，不过思维却在快速地运转着，给出了一个肯定以及确定的判断：

"他要跑。说不定已经准备跑了。"

知名而不识人知面，如果跑了恐怕是最差的一种结果，但沈燕却一点儿也不失望，在她慢慢恢复表情的脸上，却奇怪地显示着一丝邪魅的笑容……

紧锣密鼓，排兵布阵

"俞主任，俞主任……"

向小园又匆匆奔出来了，拿着一大摞纸张。俞骏此时正忙着和地方警力协调，毕竟不在中州，可又是同行到了自己管辖区，面子上是不怎么好看。直到省厅直接通了现场电话才把这些警力劝退，让他们以协助的形式退居外围，不过个个看上去都有点儿愤意。

回头的俞骏无奈地道："又怎么了？急成这样？"

"告诉你，你比我还急，您看这个。"向小园递上去，是缴获的那摞营业执照，他愣愣地问："怎么了？假冒的？"

"要是假的还真不怕，这是真的，如假包换，实实在在通过市场监督管理部门办理的营业执照。而且法人都在这个公司，一共三十二位。"向小园道。

"那又怎么样？"俞骏道。

"我要告诉你，这三十二家公司都有贷款，激动吗？"向小园撂出个猛料来。

奏效了，俞骏脸色一凛，不信地问："什么？怎么可能？"

"不是可能，而是事实，他们都是以'扶持小微企业'的形式得到了贷款。法人是团伙找来的，就搁公司里待着啥也不干，每月挣三千五，而贷款额度，最少三十万，最多的像神星电子商务公司，有一百万。都是通过地方商业银行贷的款，贷款到账，当天就被提走了。”向小园道。

“我去，又是连环骗。”俞骏吓住了，随着向小园奔进了屋内。俞骏直接闯进一个突审的隔间，看着刚成形的笔录，又看看犯事的人，一个耷拉着脑袋的小年轻，估计是刚步入社会的那类学生娃。他像做错事一样，紧张地一直拨弄手指。

“孩子，你多大了？”

“二十二。”

“毕业多久了？”

“不到半年。”

“你知道法人要对公司经营负法律责任吗？四十六万贷款的清偿，你扛得起吗？”

“……”

年轻人不说话了，头更低了，然后响起了啜泣声。俞骏苦着脸看着笔录，案由是老乡介绍了这么个工作，又以开办个公司将来方便生意做大，于是在公司领导来经理的劝说下就注册了一个。至于贷款怎么运作，他丈二和尚根本摸不着头脑，只是糊里糊涂地签了几个字。交代的情况是：公司的几十人都签了，他也就签了，他是乡下来的，公司给的待遇和福利不错，他一直对公司心存感激，云云。

憧憬一下子破碎的那种打击可足够大了，那娃哭着哭着扑通一声跪下了，声音嘶哑地求：“警察叔叔，我真不知道……我真是被人骗了，我一点儿都不知道贷款的事……我不能进监狱啊，我刚毕业，一进去这辈子就毁了，我可怎么见我爸妈呀……”

“铐上吧，带出去。”

俞骏硬邦邦地撂了句，向小园面色凄然，叹着气，不过还是给这个年轻人戴上了手铐，警员随即把这个哭哭啼啼的人带走了。

“别看我，这个混蛋都落网了还瞒着这事。”

俞骏怒火中烧，往楼上去了，肯定是去收拾来晋虎。向小园生怕俞主任脾气上来，紧跟着奔上去劝道：“俞主任您冷静点儿，我们都快气炸了，可还得憋着，一个随阳就这么多事，恐怕雪球比我们想象的要大。”

“你们的信息和大数据上干什么吃的啊，这么重大的情况没有一点儿预警。”俞骏怒问。

向小园无语地说：“那三十二家公司和神星电子商务根本没有关联，法人找的都是没前科的普通人，银联的数据我们现在还没有互通，我们有什么办法？”

“那就赶紧想办法挽回损失，马上统计一下，究竟有多少。噢对了，随阳万博保险负责的是什么人？”俞骏问。

“周鹏，绰号周扒皮那个，和包神星一起溜的。也就在市里租了个办公地点，他们人基本没去过。”向小园道。

“这个怎么办啊？就这种速度简直是坐视犯罪得逞。”俞骏气愤难平道，可却无计可施。

这时，电话响了，一看是谢副厅，他拿起电话急急汇报：“老领导，可能出大事了，我马上给您汇报一下……啊？不听，好好，我听。”

俞骏听着，愤怒的表情慢慢变得惊愕，惊愕后又慢慢平静，不知道听到了什么。不过他转瞬仿佛换了一个人，而且似乎那平静的表情后面还藏着笑意。向小园好奇地问：“谢副厅带来了什么灵丹啊？”

“告诉你就不灵了。快，马上统计这里所有卡、账户的关联信息，包括手机卡、银行卡、个人身份信息、社会信用代码等，所有关联的全要……两处省厅在布一盘大棋，我们这里将是第一枪。”俞骏安排着，话没说完人已经进去了，把向小园愕然地撂在当地，她想了想，没有跟进去。

她不用猜都知道肯定要去掏来晋虎的更多情况，不过她没猜到俞骏用了另一种方式。俞骏给来晋虎倒水，点了支烟，这货受宠若惊的，快成惊吓了，紧张地说：“政府啊，我全都交代了，您这是……”

“所以给你奖励呀，你这个人有眼色，人又聪明。”俞骏昧着良心使劲儿表扬这货。这货尴尬地看着俞骏，知道没好事，反而不敢吭声了。

“这绝对不是谬赞。你看你，个人名下不见钱，个人账户没动过，将来只能找法人麻烦，嘿，你还屁事没有……别以为我不知道，你们搞的贷款不少啊。我就纳闷了，那么多钱，他们给你分多少啊？”俞骏问。

“真没分，不信您查。”来晋虎严肃地道，表情跟真的一样。

“呵呵，我和骗子打了几十年交道，七十二行，诈骗为王，传销可是诈骗中的王中王。即便分了钱我们可能也查不出来，而且你分的这点小钱，还真架不住耗费那么大警力……老来，我直接跟你说，我可能找不到更多证据指控你。”俞骏道，这句话让来晋虎的脸上有了点小得意，可不料俞骏话锋一转道：“问题是，现在下面异口同声地指证你，你说就即便没证据，这么多口供，将来法官不得硬判你。再说，你这是个连体团伙，都是一根绳上的蚂蚱，你敢保证其他团伙成员都有脱罪？没有交代你？”

哟？！这是个问题，来晋虎脸一抽，紧张了，毕竟这次来得太突然，根本来不及任何预防。他眼睛骨碌碌地转着，直到现在都没明白面前这个警察要干什么。

“你这人聪明，咱们糙话讲明理。咱是骗子，不是君子，到现在你要是还不懂自保，那可就聪明反被聪明误了啊。其他人的事你不说可没机会了。”俞骏终于把目的说清了，来晋虎眼皮跳着，估计心里盘算的频率不低。俞骏抓住这一刹那，一拍他肩膀道：“那算了，我敬重你是个有远见的骗子，你却当我们是一无所知的傻子，没得谈了。”

俞骏一提一摞，最后又一吓，来晋虎脱口道：“不，不，没有没有。”

“还是没有？”俞骏问。

“不是不是，没有当警察叔叔是傻子，我这不正想着呢。”来晋虎立马把态度换过来了。

俞骏一掏烟，给这货再点上一支，这货满嘴喷着烟，咬牙下了个决心，曝出来了：“找老卡，史秋魁，所有的卡经他手……贷款那事我真不清楚咋办的，我也就是哄着那些憨娃签个字而已。其实连我都不信能弄出钱来，银行可比骗子精多了……嘿，谁可知道还就成了。”

“那谁联系你的？银行贷款肯定得有一个中间人。而且最起码得面审面签啊。”俞骏问。

“一个胖子，我真不认识，有这么胖，脸跟着大冬瓜一样，腮帮子直往下掉。大额款项他来带上人走个过程就办了。”来晋虎比画着，这个人的体貌特征太过明显，宣冬青一搬电脑问：“是他吗？”

石金山的照片显示在屏幕上，来晋虎凛然点点头，有点儿惊惧地看着俞骏。俞骏笑道：“我都说了，我们掌握的可能比你想象中的多……襄州谁负责？”

“马礼。”

“江离呢？”

“管毛，就是管大军。在江离，他手下一人顺便就办了。”

“那管毛干什么？”

“保险公司总经理呀，老牛了，数他们的业务量大。他们老家银夏那边一个县城，往他那儿就去了一千多人，业务都出省啦。”

哦哟，俞骏一阵胃疼，都说贼胆包天，其实比起骗子来，可真是小巫了。他忍着愤懑和怒意，面带笑容地和来晋虎聊着，那货着实放松了，侃侃而谈，而俞骏的心可抽紧了，真不知道这雪球究竟有多大。

荆汉市，省厅直属的信息指挥中心，刚刚完成数据迁移的案情信息显示在中控大屏上，可以直观地看到襄州、随阳、江离等几市已经全部陷落，密密匝匝的红点遍布电子地图。周修文正给荆汉方面参案的介绍情况。这是根据获取的关联手机号、银行卡号所在地标注的信息节点，不一定准确，但能证明的是几个密集点，确实是诈骗团伙的聚集地，而且随着随阳方面的信息向深处挖掘，可能在几个小时内，信息量还要翻一倍。

“刚刚得到的消息。”一位保密员传递着传真电报，显示在中控大屏上。

这是在滨海的万博（中国）保险公司的查询记录。荆汉方面看着这个年纪尚轻的主要嫌疑人陈策，一番面面相觑，十足地不信。

“他这是相当于一个保险代理的身份，在荆汉开展保险业务是经过审批的，银监保监没有示警啊。再说，时间还不到三个月呢。”一位省厅警督质疑道。

“如果各位有兴趣，可以参阅一下中州的货到付款诈骗案、长安的虚拟传销诈骗案，这几起案是同一伙人所为。他们的作案手法屡屡出新，特征是，很擅长制造骗中骗、连环骗的作案设计，所以其中主要成员也屡屡逃脱我们的追捕。”周修文道。

“那这怎么设计？都是合理合法的保险，最起码目前没有掌握犯罪证据。而且，他们和臭名昭著的传销，这风马牛不相及呀。”那位警督道。

“以我现在知道的情况，可以给您介绍其中的一种方式。”周修文道，“传销最擅长的是拉人头洗脑，如果他们盯上刚步入社会、履历清白的人，比如刚就业的大学生，以这些人的名义开一个公司。如果这时候，有这样一个保险公司出具保函给这样的公司担保贷款，那成功率就很高了吧？除了贷款，他们对这个公司的法人或洗脑或人身限制，那样的话，是不是就不容易发现了……时间真的不需要很长，有几个月就够了。在总公司发现问题时，他们肯定已经逃之夭夭了。”

“可能吗？！”荆汉方面的警务人员吓了一跳。

“呵呵，目前已查实，随阳这个窝点注册了三十二家公司。法人就在该公司，每个月领三千五的工资，很多法人是稀里糊涂地签字，都不知道自己背上了几十万的贷款。”周修文道，屏上亮出了一摞营业执照，质疑的人一下子闭嘴了。

“那银行？”有个刚出声，出了半截儿就咽回去了。

针对银行的骗局太多了，甚至很多银行内部人员就为骗子大开方便之门。现在除了四大国行，形形色色的商业银行、农商行，再加上各地的地方银行，可下手的地方还真不缺。

“那我们还等什么？”荆汉方面的这位警督问。

“这个就说来话长了。来，坐下来让总局几位给大家解释一下……现在是下午四点四十，事发太过仓促，抓捕的条件并不完全成熟，几个关键点尚需商榷。”谢副厅安顿大家围着一张圆桌，从沈燕到毛二，到宋朝，从陈策到石金山，到王雕，到管大军，到卡霸史秋魁，众警像听评书一样听着这两拨诈骗团伙的渊源，那恩怨情仇真个是让人欲罢不能啊。

在众人了解情况的间隙，周修文悄悄踱出了信息中心。他在走廊拨通了巫茜的电话，一接通他就急切问：“有进展吗？”

“我们已经检测到了维护日志，但是如果不上线的话，无法准确定位啊。”巫茜道。

“大致方位可以确定吗？荆汉可太大了，你的信息直接关系到警力布置啊。”周修文道。

这是根据资金追踪确定的一个走向，部分账户资金通过购买游戏币充值的方式进入了一家游戏网站，服务器在香港。这时候追赃款没有意义，大概率的情况是根本追不到。专案组更多的期待是，通过这个网站反追踪到诈骗团伙核心“猫池”的位置。

连续十几个小时无果，现在周修文有点儿后悔派去的力量太过薄弱了，可现在恐怕远水也解不了近渴。犹豫间，巫茜歉意地道：“周组，我们竭尽全力了，可他们像消失一样根本没动静，如果现在有办法让他们动一动，给我们争取几分钟时间就能追到。”

“好，我想想办法。”周修文道，挂了电话，另一个电话拨回了总局，寻求技术协助。

斗十方是被一阵呻吟声惊扰醒的，迷迷糊糊地睁开眼睛时，王自光正在给毛二脸上的青肿处抹药，这声音就是他发出来的。毕竟是在脆弱的部位，再硬打的人也吃不住二次蹂躏。王自光可就惨了，帮个忙还得挨着骂，难得的这货居然还能赔出笑脸来。

斗十方伸着懒腰，打着哈欠从床上坐起来。另一头宋朝正在发呆，看着脚下的几个大包。桌上排着身份证、银行卡等缴获的东西。中午接到沈燕撤回的命令，斗十方回来倒头就睡，敢情宋朝根本没睡？恍惚中，斗十方觉得这货有点儿像俞骏，面对着支离破碎的证据似乎在寻找被隐藏的真相。

“我说老大啊。”毛二出声问了，“你没事的时候看着比谁都紧张，快出事了吧，嘿，你倒闲了，睡得呼呼的。”

刚入伙的人神经处于高度紧张，睡得轻正常，斗十方可没想到这细节都被毛二注意到了。他使劲摆摆臂道：“可叫你说对了，快出事了，出事也就意味着完事……哎老宋，我们的钱呢？你再不给，我可直接朝沈老板要了啊。”

“老大这个就没必要了，沈老板那是出了名的大方，只会超过你的预期。这点我拿脑袋担保，您就放一百个心。”毛二道，王自光一听乐了，期待地问自己能弄多少。不料毛二可没给他好脸色，直接一个“滚”字打发了。

毛二坐起来，宋朝纹丝未动。斗十方踱到他面前，顺手拿起了他的烟叼上一支，又摸宋朝的口袋找火，宋朝气得白了他一眼骂道：“一边去。”

“别呀，有什么想不通的，我指点你一下。”斗十方大大咧咧地道。毛二说：“老宋在揣摩这是个什么骗局。”

“哦，这个我就专业了，我估计也就是三重，诈骗、托骗、冒骗。你们不了解八大骗的门道，这拨人是以玩心计为主，玩科技为辅，和电诈还是有区别的。比如你们呢，一窝端一窝死，而人家呢，是有层次感的。你端底层，中上层没事，上层出事，下两层安全，不管哪儿出事，其他关联隐蔽的人都有充分的机会溜走东山再起。”斗十方道。

这把老宋听愣然了，毛二一把推开王自光，明显好奇心起。宋朝可能是真想不明白，直接一拽斗十方拉到他坐的位置，请教道：“继续，什么骗来着？”

“很简单嘛，比如，这是第一层。”斗十方拿着老宋的烟盒，往桌上一拍，解释道：“传销的功能就是拉人头、洗脑、掏腰包。今天你看吧，遍地都是信用卡，这其实就可以猜到了，肯定是拉上一拨新人，用他们的身份信息办卡，然后以消费的形式刷走钱，这一下子解决韭菜太穷不好割的问题。”

“这点我能想到，那第二层呢？”宋朝问。

“既然涉及银行了，那办卡太便宜他们了，从银行搞钱的方式可多了啊。”斗十方道。

“说得这么轻巧？”宋朝不信了。

“可能比说的还轻巧，别忘了逆风是干什么的。去年长安一案光银行在职人员就处理了几十个，反正银行又不姓私，他们有什么不敢倒卖的？我不知道现在第一层是个什么情况，不过我想应该和银行业务有关联。如果知道可以告诉你。”斗十方问。

宋朝翻翻包里，拿着一枚胸卡示意：“有可能是这种？”

万博保险业务员的身份，斗十方一笑道：“那就简单了，搞诈骗、卖保险、玩传销，三者有一个共同点你们知道是什么吗？”

“我知道，不要脸？！”王自光举手了。

“抢答正确。”斗十方笑着道，王自光一乐，毛二直接一脚把他踹地上了。笑着的斗十方继续道：“那这就三位一体了，既然能办卡，那办个证开个公司更简单。如果有保险公司出保函提供担保，那不管信用卡还是贷款都会变得非常容易，即便不容易，这些人也能让这种事变得容易，这点没疑问吧？”

宋朝点点头，他相信骗子有这种能力。

“这就简单了，第一层传销，有大量的人头可用，以这些人为基础，身份信息可以申请办卡、开公司，不断地拉人，就可以不断地有卡和公司累加起来。第二层，通过表面合法、经营盈利的公司再加上保险担保，可以从银行不断抽血，反哺养活团队的消耗，等于不用花多大代价就把这个雪球滚大了。”

看众人听愣了，斗十方又把一摞银行卡往两层上面一堆道：“最关键的是第一层，假如真是一个保险公司的话，那就太容易操作了。第一，有保费收入，这个收入可以做成两条线，一明一暗，明的上交，暗的装口袋。别不信啊，有过这种先例。第二，可以以保险公司的名义重复担保，明面上的保费就是最好的保障，没人会质疑。第三，可以以保险产品的名义销售，反正收的是现金，卖给你的是未来，而未来我肯定早跑了。第四，估计还有，我一下想不出来……咋样，够不？”

“可能吗？”毛二愣了，宋朝质疑道：“开个假的保险公司诈骗？你哄鬼呢？”

“鬼神难欺，活人好骗，我为什么要冒充呢？我就正正规规地开一个嘛，反正现在保险代理公司遍地开花，能有几个屁股干净的？我其实就想短平快捞一把就走，有啥不行的。正常理赔也得拖你两三个月，这时间早够我狠骗一拨了。挂羊头都能卖狗肉，开保险公司为啥不能搞诈骗，反正都是要砸盘走人，什么形式很重要吗？”斗十方道。

诈骗——托骗——冒骗……宋朝恍然大悟间，有点儿目瞪口呆，饶是像毛二这样胆大妄为的也吓住了，他出声问：“老宋，他说书呢，还是……”

“应该差不多，我的经验是，凡你不敢相信的，就是真相。”宋朝接受了，好半晌回不过神来。斗十方却一拨拉桌上的卡和身份证，全扔到了包里，笑着问宋朝道：“咋了老宋，你这骗子的命，咋还操着条子的心啊？”

“呵呵，观摩同行经验也是一种进步嘛，那咱们准备下，有可能接下来要针对猫池了。”宋朝道。

猫池是团伙的核心，也是最神秘的一处所在。毛二道：“那得妮可能找着啊？”

“放心吧，妮可水平不比他差。”宋朝道。

“错，绝对不会。”斗十方说，他拍着桌子提醒道，“我们屡屡险胜是因为出其不意，攻其不备。猫池那样的要害，对方那看得不比什么紧啊？能给咱们留下机会？”

这一说又把宋朝打击了，他看向斗十方，郁闷地问：“咋自从遇上你，我的信心就越来越少了，你说接下来干什么？”

“借你一句话，凡你不敢相信的，就是真相。以我看啊，会是另一种情况。”斗十方想了想，很确定迸了一个字：“撤！”

“切，不可能。”毛二道，“沈老板不会放过他。”

“看，你不信了吧？沈老板的高明之处在于，她看的是人心。这种人就像老宋说的，是具有大智慧那种人，大智慧的人呢，看事物可能从起点一眼就看到终点；而小聪明的人才会玩手段，什么诈骗，什么黑客，等等，一切手段在大智慧人的慧眼中，都是浮云。”斗十方摇头晃脑地道。看到几个人都愣了，他还以为被自己镇住了，还是王自光给他指了下。他惊讶地回头时，恰看到门口侧立着沈燕，正笑盈盈地听着他吹牛。

“我严重怀疑你在故意拍马屁呀。”沈燕笑靥如花，笑得煞是迷人。毛二和宋朝跟着嗤笑，斗十方不好意思地摸摸脑袋，说道：“没有没有，我跟他们瞎扯呢。”

“听得我这么开心，我得给你这个面子啊。”沈燕笑着道，“你们几个收拾一下，准备走了。撤！”

她关上门，笑着走了。房间里斗十方也在笑，笑得开心至极，贱相十足，刺激得那三位郁闷得都不愿搭理他了。不过不得不承认斗十方还是有独到之处的，这一行人在天擦黑的时候离开了旅游点民宿区，还真撤了。就像来的时候一样，悄无声息地消失在国道路上。那种只有大卡车行进的老路，连后续的追踪也无法跟进，潜伏的外勤只能眼睁睁地看着目标消失。

第六章
雷霆手段骗子落网

疑窦丛起，千丝万缕

“零号失去联络！”

一条简短的信息显示在谢副厅的警务通手机上，他暗暗叹了一口气，又悄悄装起手机，佯作无事一样端坐在会议圆桌的首位。此时周修文正在侃侃而谈：

“……惊动总局的是这个网站，这个案情要从半年多前说起。我们一直在追踪国内黑产，最终在长安丰仪银杏基地，一个黑产窝点被中州和长安警方联合端掉，不过当时端掉它时已经到了尾声，他们在发现预警后已经做了数据迁移，我们截获的是备份。从去冬到现在，我受总局命令一直在追踪它的去向，很遗憾我们并没有追踪到，反而本案中一个嫌疑人无意或者有意给我们提供了信息……

“是沈燕，在用‘新闻’诱拐诈骗团伙入坑时，通过一个网站下载链接设套，那个网站恰恰疑似逆风的手笔。在座的心里可能都明白，一般同行黑吃黑互咬时的信息，可信度比审讯发现还高。

“总局对该网站分析之后发现：其一，这里的会员是邀请式的，联系是单向的，和逆风最早建设的发财网运作模式一致；其二，该网站的构架、设计、计算语言使用习惯以及编程习惯，基本和发财网一致；其三，国内兄弟单位侦破了两起洗钱案，和该站有关联，据落网的嫌疑人交代，原始的需求信息就是从这里得到的。大家看，我操作一下。”

他打开一个简单的网页，叫“久久财富网”，页面上有大量的赌博信息，差不多和能看到的非法网站一样。周修文点着一个隐藏点，跳出了一个对话框，输入密码后，慢慢地显示出一个简单的论坛页面，就听他介绍道：

“逆风是部督在逃的计算机犯罪嫌疑人，他经营这个产业有十年以上了，所以客源很广，东南亚一带大部分诈骗庄家都和他有过业务往来。正常登录后的流程是这样，他们邀请你加入，你有认证的用户名和密码后才能登录。登陆后或者发布消息，或者发布需求，建立联系后再进行更深入的交流……因为犯罪分子联系方式可能都有不稳定性和保密性，这个类似暗网的设置，恰恰满足了境内外犯罪分子的需求。更重要的是，同时也满足逆风自己的需求，因为他也需要大量的资金转移、洗白渠道。”

“我提个问题，您有密码，我们的网安似乎进去了？”荆汉一位同行问。

周修文笑了笑道：“这使用的是被捕嫌疑人的密码，用不了多久信息公开后他就会被注销。即便我们能进入网站，也没有更大的用处，这是个信息交流联络的中转站，相互并不知道对方是谁，也不涉及任何收费或者转账。简单地讲，这其实相当于犯罪分子的一个‘朋友圈’，让他们互相建立联络而已。”

“另一个问题，这个境外网站和荆汉、随阳等地在发的诈骗案，是如何建立联系的？仅凭沈燕有意无意的泄露？”荆汉方面又一位问道。

“我们一直怀疑该案有自建的‘猫池’，因为要处理大量的银行卡、公户、身份证等信息，还要远程完成复杂的账户划转。目前查到的账户和银行卡分几大类：第一类是通过POS机刷进不同的账户，有的已经注销；第二类是以正常货款的方式进入异地小微企业；第三类是以正常工资、奖金等收入的形式化整为零，甚至是提现走的。总局一直在追踪这些资金划转方的网络痕迹，发现他们使用不同运营商的网络，几乎是三天一换，不过属地改不了，都在荆汉市。更直接的证据是前面刚刚侦破的这起洗钱案里，嫌疑人掌握了上百个账户，这些账户总局进行大数据回溯和原判，其来源……很有意思了。”

周修文播放着数据透视表，此时在随阳发掘出来的信用卡信息、公户信息，其划出资金正在和非法账户建立着越来越多的联系，最多的经过了十次以上的划转，跳转了不同地区的数个银行，看得警务人员倒吸凉气。要是没有终端截获的这些银行卡和账户信息，这要是一笔一笔去查得把人累死。

沉默了片刻，谢副厅开口道：“基本案情就是这样，本来一直僵着，我们无法确定这个雪球滚到了多大。总局几位在追逆风和黑产团伙，而我们在追几个诈骗嫌疑人，我们一直怀疑这是合二为一的事，直到资金建立关联后才确认。不瞒大家说啊，我是出了一身冷汗，这要是假托一个保险公司之名，行诈骗之实，你们敢想象对整个社会和市场的负面影响有多大吗？所以总局才痛下决心，不能等瓜熟蒂落，要直接来一个半途出击。”

可能确实不敢想象，试图质疑的荆汉方面参案人员表情复杂。毕竟是自己地盘上的事，如果再晚一点儿，让嫌疑人携款跑路，那偌大的烂摊子恐怕得激起群体事件了。

“我们……没什么说的，哪怕顶着再大的社会压力，也得把这群作奸犯科的人缉拿归案。”荆汉市参案领队表态了。

“我相信，可现在有个问题需要我们统一一个共识。”周修文道，视频切换了一个画面，是机房，画面上有两个人，正在等着，没有声音。就听他解释：“久久财富网的服务器在香港，我们的警员已经查到了上一次的服务日志，解析后发现在荆汉市，不过是几天前了……现在的问题是，人好抓，他们跑不到哪儿；钱也好找，现在的资金管控他们来不及转移出境；最难的是找到这个‘猫池’，把这群隐藏在暗处的嫌疑人揪出来。”

“这个就难了，有什么好办法吗？”荆汉的一位问。

“办法……倒是有，可以采取DDOS攻击的方式，比如CC攻击，模拟多个正常用户不停地访问论坛，造成服务器资源的浪费，网络拥堵，中止正常访问；或者攻击DNS，或者混合攻击……在出现这些情况时，作为网站的管理员会上线优化路由及网络结构或者安装入侵检测工具，如NIPC、NGREP等，或者扫描检查系统，解决系统的漏洞，或者检查这些文件的变化……其实我们的目的不是攻击，而是让他们的管理员上线反追踪。”周修文道，看着几位参案人员并非这个专业，他敲敲额头换了一种说法道：

“大家可以这样理解，如果把这个网站看作一个饭店，有人想找到老板敲诈他，就用了一种不直接的方式，雇了几十个流氓，一下子把饭店的座位都坐满了，光坐下不点菜消费，这种情况，老板就不得不出来应对了。”

这个浅显易懂，荆汉方面的警务人员有位脱口道：“这是好办法啊。”

“这个办法的问题在于，第一，老板可能是个高手，这些流氓可能逼不出他来，或者逼出来打不过他；第二，这些流氓的角色，这一次得由我们警察来扮演。”周修文道。

有人被这个形象的比喻逗乐了，不过一笑之后又拉下脸。有人说监狱内外是个反向环境，监狱里是坏人戴着镣铐，而社会上，却是警察戴着，那镣铐是条例和各种法律法规，哪怕在虚拟世界也是一样的。周修文所说的这些无非是让大家达成共识，而这个共识，却让在座的所有人眼睛里有了犹豫之色。

随阳轻工业园区，神星电子商务公司。

接到消息半个小时后，俞骏把一支烟头踩在脚下，不经意地看时已经有一大堆了，向小园又一次匆匆地跑了出来，她看向俞骏，俞骏直接摇摇头。

“襄州警方已经接手了娜日丽的监视岗位，看样子是要开始了，现在，我们的三个组都闲了，程一丁和邹喜男正在待命。”向小园道。

总局的直接插手让案情急转直下，谁也没料到这么快，俞骏想了想却问了句其他的话：“你这儿怎么样了？”

“都捋第三遍了，知道的人名，接触过的地方，能刨的都差不多了。现在随阳警方经侦上的好手基本都拉上来了，不用考虑人和钱，数据覆盖没什么问题，荆汉的反诈骗中心隔五分钟就催一次数据更新，基本没有什么新东西了。”向小园道。

“哦，那就好。”俞骏道。

向小园急得催促道：“好什么好啊，咱们的人丢了，现在都盯着大数据和万博保险这一块儿，十方怎么办？”

“你问我，我问谁去啊？”俞骏头疼，拍着巴掌道：“现在总局的、荆汉方面的肯定都和谢副厅在开会，难点肯定在猫池的定位上，那个目标的重要性现在是第一位了。”

“你还是……”

“我真不知道……”

“可十方……”

“作为指挥员你不能有个人情感，个人永远要服从集体，你咋就没长进呢？人家在的时候，也没见你给人家好脸色啊？端得那么矜持，早让人家死心了。”

向小园一下子面红耳赤，哭笑不得，她愤愤地道：“你又把公事扯到私人感情上？你像指挥员吗？”

“你尽情指责吧，我算个屁呀……”俞骏拍着自己的额头，这要赖要得向小园无语了，正要说时，俞骏却反过来狐疑地问：“你说，沈燕为什么突然离开？”

“你问我，我问谁呀？”向小园反问了一句。

“别这样，我在怀疑会不会露馅儿了啊，那可危险了。还有一种情况是……”俞骏思忖道。向小园急急地道：“另一种情况是什么？”

“不管露不露馅儿都不重要，反正都不留活口……可她总得事办完才走啊，这没办完，怎么就走了？”俞骏无法说服自己。

“算了，你也是一团糨糊。”向小园气咻咻地走了，实在无法交流了。

俞骏无聊地又抽起一支烟，刚抽两口向小园又奔了出来，俞骏准备躲开，可不料向小园急匆匆地喊：“快，零号电话。”

“哎呀妈。”俞骏急得就往楼上奔。这事由宣冬青负责，电话已经结束了，他看见俞骏就汇报：“刚结束，不是零号来电，好像是王自光打的零号专线。”

“放录音。”俞骏道，宣冬青摁录音播放。

只有简短的一句话：“快来接我，我要回家。”

听了三遍，俞骏愣着道：“什么意思？这是要家里支援了，可为什么让王自光打？”

“什么位置，先找到人。”向小园道。

“在离襄州60公里的一个二级路经处，无名，这个位置，信号还在。”宣冬青汇报道。

“通知撤回的两个组到指定位置，一定要找到人，零号肯定无法传讯，又出幺蛾子了。”俞骏道。

命令即时下达，在路上的两个组一个往前赶，一个回头调，风驰电掣地赶赴信号源地。

此时，驾车的毛登科已经看到省界，他叹了口气，宋朝回头看斗十方，车上少了一人，原来竟然是光板兄弟逃跑了。

斗十方在后座拍着大腿嚷：“看我干什么？你们宁愿相信一个赌鬼也不相信我，还让他一直背着钱。看看，这下好了吧，人都跑了，钱也没啦，你看你跟老板怎么交代吧，啊？”

“扯淡不是？”毛二怒道，“我咋觉得是你捣的鬼呢？”

“你不是更扯淡？我捣鬼我不拿上钱跑啦？就我还坑不了个光板？这是你们俩的严重失职啊，本来就不该带他，这可好了，他知道的这么多，你又天天巴掌扇着踹着，他要进了局，一准儿先卖你。”斗十方讹着毛二，这有理有据的听得毛二一阵发毛。

宋朝看斗十方义愤填膺的样了，实在分辨不出这货是讲真话还是胡扯。不久前在路边加油站加了点油，也就买包烟拿箱饮料的工夫，进厕所的王自光就不见了，而且是背着钱不见的。三人找了半天没找着，又不敢耽误时间，这才咬着牙上路的。

“在加油站你和他一起进厕所的？”宋朝道。

“是啊，他说他大便，我总不能站在跟前闻着吧？”斗十方道。

这气得宋朝一靠椅背，气哼哼地道：“没看出这东西有这么大胆啊？是不想活了。”

“要我说，咱们就该待在当地把人找着，这多危险呢，他知道得太多了。”斗十方道。

“来不及了，老板让咱们务必今晚出省，这事真是……”宋朝掏出手机，拨通了电话，压低声音道：“沈老板，出了点儿状况……不是不是……是那个赌鬼，加油站没小心，卷着钱跑了，我们没敢耽误，上路了。”

不知道说了什么，宋朝挂了电话，斗十方凑上来问：“老板怎么说？”

“呵呵。”宋朝笑了，回头告诉斗十方道，“老板说，来者自愿，去者自便，别说光板跑了，就你现在想跑，我们也开车门恭送。”

“怎么可能呢？都快到分钱的时候，想赶我走？”斗十方怒道。

“你留下我们欢迎啊，又不赶你。十方你不挺会猜的嘛，下午猜老板要撤就猜得挺准啊，咋还问我？”宋朝像放了心，反而逗着斗十方。

斗十方在车后座拍着大腿道：“听话听音，那地方肯定不能再待了，我说这是个双关音，去荆汉了，哎，叫撤到荆汉，猜对了；要去江离，哎，撤到江离，我也猜对了。万一不在这儿待了回老家，好，撤就对了，都不用算地名了……都听到老板的车回来了，拍个马屁你们还当真啦？”

原来如此，这把宋朝气笑了，毛二恍然大悟道：“我以为你真是神机妙算，敢情是贫嘴扯淡！”

前座的两位尽情嗤笑，后座的斗十方赔着笑脸。从毛二已经不再假装尊敬他的言语里，他已经确定，沈燕这样以退为进，肯定是拿到主动权了，他这个棋子可能随时成为弃子。但遗憾的是，他依然无从知道，这个主动权究竟是什么。

真真假假，兵临城下

半个小时，或者更久一点之前。

车停在加油站，老宋下车买东西，毛二看着加油，王自光背着包急急火火地往厕所奔，他没注意到斗十方跟着他进去了。水刚放了一半，斗十方在他背后一拍肩膀，吓得他一哆嗦，后面的全洒裤子上了。他正要说话，斗十方嘘一声示意他噤声，然后揪着他进了靠墙的蹲坑关上门，小声问他：“光板，你信我吗？”

这么严肃啊，王自光点点头："当然信啊！"

他必须信啊，从赌场救自己出来，再一路流落异地，要不是赌神哥罩着，恐怕他的小日子过不了这么舒坦。

看到这货眼里的真诚，斗十方唰唰在他胳膊上写着手机号码道："信我就听我的，趁这个机会带上钱溜。跳出墙往北走，那儿是个镇，电话是我朋友的，你只要联系，他们在半个小时里一定会接你，除非你想私吞这些钱。"

"不会，不会。"王自光没想到逃亡来得如此之快，他紧张地问，"手机都被收走了啊？"

"笨蛋，自己想办法……跑出来小心啊，你这张脸可是被警察盯着呢，我这哥们儿有路子，给你找个地方藏几个月，风头过了再回家。"斗十方动动他的背包，然后把他往墙上推。

王自光紧张地问："斗哥，那你呢？这帮人肯定要干大事的，我跑了他们能放过你？"

"冲你这句话，救你就不冤。放心吧，我跑得了，你在只能是累赘。快上，跳下去赶紧走啊。"斗十方推人、推屁股、推脚，把王自光推上了简易厕所的三角顶上，那货紧张地看着下面感觉有点儿高不敢跳，斗十方一吆喝："毛二来了！"

这句真管用，王自光"扑通"一声跳了下去，"哎哟"一声就跑了。

其实他没跑远，远处就是庄稼地，成片的稻子有半人多高。他跑进水地里没多远就吧唧一下来了个狗吃屎，整个人陷泥里了。不过还好没人发现，他干脆就趴在泥地里，看着远处，那几位并没有追来，停了不多会儿，他们就上路了。

一包钱哪，都成自己的了，王自光兴奋得心肝直颤。他脑子里不止一次泛起把这钱独吞的念头，不过每次都被残存的良知击退了。他从来没想过自己心里还有这玩意儿，这阻止了他不能对不起兄弟，于是他鬼使神差地又回了加油站，诌了个瞎话，借了部电话，半信半疑地拨通了那部电话。

也就半个小时的工夫，真有人来了，一个女的和个胖子，那女的奔到加油站的零售部问话。王自光有一种直觉，可能就是这个女人。他还在犹豫怎么相认，那个胖子已经瞄上他了。胖子站在车跟前一指他藏身的角落喊：“嘿，光板，过来。”

“哪儿呢？”娜日丽惊得奔了出来，这黑灯瞎火的视力再好也看不清啊。

“厕所根儿好像露了个脑袋。”钱加多奔过去，躲不及的王自光被逮了个正着。钱加多也不客气，揪着人就出来了。一揪发现这货身上臭烘烘的，惊得他叫道：“卧槽，光板你不是躲茅坑里了吧？这么臭！”

“我在地里摔了一跤。你们谁呀？咋知道我名字？”王自光愣了下。

“不是你打电话让我们接你吗？”娜日丽反问道，“你说我们是谁？”

“我不知道啊。”王自光愣道。

“那你咋知道电话呢？”娜日丽问。

“斗哥说的，说他兄弟有路子，找地方让我躲段时间再回去。”王自光道。

“哎呀，这地方还真给你准备好了，保证你安安生生的。”钱加多坏笑道。娜日丽说：“我们当然有路子，斗哥看来挺关心你啊……来来，上车。”

两个人带着王自光正要上车，另一组的程一丁和邹喜男也到了。那俩下车一下可让王自光有点儿警觉了，他掉头想溜，钱加多脚下顺势一绊，把这货绊了个狗吃屎，接着又拎起人来，愤愤地道：“你跑什么？”

“我怎么看着你们不像好人呢？”王自光紧张地道，下意识地搂紧了钱包。

“哎呀，这么有眼光啊？不是不像好人，就不是好人……老程，咋办？”钱加多问。

“家里急着呢，铐起来。”程一丁道。二话不说，邹喜男上前一铐，钱加多顺势抢了包，铐住人的邹喜男还不放心，仔细地搜了一遍身，这才把人带上车。娜日丽则忙着亮证件向加油站解释，随即找到亮着灯的一间屋子，把包里的东西哗哗地往外倒，十几摞钱掉到了地上。几人翻着钞票，一点儿疑点也不放过，娜日丽抖搂着包，掏着每个口袋，终于不负众望地掉下了一团纸。

钱加多抢着摊开，却是民宿提供的那种信笺，一共有两页。娜日丽赶紧拍照，回传，小心翼翼地收起那两页纸时，她愕然道了句：“沈燕居然真的撤了，她发现了什么？”

“赶紧回，肯定要有行动了。”程一丁道。

几个人又检查一遍，这才匆匆上路，一路上问着王自光各种细节……

“沈燕已经确定撤离。”

一则这样的信息分享在谢副厅和周修文的手机上，两个人都是眉头紧锁，看了看时间，又收起了手机。

行动方案仍然在讨论中，屏上显示的是各地警方陆续接手现场的监控画面。荆汉的万博保险、襄州的电子商务公司、江离的保险分公司，数个嫌疑人聚集点陆续显示在中控大屏上。其中一屏是协调指挥对各参案警务单位的点名，运警的警车、大巴车、依维柯，陆续泊到指定位置。此时播放着江离公安的画面，是集结的队伍正在上交通信工具，装备车门已洞开，各种警械已经有条不紊地发放。

“最新案情通报，省人行已经确认，有万博保险参与的贷款担保一共有145宗，涉及荆汉、随阳、襄州等市，很多是响应地方政府扶持小微企业做的担保贷款，总金额约八千七百余万，可能还不是全部。江离的保险分公司还有通过网上申请的网商银行贷款……目前滨海警方已经约谈了万博总公司的负责人，他们确认总公司对此事根本不知情，也不可能大规模批复这种业务。”

信息员汇报着最新的案情，挨个儿发了几页盖着保密字样的文件。

案情越来越趋向明朗，以传销前科人员为骨干的各种小公司，贷出去的钱，估计和打狗的肉包子没啥区别。可能此时荆汉方面众警员的思维还没有拗过来，敢情是真有人堂而皇之地以一个正规保险公司之名，行诈骗之实。

“我很懂大家的心情。坦白地说，同样的情况我经历的更多，怕抓错人承担责任，怕社会舆论指责，怕摘掉头顶官帽……大家想过没有，我们一味地瞻前顾后，恰恰是诈骗愈演愈烈的原因。我们是挡在社会黑白分界线的一堵墙，我们要挡不住诈骗这股浊流，普通群众又能怎么样？”

谢副厅说着，有点儿痛心疾首。在达成共识上仍然有分歧，证据不足是硬伤，时机不成熟让人很犹豫，至于对“猫池”要采取的针对措施，荆汉警方是持反对意见的。小案可以不那么讲究，像这样的大案要能经得起三查五审，其程序必须正义。

“好吧，我来介绍一下今天的几个主角。”周修文道。

此话一出，荆汉市一位同行就质疑起来了：“我有个问题，这是位海归，看其履历绝对是位精英人士，我记得这段时间他和市里领导一起出现在地方报纸上……我不是为他洗白，我的问题是，这样一个人不可能是法盲，既然不是法盲，那假托正规保险公司之名诈骗这么大的事，他还能在法人位置上吗？这不是活得不耐烦了吗？要是在法人位置放一个不相干的人，我倒相信。”

“这个问题我现在暂时解释不了，只能问他了。这一个，石金山，他的履历大家看下，没有受教育记录，一共申请破产过七家公司，注销过二十二家，其中包括物流行业、体育器材行业、医药行业、娱乐行业……更可笑的是，他自己都没受过教育，居然还进入过教育行业，开培训公司，所有的公司都是亏损，然后他还在孜孜不倦地开着。几个月前在中州他牵涉进一起健身房预付费的诈骗案，被传唤过，这一变身，来这里当副总经理了。在中州的时候，陈策同他以叔侄相称，但我还真查不到什么关联。”周修文道。

这履历和陈策反差如此之大，除了加深嫌疑，说明不了其他问题。第三个，是一个穿花衬衫的男子，年纪不小，但打扮得很潮。周修文介绍道：“他叫贾一文，开过一家演出经纪公司，万博给他账上打的咨询和策划费用就有四百多万，这是贾一文之前年收入的十倍。注意看贾一文的户籍变化记录，此人原是中州籍，二十多年前迁移过来的。”

“第四个，就神秘了，她是注册的财务负责人，叫胡芳芳，年龄49岁，这更是一个神奇的人物啊，大家看我们在网络上查信息查到的记录。”周修文操作着电子鼠标，慢慢显示出一张纸，一看就是老旧的公函，是陕北某县医院出具的死亡证明，名字就叫胡芳芳。正常医学死亡，身份证的名字、号码、籍贯地，除了照片和这位胡芳芳不一样之外，剩下的都一致。

“这是没有到县公安局申请销户，直接把户籍和人员信息卖了。现在的黑产手里的数据库不但养号、养卡，有时候还养人，养的就是这种制度疏漏下的人员信息。用这种证件异地使用，系统是发现不了问题的，我们已经收集到了多起类似案例。”总局的一位提醒道。

荆汉几位低声商议，然后领头的出声道：“我们同意抓捕行动方案，不过兹事体大，我需要向厅里汇报一下。徐厅正在外地开会，这么大的行动，需要得到他的首肯。”

“没问题，这次毕竟是我们有点儿越位了，一切得以你们为主。”周修文道。

那几位商议着，有人开始拨打电话。谢经纬招招手，示意周修文走到走廊外，稍事休息的片刻，他看了看表，时间已经指向晚上七时，周修文迎上来时，谢经纬道：“沈燕已经脱离监控视线，这个情况你怎么看？”

“我根本没时间考虑这个，一到荆汉发现万博摊子已经铺这么大了，看得人心惊肉跳，这要再缓一两个月，他们真敢捅破天。”周修文道。正是他向总局的汇报最终促成了这次行动，不过明显不太顺利，今天才接触案情的荆汉警方现在都还持怀疑态度，不敢相信有这么大的骗局就在眼皮子底下上演着。

“我也没时间考虑啊，零号还跟着啊，这可怎么办呢？”谢副厅发愁道。

“这样，让随阳的X小组留守人员专盯零号和沈燕这一条线。行动打响之后，随阳那边的保密封锁就可以撤了，全部交给随阳警方，他们就可以抽身专门针对沈燕……实在不行，让他们沿途追踪。”周修文道。

谢副厅看了他一眼，周修文赶紧解释：“我可没有抢功的意思，今天的主攻方是总局和荆汉的同事。”

“这些嫌疑人之于警察的功劳越大，就越意味着这些嫌疑人之于社会的危害越大。我倒真希望你一网打尽，别让这些余孽再出来害人啊。就这么着，我来安排……会议再持续一到两个小时，部署完成后就开始，有意见先保留，有分歧先搁置，这次行动必须干净彻底。没有雷霆手段，哪有国泰民安。”谢副厅狠狠地道，发泄着心里的郁闷。

周修文有点儿感动，认真地敬了个礼，道：“您放心，我赌上这身官衣了，拼着被扒了这身警服，今天我也要和逆风较量一下。”

“好，扒了警服大不了我们从辅警再干起，还干反骗，这辈子跟他们耗上了。”

谢副厅用电话指指周修文，铿锵地道。虽是句玩笑，可听得周修文莫名感动，这个鬓已斑白的前辈的形象一下子高大起来，让他致敬的手，一时都忘了放下……

19时整，进入监控视野的陈策，乘坐一辆奔驰S系轿车离开他居住的金域海岸别墅。所有骗子和精英都有个共同点：衣食住行都极尽奢华，这也是彰显身份的一种方式。

开车的是石金山，他圆滚滚的身子几乎把座位挤满了。他笑着问道：“策啊，老贾请你好几回了，今儿怎么有心情了？”

“不能总驳人家的面子嘛，再说，我还真好奇那地方。”陈策笑道。

石金山纳闷，好奇地问：“我说，你不会真没去过那种地方吧？这这……人生在世，无非吃喝玩乐嘛，要不整那么多钱干吗呀？”

“呵呵，我还真没去过，不过我赞同您的观点。”陈策道。

“这不就是了，哎对，今天那个事……”

“解决了，冤家找上门了，上头和她谈妥了，无非是想分点儿利润，到时候再说。”

“她要再捣乱，就怕出事啊，咱们这摊可经不起查呀？”

“您不是常说，江湖事，江湖了，她绝对不会把我们真交给警察的，那样的话，她可什么也得不到了。”

“也是……还是你们这文化人有心机，我们这帮人混江湖可老喽。不说别的，就说老贾对你可是佩服得五体投地啊，他挖空心思赚十年，都没你划拉下给他的多。呵呵，我也是啊，以前从没想过，赚钱可以这么容易啊，净想着从别人兜里掏，就没想过银行有这么多钱呢，哈哈……”

“这是干妈很久以前就有的想法，只是苦于条件不成熟没法实施。说起来还是杜叔有眼光啊，简直化腐朽为神奇。说他点石成金一点儿不为过，即便当年的金瘸子还在，也不过如此吧。”

“哟，你一说这我想起来了，金瘸子其实比他还高一筹。”

“有吗？”

“必须有啊，他当年就是装修了个门面，做了一个银行的分理处，一模一样复制出来的，说起来和咱们干的有异曲同工之妙。不过那可是二十多年前，那时候你杜叔也像你这么大呢。”

“哟！说起来杜叔是深得金瘸子的真传，可怎么会销声匿迹呢？会不会……”

“他那尘肺病本来就活不了几天了，到那份上谁敢逼他？呵呵，放心吧，乐和乐和那老小子比谁都不笨，嘴牢着呢……哎，不说这个了，今儿就喝酒唱歌乐呵乐呵。”

两个人有一搭没一搭地聊着，车驶近了荆汉国际酒店，目的地却不是这里，而是距此不远的一幢写字楼。在负一层，那里有个相对隐蔽的会所，是传说中那种妞靓价高酒水贵的地方，专为高端客户服务。

车刚泊停就有服务生来迎接，这种预约式的服务果真是无微不至。他一直把你送到门口。推门而入才显酒店的奢华，富丽堂皇得让人咋舌。长得瘦高一脸谄媚的贾一文躬身握手客气地道：“哎哟，可算请到您这尊神了，请请。”

“客气什么，您都是前辈了。”陈策谦虚道。

“咱们这行能者为大，我顶多算小弟啊，哈哈。”一把年纪的贾一文在金主面前可是极尽谦恭了。

他领人进了包厢，招呼着妈妈桑带人。眨眼间不知道从哪儿钻进来一群莺莺燕燕，几乎是统一的身高、统一的前凸后翘，整齐划一地齐齐恭身问老板好。

石金山淫眼放光瞄着，贾一文小声道：“陈总，您挑两位，这儿的素质绝对一等一的，比我手下的那些一点儿不差，看上哪个我安排。今天谁也不能跟我客气，都算我的。”

那妈妈桑正待推销，却不料陈策一挥手道：“别麻烦了，都留下陪我们唱歌喝酒，我有选择恐惧症的，一律不做选择，全选。”

“哎呀，大气！怨不得贾总推崇您哪。”妈妈桑乐坏了。

“上酒……包场得了，别接客人了。”贾一文大气道。

“好嘞，姑娘们，把客人伺候好了。”那妈妈桑给陈策抛了个媚眼，陈策不好意思地挥挥手打发走了人，顺势搂住坐下的两个女孩。

音乐响起来了，笑声浪起来了，歌声飘出来了，酒水流水似的送进来了，昏暗的灯光下觥筹交错，舞池凌乱，像每天在这里上演的纸醉金迷故事一样，序曲拉开了帷幕……

天欲其亡，必使其狂

只有身处信息指挥中心，可能才会深切地体会到，庞大的国家警察机器一旦运转起来，威势会是多么壮观。

襄州、随阳、江离、荆汉等市警员陆续就位，原来杂乱的协调场面变成了整齐划一的等待。简陋的派出所里，满员的警车就泊在门口，只待命令到达就疾驰而出；安静的刑警队里，参案的警员像木雕一样安坐着，手里紧紧地握着枪支；隐藏在街道、居民点、路口的警力，都披着厚厚的伪装，深藏在这城市繁华的深处。

“第一阶段的目标是‘猫池’，荆汉市警力分配是这样，以各派出所、刑警队为基础，各组为五至十人的突袭组，以各治安点为信息节点，整个联动网络要保证在三到五分钟内赶赴现场，后续到达的自动对事发区域形成合围。我们不知道目标是谁，在哪儿，但它肯定要有一个接入点，这个点，就是我们的突袭目标。”

周修文指着电子地图，密密麻麻连接的红线就是今天的成果，几乎把全市的基层警力都动起来，每个连接点都表示有基层警力驻守。这张大网，把荆汉上千万人口的大市覆盖得严严实实。

“总局分析，主要区域着重于荆江两岸，这是荆汉的老区，本市轻工业闻名遐迩，这一带每一个家庭可能就是一个作坊，甚至一个工厂，更甚至就是一个网络上年收入上百万的店铺。这种大流量带宽环境恰恰给黑产提供了绝好的隐藏地点，再大的数据流量在这里也不会引起注意……之所以要采取突袭和包围并用的方式，是因为我们得防止对方使用欺诈路由或者偷宽带接入的方式。能捕捉到的IP地址，有两种情况，一种就是窝点，一种是窝点在这个IP附近。”

周修文说着，看了谢副厅一眼。那件纠结的事尚未解决，他停顿了下，继续道：“我们前段时间的侦查一直保持着限制和忍耐，也根本没有触及网络这一块儿，目的就是麻痹他们。只有在这麻痹的情况下，我们的收获才可能更大。黑产的警惕性很高，一旦有任何风吹草动，他们马上会切断网络销声匿迹，而只要离开网络，我们可能就再也无从知道，虚拟世界的罪犯在现实中会是什么样……就这些。”

指挥圆桌旁的各警务人员发着怔，抓捕撒网捞鱼的情况不罕见，但像这样，在虚拟世界撒网捞鱼可不多见，饵放在境外、鱼游在荆汉，而且目标并不明确，每个人的忧色都不由自主地显现在脸上。

“同志们，徐厅在外地开会，他托咱们这个临时组成的指挥部研究决定重大事项。我借此机会说几句，权作战前动员吧。”

谢经纬看了眼刚刚认识一日的同行，斟酌道：“对于此次有争议的行动方案，不管是弃权还是反对，我都表示理解，因为大家的出发点是一致的——为了社会的和谐、为了人民的安宁。我们有时候甚至都要违心背愿地撒谎，不敢把这个世界的真相告诉群众。当然，有些突破道德底线甚至人性底线的罪行，可能连我们自己都承受不住。我想起几件让我难以启齿的事啊，我家那丫头上大学，接了电话说领奖学金需要在网上注册领取，结果她一注册，没领到奖学金，自己的生活费都被骗子转走了。就这事，我这个当警察的爹专程跑了一趟，到现在解决不了。校警都没当回事，他说这事多了，每年都有人被骗，谁摊上了谁倒霉。”

众人有点哭笑不得，可能都经历过类似的事，诈骗不知道什么时候已经成了公害，已经渗透到生活中的方方面面。谢副厅没有笑，他继续道：“还有件事，也是发生在咱们警察同行的身上。一个派出所的指导员，大家知道基层的情况，一忙起来十天半月不着家很正常。他们在追一宗诈骗案，一伙儿专门针对老年人下手的算命卜卦的，就是那种算你有什么灾有什么难，得花钱破解什么的。这迷信还挺有市场，这些嫌疑人在我们市里骗了十几桩，指导员一桩一桩地审着，交代这交代着就发现，咦，这交代的地址，咋像我家呢？这交代的人，咋像我妈呢？这下急了，赶紧回家，回去老两口正抱着哭呢，给骗走好几万，都在商量着去寻短见呢……短见倒是没寻成，可损失的钱呢，也没找回来，哎……”

一声叹息，带着在座众人都叹了口气。谢经纬接着道：“我要说的很简单，当骗子把社会的诚信、善良、勤劳收割到一定程度时，当这社会充满谎言和欺诈时，当这个社会底线开始崩塌，无人能够幸免时，包括我们警察。面对骗子，面对诈骗，如果我们不全力以赴去摧毁他们，去拿回属于我们警察的荣耀，那结果只有一个——我们这身警服上会被烙上‘耻辱’两个字。所以，我别无选择。”

谢经纬说完，他拿起笔，在会议纪要上唰唰签上了自己的名字。

“加上我，本次行动我是执行人，也是第一责任人。”周修文道。

“还有我，枪在嫌疑人手里是凶器，在警察手里是武器，我们纠结方式有点教条了。”

“算我一个，技术无罪，有罪的是使用技术犯罪的人。”

“开始吧，谢副厅，谢谢您的故事，荣耀和耻辱，我们选择前者，哪怕败亦荣焉。”

……

在最后一刻，圆桌会议上意外地高度一致了。

20时30分，第一波攻击自荆汉市信息指挥中心开始了，总局远程指挥着，尝试性地向远在香港的服务器发出了登录请求……

十分钟后，数据流量骤减。

在香港油麻地一座通信大厦机房里，陆虎和巫茜在一遍一遍地擦着汗，大功率的空调开着也挡不住酷热和机器运转的双重热量。两个人身后，还有几位港警在协助，每个人衣服上都一片一片地洇着汗渍，衣服干了几遍又湿了几次谁都说不清了，等待这么久终于快到高潮了。

“第二波开始……持续十分钟。”巫茜道，她抬眼看向陆虎，下意识解释道，“如果我们针对主站攻击，那会引起他们注意，可能会关闭网站销毁数据，只有这样的节点才不会让他们感觉到威胁。”

“或者，当成是沈燕的试探？”陆虎问。

“对，这条线沈燕肯定知道。”巫茜道。

“那他们万一不上线呢？”陆虎道。

巫茜的表情一下子快哭了，她郁闷地道：“你们X小组都具备乌鸦嘴功能，一句就能把话聊死。”

“有这种可能啊，毕竟只是一个论坛。”陆虎道。

“正是因为不起眼，才有可能设置数据陷阱，主站操作的都是大拿，防得比大数据中心还严，咱们有机会进去吗？”巫茜道。

“可你还没有说，万一真不上线呢？”陆虎道。

“闭嘴……”巫茜怒了。

两个人保持着姿势，眼睛眨也不眨地盯着满屏的数据变化和登录用户。

又是一波试探，这个小破站像被遗弃了一样，仍然毫无动静……

20时40分，陈策的电话在口袋里响起来了，他醉醺醺地站起身，说去接个电话。有个妹子要搀着他，被他挡开了，反而是开门进来的妈妈桑正好扶着他，他顺势搂着这个半老徐娘，惹得贾一文狐疑地附耳问石金山：“老石，陈总不会好这口吧？”

“哪一口？”石金山正抱着一个妹子摸，好奇地问。

贾一文指着出门的陈策，小声地道：“嫩草爱被老牛嚼？”

石金山和贾一文瞬时爆出一阵大笑。

当然不是这么回事，妈妈桑把陈策领到僻静处，陈策接了电话，听筒里有人说：“BBS站点流量异常，好像是DDOS攻击。”

“那上面没什么东西啊，攻击有什么意思？”陈策道。

“是啊，我也是纳闷儿才问你。”对方道。

陈策略一沉吟直接道：“对攻，黑掉他们的终端。”

“OK！”

挂了电话，他的表情狰狞了几分钟，眼前俱是阴魂不散的沈燕，好一会儿他的气息才平静下来。他默默地把手机扔在这个房间的角落，然后若无其事地拉开门，妈妈桑正在笑吟吟地等着他。

不对，似乎那笑里还含着其他意味，陈策边走边说：“老贾肯定喝多了，别让他走啊。”

“放心吧，在我们这儿，就没有能清醒离开的。”妈妈桑浪笑道。

“石总也安排好了啊，我是实在不能陪他们这么闹啊。”陈策笑道。

“您放心吧，石总每次来，不到天亮，撵都不走。”妈妈桑道。

“那就好，看来您的服务确实周到。”陈策笑道。

“必须的啊，您花钱得让您觉得值啊。”妈妈桑道，已经亲自为陈策打开门，这是一道暗门，自负一层通向楼上的维修通道，里面充斥着灰尘的腐味，那味道让陈策不由得捏住了鼻子，不过他还是迈步前进，借着另一部手机的光亮走向深处。

片刻后，他拐过弯，光亮消失了，眼前一片黑暗，妈妈桑轻轻地关上了门……

“上来了，上来了……”巫茜兴奋了。

“他是管理员，完了，一个照面他就把我踢下来了。”陆虎吓了一跳。

“你登录备用账号，那个他识别不了。”巫茜道。

陆虎运指如飞，重新登录页面，此时因为数据流量壅塞，速度极其缓慢。巫茜在另一侧双手已经飞成了一道残影，只能听到噼啪作响的键盘声，她边敲敲击键盘盘边喃喃地道：“这绝对不是逆风，是个小把式……说不定是逆风培养的羊毛党……居然不过滤出入防火墙的数据包，也不检查数据文件变化……咦，他在分析登录日志，坏了，坏了，他可能盯上我了……我去，他是要黑我，他们居然对攻回来了……”

陆虎脸上带着病态的兴奋凑过来，巫茜的电脑似乎不受控制了，她几次按CTRL\ALT\DEL组合键都没反应，巫茜一下子怔住了，她目瞪口呆地说：“周组，他们居然黑进我的电脑了。只用了两分钟。”

“放开，让他进来。”

“是。”

巫茜一下子完全放弃了操作，陆虎小心翼翼地征询：“这可怎么办？”

“什么怎么办？都不用办了。”

“啊？那……”

“本来咱们是饵，是钓鱼，但现在鱼不但把饵吞了，还想飞起来咬钓鱼的人一口，你说还用干什么？”

“那岂不是……他要撞上咱们的网安信息中心？”

“这就叫‘天要其亡，必先使其狂’，他们太目中无人了。”

这时候，巫茜反而静下来了，她摘了耳麦，在通信工具里能听到指挥部有序的声音。

“起始地址：120.0.0.×，地址为假。”

“结束地址：206.8.×.255，地址为假。”

“主机地址范围为：188.×.0.1–188.6.××.254，范围锁定。”

“B类网址：203.120.××.0，无法锁定，使用了代理服务器。”

“环回地址名称为localhost，反向追踪……”

陆虎和巫茜听着这如同天籁的声音，是总局的网安、荆汉的网安以及中州的网安在协同作业了，陆虎小声地说：“我想起了堂吉诃德，单枪匹马冲向假想敌。再悲壮的过程，结果只会增添观众的笑料。”

“我只想看见他们哭，真正的黑客精神是探索未知，而不是炫技敛财，他们是技术的败类。”巫茜道。

“这个败类可能还没反应过来，有几百个网安在追他。”陆虎笑道。

“他应该感到荣幸，可惜无人能知。”巫茜笑道。

此时听到了整齐划一的声音：

“锁定：139.22.255.×××。”

“荆汉市、江桥三官村，西北以北……”

“江桥三官村西北以北区域，沿此线2公里全部封锁。”

“向沿途各组下达电子命令，最近的是谁？”

“刑警九队一组。”

“命令他们作为突袭小组，马上赶赴第一现场。”

……

靠着椅背的巫茜和陆虎彻底放松下来，陆虎叹道：“真想去现场啊，其实还是荷枪实弹有感觉。”

“不会有感觉的，键盘侠一见光，都是一群怂包蛋。”巫茜无所谓地道。

陆虎侧头看了看，笑了，他看看自己白皙修长的手指，似乎此言不虚。

三官村，在林立民房中间一个隔绝光亮的空间，有四五个坐在电脑前的男女，打游戏的、听歌的，每人面前都有几台悬挂屏幕。房间的空地上有两列手机陈列架，自动运转的机器的指示灯在闪烁着，他们没有注意到，一旁监视门外街道的摄像头，蓦地黑了。

角落里的那个人几乎是以抢红包的手速在敲击键盘。二十分钟里，他攻破了对方两层应用程序防火墙，不算容易的过程勾得他技痒，对方似乎是个旗鼓相当的对手，他一探究竟的念头越来越强烈，动作也越来越快。

“哈哈，兄弟们，我可能捏住白帽子的小辫子了，进去了。”

他兴奋地一敲回车，有人听到回头，然后惊声尖叫，操作的这人吓得差点儿从椅子上跌下来。

刚进入的网页一下子跳成了红旗围绕着国徽的红色画面，下书两行标语：严厉打击网络犯罪，维持社会诚信体系。

操作者使劲敲电脑键盘，没有反应了，他愣了两秒钟，旁边有反应快的吼道：“蠢货，被反追踪了，快跑。”

晚了，话音方落，嘭的一声巨响，门被爆开了，几位架着防护盾的警察冲了进来。

接着又是嘭嘭几声，厚重的遮阳帘外的窗户碎了，窗外的警察冲进来了。一时间，不许动的叱喝声、各种报警器的声音齐齐响起。砰的一枪响了，一个试图将手伸向键盘的男子，捂着胳膊惨叫着倒地。见机最快地钻进桌下的一个女人刚要伸手拉电，砰砰两枪从她眼前擦过，她吓得尖叫着“别开枪别开枪”，在叱喝中战战兢兢地爬了出来。

几乎是在突袭的第一时间，后续警力已经到位，这些特殊的嫌疑人被给予了特殊照顾，几人一组看一个，手铐反铐，全部面朝外墙远离电脑的电源线。确认数据没有被损毁后，现场突袭指挥这才确认回报：

“五个人，四男一女，暂时无法辨识身份。”

“数据呢？”

“他们没来得及断电，全部开机……这好像是个诈骗窝点。”

“封锁现场，任何人不得靠近。”

……

指挥部里，第一帧回传画面开始显现后，周修文一直紧绷的脸上露出了笑容，他说道：“错不了，就是这台机子黑进了咱们的网安中心。总局网安的LOGO。”

这里面似乎透着某种黑色幽默，像罪犯逃跑然后跳进派出所院里的那种笑话，荆汉同行有位问道：“需要马上派技术人员到现场确认了。”

“已经在路上了。”周修文道，看向了谢副厅。

谢经纬起身道：

“接下来，将是一个见证历史的时刻，也是一个即将载入历史的时刻，我宣布第二阶段行动即时开始，行动代号：断卡。”

这是一个捂得很紧的秘密，它亮出来时，在场的警察脸上都是一种奇怪的笑容，似乎比看到这群自命不凡的黑客闯进网安主站里还让他们觉得好笑……

画地为牢，网外撒网

省人行会议厅，各银行负责人连夜匆匆赶来参加这么一个“防范金融风险紧急会议”。和往常一点儿都不一样，没有寒暄，没有领导讲话，只有一份厚厚的由公安部门提供的案情资料，一看就能明白为什么让银行数据人员全员待命了。

二十一时刚过，主持会议的领导接了一个电话，放下电话对着与会人员说了今天会议上仅有的两个字：断卡。

各银行联网后台数据启动了，一组一组的账户资料进入了禁止名录。这是比冻结更严厉的操作，这些余额不等的银行卡、公户将在此刻起封户，包括关联的注册身份证也将进入银联的黑名单，不再被银行前台受理。

与此同时，省通信管理局的电视会议也正在举行着，接到通知后，同样一直保持静默的会议主持人连线宣布：断卡。

全省星罗棋布的程控机房、通信机房、基房控制室，在里面驻守的技术人员把一组组数据全部输入禁止目录。和欠费、停机、关机一样，进了目录的号码会做出特殊标记，系统会自动切断通信及网络信号，同样关联的身份证会进入黑名单，不再被运营商受理办理任何通信业务。

荆汉市物联科技公司，应省公安厅要求，对涉案物联网卡实行断卡。

远在首都的某通信软件总部，对涉案的微信、QQ等即时通信工具号码，远程实施断卡。

“今年到目前为止，总局通报的信息是，共破获电信网络诈骗案件15.5万起，抓获嫌疑人14.5万名，同比分别上升65.6%和74.1%。一方面是骗子被抓的概率明显大了，一方面是境内的诈骗犯罪回升了。据说现在偷渡出入境的费用越来越高，国外的窝点被迫解散，远不如以前舒服。我们必须找到根源，采取一次一劳永逸的打击，而不是像以前一样，治标不治本，越治病越深。断卡行动的思路就是在这种背景下产生的，我们很荣幸成为全国试点地区。”

在等待的间隙，谢副厅说了这段闲话。

下面讨论着，总局来人笑着道：“电话卡、银行卡是电信和网络诈骗持续高发的根源，这次‘断卡’无异于‘断奶’，必将给骗子致命一击。”

“主要在于行业的监管漏洞大，电话卡和银行卡实名制仅停留在实名开户层面，出租、出借、出售等问题仍然没有杜绝。采取关联身份证和个人征信的话，我想这种情况会出现逆转。”

“那会不会误杀啊？我们统计过，在两卡涉案人员中，有大量民工和大学生群体，仅大学生群体就要占到两成以上。”

“这个总局有考虑，总局建议出台相关地方法规，根据不同情况区别对待。对公安机关认定的出租、出借、出售手机卡，且被用于电诈犯罪造成损失的失信用户，只保留一张电话卡，五年内不得办理手机卡；对存在监管过失的销售渠道、代理商，停止经营资格，依法追究责任。”

“那我们的压力可就轻多了，不法分子经常在多个企业和银行用同一身份信息开卡。往往是开卡贩卖后，又注销旧卡、开办新卡，再次出售。甚至发现有以此为赚钱渠道的，只要这个监管漏洞能被堵住，再厉害的骗子也嚣张不起来了。”

在热烈的讨论中，谢经纬偶尔笑笑，没人注意到他眉宇间的忧色。这把尚方宝剑解决得了骗众，却解决不了骗枭。那些嗅觉灵敏、高度警觉的头目，仍然像幽灵一样飘忽着，他心里莫名地有一种不祥的预感，却说不清是来自即将开始的抓捕，还是那个去向不明的零号。

断卡十分钟后，各地同时开启了抓捕行动……

第一次抵达城中村三观村案发点的是周修文和一位总局网安警员，那儿已经惊动的群众，被围得里三层外三层，大家众说纷纭，后续到达的人倒都形成有序的了。

通过了警戒线，两个人看这现场有点儿咋舌。就一车宽的路，四个方向视线都受阻，四面八方都有通道，而且大部分民房都是小作坊。围观的群众中充斥着不同地方的方言，同行赞了句道：“把黑产窝点选在这个地方貌似危险，实则安全，是个有大智慧的人啊，不起眼地隐藏在市井里才是最难做到的。”

“这似乎和丰仪银杏基地发现的不同啊，那里是个隔绝的环境。”周修文道。

“换思路呗，我们以前不也是追着骗子打击，越打越多，这才回过头来从根儿上挖。”同行道。

“啧……没找到时我信心很足，就是逆风除外；为什么找到了，我的信心又缺失了呢？”周修文说着心里的困惑。

“放心吧！周组，他连续损兵折将，羽翼越来越少，蹦跶不了几天了。”周行拍着肩膀安慰道。

通过门口的岗哨，两个人进了案发现场。如临大敌的荆汉警方把门口、围墙、房顶都加了岗哨。进入一层嗡嗡作响的主机房，简易式的阵列机架，防静电地板，墙角的一隅放着成箱的物品，拆开一看，正是各类诈骗必备的物品：银行卡。

同行哑然失笑：“估计是咱们这次拦腰一刀来得太快，他们的生意还没来得及做大，哈哈。”

“不过还是挺佩服他们的，构架这个服务器的人是个硬件高手，差点儿骗过咱们的追踪，一起上去看看吧。”周修文道。

两个人自房间内的伸缩梯拾级而上，二层的警员守着现场，验过证件后敬礼汇报大致情况。两个人依次坐在每个工位上操作查询，暗暗咋舌，从这里的远程监控都可以看到襄州、江离等地的现场。两个人在服务器目录里粗粗一看，各式银行卡、身份证匹配信息十几万条，账户信息上千个，每个账户都被标了特殊的序列号，周修文示意在场警员：“把这个工位上的人带进来。”

片刻后，铐着进来一个嫌疑人，居然是个女人，头套摘掉后周修文惊讶了一番。她约莫二十出头的年纪，除了微胖之外，模样尚可。

周修文直接问道：“我们在技术上算同行，所以简单点儿，网银的四件套还缺关键一套，你在这儿做的序号，东西呢？”

戴手铐的女人惊恐地指了指一个搁置杂物的柜子，周修文示意警员搜查。这儿居然被做成了一道暗门，打开后是一个几平方米的储物间。里面一箱一箱的东西被抬出来，是一些亚克力的箱子，箱子里面是一格一格的，放置着公户转账必需的网银盾、密保器等，恰对应着电脑记录。

周修文掏出手机，拨拉着，漫不经心地问：“你们的网络大名叫什么？”

“……逆……风……”那女人蹲着，低着头。

“既然你是本行业的人，就不应该叫这个名字，这个名字犯的事足够让你下半辈子都蹲在监狱里。”周修文道。

那女人蓦地号啕大哭，哭得伤心至极。看守的警员呵斥了几声，她才止住，不过还是止不住地抽泣，她边抽泣边说：“我们……都叫逆风……是老板起的这个名字……我就是个拿工资打工的……以前的事我真不知道……警察叔叔，我……我下次再不敢了……”

“工资？你每月赚多少钱？”周修文问。

“六……”那姑娘及时刹车了，无辜的大眼看着周修文。

“六千不可能，只够你脚上那双鞋；六万好像有点少，顶多比你当码农稍高点儿，不至于来冒这么大的风险，是六十万吧？”周修文道。

那姑娘知道瞒不了，点头嗯了声，几位听着的警察直咋舌。

“好，态度不错，说说你老板。”周修文道。

“没见过。”

“没见过那你是怎么到这里来的？”

“逆风几乎是我们的偶像，我上大学的时候，大家私下里经常提到这位技术大牛。程序员这个圈子也不算大，我们都在一个论坛里玩，有一次逆风不知道怎么联系上我们了……我们，都有境外的网络账号，也经常去一些技术论坛，可能被他盯上了，后来熟了就商议着线下见面。”女程序员流着泪抽泣着交代。

“什么时间？”

“两年多前。”

“地点。”

“长安酒店，他给我们订的机票、酒店，所有开支都包了。”

“那见到面了吗？”

“没有，只有一个代理人，他邀请我们当时的三个人，给他当帮手。”

“我猜，工作的地点是在一座银杏基地？”

那女程序员点了点头，嗯了声。

“失之交臂啊，你们撤走，比我们到达早多长时间？”周修文笑着问，这一下全对上了。那女程序员道：“几个小时，我们没走远，后来那儿就去了好多警察，我躲了好几个月才出来。”

“嗯，有点儿意思……都相处这么长时间了，老板逆风居然没露过面？”周修文问。

“没有。他好像在海外，偶尔有技术上的问题我们都是在网上交流。”女程序员道。

“那你见到的所谓逆风的代理人，又是谁？”周修文道。

“江寒，叫秦江寒。”

“水平怎么样？”

“他学的程控机床和自动化专业，编程稍弱。”

“哦……那这儿的组建，我猜是秦江寒干的，然后再把你们高薪召回来的吧？”

女程序员点点头。

“召回来之后，你和所谓的逆风在网上交流过吗？”

女程序员摇摇头。

“那这里所有的事，其实是秦江寒说了算？”

女程序员点点头，惊讶地看着周修文。

“来，认一个人。”周修文招着手，那女程序员站起来走到桌边，手机上显示着恢复的肖像，那女程序员点点头，就是秦江寒。不过下一页翻到陈策的照片时，她却摇头了，表示不认识。

“那你离开丰仪银杏基地后，见过秦江寒吗？”周修文问。

那女程序员摇摇头，补充了句：“都是电话联系，信号是加密的，号码经常换。”

周修文无语地看着这位智商比情商高太多的姑娘，那姑娘紧张得又补充了句：“刚刚出事前还通了电话，这几天一直有人捣乱，可能想黑我们租赁的服务器，结果……”

“下去吧，好好整理一下思路，你们这一群逆风，还指望分担刑责啊。”周修文结束了对话。

那女人用哀求的眼光看着他，他故作未见。人被带出去之后，一旁沉默的同事道：“逆风这顶桂冠，应该是先在徐则臣头上，之后又到了秦江寒头上，秦江寒意识到他无法承受桂冠之重后，恐怕要甩给这些情商没有智商高的程序员啊。”

“可惜啊，这么好的技术人才，一顶黑帽子把一辈子交代了。希望能抓到他呀，否则这个谜我们还是解不开。”周修文道。

他开着的远程监控里，看到已经有警察冲进了襄州的窝点，抓捕开始了……

襄州市东宝工业园，营销课程正在进行中。

不得不承认做传销的人是非常敬业的，上午那么大一场惊吓，晚课照常进行，马礼作为领队，正声情并茂地在讲着营销技巧：

“……大家要明确一个要点啊，那就是，营销推销的不是产品，不是公司，不是签单，而是你这个人。个人形象打造、个人心态，客户对产品的了解和理解，等等。说到底还是营销者个人起着决定性作用。不信你们自己瞧瞧业绩，在同等的条件下，一位气质、素质和形象都很好的女推销员，她的业绩远远超过别人。这确实是个刷脸的时代啊，你打造出什么样的个人形象，直接决定你的收入增长……接下来说痛点，痛点比卖点更重要，因为痛点可以激发客户强烈的情绪。比如有这样一个文案：能逼疯一个人的不是保费，而是医疗费。哎，这个保险文案就厉害了，只要进过医院的，一下子就戳到痛点了……大家想想，我们还能开发出什么样的好文案？”

他“循循善诱”地讲着，扫视着麾下员工，却不料在学习正酣的光景，一件不和谐的事发生了，咣当一声门被撞开，几名警察进门喊着：“都别动！”

马礼眼一直，怒从心头起，吼道：“又来，你以为我们好欺负是吧？上。”

这次轮到警察反应不过来了，这么嚣张地对抗执法还真是头回见到。他一愣神的工夫，左近的人一把抱着他的腿，使劲儿一搬就给摔人群里了，又一下哗地被人群淹没了。另两个刚要救援他，不料被一女的伸手就挠，他一躲闪，那女人一头撞了上来，由于平衡失控，他也被扑倒了。三位警员一个照面倒了一对半。

由于上午被吓跑，后来听说是东西丢了不少，现在整个团队可都是同仇敌忾了。连打带踢、连抓带挠，马礼风风火火地照着一位警察狠狠地踩了两脚骂：“说，谁让你来的。”

“我们是……”那警员还没亮明身份，话就被打回去了。

一刹那就出了乱子，后面救援的都来不及，领队急得在门外砰砰放了两枪，那些乱打乱踢的人这才怔住。紧跟着门外、窗外，嗖嗖地往里跳人，清一色的都是警服装束，这一干法盲才傻了眼。

襄州这个订单传销团伙，累计七十八人，全部被拘留。

同一时间，江离市江都大厦写字楼，当围捕的警员冲上去时，也恰逢这群骗子在开会，而且是大会，挂着保险公司的牌子，讲的是订单推销要点，甚至还创新地把推销和传销结合起来，每十份订单送一份价值8888元的人身意外险。老传销分子管大军搁台上讲，送给客户的是未来，未来是什么样大家别在乎，我觉得要在乎的是现在，现在赚不到钱肯定没有未来。

警员们几乎是踏着学员的掌声进场的，这边还算平稳，没有冲突。管大军一直在解释自己是合法的保险代理公司，有注册信息，有上头批准，不过等到财务室被查封，一摞营业执照被搜出来时，他不解释了。

江离的诈骗团伙落网，同时在当地组建的三个小团伙刚到站，即被警方滞留。

也在同一时间，已经躲到樊城市辖一镇的史秋魁团伙被地方警力包围。这个团伙的战斗力意外的非常强悍，十几把砍刀加上两把五连发猎枪，几枪就把破门的一位警员打伤了。他们以为遭遇了基层民警，这种情况只要冲出去就能逃出生天。

不过等他们准备来一次亡命之战时，却遭遇了警察的一次火力齐射。微冲、手枪一共几十支齐发，跟着催泪瓦斯又投了十几颗，藏身的小院成了个大烟囱，几分钟后大家就全被熏得扔出猎枪投降了。

后来清理现场时才发现这些人拼命的原因。团伙头目确实不愧于“卡霸”这个称号，这个团伙收集的身份证、银行卡足足装了半个货厢，看得到场的警员心肝直颤。这简直是诈骗团伙的加油站啊，还是机动的，真要流出去，不知道得坑多少人……

荆汉相对就平和了，突袭荆汉万博保险总部时，除了保安外几乎没遇到抵抗，可是按照该公司的名录照单拿人的时候却发生阻碍了。上门才发现要传唤的嫌疑人家属不是市政府的，就是区政府的，甚至街道办的，还有更尴尬的，家属是派出所的，个顶个儿关系通天。市政府和市公安局的电话响个不停，几乎都在问万博究竟出了什么事。

这时候，秘密抓捕的警员已经步步为营地包围了荆汉国际酒店左近的这个隐蔽会所。前队冲进去封锁了各个出口，没有想象中那么难控制，这里只有一间在营业。警员推开门时“辣”得眼睛差点儿掉地上，包厢里几个女人裸了一半在跳着热舞，沙发上的那位左拥右抱喝得正欢。灯亮时，才发现这货已经喝得眼直了，嗤鼻道：

“来早了，阿sir，我还没脱呢。”

警员看看行动信息，脱口问：“贾一文？”

“嗬，是啊。”贾一文不屑道。

“我们是市刑警大队的，现在对你正式传唤，跟我们走吧。”那警察还算客气，贾一文借着酒劲拍着桌子问：“为什么呀？”

那警员厌恶地一甩头：“带走。”

来真格的了，两位警员架着贾一文起身出去了，然后里里外外搜查了几遍，当找到那个不起眼的暗门时，这位警员一下子懊丧了，赶紧拿起了步话……

“什么？什么？三个人就溜了两个？”指挥部里，荆汉市一位同行在吼着。

“对，刚走不久，这里有个未在消防系统里备案的暗门。”汇报道。

“找，掘地三尺也把人给我找出来。”

“是。”

这位同行愤愤地挂掉了指挥步话，抬眼发现谢经纬正看着他，他尴尬地道：“谢副厅长，这……对不起……我马上命令他们查原因。”

“不用，原因不在我们内部，这次断卡是在战略上收紧，宏观上堵源，具体细节上，呵呵，不顾细谨可以理解。马上命令各地将缴获的两卡及各类证件，全部输入断卡名录，我们要布的是一个大数据的天罗地网。”谢经纬命令道。

这位指挥员领命起身，和各地警力联系着。

不过再怎么讲，还是出现了疏漏。与会人员面面相觑，却摸不清问题出在哪儿，总局的一位小声地道：“我们追踪猫池和断卡，前后相隔时间不到半小时。只要猫池被控制，其中枢几乎就被切断了，再加上断卡，他们之间互通信息已经没有可能了……谢副厅，是不是还有我们没有掌握的情况？”

谢经纬思忖着没有出声，另一位提醒道：“修文……修文有没有什么消息？”

去现场的周修文还没有消息，话音刚落，电话就来了，谢经纬拿起了电话，摁开了免提直接道：“给你一个不太好的消息，石金山、陈策漏网，那个女会计还没有消息。”

“我这儿的消息还判断不出好坏，五个黑客都是被秦江寒招募入伙的，他们的上一站就在丰仪银杏基地，当时秦江寒打着逆风代理人的旗号招募了这些人，五个人都能指认秦江寒的照片。但是在重建荆汉这个猫池之后，五个人都没有再见过秦江寒，而是受秦江寒的电话指挥……几乎可以确认，陈策就是秦江寒。”周修文道。

“那能确定是逆风吗？”谢经纬满脸忧色地问道。

“他们都打着逆风的旗号，这个逻辑应该这样理解，逆风不是一个人，而是一个团队。按目前的情况看，最早的应该是徐则臣，徐则臣被杀后，那秦江寒或者陈策应该是下一任逆风，其余的都是帮凶。这五个黑客平均年龄不到25岁，被招募时间最长的也不过三年，和逆风的履历对不上号。”周修文道。

“如果徐则臣是逆风，他已经被仇杀，那沈燕追来就没道理了。”谢经纬问。

“我刚刚可能找到了原因，据他们中一人交代，这几人一直在替老板把现金兑成比特币，经他们手兑的已经有一千二百多枚，按现在的市价算，每枚接近16 000美元，可能已经洗走一个多亿的人民币了。结合徐则臣被杀的情况，我想，这个会不会是沈燕的终极目标？可能这些年诈骗积累的财富已经是个天文数字了。”周修文道。

本来想趁其未成气候时重拳打击，以避免将来后果不堪设想。可谁能想到，骗子已经干到不堪设想的程度了。谢经纬懊恼地道：“没想到，还是有点儿晚了。虚拟货币是去政府和中心化的，恐怕追不回来了。”

“而且案情没有我们讨论的那么乐观。谢副厅，我请求马上把荆汉市网警、经警骨干力量全部调到猫池现场和万博公司查账，损失可能比我们想象的大。”周修文提议道。

此事马上传达下去了，总局的两位离场，带着网安调来的人赶赴三官村现场。

很快有了更坏的消息：经侦初步查账便找到了疑点，万博公司在荆汉市的业务主打是高端路线，销售“复利宝”“惠利宝”“月利宝”等为名义的分红险种。初始单据已经查到了六百多名投保客户，总金额逾9000余万元，而万博荆汉分公司每月的账目流水不过2000余万元，从账目上根本查不到这笔保金的去向……

这肯定是诱骗客户买了个假保险理财，断卡行动组的一干指挥员，瞬间头大了，这不仅是个窝点，而且可能还是个马蜂窝……

猢狲四逃，不见其臬

21时50分，一行人乘着黑车出现在襄州火车站，车上憋了一路没人吭声，下车有人追着问：“咋了社会哥？”

“公司被抄了，幸亏老子喝多了，回去一瞅那阵势吓得老子一身冷汗，酒全醒了。赶紧逃走，再晚就来不及了。”王社会惊慌失措，带着几个关系尚可的同乡要准备逃亡了，在他看来，还是老式的绿皮火车靠谱。

还好，火车站一如既往，乱糟糟的很让人有安全感，几人进门舒了一口气。王社会习惯性地掏着手机准备买票，手机联不上网，他举着手机寻着网络还以为信号不好，不对，手机根本没有信号。

“嘿哟？今天谁都跟我过不去？手机，手机。”王社会嚷着，还以为自己的手机出问题了，不料大家伙一掏手机，邪了，都没信号了，一个个傻里巴机地面面相觑，然后有人说：“不会见鬼了吧？”

“这肯定是警察捣鬼，现在不是有什么GPS吗？”

“那是定位好吧？这是没信号，要抓咱们总不能没信号，要不然他们也找不着。”

“我觉得是老卡捣鬼，给咱们的卡有问题。”

众人商议着，可商议不出什么结果来，王社会却掏着口袋，掏来掏去兜里只有十几块钱，他催着众人凑现金，可不料凑来凑去还凑不够一张票钱。同乡不好意思地答道：“真没现金社会哥，现在吃饭买东西甚至找个站街妞放一炮都是扫码，谁装钱啊？”

“别看我，我手机根本没钱，现金更没有，我刚来没几天。”

完了，这帮货指望不上了，王社会手指点了点，气得都说不上话来。他好心拽着大家一起溜，结果还得自己买单。他四下瞅瞅，看到了ATM机，上前插进卡，不料又见鬼了，取款机也跟他过不去。哗哗的数钞声响了好一会儿，屏幕上显示“非法卡插入”，气得王社会直捶机器，不料还有更狠的，直接显示了一条“请联系发卡行取卡”。卡都不退了，直接吞了。

哎哟！我去！王社会气得差点昏厥。众同乡赶紧搀着他，齐声安慰，没钱咱们也过得去，大不了扒火车呗，只要离开这地方就万事大吉了。

好吧，最后一招，准备买几张就近站点的票，必须马上离开这地方。王社会这回留了个心眼儿，撺掇着同乡拿着一摞身份证去售票窗口，他们几个在不远处等着。

果真是多个心眼儿没坏处，这头身份证刚递上，片刻之后两位乘警就露面了，追着买票的同乡，那同乡好死不死地喊着王社会一伙儿人说：“社会哥，这不给人活路了，跟他们拼了。”

完了，都露馅儿了，站内外的乘警都得到信息，开始追着这一伙儿人来回跑……

同一时间，一辆面包车远远地驶过随阳轻工业园区，车里四双惊愕的大眼睛看着这地方聚集的警车，然后加速驶离了。

包神星和周鹏，两个人离开襄州回随阳，这两个人确实是人傻命大，躲过了抓捕。看这样子他们知道大势已去，此地已经久留不得了。

“咋这么快呢？我刚过了几天像人的日子。”包神星道。

周鹏也纳闷了，遗憾地道：“还没赚几个钱呢，早知道就先卷一笔。”

“别说赚钱了，这里的公司都是用我名字注册的，回头我不会被警察撵着跑吧？”包神星怒道。

周鹏一点儿都不同情他，反问道：“赖我啊？我都说了这事不能办，人家一个月多给你五千你就不要命了。”

哎哟，这把包神星给郁闷的，啪啪直扇自己耳光，懊悔不已地道：“这不是因为当时没人，答应我过两三个月就改名，都是骗子我怎么能信他们呢？”

“算了，别想了，赶紧跑吧，能跑多远跑多远……前面买点东西，一会儿从二级路上走，你换下车牌，这车肯定被监控到了，我去买东西。”周鹏安排着逃亡计划，毕竟是见多识广的老骗子，安排得细致到位。

他们在一处小超市门口停车，车停得远了一些。包神星下车换车牌，周鹏奔着去买东西，无非饮料、罐头、面包、方便面加上几盒烟，以他的经验这趟得走个长途，长到警察来不及逮你才有机会躲段时间。

一大袋东西放在收银台上，边扫边装，周鹏郁闷地拧开饮料喝了口，收银算了300多元钱。他习惯性地掏着手机扫码结账，咦，问题来了，能扫码却付不了款。他看了看手机，不知道什么时候，手机已经罢工了，显示着无信号，他愣着问收银员：“你们这儿……怎么没信号啊？”

“你胡扯不是？超市顶上就有基站。”那胖妹子指指电脑道：“371，给现金我找你。”

“哦，我我……”周鹏掏着口袋，已经习惯了电子支付，还就缺现金那玩意儿，掏了半天只有几张零钱，他抽着卡道，“刷卡成不？”

“成。”收银员接过信用卡，一刷，嘀嘀，无效卡；周鹏换了一张，嘀嘀，无效卡；再换一张，嘀嘀……再换卡周鹏不好意思了，直接说道：“算了算了，东西我不要了。”

“站住，那饮料。”收银妹子道。

周鹏觉得情况不对，撂下东西就跑，那妹子抄着个罐头瓶追了出来，一边按超市的警报快速报警，一边追着周鹏。刚把车牌卸了的包神星以为出了什么事，一看紧张得顾不上安车牌了，和周鹏上车就跑，那收银妹子在车边跳脚骂了几句，放弃了。

这两个人慌乱得无意制造了一场悲剧，没牌的车刚进外环就遭遇到了查酒驾。两个人看到警服扔下车就跑，被交警当成酒驾心虚的了，而且还是无牌车辆，这还了得，一群交警可了劲儿地追两个人。

110赶来的时候，跳进河道被捞出来的两个人湿淋淋地蹲在警车旁，联网信息一对，直接被铐走了……

漏出了法网，却没有漏出大数据织就的无形网络，依赖电子支付是骗子的长项，而今天成了他们的软肋。行动发起后的一段时间里，陆续有啼笑皆非的警情传回来，溜到车站买票被乘警提溜住的，付不出出租车钱被出租车司机扭送的，还有乘黑车给不了钱，干脆被黑车司机痛殴一顿触发报警的……很多漏网的人以各种意想不到的方式重新被捞了回来。

截至22时，案情通报摆到了谢经纬的桌案上，他粗略地计算着缴获的非法电话卡有多少张，银行卡有多少张，甄别的嫌疑人有多少个，等等。整个指挥部已经忙得不可开交了，指挥部外面停满了银行的车、各级政府的车，还有不知道什么来路的车，据说都在打探案情，一律被哨岗拦下了。

他起身踱了几步，踱到了走廊上。现在所有的指挥成员各顾一块儿已经分散出去了，连个说话的人都没了。不过即便有，他估计也没有谈兴，原来的设计是找到猫池，以断卡截住资金，现在看来只实现了一部分，可能大部分资金还沉淀在被截留的大量银行卡以及账户里，可他担心的是，除了截下的资金，可能还有一部分已经被骗子转走了。

那个数量可能需要一段时间才能查清楚，而现在，可能没有时间了。

他掏出手机，拨通了部下的号码，接通后，叫了声俞骏。

这位老部下最了解他，直接说道："谢副厅长，我们正在和随阳警方移交，案情推进我这里能看到，您的顾虑太多了，我觉得应该先把陈策摁住了。"

谢副厅听得哭笑不得："你以为这是二十多年前，我还是派出所所长那会儿啊？现在压力已经全部压上来了，你都不知道他干了多大的事，光在荆汉卖非法分红理财险就骗走一个多亿元，而且这事可能有政府、银行里的某些人员参与。现在替人说情和想知道案情的，都把省厅大门给堵住了。”

“然后呢？”俞骏问，似乎没有听明白老领导的潜台词。

“原来想最差情况无非是跑了和尚跑不了庙，现在的情况是，和尚跑了，庙里的菩萨给拆走多少还不清楚。时间已经过去快一个小时了，我想全城搜捕不会有效，我们盯上的三个主要嫌疑人，全部消失了。”谢副厅道。

“我们可能最终还是贪功冒进了。”俞骏道。

“轮到你给我上课吗？不像这样快刀斩乱麻，再拖些日子，你敢想象损失到什么程度吗？”谢副厅反问道。

沉默了一会儿，俞骏回答道：“我知道您心急，可我这里也没有头绪啊。”

“那就找出头绪来。俞骏，我知道你心里一直有意见，对组织上，对领导班子里某些人可能意见还不少，背后损人骂娘肯定少不了，这个我从来不介意。但我介意的是，在这种大是大非面前我们工作不得力，群众将来戳着我们整个警察队伍的脊梁骨骂娘。”谢副厅忧郁地说道。

又沉默了很久，俞骏说道：“我懂，我会全力以赴，我犯浑、犯错不止一次，可我从来都没有忘记过，在警察的荣誉面前，没有个人得失和恩怨。”

轻轻地一句话后，电话被下属挂了，谢经纬悠悠地叹了一口气，心情没来由的复杂难言……

电话挂断时，向小园已经站在俞骏旁边了。在一次足以载入警史的行动中成了旁观者，任谁都有点儿惋惜，特别是站在最近的距离还成了这样一位旁观者。

俞主任连旁观都省了，都快交接完了，他还在看那两页纸。他已经用了十几张复印件，这肯定是斗十方仓促画出来的，再一次低下头时才发现面前站着人。他一抬头，向小园便问：“我们就这么等着？”

“那你告诉我，不等着干什么？”俞骏反问。

向小园答不上来，她干脆拉着椅子坐到了对面，俞骏摊着两页纸，感慨道：“不得不承认每个领域都有天才啊，你看十方给的第一张示意图，最前端的是以电子商务为名的传销团伙，他们不断地通过拉人头的方式给终端猫池输送信息——银行卡、公户、成立的公司等，这点是必须的，相当于诈骗的基础；第二层是假托合法之名的保险公司，除了拉人头输送信息之外，更可以通过担保、销售保险产品等方式，实现诱骗目的；第三个层次是躲在视线之外的办卡中介，像卡霸史秋魁这类，以猫池为分界线，来的钱只要经过这里，就销声匿迹了，或者这条暗渠等我们挖掘出来也晚了……你看他画的最末端，是银行，不论传销还是保险，其目的都是从银行抽血，不管团伙成员还是其他涉案人员包括猫池，都是跳板，最终目的是把银行抽出的资金来一个大挪移。”

“目前看来是这样的，这种既分层级又分多点的复合诈骗手法确实不多见，无论我们破其哪一点，都影响不到全局，策划层都有机会从容逃走。总局这一次‘断卡’几乎是个壮士断腕的方式，从宏观上说，也是唯一能把损失降到最低的正确方式。”向小园分析道。

“萝卜快了不洗泥啊，诈骗顶层这几位我们掌握的情况太少了，荆汉指挥部在找到猫池以前不敢对这几个下手，可惜啊，都溜了。”俞骏道。

向小园苦笑道：“主任，猫池是最好的证据，万一抓了人又找不到这个证据，那就更被动了。”

“现在不照样被动吗？别跟我讲程序正义，本案从根儿上讲就不符合程序，如果都讲程序，恐怕到现在我们还在中州犯傻呢。诈骗犯罪千变万化，有既定统一的程序能把他们一网打尽吗？再往根儿上讲，即便‘断卡’行动百利无一害，也未必全部正义。有大量受到蒙蔽的群众以及不知情的商户，莫名地被断卡，接下来社会舆论肯定毁誉参半，你怎么讲呢？”俞骏质问。向小园捂脸，不准备和他争。

赢了一着后，俞骏翻着另一张纸，仿佛这玩意儿比轰轰烈烈的断卡案情还重要似的。他喃喃道：“我们漏掉了什么，他一定想告诉我们什么。”

“我已经看了无数遍了。”向小园道。

那是一张人物关系图，很简要，一方是沈燕一伙儿的众人，一方是逆风一伙儿的众人，不过逆风的名字打着问号，第三方是“我”。初看俞骏都不屑，这货居然把自己和沈燕、逆风放到了同等位置。而连线说明第一句是：逆风无意识破了我在长安的身份。

第二句连线说明沈燕那里却是个问号：沈燕如何找到我？

第三句连线说明有一个问号：沈燕又如何提前到了随阳一带？

处在他那个底层位置所知有限，而他给出的判断是：沈燕的目的不在骗局，所图更大。

“这个判断也是正确的，猫池一直在暗网给逆风兑换比特币，联系徐则臣的死，可以判断之前他们多年从事黑产行业，这笔虚拟财富估计足够让沈燕不要命了。”向小园道。

俞骏似乎没有听到，突然说道：“青狗呢，把青狗带来。”

“啊，现在已经办交接了。”向小园道。

“快去，沈燕是通过他找到十方的，都快忘记这个节点了。”俞骏道。

向小园匆匆下楼，已经上车的席青山又被带回来，坐到了俞骏面前。这次他恐怕在劫难逃了，经历了审讯的青狗神色委顿，懒洋洋地看着俞骏。像他这号进监狱向来都是宾至如归的人，警察很难让他们有惧色。

“都‘老同志’了，政策我就不讲了，来点儿实际的。给你一包烟，外加将来案卷上可能给你写上一笔认罪态度良好。”俞骏道，一副市侩的样子。

这法子真管用，青狗一下子来劲儿了，好奇地问：“干啥？我就这么大点事，扮了一回公务员，还不是我扮的。”

“那事已经过去了，问问你那个狠娘儿们的事。”俞骏道。

青狗表情一凛，眨巴着眼警惕起来。俞骏提醒道：“我们这儿有个叛逃的自己人，别说你不认识啊。”

“哦，这事啊。”青狗放心了，得意地道：“那哥们儿在团伙里已经上位了，不过我真不知道什么。”

“这种人我们必须抓回来，还有那个狠娘儿们，她怎么找到你的？”俞骏问。

青狗摇着头道：“我真不知道，她就那么找到我了，不是我跟你吹啊，我就觉得一娘儿们都特牛地找上门跟我谈事，谈个啥呀，像这么漂亮的，咋个也得床上谈不是？谁知道我刚撩一下，那娘儿们三拳两脚把老子放翻了，哎呀这人丢的。”

“那你还替她干活儿？”俞骏不信了。

青狗一瞪眼撂了个无懈可击的理由：“人家给的钱多啊。”

“哦……”俞骏道，这绝对是实话，有奶便是娘，有钱就是爷，这是江湖颠扑不破的真理。

恰恰在这种情况下真相就不好找了，奉行这种真理的江湖人士，办事可能根本不问缘由。俞骏想了片刻，提示着其他人把记录案情的平板电脑递过来。他拿到手里翻了几页，抬抬眼皮说道：“认几个落网的人，告诉我他们的诨号，当欠你个人情啊……这个人是谁？”

杜其安的照片，青狗一看和自己关系不大，直接道：“杜风头，不知道死哪儿去了，还坑过我一把。”

王雕的照片，青狗一看直接交代：“傻雕，进去把他跟我分一块儿啊，我非捏死他，不是他们去年坑我，我至于沦落到这里吗。”

“好，我申请一下试试，这一张呢？”俞骏翻到了周鹏的照片。

“周扒皮呀，和老骗关系不赖。”青狗道。

“博闻强志啊……这一张呢？”俞骏一换，到了石金山的照片上，青狗眼皮一跳，停顿了半秒钟摇头：“哟，这个面生啊。”

俞骏笑了，然后笑吟吟地看着他，那种窥见人隐私的窃笑，笑着逗青狗道：“说瞎话不眨眼的水平你得练练，再说，石金山正在被审讯呢，这都撒谎？”

向小园几人大气不敢出，俞骏这才是个弥天大谎，他在诈嫌疑人呢。可能演技更高一点儿，把席青山诈蒙了，他嗫嚅道：“他叫老皮，和风头是一伙儿的。”

“那个狠娘儿们要是没有熟人接引，你不至于一而再，再而三地替她卖命啊。钱多是肯定的我相信，但我不相信的是，狠娘儿们和你在中州素昧平生，一下子就找着你……敢说没人介绍？”俞骏道。

又被拽住了遮羞布了，青狗难堪地撇嘴。半晌俞骏追问：“是谁？”

“就是老皮。”青狗道，看到瞒不住了，他交代一句附加解释道，

“我就介绍他们认识了，后来我就啥都不知道了，他叛逃不关我的事啊。”

“但我们会想办法找回来呀……你认识的人不少啊。”俞骏看了向小园一眼，可能都有点儿惊讶而且可惜，像这样混迹几十年的老江湖应该早点造访，说不定八大骗早浮出水面了。俞骏换个口吻出声道：“暗四门，你应该都见过吧？”

青狗愣了，俞骏提醒道：“又想扯谎？”

“扯什么谎？你也都见过啊。”青狗道。

“风是杜其安，马是……”

“朱丰嘛。那家伙发大发了，我听说把自己送进去已经好久了。”

“燕呢？”

“和风头老皮一块儿的就是啊？风马燕雀是一家，办事都结伙儿。”

胡会计，可能是那个胡会计，向小园示意了一眼。俞骏翻到了监控拍到的胡会计的照片，是公司外一张普通的生活照，现在放在青狗面前。青狗瞄了瞄道：“差不多，年轻时比这水灵，我就瞄见过一回，燕子藏得最深，据说是金瘸子的相好……别问我金瘸子啊，那种拐王不是我能认识的。”

“那雀呢？”

“不就是傻雕吗？他干这活儿都快十来年了，哪儿缺往哪儿补。不管找人找地方还是找路子，他都是一把手啊，开盘组年子都少不了这号人。”

青狗说着在他看来无关紧要的事，可却把俞骏、向小园等人听蒙了，有种“踏破铁鞋无觅处，得来却不费工夫”的意思。谁能想到，省厅级别的排查目标，谜底会掌握在这种市井人渣手里。

“你说石金山绰号老皮，是明四门的？”向小园插一句。

美女果然有优待，青狗笑笑点头道：“嗯，暗四门专干下三烂的事情，明四门的倒不干下三烂，不过更烂一点儿。这老皮呀，卖假面粉、假药、地沟油、假品牌的货……哎呀！反正除了真货，他们什么都卖。后来开健身房、美容院，全国开花啊，假货都省了，充完卡卷钱就跑了。嘿！居然还没事，这么多年数他过得滋润。”

估计是仇富加上自己落到此种地步的怨恨，青狗把石金山的底全兜了，再往下就没法问了，目前那儿门的人警方都没有掌握体貌特征。俞骏想着这些事里的蹊跷，好奇地问青狗：“那这个我就不明白了，石金山，也就是老皮，人家介绍你和狠娘儿们认识，这回头怎么挑的是人家老石的生意啊？或者说，是那狠娘儿们教唆你挑人家老皮的生意，你说这是啥理由？”

“这太正常了，骗子窝里斗，那还不是又坑又捞，谁捞着算谁的。这就是个骗钱生意，难道谁还老老实实干啊，如果讲诚信您信吗？”青狗反问道，这弱肉强食的逻辑居然强悍到让俞骏无法驳斥。

愣神间，青狗讶异地看看围着他的几位警察，不过他在乎的不是警察，而是桌上的那盒烟。俞骏拿起烟，在鼻间嗅了嗅，问：“最后一个问题，怎么找到老皮？”

“咦，您刚才不说他被审……”青狗愣了下，诧异地看着俞骏，旁边的警察忍俊不禁，一下明白过来的青狗痛不欲生地拍着额头：“呀呀呀，上当了，上当了……”

“稀罕呀，进去还不是迟早的事，你这叫上路了，已经向光明跨出了一步，别扭捏得跟个娘儿们一样，让爷们儿笑话。他坑你你还保他，我咋觉得你不像以德报怨的人呢？”俞骏几句挑拨，然后一盒烟直接扔到了青狗面前，青狗赶紧拿着叼上一支，旁边的向小园给他点上火。

他色眯眯地瞧了向小园一眼，又贪婪地抽了一口烟。青狗闭着眼享受着此刻的眩晕，美滋滋的表情，嘴里喃喃地道：“让我想想，这老小子太鬼，一般揪不着他的小辫子。混久了都惧祸，怕报复，肯定有个谁也不知道的窝，我想想……”

他在使劲儿地回忆着，那可能不是青狗的救命稻草，可绝对是X小组的。这时候围着青狗的所有警察，都比他紧张，生怕这货想不起来……

22时30分，一艘挖沙船缓缓地驶过跨江大桥的桥洞。不对，船是在桥洞下泊停了，黑暗中，亮起一团光，是一团七彩的LED灯光，亮了三次。

这是信号，船主稍等片刻后，自桥洞上方缓缓降下来一团……不对，是一个人，慢慢地降落到船上，那人站到船上，用力一甩把绳子甩到一边去。

“钱呢？”船主问。

黑暗中降下的人将一团东西递给他，船主打着手机光亮一看，厚厚的一墩，十万块钱没拆封还盖着银行的骑缝章。他拎到手里，小声地说道：“到船尾，如果碰上检查你自己跳江，舷上有救生衣，不会游也能漂到岸边，只要走出这10公里水域，啥事也没了。”

“谢谢。”黑暗中那人道。

“不用客气，你不跳我也会把你扔下去，别出声啊。”船主怼了句，很不礼貌地把金主撵到了船尾。

那人不敢犟嘴，轻轻地挪到船尾。在一堆缆绳、机械、工具中间找到个蹲坐的地方，满鼻子的腥味让他很不舒服，可能和家里的环境差得太远。他掏着口袋，拿出一部比手机稍大的微型电脑，连上网，登录IP地址，等着传输开始。开始后，他的脸色变得煞白了。

屏幕上移动着几个画面，是身着警服的人在房间里搜查着什么，而那个房间，正是他的家。

此时借着微光，才能看清这位摘下口罩的人正是陈策——万博保险公司的陈总。他瞬间做了一个决定，输入了一行命令，然后等着传输完毕显示成功时，他一合微型电脑，一扬手，那小电脑画出一道弧线，飞向黑乎乎的江面……

同一时间，金域海岸第十九幢别墅的灯光奇怪地闪烁了几下，像电流不稳的征兆。在此搜查的警员愣了一下，然后听到传来的轰轰轰轰连续的爆炸声，接着一切都被淹没在粉尘和灰烬里。被气浪震碎的玻璃噼里啪啦地往下掉，一座豪华的别墅公寓瞬间变成了墙破窗碎的毛坯。

22时38分，荆汉市“断卡”行动指挥部接到汇报，陈策住处发生爆炸，五名警员受伤，这个不起眼的现场，迅速成为全案焦点……

千头万绪，谁为人先

谢经纬一行是二十分钟后到达现场的，兹事体大，把公安、消防都惊动了。这个别墅区非富即贵，着实把人吓得不轻，已经有人连夜开着车举家离开了。当然，事发现场来的人更多，围观的群众加上闻讯而来的媒体，甚至区政府、市政府的要员，出了这等安全事故是要追究原因寻根问责的。

所以就是一个乱，多头指挥乱，人员来回乱，信息繁杂乱，不久这件事就被捅到网上了。说得可玄乎了，硬生生地拗出个豪门复仇事件。谢经纬一直在车里等了十几分钟，周修文才到达这个现场，这时候他才听到事故初步调查的结果。他下车时看了看表，已经23时20分了，他指了指表向周修文示意，周修文表情难堪，知道谢副厅的意思是：自己来晚了。

“我们警示过荆汉警方，现场也去了排爆探查的，有丰仪银杏基地的先例，我先前怀疑可能在猫池使用爆炸手法毁灭证据，可没想到，他把炸弹放到家里。”周修文歉意地道。

“不怨你呀，这个人心理有点儿变态，在自己居住的地方布置炸药，难道就不怕把自己炸飞？”谢经纬纳闷道。越是这种胆大妄为的，就越能干出不可思议的事来，这个逆风确实让他领教了。

“可能另有隐情，其意似乎不在伤人。窗户只碎了玻璃，而且飞出距离不足五米，受伤的警员都是轻伤，就是吸入物使呼吸道感染产生灼痛感，他这么做肯定有理由。”周修文道。

人群被值勤警员分开，两个人进入现场。荆汉陪同的一位同行阴着脸，现场勘查的奔上来，敬礼汇报：“起爆源在各处墙上，一共找到十九个炸点，炸药是微量黑火药、硝胺以及纤维混合物，破坏力不算大，主体墙面都没有炸裂。奇怪的是还混合了一种酶——粉状物，这个不但不会增加爆炸威力，反而会减缓。”

周修文低头看了看地上的水问道：“这水哪儿来的？”

“屋里的进水接口被炸断两处。”勘察员道。

“原因我可以告诉你，酶是消除皮屑、毛发甚至指纹等生物特征的最好方式，水口是故意炸断的，只要含水的酶一浸过这房间，能提取到的DNA就全部被污染了。”周修文道，不理会勘察的奇怪表情，继续问：“炸点是如何控制的，为什么没有找到，总局已经通知过了。”

“锁在保险柜里，就在那儿，通电的路由放在保险柜里。炸弹用的是GPS信号，每个炸弹和全屋的电路联结，这样就可以实现远程控制，详细原理还需要拆解分析。还有一个情况是，其实发生了两次爆炸，第二次发生在地下室，时间相隔七分钟。”勘察道。

“都有什么东西被炸了？”荆汉同行想不通动机。

“硬盘？！”周修文脱口答道。

勘察人员惊讶地问道：“啊？您知道啊，下面的设计得更牛，和一个超级微波炉一样，是可以远程控制自动通电的。放置硬盘的底座温度可以烧到几百度，然后到极限之后，嘭地整个机器全烧了，硬盘都烧变形了。再等一会儿可以下去看。”

谢经纬看了周修文一眼，周修文愣在当地，无计可施了。荆汉的这位同行问：“该发通缉令了，现在网上早吵翻天了，我们得给群众一个交代。”

周修文掏出手机，找出两张照片，递给这位同行。他看了看好奇地问：“这个是嫌疑人陈策，这个是谁？”

截然不同的两个人，周修文苦笑道：“我要告诉你，是同一个人，你信吗？”

“这怎么可能？”那位不信地又看了看，不过越看越不相信。

“差不多一年前他制造过一起爆炸案，现在我很确定他就是逆风了。消失前从容毁灭证据，也只有他有这种能力。”周修文道。

那位同行琢磨一下这事，表情愣住了。本案的犯罪嫌疑人是计算机大拿，找一个被警方监控不到的身份不是难事，如果连体貌特征也变得这么彻底，那可就难找了。

“怎么办啊？”周修文征询着谢副厅。

“发通缉令吧，加速清理现场，消除社会影响。”谢经纬道，他扭头出了现场，一言不发地走了。

“卧槽。”

宣冬青在电脑前惊叫了一声。

这个技术宅连话都说得不多，更别说脏话了。众人的吸引力一下子被吸引过去，只见他惊惶地回头说：“最新消息，陈策的住宅发生了爆炸……可能是捂不住了，通报出来了。内部的情况发现是，以炸点含酶的药量爆在住处，消除生物证据，而且在地下室发现了几十块被损毁的存储介质。”

“他不是跑了吗，怎么引爆的？”邹喜男多了句嘴，一说话发现自己又白痴了，那可是个技术大拿，远程操控应该不是问题。

“远程引爆，控制路由藏在保险柜里，勘察人员没有探测到。我觉得是不是这家伙都没急着跑，发现我们行动之后才从容走的。”宣冬青道。

“这得多强悍的心理素质啊。”向小园惊讶道。人的极限在哪里，可能永远摸不到天花板。

刚刚审完青狗的俞骏却说：“千头万绪，你就是机器人也忙不过来，好猎人应该从蛛丝马迹中找到最有价值的一条。”

“可席青山提供的线索是好吃、爱嫖，还爱养小相好，这能算线索吗？别说嫌疑人，就是普通人有俩钱不也是这德行。顶多再加上关系最近的是周鹏——周扒皮，估计也没用啊，周鹏顶多是当跑腿的，能知道多少？”程一丁道，引起了一阵不和谐的笑声。

俞骏白了他一眼，道：“回头你好好补补情报分析这一课啊，长安一案后，化身陈策的逆风无意被你们给传唤到派出所。他惊奇地发现一个‘骗子’居然是警察，以他连爆炸都不在乎的性格，肯定咽不下这口气。于是就有了十方在全网成为众矢之的的事，注意，故事就从这儿开始了。”

原来俞主任开始从头捋了，他思忖道：“一直伺机报复的沈燕正苦于没有突破口，十方的事出来之后，她想到了一个更好的办法：绑走十方，要么和逆风交换利益，要么给逆风制造仇敌。青狗叫她狠娘儿们确实不假，这个胆大妄为的人比沈曼佳一点儿不差。之后的事大家都知道了，不要觉得是潜入成功，任何犯罪团伙都没有绝对的信任，何况是专业诈骗团伙。我自己感觉，这个沈燕高明的地方就在于出其不意，而且什么样的人都敢用，包括黑警察宋朝、国际刑警红色通缉的毛登科，甚至青狗这种货色，全部被她用得恰到好处。”

众人想了想，均点点头。不过也能理解，能号令缅北几个诈骗团伙的大姐大，肯定有过人之处的。大家以为俞骏要接着往下讲，却不料俞骏返了回来，拿着纸张道：“十方唯一没有想明白的事是，沈燕是如何控制青狗的，这件事我们搞明白了，是通过石金山这个老狐狸。这也能够解释，为什么十方都不确定就是随阳，而沈燕却先一步到了随阳这一带。如果不站在警方大数据这个视角，神仙也猜不到这些毛骗的流动情况啊。”

“沈燕收买了石金山？”向小园眉头一皱，脱口道。

“对，这也就解释了沈燕的种种奇怪行为，她有内应，根本有恃无恐，可以尽情发挥。”俞骏道。

向小园迅速质疑：“也不对吧，如果有内应，并有迹象发现陈策是逆风，那以她的能力，完全可以突袭抓到人。”

“第一，逆风自己的保镖也不差，要找上门肯定是一场恶战，有沈曼佳的前车之鉴，沈燕不可能不顾忌；第二，这么出名的黑客要藏点儿东西，未必找得到，或者即便找得到也没有时间，他们在任何一个地方停留都没有超过24小时；第三，她很清楚自己也在警方的监控名单上，行事不可能太过张扬，甚至连抛头露面的机会都要尽量减少，一旦涉及重大案情，她肯定首当其冲。所以，她根本不敢来荆汉市这样的大型城市，人越多越安全对她不适用。”俞骏道。看众人点头，他若有所思地道：“可对思维回路不一样的人，有条件他们会抓好，没有条件，创造条件也要抓住……如果我们要抓一个已经确定目标的经济犯罪嫌疑人，你们说，会选择什么时候呢？”

“我明白了，逃跑的时候，那时候收获最大、威胁最小。”娜日丽道。

“对呀，十方判断沈燕的目标不在骗局，而是企图更大……那应该是，逆风能带走的财富。”向小园一下子豁然开朗了。

“所以她所做的一切，根本不是想分一杯羹，而是想把逆风惊走，只有逃跑时她才有机会……这是在逆风眼皮下设了一个局外局，只要他逃跑，那就肯定掉坑里。沈燕这么放心地离开……坏了，她肯定知道逆风的逃跑去向。”俞骏说到此处时，连他心里也惊起一丝不祥之兆，那些枪手，那些战乱之地偷渡来的枪手，很可能就埋伏在那个地方，等着最后的致命一击。

“快！和荆汉联系，不，和总局联系，马上全网开始搜索这群偷渡人员的去向。娜娜、老程、大邹，带上武器，随时准备出发……向组，你和冬青守在这里……我们审一遍周鹏就上路，沈燕的去向肯定有诈，埋伏不会很远，逆风逃亡肯定也不会很远。”俞骏终于下定了决心，一连数个命令，众人迅速忙碌起来了。

发动车的，提武器的，数装备的，俞骏急匆匆下楼时，向小园快步追下来，俞骏不耐烦地说道：“你个女人，别掺和。”

向小园不走，反而拽住了他，隐隐的光线里，向小园执拗地说了句：“虽然你没说那句话，可谁都知道他很危险，是我把他领上路的，我得负责。”

俞骏做了个难受的表情，狠狠一甩头，向小园面色一喜，登上车。车一发动，后面哎哟一声像是重物滚落，回头一看，钱加多迷迷糊糊地起来了。俞骏烦躁地问道：“咋你回回不离场场在呀，什么时候钻通信车里了？”

“这能赖我啊？抓这么多人我去哪儿睡去？”钱加多怒道，比俞骏声音还大。

开车的程一丁征询问：“主任，要不把他撵下去？”

“走走走，算了，多多睡足了精力旺，一会儿给大伙儿开车。”俞骏道。

“想得美，别打扰我睡觉啊。”钱加多骂咧咧地又缩回后座椅子上。

车如离弦之箭冲出了驻地，第一站要去周鹏被关押的地点，这几乎是等于火烧着了才找水源，怕是来不及呀！俞骏一路上电话不断，一个个失望的消息让这一队暗夜奔波的人越来越失望。

距荆汉市20公里处，江流变浅，可以从浅滩直接通向公路的地方，离公路再远一点儿的一片小树林里，忽明忽暗的一个小红点在夜色里看得格外清晰。

近了，又更近一点了。噢！是有人在抽烟，脚下已经一堆烟头了，又掐了一根，黑暗中人影起身，不料在更暗的地方有人声喊了句：“叔。”

“啊？！”

胖胖的人影吓得一屁股坐回去了。黑暗中跑出来的人迅速上前扶着他，石金山被搀起来时喘着气道：“好不容易跑出来，你要吓死我呀？”

“呵呵，石叔老江湖了，这点儿胆也没有？”说话的是陈策，刺激反而让他显得比平时更镇定。

“老了，没听说过江湖越老，胆子越小吗？谢谢策儿啊，我说你怎么今天突然叫我去唱歌，敢情是早准备好了要走。”石金山感慨道，这几乎等于救了他一条老命。

“毕竟是我叔呢，我可没什么亲人，不拉你拉谁呀。”陈策道，坐下来了。

石金山却是骨碌一下爬起来，从泊停的一辆车里拿出一包东西扔过来说道：“快换上，你身上全湿了，臭烘烘的。策啊，你咋知道他们今晚抓人啊？出城的时候吓死了，就差一点点啊，我前脚走，后脚一大堆警车就把桥封了。”

“呵呵，我并不知道，有人登录服务器时我只是有点儿怀疑，就多了个心眼儿，谁知道真出事了。”陈策换着衣裤，在黑暗里说道。

石金山问：“那咱们这上头，你不说挺厉害的？他们怎么样？”

“别问了叔，知道多了对你不好。”陈策道。

“嗯，叔不问，就是有点儿可惜，都快到手了……不过，赚得也不少，叔知足了。”石金山道，费力地从车后厢往外拖出一样东西，放在车后，走过来塞给了陈策。

钱、手机卡，陈策拿到手里笑笑道：“叔，我真有点儿舍不得你呀，我……”

“什么也别说，什么也别告诉我，我们这帮老江湖有一个原则，除了自己，谁也别信……你要的车在那儿，天亮前骑出几十公里绝对谁也追不上来，接下来的事，只能各凭造化了。”石金山道，估计干这事不止一回了。没事聚头分赃，有事分头逃亡，一切肯定都在事前把退路准备好了。

“那谢谢叔了，我走了。如果见到干妈替我问好，她知道怎么找我。”陈策已经穿戴整齐，上前一跨，一踩油门灯亮了，是一辆微型的山地小摩托，扣上头盔的他顺手向石金山致意。

“去吧，去吧，路上小心。”石金山摆着手，陈策油门一轰，呜地冲上了路面，须臾间闪出去好远，路一转连尾灯都看不见了。石金山侧耳听着，听不到声音时他才跳上车，驶向了相反的方向。这一带他踩过点，路很熟，曲曲弯弯的失修老路，一路上只遇到了几辆卡车。思忖了好一会儿他才拨通了电话，接通时，响起了一声磁性的不像人声的声音：“办了？”

“办了。”石金山答道。

“赶快离开。”那声音机械地说道。

“嗯，我正在走。”石金山道。

他挂了电话，顺手在方向盘上一磕，扔了手机，加速向前行着，不多时在半路上停下，换乘另一辆车离开了，那辆车似乎也被遗弃了……

一路追行，山高路远

十四个小时后，一辆泥迹斑斑的通信车赶到了这里，车上跳下来神情疲惫的俞骏一行几人，他们奔向了这辆被弃在县级公路上的陆巡疑似目标。相对应的，找到的最后信号就出现在这里。向小园极目搜寻，然后指着远处山巅的一个铁塔道：“就是那儿，那么肯定就是这辆车，打开指纹灯找一下。”

“车被锁着。”邹喜男犹豫一下。

俞骏还没吭声，向小园已经开口，说：“什么时候了还磨叽，撬了。”

撬门，戴上白手套，车窗沿边扑着金粉，他们迅速采集到了数枚指纹，一边回传，一边对车里和周边进行更细致的搜寻。不一会儿，跑向远处的程一丁喊道：“主任，你们来看。”

向小园和俞骏跑向他的方向，程一丁指着几个怪模样的烟蒂，俞骏捡起一个来闻闻，作为老烟民的他终于有用武之地。他道了句：“手卷叶子，这是那几个缅甸人，咱们云贵一带的山民也有这习惯。”

“这儿泊停过一辆越野车，看轮宽幅，我查一下……应该是哈弗车。”程一丁道。

俞骏直接驳斥道：“你说了等于没说，每个月卖几万辆，现在二手市场遍地这种车。”

向小园看着失修的旧路，俞骏发愁地问：“这路通向哪儿呀？”向小园直接道：“现在位于团容县境内，往南是石冈、鄂城、黄宁三市，再往西南就出省了，如果他们是往这个方向走的话。”

“肯定是这个方向，往北就是回头路了。”俞骏道。

那边传输现场信息的娜日丽喊：“主任，确认了其中几个指纹是石金山的。”

“还有谁的？”俞骏吼着问。

“还在确认中……车里找到了屏幕碎片，手机肯定是被拍碎扔了，这个搜查范围就大了。”娜日丽道。

一看这荒郊野外的情况，俞骏一下子泄气了，懊丧地坐在地上感慨：“天哪，这咋也来不及了呀。”

直到现在，三官庄的猫池窝点数据还没有梳理完，断卡这把尚方宝剑不可谓威力不大，或者说威力过大，直接把成建制的诈骗团伙砍了个四零五散。唯一的问题是，再人力去补救疏漏就变得其难无比，更何况这些有预谋出逃的骗枭。

程一丁看了眼发愁的俞骏和向小园，不敢吭声，到这里恐怕就是极限了。审讯周鹏的收获是，他交代了一个石金山用了十多年的手机号码，这个手机号码只有几个人知道。而现在这部手机也毁掉了，那说明，要永远告别过去再不回头了。假设他也像陈策那样改头换面，再找到他可就不知道到什么时候了。

“怎么办，怎么办啊？”俞骏使劲捋着太阳穴，几夜未眠的他头痛得厉害。向小园想安慰一句，却不知道安慰什么。这里已经出市几十公里了，出了县级路就四通八达，而荆汉警方根本来不及把这些人的体貌和交通监控比对，即便开始估计也晚了。现在是14时20分，距离昨晚行动已经过去十七个小时。十七个小时，以现在的交通水平，恐怕出境都够了。

“十方呀十方，你上斗天，下斗地，斗他八门如儿戏，倒是给个信息呀，这跑得让我们可怎么找。”俞骏悻悻地骂着，表情快绝望了。

实在看不下去了，向小园劝慰道：“我不知道该说什么，只能说吉人自有天相了。”

“这不扯淡么。他算个什么吉人，就是烂人一个，从小被老斗那老骗子教育的，骨子里就是一个骗子。你不要以为他有多高尚，他心里有多纯洁……我告诉你，所有精谙诈骗的人都享受那个侮辱别人智商的过程，在这上面获得的存在感和满足感，甚至有时候比钱还重要。比如杜其安，你看他骗了多少钱，生活还那么简单。比如那个胡会计，还有陈策，他们是骗得少了吗？是还缺钱吗？他们其实就是一类人，包括沈燕也是……”俞骏神经质地啰唆着。

向小园愣了，问道：“主任，您想说什么？”

“我想说，骗有千种，诈骗为王。真正的骗枭其实就把答案放在你面前你都看不破，这局沈燕看来要赢了。”俞骏道，失落地仰躺在地上。

是啊，逆风在算计，一直在算计，X小组一直也在算计，恰恰这位只有几个人的沈燕用个简单的局外局，就把所有人都算计进去了。躺在地上的俞骏懊丧道：“我们以为自己是顺水推舟，结果却被沈燕顺手牵羊了；逆风肯定认为自己逃出生天了，结果可能是直接跳坑了；十方一直自负过人，即便他看出了端倪，也无济于事。沈燕大势已成，说不定现在都把事办完了。”

“主任，您不要这么悲观，说不定还有机会。”程一丁道。

“机会？呵呵，荆汉那烂摊子两个月都收拾不完，还有那个胡会计溜得更快。你看着吧，这些货肯定早就浑水摸鱼卷走不知道多少钱了。”俞骏道。

“走吧，不能等了。”向小园起身邀道。

“去哪儿呀？”俞骏有气无力地问道。

“往前走，前进1公里，就离十方近1公里，已经走到现在了，难道要放弃吗？”向小园反问道。

俞骏有气无力地坐起来。这时候，车上的钱加多奔下来了，拿着手机大喊：“主任，电话。”

"谁呀？"向小园喊道。

"零号。"钱加多夸张地喊着。

四下分散的人疯了似的，噌噌往那儿跑，快跑到近前时，钱加多傻呵呵地笑道："你们这么好骗啊，可能吗？"

气得娜日丽上前就要甩他巴掌，钱加多赶紧道："不过和零号有关。"

这时候向小园已经跑过来了，听筒里传来了宣冬青的声音，宣冬青汇报："发现了一个奇怪的信号。"

"说。"向小园道。

"记得回传照片的那个手机号码吗？我们当时推断应该是零号随机鼓捣的一部手机，回传之后就失去信号了，刚刚这个信号又奇怪地出现了。"宣冬青道。

"什么地方？"向小园期待地问。

"鄂宁高速，快到黄宁市了。"宣冬青答道。

"你马上连线荆汉指挥部搜寻线索，车辆、人员、信号一切都要。"向小园道。

"没问题，我正和周组长联系。"宣冬青道。

通话结束，这时候大家才发现几个人几乎是头挨着头在听声音。向小园眼里闪着兴奋道："一定是他，这部随机的手机肯定没有被发现，主任，给个惊喜的表情啊。"

"哪顾得上惊喜，快走……多多开车，其他人抓紧时间睡觉。好几亿呢，说不定咱们真有机会，快快快。"俞骏吼着，眼睛像真发财要赚几个亿一样。

一行人飞速上车，钱加多也莫名地兴奋起来，坐上车轰着油门，直奔前路。

三个小时后，荆汉断卡行动指挥部，一条仅存的线索牵动着指挥部众人的心，气氛绷得像拉满的弓弦。

几十台中控大屏都在搜索着鄂宁高速通过高速检查站的车辆，不看不知道，一看吓一跳，还没有发现嫌疑人就被吓了一跳。这条繁忙的高速每分钟通过的车辆是四百多辆，峰值有七百辆，限定时速120公里，一帧一帧地看，就是十双眼睛也不够。几个小时下来，盯着屏幕的技术员一个个都在做同样的动作，揉一揉眼，又继续揉着流泪的眼。

“套牌的找到四辆，无牌的十九辆，登记报废车辆三辆，远程信号联结有延迟，我们哪怕把通过的时间范围缩小到一分钟，也有几百辆。”

技术侦查把一些电子照片投到了指挥屏上，这恰恰最难判定的，偶尔有搬着遮阳板的、戴着帽子的或者戴着口罩的，直接就把体貌识别屏蔽了，而且这种情况还不是一例两例。

指挥小组的人面面相觑，有人提议：“是不是可以在高速出口设卡，可以用交通执法的名义。”

“不行，现在被追的两路都是惊弓之鸟，而且偷渡人员都持有武器，万一和基层警员遭遇，可能要出意外事故……不能截，这是一群亡命之徒。”谢经纬道。

“那我们那位……就是您说的零号，我是说……是不是会更危险？”荆汉的同行担心地又问道。

这恰恰击在谢经纬的心上，他叹了口气，难堪地说道：“对，我请求，动用一切资源，保证他的安全……他夹在这些人中间，可能已经身不由己了。”

整个小组交头接耳讨论了一会儿，十五分钟后，荆汉特种警察训练基地的两架警用直升机起飞了，自荆汉直飞黄宁。

此时黄宁市已经接近黄昏，一轮羞红脸的夕阳挂在天际慢慢地下沉。夕阳下的湖水是金色的，湖畔教堂穹顶像夕阳的支架。偌大的支架下，山成黛色、树成墨绿色，映入眼帘如同大自然展开了一幅宁静的水墨山水画，行人反而成了画里的点缀。

点缀的东西似乎还不多，远处高地一辆白色的奔驰车里，戴着墨镜的男子收回了视线，又看了看后视镜，这个地方较偏。当时这名男子也就是看上了它的偏，离教堂不远的湖畔琥珀山庄，那儿售价高昂的别墅现在还有一半在装修，入住率极低，其实当时也是看上了入住率极低。

这名男子是陈策，已经逃出生天的陈策，即便逃出来了，他还是极小心地试探着，甚至走到了一幢别墅的门口停了好久，又离开了。

从欣赏夕阳开始，一直欣赏到夜幕降临，在这个新楼盘几乎看不到人时，他才放心地驶入，一直到达了十九幢C座。他拿的还是开发商给的袋子，那里面有钥匙，走到门口时他按了按遥控，车库门缓缓升起，他小心地驶入，然后关上了车库门，静听了一大会儿，这才下车，自车库进入家里。客厅里坐着一位男子，他笑着说："秦医生，抱歉让您久等了。"

被叫秦医生的笑着回头，陈策放下钥匙，又道："不好意思以这种方式和您见面啊，可能还得麻烦您一回，我对您的手艺非常满意啊。"

秦医生呵呵两声，笑得勉强。陈策一愣觉得不对，就在他警觉的一刹那，噗的一声轻响，腿一下子剧痛，他惨叫一声倒地上。

自二楼楼梯口、厨房、卫生间里出来了几人。怨不得医生的表情难堪，陈策视野的死角里有一支枪对着医生的脑袋呢。开枪的是楼梯上下来的人，一女两男，居中的女人穿着一身休闲服像闲庭信步一样踱下来。陈策一下子明白了，咬牙切齿地喊道："沈……燕。"

"从你黑掉水房的钱开始，就应该知道有今天了吧？"沈燕在几步之外停下来，分守楼下的毛二、宋朝，还有新晋成员斗十方，再加上两名枪手，这个阵容实在太过豪华了。

说罢她一甩头，毛二上前对陈策搜身，宋朝到外面搜那辆车，片刻搜出来一堆东西。钱包、身份证、钥匙、现金，居然还有一小袋子让人眼睛乱冒星星的小钻石。

捂着流血部位的陈策嘶声道："沈总，我可以给您钱，我赔给您。这袋钻石价值三千多万，我把离岸账户给您，里面还有很多钱。"

"有多少呢？"沈燕笑着问。

"四千多万，美金，足够补偿您的损失了。"陈策道。

"啧啧……想买命不太够啊，有个碍眼的……"沈燕说着，眼睛瞟向了医生，她补充了一句外语，身侧面无表情的枪手一抬眼，朝医生噗噗开了两枪。那医生像截木桩一样扑倒。猝不及防的斗十方脸上被溅了几滴血，他吓得浑身一痉挛，一哆嗦，可低头时恰看到死去的医生面朝向他，额头与左眼两个汩汩冒血的洞格外瘆人，吓得他不由自主地惊叫了一声。

那头陈策也吓得惊叫一声，不住地后缩，靠着墙，看到枪口时，他额头上的汗像流水一样吧嗒吧嗒地直往下掉。沈燕拿着手机笑道："四千万买不了命，不过能买点儿真相，想知道我怎么找到你的吗？"

陈策惶然地点点头，沈燕把手机转向他。手机画面一下子把陈策吓呆了，赫然是石金山的肥脸，他说："策儿，沈总答应只要给了钱就饶你一命，命比钱重要，想开点，钱没了还能再骗，命要没了只能去骗鬼了。"

醒悟的陈策一思索，便惊恐地看着自己的身上，可能着了这个道了。沈燕边拍着搜出来的物品边笑道："别奇怪了，在鞋里，从你知道徐则臣出事就准备跑了吧？陈策是加拿大籍，身份也是徐则臣给你造的。你从秦江寒变成陈策这事就徐则臣知道，这事我要是知道了，你一定吓得睡不着觉吧？不是你这个叔叔帮忙，我还真不敢放你跑这么远……好吧，你还准备蒙混过关啊，钱在哪儿？"

"都在这儿了，密码和账户写在车钥匙里。"陈策脸色煞白，浑身痉挛着道。

"呵呵，你和徐则臣都是我们带出来的，真以为骗得了我。"沈燕示意，毛二上手了，直接拿着仪器扫描着陈策，扫到脸部时，仪器嘀嘀响了。毛二蹲下来，那凶相看得陈策不由得喊，不过还没喊出来，嘴巴就被毛二捏住了。毛二捏着嘴像看牲口一样看着陈策的牙口，看准后，枪口往陈策嘴里一塞，把他的嘴撑大，然后另一只手伸进去几指，硬生生一扭，再扭，使劲一下拔出了血淋淋的东西。陈策满嘴流血，手捂着脸喊痛不已。

居然是颗植在嘴里的假牙，扭下来的东西毛二就着衣角擦了擦，放在沈燕的手机摄像头前时，听到了妮可的声音："Yeah！就是它。"

"把几个亿藏嘴里，也真难为你了啊，那我就不客气了。"沈燕接过了毛二小心翼翼递上来的东西，装起，当看向陈策时，他此时已经是面如死灰，惊恐地叫道："别杀我，比特币密钥和地址都在里面。"

"你误会了，我怎么会杀你呢，杀了你荆汉那么大的事谁扛呀？呵呵，逆风先生。"沈燕笑着，眼神示意毛二，毛二用枪托往陈策后颈一敲，陈策软软地倒下了。

沈燕慢慢起身，毛二俯身捡拾着一堆东西往包里塞，起身的沈燕看向斗十方。斗十方紧张地站直了，站得很僵硬。沈燕一笑，却说了这样一句话："老宋，你在干什么？"

一直守着车库通向房间门的宋朝嗯了声回道："我在守着门。"

"快，打扫现场。"沈燕道。

宋朝刚走两步，却不料毛二毫无征兆地噗噗向他开了两枪，斗十方眼见着宋朝一个踉跄后仰，胸前绽开了两朵血花。现场的几支枪都直直地指向宋朝，而倒地的宋朝连拔枪的机会都没有，毛二上前卸了他的武器，睥睨地说了句："老宋，抱歉了。"

宋朝脸部扭曲，不知是疼痛还是愤怒，嘴唇翕合着，却发不出声来。沈燕笑笑道："老宋你应该想到有这一天的，前胜出事是你卖的他吧？不要侮辱我的智商，从你费尽心思靠近妮可我就知道是你。昨晚高速服务区里你离开了十五分钟，别告诉我你什么也没干啊。"

宋朝像被戳破了，一下子躺平了，不过他并不是绝望，而是感到幸福。他疯狂地哈哈一笑，口鼻溢血，笑容变得格外瘆人，他笑着含混不清地说了句：

"只有骗子的良心是黑的，警察没有黑的。"

他说的那句斗十方听清了，也在那一刹那明白了，那一刻他差点儿哭出来。

宋朝故意让他注意妮可，故意和他较劲，故意和他拌嘴创造离开的机会……一切的一切。他一下子明白了，可也更糊涂了。

枪口指向了斗十方，毛二狞笑着，沈燕笑着问："你的预判一向很准，你猜接下来会发生什么。"

"我坦白一件事，求你饶命。"斗十方脸色凄苦地道。

"给你三秒钟。"沈燕调戏了句，却不料斗十方脱口而出："除了老宋，其实还有一个叛徒，我们可能还没有脱离危险。"

啊？！沈燕一怔，毛二眼皮子一跳，愣了……

命悬一线，诛心之骗

“呵呵，是你吧。”毛二失神片刻谑笑道。

沈燕摇摇头道：“即便是你也无所谓，我根本不在乎是谁，有多少，这个局外局，谁也逃不出去，多几个跳梁小丑算什么？”

毛二示意已经昏迷的陈策，把杀宋朝的手枪放到了陈策手里。斗十方眼神坚定，表情决然地道：“这么大一个案子，首当其冲的两个主谋怎么可能这么轻松地溜出来？谁敢保证不是放长线钓大鱼？反正我当警察的时候，引蛇出洞、赶蛇出洞的事也经常干，前提是有准确的信息可以保证能钓到鱼。”

斗十方的表情和话成功地勾住了沈燕，沈燕眉头一皱，疑心顿起，刚想有动作，不料斗十方一摊手道：“你们从来都没有相信过我，这两天防我防得最紧。您这两位搜我不止一次了，如果有，是谁您还不清楚吗？离你最近的人，才有机会咬你最狠。”

毛二气得瞪圆了眼，沈燕看向他，他还没来得及解释，斗十方一指道：“就是他。”

“呵呵……”沈燕一下子笑了。

“我和老宋一起在外接抢回来的货，他和王自光独自待了差不多一天，回头王自光就跑了，这要是带回什么消息去，那后果会很严重。还有，他吹嘘说自己上过好几回通缉令，可每次抢着开车，以他这张丑脸不用天眼识别，人眼都能识别，可居然连个临检都没遇到简直是个奇迹。我一直心里有点儿发毛，荆汉这边的警察不会都是瞎的吧？就冲在江离打架打那么凶，正常早挂网上了，可一点儿动静没有，地方公安局甚至连辟谣的信息都没出。这要不是警察全瞎了，就只有一种解释了：我们中有人和警察有默契。沈姐，您不觉得一切发展得太顺利了吗？我们几个都是一屁股案底再加上偷渡，连个查房的都没碰上过。”斗十方道，表情和语言同步，硬生生地把沈燕说得犹豫不定了。

“死到临头还骗人。”毛二恶狠狠地道，捡起放在陈策手里的武器，沈燕像默认一样。却不料此时斗十方不识趣了，怒发冲冠指着毛二道：“只能是他，他心虚了，害怕了…… 毛二你急不可待地想动手，是不是真隐瞒着什么？”

“真是混蛋。”毛二脾气火暴蓦地出枪，沈燕伸手一挡，噗地枪响，斗十方啊的一声惨叫，捂着脑袋后仰倒下。沈燕挡得迟了，眼见着斗十方指缝洇血，整个人疼得乱抽，沈燕怒目看着毛二，毛二倒真像心虚了一样躲闪着沈燕的目光。

“就是他，肯定是他…… 沈姐，搜他，万一他有问题，您就危险啦。”斗十方声嘶俱厉道，捂着脑袋坐起来了。

毛二刚要补枪，沈燕蓦地拔枪顶上来，杏眼圆睁，气势凛然地吼道：“别动…… 搜他。”

沈燕一踢扫描仪，两位枪手指着毛二，不客气地上下连搜，除了皮带和皮鞋的金属正常报警，没有其他的什么。毛二踢掉了鞋以示清白，他气结道：“沈总，您宁愿相信一个黑警察，也不信兄弟我？”

“兄弟就是用来卖了，老宋不也把你当兄弟，等等，包，包。”斗十方捂着脑袋，表情凄厉如鬼，那两位枪手鬼使神差地听了他的命令。扫描仪刚一搁上，便传来嘀嘀的狂响。两个人倒出刚刚装起的东西，再一捏包里，在侧包里，枪手诧异地摸了摸，然后目瞪口呆地掏出来一部手机，黑色的。

沈燕吓得一哆嗦，枪顶上了毛二的鼻子，声音变得狠厉，问：“怎么会是你？哪来的手机？”

“啊？不……”毛二吓得心胆俱裂，却一下子说不清楚。

“说。”沈燕花容色变，其声如裂。

毛二吓得解释不出来，一刹那想起斗十方偷手机最在行，肯定是他捣的鬼。却不料还没等他说出来，一声凄厉的警报声响起，斗十方捂着脑袋大喊：“沈总快走，毛二肯定把警察引来了。”

“沈总不是……”

砰……

沈燕开枪了，毛二一瘫，软绵绵地倒下了，两眼圆睁着死不瞑目，额上多了一个血洞。沈燕俯身拾起车钥匙和两位随从说了句“快走”，一位随从回头时，呀，那个中枪的斗十方不见了。手下惊呼一声，沈燕的目光恰好扫到已经溜出院子爬上门栅的斗十方。她怒极举枪，砰砰砰几枪，斗十方哎哟一声中弹掉下门栅，气得她狠狠一跺脚，带着人往楼后跑了……

警报的声音飞驰而至，一队特警架盾持枪大喊着不许动围上来。趴着的斗十方慢慢伸直了双臂，被特警翻过来，面部一扫，带队的汇报："找到目标，重复一遍，找到目标，他受伤了。"

"把步话给他。"

特警将步话放在斗十方面前，斗十方满脸血色，逃出生天的狂喜让他笑出来了，是像哭一样的笑，他笑着又哭了，然后又笑了，半天说不出一句话来。

"他可能受了点刺激。"特警道。

"快，扶我进去。"斗十方突然意外地说话了。

特警们愣了，这时候通信车冲进现场了，俞骏亮着证件大喊："我们的人，我们的人，马上控制现场，这是我们自己的人。"他凑到近前时，一下子眼酸得差点掉泪，俯身看着血淋淋的斗十方，斗十方拽着他哀求道："快，扶我进去。"

"十方，十方，你……啊，这，还在流血。"向小园一手摁头上的伤口，却发现肩膀处还有一处贯穿伤。

"快，扶我进去。"斗十方艰难地说道。

现场控制后，俞骏背着他，几个同事一起扶着进了现场。斗十方挣扎指着宋朝的方向，一位探脉的特警摇摇头道，小声对俞骏说："可能来不及了，他是要抓捕的嫌疑人之一。"

"不是……不是，他不是……他不是，他不是黑警察。"斗十方一下子失控了，他哭着，挣扎着，甩了俞骏，走两步就扑倒了。他用尽力气爬到了老宋的身边，摁着出血已少的伤口，徒劳地喊："老宋，老宋……你醒醒，到底怎么回事？老宋，老宋你醒醒……老宋，你到底是什么人啊？"

宋朝凄苦的脸上带着一丝的安详，去了。

失血、剧痛以及在悲伤的打击下，斗十方一下子昏厥了，他摁着宋朝的伤口，就那么昏过去了……

沈燕随身的两个枪手战术水准相当不错，眼见着要遭遇战，三人急速往另一侧道路上的泊车处狂奔。第一队特警尚未得到突击命令，在大呼不许动时，被两名枪手的子弹压了回来，三个人像幽灵一样以车为掩护，且战且退。一个枪手护着沈燕到了车前，让她上车，那车疾速发动，扔出来一支长枪给断后的另一个。

那人接枪嘭嘭连发，霰弹枪，二十米威力巨大，如疾雨的声响在警车上戳了无数个小窟窿。

“跑了两个，绿色越野车。”

“这个用的是霰弹枪，威力很大。”

“火力压制，狙击手上。”

短促的命令间，几把微冲同时压向车后伺机开枪的嫌疑人，他躲起来的刹那，另一头一位特警踩着同伴的手、肩攀上二层，迅速找着最佳射击位置。

一枪，嘭……还击……又一枪，嘭……霰弹造成了前进的屏障，第三次刚伸出头来时……砰，一声沉闷的枪声后，一切俱寂了，在小心翼翼围上来的特警身上的战术电筒的光亮下，躺着一具死相狰狞的尸体。

逃到路面上的越野车似乎揭开了追捕的序幕，不过脱离后沈燕猛地醒悟，这是要把他们撵出住宅区，这一刹那的醒悟让她怒从心头起，恶从胆边生。她抽过了武器和手雷准备来一场生死搏杀，可司机却像疯了一样尖叫着，指着前方。

在他们的前方，整个路面闪烁着的红蓝警灯不知道绵延了多长，像一堵无法逾越的高墙。在头顶，一架直升机轰鸣着，大型的探照灯直射着逃逸的车辆，仿佛从天而降的声音在播放着：

“你们被包围了，放下武器，马上投降。”

“你们被包围了，放下武器，马上投降。”

在机械的重复声中，车越驶越慢，前方的景象看得更清了。林立的警车之间，是无数个黑洞洞的枪口，第一排已经鸣枪示警了。

沈燕绝望地拿着枪顶上了自己的下颌，司机惊恐地停下车，在说着什么。头顶机械的播音还在继续，沈燕撕心裂肺地狂喊着，双手紧紧地握着扳机，在这一刹那，却怎么下不了手。她一下子放弃了，看着前方，傻笑着，然后又哭了。直等着枪口围着车身，她还是那样傻笑着，笑得像哭一样。

是日20时20分，前方确认目标嫌疑人沈燕、陈策服法，截获离岸账户以及存储虚拟货币地址及密钥的存储介质，这场出乎意料的大获全胜让指挥部一片欢腾。

这场决胜来自一个不起眼却被刻意地忽略了的信号，奇怪的是追捕并没有停下来。时隔不到二十分钟，在距离黄宁市区30公里的一处路口，又发生了一起遭遇战。这一次却是没有多大声势，在警方可以不用顾忌的环境里，枪手根本构不成威胁，三名嫌疑人被捕。

这次行动却不属于断卡行动组指挥，而且这个抓捕地似乎也来自一个不起眼的信号……

荣誉，只可能用血与火、用牺牲换来！

手术室里，无影灯下，挂着氧的斗十方静静地躺着，像睡着了。

手术室外，等待的长椅上，奔命而来的同事莫名地心颤。他不经意间看到自己满手的血都会不由自主地颤上几颤，可能想到过最差的结果，可这似乎也不比最差的结果好上多少。

“不……不会……有事吧？”

很久都没出来，向小园失态地轻声道。

“不会。你不说过吗？不管是作为骗子还是反骗的警察，他都将会站在巅峰位置……这小子命真大。”俞骏轻声道。他双手的血迹已干，却在不住地痉挛、颤抖，任谁都看得出，那可能更多的是在安慰自己。

“你害怕吗？”娜日丽轻轻握住了一直在紧张颤抖的钱加多的手。钱加多从来没有这么安静过，他看着娜日丽，点点头。看到现场那两具尸体他就开始干呕，今夜可能是他一生的噩梦。娜日丽握得紧了些，轻轻告诉他：“别怕，好人才不长命，他没事，他命长着呢。”

“他算坏人吗？”钱加多有气无力地问，玩笑也没心情开了。

“算，这么多坏人都被他骗过了，好人可办不了这种大事。他是英雄了。”娜日丽轻声道。

半晌无声，她看向钱加多，钱加多痴痴地看着手术室，触景生情使他默念了一句：“可我为什么，宁愿他还是那个出口成‘脏’、蹭饭赖账，没人正眼看他一眼的十方。”

“会的，等他醒来，那德行就跟着回来了。”娜日丽胡乱安慰着。

钱加多摇摇头道：“不会的，回不来了。”

从来没见过他这么深沉，娜日丽想说什么却噎住了。可能真的回不来了，曾经和从前的十方，回不来了。

叮的一声，手术室的指示灯变绿了，等待的众人不约而同地围上去。向小园焦急地问：“医生，医生，人怎么样了？”

“额头、太阳穴以上的擦伤伤及颅骨；肩上的贯穿伤伤及肌腱和神经，而且伤到了一根动脉导致出血过多，没有生命危险。我们做了神经束膜和外膜吻接，具体效果要看他醒来再观察。”医生道。

哦，众人长舒了一口气，懂点医学的向小园此时心却揪起来了。她追问：“您的意思是，会有后遗症？”

“中两枪，再低两公分就致命了，这都算命大的了。可能会有肢体麻木、某些运动障碍等后遗症，具体得看术后观察。”医生道。

另一位护士提醒：“你们小声点儿，他需要休息和静养。”

围着的医生和护士把人送进病房后，一行人被挡在病房外，大家都沉默着不知道该说什么，不知道该干什么。明知道是徒劳地等待，可谁也不愿意走，就那么傻等着。

次日，“断卡”行动的余威继续着，摧枯拉朽地从各地追捕漏网的嫌疑人，不断起获的隐匿资金迅速把命名为“荆汉特大假保险诈骗案”的案值不断推高。令人难以置信的是，这个以陈策为首的诈骗团伙已经悄无声息地腐蚀和笼络了大量公职人员、银行职员。这些人使他在各地的诈骗活动一路绿灯畅行，直到警方都起获赃款了，很多被骗的商业银行还蒙在鼓里。

或者说，他们像所有案中的其他人一样，是由有共同利益的内鬼操纵，都是故意“被骗”了。因此省银保监会专门发文要求各地银行自查，往往一查就是纷纷落马，详情即便警方也未能全盘掌握，只有被牵涉进案情的公职人员、银行职员不断地被传唤、拘留。

以往的案值在警方的通报里总是有点夸大，而这一次关联假保险的原因，案值被专案组使劲地挤水分。截获黑产的巨额虚拟货币被挤掉了，陈策已经转移到海外的资产也挤掉了。就事论事，单荆汉几市已经沉淀到资金池的非法资金，达到了四个多亿。而且很不和谐地，即便断卡把大部分赃款截到了半路，让诈骗分子无法转走，可仍有一小部分去向未明。那两个漏网而且不能短时间归案的“胡会计”和石金山，成了本案唯一的掩瑜瑕疵。

又数日，专案组给出了一封精简的案情通报，题为“荆汉等市假冒保险公司特大诈骗案被侦破”。通报中特别强调这是警方开始应用“断卡”打击诈骗犯罪的首次典型案例，通过这一有效方式成功截获了近四亿的被骗资金，已刑事拘留多少名嫌疑人云云。

追捕还将继续，那些不宜、不能公开的背后案情，都在“云云”中一笔带过。

读客®知识小说文库

读小说　学知识

《周浩晖高智商悬疑小说集》

周浩晖 著

高智商玩的不是诡计而是心理

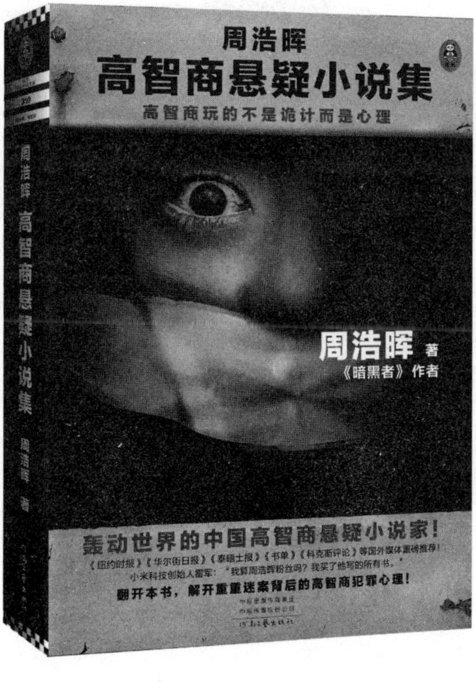

读客® 知识小说文库

读小说，学知识

64场精密骗局、58种设局手法、9种诈骗话术、5个连环套，
全面揭秘网络诈骗，教你防范最新骗局。

反骗案中案

大结局

（全2册）·下

常书欣　著
《余罪》作者

江苏凤凰文艺出版社
JIANGSU PHOENIX LITERATURE AND ART PUBLISHING

目　录

此时，在登阳市刑侦一大队，一页报告递到了俞骏的面前。俞骏拿起示意了下。邹喜男倒了杯水，递到桌对面廉三旺面前放下。这是徒劳的，这位受害人已经万念俱灰，比将死之人只多一口气，眼珠似乎已经不会动了，眼神呆滞空洞。刚刚询问情况的时候，这位老板说一会儿，哭一会儿，说得最多的一句是：

“四个多亿啊，我的钱哪。”

秦江寒整理了下思维，两眼空洞地看看天花板，喃喃道：“……这个胖子是个奇人，骗了一辈子，基本没失过手，他以前有个外号叫‘老皮’，制假贩假，收赃销赃，搞集资，开美容院、健身房等，反正就是骗。我都想不出来有什么骗人的事他没干过……不过，他没赚到什么钱，最起码没赚到大钱，原因我听老杜讲过，这个货吃喝嫖赌、坑蒙拐骗全沾，弄的那点钱还不够他糟蹋。我做大成商务公司的时候，就发现这个人眼界太小，连普通人的几千块都不放过……现在想想，是我看错了啊，他是大小通吃，根本不怕噎住。”

“……他是这个故事的主角，即便销声匿迹二十年，他仍然是主角。时间回到丝绸诈骗案的前一年多，斗本初在中州物色各地来此打工人员，‘金’字一门是靠铁口断金算卦看相赚钱的。他有那个本事，但还没有那个卖相，一般情况下是到年龄更大一点才靠这个吃饭，而且他很有野心，一直在趁年轻多捞点，在中州置房买地，但那时候已经是江湖之流即将退出历史舞台的时刻，随着民智渐开，‘金评彩挂’那一套已经不怎么吃香了，所以他要招募人员，去干大事……第一个人就进来了，杜其安。”

第四章　重拳出击擒贼擒王 / 159

没人注意到，一架无人机悄悄落在街对面楼顶一个不起眼的角落，无人机的摄像头正对着龚骁龙办公室的窗口，透过半拉的帘子，屋内一览无余。

无人机传输的图像接收地点在更远处，泊在县城一处陋巷角落里。此时早先一步出境的斗十方正盯着屏幕，放大着图像看。开车的特战队员提醒着："无人机不能过多停留，这玩意儿对这地方的人还是个稀罕物。"

"好，撤吧。"斗十方道。

第五章　峰回路转狱中相认 / 206

胡冰芳见斗十方不动，疯了一样吼着，捶着床，拉得手铐哗啦作响。这一变故惊得向小园赶紧拦着，门外的警员闻声进来拉走了斗十方。那位情绪激动的嫌疑人倒没有挣扎，而是撕着自己的头发，捶着自己的脸号啕大哭。她的哭声凄厉得让人心生恐惧，谁也劝不住。直到哭累了，她才慢慢地安静下来。在警员要推走那台移动屏幕的时候，她紧张而惶恐地喊道："别动！"

第一章
一不留神受骗上当

杳无音信，思念为谁

两个月后……

金风送爽、兰桂飘香的季节，夏日的炎热已消退，这天上午，巡逻的管教提着大钥匙串哐当一下打开了一扇仓门，对着里面喊了声：

“王自光，收拾东西。”

哎呀，同监人员都惊讶地看向了那个缩在角落认真擦地的小瘦个子，羡慕嫉妒恨。全监数这位最没出息，见谁都唯唯诺诺、点头哈腰，所以至今还混在最底层，却不料他运气最好。按本所嫌疑人交口相传的故事判断，今年这形势，进来的鲜有能出去的了。

王自光自己都没反应过来，出门时还挨了同号人一脚，被踹了出去。他习惯性地伸着双手。出了监门戴铐子那是惯例，可今天破例了，那管教面无表情地说：“都放你了，还要铐子啊，不想走？”

“啊？想想想……”王自光一下子乐了，跟着管教亦步亦趋，可问题又来了，他小心翼翼地发问，“张管教，我家里都没啥人，离这儿好几百公里呢，这我出去咋走呢？”

“哦，说得还有理了，咋，给你派辆专车怎么样？”管教道。

“那……不敢，不敢。”王自光怯怯地说道。一个人穷到极致，就有可能感受到社会的温暖，搁这里头，生活用品还是所里给解决的，过分要求嘛，怎么可能敢提？

那管教且走且说，话又回来了：“呵呵，你不敢也得给你派辆车，出去可别再进来了啊，我们这儿的规矩是告别不说再见，出门不再回头，没啥好说的，出去脱胎换骨，好好做人。”

管教照例教育他几句，带他出了看守所大门。王自光兴奋劲儿还没上来，又吓了一跳——门口有辆警车等着呢。两位不认识的警察一挥手，上车。

上了车，王自光不敢吭声，副驾驶座上一名警察掏出一张纸递给他，解释着：“王自光，你没有身份证件，这是公安机关给你开出的证明，这是给你购置的高铁票，还有两个小时发车，我们送你到车站，上车如果查证，你可以出示证明文件……你涉嫌参与赌博以及非法藏匿资金，但考虑到有自首情节及重大立功表现，专案组决定对你的刑事责任不予追究。至于你的立功表现，专案组联系了你们当地警方，决定给你2万元的奖励，回到老家后奖励会有人发给你。”

“立功？！”王自光傻眼了，拿着那几张玩意儿倒是听明白是没事了，但是怎么可能立功？干了一辈子事，可就没干过好事。

“有关江帅胜涉黑团伙一案，南港警方曾发布悬赏征集线索的通告，根据你的举报查获了江帅胜涉嫌一起命案的犯罪事实……这个你应该知道啊？”那位警察好奇地问。

“我知道……但我没跟谁说过……啊？”王自光从惊到愕，一下子想起跟谁说过了，也一下子吓得嘴唇哆嗦，然后发出奇怪的声音，像哭。那警察回头，见这货真哭了，边哭边说着：“警察叔叔，你们还是把我送回去吧，里头管吃管住顶多没自由，这要回了老家，会没命啊……哦哟，这杀千刀的斗十方害死我了。”

“哦……对了，没给你看这个。”警察掏出手机，亮到了王自光眼前，那上面赫然是“南港警方打掉以江帅胜为首的黑社会团伙，十九名主要成员悉数落网”的标题。

这似乎是剂良方奇药，王自光一下子面色如常了，拍着大腿道："哎哟，不早说，吓死我了……这下好，这个好，早该抓了，早抓几年少坑好多人呢。"

那两位警察相视一笑，继续向车站行驶。王自光这才恢复了惫懒德行，一路嘴嘚啵个不停，到了地方下车进车站，没几步又回来了。那警察不解地看着期待的王自光问："还有事吗？"

"我那个……我……"王自光摸摸比脸还干净的口袋。

"哦……差点忘了。"那警察掏了几百块钱递给他。王自光千恩万谢地接着，又是几鞠躬。警察笑道："甭客气，以后别偷鸡摸狗给我们找事，比什么都强。"

"那是，那是……不敢，不敢……哎，那个，警察叔叔，我能问个事吗？"王自光终于把憋了好久的话喷出来了。那警察笑吟吟地看着他。王自光鼓起勇气问："他真是你们的人？"

"他是谁呀？"警察挑着眉毛，好奇地回问。

"哦，对，这个不该问啊。那能不能告诉我，他还好吗？"王自光问。

可能真和那个"他"有点感情了，毕竟现在能全身而退就是拜他所赐。王自光在狱中听说了特大诈骗案的事，他隐隐觉得其中有某种关联。

那位警察示意了下他手上拿的钱，笑而未语，一扬头，车驶离了，没有留下答案。

或许也不需要，沐浴着和煦的阳光，看着来往的男男女女，闻着熟悉的汽车尾气味道，听着嘈杂的人声，这种自由的感觉，不就是最好的答案吗？

他小心翼翼地揣起了那几张钞票，兴冲冲地奔进车站，汇进客流，转眼不见了踪迹……

荆汉市公安局网安支队，安排此事的陆虎收到了同行的回复，放下电话后心轻了一分，又了却一件事。这两个月不断冒出新的嫌疑人，不断抓人、放人可真是头一遭。可能王自光这辈子都不会想到，因为他的事，专案组专程和南港警方协调了，处理事宜的要求还是总局发出来的。

他猜得到这肯定是斗十方提的要求，只是他无法猜到，斗十方会带着一种怎样的心情，竭力地去替这么一个一无是处的赌棍提要求。其实他的罪并不重，即便判也就几个月的事。

这段时间想不通的事太多了，也没时间去想，刚装起手机，小络从会议室钻出来了，急吼吼地问道："谁的电话？是不是家里的？"

"不是。组里不是让放王自光吗？刚办了。"陆虎道。

络卿相又接着问："有十方的消息吗？"

"有……我能是这表情？"陆虎指指自己的脸，明显劳累过度，缺乏精神。

络卿相笑道："也是啊，一脸倒霉相，肯定没好事。"

"滚，里面听课呢。"陆虎道。

"这都来十几拨了，还有意思吗？"络卿相烦躁道。

起获的逆风黑产团伙装备在全国尚属特例，这些天除了案情就是接待各地网安部门来人观摩。陆虎和络卿相一直跟着巫茜接受同行羡慕的目光，不过有点过量，两个人已经受不了，但大家看起来都没回去的意思。靠着窗户吸了口带着潮意的空气，陆虎道："来的时候是夏天，这都快过完了咱们还回不去，我现在好想回家。"

"谁不想啊……哎，你说十方会怎么样啊？抓到沈燕那两拨人的案情全被捂着，零号所有相关都不许提及，我咋觉得不对劲呢？"络卿相小声道。

陆虎也小声说："现场一下子死了四个人，把案情公布出去，普通群众第一反应是什么？不可能公布啊。"

也是，这与粉饰太平无关，过于惨烈的案情细节会远远超出大众的心理承受能力。络卿相反问道："那十方呢？"

"他的档案保密级别要提高了。"陆虎道。这是最直观的判断。

络卿相却给了个相反的判断，小声说："文身、开赌场、劫赌场、一大部分行动在监控视线之外，我对乐观的判断总打个大大的问号啊。"

“所以，你这个悲观主义者永远只能胜任这种案牍劳形的事，那种惊心动魄、千钧一发、作为警察最荣耀的事和你就没有关系了。”陆虎道。

络卿相没承想被刺激了一下，他想了想，对着陆虎给了个回应：“啊呸！”

然后，天聊死了，人进去了。陆虎笑了笑，也跟着进去了。会议室里，巫茜还在演示着操作，整个会议桌上布置着各种缴获的设备，她正在朗声介绍：

“……这些设备无一例外都是非法产品，很多部件甚至都是手工焊接上去的。大家不要低估犯罪分子的智力，你们看这种分流器，它的焊脚有17个，需要手工一次焊接完成，使用的电路板是硫化七层PVC板材，这种板材，电子爱好者很容易搞到，但它的功能说出来就匪夷所思了——能模拟单台手机注册，可以骗过IP地址审核，五个人同时操作的话，可以造成至少一千人注册的假象……猫池的利器，据说在黑市上，这样一台机器的售价能达到至少十万……它和最早的短信群发器一样，在未了解的时候很神秘，拆解以后原理并不难，难的是我们在接下来的工作中要注意发现类似的非法制造、销售窝点。这种东西给了哪个诈骗团伙都是遗祸无穷，这儿有详细的资料，大家先看一遍……”

与会的同行在认真揣摩这些设备的技术参数了，巫茜抽空看向了陆虎和络卿相，那期待的眼神传达着近两个月来问了无数次的一句话：

“有他的消息了？”

陆虎和络卿相齐齐摇了摇头，给了巫茜一个无声的答案，然后看到了巫茜满脸的失望……

中州市公安局反诈骗中心，一辆警车冲向门口时陡然加速，把屁颠屁颠抱着一包东西的钱加多给吓了一跳，赶紧往活动门一侧躲，刚想抬头开骂时，却瞬间傻乐了。摇下的车窗里，俞骏和向小园正看着他笑。

俞骏一指钱加多，说：“拿过来。上班时间又偷跑出去啊？我看看干什么坏事了。”

“没有，你看，吃的。”钱加多亮着怀里的东西，是一堆小零食，奶糖、牛肉干、果脯。俞骏不客气地抓了一把，钱加多心疼地说：“别呀，不是给你买的。”

“那你得贿赂我呀，翘班不得给点好处啊！”俞骏笑道，逗着钱加多问，“多多，你女神不是这位吗？咋？移情别恋了？”

被指的“女神”是向小园，向小园笑着说：“是啊，多多，我都觉得很失落啊。”

都是明知故问，钱加多笑着说：“你们别笑话行不？追个女生多难呢，我妈天天逼着我汇报进展。”

“那有进展了吗？”俞骏问。

钱加多一愣，点头答道：“也算有吧。”

“怎么算有？到底有没有？”俞骏问。

“那胖了十几斤不算吗？”钱加多道。

向小园和俞骏一下子理解不了这个逻辑，向小园问道：“追女生，追胖了也算？”

“啊，她胖了、丑了，就没法挑我了嘛。”钱加多一脸严肃。

俞骏和向小园笑喷了。向小园生怕俞骏又没正形胡扯，赶紧挥手道：“那快去吧，加油啊……不，加餐，祝你早日成功。”

“哎，好嘞！”钱加多抱着东西喜滋滋地跑了。

再上路时，俞骏仰着头大笑了好一会儿才安生下来，且笑且说去年可真是行大运了，捡了两个宝，就这个活宝，死皮赖脸加上死磨硬泡，快把娜日丽追上了，眼看着梦想就快实现了，回来的这两个月反倒是他俩的爱情比案情还让单位里的人津津乐道。

“就是那位不知道怎么样了？”向小园突然来了一句，笑声戛然而止，转头看去，俞主任愁眉又挤一块儿了。俞骏吧唧了半天嘴，道：“不明朗啊，他这颗小卒子拱得太远，直接进中军帐了。现在局里等着厅里的消息，厅里等总局的定论……对了，昨天谢副厅还告诉我件事，我到现在都接受不了。”

“啊？坏消息？”向小园吓了一跳。

“不是，不是，是案情里的细节。被捕的另一名计算机犯罪嫌疑人妮可，真名叫曹妮菲，新加坡籍，她的硬盘里存着对零号的审讯记录，是通过药物刑讯的。即便在药物刑讯的状态下，零号都没有露馅儿，问他任务是什么，回答是没有任务；问他代号是什么，回答是停职。你猜他是怎么做到的？”俞骏问。

“是不是有强大的精神控制力？”向小园景仰地问。

俞骏一笑，摇头道：“错，谢副厅说这是他设计的，其实真正的任务内容就是‘没有任务’。真正的代号就是‘停职’。他要做的第一件事就是，用无数遍的重复默念来欺骗自己的潜意识，即便无意识的时候说出来，也是这一句话‘没有任务，停职’。”

啊？！向小园瞠目结舌，惊愕和震撼让她失语了。

“吓着了吧？这还不是欺骗的最高境界。”俞骏道。

“还能到什么境界？”向小园问。

“其实在最后撤走的时候，他已经没有机会发出信号了，我相信那个时候沈燕已经做好了灭口的准备，毕竟价值几个亿的虚拟货币，这事肯定不能让任何人知情，包括宋朝、零号，甚至包括毛登科都在被灭口之列，这事她都支开了妮可……还原当时的情况是这样，先杀了逆风请来准备整容换脸的医生，之后逼迫逆风交出虚拟货币，地址和密钥数据都存储在假牙里，之后毛登科突然对宋朝下手，然后枪口指向十方。”俞骏回忆着，在想那种情况下怎么可能脱身。

“然后呢？我们见到他时，他都中了两枪。”向小园问。

“回溯的案情是，他突然诬陷毛登科是内鬼。”俞骏道。

向小园愣了，愕然问道：“那怎么可能？毛登科可是彻头彻尾的反社会人士，红色通缉令上的人。”

“我也纳闷，他居然诬陷成功了。沈燕的枪口居然转向毛登科，把这位忠心耿耿的手下打死了，趁这个机会，他逃出来了，不过也挨了一枪……应该是在极度紧张的状态下，零号成功地干扰了她的判断，争取到了一点点时间，我想象不出有多难……可能就是这些看似不可能的因素，让上面担心……”俞骏道。

“担心与恶龙搏斗者自身亦成恶龙？”向小园轻声地问。

“对。”俞骏道。

到此天也聊死了，这件事一直悬而未决，可处在下级又没法去问，每到这个时候就出现中断，而且续不上那种。

到了省厅，两个人跳下车，意外的是谢副厅就在办公楼门口等着。看到两个人的表情，谢副厅却是开朗地笑出来：“别板着脸啊，我亲自迎接你们，这面子还不够？”

“您别给我脸，给我点消息成不？我的人到底怎么样了？”俞骏道。

谢副厅一怔，悻悻道了句：“我还是给你脸吧，又不是我把你的人扣起来了，你朝我要啊？”

“这都多久了，总得给个结论吧？”俞骏追着问。

“总局督导参与的案情，他又在核心位置，按程序也得审查一段时间啊。就算回到了省厅市局，也得走这个程序啊，这不正好也养伤嘛，你急什么？”谢副厅一手揽着俞骏。安抚不成功，俞骏拿掉他的手，给了个不悦的表情。谢副厅笑道：“这个案子破了，尾巴翘得蛮高啊……小向，你不能也骄傲吧？”

“没有，没有，我哪有资格骄傲。”向小园不好意思地说。

“不，必须有，现在厅里准备给你们申请集体一等功，全国都不多见啊……虽然案子主办在荆汉，但谁也不能否认我们这个小组在本案里是首功。”谢副厅道。

真达到了这个目的，反而觉得没有那么振奋，特别是还有这么多的遗憾，俞骏强颜欢笑：“老领导，我的队伍现在是五零四散的，回来几个，荆汉给借调几个，还有一个不知道下落，您让我们怎么骄傲啊？”

“那有两个选择，第一个，你就这么愁眉苦脸地在家等消息；第二个，打起精神来，‘金评彩挂、风马燕雀’还没有‘众神归位’，任务在等着呢。”谢副厅说道，直接背着手走了。

两个人相视苦笑，紧跟上来。会议布置一如记忆中，一年多前，也是在这里接受的任务，也是谢经纬和陈颢元两位领导主持，也是保密员在用笔记着会议记录，唯一不同的是，这次连寒暄和客套都没有，案情简讯直接就递上来了。

案情简讯的内容是荆汉市特大假冒保险公司案的进展。两个人迅速浏览，看得更快的向小园喃喃道：“漏网的石金山居然是本案主谋之一？主谋居然是胡会计？”

“基本可以肯定，断卡行动截住了大部分被骗资金，但是前期骗贷的部分资金根本没有进入资金池，是被胡会计另辟途径消化的，你看眼熟吗？”谢副厅问。

“嗯，每次涉众类诈骗，都有无法追踪的遗失资金，就像在资金池外又建了一个老鼠仓，不管砸不砸盘，他们这部分钱是先洗走的。”向小园道。从杜其安开始，她就注意到这群特殊的骗子，对于骗到的钱非常有节制，总是在一开始最安全的时期取走少量的一部分，总是在出现危险征兆的第一时间溜走。她无法形容这种手法，并不像杀猪盘的骗子那么贪婪，恰恰是这种“节制”让他们屡屡逃过追捕。

“两个月居然没有任何信息……”俞骏喃喃道，“逆风换脸这招如果他们也用上了，那就麻烦了。对于他们这种职业犯罪的，肯定会养着不同的身份。如果再以不同身份和不同面貌出现，那真就无迹可寻了。”

“对，有这种可能，而且可能性很大。”陈局长插了句。

沉浸在案情中的向小园低头道：“我们穷追不舍，对方已成惊弓之鸟，这个难度就大了。”

“对，我和谢副厅合计了下，从现有的嫌疑人里入手，从十年二十年前的案子入手，往他们根上查，这个团伙的成形、他们犯罪的诱因等，都得查得清清楚楚，刨到知根知底，铲到一干二净。”陈局长道。

“难，最起码无法保证时效性，现在他们也五零四散，我们总不能全国范围内找人吧？”俞骏道。

“你错了，即便他们出了境，出国也得把他们抓回来。”谢副厅强调。

“哦，天哪！”俞骏忧郁地合上了案情综述，然后看到了陈局长和谢副厅期待的目光。向小园迟了一步，她合上的动作明显在犹豫。

陈颢元局长笑了，提示道：“老谢，你看他们俩一年来变化挺大，小向沾了点俞主任的毛病，不像以前那么铿锵有力、咄咄逼人了。而俞主任呢，可能受了小向点影响，不那么悲观了。”

“嗯，黄金组合啊。”谢副厅赞了句。

两位被赞的反而不好意思了，向小园说：“我真不知道该从哪儿入手。”

“我也一样，但咬着牙也得上手。能提个条件吗？”俞骏问。

“提吧，客气点啊，别太不像话。”陈局长笑了。对于两个人的变化，他非常满意，不过接下来脸就挂黑线了，只听俞骏说：“条件很简单，把我的X小组凑齐，一个也不能少。”

这并不过分的要求，现在却难如登天。陈颢元局长求助似的看谢副厅。谢副厅为难了片刻，手指点点俞骏——又被要挟了。他斟酌片刻道：“我先给你点信息安抚下军心吧。”

“好啊，我听着呢。”俞骏和向小园有点激动了。

“他现在在粤东省，是当地警方接走的，在处理一件特殊的事，详情我无法知悉，但很快就会有消息……而且据周修文讲，他的情绪很低落，又受了这么重的伤，几乎是鬼门关上走了一遭，我们得多给他点时间让他走出来，将来不管是一个什么样的定论，我希望不要影响到现在来之不易的大好局面，毕竟这个局面也是大家用辛苦、用血换来的……我会尽一切努力，让X小组全员归队。”谢副厅道。

俞骏和向小园对视一眼，然后缓缓起身，敬礼，沉默地接受了任务。

两位领导知道他们的心结何在，也默默相对，只可惜他们解不开这个心结，所能知悉的那位零号的信息依旧是只言片语，他的去留依然悬而未决……

无名之辈，无名之碑

“想活到回去就安生点，别锋芒太露了。”

“回去？”

“我似乎听到了你气息紊乱、心跳加速。”

“呵呵，我也看到了你忧深愁重、心有不甘。我们都是卖命，既然卖命，那纠结的只有一件事，要么卖个好价钱，要么卖个好归宿。归宿恐怕不会很好，价钱呢却不会很差，那我就不明白了，什么让你这么纠结呢？”

“可能用钱能买到，可能通过努力能得到，可能能偷到、抢到。但有一种东西，无论你怎么不择手段都得不到，你明白吗？”

黑暗里，烟头闪着明灭的光，能看到宋朝忧郁早衰的脸，他的鼻孔喷着烟雾。

噗……噗……拧着消声器的枪口发出闷响，近距离中弹的宋朝像被无形的手狠狠推了一把，整个人重重后仰摔倒。然后他痛苦地、艰难地抬起头来，可他脸上没有绝望，反而露出了像是喜悦的表情，是那种幸福的狂喜，狂喜到他哈哈大笑一声，说：

“只有骗子的良心是黑的，警察没有黑的。”

砰砰砰砰——枪声大作，沈燕、毛二狰狞的面孔看过来，手里的枪开火了。

坐着的斗十方浑身一激灵醒了过来，浑身冷汗。可能是梦中的惊叫声惊动了其他乘客，他们都奇怪地看向他。他愣怔着还回不过神来。

“快，擦擦汗。”邻座周修文递来纸巾，此时已经响起航班即将到达的声音。斗十方接过纸巾，机械地拿在手里，这才回过神来——他是从疗养基地专程飞到粤东来了。

一段时间以来，斗十方有点不太正常，心理医生看过多次了，确诊为创后应激症状，毕竟经历了一场血淋淋的真实死亡场面，不是什么人都能一下子从阴影里走出来的，周修文附耳小声问：“做噩梦了？”

“嗯，又梦到老宋了。”斗十方道。他知道这就是此行的目的，可理不清其中的头绪。见周修文没吭声，他回问：“老宋是警察吗？”

“不可能是，没有哪种任务需要把一名警察送到监狱蹲上几年再去执行的。”周修文道。

“那他究竟是什么人？我现在才明白，他一直在提醒我、暗示我，甚至给我打掩护，最后一次回传信息，他还故意生气走了……呵呵，我是人傻胆大，如果宋朝和沈燕一路，怕是早发现我的那些小动作了。”斗十方喘着大气道。

周修文轻轻抚着他的后背说：“别多想，很快就有答案了。胳膊现在怎么样了？”

斗十方拿着纸巾的手半举起来，然后莫名地抖、抖。他使劲握着拳，想控制却怎么也控制不了，片刻后，颓然放弃，一脸黯然。

“坚持理疗，会恢复的，幸好是左手，影响不算大。”周修文道。

说到此处，周修文又下意识地看到斗十方头上的帽子，子弹擦过头皮，犁了一道血槽，那一片连头发都不会长了，这相破得怕是治不回来了。

像平时一样，聊天又毫无征兆地中断，斗十方谈兴顿失。下机时他像一个失忆者一样，还得周修文不时地提醒他，生怕他走错了出口。

来接站的是一辆警车，只有一名上了年纪的警察，警车直奔地方省厅，又接了一个年纪更大的警察，驱车直至粤东省厅下属的九局。在该地一幢不起眼的老式楼里，周修文和斗十方受到了规格极低的接待。

一杯热水，茶也没有；旧式的椅子，垫子也没有。整个办公室也简陋到令人发指，只有成排的保险柜，桌上唯一的一台电脑还是老式的豆腐块一样的大显示器，这种地方反科技、反现代，只有一种可能：保密局。

“这位是陈处长，这位是赵总队长……这位就是你们想见的人，斗十方，宋朝生前基本就和他在一起。”周修文开门见山地介绍着。

那两位老警察像见到亲人一样，亲切地看着斗十方。斗十方眼神却有点复杂，那个在记忆里挥之不去的老宋，现在更模糊了。

“我知道，老宋可能会成为你的心结，其实也是我们的心结。我们两方商议了一下才有了这次见面，毕竟有可能帮助你走出阴影……我想这也是老宋愿意看到的。”

那位更老一点的警察脱了警帽，头也半秃，余发尽白。他满面愁容地摸着口袋，拿出了烟，点燃一支滋滋抽起的时候，半晌没有表情的斗十方眼睛突然动了，喃喃道：“你们抽的是同一种烟，他抽烟的姿势就是这样。”

“呵呵……对，他是我的下属，我是他师父，一开始他劝我戒烟，一个组就他一个不抽烟的，不过几年之后，他的烟瘾比谁都凶……呵呵，毕竟我们这个职业，烟和酒是能找到的最合适的麻醉品了。他的经历没有那么复杂，警校毕业，分配到了刑警队。我那时候是队长，看小伙子挺机灵的，就抢回来当徒弟了……他确实也争气，脑子活，身手也利索，到刑警队不到三年就立了功，直接提干了……如果不出事的话，现在上个支队长或者副局长什么的，总是没问题的。”赵总队长道。

“他犯事服刑，是真的了？”斗十方问。

“是。他是我提拔起来的，也是我亲自抓的他，亲自给他戴上了手铐，送进了监狱。”总队长吸溜一声，抹了把脸，表情显得有点难堪，轻声道，“他调任南平市一个中心大所的所长，那几年当地正在开发，我是没想到，那种俗套故事能发生在他身上——给非法拆迁撑腰、收受贿赂、私放嫌疑人……就是为了收点钱。他是小县城出身的，讨了个城里老婆，房子、车子、男人的面子，无非为了这些，生生把大好前程给毁了……当时已经确定他的违法事实，是我带队抓的他。那天我记得很清楚，去的时候他还人模狗样地坐在办公室里，看到我兴奋地起身敬礼。我一句话也没说。他看到我身后的人就知道来意了，提了一个要求……”

斗十方入神地听着。总队长接着说道：“他是爱面子的人，一定想体面一点走。”

“对，这个浑蛋这辈子就毁在面子上了，他居然要求别给他戴铐子，别扒他的领花，他自己上车……我当时一下子就火了，狠狠地扇了他一耳光，然后亲自铐上了他。铐上时，他一下子就哭了，眼泪汪汪地对我说，赵队，对不起，对不起……我知道错了，求求你一枪崩了我吧，别把我拉到审判席上丢人现眼……”

这位总队长唏嘘了一声，狠狠地掐灭了烟头，眼睛发红。他粗大的手互相揉搓着，中断了回忆。

那位也在听的处长轻声接道：“他因为渎职被判处有期徒刑六年，没有上诉，服刑地在粤东第九监狱，实际服刑五年零四个月。事发后，刚进看守所他就跟妻子离婚了。当时儿子才4岁，出狱后妻子已经改嫁了，他父亲也是个警察，老家的乡警，从他进监狱就和他断绝了父子关系。他出狱后回过家，可连家门都没敢进去。”

周修文静静听着，不时看看斗十方。斗十方脸上木然，没有一点悲喜，就那么木然地听着，然后机械地接了一句：“我明白了，他服刑的地方一定关过某个重要嫌疑人，是毛登科吧……他这样走投无路的人，最适合去当线人。”

那位保密处的陈处长讶异地看了他一眼，话停了。这些卧底归来的人都有一个特征，那就是心思特别敏捷，你给他哪怕一点提示，他们就能猜到正确的结果。

总队长点点头道：“是的，你猜得对，不过也不对，拿钱买消息的才叫线人，而我没给过他一分钱，也没有承诺过给他任何待遇。我找到他时，他已经快成盲流了，每天打打短工，挣点小钱全用来买醉了，喝醉了就躺在江畔。我观察了很多天才去和他见面。那天下着大雨，很大，我要走近的时候，轰隆隆一阵雷声，突然就下起了大雨，我现在都有点迷信地相信，那是诈骗团伙搞得天怒人怨，要凭空出世他这么一个力挽狂澜的人……我不知道怎么形容他，缅北以江前胜为首的电诈团伙覆灭，就是从那天开始倒计时的。”

时间倒退四年多，也是这样一个下雨的季节……

轰隆隆的雷声夹杂着暴雨骤至，赵少刚瞬间被淋得湿透。他连脸上的水迹都没有去抹一把，还是直勾勾地盯着躺在江边护栏后的人，那人像是喝多了，连自己泡在水里都浑然不觉。

他踱到他面前，躺在那儿的宋朝却不屑地说话了：“赵队，我早发现你了，你都跟了我几天了，想干什么？看着我投江，然后再拉我一把？”

“你给我起来。”赵少刚蹲下，拉起了宋朝，像拖死尸一样拖着他走，到一处避雨的亭下一扔。宋朝重重地摔在地上，却还是那么带着醉意地笑。赵少刚无奈地蹲下来，拉着宋朝让他靠柱子坐着，连扇几个耳光喊着“醒醒”。

“我没醉，赵队，我又没犯事，你找我干什么？！”宋朝喷着满嘴酒气地问，监狱和流浪已经把他变得让人不敢相认了。赵少刚看着他愁苦的脸、发红的眼，想了片刻，道：“你要清醒着，想听，我就给你说几句话。要不想，那就算了，只当我们没认识过。”

“我爸都不认我了，您居然还有想跟我说的话？”宋朝惨笑道。

“有，有很多。大家知道你出来了，刘政委找过我，想托我给你找个活儿干着；你的师弟，大强子，现在是景泰治安大队队长了。还有你在队里的兄弟，他们都找过我，知道你好面子，肯定谁的帮助也不接受，所以求我……毕竟我是你师父。”

宋朝一捂脸，呜呜地哭了。他伤心地哭着，泣不成声地说：“别管我，我不配……我不配，一起出生入死这么多兄弟，就我成了败类……”

赵少刚坐了下来，习惯性地摸着口袋。不过烟已经湿透，他悻悻地扔了，只等宋朝哭声稍停，拍拍宋朝肩膀道：“都过去了，你也为自己的错误付出了代价，总不能已经站着受刑了，回头还一辈子跪着生活，这个样子怎么行？你才多大啊？一辈子还长着呢。”

“呵呵，我又能做什么呢？”宋朝抹着脸，惨笑着。他掏出烟盒，可能流浪生活过久了早有准备，是包在塑料纸里的。他打着火点上了一支，刚抽一口，就被赵少刚夹走了，夹到自己嘴上叼着，深深地吸了一口。

那动作恰似还在队里，讨论案情到半夜，烟都快没了，几个人分着抽。这仿佛唤起了宋朝的回忆，让他怔了良久，他奇怪地开口问：“赵队，你不会是遇上难题了，想找我捉刀吧？”

“如果是呢？”赵少刚问。

“肯定是，兄弟们想拉我一把是真的，但以您的性子，如果想帮我，绝对不会亲自出面，呵呵。”宋朝笑了，哪怕已成陌路，可毕竟曾经情同手足，彼此太了解了。

“你还没回答，如果是呢？”赵少刚问。

“那不很简单吗？俩胳膊俩腿，您看哪条顺眼，自己卸。”宋朝抽着烟，无所谓地说道，把烟递给了赵少刚。赵少刚抽着，表情变得恶狠狠，咬牙切齿地说道：“知道电信诈骗吗？”

“当然，我快出来的时候，进去的差不多有三分之一是电诈团伙的，在里面我可是牢长。怎么，想知道谁的情况？”宋朝道。

“不想，境内的太低级了，现在大鱼都在境外，缅北一带已经聚集了近十万电诈成员，现在的犯罪模式是他们内外勾结，而我们鞭长莫及，只能眼看着大笔的社会财富被挪到境外，现在的案发率比你当年提高了四倍……什么感觉？”赵少刚道。

“我都不当警察了，还能有什么感觉？”宋朝道。

“呵呵，你家两代警察，你警服虽扒，可我不信你血脉里的血性也会退化到一点不剩。我们曾是背靠背的兄弟，一起出生入死的兄弟，我就不信，那些让我们热血沸腾的过去，你已经忘得干干净净……那些都是你，是我，是我们警察的高光时刻，总是让我们觉得这辈子没白活，值了……你告诉我，这几年你做了多少次梦，梦见还在队里？”赵少刚道。

“您还是那么卑鄙，在给我挖坑，等着我跳，就像当年布置任务一样，明明处处危险，偏偏我们还义无反顾。”宋朝道。

“那就是信仰。我对信仰的理解就是，人的心里总有一块最干净的地方不会被亵渎，比如亲情，比如至爱，比如梦想，哪怕是一个十恶不赦的人也有，何况曾经是我背靠背兄弟的你……你刚才猜错了，你如果投江，我绝对不会拉你一把，一个对自己、对世界已经万念俱灰的人，拉也没用。”赵少刚道。

他说话时直勾勾地看着宋朝。曾经因为羞愧、难堪而从来不敢与人对视的宋朝，此时眼睛却放着光，那种犀利的光，那种仍然倔强的光，那种跌倒了却挣扎着想要爬起来不服输的光。

隔了很久，或者不算太久，就像过去接受任务的时候，宋朝一抹脸上的水迹问：

“你说吧，干什么？”

“……就这样，我自作主张派出了他。毛登科曾经是江前胜团伙成员，他从那里打开突破口。两个人曾经是狱友，这段经历恰成了他最好的伪装，没有人会相信一个蹲了几年大狱的黑警察，还在给他的原上级提供线索。后面的事你们就知道了。两年前，缅北以江前胜为首的电诈团伙覆灭，江前胜被我们端了窝点；一年前，菲律宾以朱丰为首的电诈团伙覆灭，朱丰被跨境抓捕归案；还有不久前，部督的计算机犯罪嫌疑人逆风落网……都是他提供了最直接的线索，直到发生这次意外之前，知道他身份的只有两个人——我和陈处长。”

赵少刚总队长慢慢地叙述着往事，几次眼酸都被他刻意掩饰过了，烟灰缸里的烟头已经堆了几个。他失魂落魄，又接着抽上了。

斗十方看着他们两个人，似乎还有怀疑，皱着眉头。陈处长慢慢脱下帽子，像怕吓到斗十方似的缓缓道：“我见过你，还记得吗？黄宁高速服务区。”

“想起来了，可我没有注意到你。事发前一天晚上，他消失过十五分钟，后来说碰到老乡在车里喝了口家乡的酒。”斗十方回忆着。那是条旅游公路，来往车辆较多，可能正是趁那个机会两个人见过一面。

“对，这个可能让沈燕警觉了。”陈处长懊丧地说道。

“没必要自责，结果不会有差别，我们俩都在被灭口之列。”斗十方道。

陈处长愣了下，没想到自己反而被安慰了。他轻声道：“总局知道我们有这么一个王牌线人，后来的任务是设法追踪计算机犯罪嫌疑人逆风，之后他的线索和总局的线索有了分歧。他传回的信息是，逆风应该在境外，从最早作案的时间和手法判断，极有可能就隐藏在江前胜身边，所以漏网的这些人里应该就有。而总局的信息是，银杏基地疑似逆风的窝点，其人名叫徐则臣，继任似乎是秦江寒。我们一直不知道你也潜入了对方的团伙，而且还和老宋成了战友。”

“他是对的。那天的意外是，出了高速，沈燕就安排了接应，把两名枪手派给了妮可，让我们一起跟着她去堵秦江寒。石金山很早以前就被她收买了，沈燕其实是要逼他逃跑，然后半路劫财越货……很可惜，我一直在顺着她的思路给她帮忙，当我反应过来已经晚了，身不由己……他也是。”斗十方道。这一节让他实在意难平，是他明显低估了对方的险恶。

“总局部署的特战小组计划趁他们得手逃走的时候抓捕，但没有想到她会把人分开，而且……毫无征兆地对老宋下手……”陈处长黯然道。

“团伙里就是这样，真让沈燕得手，说不定毛登科和妮可都会被灭了，多杀一人就意味着少一人分钱，少一份后患，这个您纠结什么？这个办公室档案里记载的故事，都不会比我们在谈的轻松吧？”斗十方道。

赵总队长环视一番，默默点点头：“对，但他是个例外，他并没有警察的身份。”

“理论上我也没有。”斗十方讪笑。

“那你……我听说，你一直走不出来。”赵总队长和蔼地问。

这个问题难住斗十方了。屡屡闯入他梦境的死尸、枪、血，那段经历成了他挥之不去的噩梦。他思忖片刻，摇头道：“我也不知道，总是在梦里见到他，我说不清是恐惧还是怀念，我眼睁睁地看着那个医生就倒在我面前，额头上开了个洞。我看见老宋中了两枪，身体上像被戳了两个窟窿一样往外冒血……看到毛登科被沈燕顶着脑袋，我下意识地就跑，只回了一次头，子弹从他的脑后掀了一块……白花花的……我……我从来没有见过这种……”

斗十方右手试图比画，可手不由自主地抖着，不小心把帽子撞掉了，头一侧被子弹犁开的狰狞深槽让两位同行倒吸一口凉气。他们看过回溯的现场，在那种情形下活着回来，简直不是运气可以形容的了。

“对不起……我一紧张就这样……最后一刻，老宋牺牲的时候，他笑着说，只有骗子的良心是黑的，警察没有黑的，我那时才确定他是自己人……我一直想不通，为什么不告诉我，为什么不告诉老宋……完全可以更早地发起突袭，完全可以让我们两个人联手，难道为了任务，为了一个逆风，为了抓个骗子，为了几亿的虚拟货币，我们……我和老宋，都是可以牺牲的筹码吗？为什么不早一点，哪怕早几分钟，几分钟，老宋就不会死，就不会是现在这个样子！”

斗十方突然泪如泉涌，枪伤已愈，心伤难平。他的手颤抖着，抹着泪，激动得不可自抑。周修文轻轻抚着他的背安慰着，却无济于事。

那两位却没想到会一下子变得这么难堪。等斗十方情绪稍平，陈处长说道：“我无权评价这个任务，有时候很多英雄的故事可能源于一场事故，我没想到你对他这么在意……我和他见过三次面，这里面可能有你想知道的答案……”

陈处长把厚实的大疙瘩块显示器挪了挪，朝向斗十方，插上U盘，输入了一串长长的密码，一段手机拍摄的模糊视频开始播放。

是老宋的脸。他着急地说着：“老陈，你赶紧打听下，我怀疑中州那个单位又把一个兄弟派进来了，他在长安当过卧底，叫斗十方，虽然我没审出来，可我怀疑是自己人……他自以为装得很像，沈燕是在用他引逆风出来，如果不管用，那肯定让我下手弄死他，到时候我咋办？”

含着泪的斗十方一下子笑了，想起那段被老宋折腾的日子，没想到成了最美好的回忆。

又是一段视频，老宋说道：“坏了老陈，那小子不是一般人，居然让沈燕看上了……哎呀，这不是该高兴的事，凡是沈燕看上的人，最后都落不了全尸……还有，我认为总局的判断有误，逆风不可能在境内，绝对不可能是二十啷当岁的小伙，作案都十几年了；也不可能是徐则臣，沈燕借兵去过一趟加拿大，我估计她是灭口去了，她原来就是这么干的。江前胜一家独大不是水平很高，而是比江前胜干得好的团伙头目都被沈燕做掉了……我认为逆风是妮可。境内这一帮原来是给江前胜团伙提供服务的，他们算一伙，而境外是上层。”

斗十方静静地听着，眼睛直勾勾地看着，回忆着点点滴滴，情绪意外地平静了……

快进一段，老宋又在说了：“……这个追踪器我只能放在车上，现在随时可能被搜身。老陈，你汇报一下，把另一个撤走，哪怕他直接跑了都行，他已经教唆跑了一个，沈燕早起疑了，只要拿到逆风的东西，第一个灭的就是他，不能冒这个险。”

后面没有画面，似乎是老陈的声音：“真假逆风马上就见分晓了，怎么撤？一惊走了还去哪儿找啊？那个计算机犯罪嫌疑人我们连起码的情报都还没掌握，她手里的电脑只要一自毁，别说抓捕了，我们连扣留她的理由都没有。”

宋朝在争辩着：“可他还小啊，太危险了，他根本不知道这些人有多黑，那些枪手都是缅北游击队的，杀人比吃饭还利索，这要有个三长两短，那孩子还有个残疾父亲呢。”

老陈又说：“来不及考虑这么多了，他是中州专案组的一个特勤，和咱们的是两条线，不管你们现在跑一个还是跑两个，这事肯定黄，你决定吧。”

宋朝想了想，突然说了句：“老陈，你逼我是吧？在你眼里基层兄弟的命都不算命是吧？”

老陈也回话道：“放屁！轮着老子拿脑袋扛的时候，轮不到你；轮到警察能扛的时候，轮不到老百姓。他是警察，他清楚任务的危险性，你第一天当警察呀？哪个案子到了这种关头不是你死我活？哪轮得着妇人之仁？今天就是你、他，加上我，再加上几个警察兄弟的脑袋全撂在这儿，逆风也得服法。”

老陈的气势把宋朝镇住了，宋朝沉默了片刻，怼了句：“说得倒好听，老子不是警察。”

老陈道：“扒了你的警服而已，骨子里还是。”

宋朝：“那回头给我一身警服？我这回可真是卖命了啊。”

老陈：“组织上不可能给，我的警服给你一身吧。”

宋朝：“我就知道卖了命也落不到好。”

老陈：“那怎么着？要不撤了？还是那句话，你拿主意。”

宋朝：“呵呵，少激我，听好了，我会在离开时打开信号源，妮可的体貌特征很容易辨识，她轻易不下车，她是第一目标，而且是沈燕的钱袋子，抓住她沈燕就没辙了，如果我们在一起就什么都不说了；如果我们分开，你们直追信号源，别管我……还有，只要沈燕得手后有动作，我就下手，那几个枪手身手都不错，告诉兄弟们注意点，就这，大不了老子承认是叛徒，保住那位小兄弟，指望不上你们了。”

老陈：“等等……别犯浑，一定回来啊，等回来我真给你一身警服，不，两身，我把赵总队长的也给你。”

宋朝回头，一脸哭笑不得的表情，然后向老陈竖了一根中指……

画质模糊的视频终止了，周修文看到陈处长微笑着，却挂着两行热泪，赵总队长叹息着，一直在抹眼睛，斗十方静静地看着。

“都说大案如山，或许并不是案件如山，而是它之于每一个警员的压力都像一座山，得所有人拼着命把这座山凿碎推倒，这里面没有个体，个体得服从于集体。单纯强调集体免不了落于平庸，只有那些闪光的个体融入集体中，才会让这个集体走得更远、飞得更高。”周修文轻声说道。他抹抹眼角，长舒着心里的浊气，没想到事情会是这样。

“孩子，我理解你的埋怨，要骂就骂我吧，是我把他送上了不归路。你不要再纠结，我们这支队伍向来就是如此，头顶着国徽，肩扛着天职，哪怕有天大的委屈和无奈，也得硬着头皮走下去。”赵总队长哽咽着说。

斗十方摇摇头道：“我不再纠结了，我一直以为他是受到了什么胁迫，才逼不得已当了个里外不讨好，最后还把命送了的线人。我一直为他感到不值。”

斗十方舒了口气，像陷在回忆中。沉默了好久，他自言自语道：“他有次给我出了个谜语，告诉我，世界上所有东西，可以用钱买到，可以通过努力得到，可以偷到、抢到。但有一种东西，不管你怎么不择手段都得不到……我一直没明白，现在我懂了，是信仰。或许信仰这个词用在他身上有点可笑，但就是信仰，关乎着一个人的自信、尊严、骨气，他丢掉过，他所做的一切都是在找回他丢掉的、曾经引以为傲的自信、尊严……还有他作为男人的面子、他的信仰。你们看，他做到了，他是笑着走的……”

斗十方笑了，笑里带泪。那几位听罢此言，一下子没忍住，全哭了。

是日，全城飘雨，粤东省厅一辆警车悄无声息地驶向烈士陵园，清障车在前，一路推开残枝断树。抵达陵园的时候，一行警察徒步上山，在无声的敬礼中，下葬了一个没有名字的人。骨灰盒上整齐叠放着一身没有警号的藏蓝警服。雨中列队致敬的前面，有一个眉眼和宋朝很相似的老人，跌坐在新填的坟茔前，抱着那块没有名字的石碑号啕大哭。

无名之辈，可能无人会记得他。

无名之碑，却会被长天缅怀，被山水铭记。

音信未至，大案先起

中州北站，熙熙攘攘的客流一刻也不停歇，淹没在如潮的人海中，总会让人深刻地体会到个人的渺小，以及一个渺小之人的个人存在感会是多么难得。

娜日丽看看腕表上的时间，已经指向11时了。一旁的程一丁笑道：“大案子都办过了，这点破事还算个事啊？”

“可别漏了啊，又是一个百万案值的骗子。”娜日丽笑道。她确实也不紧张，只是有点心慌。

程一丁倚着栏杆笑道：“你放心吧，这都是见钱不要命的菜鸟，根本没有反侦查措施。”

娜日丽似乎接受了程一丁的判断。说起来也确实如此，一起中介私卖业主委托的房子的案子，虽然案值听起来吓人，可俞主任瞄了一眼后连兴趣都没有，直接扔给他们几个处理了。大数据对比了嫌疑人的银行卡、手机、活动轨迹等信息，判断出她要从这里出站，这不就来堵了？程一丁心不在焉地说：“嫌疑人的生活经历除了上学，就是两年的从业经历，业主委托她出售房子，她是借着普通人不太了解政务中心的便民App，扫业主的脸在网上签了委托，房子又给押到小银行贷款……呵呵，这么蠢的作案手法，一大堆证据，真不知道她怎么想的。”

“蠢人往往犯大事啊，这得上百万的案值啊，后半辈子得在监狱就业了。”娜日丽道。她看着手机上嫌疑人的照片，是个面容姣好的姑娘，这似乎让她有点惋惜。

“没啥可惜的，伸手的那一刻起命运就改写了，是她自己改写的。”程一丁道。

娜日丽一收手机，有点不悦地问："我说程哥，我怎么觉得你一点同情心都没有。"

"你让我同情个嫌疑人？因为她是个小姑娘？"程一丁纳闷了。

"也不是，我……"娜日丽的思维没来由地出现短暂"死机"。

程一丁笑道："你又在想十方了，大家这段时间心里都悬着……哦，不对，除了多多。我觉得我们应该向多多学习，这事就要让多多说，有什么呀？不当警察了不正好？我养他。"

娜日丽一下子被逗乐了，讪讪道："别听他胡扯。"

"其实也不算胡扯，我都动过几次念头挂枪离职，可是想想又放弃了。"程一丁道。

"因为信仰？"娜日丽问。

"也不算吧，干这么多年，除了坏人，都没跟什么人打过交道，找人、抓人、审人之外，我还能干什么？十方可就不同了，百艺傍身，到哪行都是个人物。"程一丁自嘲道。

"你是安慰我，还是安慰你自己？"娜日丽笑着问。

程一丁看着她，说不上来。可能都有，也可能都不是，给一个人下定义不算很难，但斗十方属于例外。他一直没有归队，这个队伍就像丢了魂一样，干什么都有气无力。

停顿间，麦响了，是邹喜男的声音："X1注意，注意，家里搜索出了一个信号，正由站口进入，可能化了装。"

"换脸都不行，化个装能行啊。"娜日丽笑道。

她和程一丁同时拿起手机，家里给出的信号位置，又再列出了几个身高符合描述的目标，程一丁观察一眼对着麦说："四个人，红蓝衣服你们俩负责，我追绿白。"

程一丁和娜日丽互相使了个眼色，这时候想揭露嫌疑人最后的伪装就需要点市井智慧了，程一丁最早靠上去一个，佯装不经意撞了下。那姑娘哎哟了一声，程一丁赶紧面对面道："对不起，对不起……咦，胡婷，是你吗？你叫胡婷是吧？"

"滚……臭流氓，套什么近乎呢？"那女人发飙了，直接喷上了。

不是她，程一丁尴尬地挠着头败退了。

这时候，又听一声尖叫，然后啪的一声……清清脆脆、真真切切的耳光声音，夹杂着一个女人的骂声：“死胖子！摸我屁股……他摸我屁股，耍流氓了！”

完了，多多被群众围着众口群怼，邹喜男很没义气地跑了，娜日丽哭笑不得。她盯着的那位红衣服的一点好奇心也没有，根本不回头，几乎可以断定就是她了。她几步跟上去，追上这个戴墨镜、扣帽子的女人，伸手一撩，帽子自后往前一扣，那姑娘惊讶地咦了一声，差点在台阶处摔倒。娜日丽上前一扶，说：“美女小心啊。”

被搀着的那女人扶正帽子，客气地道了句：“谢谢。”

“不客气，咦？你不是胡婷吗？”娜日丽一脸路遇熟人的惊讶。

那女人慌乱了片刻之后立即摇头：“不是，不是，认错了。”

咔嚓，要抽回来的手被铐上了，娜日丽笑道：“真认错了再道歉吧，我们是反诈骗中心的，现在因你涉嫌诈骗对你实行逮捕……走吧。”

那女人吓得差点瘫在地上，娜日丽拉着她，程一丁已经上前提上了她的行李箱。那边的热闹也结束了，多多的解决方式简单而粗暴，一拉脸装着凶相吼着：“没监控、没目击，谁看见了？你打我脸上可是有证据了啊！报警，报警，我要报警，不赔一万跟你没完。”

这货一耍无赖，本来想见义勇为的群众吓跑了七七八八，趁那女人气势被压得一弱，正不知道怎么应对时，这死胖子也溜了，气得她在原地跳脚大骂：“死胖子，记住你了！”

记也没用，那货早头也不回地跑向停车场了。几人押着嫌疑人出站时，多多已经开到路边。坐到车上的邹喜男笑得直哆嗦，程一丁看看娜日丽，娜日丽翻了一白眼，道：“瞧你那点出息。”

“我这是急中生智，我还挨了一耳光呢。”钱加多悻悻道。

邹喜男唯恐天下不乱，道：“你咋不说你还摸了人家屁股了？哎，多多，你是不是故意的？”

“我是故意的啊，你们不说刺激一下原形毕露嘛，这刺激得多厉害，一开口满嘴歪牙，肯定就不是嘛。哎呀，我亏大了。”钱加多道。

连老程也憋不住笑了。娜日丽此时脸上却有点挂不住，吼了声：“闭嘴！”

钱加多不说话了。没吓住钱加多，却把嫌疑人吓得呀一声哭起来了。娜日丽回头凶她：“哭什么哭？叫什么名字？”

“胡婷。”

“多大了？”

“27岁。”

“抵押了业主委托的几套房子？”

“两……两三套。”

“再说一遍，多少？”

“五……五六套。”

“一套房子差不多一百万，你人不大，事办得挺大啊，仔细想想，到底多少套？”

本来就两个业主报案，这一诈，五六套，可能远远超过预估的案值。其他三人不敢吭声，都被吓住了。娜日丽也很惊讶，自己还是小觑了她。她虎着脸道：“抓你太容易了，用别人的身份证订票就找不着你了？不老实有你受的，五六套……还是含糊其词是吧？”

那女嫌疑人哇的一声哭了，哭着说道：“十三套，真的，再没有了。”

这回娜日丽的脸色更难看了，三名队友笑不出来了，怕是都被吓住了。就这娇滴滴的样子，谁敢相信这是千万案值的诈骗嫌疑人啊！

车到中途，又一辆警车驶近，超车，前车带着路，把反诈骗中心的这一行人带到了刑侦七大队，验明身份，交割执法记录。因为是女嫌疑人，全程基本是娜日丽带人交接，快一个小时才办完。车上早等得不耐烦的钱加多嚷嚷着很不服气，咋碰上了千万案值的大案，就这么送人啦？

“主任让交的，再说这也没什么意思，走程序麻烦着呢。”邹喜男道。

后上车的程一丁道：“千万很多吗？现在八位数的案值对我来说没

有任何心理波动。”

“呵，鸡屎蚊子打哈欠，老程，我咋没看出来你也这么不靠谱？口气蛮大的。”钱加多回头调侃着。刚上车的娜日丽直接扭着耳朵命令：“快开车回队里，主任和组长回来了。”

“哎，好嘞！”钱加多正经了，兴奋了，被扭了一把却还满眼冒星星幸福地看了娜日丽一眼。娜日丽倒没觉得什么，不经意间回头时，发现程一丁正和邹喜男饶有兴致地欣赏着，她一愣，那俩却哈哈笑上了。

中心办公楼里，俞骏匆匆出了办公室，刚刚布置好会议室的向小园奔出来，两个人并肩下楼。向小园道：“不得不说，咱们小组成长得确实不错了，48小时，准确找到了胡婷，而且已经查实，经她手抵押出去的委托房屋是十三套，涉案金额超过一千万了。刚刚七队已经发来感谢。”

“这简直是大炮打蚊子。就个没经验的小姑娘，发现便民App可以扫脸委托的漏洞，直接把业主委托出售的房产给抵押了，这有什么谢的？一点技术含量也没有。”俞骏道。

向小园笑了，问道：“莫非碰不到水平够格的诈骗分子，您很失望？”

“不但失望，而且会很寂寞的。”俞骏回头笑了笑。

“但应对真正的高手，咱们未必够格啊，‘金评彩挂、风马燕雀’，这‘金评彩挂、风马燕雀’看咱们，估计就像咱们看这个胡婷一样。”向小园道。

“呵呵，现在站在巅峰的不是骗子，是反骗的警察，比骗子更狡诈的是……”俞骏道，最后那个宾语他犹豫了下。

向小园替他说了：“不能用这个字眼形容警察吧？”

“是……是斗十方。”俞骏一摆手，给了个完美的答案，化解了自己的尴尬。

出门迎接时人已经来了，是张英，三大队那位技侦。握手寒暄几句，那四位也奔回来了，俞骏招手道：“好不容易请到张主任，一起来开个短会，一会儿一起吃饭……哎，多多，这是案情分析会，你……可以缺席。”

“凭什么呀？我这么要求上进的。”钱加多不悦了。

估计是有外人，怕钱加多大嘴巴胡说，向小园笑而不语。为了追娜日丽，多多也是拼了，处处要求上进呢。这不，俞骏一使眼色，程一丁拉着钱加多叮嘱了一番，主要内容是：现在你可是有领导的人了啊，不能让领导下不来台，对吧？至于领导，当然不是俞骏和向小园，而是娜日丽。这个叮嘱可足够了，钱加多凛然地点点头，然后想想干脆缺席了，反正在他看来案情分析都是来回话，转来转去能把人听瞌睡了。

众人入座，俞骏首先提议集体感谢张英。技侦属于后台，最辛苦和最默默无闻的工作基本都是他们干。感谢的缘由是，这几个月来，张英往十九岭村，也就是杜其安的老家跑了数趟，从乡派出所到镇派出所，从民政局到档案局，把那个荒村原住居民居然还原了个七七八八。

“一家人客气什么，最早的户籍资料，民政局有留存的扶贫资料，档案局有乡里提供的人口、土地等资料，这些文件查下来，我想你们的判断是正确的。我无意中查到跨国电信诈骗案主谋朱丰的老家也在这一带，叫河西村，离十九岭村不算远，诈骗团伙最早成形是靠地缘、亲缘甚至血缘关系这种推论，值得重视一下……这些资料里有些人已经死亡，或者迁出不可考，我都标注出来了。”张英提交了厚厚的一摞资料，而且拷贝了一份电子版的，趁着这个机会，她把屏幕投到了墙上介绍道，“这里就是十九岭村，说不定你们也有兴趣去看一看。20世纪拆乡并镇以后，这里的原住民多数迁入了西沟乡下辖的几个行政大村，这地方比较落后啊，很多稍上点年纪的人都不出远门，不知道你们信不信，他们连身份证都不办。”

在座的惊讶到哑然失笑了。向小园诧异道：“真的很难相信，那么落后的一个地方，和最先进的犯罪方式能关联起来。”

“穷是原罪啊，不光先进犯罪方式，是所有犯罪方式都有，乡以下基本没有青壮劳力了，大部分都在外面打工。我粗略估算了一下，算上刑事、民事、治安，犯罪率能达到37%，这些年经济发展，扶贫也到位，稍好一点。”张英道。

俞骏却是忍不住了，问：“我们在车上您不说有什么猛料吗？这些就是了？”

张英不徐不疾地笑了笑，道：“确实是猛料，是关于杜其安的。我无意中打听到的，你们做好心理准备，不要惊讶啊。”

俞骏呵呵笑了，接着众人都呵呵笑了。骗子和骗局早把反骗警员的神经锻炼成铜铸铁浇的，想惊讶都难了。

张英却胸有成竹，笑道：“那我今天就来个语不惊人死不休，什么事都别太想当然了……我说两件事，一件是乡里零几年翻修小学的时候，有一部分自筹资金解决不了，当时乡里按惯例化缘，就是找本地在外面混得可以的，给你写到乡志里，然后让你捐点钱什么的，当时有个人直接给乡里捐了十万块，而且再三叮嘱不留名……这个当时的乡长记得很清楚，后来他因为贪污，截留扶贫款项被判了几年，我走访过他，他记得很清楚，就是这个人……十九岭村的。”

屏幕上显示着杜其安的照片，然后观者眼睛睁圆了一圈，眼珠子快掉下来了。

“不可能吧？”

“是不是错了？”

“我咋觉得像笑话呢？辛辛苦苦骗了点钱还捐出来？”

娜日丽、邹喜男几位一脸诧异，向小园和俞骏对视一眼，怔住了。

“如果不够，还有一件。最早出去打工的这批人只能干最底层的活儿，煤矿、窑厂、基建等，特别是煤矿、砂石和烧灰行业，当时的环境可能相当差，十几年后，这帮打工人上了年纪之后就出来了一个让人痛心的事，知道是什么吗？”张英问。

向小园脱口道：“尘肺病，这也是他落网的原因。”

“对，在西沟乡患尘肺病的有一百多人，这快二十年过去了，差不多有一半去世了，这些年当地给的救助也不少，最大的一块来自红十字会的定向救助。当然，红十字会的资金也是向社会募捐的，这事曝光有些年了，曝光之后就定向接受了社会各界的捐款。我也是听这个犯事的乡长说，当时那位杜老板回乡其实是为尘肺病的捐款来的，于是我就查了红十字会的记录。十几年前转账可没现在这么方便，但是那里的管理还算规范，留下了很多汇款单，在这里面我发现了很有意思的事。”

张英放出内容，一摞汇款单，字迹工整漂亮，名字用的都是“杜安”，和另一份杜其安审讯记录签名相比，那几乎如出一辙的字体都不用鉴定，肯定出自一人之手。

惊讶真的来了，那不是一笔捐款，是十几笔，从五千到几万到十几万，连续捐了十几年，这事怎么就这么魔幻呢？捐赠人可是彻头彻尾的骗子啊。

“我知道你们的惊讶来自何方，有个伟人说，人做一件好事不难，难的是一辈子做好事。这句话换个概念也说得通，人做一件坏事不难，难的是一辈子只做坏事……我追逃这么多年，最深切的体会不是那些坏人穷凶极恶，恰恰相反的是，我能感受到那些背负沉重罪孽的人，其实并不比我们轻松。比如刚刚落网的在银行抢劫杀人的嫌疑人，他潜逃二十一年，二十一年后他已经成了亿万富翁，发迹后致力于慈善事业，给社会各类捐款都有几千万，他落网后，谁都不敢相信那是个抢劫杀人犯。”张英道。看着反诈骗中心的一行人，她的表情温婉而平静，不过传递的却是一个复杂的、让人难以理解的人性问题。

“执念，这是个有执念的人，我现在都有点佩服他了，长安虚拟传销案他大包大揽地把罪名都顶自己脑袋上，对于同伙的事只字不提……这种有执念的嫌疑人很可怕，您说的银行抢劫杀人的这个人，最起码知道自己罪孽深重，而像杜其安这样的，未必觉得自己有罪。仇视社会的人，犯罪之于他们是找到存在感和成就感的途径。”俞骏皱着眉头道。

大家可能没想到，抓捕难，落网后审讯比抓捕更难。两个人去长安的目的就是想再接触一下狱中的杜其安，找找突破口。不过那位的尘肺病已经晚期，回答问询都有难度了，看守所方面已经打了几次报告要给此人办理保外就医，到这里笑话就出来了，不但找不到他的任何亲戚和家人，甚至他本人都不愿意出狱。

“执念到了一定程度，类似于信仰，想从他这里淘到信息恐怕难了。”向小园道。

张英笑了笑，道：“那就是你们的事了，能找到的情况就这些，更详细的情况有需要你们可以找乡派出所的同行，联系方式什么的都留在资料里了。俞主任啊……”

说到这里的时候，俞骏有点走神了。不知道谁的手机蓦地响起，还是那铃声惊醒了他，他脱口道：“谁的手机？不知道开会调静音啊？”

训了一句没反应，邹喜男指指他提醒道：“主任，您的手机。”

“哦。”俞骏尴尬应声，赶紧看去，一看是谢副厅的，直接接起来，“……谢副厅，我们正在研究方案，这不才一周时间嘛，您就催进度……什么？停下来，为什么？啊……四个多亿？好，我知道了，我马上去准备一下。”

一挂电话，对着愕然的众队员，俞骏道：“谁说闲得没大案来着？乌鸦嘴巴，可来了吧？登阳市公安局刚刚接到报案，一煤炭运销企业被骗走4.47亿元，现在省厅要在全省抽调精干力量集中侦查，谢副厅让我们中心派出人员……我看……”

他看似乎不对了，在场的都有点摩拳擦掌、跃跃欲试了。俞骏一拍桌子，嚷道：“别一个个急得猴屁股坐不住，这肯定不是一般人干的，咱们的两个技术员还在荆汉滞留着，就你们几个肌肉棒子去了也不顶用。”

被泼了瓢冷水，群情有点不悦。向小园道：“要不我先带人去看看吧，登阳离这儿不远……哦，稍等一下，我家里的电话，正好安排下。”

向小园捂着听筒小声说：“妈，开会呢，今天我不回去了啊……什么？嗯，您说，我听着呢。”

事不来天天闲着，往往一来就扎堆，向小园脸色明显地变了。她黯然挂断时，俞骏见她为难，赶紧说道：“我带队去吧，家里有什么事你先处理。”

“我家没事，是十方家有事了。”向小园道。

俞骏惊声问：“怎么了？”

“这个……他父亲去三院检查，还是我妈安排的，这段时间一直持续发烧，烧得迷糊了，前两天办了住院。”向小园喃喃说着。俞骏嫌她磨叽，拍着桌子催，向小园憋了好一会儿才为难地开口：“急性肝功能衰竭。”

“那正常吧，这老头喝酒喝得呗，都快70岁了。”俞骏没明白。

“肝衰竭的致死率很高，他的检查结果是酒精引起的中毒性肝炎，已经到晚期了，这种情况是要给家属下病危通知书的。”向小园苦着脸道。

队员们你看看我，我看看你，一下子没主意了。片刻后，俞骏拍案而起，布置道：“老程，大邹，跟我去趟登阳，向组，你和娜娜去探探老斗，顺便把这个情况给局里汇报一下。”

众人起身就跑，跑出门了才想起还有个客人。向小园又折回来。张英起身道：“你们忙吧，别管我……哎，小向，你说的老斗，难道是斗十方的父亲？我隐隐听说，他的事……”

“我回头再给您细解释，对不起了张姐。”向小园来不及解释，匆匆跑了。

或许不用解释，张英已经判断出了是什么情况。她扔下资料追着向小园出来了，也登上了去探望家属的那辆车……

福无双至，祸不单行

“要不是有病人在我这儿，你还不来看你妈是吧？

“你一个反诈骗中心的，还是个副职，比你爸还忙啊？

“咋了？我又说得不对了？你见了妈怎么像见了骗子，还苦大仇深的？”

一个穿白大褂的医生领着向小园、娜日丽、张英几人走进住院部大楼，几人心事重重没开口，倒被向妈抢白了一顿。听到这儿，娜日丽没忍住，笑了。张英也掩着嘴不禁莞尔。向小园难堪地说：“哎呀，妈，我同事在呢，有牢骚在家里不能发吗？”

“前提是你得在家啊。”向妈又道。

“好了，是我不对，这段时间我不一直在家吗？”向小园道。

“回家就看骗子什么案例，你都顾不上跟我说话。”向妈道。

向小园气得嚷了句：“妈，你怎么这样？我们同事家属都这样了，你可好，牢骚还没完了。”

“还好意思说，算什么人啊，亲爹都快不行了，人呢？当爹妈的一把屎一把尿养儿，谁都不容易，老了、病了，床前没人的事我可见多了，你还好意思替他来。”向妈嘟囔了句，十分不满。

向小园赶紧凑上耳朵小声说了几句。向妈眼神一滞，惊愕道：“啊？真的？”

“中了两枪，差点没命，这都没敢通知家属，一直在养伤。”向小园小声道。

向妈这才重视起来，看看几位表情凝重的警察，哎了一声，领着他们继续走，又一句长叹：“福无双至，祸不单行啊，你们该通知还是得通知人来，瞒着不是个事。”

几人乘电梯上楼，进了医务室，会诊拍的片挂了一墙。向妈给三个人详细解释了一遍检查情况，又带着三人到了病房，悄悄地看了一眼病床上昏睡的斗本初。几月未见，形销骨立，谁也接受不了这好好的一个人，眼见着就不行了。

向小园就在医院走廊角落，急急地拨通谢副厅的电话汇报此事……

接完电话的谢经纬头嗡的一声大了，连叹几声，不知道是因为案情还是病情。他在登阳市局大院里踱了两圈，再抬头时才看到市局一干领导都眼巴巴看着呢。猝然案发，几个亿被骗走，从未遇见过这类大案的市局领导班子一干人等着谢副厅拿主意呢。

“别急，别急，越急越乱，你们布置下会议室，省厅和中州反诈骗中心的人员很快就到，厅里已经向全省发布招募通知，队伍马上就到。”谢经纬安抚了句。

那几位领导左看看，右看看。局长小声劝道：“谢副厅，又有什么事了？怎么，比这个案子还大？”

“没事，别瞎猜。”谢副厅直接打住了，又背着手踱了几步，思忖方定，这才拿起电话，直接拨通了周修文的电话，就一句话：“他爸快不行了，你看着办吧！”

不等对方询问，谢经纬直接就挂了。这位特勤人员一直滞留总局，他实在想不出意义所在。刚放下电话不久，中州反诈骗中心和省厅刑事案件研究中心的两组人员就风风火火地到场了，地方警务人员陪同着直奔布置好的会务现场。

这个现场连接着刑侦一大队，也就是原始的报案点。案发时间是前一天，第一个电话是上午9时40分，到现在为止，已经过去了二十六个小时，专业人员知道这意味着什么，反骗止付前四个小时是“黄金4小时”，因为从报案到断卡止付，最短也需要几个小时，而现在嘛，恐怕已经来不及止付了。

画面上，报案人还在一大队接受询问，是个微秃、身胖、满脸肥膘的男子，不是老板就是大款那种形象。身份信息很明确，廉三旺，登阳市煤炭运销公司法定代表人，而且是个名人，贩煤起家，做到了几亿身家，然后一个电话，把几亿身家全给骗子了。

这就有点魔幻了。俞骏发言道：“看样子廉三旺应该是个精明人啊，即便被骗，也不至于隔了一天才反应过来吧？现在止付都来不及了。”

介绍案情的刑侦一大队队长解释道：“我们也有这个疑问，其实最早案发地是长南市，那里有他供货的几个火电厂。他按照骗子的要求通知公司转完账，然后坐着火车回来了，而且手机处于关机状态。这部手机刚送技侦检测，发现已经恢复到初始状态，什么都没有了，估计是被人做了手脚。”

“又是计算机犯罪。恐怕以后很长一段时间里，诈骗案里都少不了这种计算机犯罪人员为虎作伥。”谢经纬道。一个逆风服法了，可能还有无数个逆风蠢蠢欲动。

此话让与会警员默默点头。监控和大数据的发展不断减轻侦破常规犯罪方式压力的同时，也在催生着新的犯罪方式，现在技术加手段已经成了诈骗案的标配。

“这个侦破小组如果组建，估计得从长南市入手。话本什么情况？”俞骏问。

大队长道：“很魔幻，冒充公安机关……而且，冒充的是中州市反诈骗中心。”

在座的警察脸上表情更复杂了，哭笑不得又咬牙切齿。骗子往往用最老套的方式给你演绎意想不到的剧情，这位大队长放着录像，还原着当时的情形……

二十六个小时之前，长南市。

长南建安大酒店顶层的一个长期包房里，打着哈欠、套着睡袍的廉三旺从洗手间出来，刚想回房再躺一会儿，这时候，外面的固定电话响了。

这部电话连着传真，或是电厂的订单，或是公司需要他过目的文件，从几年前组建这个办事处起，这部电话就一直保持畅通，不过响起的次数并不多，联系他的人也只在煤炭购销这个很小的圈子里。

他以为是传真，懒得去接。片刻后，手机响了，一看是个固定电话，他顺手接起来问：“喂，谁呀？”

“你好，我是中州市公安局反诈骗中心主任于军，我的警员编号是××××××。我们接到举报，你涉嫌吸食毒品、偷税漏税、洗钱等多项罪名，我们要对你采取刑事强制措施，你可以查询本电话的归属和我的警员身份，稍后我们会有警员通知你。如果你逃走、抗拒，我们将采取更严厉的措施。”

对方话还没有说完，廉三旺的手就哆嗦起来，“吧嗒”一声手机掉地上，挂了。他失魂落魄地坐在床边怔怔想着：吸毒？就溜过几回冰啊，这警察都能知道？坏了，不会是那几个冰妹吧，可她们不知道我是谁啊？

偷税漏税？开公司哪有不偷漏税的，可咱的会计做账做得很漂亮啊，怎么可能被发现？

洗钱？有钱人谁能不洗点啊？坏了，谁眼红病犯了坑老子？

他仔细一思忖，这些罪他都犯过，有钱人的通病他一样没落下，但是…… 他哆哆嗦嗦地捡起手机，拨打中州当地的114查询刚才的来电。话务员很友好地告诉他：“该号码隶属于中州市公安局反诈骗中心，谢谢您的查询。”

“坏了，完了。”他像热锅上的蚂蚁来回转悠，偏偏这时候屋外的固定电话又响了。他吓得都不敢去接，还好不是电话，是传真机。他鬼使神差地上前一瞅，差点当场昏厥。

那上面一行大字——刑事拘留证，下面盖着中州市公安局和检察院的戳。他颤抖的手不太听使唤，想拿起来，却不料腿一软，瘫坐在地上了。

老婆呀、孩子啊、别墅啊、存款啊、女人啊……这些即将失去的美好在眼前一闪而过，瞬间击溃了他，这时候，电话又响了，他几乎是爬回卧室接听手机的，拿起来就紧张地说：“警、警察同志，我跟您讲，这是误会，绝对是误会……”

“你擅自挂掉警务人员的电话，我们就视之为不配合，现在你的信息已经挂到追逃网上了，你可以根据传真上的网址自行查询。别以为你藏起来我们就找不到你，你居住在长南市一家酒店里，你的家庭住址是中州市文化路××小区，你的公司开在登阳市，公司的账户为×××89898×××，你的身份证号为：140×××××××××。廉三旺，在听吗？”“警察”吼道。

“在在，在听。”廉三旺擦着额头上的汗。

“你的电话已经被监控，任何试图逃避、干扰我们办案的行为，都会让你罪上加罪，你明白吗？”“警察”教训道。

“明白，明白，不过警察同志，我、我、我、我……我真没干什么。”廉三旺心虚地解释道。说到没干什么时，连他自己都没力气了。

“我们很清楚，像你这种身家的人，也没必要涉毒，顶多是被别人诱骗吸食毒品。”“警察”语气稍缓。

廉三旺抓到了救命稻草似的赶紧道："对、对、对，就尝过几口……我都戒了。"

"这个是小事，但是偷漏国家税款以及洗钱，这罪名就大了。""警察"又道。

"这个……我、我不太清楚啊，这个……"廉三旺可不敢承认这个也尝试过几次。

"现在全国断卡你也清楚，任何和犯罪相关的账户大多数都被封了，你们的账户申请以来有九年零一个月，其中几笔确实和涉案账户有过资金往来。你注意，涉嫌，并不等于就是，但是你如果刻意隐瞒并抗拒侦查的话，那就另当别论了。""警察"讲着条文。

"没有，没有，我哪敢抗拒啊，这么大家业，我能跑到哪儿？"廉三旺已经哭上了。

"你稳定一下情绪，你的情况我们刚知道，对一个民营企业家，我们还是本着治病救人的态度的，所以才没有采取更严厉的措施，这个需要你本人亲自到我们公安机关说清楚……在此之前，要对你的资金以及资产进行电子审查。如果审查通过的话，完全可以解除你的嫌疑。""警察"语气缓和了。

说得还算有人情味，多少给廉老板留了点面子。一想还有翻盘机会，廉三旺紧张道："没问题，没问题，真没什么问题，不管查出什么问题来，我认罚，罚多少钱都行。"

他思忖着这个缓冲足够他回当地协调解决，毕竟他的公司也算是明星企业。

对方也思忖了片刻，道："好吧，你的个人转账记录里有几个人嫌疑很大，于中诚、杨文河、刘灿等，其他我就不说了，这些人的情况，你马上写一个说明。"

哎哟，廉三旺苦不堪言，这里头一个赌友、一个嫖友，还有一个赌嫖都沾的损友，肯定是他们犯了事把自己牵扯上了。廉三旺急急表白道："没问题，没问题，我马上写。"

"嗯，对了，你个人的账户资金以及名下公司账户资金，需要转到指定的账户接受审查，你现在可以上网，如果完全配合的话，我们可以对你暂不追逃，让你取保候审。等你回到当地主动到公安机关说明情况，并检举揭发别人的犯罪行为，都可以视为有立功表现。”“警察”严肃地说。

廉三旺此时已经头昏脑涨，稀里糊涂地打开了“警察”给他的网址，显示是中州市公安局的追逃网页，显示了他的身份证号码和他的头像照片、联系电话、家庭住址，还显示了他因涉嫌吸、贩毒等罪名被通缉的内容。信息只字不差。

还没来得及郁闷、悲伤，页面弹出中州市公安局发布的“资金审查许可”，廉三旺一看自己的九张银行卡、两个公司账号一字不差，那叫一个欲哭无泪……

“到这个时候，廉三旺基本就深信不疑了。他通知会计加入了远程协助，会计填写了卡号、密码、网银密码、账户名称等信息后，屏幕出现了黑屏……半个小时后，就在廉三旺生出警觉时，那个骗子居然又打来了电话，说账户资金审查基本通过，所有资金将在24小时内返回原账户，而且，考虑到廉三旺的配合态度，准了他取保候审。又等了一会儿，廉三旺收到了印着取保候审通知字样的传真，盖的是中州市公安局和检察院的章……他就是拿着这个来报案的。”介绍案情的大队长播放着影像资料，那是一张错漏百出的通知书。

大队长接着说道：“受害人的心态被拿捏得死死的，我们也问过情况了，他也说了，要骗五万、五十万我信，总不能有谁敢骗他几个亿吧？钱转走后，他其实心里也发毛，这时候主动权就易手了。不管是谁指挥他，他不敢不听，于是就按骗子的要求，和谁也没联系，老老实实坐上火车回登阳，直到钱一直没退回来，这才来报案……情况就这些，他在长南市的住所现在已经通知封锁现场了。”

“同志们，别发愣啊，说说吧。”谢经纬打破了沉默。

“熟人作案，这情况摸得也太清了。”邹喜男破天荒地抢答了，不过惹来了一阵笑声。

“可以这样想，以前我也会做这样的判断。”省厅一人提出异议，“但现在有技术条件的加入就不同了。如果你被通晓计算机的犯罪人员盯上，他会很容易偷走你的所有信息。注意，本案‘罪犯’根本没有现身，全部是用信息制造出来的恐慌。”

“这就麻烦了，看来，这位老板肯定吃喝嫖赌一样没落下，想抓他的小辫子还真不难。”俞骏道。他习惯性地抚着下巴，想着这种案情的切入点。

“钱呢？四个多亿呢，现在这情况还能转走？”程一丁问。

那位大队长解释道：“正在追。他们做煤炭生意的，典型的本大利微，每月平均流水都在几个亿，所以大额转账并没有引起银行的警觉。接收方是鼎耀财税管理公司和金源会计两家公司，注册地在中州市，开户行为两家商业银行。钱到账后被嫌疑人迅速分割，进到了十几家科技公司、游戏公司、咨询公司的户头。这些账户注册地多为沿海城市，再之后分散出去的情况就更复杂了，大部分都是进了各类平台，网购、物联、游戏平台等，目前还在查。”

“这又是一个新动向，虎食鲸吞变成蚂蚁搬家了，不过这种手法，大多数去向是境外。”俞骏道。

市局一个领导插话道：“我们最担心的就是这个，延误了最佳的止付时间，即便我们费九牛二虎之力查出始末，可能也追不回钱来。几个亿的诈骗案，对我们这个小城市的影响很坏啊。”

“先亡羊补牢，能止付多少就止付多少，侦破和追赃齐头并进。案子不应该从登阳或者中州开始，应该从长南开始。谢副厅长，我提议，知会长南警方对廉三旺所居住酒店周边3到5公里全面检查，登阳方面将廉三旺的所有社会关系捋一遍。还有一个建议，我们两个专业人员被总局留在荆汉至今未归，能不能把他们调回来，再加上网安的宣冬青，组成一个虚拟、现实双管齐下的办案小组。”俞骏道。

“目前只能这样了，你来带队怎么样？有对付诈骗大案经验的，我还真找不上几个人来。”谢经纬道。

俞骏犹豫了片刻，看看周遭期待的眼神，点点头道：“好，不过我有个条件——我要一个人。”

别人不解，谢经纬却烦躁地说：“不可能，他现在这种情况，你觉得能上案子？”

“我不是说他，这事估计他也不行，办案得找对人，我指的是另一个人，她有对付计算机犯罪的经验，而且有可能给我们传帮带出几个好手来。”俞骏道。他看着谢副厅，两个人几乎同时脱口而出一个名字：

“巫茜！”

事能至此，必有其因

巫茜一行人是接到命令后直接从荆汉起程到长南市的，到站时已经下午三点了，一路几乎无人说话，都在拿着手机和平板熟悉案情，知道能让总局关注的案子肯定小不了，可没想到居然这么大，案值直追荆汉的假冒保险公司诈骗案，那可是实打实的四个多亿真金白银，几乎在一天之内就被划转得七零八落，最新的消息是，断卡止付了不到五千万，接近四个亿的资金去向成谜。

呼吸了这座陌生城市的第一口新鲜空气，巫茜做了做扩胸动作，活动了下坐得发麻的身体。络卿相关切地问道：“老师，怎么了？好像很有感触。”

“这两年我去过多少座城市都记不清了，被关了三个月，我很怀念这种感觉。”巫茜笑道，又反问他，“叫什么老师！我有那么老吗？”

“这孩子就不会说话，要是多多在，一定会叫漂亮小姐姐，呵呵。”陆虎提着行李跟着。络卿相却懊丧地说：“都还没来得及回家，倒先摊上案子了，我以前在派出所户籍部忙得团团转，想着处级单位能轻松点，结果呢？忙得更焦头烂额了。”

巫茜笑了笑，说：“想法子把难受变成享受，习惯就好了，比如，从寻找犯罪的痕迹里找到乐趣……直接说吧，什么感觉。”

一下子就拐回到案情上了。陆虎道：“技术上应该没难度，话本也没有多大新意，但邪门的是，居然骗到手这么大金额，实在有点魔幻。你说廉三旺得蠢到什么程度才能把几个亿都转给人家？”

“对了，那公章里还有个错字，把‘检察院’刻成‘检查院’了。”络卿相补充道。

两个人不禁哑然失笑，像看到所有的骗局一样，那些骗子的拙劣伎俩能气哭你，可你就不得不服，人家就是能骗到钱。

“骗局与智商无关。你们注意没有，他们把廉三旺的家庭、嗜好、身份、银行卡、住址，甚至吸食毒品、偷税漏税、洗钱的事都摸得一清二楚，我怎么觉得像熟人作案啊？就算黑客水平再高，也不可能远程得知廉三旺吸食毒品的消息啊！”巫茜道。

“哟，对呀。”络卿相恍然大悟。

“滚。”陆虎嗤之以鼻，“别拍马屁，让你发散思维，不是让你恭维。”

这两位一正一反恰成巫茜最好的左膀右臂。巫茜回头道：“差不多就行了啊，别演过了，把争论搞成争风吃醋。”

这么直白的调侃，络卿相和陆虎可不敢接招了，毕竟在工作上，巫茜真算是两个人的老师，络卿相讪笑道：“我这个半路出家的，还真缺少点侦破思维，真相未知的时候，我还真判断不了信息的对错。”

“我跟着斗十方学了一招啊，站在警察的角度看一件事，往往先考虑合理性，而如果在罪犯的角度，首先考虑的是可能性。这就造成了现在我们面前的差别。考虑可能性的罪犯找到了一种方式，吓唬受害人转走四个多亿；而我们考虑合理性的，现在还觉得很魔幻。那我们一条一条数，从可能性考虑，首先，我认为嫌疑人肯定精准盯上了这个目标，而且时间不短了，肯定以某种方式接触过受害人，否则掌握这么多详细的信息说不通。”巫茜道，然后一指络卿相，“补充。”

络卿相想了想，道：“做得这么精致，我想他的隐藏手段也很好，通话的手机号码是虚拟的，那肯定有GOIP、VOIP等类似设备，人机肯定是分离的，说不定作案的在境外啊。”

“你这个判断太悲观，而且和家里的初步推断是一致的。”陆虎道。

“那你补充啊，来点乐观的。”络卿相道。

“乐观地说，我觉得能抓住大多数涉案人员。如果架设这种语音网关GOIP、VOIP等设备，那肯定在廉三旺的住处周边，以现在无所不在的监控，这些人跑不了；还有巫老师说的准确信息，我反而觉得那是个关键，找到那个途径，就有可能找到本案的幕后嫌疑人。”陆虎道。

巫茜回头笑了。陆虎纳闷了一下，却不料巫茜称赞道：“不愧是俞主任的兵，思路和他都一样。这个咱们不用操心了，俞主任已经在询问廉三旺了，我们在这里的任务就是找到隐藏的设备……不乐观地讲，很可能已经被拆走了。”

“他们要人间蒸发，一点痕迹不留我才服气。”陆虎道。巫茜一伸手比了个大拇指：“出息了，这话提神……对了，给你们一个好消息和一个坏消息，先听哪个？”

“好的。”

“坏的。”

络卿相和陆虎想法截然相反。

巫茜边走边说：“你们统一不了，那我一起说吧。坏消息是，斗本初，也就是十方的父亲被查出肝功能衰竭，医院下了病危通知书。”

“啊？！”两个人齐齐惊愕。巫茜驻足，轻声道：“好消息是，十方回来了，今天傍晚回到中州，别问我其他，我也不知道，我是在车上收到周修文组长的信息才知道的。”

“明明归来的是一个功臣，为什么总局和厅里都对他讳莫如深呢？”陆虎凄然道。

“总得有个过程，亲眼见几个活生生的人死在面前，自己还到鬼门关走了一趟，死过一次的人，能走出来，精神没崩溃就已经不错了。”络卿相道。

“不会，能把沈燕骗倒、逼崩溃的人，精神不可能这么脆弱。”巫茜回了句。这个话题有点沉闷，就此中止了。

三人出站，登上了地方警察来接站的车辆，以案发的建安大酒店为中心，各派出所、刑警队已经抽调了几十人沿路寻找监控探头，包括道路上的、店铺里的、停车场的甚至住户以及车辆里自装的。大数据的信息收集，用最原始的方式缓缓启动了……

此时，在登阳市刑侦一大队，一页报告递到了俞骏的面前。俞骏拿起示意了下。邹喜男倒了杯水，递到桌对面廉三旺面前放下。这是徒劳的，这位受害人已经万念俱灰，比将死之人只多一口气，眼珠似乎已经不会动了，眼神呆滞空洞。刚刚询问情况的时候，这位老板说一会儿，哭一会儿，说得最多的一句是：

“四个多亿啊，我的钱哪。”

俞骏手里的报告是廉三旺手机里的检测结果，手机已经被格式化，成了块砖头。廉三旺也正是发现自己的手机开不了机了，这才跑到刑侦一大队报警的。报警时，接警的小伙子还以为这货失心疯了，不过，现在离失心疯也差不多了。俞骏连敲几下桌子，廉三旺这才反应过来，“嗯”了一声，看着俞骏。

俞骏斟酌着措辞问：“廉老板，我问你几个私人问题，你得说实话，这对找到骗子很有用，可以吗？”

“嗯，只要能把钱找回来，让我干什么都行。”廉三旺凄婉地说。

“第一个问题，我现在有你的微信转账记录，三天前，也就是案发前一天，你转给了一个叫杰妮花的人3000元钱，而且是午夜转的，这个人是谁？”俞骏问。

廉三旺顿了一下，浑身肥肉一抽，紧跟着脸上肥肉哆嗦，目光躲闪着俞骏。

“这些不记录，而且我们会保护你的隐私，再则说了，相比四五个亿，其他事还能叫个事？”俞骏道。

廉三旺嗫嚅道：“一个女的。”

“我直接问吧，是叫了个提供性服务的，付的嫖资？”俞骏道。

廉三旺点点头。

“我再问，你每月都有类似的转账，三千、五千到一万不等，都是嫖资吧？”俞骏问。

廉三旺一拍额头，然后啪啪扇了自己几个耳光，有气无力地点点头。

“另一个问题，你几乎每个月都有出境记录，而且在你的个人账户里，有一张卡有多次境外消费记录，还有给游戏平台充值的记录，知道我说的什么事吧？”俞骏问。

“知道，赌博。可我真没输多少，我不太好赌。”廉三旺正色说。

俞骏道：“输赢我不关心，回头把拉你赌博，以及和你一起赌博的人列出来，这个没问题吧？”

廉三旺苦着脸点点头。

“第三个问题，你爱喝酒吗？”俞骏问。

廉三旺点点头。

“常醉吗？”俞骏又问。

廉三旺又点点头。

“醉到不省人事的时候多吗？”俞骏再问。

廉三旺还点点头。

这回该俞骏郁闷了，一拍额头，彻底失去耐性了，让程一丁接手把这些情况罗列一下，他愤愤地转到门外。邹喜男追出来时，主任正抽着烟，满脸苦色。邹喜男小心翼翼地问：“咋了主任？把你气成这样？”

“你猪脑子啊，本来我想从个人嗜好入手找点线索，可你看这货，爱喝、好赌、嫖娼、吸毒，一样都没落下，骗子要盯他真不用费什么劲，光微信关联的人就有一千多个，这还查什么呀！”俞骏气愤地说。邹喜男捂着嘴笑得直哆嗦。俞骏看这没心没肺的货，无语地拍了他一下，把他撵回去了。

他悠悠地抽着烟，愣愣地看着天空，此时有一种奇怪的感觉，自己期待的似乎不是案情突破，而是那位即将归来的同志……

航班到站的提示音响彻大厅，熙熙攘攘的航站楼里，向小园踮着脚尖看着出站的旅客。这一刻她很期待，可也莫名有点惶恐。她在心里反复揣摩过无数次该怎么说第一句话，直到现在她还在纠结，似乎有千言万语，却又不知道该说什么。

她看到了归来的一家三代，一个孩子扑到白发苍苍的老人怀里；她看到了一对重逢的情侣兴奋地抱在了一起；她又看到了朋友相逢，勾肩搭背地搂在一起……她突然觉得很尴尬，该怎么面对他呢？

“嘿！”

一声沉闷的招呼惊醒了她，向小园一怔。有人已经走到了她的面前，轻轻摘下了墨镜，把帽檐往高推了推——记忆里的面庞出现在她的眼前。

她笑了，有点羞赧。

他也笑了，有点局促。

两个人就那么笑了笑，尴尬地站着，一句话也没说。眼看着旅客快走完了，向小园才惊醒道：“来，行李给我。”

她不容分说地拿走了斗十方轻飘飘的行李。从通道里出来后，斗十方和她走到了一起。向小园掩饰似的说道：“车在停车场，得走一段路，登阳出了个五亿诈骗案，全组差不多都上去了，娜娜和多多守单位，我没让他们来。噢，对了，俞主任说到了告诉他一声，他在登阳带队，估计得上这个案子。现在全省技术力量最强的差不多就数咱们了……”

她所有的准备都弃之不顾了，说了一堆无关紧要的话。斗十方静静地听着。出门时向小园才发觉自己嘴一直不停，她尴尬笑笑道：“看我现在婆婆妈妈的，这些都是闲话，回来就好……你的伤？”

“没事，医生说的一般都是最差情况，以免你心理预期太高容易失望。”斗十方挥挥左臂，握了握拳头，明显有点勉强。向小园没有揭破，黯然哎了声，然后在左侧伸手道：“握握我的手，我看看，使劲……运动障碍不可能这么快恢复的。”

两个人十指交叉相握，向小园感觉那只手有点僵，而且握得不是那么紧。斗十方主动松开了，躲闪道：“不是障碍，是紧张。”

“胡说，你非礼别人都没脸红过，还会紧张？”向小园立刻拆穿。

“你这个缺乏证据，让我怎么承认啊？”斗十方笑道。

“那你承认，那么做不单纯是为了撵我走吧？毕竟撵我走有很多方式。”向小园问。

这个问题把斗十方难住了。他驻足，向小园回头，看到了斗十方脸上久违的笑容。他一点也不脸红地说道：“好吧，我承认我有点假公济私。需要为此道歉吗？”

“既然是故意的，无论怎么道歉都缺乏诚意。”向小园道。

“你期待的不是道歉，而是确认原来的我变了没。”斗十方凝视着她，轻声道。

向小园很喜欢这种有默契的对话，她问道：“答案呢？”

“我每周接受一次心理治疗和测谎仪询问，他们也在确认我的心理认知、倾向是否出现偏差。你想知道官方的答案吗？”斗十方问。

“当然。”向小园道。

“每个人都那么复杂，怎么可能是一台仪器、几个参数或者几张心理答题卡能说明白的？机器和测谎仪判定我比正常人还正常，得分是一个完美数值，但这个恰恰又不对了，过于正常相对我的经历来说又显得极不正常，所以他们现在还没有结论。”斗十方道。

向小园扑哧一笑，干脆挽着他前行，道：“我怎么觉得你是故意的？简单点不好吗？非把事情搞得那么复杂。”

“谁都希望简单，但总会发现，我们把世界想得太简单了。”斗十方道。

“我怎么发现你快成哲学家了？”向小园道。

“你是不知道啊，审查期间只有哲学类的书和报纸看。你要被禁足几个月，也会成哲学家的。”斗十方道。

“好吧，天快聊死了，得换个频道。告诉你件有意思的事，多多和娜娜两个人有那个意思了，多多妈妈还去过咱们中心几次给未来的儿媳送吃的，你很快会见到一个全新的钱加多。”向小园找着话题。

斗十方笑笑道：“其实多多才是大智若愚的人，我和他正好反了，我是大愚若智。”

“你好像在后悔踏入这个行列。”向小园道。

“还真有点，处在社会的最底层久了，总会对改变自己的处境有一种过于强烈的偏执，爱炫、好斗、自以为是、自作聪明等，这些毛病我都有，差点要了命。”斗十方道。历劫一次，似乎还真领悟了不少哲学道理，只是结果并不如意，就听他悠悠叹息，“可惜晚了，一过去，就回不去了。”

“你好像真的变了很多。”向小园道。

“肯定不是你期待的那种。”斗十方道。

“对，相比而言，我更喜欢以前的那个你。”向小园道。她明显地感到被她挽着的胳膊颤了下。然后她好奇地看着斗十方，似乎只有这一句话让他有了点反应。

笑了笑，只是笑了笑，这一笑就把所有的情绪都掩盖过去了，在他平静的脸上看不出更多的端倪。那一瞬间，向小园的心像被刺了一下，有点疼，有点失望……

上车，一路沉默，那个话题向小园不知道该怎么开口。斗十方靠着椅背假寐，过往一幕幕重回眼前，可能真的是过去了，就回不去了。向小园几次看他那么落寞、那么黯然、那么孤独的样子，却不知道该怎么安慰一句。直到车停在医院里，熄了火，她仍然沉默着不知道该怎么说。

“能拜托你一件事吗？”斗十方突然开口了。

向小园道：“你说。”

“不要组织什么慰问之类的，告诉大家谁也别来，我想安静地陪陪我爸。他前半辈子颠沛流离，后半辈子含辛茹苦，没享过几天福，最大的指望就是我这个半路的儿子给他养老送终，我都差点送不了他……”斗十方咔嗒一声轻轻打开车门，下车后回头看着向小园，几乎是企求地问，“可以吗？”

“嗯。”向小园脸侧向一边，有点难堪。

在她的视线里，斗十方离开的背影似乎很犹豫、很紧张。她理解，这个职业对于亲情、对于家庭的亏欠会变成深深的自责，哪怕再豁达的人也不会原谅自己。

她其实也在自责，无法原谅自己的虚伪和自私，把一个本该平淡终老的人拉进了波诡云谲的案子里。她能读得出他眼中的爱慕和期待，可她选择了视而不见，于是一切就变成了现在这个样子。

过去了，也就回不去了。

四顾茫然，勉为其难

“病灶面积已经扩大到60%，这个患者病情恶化得这么快？”

“应该有特殊诱因，不会是酗酒吧？”

“重叠感染也可能导致这种情况。”

“只有一种解决办法——肝移植。但考虑到患者现在的身体状态，可能支撑不到那个时候，大部分人配型靠的是运气。”

“现在已经出现昏迷，基本可以判断是肝肾综合征，像患者这种肝衰竭症状，病死率极高……”

“咳……”

会诊医生们的讨论被一声咳嗽打断了。向妈敲敲桌子道：“这个情况书面汇总一下，患者家属已经到了，可以下病危通知书了，大家都忙去吧。”

众医生转头看到门口立着的向小园瞬间明白了，个个若无其事地离开了。向妈赶紧收拾起几张胸透图片。向小园进门反手关上，直接道：“妈，一定想办法治好他，费用我们单位先垫上，单位垫不上我垫上。”

向妈难堪了，为难地看着女儿道：“你妈就是个医生，不是个神仙。”

“那救死扶伤不就是医生本分？”向小园道。

向妈一下子火气上来了，说：“打击犯罪还是警察本分呢，你们天天打，人家不还天天犯？救死扶伤不是起死回生。这不是钱的问题，一个肝源配型少则几个月，多则几年，就即便有天大的运气马上就能配上，他的身体条件也根本不适合手术。”

“那……”向小园急得快哭了，无奈地问，“那还有多久啊？”

“急性肝衰竭患者病死率极高，你刚才听到了，病程一般不超过三周。”向妈道。

向小园嘴唇一哆嗦：“三周？”

“对，考虑他在家里耽误的时间……”向妈看着女儿不敢说。

“意思是，没几天了？”向小园黯然问。

“嗯，就这两天。”向妈给了一个更大的打击和一个无奈的表情，起身提醒向小园离开她的办公场所。向小园追着亲妈拽着求着：“妈，妈，你一定有办法……你肯定有，我知道你肯定行，哪怕让老人清醒几天也行啊。我们那位同事一走就是大半年，生死线上走了一遭，不能回来了等的还是生离死别啊。妈，妈，你帮我这一回，我再不惹您生气了。”

被拽着的向妈回头时，看到女儿急得直掉泪，她伸出手，给女儿擦擦眼睛叹气道：“我一直说你不适合当警察，一急了还跟小时候一样哭鼻子……哎，死亡对谁都是平等的，就是神仙也无能为力，回去吧，啊……”

向妈安慰了女儿几句，女儿却捂着脸哭泣。拍拍过于感性的女儿，向妈径自走了。这种事得让她自己消化，按照医生的职业理性，是不会给患者家属、亲人以过高期待的。更何况在医生眼中，患者斗本初已经没有什么可期待的了。

哭了有那么一会儿，向小园抹着泪，把纸巾扔进垃圾桶时，不经意发现有两位熟人来了，可能看她的丑态已经看了好久，她躲闪着，却无处可躲。

是娜日丽和钱加多。娜日丽径自上前，看着眼睛红红的向小园，小心翼翼地问：“向组，您这是……”

“老爷子可能是真不行了。”向小园黯然道。

这替人伤心的娜日丽有点明白，却也有点不明白，轻声问：“十方怎么样了？”

“回来了。老爷子都昏迷了，可能命运就这么不公啊，总是挑着那么几位，总给他厄运连连，我真不知道他还能不能扛过去。”向小园道。

“还有我们呢，一定能扛过去。”娜日丽道。

“你们别去，他想一个人静静。”向小园道。

两个人无计可施，相对黯然时，钱加多凑上来，小心翼翼地问：“要不我去？”

两个人看着钱加多。钱加多赶紧表白：“我跟他们爷儿俩都熟，你们女的说话啥的也不方便，他跟我没什么，啥也能说。”

“对呀，他最欣赏的就是你啊。”向小园愕然道。

娜日丽推了他一把：“那赶紧去，有任何情况马上汇报。”

“好，保证完成任务。”钱加多乐滋滋地跑了几步，又返回来问病房。向小园给了他病房号，又觉得不放心，让钱加多等着。不一会儿，两个人提了一大堆营养品，让钱加多给捎着进去了。

于是，给父亲洗完便壶回来的斗十方就看到了这张熟悉的白痴脸，坐在病床前，咔嚓咔嚓啃着苹果，迷迷糊糊瞅着插着管的老斗，仿佛还有些好奇似的。斗十方没好气地问：“你从哪儿冒出来的？”

“管得着吗你？”钱加多没理会，又啃一口，问，“你回来咋不给我打电话？”

“那，顾得上给你打吗？”斗十方坐下来，给父亲掖掖被子，说道。

“也是啊……其实我就盼着我爸这样呢，这样多好啊，以后没人管了。”钱加多说道。这肯定是发自真心的，说得一点儿都不打结，斗十方哭笑不得地看着这货，正要骂个“滚”字，可不知道为啥，一笑之后，鼻子一酸，扑簌簌地掉了几颗泪蛋蛋。

钱加多傻呵呵的笑脸一下子被吓得僵住了，赶紧道歉说：“别哭，别哭，我是说我爸……我没咒你，你又不是不知道，我跟老爷子多亲呢。”

“没事，没事。”斗十方掩饰着，抚着父亲瘦骨嶙峋的大手摩挲着，看着已经失去知觉的父亲。

沉默片刻，钱加多忘了嚼嘴里的苹果，两只眼睛滴溜溜转悠着，小心问道：“哥，我说你别生气啊，其实你不了解你爸。”

“什么？我……我不了解我爸，那你了解？”斗十方愣了。现在唯一能让他思维“死机”的，估计就剩钱加多一个人了，他的思维逻辑和别人不一样。

钱加多点点头：“对，看人灯下黑，走路脚下绊，这人和人，越远越香，越近越臭，不可能了解啊，比如我爸、我妈，他们一直认为我智力有问题。”

“你智力是有问题啊。”斗十方道。

“对呀，但我的问题在于，我的智力低于平均水平，但他们认为我智力高，应该很优秀，应该能给他们长门面。你说，他俩学历加起来高中都不够，能生出个天才来？”钱加多认真地说道。

斗十方被逗得一乐，竖着大拇指道：“知人者智，自知者明。我墙都不扶就服你啊，多多。”

“兄弟嘛，不谈这个，别岔话题。就说你爸，你觉得你爸是个什么样的人？”钱加多问。

“大隐于市，淡泊名利，洞悉世俗……我的启蒙教育就是他给我的，虽然他文化不算高，可心性很高。”斗十方道。

“啊呸。”钱加多直接呸了一声，“所有的大人物都有光鲜和龌龊两面，何况咱爸这小人物乎？老子爱啥？爱酒，爱骗，那还不就和咱们爱钱、爱妞一样？那能让人得到满足感啊。”

“啊……好像也对。”斗十方张着大嘴，被钱加多惊到了。

钱加多恨铁不成钢地用手指点着斗十方说：“都点拨你这么久了，你还不知道该怎么办。要是我爸成这样，我一准去夜总会包个场，让他爽死。”

这点拨把斗十方点得快哭了，交友不慎也不见得能交到如此损友。钱加多见斗十方不长进，干脆打开手机，拨通了，安排道：“喂，酒乐乐吗？噢，订两瓶飞天茅台，送到三院，1508病房……快点啊。”

说完，他看着斗十方。斗十方愣着看了他好久，又看看父亲，突然有种感觉，似乎……似乎自己确实不了解父亲，从记事起他就酗酒，当儿子的这么多年却从来不知道父亲有什么样的苦楚、愤懑以及不甘，才会几十年来一直用酒精麻醉自己。

“去吧，也许你是对的。”斗十方对钱加多道。得到认可的钱加多一溜烟地窜出了病房。

还以为出了什么变故，一直等在走廊的娜日丽和向小园追着钱加多下楼，远远看着他从快递员手里接了东西。两个人急急把这货拦住，一瞅，两瓶酒，气得娜日丽“啪”就是一巴掌，骂道：“你白痴啊，他爸肝病你买酒？”

“都快不行了，也不让老头爽一把，你们不觉得很过分吗？”钱加多怒怼。娜日丽要夺，钱加多不给，两个人就地开撕。还是向小园拦住了，好奇地问：“十方让你买的？”

“他懂个屁，还是我提醒的。”钱加多得意地说，趁着两个人不备跑了。娜日丽急得要追，被向小园拽下，向小园无奈道：“让他去吧，没法子的事就认命吧。”

娜日丽纳闷地看着向小园，从来没见她这么悲观过，而且奇怪的是，连她也开始不循常理了，不但自己不去，连组织同事代表单位慰问都只字不提。不过她没敢问，这种白事也就钱加多不知深浅敢乱掺和……

“说说什么情况。”

俞骏端坐在椅子上，连接着视频通话，手机里陆虎反向自拍着，屏幕上是廉三旺在建安大酒店长租的包房。那是一个套间，办公室套休息室，足有一百多平方。这个廉老板颇懂享受，整个房间被他折腾成新中式风格，派头十足。

画面里传来了陆虎的声音：“我们刚刚对房间的线路进行了一次检测，可以排除潜入酒店作案的可能。这是几年前的综合布线，没有动过。嫌疑人给廉三旺提供的网址已经检测过了，现在这个IP已经下线，服务器在境外，就是个非法链接……房间的环境我们也检查过，在四楼，地势不算高，可以看到这里的藏身点有数个，正在排查……至于接入号码的分析，巫老师，您说吧。”

巫茜的声音响起：“几通电话都是通过同一个基站接入，但号码是虚拟的，我们判断犯罪分子应该是使用了语音网关GOIP、VOIP等设备。这种针对性极强的诈骗，如果他们预先布置的话，线索应该在外围。现在长南警方正在配合我们查找附近3公里内的监控设备。”

俞骏皱着眉头问：“VOIP是总局重点打击对象，各地均有发现，这种设备可以让至少一百多部手机通过语音网关同时通话，但本案可只针对一个目标啊，也可以这么用？”

“除了这个，我想不出其他可能。VOIP还有一个特点是人机分离，可以远程保证高质量语音传输。我想他们作案安排得这么细致，那就肯定得人机分离，您不会觉得嫌疑人也在长南市，就在附近作案吧？”巫茜问。

现在骗子掌握的技术几乎是和运营商同步的，理论上要高过警方的反侦查手段。俞骏想了想，道：“如果按照你的思路，有一个VOIP网关在，从案发到报案足足二十个小时，他们完全有时间拆除设备，怎么应对？”

“我们会把以建安大酒店为中心的3公里内的区域找个遍，无论是人员、车辆还是住地，一旦发现可疑情况马上深入。至于人员，我们准备把这里的影像比对全国的反欺诈大数据，搞诈骗都是蛇鼠一窝，我觉得不可能是新手头一遭就办这么大的事。碰碰运气，说不定哪个有前科的出现就会给我们提供新的线索。”巫茜道。

这是正常的侦破思路。俞骏说：“好，随时联系，案情会随时跟你们沟通，追赃的事登阳警方已经介入了，我们查源头和人员，辛苦了。”

“等等。”

正说着，巫茜凑上来了。俞骏问：“怎么了？”

“我问句题外话，十方回去了吧？”巫茜问。

“嗯。”俞骏道。

“别嗯呀，什么情况？跟我们说说，我们现在都挺担心他的。”巫茜道。

俞骏抚了抚下巴，半晌才道：“没啥情况，我还没见着人呢，有什么随时告诉你们，别分心。”

俞骏不容分说，伸手一摁，把视频关闭了。拿着手机，俞骏捋着思路，电脑上不断增加的数据是程一丁记录的问询廉三旺的内容，以及追赃小组查到的账户信息。账户信息没看头，只要从受害人的账户出去，资金分割划转涉及的账户几乎是以裂变的速度增加，现在已经查到了四百多个账户。他知道，等查清这些账户，肯定是有户没钱，资金早被那些骗子用眼花缭乱的手法以迅雷不及掩耳之势消化了。

这个没看头，他在看廉三旺提供的信息。有时候办案遇上那种一屁股烂事的受害人，甚至比嫌疑人还让人感到麻烦，这个廉三旺就是了。他去过的能数得上名来的娱乐场所有二十多家，都是高档会所。能记起的女人也有那么几十个，而且都在不同的城市、不同的场所。赌博次数也不少，赌友有十几个。他们经常相约到几个城市玩上几把，或者干脆到澳门去玩，次数呢……廉老板实在记不清。

这些在警务人员看来都算得上是高危接触，如果有别有用心的人对你设局下套，那就防不胜防了。原本想通过这种方式找出是否有人接触盗取信息的可能，现在看来要泡汤了。廉老板的社交范围不确定性实在太多，想从众多的接触者中找出嫌疑人恐怕不可能了。

丁零零……手机响了，打断了他的思绪。他一看是向小园的，赶紧接起来，急急问道：“怎么样了？”

寥寥数语给了俞骏一次暴击，他叹了口气，安排道：“尽人事，听天命吧，你就在医院盯着，案子的事别操心了，有情况马上告诉我。”

“嗯……主任，他是个什么情况？我接他时，老感觉他的情绪好像不对。”向小园道。

“不明朗，但也不悲观，不管总局还是省厅，不会把做出这么大贡献的同志拒之门外的，哪怕他有什么毛病。”俞骏道。

“我知道，我就是……就是……”

“就是觉得他像变了一个人？”

“好像是。”

“他要一点没变你才应该奇怪。亲身经历了生死一线，我想谁都会变，总得给他点时间去治愈。”

“我知道，可我担心他变成的样子不是我们期待的。”

“你是指什么？”

“心灰意懒，一蹶不振……甚至，和我们形同陌路，我们队伍里抱着这种受伤心态离开的同志太多了。”

“那也只能尽人事，听天命吧，这个职业终归得有点信仰，如果留不住心，人迟早还是会离开的。”

“……知道了。”

那声黯然的结束语后，手机已成忙音，怔着的俞骏好久才放下电话。片刻后，他做了一件有悖职业道德的事，扔下了这里刻不容缓的案情，扔下了这里心急如焚的上下级，带着程一丁和邹喜男离开了登阳，直奔中州三院……

第二章
穷追不舍歪打正着

其人虽恶，其情却哀

半个小时前，护士火急火燎地从病房里出来冲向主任的办公室，边推门边喊着："主任！主任，08床那位肝病患者，家属给他喂酒。"

护士推开门却愣住了，主任医师，还有两位不认识的，都那么淡定地看着她，仿佛是她大惊小怪，那可是位下了病危通知书的患者，家属这么做是巴不得他早死？好像也不对，总不能内科这么多医生，都抱这个心态吧？

"知道了，别去打扰他们。"向妈摆摆手，把护士打发走了。护士轻轻掩上门，主任的办公室又恢复了沉闷。好一会儿，向妈看看执拗的女儿，无奈地说道："他是急性肝衰竭，患者会在发病两三周内出来Ⅱ度及以上肝性脑病，表现为性格改变、行为异常、精神错乱、意识模糊、定向力和理解力降低等，但凡有一点可能，我们也不会放弃治疗的。"

让人哭笑不得的是，作为医生，向妈通常是对患者家属解释，现在要对自己的家属解释了，偏偏自己的家属还不领情。向小园愤愤地看了母亲一眼，脸转到一边去。那几位来解释的医生互相使着眼色，慢慢起身遁走。向妈倒了杯水放到女儿面前，凝视女儿良久，却突然粲然一笑。

“怎么了？”向小园虎着脸问。

“难得见你这么关心一个人，我都有点嫉妒他了。”向妈笑道。

“别转移话题。能让他清醒过来吗？哪怕一小会儿，这对半路父子要是连最后一面都见不着，会留下终身遗憾的。”向小园道。

虽然要求急剧降低，不过哪怕是这个最低的要求恐怕也是奢望了。向妈想了想，摇了摇头，道：“送来时已经出现意识混乱了。在大部人的濒死时刻，清醒是个奢求……而且清醒，也是一种痛苦，毕竟无知觉地赴死，总比眼睁睁地看着生命消失要人道得多啊。”

“你别给我讲道理，就这么一点小小的要求都满足不了吗？”向小园生气地说。

“家属所求无非尽心，其实已经满足了。”向妈示意她看屏幕。

重症监护室里，斗十方和钱加多正不时地把酒瓶子凑到病人鼻间给他嗅嗅。对这番胡闹选择无视，本身就是医生尽心了。向小园看了母亲一眼，母亲慈爱地拍拍她的肩膀，起身离开了。

轻轻关上门后，娜日丽坐到了向小园旁边，轻声问道：“向组，别这么郁闷了，阿姨说得对，清醒肯定要比无知觉痛苦很多，这未尝不是好事。”

向小园看着娜日丽，想说什么却只余一声叹息。她自己都觉得心里解不开这个疙瘩，真不知道斗十方怎么扛得过去……

钱加多有点混账，可也不是真傻，他先是将开瓶的酒凑到老爷子鼻间，端了一会儿发现不管用，又找个棉签蘸上，在老爷子鼻间涂点，连涂几次也不奏效。小心翼翼地折腾了好大一会儿，一点效果都没有，钱加多傻眼了。他看着拉着老爷子的手一直在发呆的斗十方，有点尴尬了。

“谢谢啊。”斗十方轻声道。

“咱不是兄弟吗？谢啥？也不管用啊。”钱加多不好意思地说。

“谢谢你有这份心啊，比我强。”斗十方轻轻摩挲着父亲瘦骨嶙峋的大手，看着脸色蜡黄、已经没有知觉的父亲，心里很是难受，却还显得如此平静。

这平静被钱加多误解了，他小声说道："反正不是亲爹，我看你也不咋难过，其实，咱心也尽到了，这么些年你穷得连个女朋友都没敢谈，心还不都在老爷子身上？"

斗十方难堪地笑了，把父亲的手贴到面颊上，像自言自语一样说道："是啊，我爸也一样，这么多年没找个伴，其实心思还不都在儿子身上？我上学的时候，我爸在看守所当勤杂工，每月全勤出满才一千多块钱，他一分不留全塞给我，自己就靠收破烂挣零花钱。我有很长一段时间羞于承认有这样一个父亲。他前半生那么可恶，后半生又如此可怜，说实话，我可能能一眼看穿一个陌生人，可这么多年，我都看不明白我的父亲。"

"你是说，他明明可以凭本事活得很好，却不靠本事，结果混得这么惨，就像你一样？"钱加多瞪大了眼睛，一语中的。

斗十方点点头，想想又觉得似乎不太对，摇了摇头道："也不是，我不一样，我从小就喜欢那身威风凛凛的警服，那些招摇撞骗的伎俩我见得多了，只是不屑于去做。我爸不一样，他早年是以此为生、以此为乐的，而且他的理想是把我培养成张口吃八方的接班人。你知道我的启蒙是什么？"

"什么？"钱加多问。

"偈语。比如，一入江湖深似海，学得绝技把命改……五湖四海任我行，四面八方都来财……时来运转喜悠悠，一切烦恼从此休……万般通达皆如意，往后诸事不犯愁……苦瓜地里睡过觉，甜瓜地里安过眠，先有苦来后有甜，荣华富贵在晚年……江湖人也是普通人，对未来的美好憧憬无非也是无忧无虑、喜乐一生。"斗十方轻声道，抚着父亲有点冰凉的大手，看着他消瘦的面庞，若有所思地说，"可惜事不如愿十之八九，子欲养而亲不待啊……爸，要是没有我这个拖累，这些年你肯定会过得很好，对不起。"

钱加多看到斗十方难受的样子，也不知道该怎么安慰了。他看看老爷子，又看看斗十方，胡乱安慰着："不是你说的那样，我每次见到老爷子，他都挺好的，他活得不比谁都通透呀！”

“他是个骗子，怎么可能让人看出他的心事？”斗十方道。

有这么评价自己父亲的吗？钱加多一愣，怎么看着斗十方的表情里还带着些许骄傲？他不明白了。这爷儿俩怪不得姓斗，似乎爷儿俩还在斗着心眼。这种难题明显是他解决不了的，他郁闷地一挪椅子，却不料把床头柜上的酒瓶子给撞翻了，一下没接住，那瓶酒啪地在地上摔了个粉碎，屋子里迅速弥漫起一股酒香。

“哎哟……这瓶咱俩喝了吧。”钱加多有点心疼地拿起另一瓶，开盖说道，“你闻闻，这多香啊。”

斗十方正想骂他一句，却不料他握着的手蓦地动了一下。他愣住，旋即满脸欢喜，惊声道：“多多，我爸似乎动了一下。”

“真的？”钱加多兴奋了。

“好像是……”斗十方抚着父亲的手，却又没动静了。

钱加多出大招了，看着斗十方正色道：“看来刺激不够，要不，灌点？”他举了举手里的小瓶盖。

斗十方点点头。钱加多手有点抖了，干脆递上来：“你爸你来，我怕万一整过去了说不清楚。”

斗十方接过酒瓶，往瓶盖里倒了点，小心翼翼地倒在父亲唇上点了点，剩下的一点，顺着唇齿给滴进去了。两个人大气都不敢出，等着老爷子的反应。只见老爷子嘴唇慢慢动了，还轻轻嗯了一声，两个人兴奋了，钱加多连说再来点，再来点。

又是一小盖子给滴进嘴里，老爷子居然抿着嘴，长长地嗯了一声。斗十方焦急地喊着：“爸！爸，醒醒，醒醒，我陪你喝两盅。”

老爷子慢慢地睁开了眼，虚弱地说了句：“嗯啊，我这是在哪儿？是不是归位了？”

“什么归位了，要回家了，都治好了，老爷子，你看他是谁？”钱加多道。

“十方……你回来了？”老爷子神志逐渐清醒，激动了。

“是啊，爸，我回来了，等天亮咱们回家啊。”斗十方鼻子一酸，颤声道。

老爷子的神志此时意外地更清醒了。他虚弱地笑了，淡淡地说：“两个小骗子，我明明是不行了，还骗我。”

“没有，没有……这不，给您弄的好酒，要病着谁敢让您喝啊。”钱加多说道。

“爸，对不起……你病了咋都不告诉我？”斗十方拉着父亲的手，心里感到一丝不祥。父亲的精神太好了，脸色似乎都在回转，变得红润。

“告诉你有啥用，你又不是医生……呵呵，没白养，给我买的茅台，又乱花钱。”老爷子的目光落在了酒瓶上。

斗十方会意，赶紧让钱加多倒了浅浅一杯。钱加多把活动床摇起。半坐着的老爷子精神越来越好，居然伸手接住了杯子。此时，向小园和娜日丽也来了，见到老爷子拿着杯子，两个人拦也不是，不拦也不是。这可真是饮鸩止渴，一个肝衰竭的病人，这杯酒下去怕是催命了。

奇怪的是谁也没拦。老斗一饮而尽，大喘着气，把杯子又递给斗十方。斗十方怔了下，然后又倒上了。老斗此时精神恢复得像痊愈一样，笑道：“好酒，都几十年没喝到这么好的酒了……儿啊，还是你理解爸。”

“爸，我早该给您多买几瓶，这么多年，您都喝的几块钱的高粱白。”斗十方眼睛红红的，扶着父亲的胳膊。颤巍巍的老斗又抿了一杯。

这酒喝下去老斗连咳都不咳，红光满面，笑着安慰儿子：“说什么呢，是爸没本事让你过上好日子……这些年我心里老有个疙瘩解不开，这个事我得告诉你。”

“那个不重要，不是您说的吗？养儿如养狗，谁喂跟谁走，您都养了我这么多年，咱俩就算不是亲的也成亲的了。”斗十方勉强笑着。

“不，我是说，你不是我收养的，也不是我捡来的，我一直在骗你。”老爷子正色道。斗十方一愣，没想到父亲会这样说。就听他继续说道：“你是我拐来的。当千子都知道不得好死，所以这一脉都不传给自己后人。如果找衣钵传人，都是拐个小孩从小养着，老了好有个倚仗……”

拐来的？钱加多同情地看着斗十方。这剧情突变得连他那异常奇葩的思维也想不通。向小园和娜日丽愕然相视，大气也不敢出了。

斗十方却无所谓地笑了笑，握着父亲的手轻声道："那您现在一定很后悔，拐的儿子没传承衣钵，还成了拖累。要是没有我，您后半辈子都不会这么苦了。"

"不，这是我做过的……唯一不后悔的事。"斗老头慈祥地看着儿子，用力抬着手。斗十方把他的手扶起来。他轻轻抚着儿子的短发，那股子慈爱和自豪溢于言表。老头看不够似的打量着，悠悠地说道："我总在担心，有一天你知道了真相，会耻于有我这样一个父亲，幸好，我看不到了。"

"爸，您胡说什么呀！"斗十方轻声埋怨道。

老爷子的目光却扫向其他人，话风又转了，问道："你没告诉过你的官差同事，你爸就是金瘸子吧？"

钱加多呃的一声抽了一下。娜日丽和向小园惊呆了，难道几十年来传说中的诈骗奇人就是病床上这位奄奄一息的老人？两个人瞬间冒出个念头：不可能！

他在看守所当勤杂工，一干就是十几年，那个封闭的环境不可能是诈骗奇人的栖身之地，更何况他还连续犯了多起大案。他们看向斗十方，斗十方却说："您当的那个金瘸子，是为生活所迫的江湖草根；警察在追的金瘸子，是为利所驱，巧取豪夺的骗枭，不是一个人。"

"我知道，但有些事你可能不知道，只要是扛起过'金瘸子'这个大名的人，怎么可能没犯过大事？二十多年前，我在中原市设过一次局，那是我最成功的一次。用了两年时间设的局，一次骗到了两大卡车的丝绸，出手卖了二十多万，是笔那时候想都不敢想的巨款，当时这笔钱在中州都可以买好几套房子了。"

老爷子说着，平静而淡定。斗十方同样平静地问："设局两年，用到的人会很多，怎么可能不露馅儿啊？而且这么大的案子，有违您的原则。"

"没有露馅儿是因为被骗的是邻省山源县一家集体企业，我记得那个销售员叫牛宏伟，回去没多久就因为被人怀疑是贼喊捉贼，受不了刺激上吊了……那个厂子也因为这个倒闭了，这是后话。我当时一直在得意和狂喜中，一切都安排得天衣无缝，却没想到我在想着谋别人的财，也有别人想着害我的命。”老爷子脸上的表情愤怒了，泛着异样的、病态的酡红，他喘着粗气继续说道，“那年我都40多岁了，捞这么大一票之后，其实都动了退隐的心思。我们在外地销完货，躲在沿途的一个镇上避风头，我算计好了第一步，可偏偏没有算到，在一大笔唾手可得的财富面前，人心能恶到什么程度。一个是和我同床共枕的女人，剩下几个还是被我带上道的穷光蛋，居然合伙算计我，想在酒里下药害死我。被我发现后，他们翻脸翻得毫不客气，一凳子就把我敲翻了……我醒来的时候躺在河岸边，那是镇边的一条河。可能是冥冥中的天意，那么深的河都没淹死我，反而把我冲到了岸边。”

斗老爷子说着，拿起杯子。钱加多赶紧拿起瓶子又给他斟了半杯，老头一饮而尽，胸膛剧烈起伏着，像在宣泄几十年的愤懑。可仅仅是一瞬间，他又转眼慈爱地看着斗十方，微眯着眼笑着说道：

“后来的事你就知道了，我在一个叫董龙湾的地方拐走了你，带着你走南闯北。我们这一脉都是这么过来的，行万里路，识千种人，只要稍加点拨，那些江湖上的伎俩便会融会贯通。其实我那时候一直活在仇恨中，期待着有一天和他们撞上，不管是我，还是我的弟子，都能骗到他们死无葬身之地……呵呵，人脑子里有了执念很可怕，我都不知道那些年是怎么过来的。”

斗老爷子自嘲地笑了笑。他像是有点尴尬，有点紧张地看着儿子。

斗十方却一边给父亲温柔地摩挲着手背，一边说道：“有些病是病入膏肓，可有些是蚌病成珠，没那些年的行万里路，识千种人，我都当不好这个官差……爸，别自责了，这说起来都是该自豪的事。”

“是，仇恨毁了我，可也成全了我，你就是我这辈子最大的成就和自豪……还记得那年我带着你到高桥镇赶集市，你一下子病了，烧糊涂了，好几天醒不过来吗？”老爷子问。

“都烧糊涂了，我怎么记得。”斗十方讪笑道。

这时候，娜日丽悄悄把手机查到的积案信息亮到了向小园眼前。那是中原市冠名为“特大丝绸诈骗案”的一起积案，状态显示在办，而内容信息里，受害人一栏所填，正和斗老爷子所讲相符：牛宏伟！

这是那个铁警讲过的奇案，向小园隐隐记得。可案子已经过去二十多年，哪怕是接触过案件的警员都未必记得清具体的细节了。向小园的直觉告诉她，眼前的就是真相了，可恰恰这个真相让她无所适从。她看着娜日丽，微微摇了摇头，示意她什么都别问。

斗本初没有觉察到这些，顺着儿子的话说道：“小时候你很捣蛋，我老揍你，你经常骂我老不死的，那次烧得感觉都不行了，其实我都想扔下你。不过那时候我才发现，毕竟两个人处了这么多年，又不是两根草木，哪能没一点感情？我居然下不了决心。可那时我一贫如洗，吃饭都勉强……后来我还是咬着牙准备扔下你，给你买了份饺子放在租的小旅馆里，叫醒你让你吃。你说呀，爸，你先吃吧；我笑着说爸吃过了；你呢又说，骗人，你都舍不得吃好的，爸，等我长大了，挣钱了，天天给你买好吃的……我那时候一下子哭得自己都控制不住，这么多年我日日夜夜活在仇恨中，日思夜想的是怎么把一个小孩子养成心思恶毒的骗子，可我一直抹不去他心里的善良。他在心底一直把我这个骗子当成最亲的人，当成父亲……我不是人，我是畜生，我毁了孩子你的一辈子啊，我死都没法闭眼啊……”

斗本初一下子失控了，他号啕大哭，捶着自己的胸膛，扇着自己耳光，然后剧烈地咳着，哇的一声吐了一口，不是酒，是血。被子上顿时殷红一片，把斗十方和钱加多吓傻了。向小园摁响呼叫铃，娜日丽奔出来喊医生，已经抱着父亲的斗十方两眼扑簌簌掉着泪说道：

“爸，我现在不是挺好的吗？您别这样，我们爷儿俩虽然苦了点，可过得别提多幸福了，从小您就总把好吃的都给我，赚点工资也全部给我，您一直就是我最亲的人。”

“谢……谢谢……我……我不是你爸，我不能当你爸。”斗本初老泪纵横，颤巍巍地躺正。

“爸，我只有您这么一个亲人，不管您做了什么，对我最好、最亲的只有您一个人。除了您，我谁也不认。”斗十方抹着泪。

医生和护士闻讯奔来，斗十方想放开，却被执拗的父亲死死握住。医生踌躇了，慢慢地退后半步，眼见着患者脸色在变得灰暗，几乎是在用最后的意志力支撑自己。他嘴唇翕动着，斗十方凑上来听，那个动作慢慢地僵硬了，在儿子臂弯里慢慢流失生命光华的斗本初缓缓地闭上了眼，带着微笑，神态安详，只是脸上还留着泪痕。

过了没多久，俞骏等人从登阳匆匆赶到时，见到了撕心裂肺的斗十方。他跪在父亲的病床前抱着遗体，谁也劝不起来，谁也拉不走……

草蛇灰线，隐隐约约

万事开头难，办案也不例外。发生在长南市的登阳商人被骗五亿案件的第一条有价值的线索出现以来，已经过去一周了。

巫茜一行入驻了当地的反诈骗中心，这一周过得并不轻松，天网加上案发周边的商铺、住户居民监控探头，再加上两个派出所地毯式的查访，终于找到了蛛丝马迹。突破口出现在前一夜的凌晨两点，在此之前，几十名技侦把周边的监控翻了十几遍，愣是一点信息也没有，反而是基层派出所一个小民警突发奇想，这里查获过流动赌博车辆，也查获过流动卖淫车辆……那有没有可能这个VOIP也是流动的呢？不然辖区民警都翻几遍了，也不可能一无所获啊？

这可真是一语惊醒梦中人了，要让VOIP流动起来并不难，只要解决设备的供电问题就可以。这和警方的应急通信车原理是一致的。这个想法很快让专案组找到了头绪，重新梳理了所有监控画面之后，还真找到了一辆可疑车辆。

那是一辆吉普越野车，本地号牌，案发后就消失了。通过车管信息查到那个号牌是假的。越野车在案发前一天出现，监控里找到了十几个画面，驾驶员都刻意地遮了大半张脸。当夜反诈骗中心发动人员围绕着该可疑车辆进行全市盘查，找到了更多的可疑痕迹。案发当天晚上，该车驶出长南市，然后又神秘地蒸发了。

目前就只查到这里了。围绕该车，还在找更多的信息，比如加油，比如泊停，比如有没有可能在某个地方留下更多的影像画面，即便没留下，哪怕只有少半个脸的画面，也得恢复出来。

远在登阳的俞骏听着长南市参案人员的陆续汇报，沉吟良久，没有开口，一边是连线通话，一边是传输来的大量嫌疑车辆照片，他看照片的时间比看通信里那几位的时间更多，看来对前方一周时间才查到这么点信息实在不满意得很。

“主任，我们这儿推进确实不力，批评随后再说。资金追踪有进展吗？”巫茜凑到画面里。

俞骏脸也没抬，一点精气神也没有地回答道：“千篇一律，没有什么新意。只要钱从受害人账户出来，操作的手法都差不多。现在查到云、广、深四省，共计12个市，牵涉这12市共89个对公账户，236个私人银行卡，目前为止只付了不到6000万元，剩下的估计不好追了……受害人被蒙蔽24小时后才报案，几乎是给他们争取了一天的消化时间啊。哦，对了，这儿有刚查到的6个账户的法人信息，秦州警方协查抓获的，你猜什么情况？”

巫茜想都没想脱口道：“不会是注册了个对公账户卖了吧？”

“猜对了，就是。一个对公账户卖了1.8万元，这个嫌疑人还在读技校，发现这个致富门路后，他注册了6个公司，发了笔小财。”俞骏哭笑不得地说。

“我这儿刚收到……等一下，主任，您注意看一下，这几个账户已经买来四个月了。”巫茜道。

俞骏瞄了眼问：“怎么了？”

“这是在全国性的断卡行动之前买的。”巫茜道。

“骗子也有存货啊，这不稀罕。”俞骏道。

“但您看经营范围，有煤炭销售，和受害人廉三旺的公司经营有重合点，总不能他们的库存里有这么合适的对公账户正好能用上吧？或者说，这根本就是提前预谋好了的？从流动通信车这一点上也看得出来。”巫茜提醒道。

“好像也是……”俞骏狐疑地抚着下巴，喃喃道，“我想起了那些炒股诈骗、设赌诈骗，一个群里不管客户、客服、平台，所有的人都是骗子，目的就是针对受害人一个人……这个案子的倾向性越来越明显啊。”

“所以我觉得还得再从廉三旺身上入手，骗子在他身上下的功夫不小，网上的线索是一个方面，但我觉得更多的线索还是在他现实的朋友圈里。”巫茜道。

“嗯，知道了，你们抓紧。”俞骏伸手要挂电话。巫茜急着问道：“等下，还有件事。”

“又问十方？”俞骏道。

“嗯，可我不知道该问什么，他家出事，理论上我们作为朋友都应该去一趟。”巫茜道。这时候络卿相出声问道：“主任，十方爸的后事办了？”

“向组代表单位去了，别问了……我说他情绪很好你们不信，可我说他情绪不好，你们又不信，这我没法回答。”俞骏道。

“那到底怎么样？”陆虎问。

“你个白痴，谁家有了白事情绪能好啊？不过十方已经很不错了，别分心，就这。”俞骏不想废话了，直接关掉了通信。

这时候，程一丁和邹喜男才找到说话的空当，程一丁说道：“主任，咱们在登阳似乎没起什么作用啊，案发地点在长南，报案在登阳，廉三旺家却是在中州，理论上，我们正处在与本案无关的地方。”

这就是诈骗案经常给警方带来的困扰。按照管辖地原则，主办方应该是登阳警方，但案发地并不在登阳，甚至所有的线索都和本地没有关联，也就是专案组在这里成立，每天光是协调几百个账户牵涉的线索，基本上就把所有的精力占据了，而且这种没有主线、发散式的查案方式对经验丰富的警察来说是最忌讳的。

“是啊，缺乏主线，再卖力也是方向不明，干劲大没用啊。”俞骏犯难了。邹喜男弱弱地提了个建议：“要不，主任，咱们回中州吧？搁这儿瞎耽误工夫呢不是？”

啪！一摞文件被俞骏顺手扔过去。邹喜男吐吐舌头笑了笑。他刚俯身去捡，电话又响了。这个电话让俞骏眉头一皱，是钱加多的。他赶紧问：“怎么了多多？不是让你陪着十方吗？没出什么事吧？”

“没事，没事，我们在查案呢。哎，主任，我们即将揭出一个重大案情的线索，您想听吗？”钱加多问。

俞骏知道这货的水平，直接道：“不想听。”

“你看你，这又听不了吃亏，听不了上当，唯一的可能就是你不听会后悔。”钱加多道。

“多多，十方让你干啥？你直说。”俞骏说。如果有事，十有八九是斗十方教唆的，要单是钱加多一个人，除了吃，不会有其他更多的话。

“嗯，那我直说了，我们要提审朱丰。”钱加多道。

邹喜男和程一丁扑哧一声笑了。看守所里提审一个普通嫌疑人都得过好几道手续，何况朱丰这种厅督导级别的重大案件嫌疑人，估计也就钱加多不知道轻重敢提这种要求。

咦？也不对，这个荒唐的要求俞骏没有拒绝，也没有笑，他怔了半天，回问道：“总得给我个理由吧？”

“我们这两天办老爷子的后事，问了杜婶才知道，上个月看守所老程退休，他也是个转正的老勤工，所里就组织干警和勤工们搞了个欢送，也就吃顿饭，老爷子也被请去了……杜婶回来后，他基本就没怎么说话，也不怎么吃饭，戒了的酒又开喝，直到喝得人事不省……”

钱加多正说着，手机被俞骏开了免提，他絮絮叨叨说得含混不清，最后还是没表达清楚理由。不过，俞骏心知肚明般说了句：“等着，我申请。”

挂了电话，抬头的俞骏看到程一丁和邹喜男欲言又止，他不悦了，说：“咋不吭声了？有意见就发表，别憋死你俩啊。”

“确实有点憋。如果斗老爷子真是那情况，岂不是金瘸子的儿子带着我们在找金瘸子？”程一丁道。这几天俞骏主任一直在写这个情况的报告，但写了多少就撕了多少，一直没个定数。邹喜男好奇地问：“主任，那个特大丝绸诈骗案如果真是斗老爷子犯的案，虽然这人都不在了，但会不会影响十方的前途啊？”

“没证没据的你就下定论啊？就你能啊？”

俞骏直接训了他们两句，脸扭过一边打电话去协调了。程一丁和邹喜男面面相觑，明显地感觉到主任越来越没有原则了……

午饭时分，朱丰戴着铐子，在狱警的带领下进了询问室。

他瘦了许多，一年多的看守所生活相当于塑形了。对环境习以为常之后他也就慢慢接受了。他犯下的跨境诈骗案已经被提起了公诉，即将开庭。这个时候被提出来，大多数情况下是律师会见。朱丰一路想了一大堆要说的话，很多细节上要避重就轻，还得多听听律师的话。

门开了，人走进来，狱警给他放下隔板时，朱丰愣了一下，隔着的另一面居然是一个美女，已经好久没见过女人的朱丰瞬间眼睛发直，下意识地舔了舔干燥的嘴唇，使劲咽了咽口水。

“这么饥渴呀，克制下，嘿。”对面站在门口的一个人敲着门提醒道。

正面也有一个敲着桌子的提醒着：“看来你这人天生重色轻友啊，连我这个故人也忘了？”

朱丰的目光扫过三位，一个美女，一个胖子，还有一个人有点面熟。他刚想略过，马上又抬起头，似乎想起来了，半晌才咦了声：“啊，认识，不就原来那管教吗？”

人好像有点变了，虽然这里不管是外来的还是里面的警察，都是一副没啥区别的严肃表情，但面前这位似乎和记忆中不同了。他凝视的目光里像多了些什么东西，刺得朱丰紧张到不敢直视……紧张？居然是紧张，这感觉他只在被抓时深切体会过一次，可不知为什么，在这个寻常的时刻又奇怪地体会到了。

“朱丰，我们是中州市反诈骗中心的，我是警员向小园，这位是警员斗十方，有些案情需要向你核实一下。”向小园开门见山。

“嗯。”朱丰一听，应了声。

嗯过后好几秒，没有照本宣科的重复，朱丰奇怪地抬头，多看了向小园几眼。这个女人太养眼了，实在让人舍不得移开目光，而且这位女警笑吟吟的，一点架子也没有，让他有种奇怪的好感。

人的欲望有时候会随着环境的改变提到顶点或者降到冰点，比如现在，朱丰看几眼美女都有幸福的感觉，这让斗十方不禁莞尔。他笑着问道："朱老板，你在里面待了有一年多了吧？"

"嗯。"朱丰应道。

话少了就是适应了，大多数嫌疑人到最后和警察说话都是要多简练有多简练。

"不准备交代点别人的事？"斗十方问。

"嗯。"朱丰道，"嗯"后带着另一个鼻音：呵。

"有些事很麻烦啊，要是你其他同伙落网的时候你刚好去劳改了，还得被押回来和他们一起受审，想过这个没有？"斗十方问。

"真没有了，我不能乱说不是？"朱丰说道。

"那你自己呢？万一查出漏罪来，也和上述情况一样啊。"斗十方道。

"我真的都坦白了，你们那账都精确到小数点后两位了，我赖也赖不掉啊。"朱丰道。他偷瞄了两眼，警察无可奈何的表情让他莫名地有种满足感。男警察他没兴趣，又把目光放回到女警脸上。他饶有兴趣地瞄着，看得好不窃喜。

"那我就得跟你明说了，有个命案牵涉你，你做好心理准备啊。"斗十方突然来了一句。

朱丰切了一声，笑了，摇头道："我们干技术活的，至于杀人吗？您别拿这套吓唬我，我顶多有动嘴的水平，还真没有动刀动枪的能力。"

"时间太久，可能你已经忘了，认一下。"斗十方把一张照片啪的一声贴在隔离窗上。朱丰扫了一眼就打算摇头，然后表情一怔，浑身一哆嗦。这张照片如晴天霹雳，让他一下子失态了。

认识！

这时候就连钱加多都明白了，照片是用技术还原的斗本初年轻时候的一张旧照片，能把朱丰吓成这样，八成是确有其事了。

“跟你说，你总觉得警察是在诈你，混这么多年了，该还的迟早要还，这位死者教你的第一句是不是这样——一入江湖深似海，学得绝技把命改……五湖四海任我行，四面八方都来财？”斗十方慢悠悠地说道。

他的声音很轻，甚至有点虚弱和疲惫，可就是这么毫无力度的询问，像有千钧之重，击溃了朱丰记忆的防线。他坐在那里战战兢兢，汗流成溪，吧嗒吧嗒掉得都来不及擦，似乎面前的照片比警察、深牢大狱还让他恐惧，紧张的情绪好久都平复不下来……

近晚7时，夜幕方至，自登阳又一次匆匆赶回中州的俞骏，急匆匆地奔向省厅办公大楼。他在这里等了很久，直到散会的同事纷纷出楼他才加快步伐，奔向四楼谢副厅的办公室。办公室门虚掩着，刚刚落座的谢副厅似乎在等他，进门后俞骏急促地说道：“审下来了。”

俞骏打开手机，把向小园汇报的情况递到了谢经纬面前，为了对付朱丰这个骗枭，前后换了几拨办案人员，磨了一年多工夫，真没想到还有漏罪，更没想到的是，漏的还是二十三年前中原市轰动一时的特大丝绸诈骗案，而主谋……谢副厅撇了撇嘴，感到为难，主谋正是斗本初，斗十方的父亲。

这是以“命案”为切入点的询问，作为诈骗嫌疑人的朱丰知道骗人和杀人是两个不同概念，他急于摘清自己，不但交代了丝绸诈骗案的始末，连内讧的前后也交代了个清楚。趁谢经纬看的工夫，俞骏道：“具体细节还在询问中，不过可以判断出，那起案件的参与者基本就是我们追的八大骗人员，杜其安、石金山、贾一文，还有一个神秘的女人。朱丰交代，当时他们都叫她‘芳妹’，也就是后来的‘胡会计’。这个犯罪团伙的渊源，应该就是那个时候。”

“其实金瘸子已经被他们做掉了，或者说，他们认为金瘸子已经死了。这之后他们都是打着金瘸子的旗号？而金瘸子，确实也就是丝绸诈骗案的第一嫌疑人，后来收养十方的人，斗本初？”谢副厅道。

俞骏点点头："嗯，可能是那次打击让他心灰意懒，就退隐了，流浪十几年后窝到了段村看守所当了一名勤工……当然，也造就了十方这么个怪才。"

"这个女人呢，还不确定名字？"谢经纬问。

"不确定。他们几乎都是用化名，作案时聚到一起，一得手就分道扬镳，各不打听。最早传递信息用的是江湖人常用的那种张贴出来的寻人启事，还用过在报纸登广告的方式，写上只有他们才看得懂的暗语。徐则臣加入后，他们就用上了网络通信工具……哦，对了，据朱丰交代，这个女人当时和斗本初姘居，两个人关系匪浅；干掉斗本初独吞赃款，也是这个女人领的头，后来她就成了这几个人的领头人。朱丰交代，他和江前胜搭上线在境外开始做电信诈骗生意的时候，内地的同伙就是这位胡会计，大部分黑产信息都是胡会计提供的。"俞骏解释道。

"天哪，这江湖上的恩怨情仇。那这个老斗，死得恰是时候啊。"谢副厅道。

"算个诱因吧。十方一直没弄明白父亲的反常行为，处理完后事才找到原因。看守所搞了个欢送会，欢送的是一个干了二十多年的勤工，还特意把斗本初请到了所里。那是个周末的放风时间，向小园查过监控，那个时间点，从就餐的地方恰恰可以看到放风的朱丰。"俞骏道。

谢经纬皱着眉头说："也就是说，老斗认出了朱丰，然后……畏罪的心理压力加重了他的病情？"

"我想，不单是畏罪，毕竟他最在乎的这个养子算是警察……他最后吐露了实情，说儿子不是领养的，也不是捡来的，而是他拐来的。"俞骏道。

谢经纬怔着问："你信吗？"

"我不知道啊，但我想，也可能他是因为十方的警察身份想编个谎，毕竟十方是个孝顺孩子，这老子肯定不想儿子因为他背上心理负担，或者影响到职业前途。"俞骏道。

"等等，这个有点乱啊……再怎么着，斗本初也是丝绸诈骗案的主谋，这个迟早得坐实。而十方是我们反骗领域的第一人，这……我觉得斗本初都勉强可以原谅了？”谢经纬哑然失笑，这故事线索差不多清晰了，反而让人无语。

“我见过他本人，很有气质的一个人，要是没病，都有点仙风道骨的意思了。坦白地说，我现在都有点欣赏这个人了。他从知道朱丰被抓后就开始酗酒，也是故意找死。试想一下，如果人还健在，这个悬案水落石出，那十方可能就更难堪了。”俞骏轻声道。

怔了好久，谢经纬品出其中的意味来了。那位有过罪责的父亲看到儿子从警，生怕警察儿子发现自己的亲人犯罪时尴尬难堪。他无法理解这位江湖人士当时的心态，但他扪心自问，若是放在自己身上，恐怕他也会做出同样的选择。

“谢副厅……接下来怎么办？”过了一会儿，俞骏小声问。

头一回两个人思路和对话似乎都岔了，谢副厅过了好久才答非所问地说了句：

“天不藏奸，地不纳垢，逃得过刑责，逃不过因果啊。我预感离八大骗归案的日子不远了。”

俞骏其实隐约也有这种预感，而且越来越清晰。可奇怪的是，他一点也没有感到兴奋……

天赋异禀，慧眼如炬

一条瘸腿的狗从泥泞的小巷子里跑出来，摇着尾巴走到了一个破家陋户的门前。门吱呀一声打开，把院子里的钱加多惊醒了。多多吹声口哨，然后掏掏口袋，剥了个火腿肠给这狗儿喂上，看它毛发干枯、形容枯槁的样子，都能联想起屋里那位。

“哎呀，这家是完了啊。”

多多悲观地感叹道。他起身，悄悄走到门口，看斗十方魔怔了一样在屋里翻东西。审完朱丰两天了，他就在家里翻了两天，成果就在茶几上。除了一些旧照片，就是一些不值钱的东西。极其讽刺的是，传说中张口吃八方的骗术奇人一贫如洗。

当然，如果斗本初真是“金瘸子”的话。

这一点钱加多没有考虑太深，即便真是，他顶多会后悔没有多请教老爷子几招。现在斯人已去，唯一看不下去的就是十方成了这个样子。他走进屋里，看到斗十方又落寞地坐在沙发上看那堆遗物，便小声问道：“十方，你在找什么？”

“我也不知道。我爸既然有预感了，那总该留下点什么，可我什么都找不到。”斗十方抬起头来，双眼露出悲伤过后的极度迷茫。

“这是不光彩的事，给你留什么？”钱加多道。

“要有人差点弄死你，你会怎么做？”斗十方问。

钱加多一愣，脱口道：“怎么着也得还回去啊！”

“对呀，我爸是个不吃亏的性子，这么大的仇恨就这么放下了？这么多年隐姓埋名什么都不做，为什么一看到朱丰，第一件事是先了结自己呢？”斗十方迷茫地说道。父亲的反常行径把他难住了。

“当局者迷呗。老爷子还不是想着为你好？你毕竟是警察。”钱加多说道。

“我也这么想……自从我穿上警服，我就觉得和他有点生分了，我爸常唉声叹气……有时候我还开玩笑问，爸，您是不是犯过什么事啊，这么些年都没出过段村，还极力反对我当警察。”斗十方黯然说道。

钱加多坐下来，都没法往下聊了。他看看茶几上的照片，随意翻了翻，好奇地问：“你是不是在找那些同伙？当时你爸咋不说呀？你现在好歹是警察，斗他们还不是分分钟的事？”

“盗亦有道，他是个老派江湖人，生不进衙门，死不交官差，这是信条……讽刺的是，他却养了个警察。”斗十方苦笑一声，一肚子愤懑难堪无处可泄。

“你想错了，老爷子都说了，拐你是他这辈子唯一自豪的事。”钱加多道。

“不，他一定在骗我。”斗十方道。

钱加多愣了，有点不理解斗十方了，奇怪地问：“这怎么可能？老爷子虽然是个骗子，可在你身上的感情绝对不假。”

“骗人不一定非得是谎言，就像医生隐瞒病情一样，出于一片好心和善意的，也是欺骗。”斗十方道。

钱加多又道：“什么意思？你是说你爸……出于好心在骗你？”

“对，我相信他说的是真相，但肯定不是全部的真相。一个高明的骗子从不制造假象，他给你无数个真相，而这些真相的目的，是掩盖另外的真相……就像他策划那起丝绸诈骗案一样，所有的交易都是真的，让你在毫无防备的时候掉进他的思维陷阱。”斗十方微笑着，似乎想起了儿时，那位骗子父亲是如何循循善诱地教育他。

而他当时可能就像现在的钱加多一样，抓着脑袋满脸迷糊不明所以，而且，思维搭不上调，根本聊不下去。斗十方起身收拾东西，也就是那本破旧的相册。钱加多跟着他出来，随意关上了门，出了院子，才问道：“去哪儿？主任让我看着你，别想不开乱跑。”

“回单位。”斗十方道。

“啊？”这情节钱加多可没想到。他正为难时，斗十方边走边说：“出任务前有保密处的行文，有陈局和谢副厅的签字存档，我又不是真被单位开除了，咋，主任告诉你不收我了？”

“不是，不是，我巴不得你回来呢，省得把我撵到这鸟不拉屎的地方陪你。”钱加多乐了，小步奔向他的车，载着斗十方一路去往单位……

“什么，什么，你说清楚点，什么时候发现的？”

俞骏正说着话，向小园推门进来了。他示意她坐下，干脆把免提打开，手机里传来了陆虎的声音：

“今天上午，距离长南市21公里处的一个废弃浇灌站里，发现一辆车，可能是我们要找的嫌疑车辆。现在是雨季，这个地方有点偏，所以发现得晚了点，镇派出所两天前接到报案，对比我们的协查通报后才上报，我们正在赶去的路上。”

“嗯，一会儿传视频过来。”

“好的，就快到了。”

挂了电话，俞骏道：“这都十天了，才发现作案车辆的弃置点，应该就是了……你什么事？”

向小园递上来一份传真电报，是省厅的。俞骏一看就皱眉，他暗自思忖：“周修文来外调？外调什么？这货你别看他长得浓眉大眼，憋了一肚子坏水。”

向小园笑了。对于总局这位越过他直接组织行动的同事他一直耿耿于怀。她解释道：“省厅直发的通知，而且是加密的，我想无非是十方的事吧。”

“别看我，你什么想法？”俞骏问道。

“既然看你，肯定想法一致。”向小园道。

两个人心知肚明，外调只有一个原因，那就是有可能招募此人。但恰恰这个原因让俞骏为难了。他不自然地放低了声音说：“他这家庭情况，咱们怎么跟上级说？总不能说什么都不知道吧？”

那肯定是不可能的，因为朱丰的交代，丝绸诈骗案已经冷案重启了，恐怕中原警方也得来这儿外调，想到这个向小园就头大无比。她一脸为难，半晌说不出话来。

“我忙这个案子，这样吧，这个事我交给你办。”俞骏拿着传真电报递回来。

向小园愤愤地剜了他一眼，没接：“躲不掉，人已经在飞机上了。”

“好吧，躲什么躲，有什么说什么，就个周修文还能把咱们吓着吗？”俞骏无所谓地说道。

刚分配好，门嘭的一声被推开，俞骏惊得一下子站起来。钱加多风风火火地进了门，惊得向小园急问：“怎么了多多，十方出事了？”

“没有啊，没出什么事。”钱加多道。

“没事你冲进来干什么？”俞骏怒喝。

“我来告诉你十方回来了，在办公室，都没人招呼一声。”钱加多说道。

向小园和俞骏对视一眼，两个人不约而同地往外跑，一前一后撞了钱加多一下，倒比钱加多风风火火跑进来还急。等钱加多返回办公室，两个人却一左一右守在门口不进去了。他刚凑上去，俞骏一把搂住他，示意他别吱声，伸长脖子定睛看时，只见斗十方站在空落落的办公室里，望着向小园写的案件板发呆。

几个月不见，他消瘦了、稳重了，不像以前每时每刻都透着浮夸狡诈，也不像以前没大没小，开玩笑没轻没重，更不像以前那么毫不掩饰地咄咄逼人。可不知道为什么，俞骏和向小园都更希望看到以前那个斗十方，而现在，怎么看都觉得他身上透着一股凄凉。一个普通人，一生能经历的悲剧肯定屈指可数，可在他身上经历得太多。

“别可怜我啊，我最怕别人用可怜和同情的眼光看着我。”斗十方轻声道。他已经听到有人来了。

俞骏瞬间词穷，看向向小园。向小园也一下子对不上来，一拉钱加多，推进去了，用表情示意他说话。钱加多“哦”了声，急接道：“你现在成如假包换的光棍一条了，我羡慕还来不及呢，怎么会同情？看啥呢……八大骗呀，以前觉得神秘不已，现在看来不过如此啊。”

正说着，俞骏和向小园踱进来了，俞骏直接把大放厥词的钱加多拨拉到一边，站到了斗十方面前，足足打量了几分钟才赞许地笑道：“我还以为需要更长的时间你才会出现在这里。”

“遭遇一次打击之后可能出现两种情况，一种是向前走得更远，一种是向反方向走得更快。”斗十方道。

俞骏笑问：“你呢？哪个方向？”

“我的选择权不在我，应该您告诉我啊。”斗十方问。

“最终结果还没有定论，但在此之前，理论上你留在原单位等候任命是没错的。欢迎回来。”俞骏伸手。斗十方和他握了握，想说什么，又咽回去了。

这时候，前方的电话来了，是案情通报。俞骏投到显示屏上，几人坐下来。对方在屏幕里一看到斗十方就乱了，陆虎嚷着叫小络来看，巫茜搂着两个人把脑袋伸到摄像头上问好。斗十方笑笑招手，好半天才平复了激动的情绪，接下来就开始郁闷了。陆虎拍着现场一辆千疮百孔的车介绍道：

“这就是案发现场出现过六次的嫌疑车辆，经过初步勘查，车身和车内全部浇上了稀硫酸，能提取的生物证据基本上全部被毁了，连车漆都没放过。不过我们在这儿发现了一个孔洞，我们判断应该是改装VOIP设备加装天线的时候在这儿还留了一截……我们判断这玩意儿不会被随机带走，很可能已经被抛弃，正发动镇派出所警力寻找……另外长南警方正在恢复驾驶员体貌特征，我们双管齐下吧，哪儿冒出线索，就往哪儿走……主任，还有什么指示？”

“你给我一堆不确定，我能有什么指示？”俞骏没好气地说道。

陆虎和络卿相做了个鬼脸。巫茜在视频里说道：“我们也没办法，主任，我们也是头回遇到用移动的VOIP设备作案的情况。根据兄弟单位有过的经验，这操作者十有八九是在境外，很可能等我们追到人，也找不回赃款了。”

“虽然已经出境了，但这起案子足够重新发起一次跨境抓捕了。总局和厅里的意思是要穷追不舍，他们就算跑到月球我们也得把人抓回来。放任一起类似案件，可能就要出现十起、百起的效仿案件……同志们，加把劲，我们的王牌还没出呢，一出肯定是惊天动地，哈哈，辛苦了。”俞骏心情格外好，难得地勉励了几句。

那几位的心思可能都在斗十方身上，不断给斗十方做鬼脸。一等俞骏说完，陆虎就说了，十方来长南吧，这可是条大鱼，特有挑战性；络卿相也相邀了，来吧，来吧，现在电脑用不上，得用你这歪脑筋替我们想想；巫茜呢，给逗得哈哈直笑。向小园对钱加多使了个眼色，多多知道该干吗，上前丑脸一堵，还没开口，那头的通信直接给关了。

“大邹和老程去走访受害人廉三旺了，娜娜在和技侦核查账户信息，中午……要不咱们一块儿吃个饭？”俞骏回头询问。向小园赶紧点头：“这提议不错，附议。”

“不用看我，先说谁掏钱吧。”钱加多说，此时气氛有点不太和谐，他想了想又补充道，“主任，你啥时候这么大方了，不怕我吃哭你？”

向小园一笑，刚要慷慨一句，斗十方却说：“灶上吃吧，都心里有事，谁请也吃不爽…… 主任，这个诈骗案这么久了，怎么还没线索？”

“不是没线索，而是线索太多。想不想挑战一下？”俞骏问。

斗十方一愣：“怎么挑战？”

“五分钟，找直觉。”俞骏道。斗十方没吭声。俞骏只当他默认了，掏出手机递给他。向小园起身，把自己工位上的电脑拿过来。钱加多就像看好戏一样瞪起了眼。斗十方一手看着手机上的信息，一手操作着电脑看报案、询问、大数据梳理、现场勘查等文件，而另一头，俞骏在卡着表，他不知道是激动还是兴奋，眼睛不时地看专注的斗十方，过了一会儿，直接喊：“停，时间到。”

“时间太短了吧，再让十方多看会儿。”向小园道。她看出俞骏的意思了，只有在擅长的领域，只有在忘我的事上，才能看到以前的斗十方。

“差不多了，没什么看头。”斗十方直接地说道，他已经浏览了大半，收回了目光。钱加多警告道：“允许你耍个帅，不要太过分啊。”

斗十方一笑道：“看得多了所以没什么看头，这是一起量身定制的诈骗……是比现在无差别选择目标更高一层次的犯罪——精准选择一个目标深耕，从一个高净值的目标上获取最大利润。就和骗赌一样，原来是无差别选择，诱人去赌，甚至还发展到暴力拘禁，这引发的连锁反应很多。升级之后，那些赌博庄家学聪明了，专门挑有钱有身家的人下手，虽然所有资源和精力都用在一个目标身上难度会很大，但万一成功，收获要远远大于无差别选择的粗放方式。”

“这个我们已经判断到了，而且也想到了，但问题是，受害人廉三旺吃喝嫖赌什么都沾，逛夜总会、上赌场、进酒场，几乎就是他的生活常态。他的通讯录里有上千人，每个月从手机上转出来的钱就有几十万，想找出隐藏在他身边的那个内线，真不容易。”俞骏说道。

斗十方眼神迷离了，那是在思考。片刻后，他问：“没有人能把案子做到天衣无缝，一定会留下什么。”

“什么也没留下。”向小园说，“他的手机都被远程格式化了，现在成了块砖头，一开始技侦都恢复不出来。”

“不，恰恰相反，假如根本未曾谋面，都是远程操作，又何必格式化受害人的手机？一定是有过接触才必须销毁痕迹。”斗十方说。

“对呀，现在经过努力通信记录、微信聊天记录已经恢复出来了，并没有发现什么有价值的线索，手机里的大部分照片也都恢复了。现在的情况是，可能连廉三旺也说不清楚问题出在哪个环节上。”俞骏道。

斗十方严肃地看着俞骏，像是有些为难，目光又严肃地看向小园，很复杂。之后他的表情缓慢地平复，露出了一丝久违的笑容。这一下钱加多都明白了，惊声道：“哟，这货看出什么来了？”

“我倒希望他能看出什么，但这案情我已经看了十天了，还有一部分是我整理的，怎么可能有漏掉的？”俞骏不信了。

“答应我一个要求，我就提示你纰漏出在哪儿。”斗十方说道。

向小园吓了一跳，本想给他找点事装满脑子就不至于老是病恹恹的，没承想这颗歪脑子还真有发现了。俞骏奇怪问道：“什么要求？”

“答应了才能告诉你，千里之堤，溃于蚁穴，说不定这个漏洞就是个蚁穴，能成为突破口。”斗十方道。

俞骏被撩得心里奇痒无比。向小园憋不住了，直接问道：“答应，我替主任答应了，不管什么要求，你说哪儿有漏洞？”

斗十方很平静，看向俞骏。俞骏咬着牙点点头，他知道斗十方的要求肯定不那么简单，可到这份儿上也只能认了。他摆手道：“成，成，你说，不能说服我，不算数啊。”

“好，你试着听下，首先，受害人廉三旺社会关系极其复杂，你都无从选择突破口，对吗？”斗十方问。

俞骏点头。

“反过来，嫌疑人如果想搞一个定制诈骗，那必须非常熟悉受害人的生活习惯、常去的地方，甚至性格特征、喜好，这点毋庸置疑。我接触的几个骗枭，无一例外都是识人高手。”斗十方道。

“对！”俞骏和向小园齐齐点头。

“第三，我们对这个受害人庞大的社会关系都束手无策，那么嫌疑人那一方，他有可能，或者说有机会，或者说有必要，把受害人的社会关系捋得一清二楚吗？”斗十方郑重地问。

钱加多插了句：“那不脱裤子放屁吗？”

虽然话糙，可就是这种感觉，已经精准选择了目标，又何必节外生枝？俞骏犹豫道：“没必要啊，是设计廉三旺，又不是设计其他人，理论上肯定是接触得越少越好。”

“那就对了。主任，您……还不明白？”斗十方问。

俞骏愕然：“我明白什么呀？”

这时候，向小园却恍然大悟：“我好像明白了。”

她急急一拉电脑找着问询笔录，翻到一段话，郁闷得直拍额头。她把电脑递到俞骏面前。那是廉三旺交代的一句话，是那位假扮警察的诈骗分子对廉三旺说的：

“……你的个人转账记录里有几个人嫌疑很大，于中诚、杨文河、刘灿等，其他我就不说了，这些人的情况，你马上写一个说明。”

俞骏咂摸着这句话喃喃道：“对呀，骗子能准确地点出廉三旺朋友圈里这三个人，恰恰三个都有黑事，正好把廉三旺吓住了……朋友圈上千人，他们如何准确地找到三个比较亲近又有前科的人？”

“八大骗金字一门里，经常有铁口断金、算无不准的神话，知道怎么操作吗？比如向组长，我准备骗你一把，但肯定不先向你下手，而是找一个不相干的老太太去和你妈妈聊聊天什么的，摸清你的家庭情况；或者雇俩不相干的人，从你的邻居那里打探，等知道情况了，我再在某个地方和你佯装偶遇，然后开话一撩……叭，这位女子我看你黛眉紧锁、步履匆忙，定有烦心之事，何不让在下给你卜上一卦？”

“对呀，功夫都在诗外，窍门都在诈骗之外。”俞骏思忖着，一下子豁然开朗，他拍案而起，“调整一下方向，把廉三旺带回来，摸一下这三个人的情况，有必要的话迅速传唤……啊？”

俞骏的兴奋被一个意外打断了，此时向小园怔怔地看着斗十方，似乎真等着卜一卦。被俞骏的声音打断后，她慌乱掩饰着说道：“他这只是个猜测。查过了呀，连个有前科的都没有。”

“不不不，问题可能还真在这儿，能从上千人里猜准三个人，十有八九有猫腻。十方，有你的啊。”俞骏兴奋地说，正要拿电话通知，斗十方一拽，道：“等等，你别光高兴，我的要求还没提呢。”

“什么要求？”俞骏这才反应过来。

“一个要求，让我参与八大骗的追踪。”斗十方指着案件板道。

偏偏这个要求让俞骏为难了。向小园没想到是这样，她为难地看着俞骏。俞骏为难地说道：“你刚回来，要不……”

“主任，假如真要上纲上线的话，可能我穿这身警服的时间都不多了，如果有一天我离开的时候还没有结果，那不仅是我的遗憾，也是咱们这个团队，是全体警察的遗憾。你知道，我出身于骗子家庭，我有这个能力。”斗十方直言。

“这……”俞骏更难堪了。

“你更应该清楚，即便不当警察了我也会找到真相。我父亲什么都没有告诉我，肯定有某种原因，不管是作为晚辈还是作为警察，我都想知道这个真相究竟是什么。二十年前闻名的八大骗团伙雏形就是从丝绸诈骗案开始形成的，难道您不想让他们全部归案？”斗十方问。

“厅里有考虑，你是警察，你应该知道症结所在。”俞骏严肃地回问。

“不就是斗本初吗？他不是我父亲，我接手不违规。”斗十方瞬间给了个荒唐的理由，然后强调道，“向组、多多都在场，斗本初说了，我是他拐来的，理论上我们没有任何关系。”

脸拉了半天的俞骏扑哧一声笑了，然后向小园也笑了。俞骏转身就走，几步之后才说道：“案卷就在会议室，张英去过杜其安的籍贯所在地，她最清楚。反正你也闲着，去整理案卷信息吧……钱加多也去，这是辅警的活儿，你给多多当助手。”

言罢人去。斗十方讪讪地笑了。俞骏总要这么装腔作势的样子现在看起来如此可爱。他回过神来时，一眼瞟到向小园正瞅着他。向小园善意地提醒了一句：“杜其安恐怕都无法接受审判了，看守所已经三次打报告要让他保外就医，他的尘肺病已经到了晚期……案件的核心应该是一个女人——一直没有找到信息的那个会计。其实总局也在追踪江汉假冒保险公司诈骗案漏网嫌疑人石金山，这个人很可能是八大骗中的一员，不过到现在仍然没有进展。”

“很快就有了，相信我。多多，走。”斗十方轻声道。他领着钱加多去了会议室。钱加多嘟囔道：“我不干活儿啊，看案卷不是我的长项，别难为我啊。”

“你要认真看，那更为难的就是我了。放心吧，我怎么可能让我为难呢？”斗十方道。

“这话什么意思？我怎么听着像损我？”钱加多没听明白，揪着斗十方问。斗十方扭掉他的手道：“你不说我是损友吗？不损难道还夸呀？”

两个人怼着拽着离开了。向小园孑然而立，莫名有点怅然若失……

龟鳖难分，种瓜得豆

自机场到市区需要近四十分钟车程，周修文静静地坐在车里浏览一份由中州反诈骗中心提供的情况说明。那是一份非正式的官方文件。他不时地回头看看坐在第二排的俞骏和向小园，那两位明显躲闪着他的目光。这份资料的内容把他的好心情给破坏了个七七八八。

周修文又耐着性子扫了几页，然后递给了俞骏，示意他传给坐在第二排同来的一个借调人员。这位年届四旬的警员一扫文件便瞪圆了眼，大气都不敢出，然后皱着眉头开始看内容。

“确定吗？这个事情可麻烦了。”半晌，周修文说道。他发愁地看着俞、向二人。二人点点头，向小园道：“已经如实向谢副厅汇报过，朱丰已经证实斗本初确系丝绸诈骗案的主谋，他在弥留之际说出了当年受害人的名字牛宏伟，当时我就在边上。”

周修文愣怔着，思绪可能比脸上的表情还复杂，半晌说不出一句话来。俞骏又补充道：“省厅已经知会了中原警方，这个冷案已经重启，据我们判断，二十三年前，这起丝绸诈骗案涉案人员很可能就是后来

‘八大骗’的雏形，他们内讧做掉领头的斗本初之后，一直打着‘金瘸子’的名号作案。”

“金瘸子，金瘸子……十方的父亲？”周修文终于说话了，表情很苦涩。

向小园郑重纠正道：“严格来讲不算，‘金评彩挂’这些江湖骗子传承的时候是既不传子也不传女，都是拐一个小孩训练成传人，十方是被斗本初从一个叫董龙湾的地方拐来的，严格来说，他们没有任何亲缘或者血缘关系。”

“这让我怎么向局里汇报啊？总局和厅里已经沟通过数次，好不容易走到外调程序，这要送上去，八成得凉了。”周修文道。

这个情况下对斗十方的处理结果可能性无外乎几种，不要说晋升了，恐怕都得调离本系统，公安队伍的纯洁性永远是放在首位的，不管污点是现时的还是历史的，都具有一票否决的影响力。

“如实汇报吧，他对此有心理准备。”俞骏说道。

周修文看了几眼，唉声叹气，扭过头去了。

这时候俞骏和向小园的电话几乎同时响起，两个人安排着工作，听声音似乎是关于案情。俞骏的表情有点惊喜，吩咐对方马上传给他。向小园却惊慌失措地说着控制现场，马上就到，然后吩咐司机直奔中原大道232号名流商务旅行公司。

两个人再面对时，齐齐问对方：“什么情况？”

俞骏一转念，说起自己的情况：“长南警方恢复了嫌疑车辆司机的体貌特征，正在搜索确认中，照片马上传过来。你这头什么发现？”

“娜日丽他们把名流商务旅行公司堵上了，也就是廉三旺提供的名单中的一个，叫刘灿。”向小园道。

“这就发现嫌疑了，不是外围调查吗？”俞骏惊问。

向小园回道：“我也不清楚，昨天才上手，他们说可能摸到条大鱼，中心的机动人员都调去现场了。”

说罢，俞骏和向小园惊愕对视，似乎都不相信这么快就打开缺口了。周修文好奇地问道：“是那个五亿诈骗案吧？有突破了？”

“很可能有了，你似乎不信哦。”俞骏问。

周修文一笑道：“这种案子的去向最终在境外，没那么好追。”

“呵呵，之前告诉你我们有可能追到逆风，你也是这种怀疑态度。”俞骏笑道。

周修文讪笑道：“主任，您不用挖苦我，逆风一案十方是首功，谁也抹杀不了。”

“是啊，知道王牌在，还有什么不可能？什么骗子能逃得过他的眼睛啊。”俞骏得意地说。

周修文一脸震惊，问：“啊？他已经上案子了？”

旧案刚了，亲人新亡，这种情况下，一个人恐怕很难进入状态，更何况，斗十方还在被审查程序中，不可能参与在办的案件。

对此，俞骏早有应对方案。他看看后面那位又奇怪又惊愕的外调人员，悠悠地说：“高手还用参与吗？随便一指点就行了。干脆，你们也去现场调查吧。我就纳闷了，诈骗分子服法的服法，归案的归案，怎么我们自己的同志倒是翻来翻去查不清？”

这话里明显的抗拒态度让周修文二人皱眉了。两个人对视一眼，没有发作，似乎他们同样是有苦难言，特别是手上那份情况说明，其情况之曲折复杂，和要外调的对象几乎一致。

那叫一个一言难尽啊……

一个小时前，娜日丽和邹喜男驾车悄悄进了中原街这里的停车场，右侧两点钟方向就是此行的目的地，名流商务旅行公司。

外围调查的方向昨天陡然急转，指向了于中诚、杨文河、刘灿三人。于中诚很好查，一家制药公司的董事长，公司准备上市，这个时间段肯定要深居简出使劲树好形象，别说参与坏事，怕是一点负面消息也不可能有。

另一个是杨文河，是中州机电设备制造总公司的一个总经理。这位劣迹不少，让人意外的是介入调查后发现，他因涉嫌职务侵占，已经被纪委留下审查三个多月了，问题肯定一大筐，但和诈骗扯不上关系。其人已经被查出的侵占金额有上亿元，自己的钱处置起来估计都发愁，甭说去骗钱了。

这两个人和廉三旺有差不多的爱好，但都应该属于“肥羊”系列，所以重点查实方向落到第三位刘灿身上。此时侦查人员才奇怪地发现，和廉三旺过从甚密的这位，居然是个女人。最后一次询问廉三旺有关刘灿的情况，他仍然支支吾吾说不清楚，反正是朋友介绍、关系不赖，可为什么别人一提刘灿的名字就能吓住他呢？他憋了半天，敢情这人是个中介，介绍赌嫖的那种。

“我觉得如果有问题，肯定在她身上。”

邹喜男把刘灿的照片夹到了空调出风口上，是一个留着齐耳卷发的女人，很柔、很性感的笑容，一看就是那种知性美女。

驾车的娜日丽看了一眼目标道：“下定论有点早了啊，嫌疑归嫌疑，不能武断。”

“肯定有问题。廉三旺、杨文河、于中诚，基本是十亿俱乐部的人物，她这么一个开小旅行社的，还能夹在这十亿俱乐部中间，肯定不简单。你猜为啥一提到刘灿，廉三旺就被吓住了？”邹喜男道。

“是不是有什么黑料被她攥在手里了？”娜日丽说道。只有这一种解释了。

“是啊，这么个漂亮美女，专攥别人黑料，你觉得会是什么好货色？”邹喜男道。

“黑料不属于法律和侦查范畴，如果仅限于道德上的，那你不能说她违法了啊。”娜日丽往严谨的方向想，“不过这个界限有时候是模糊的，比如介绍援交、安排出境有偿陪侍等，严格地讲都属于民不告，官不究的范围。”

“不对，所有行当里啊，不擦边不赢利，不过界不赚钱啊，你看那辆车……”邹喜男指着刚从公司门口开走的一辆车，开车的是一个秃顶司机。娜日丽没看出什么来，就听邹喜男介绍道：“那是商务调查的车，他们被人告过，说是商务调查，其实就是私家侦探，说是侦探，其实就是抓出轨，逮小三的狗仔，那秃子被拘过……咦？”

邹喜男愕然看向娜日丽，两个人心意相同。廉三旺一案里也涉及隐私泄密，如果是这类狗仔捣的鬼，那在某种程度上就讲得通了，毕竟以这类狗仔抓出轨能抓到酒店房间的本事，淘廉三旺的信息那简直是手到擒来。

“咱们从外围调查，不能瞎猜，这个我觉得还是正面接触一下。”娜日丽说道。

“别呀，现在连传唤都传不到，你上午一接触，她下午飞出国去，再等她回来，黄花菜都凉了。”邹喜男提醒道。

两个人正商议间，钱加多和程一丁往这边来了。钱加多电话里问午饭搁哪儿吃去，娜日丽没理会他。邹喜男刚回了信息，目标公司就出岔子了，一辆奥迪TT直接开到了公司门口，车就杵门口，一个穿着短裙、高跟鞋的高个女生急匆匆奔进去了，两个人正纳闷，又有一辆奥迪A8横在了公司门口，两个男的气势汹汹地进去了，远远看去，似乎在和前台争执着什么。

“有戏。”

邹喜男和娜日丽一瞅，齐齐下车，扮作吃瓜群众往直接目标方向踱去。

看热闹的不嫌事大，可未必能马上看到事因。两个人到了门口，看到后进来的两个男人中，其中一男正捶着柜台叫嚣着：“识相点，把人叫出来啊，甭跟老子耍什么花招！”另一个也在嚷：“信不信今天砸了你这破店？那小妞可骗了我们不止一回了啊。”

两个人嚷着，柜台后的女招待似乎并不理会。通向公司的楼口站着四位保安，面无表情地看着两个人叫嚷，活脱脱的武力威慑。这俩二世祖似乎也忌惮，就算想闹腾也不敢太过分。

娜日丽使着眼色，和邹喜男耳语一番，然后她落落大方地进了名流商务厅里，旁若无人地踱向楼梯口，对着那四位虎视眈眈的保安说道：“我是于总的秘书，和你们刘总有预约，谈下出境的细节安排。”

然后娜日丽很大方地递上了调查时拿到的于中诚的名片。那保安一看，刚想询问前台，那俩二世祖就嚷上了：“姐姐，骗子，这是个骗子公司！”

娜日丽故作烦躁地一扬头，问道：“怎么搞的吗？我们可是要上市，商务安排还能交给你们公司吗？”

这边客户一虎脸，那前台可来不及确认了，赶紧领着娜日丽往楼上走：“请，我们刘总在楼上。”

两个人一起上楼，却不料刚出楼梯口就听到了吵架的声音：

“灿姐，我拿的钱都给了你六成，出了事你不能不管啊！”

“我怎么管啊？谁让你脚踩两只船了，我看你还不止两只吧？刚进城时你自己什么样不记得了？是谁把你带出来的你忘了？敢跟我叫板了啊？”

“不是啊灿姐，他们朝我要钱，我都花了，我哪有钱啊！”

“那我也没钱，你说怎么办？”

“灿姐，这就不够意思了吧？我没少给你介绍姐妹啊，你要打算干看着我出事，大不了我报警把咱们全抓出来，谁也别想好。”

“是吗？那你报警啊，跟我们有什么关系？有亲戚关系，还是有业务关系？”

“啊——”

两个人正吵着，接待员觉得不妥，想把娜日丽带下去。娜日丽笑了笑道：“没事，我认识灿姐，你去吧，我来处理。”

那接待员被娜日丽的淡定折服了，糊里糊涂下了楼。娜日丽又走近几步，靠到门边。此时，里面又传来了哭声，先前要挟刘灿的声音又成了哀求：“灿姐，我可怎么办啊？他们俩发现了，都跟我过不去，每天追着我……”

“哎，没文化真可怕，他敢怎么着你？”

“灿姐，那你帮帮我，我实在不知道该怎么办。”

“真不是我不帮你呀，月月，你自己出去单干惹出来的事，让公司给你兜着，别的姐妹怎么说？”

“我……”

“自己从后门走，别没事就当不认识，有事就扯到公司，我最烦你这种不懂感恩的贱货……别瞪我，你随便报警，就中州这个地界，看我摆不摆得平？滚！”

两个人吵着吵着开了门，两眼泪花、怨气难消的美女开门时愣住了，门前站着一个陌生女人。娜日丽也瞬间看清，办公桌后端坐的，正是她要走访的人：刘灿。

刘灿一愣，出声问：“你谁呀？怎么上来的？”

“噢，我听说有人报警，就替你们报警了。”娜日丽扬着手机。

这可把两个人都吓住了。满眼泪花的美女怔在原地，刘灿愣怔一秒，迅速地把桌上的几部手机和银行卡扫到抽屉里，然后关了电脑的页面，又顺手把桌上几份纸质的资料收拾起来。刚找着保险柜钥匙时，她不经意回头，却发现那个陌生女人正开着手机视频录她。她不明所以地问道：“你谁呀？怎么上来的？”

“既然报警了，我不就是警察吗？”娜日丽拿着手机录着，故意对着刘灿说，“来来，来个正脸造型，你们刚才争论什么事来着？”

刘灿吓得一躲，正想捂脸，手里的资料哗啦掉了一地。这恰是娜日丽的目的，她把手机转向地上的资料，刚一开始录，刘灿又惊得俯下身挡着。此时，她发觉不对了，气急败坏地扑上去抢娜日丽的手机。估计是被气糊涂了，忘了对手是谁，她一抢一扑，娜日丽手一缩，一侧身，边躲边说道：“我已经向你亮明身份，你的行为已经涉嫌抗拒执法，我现在正式申请对你传唤，而且这个公司涉嫌不正当经营行为，请你配合我们的调查。”

一个念头一闪而过，刘灿看着门口呆立的女人，一下子错会是她搞的鬼，她声嘶力竭地喊着保安，然后冲上去揪住那女人，连抓带挠加撕头发，状似疯狂地骂道：“你个烂货，跟老娘玩这一套……我让你告，让你告！”说着就是耳光连扇。那女人尖叫哭喊。娜日丽连声呵斥都没拦住，两个人眨眼间撕扯到一块儿了。楼下的保安闻讯刚往上走，邹喜男就会合了程一丁、钱加多冲进来了，亮着证件大声道“警察”，把几位保安喝停，好不容易分开那俩撕扯的女人。那个吃亏更大的女人衣服烂了几处，脸上指甲印纵横交错，边哭喊边乱抓乱踢，半响安静不下来。

“警察！警察……别闹了，干什么了这是？”钱加多装腔作势地吼道。幸好娜日丽没吃亏，可说了一句就没词了，他求助似的看着娜日丽。

“等一下，我申请一下传唤。”娜日丽拨着电话。

理由尚不明了，不过马上就来，那个摸着自己脸摸了一手血的女人一下子又陷入疯癫。这可是吃饭的家伙被毁了，她像发怒的母狮一样指着刘灿吼道：“警察快抓她！就是她教我们骗钱的，骗回来的钱一多半得上交她，光我就给了她一百多万。”

得嘞，这算是小事捅成大娄子了，刚刚失态此时才清醒的刘灿看到来人架势傻眼了，想打个电话也来不及了……

有时候案子来得猝不及防，其实案情的突破口有时候也是来得这么猝不及防。

真有大队警察到场，那俩最初来闹事的二世祖反而怵了，急于摘清自己，赶紧说是被楼上那女的骗了100万元，另一个也说被骗了80万元，两个人居然还是表兄弟。这事尚待核实，楼上那骗人的女人叫王月，她一通哭闹加乱咬，全成了爆料。她拿到的钱给刘灿转了差不多100万元，楼下那男的也是刘灿教她去勾引的，而且不是教她一个人。更厉害的是，刘灿培养了一帮女的骗人，上课的地方就在这儿，至于培训资料，那地上的就是了。

于是俞骏和向小园一行到现场欣赏到了最原始的资料。

一份文案是：针对中高端男士的私密朋友圈，附电子存储及普通文档照片，里面有各类兼职，比如空姐、白领、瑜伽老师、教师、少妇、学生妹等。这个没啥毛病，就是照片太艺术了，有点撩人。

另一份文案是：白富美训练营之如何融入目标人群。讲的是邂逅、搭讪、调情等。这也没啥问题，就是话露骨了点。

再一份文案是：白富美训练营之把男人当成一条狗，讲的是如何俘获男人，让他们心甘情愿掏钱，包括上床以前使劲掏以及上床以后继续掏。这本来也没啥问题，就是掏的数额有点大了。文案举例最成功的一个小姐姐一个月掏了男人七百多万。

当然，天下没有免费的午餐，所有的服务都标示了价格，包括礼仪培养、谈吐训练、整容等等。你没钱没关系，可以先由公司垫付，不过利息不菲。你没有社交圈也没关系，公司给你解决，像楼下那样花钱如流水的大凯子，公司掌握的信息多得是，不但给你创造邂逅机会，还给你打造一个完美人设，比如在哪国留学、家在哪个高端小区、父母是干吗的，虽然都是假的，不过大家都是专业演员，百分百能骗过那些相信爱情的二货。

“哦，这是捉龟逮着王八了啊，呵呵。”俞骏哑然失笑。

“针对男人设色骗局，历久而弥新啊。”向小园看着地上的证物，难得开了个玩笑。

两个人正奇怪这事就算有牵涉也是些个烂事，不知娜日丽通知他们是什么意思。答案很快递了上来，那是一份大数据研判的关联信息。娜日丽指指桌上那几部手机，小声耳语了几句。俞骏一看，皱了眉，又把报告递给了向小园。同来的周修文也好奇地凑上来看，一看惊得差点叫出来。

桌上数部手机里有一部关联到了江汉市一个叫唐宝琪的机主。这个唐姓机主在荆汉市，她的号码又关联到了一个专案组熟悉的名字：贾一文。

荆汉一案中，陈策、贾一文等人服法，陈策最后逃出监控视线的地方就是唐宝琪经营的夜总会，而贾一文和唐宝琪关系密切，经查实，贾一文善于通过性贿赂把地方官员拉下水。实施具体计划的女人都是通过唐宝琪介绍的，现在这位刘灿又和这些人关联上，那留给大家想象的空间可就足够大了。

片刻后，俞骏问道：“手续办了吗？”

“正在办。”娜日丽道。

“先全部带回去，申请搜查该公司。”俞骏道。

扑通，没应声先听响，大家转头看时，还没戴手铐的刘灿毫无征兆地摔倒在地，实打实地吓昏过去了……

青春作价，廉耻可沽

理想在现实面前不堪一击，就像憧憬在真相面前不值一提。

名流商务旅行公司被查，主要负责人刘灿被扣留的消息如一阵妖风刮过，谁也没想到引起了后续的轩然大波。从派出所到刑警队再到市局，都在打探案情，甚至人情网、关系网都探到了省厅，被问到的都一头雾水，不知道这位是何方神圣。处在风波中心的反诈骗中心更是热闹。自中午起，奥迪、宝马、奔驰、保时捷、凌志等各色豪车流水般地驶向中心，几个小时后，把路边都塞满了。一部分是来等情况的，一部分是来投案自首的，很多人是警方根本还没通知就来投案自首了，清一色的天姿国色、万种风情的各色美女，连交代情况的动作也如出一辙，纸巾一拭眼角、纤手一捂额头，然后语气幽怨地开始了："我确实在刘灿那儿上过课，可我没骗人，虽然那些邂逅和偶遇是假的，可我和他感情是真的……"

不对，凌乱了，案情和感情搅和在一起，把记录的警员都搞蒙了。

直到这家公司的搜查出了结果，个中原委才算闹明白了。技侦在刘灿的私人电脑里找到了大量高净值男士的详细资料，包括车辆、受教育程度、资产等，甚至有些更详细的还记录下了性癖好。至于制订的课程就更让人瞠目结舌了，除了针对这些男士各种喜好培训相应的女生，还会创造出匪夷所思的交往机会，比如咖啡厅偶遇，可能店员和邻座都被收买了；比如在酒吧或者餐厅的邂逅，可能要不经意地吸引你的眼球，让你刚好看到一个心仪美女，也是设计好的，甚至于偶遇算命的、巧遇同校同学的、碰到个需要帮忙的，都是演员，唯一的目的就是让你认识已经安排好的一个美女。

繁复不一的过程，只有一个最终目的：要钱。

这数目挺吓人的，为爱买单的那些男士都相当慷慨，买包、买车、买房，甚至买别墅的都有。仅刘灿十几张银行卡查到的金额，六个月内就有1600余万元，全部是她当"爱情"红娘收到的提成。更吊诡的是，警方联系到的那些掏钱的金主，除了个别情况，其他不是矢口否认，就是一口咬定是主动给的，这可就轮到反诈骗中心为难了。

以虚构事实和隐瞒真相的方法达到非法占有的目的，才能定性为诈骗。可这方法，谁敢说和“爱情”不一样？还不都是虚构事实和隐瞒真相？于是这些涉案的女人和受害的男人，都有了一个统一的说辞，都说为爱情。哪怕是有家室的也声称自己找到真爱了。

“乱套了，乱套了，这咋一个比一个不要脸！”邹喜男瞅着院子里又走了一批，哭笑不得地说道。程一丁在座位上笑道：“那些小金主十几万几十万的钱可以不在乎，但脸不能不在乎，说让个小女生骗了多丢人啊，再说了，人家姑娘也付出了嘛，一个愿打，一个愿挨。”

“那咱们忙乎个什么劲？”邹喜男道。

“侵犯公民个人信息总是违法的，这中间刘灿是个大害，其他人估计是听到风声后怕事情抖出来给吓住了。”程一丁道。

“那刘灿和五亿诈骗案，我怎么觉得，好像路走岔了。”邹喜男皱着眉头，思忖着这个偏离方向的侦查。

整理着资料的程一丁停下来，想了想，道：“应该有某种关联，等下审讯结果吧。”

娜日丽和向小园二人已经审讯几个小时了。本案准备移交刑警队处理，反诈骗中心要在移交前找到它和五亿诈骗案的关联。看看这纷乱的线索，留守的两个人又开始头疼了。光刘灿搜集的各类高净值男士就有两千多位，那信息真不知道怎么来的。这要是照单诈骗，那指不定能再搞出几起轰动大案来。

两个人的谈话被一阵笑声打断了，一听就是多多回来了。今儿大家都忙着没人理他，那二货一下午瞅着来投案的女人。见到美女一进来，这货那叫一个眉飞色舞，神神秘秘地说着：“哎呀，你们可是错过了，美女如云啊……随便拉一个回去都不后悔，长得那叫一个水灵。”

“你随便拉哪一个都会后悔，有哪个是省油的灯吗？花十几万可能只能拉拉手啊。”邹喜男道。

钱加多一想，也对，即便他属于有钱人的序列，也对此事咋舌，他想了想，说道：“我头回发现我的智商也不差啊，你说楼下那群长相还不如我的，得蠢到什么程度才能相信爱情居然能降临到他们头上。”

说到这茬儿邹喜男来劲了，小声道：“多多，你不一样，爱情可真降临到你头上了。”

“哎，对呀，多多，你俩发展到什么程度了？这个了没有？”程一丁做了个努嘴动作，逗着钱加多。

钱加多羞赧不已，不好意思地摇头道：“我不敢呀，她打我怎么办？”

“你看你，打是亲，骂是爱，不打不骂不相爱。”程一丁道。

“对，你得鼓起勇气试一次，要么挨一耳光，要么她就是你的人，回报远远大于风险，值得一试啊。”邹喜男教唆着。

钱加多眼珠一转。哟，那是心动了。邹喜男和程一丁互相使着眼色，正要继续捉弄的当儿，门嘭的一声开了，娜日丽和向小园有点垂头丧气地进来了。只见娜日丽大马金刀地一坐，两腿往桌上一搭，那剽悍的样子早把心怀鬼胎的钱加多吓得绮念顿消，赶紧殷勤上前问怎么了。不问还好，一问火就上来了，娜日丽说道：“这什么线索啊，差着十万八千里呢，就是个变相色骗，就这，定性都难。”

“现在有点乱，牵涉的人太多，怕是连刘灿自己也说不清楚。首先我们得搞清思路，刘灿这种通过色骗非法攫取利益的嫌疑人，是否和五亿诈骗的嫌疑人有直接关联？”向小园思忖着。看来审讯不利。

大家刚一愣神，这次反倒是钱加多反应最快，一拍胸脯，说：“问我呀。”

“去，一边去，别添乱。”娜日丽呵斥道。

“你等着，让你刮目相看。”钱加多二话不说就出去了。

正不知这货出什么幺蛾子的时候，又听钱加多嚷道：“快来，借你脑袋瓜一用，都是你惹出来的事啊，不能管抓不管埋。”

咦，可把这事忘了，十方不就在呢吗？一听这声音，众人一齐离座，开门的，拽人的，后面推的，把有点不情愿的斗十方给弄进办公室了。斗十方被同事摁着坐下，向小园已经倒好一杯水放到他面前。斗十方笑笑道：“难在哪儿？”

“捅到马蜂窝了，你说难在哪儿？”向小园示意着中心停着的各色豪车，哭笑不得地说道，“一少半装死，联系不上，一多半坚称是谈情说爱，正常经济往来，刘灿也就吃定即便把所有人找来，怕是大部分根本不敢认这个事，现在扛着呢，说情电话快把我手机打爆了，主任干脆躲起来了。”

“所以，难的不是案情，而是围绕案情出现的各种干扰。你的思维一旦被影响，方向就可能出现偏差。”斗十方说道。

“你分析我没意思，帮我们分析下嫌疑人。”向小园笑着说。

众人催促下，斗十方略一思忖，道：“把所有的干扰砍掉，直奔主题，第一，诈骗嫌疑人既然说出了于中诚、杨文河、刘灿三个名字，那对方肯定知道这三人的黑事，而且这黑事同时可能威慑到廉三旺，对吧？”

“对！”众人点头。

“问题也在这儿。别说境外的人，即便是本地人，甚至我们警察，想知道这些人的黑事，也有点难度吧？”斗十方问。

也对呀！众人眉头皱起来了，娜日丽问道：“他们有专业跟踪队伍啊。”

“所以这就自相矛盾了。刘灿也被跟踪了？她干黑事干这么大结果被人黑了，那又是谁？”斗十方瞬间把娜日丽问住了，他没有解答这个问题，继续说道，“第二，刘灿和廉三旺之间见不得光的交易，非赌即嫖，没啥好事，这么隐秘的事也被第三方知道，那症结又何在？”

又打结了，斗十方继续问道：“第三个条件是，能近距离接触到廉三旺，他的手机变成砖头块肯定是在某个地方被人动手脚了，要做到这种程度，起码得有点信任吧，总不能一次邂逅就解决问题了吧？况且这种大户，除非熟悉，不太会随便找女人或者酒友。”

三个条件把众人难为了一会儿，似乎很简单，可又太绕。程一丁想了想，问道：“你这说来说去，还是刘灿有问题，难道不会是刘灿故意把自己牵涉进去？”

“那就更不对了，捞了一大笔，谁还会傻守在原地。对她而言，出境改国籍都有渠道，何必冒这么大的风险呢？今天还被抄了这么多黑料，光是个侵犯公民隐私就够她喝一壶的了，图什么呢？总不能跟缺心眼的多多一样就为了理想，家财万贯非要当个辅警吧？”斗十方笑道，钱加多自己也乐了，补充道：“不光得为理想，还有爱情。”

“再插嘴我抽你啊！”娜日丽面红耳赤地呵斥道，不骂他还好，一骂大伙都乐了，向小园赶紧摆手道：“别岔话题，你的意思是，不是刘灿？”

“对，不是，但也是。”斗十方说道，给了个相悖的结论。

众人正愕然间，钱加多一竖中指，道：“装是吧！”

几人同事笑个不停，斗十方也笑着解释道：“你们善于正向思维，我善于反向思维。当骗子的第一步是要敢于异想天开，第二步是找到一条最佳的途径让这个想法落到实处。每一个境外的电诈团伙，除了头目和赃款在境外，剩下的步骤其实都在境内，假如这个团伙头目是我，而我和诈骗选择的目标素不相识，那怎么样迅速而又准确地切入他的生活中呢？”

“这不是查案，这是作案。”邹喜男道。

“但要推衍出来，就是办案了。”娜日丽道。

斗十方提醒道：“得迅速而准确，什么是最佳的手法？”

“这个……我好像……”向小园似有所悟。她看向斗十方时，斗十方微笑着，像在给她提示，停顿片刻后，斗十方笑道：“有现成的，为啥非要费劲呢？都费劲想办法，那黑色产业链的存在就没有意义了。”

“对呀。”向小园拍案而起，恍然大悟道，“针对高净值人群做这个信息搜集肯定不是中州独有的，假如每地或者大部分地区都有，万一他们之间有联系或者有共享，那就简单了，诈骗团伙完全可以花费很小的代价切入这个领域，毕竟选择一个目标下功夫，要比无差别地选择成功概率大得多。”

“你的意思是，刘灿做商务刺探的时候无意中成了诈骗的帮凶？”邹喜男道。

“无意，肯定也不无辜。”娜日丽道。

“曾经我和沈燕团伙中的一个人讨论过，讨论的是电诈被大规模打击之后会消失还是升级。我们一致认为，只会升级，不会消失，日新月异的技术在不断改变犯罪手段，只有一样不会改变——思维……它是犯罪者的利器，执法者的武器，终极对决往往都在思维上。”斗十方说道。

众人沉默了，似乎觉得斗十方什么地方不一样了，却说不出在什么地方。愣神间，门外响起了掌声。门开时，俞骏、周修文踱步而入，两个人笑眯眯地看着众人。俞骏说道：“继续啊。”

“我说完了。”斗十方道。

“不，向组，娜娜，问计都问完了，继续啊，猫腻十有八九就在刘灿身上，可能她自己都不清楚，但能掌握这些情况的人，加上她没几个，我们离真相不远了。”俞骏说道。

向小园应了声，叫上娜日丽一起匆匆离开。剩下几位看看主任，看看斗十方。此时的气氛有点奇怪。俞骏饶有兴致地坐到了斗十方对面，默默地竖起了一根大拇指说：“高手！这趟回来我都不敢认你了。”

“有话直说，你只能夸奖一句，后面挖着坑呢。”斗十方察觉到俞骏的表情并不那么真诚。

俞骏一笑，说：“这都被你猜到，服了。长南市巫茜组的追踪也有了突破，恢复出了第一张嫌疑人照片。这次手法更高明，他们是在车辆上加装了VIOP语音网关，搞了个流动基站。”

“出谜题。”斗十方说道。

“谜题是，你猜这个嫌疑人是谁……猜着大致方向就算你赢。我认可你有关思维的论调，尽管我觉得像吹牛。”俞骏笑着道，像是在故意为难斗十方。

确实是故意。这种信息可能只有作为组长的俞骏能接触到，而且要猜一个千难万难恢复出来的肖像是谁，那不是难为人，是坑人。

“熟人，或者我们都认识的人，否则这个谜题你让我猜就没有意义。”斗十方道。

俞骏眼睛睁大一圈，微微一怔，问：“还有呢？”

“和八大骗相关的人，甚至以前案子里出现过的没归案的嫌疑人。”斗十方又道。

俞骏手抚着脸颊，没有表情，在等下文。

“具体我不知道是谁，但肯定是一个小角色。你的表情如此轻松，那是预判有谱了。我想想，最熟悉的莫过傻雕这帮人，但已经进去七七八八了，不会是傻雕本人。他是负责补缺的，名傻人可不傻，杵在那个找死的位置上，肯定是个替死鬼……认识的替死鬼里，我知道是谁了。”斗十方灿烂地笑了。

“谁呀？”钱加多一摸脑袋。众人和他一样都愣着，没明白过来。

“登阳那位？”斗十方突然说道。俞骏一怔。斗十方顺杆上来了：“金叶公司那位傀儡总经理，没有比那位更专业的替死鬼了。”

“就那个沈什么？”邹喜男道，一下子想不起来，都过去一年多了，那个替死鬼一直挂在追逃名单上，还真想象不出，这货是怎么玩得越来越大的。程一丁找着旧案信息：张建，今年32岁，曾化名沈凯达、陈军、高岩、王云冈等，涉嫌货到付款诈骗案被通缉。几人围看着信息，程一丁感慨道：“除恶务尽确实是有道理的，除不尽很快就会滋长起来。”

钱加多看了看，他倒想不起这个人来，好奇地问俞骏道：“主任，猜得对吗？你说话呀。”

“对，但不能算赢了，这家伙是看着我的脸猜的。”俞骏笑了，拿出手机，上面恢复的照片和邹喜男手里的通缉照片放到一起，正是此次五亿诈骗案千辛万苦找到的第一个嫌疑人：沈凯达，或者叫张建什么的。这个被警方都忽略的替死鬼，终于完成蜕变，干出件惊天动地的大事。实时消息是，巫茜一行已经顺着监控轨迹追上去了。

“有件事要宣布下。”俞骏清清嗓子道。几人以为要布置任务，兴奋了，钱加多赶紧提醒道：“别漏了我啊，我跟娜娜一组。”

“别猴急，其他事……和十方有关。现在组织上来人要对十方的情况做一个详细调查，也没什么大事，就是问问个人情况，包括原单位同事，原上学期间的老师、同学都可能访到，当然，也包括在座的咱们，都在内，地点在市局政治处，通知到谁，谁就去接受一下访谈。这位就是负责本次调查的周修文周警官。提前打个预防针啊，正确对待，如实说明……就这事，各忙各的吧。”俞骏说。

他径自起身先走了，那几位你看看我，我看看你，然后都不善地看向周修文，一个挨一个直接走了，情绪很明显，听关门声响就听得出来。周修文有点尴尬正待要走时，回头和斗十方说了句：“你的群众基础不错，我预感到这会是个尴尬的调查。”

“理论上，你不能和我接触，这会影响到调查结果的公正与否。”斗十方道，平静地看着周修文，然后又问，“你尴尬的不是刚才，而是刚知道我的家庭情况吧？”

“呵呵，什么都瞒不过你这双眼睛。对，我都不知道该怎么办。”周修文看着斗十方，欣赏，却又惋惜。

“以前吧，我羞于承认有这么一个江湖骗子出身的父亲，现在，我有点为他自豪。”斗十方缓缓起身，微笑道，那笑容坦荡得一点也不像作假。

“因为他成就了现在的你？”周修文好奇地问。

“不，因为他为了当一个父亲，放弃了所有的成就，世间少了一个骗枭，多了一个父亲。如果非在职业和良心之间选择，我不可能昧着良心选择前者。”斗十方轻轻踱步，走到门口时，回头看着周修文，笑笑道，“我会离开一段时间，免得我们过于尴尬。”

门轻轻地掩上了，周修文在原地愣了好久都没有回过神来……

穷追不舍，且慢一步

一辆摩托车行驶在山路上，路线走得歪歪扭扭，一面是陡峭的斜坡，长满了灌木，而另一面是看得见顶的山峦，间或还能见到儿臂粗的蛇懒洋洋地从路中间穿过，后座上没见过这架势的乘客头皮一阵发麻，吓得喊都喊不出来。

偷渡，这就是传说中的偷渡，半夜起程，边境接人，走的尽是老林子里仅容一人的羊肠小路。整整走了一上午还看不到村寨，唯一令人心安的一点是走出国境线，就不用再担心那些随时可能从天而降的中国警察。不过在这里有了新的担忧，不单是这未开化的地方有野兽出没，而是这里总能遇到背着长枪的。偷渡客心里总是惴惴不安，生怕那些枪口下一时间就对准自己。

据说在这儿杀个人跟玩一样。

相比对未知死亡的恐惧，他倒更恐惧监狱里漫长的日子。当前路和背后都只剩下恐惧，一个人能迸发出多大潜力可能连他自己都想象不到。比如他愣是在遍地监控的长南市完成了没人敢去尝试的流动基站；完成后又愣是穿越上千公里走到了这里，把老板都吓了一跳。

摩托又颠了一下，驾车的司机说了句生硬的汉语，他听懂了——快到了。回过神来的他抬头远眺，看到了路势渐缓的地带，山水相连的远处，有一辆越野车停着。又驶了十几分钟光景，他终于看清了，是约定好的车辆。

车停下时，车门洞开，从车里下来一个獐头鼠目的熟人。这个已经以毛骗身份登上通缉令的人物是他老板，王雕。

下了车的王雕看了眼风尘仆仆的手下，不由得想起一年多前他从中州黑户聚集地找到这个沈凯达的情形。那时候，那个懦弱胆怯，都不敢直视他人的沈凯达现在两眼凶光外露，络腮胡茬儿配上消瘦的长脸，活脱脱的一副吓人匪相。

“雕哥，我回来了。”沈凯达说道，不像以前那么卑微地点了点头。

“牛，真牛。”王雕赞道，握拳捶捶他的胸脯，那嘉许可是实打实的。

车里的人摇下了后座车窗，露出来一张肥脸。沈凯达看着眼生，不认识，不过他知道应该是上位了，最起码赢得了和上面老板见面的机会，这就是证明。那位老板跟摩托车手打了个招呼，甩了一摞钱，那车手千恩万谢地走了，然后他招手示意两个人上车。

“后面是石叔，咱们老板。”王雕坐到了驾驶位上。

沈凯达赶紧回头应了声，看清是个像弥勒佛的胖子，操的一口熟悉的中州口音。胖子用肥手摸了把他脑袋，笑道：“不错，出来就是天堂了，有你享受的……我们都是逃出来的，过程不比你这回简单。路上遇上啥事没有？”

“没有，没有。我按雕哥吩咐，尽量找黑车或者自己骑摩托车走二级路，除了到边境等了几天，啥事都没遇上。”沈凯达道。他们是两个人同去的长南市，另一个根本没露面，所以也不存在危险，他估计那人早溜回来了。

“呵呵，不简单，小人物干大事啊，哈哈。雕啊，他就跟着你啊，吃管好，钱管足，女人管够……这真是大难不死，必有后福啊。再过段时间，有出来的兄弟都招来，咱们也在这儿树个牌子，搞个大公司。”肥老板笑道。

这人赫然就是从荆汉逃走的石金山。一想起荆汉那次的险象环生，王雕就心有余悸，他说道：“石叔，荆汉这档子事都轻不了，我估摸着轻的都得五六年，大部分都联系不上了，估计都被端了……胡姨他们也不知道咋样。”

“那个老狐狸精你还真别操心，她道行可比咱们深得多，能逮着她的人还没生出来呢，等安全了她就冒出来了。我都认识她二十多年了，连她窝在哪儿都不知道，每次都是她找我，我根本找不到她。”石金山说道。

“那杜叔也没消息啊？”王雕道。

这却是个心结，石金山撇了半天嘴，道：“自求多福吧，这行谁也帮不了谁，就现在咱们也是寄人篱下，都长点心啊。”

王雕“嗯”了声，驾车前行。沈凯达还没明白是怎么回事，不过他下意识地觉得，在这个陌生的地方，立足并没有想象中那么容易。

说话间，电话铃声响起，后座的石金山嘟囔着是不是出事了，接起后听筒里响起了中州乡音：“石总，可能出事了。”

“啥情况？”

“刘灿那娘儿们昨天中午被带走了，公司被端了。”

“和你有什么关系？”

“我这不担心吗？咱屁股不是不干净吗？”

“没事，别自己吓唬自己。刘灿那娘儿们净盯男人裤裆掏钱，那迟早得出事，谁稀罕啊！”

“不是石总，我可听说老廉的事了啊，被人弄走好几个亿啊，不会是你干的吧？我知道的还就你那大侄刨这些金主的消息上心。”

“关我屁事，我有那本事早就上天了……你给我细细说说，到底咋回来？哪个老廉？”

王雕把车缓缓停下，回头看到石金山俱是戏谑的表情。这光景可把沈凯达吓住了，几个亿？莫非就是此次在长南市干的事？即便再神经大条，他心里也紧张了。他收回了目光，又坐正身子，大气都不敢出，听着这个来自内地的电话……

中州市，江山路绿城苑小区。

一部手机从车窗里飞出来，被准确地扔进了垃圾桶，车子随即启动，倒出了车位，出了门禁。在即将出小区时，四面八方毫无征兆地警笛大作，斜刺里冲出来两辆警车堵住了去路，埋伏在值班室的几位便衣冲到了车前，喝令车里人下车。稍一迟疑，那便衣就掏出手枪拉枪栓，吓得司机赶紧开车门。下一刻，他就被人揪出来，靠车身摁住，戴上了铐子。

持枪的是邹喜男。他收回了手枪，打量着这位刘灿交代的嫌疑人。还真是漏掉了，之前监控里就见过这个秃顶男出现在了名流商务旅行公司，没承想这才是个大害，铐人的是程一丁，他顺便搜了身。这货身上有四五部手机和一摞手机卡，后备厢里是已经打包好的行李。不一会儿，又有警员从小区里奔出来，手中塑料袋里装的正是嫌疑人刚扔掉的手机。本来还心存幻想的嫌疑人看这架势，瞬间耷拉下了脑袋。

留下一部分人处理现场，邹喜男押着嫌疑人上了警车。已经在车里等候良久的俞骏打量着这位年届四旬、秃顶油腻的嫌疑人，慢慢地摇上车窗，直接问道：“曹乙勇是吧？”

“是。”

“知道为什么事抓你吗？”

“不知道……不，知道。”

“那说说……你在安保公司干过好几年，和公安打交道的次数也不少，就别挤牙膏了，咱们都省点时间。”

“……那个，就是……非法获取信息吧……”

“哎，看，还是懂法的好打交道。”

俞骏叼上了一支烟，示意车往回开。他边抽边说道：“监控你有段时间了，你要不走，我们还准备等等。你这个小团伙四五个狗仔一会儿就见面了，这法子想得不错啊，专门盯有钱人，然后卖信息给刘灿，让她给这些大爷速配美女，一单赚多少钱啊？”

“没……没多少，几千块。”

“那你吃亏了，那些娘儿们没一个省油的灯，光刘灿提成都上千万了，你说你才几千，太可怜了啊……咦，不对呀，你这一单挣几千块，得刺探多少人的信息才能买得起这辆A6啊！”

嗯，被问住了，邹喜男暗笑。主任从来不参与正式审讯，不过他问话比审讯厉害，处处是坑，鲜有不被他埋坑里的。

嫌疑人曹乙勇愣了下，吞吞吐吐没说全乎，可能精神还处在高度紧张中。

“你刚才扔了部手机，再编个瞎话我听听，打给谁的？”

“石……石老板。”

“姓石名老板？”

“不不，石金山。”

这句可把俞骏吓得倒吸凉气。邹喜男明显哆嗦了一下。石金山早就上了红色通缉令，敢情身边这家伙还根本不知情。

俞骏咬咬下唇，定定心神，继续问道：“很陌生啊，干什么的？”

“我也不知道，我们这行不问人家的，不合规矩。”曹乙勇道。

“我理解，出于保密考虑。但也不对呀，既然保密，你这儿正溜呢，给人家打什么电话？咋，这事他有参与？”

“没有，没有。”

“呵呵，想好再说啊。你们这路人，消息极其灵通，出什么事、为什么事来的，你心里应该有谱，就刘灿那点烂事，还不至于我们大动干戈。需要我提示吗？”

俞骏阴恻恻地笑着，那笑比呵斥还有魔力似的，曹乙勇紧张得眼皮直跳。他喃喃说道：“我和他真没什么关系，就是他介绍的人，我觉得有问题，几个月前那人花钱把我手里的消息全买下了，而且让我们想办法搞更详细的。”

“后来呢，搞了没有？”

“联系不上人了，没搞。”

“不对，联系不上人了，你紧张什么？你这定力，不至于被刘灿和手下姑娘闹翻的事吓住吧？”

“这……”

确实是吓住了，但肯定不是那些男女烂事。俞骏又一次回头饶有兴趣地看着曹乙勇，似笑非笑。曹乙勇憋不住了，自证道：“我干脆点，到这份儿上也瞒不住了。没错，我们是吃这碗饭的，可我们没有骗几亿的本事和胆量啊。给介绍人的那些信息里有廉老板的情况，这不前几天听说他经营的煤销公司被人骗走几个亿，我寻思着可能坏事了。”

“石金山介绍给你的人，也就是买了你信息的人，是谁？”

“也是商务公司的，叫大成商务公司，石老板的侄子，叫……”

曹乙勇在想着名字。他没注意到，俞骏和邹喜男已经惊得瞪眼了。依此人所言，那岂不是说得到信息的是陈策，也就是那个“逆风”？可这人已经在监狱里几个月了。等待的工夫，俞骏翻着手机，随意挑出几个人的照片亮在曹乙勇面前问道：“挑挑有没有向你买出售信息的人。”

曹乙勇一张一张翻着，到了陈策喊道：“就是他，我想起来了，姓陈，叫陈策，石老板的亲戚。”

问话到此中止，俞骏叫停了车，下车在街头拨通了周修文的电话……

将近一个小时后，尚在荆汉负责专案的人员接到该信息。被关押的陈策，或者叫秦江寒，被带到了审讯室。他有点烦躁地看着警员，眼里都是厌恶。

警员还没开口，他倒先说上了：“大中午的我饭刚吃一半，又有什么事啊？我不是交代清楚了吗？你们抓不着胡会计也不能老逼我啊，我真不知道她在哪儿，一般有事都是网上留信息，方式我告诉你们了。”

警员面无表情地盯了他片刻，直接道：“其他事。曹乙勇认识吗？”

“曹什么勇？不认识。”秦江寒摇头。

“再想想，中州，你经营大成商务公司的时候。”警员问。

秦江寒眼神一闪，“哦”了一声，恍然大悟道：“我想起来了，曹秃子……哦，出大事了，呵呵。”

骗子的思维要远胜于普通人，可能给他一点提示他就能猜到出了什么事。这让秦江寒很得意，仿佛他不是戴着手铐的嫌疑人，而是那位站在上帝视角的黑客。他奇怪地看着警员，脸上泛着病态的喜悦。然后不知为何，他忽然哈哈大笑起来。

嫌疑人的精神没几个正常的，警员已经司空见惯。只等这位笑得浑身直抖，笑到眼里出泪，笑得有点乏了。安生了，审问的警员才谨慎地说道：“秦江寒，政策我就不重复了，你的脑子转得很快，但我还是要提醒一句，案子终究会查清楚的，到时候再把你提回来，这样的场景还得重复很多次。”

这是隐晦地给了秦江寒一个选择，毕竟主动交代要比强掏出来的可信得多。不料警员猜错了，秦江寒一点儿也没犹豫，说：“别呀，改善一下本月伙食，我就告诉你怎么回事？”

“不能讲条件，我们给予你足够的尊重，但不能违反规定。”一个警员说道。

秦江寒笑道：“那就换个能破例的人来。你们没收了我几个亿，现在又要让我提供消息，以为我白痴啊？”

审问变味了，屡次较量过后，警员对每个嫌疑人的个性都有所了解，面前这位性格属于有点扭曲的，不能以常理度之。一个警员起身，在麦里小声汇报。片刻后，他坐回了座位，看着秦江寒说道：“可以，不过仅限于今天，而且要看你具体的表现是否值得优待。”

“呵呵，看来必须值得。先告诉我，被骗了多少？”秦江寒笑着问。

“是我们问你，还是你问我们啊？”警员严肃道。跟骗子打交道，难度太大，思路经常会被带偏。

这不，秦江寒严肃地看了两位警察一会儿，思忖道：“能惊动你们这儿，那肯定不少，得上亿了；你们既然查到曹秃子了，那离真相不远了。哎，对了，我换个问题，你告诉我谁查到曹秃子的，这个不简单啊。查到这儿，这事就没有秘密了，那肯定查到刘灿了，但刘灿并不知情啊……不会冤家路窄，又是那个死条子坏的事吧？”

“不许对警察这么称呼。”一个警员说。

“不不不，我对那个主谋的憎恨要远远大于对警察。你们应该知道了，是石胖子干的，他连我都卖了。沈燕都栽了，他还能溜了？我现在谁都不服，就佩服这个胖子。”秦江寒咬牙切齿，一脸狰狞，恶狠狠地说道，“我恨不得亲手炸死他。”

“哦，那看来我们有共同话题，说说呗，灶上开始给你准备晚餐了。”一个警员乘隙提醒。

秦江寒整理了下思维，两眼空洞地看看天花板，喃喃道：“……这个胖子是个奇人，骗了一辈子，基本没失过手，他以前有个外号叫‘老皮’，制假贩假，收赃销赃，搞集资，开美容院、健身房等，反正就是骗。我都想不出来有什么骗人的事他没干过……不过，他没赚到什么钱，最起码没赚到大钱，原因我听老杜讲过，这个货吃喝嫖赌、坑蒙拐骗全沾，弄的那点钱还不够他糟蹋。我做大成商务公司的时候，就发现这个人眼界太小，连普通人的几千块都不放过……现在想想，是我看错了啊，他是大小通吃，根本不怕噎住。”

“说正题，你们和曹乙勇，也就是曹秃子是怎么回事？”警员问。

“这事我还没来得及干，只是对未来的一种设想。”秦江寒认真说道。

设想？骗子还有未来？警员黑着脸，可也不敢打断这货的兴致。就听他继续说道：“我跟我干妈讨论过，后来也和石胖子聊过，就是这个生意……或者不叫生意，就是你们说的电信诈骗什么的，这个诈骗吧，眼摆着要被全面打击，面对条子……不对，警察的打击，有两种情况，要么坐以待毙，要么实现升级。”

“怎么升级？”警员问。

“原来无差别覆盖，现在是准确信息介入，精准覆盖。再升一级，那就是定制服务啊。这和星级酒店是一样的，如果能把每个城市净值千万、亿以上的人群划分出来，根据这些人的具体情况，去给他们定制相应的方式，不但成功率和回报无限提高，还可以缩小目标……怎么说呢？原来是撒大网捞小鱼，收成没保障；后来是精准撒网捞大鱼，收成大了，麻烦也多。升级之后呢，这就是一鱼一网，一网一鱼。当然，前提是这些鱼足够肥……”

这货谈兴上来了，生怕警员不相信似的介绍着：“我们介入的时候，其实已经有人在做了，不过他们的方式太低端，找一群女人满足目标客户的下半身，通过这种方式让客户心甘情愿掏钱，这个再怎么算也多不了啊，而且我很反感这种皮肉生意……可你都想象不到，这个皮肉生意都能做到全国联网。真的，给客人提供性服务真的有全国性的网络。他们掌握了大量的客户，而且私密性做得非常好，客户随便到哪个一二线城市，只要联系上做这种商务援交的中介，他想要什么服务都有……后来我就想了，这岂不是现成的目标客户群？呵呵，不但有目标客户群，而且有现成的实施人员，那些狗仔很专业的，几乎能提供24小时的监视，只要给钱。”

“你从曹乙勇手里买了多少这种信息？”警员问。

“不多，几百条吧，十万块钱……您别把信息想得多么神秘，那些援交中介信息是共享的，你只要享受一回服务，在整个圈里都会标注你的手机号是超级VIP客户，稍有点技术常识的人监控下这些手机号，基本就把人家底摸清了，再说摸那些人的情况都不费什么劲，很少有不喜欢黄赌毒的，即便目标不喜欢，身边人也一样啊，没有不漏风的墙，总能找着很多破绽嘛……”

秦江寒得意地说道，倒像在给警察上反诈的课程了。那两位警员和单面玻璃墙后的专案组人员却是越听心越怵，要让这种骗枭在灰色领域里尽情发挥，一单案子就是几亿，真不知道后果会多么不堪设想……

视频里的秦江寒像犯病一样，已经明显地跑题了。他还在投入地叙述，或者比叙述更甚，就像宣讲。这个“定制诈骗服务”如果有PPT的话，那一定是精彩绝伦，几乎讲到了每一个细节。

中州公安局多功能会议厅里，几位要员观摩了此次远程侦讯，困扰大家多日的五亿诈骗案的真相终于浮出水面。可谁都没有想到，竟然还是“金评彩挂、风马燕雀”的流毒遗祸。看到末节，陈颢元局长示意周修文关了视频，然后和与会人员说道：“没看头了，咱们定下方向。谢副厅，要不您给点指示？”

这话有玩笑的意思，两个人是平级。谢经纬一笑，摆摆手道：“办案的同志们辛苦了，我没什么指示，要有也是老生常谈——就算他跑到天涯海角，也得把他缉捕归案。此案的性质极其恶劣，影响也极坏，哪怕放任一点都可能导致泛滥……俞主任，说说你的想法。”

大家的目光齐刷刷地投向会议桌末尾的俞骏，目光里的艳羡着实不少。近两年反诈骗中心屡破大案，这起发生在异地的五亿诈骗案，原本以为是块难啃的骨头，谁也没料到这过了不到两周就有眉目了。

接到同事羡慕眼光的俞骏显得稍有点不自然。他难得有点不好意思地说道：“这案子确实有点难，我也是硬着头皮上的，还好运气不错，撞到了这条线索。刚才我看了下协办信息，经过追踪，资金大部分汇集到了云贵两省，多数进了玉石矿经营账户。这种账户出入的金额一贯较大，正常情况下不会引起银行警觉。而且其中有很多公司的分部就开在境外，境内外资金流动频繁，我担心将来的追赃可能麻烦一点……另一个问题是，石金山漏网，十有八九是躲到了境外，而据秦江寒讲，他们针对高净值人群已经建了一个很大的信息数据库，这东西要是流到境外电诈分子的手中，后果我就不敢设想了。所以我的想法是，追捕石金山要越快越好，越早越好。”

他，说出了大家的心声。陈颢元局长说道：“修文啊，总局对这个漏网嫌疑人的安排是什么？”

“还没安排。”周修文讪讪道，“荆汉的假冒保险公司一案还在补充侦查，除了诈骗嫌疑人，还牵涉保险、银行、政府等大量从业人员，特别是这群诈骗分子把很多公职人员拉下了水，办案的警力已经增加三次，还是捉襟见肘。有关对石金山、胡会计的追捕，现在仅限于上了通缉令，知会各地警方，而那位胡会计，现在我们连她的背景资料都没有掌握，只知道她是秦江寒认的干妈，就连这个干儿子也不能确定她真名实姓叫什么。”

陈局长皱眉了。谢经纬提醒道：“干了一辈子诈骗，身份恐怕已换了无数次，最早的社会身份反而不可考，这不奇怪，他们同伙之间也是相互提防的……陈局啊，我有个想法，这拨骗子，该到一揽子解决的时候了。”

陈颢元局长默默地点点头，意味深长地看了周修文一眼，斟酌片刻才试探道：“修文，本案涉及中州、登阳、长南三地，还有荆汉专案组在处理关联事宜。从案件的走向看，估计抓捕方向在境外，你参与过境外办案，以你的经验看，本案能解决到什么程度？”

“如果能确定嫌疑人的具体位置，以目前掌握的犯罪事实，我们可以得到国际刑警组织的协助，通过所在国警务单位引渡或者移交，但这个过程会很麻烦，一方面我们的追踪出不了国境线，另一方面，在缅北一带盘踞着近十万电诈人员。如果嫌疑人混在那里，那难度就大了。”周修文道。

和所有的案情一样，新线索带出了新情况，新情况又会引出新问题。就是在这些错综复杂的情况和问题里，警方在寻找着一条能最大限度彰显正义、减少损失的最佳途径……

第三章
抽丝剥茧揭开身世

新案难解，旧缘难分

视线里出现距离董龙湾镇高速出口还有2公里的标志时，钱加多下意识地转头看了眼副驾上的斗十方，他正在发呆。说不清是近乡情怯还是寻亲心切，这几天斗十方总是莫名发呆。后面坐着的张英正在看当时审问朱丰的视频，这是本次出行邀到的“客卿”。这位在追逃领域颇有建树的女警察不止一次追到了逃亡十几年甚至几十年的嫌疑人，对各种反侦查隐匿身份的难题经验丰富。

很难想象这位人称张姐的功勋警察，整个一邻居大婶的模样，不但贪嘴爱吃零食，而且说话絮絮叨叨，经常来来回回自言自语，从十九岭村、西沟乡一直到董龙湾这儿，钱加多都快憋不住了。

“嘿，快到了……我说，你俩不能一个嘴不停，一个不吭声啊，先去哪儿？”

钱加多发问了。驶出高速后，他停下车来，点着手机找导航地图。斗十方缓缓摇下车窗，看着一马平川的视线里不远处的城镇，无法倾诉那种故乡就在眼前，而自己没有一点记忆的心情。

钱加多又说了：“别看了，你被拐走的时候顶多3岁多，那年代又没监控啥的，估计给根棒棒糖就被哄走了……哎！张姐，我就听说拐卖妇女严重，那年代拐小孩也很严重？”

“就现在也照样有的。但他这个是反的。”张英道。

“反的？”钱加多不解。

张英解释道：“中原地带重男轻女严重，严格地讲，这里是输入地，而不是输出地。我查过档案，中原市警方二十多年来累计抓获的贩卖人口嫌疑人有423名，有八成是把人口卖到这儿，所以打拐里最重要的一项是解救被拐妇女和儿童……像十方这样被拐走的，在这里还真不多见。当地派出所里时间符合的报案只有一起，报案人李王梅说孙子走失，但可惜的是该报案人已经死亡，而且都是十年前的事了……当地派出所给我们反馈的消息是，董龙湾镇辖区四乡29个村，撤乡并镇时户口迁移比较频繁。这个李王梅不是镇上的人，而是距本镇17公里的二龙村的村民，孙子是在镇集市上走丢的，之后那老两口就一直在寻亲，直到去世……对了，她老伴叫王文革，后来神经有点不正常，在李王梅去世前也走丢了。”

钱加多郁闷地看了斗十方一眼，不敢评价了。斗十方却像窥到了他的心思似的说道：“连你都无语，说明我这位悲剧的主角太令人伤感了吧？”

“别乱想，不一定是你呢。”钱加多说道。

“十有八九就是了，朱丰一眼就认出我很像他认识的一个熟人王育才，那个丢小孩的爷爷也姓王，没有这么巧。”斗十方道。

说到这里，张英倾身问道：“我看了几遍视频记录，据朱丰讲，王育才是个大车司机，而朱丰其时是个修理厂的修理工，因为王育才经常送货到中州一带，他们才认识的，经常介绍配货、捎货能赚点小钱，这个应该没问题，符合二十多年前那种社会情况，但是……我直说了啊十方，你别介意。但是据他交代，他最早认识那位胡会计也是因为王育才，因为那时候跟车的就是这位胡会计……之后，也就是丝绸诈骗案发前，来招募他的也是这位胡会计。这问题就来了，假设王育才和你有血缘关系，是你父亲，那这位现在在逃的重要嫌疑人胡会计，会不会和你父亲也有什么关系？”

“不会吧，那胡会计不是斗老爷子的相好吗？总不能……”钱加多眨巴着眼睛，下面的没敢说出来。

斗十方却是不介意地说道：“仓廪实而知礼节，穷疯了的人没必要用什么道德标准去衡量……走吧，先去趟派出所。”

“那儿不是没什么信息吗？”钱加多发牢骚道。

张英提醒道：“二龙村不用去，已经迁村了，可以去趟民政部门碰碰运气。”

“民政部门？”斗十方一下子没转过弯来，不过转念一想，又想通了，回头不悦地盯了张英一眼。张英笑道：“要真正认识一个嫌疑人，那你得知道她还没有嫌疑，还是普通人时的样子。但隔了这么久，恐怕找到旧识也描述不出她真正的样子了。”

“啥意思呀？”钱加多没明白。

“没啥意思，就是想找到这个胡会计的真身。”斗十方道。

后座的张英想说什么，又憋回去了。这恐怕是她最尴尬的一次寻访，而且从来没有像现在这样紧张过……

边境，陇北市。

驶近龙川口岸联合检查楼的时候，陆虎驾车缓缓靠边停下。

副驾的巫茜摇下车窗举目四顾，阔叶绿树，花花绿绿不同民族服装的风情环绕着，在视线的远处就是国境线外了。自长南市沿着沈凯达留下的痕迹一路追踪，到此中断了，小组已经滞留陇北数日，每天都隔岸兴叹。

岸……就是不远处那个口岸，进出的人员熙熙攘攘，一岸之隔的另一方通向东南亚骗子的大本营，许多屡屡出现在反电诈公文里的地名，距离这里都不远。

“这里边境线上千公里，最早贩毒都是马帮和背货，偷渡都不叫个事，花几百块钱，骑上摩托就把你送过去了。”陆虎道。这是刚刚打探到的消息。这不是秘密，一岸之隔的地方是个混乱之地，毒品和枪支泛滥，在电信诈骗入驻那里逃避打击之前，那里一直就以毒品闻名于世。

“现在涨价了，偷渡价格已经飙升到1万元了，断卡行动收效还是很明显的。这里光被查封的止付公户就有三千多户，可惜隔着国境线啊，否则我们几个人就能把事办喽。”络卿相道。

“快算了吧。”巫茜看着景色，随意挖苦道，“你不知道跨境执法有多难，或者通过国际刑警组织知会，或者向地方警察提供协作要求，即便没有官僚和黑幕，可能执行起来也得很长时间。现在电诈在当地都是以公司形式成立，受地方保护的。不客气地讲，可能比毒品收入还高……啧，你要说通过当地警方把人给抓回来，我真不敢期待。”

“那地儿乱啊，当兵的能把总统给抓了……咦？巫老师，当年跨境，咱们摧毁江前胜团伙是怎么干的，那不是有先例吗？”陆虎问。

巫茜眯着眼，忿意十足地看向陆虎，撇嘴斥道：“我要有资格知道那种保密级别的信息，还至于跟你们一起跑腿啊？”

“说不定这次就有资格了。”络卿相神秘猜测着，“这么长时间没消息，而且命令我们原地待命，说不定正酝酿大动作呢。我有种预感啊，越有大事，上面就越讳莫如深。”

“把你能的。”陆虎不屑地说了句，驾车，开始掉头。这时候，巫茜的电话响了，只等巫茜拿起“嗯”了几声就挂了。络卿相有点小激动地问：“啥消息，是不是有行动了？”

“呵，猜错了，再猜。”巫茜百无聊赖地回了句。

答案只有两种，又是继续待命。络卿相长叹一声，直接瘫躺在后座上。

处在一个角度是无法看到全局每个细节缓慢推进的。

此时，中州第一看守所内，邹喜男和程一丁也有点奇怪为什么把他们撤出了在办的案子，要来审一个长途解押归来的嫌疑人，而且是一个垂垂危矣的嫌疑人。

对，杜其安从长安被押解回中州了。和别人不同的是，他是坐救护车回来的，车上还专配了昂贵的呼吸机。这个尘肺病患者，医生都下病危通知书了，可奇怪的是他生命力相当顽强，已经超过了医生对他的判断。他此时正看着处理过的审讯视频，视频看完，程一丁手里又亮着斗本初年轻时候的照片。和朱丰不同的是，这个冲击对他不大，只是让他愣了下，而且表情舒展，都有点像豁然开朗的感觉，只不过很难读懂这种人的表情语言，毕竟是个骗子，交代了一年都没几句真话的骗子。

“说说吧，老杜，你这待遇我们都嫉妒了，好歹给点干货吧。”程一丁道。

杜其安如破风箱似的重重呼吸几声，像笑了声，然后声音空洞地道：“他都说了，基本就是实情。那凳子是我砸的，我和贾一文半夜把他抬走的，朱丰开车，然后我们在镇边把他扔河里了……”

更多细节交代出来了，和朱丰的口供可以相互印证。当天是杜其安和贾一文拎了两瓶酒到斗本初和胡会计姘居的房间，一起祝贺赃款到手，酒里溶了点老鼠药。那时候毕竟年轻，作案手段太低级，敬了一杯，两个人没喝，就被斗本初瞧出不对劲来了，然后杜其安一不做，二不休，直接一凳子把人砸翻了，然后几个人慌乱地把斗本初拿蛇皮袋裹起来，扔进了河里。

交代了一番，杜其安奇也怪哉地看着两位审问的人。邹喜男问道：“不要避重就轻替人掩饰，说说那位胡会计，她真名叫什么？”

“朱丰都交代不出来，我怎么知道？”杜其安软软回道。

程一丁提醒道：“你俩走得最近，别以为我们还没掌握啊，看看这个。”

再亮出来的是对杜其安外调的资料，包括那一堆捐款的签名。杜其安看到此处，难得地有了点尴尬的表情，像羞赧。邹喜男问道：“我说老杜，你杀人灭口的事说出来眼睛都不眨一下，怎么捐款的好事，反而让你有点难堪了？”

“我要说我良心不安，你们信吗？”杜其安道。

邹喜男扑哧一笑，问：“你有那玩意儿吗？”

“所以，我只能尴尬喽。”杜其安轻声道。可能到这份儿上除非证据确凿，否则他的话已经无法鉴别真伪，包括他自己都解释不清。

“那王育才认识吗？”程一丁突然来一句。这个猝不及防有效果了，杜其安的眉毛明显动了一下。程一丁笑了，提醒道：“你算个心理大师，应该知道瞒不住的。”

“呵呵，我分析到的是，我们老板（斗本初）没有死，对吗？”杜其安又一次岔开了话题。

“你问我呀？”邹喜男笑道。

“我在提醒你，该审的是他啊。如果他还没死，如果后面的事还是他做的，那他才当得上“金瘸子”这个名头，我们……离他差远了。”杜其安道。

程一丁和邹喜男愣了下。程一丁直接问：“说明白点，什么意思？”

“找到王育才这个名字，很快就找到真相了，我交代不交代已经没有什么意义。您能告诉我，他现在在哪儿吗？”杜其安很客气，看来斗本初是他的一个心结。

邹喜男却不客气地道：“不能。”

“你们的语气……和表情里对他似乎没有憎恶，这让我想起了我见过的一个人……一个很像王育才，我还和人讲起过，你们的人……呵呵，不会贼窝里出官差了吧？呵呵，哈哈……”杜其安奇怪地笑了，而后剧烈地咳嗽。随行的医生赶紧给他挂上呼吸机，良久，他才缓过这口气。医生却示意结束审问。可杜其安一反常态，缓过气来就补充道：“报应啊，报应，这是最恶毒的一种……也只有他能干得出来。我一直称呼他叫金老板，到现在都不知道他叫什么，告诉我，他的姓氏是不是……斗？”

处在审问位置的邹喜男和程一丁愣了，面对这位不知道是惊恐还是悲伤的老骗子，半晌说不出一句话来。似乎对方已经知道真相，可什么样的真相，才能让这位死不悔改的老骗子如此动容呢？

复印机唰声闪过，张英推了钱加多一把，示意他出门和斗十方一起待着。斗十方的情绪有点乱。等这位追出去，张英拿起了复印纸看了眼，上面是结婚证的副本。

男方：王育才。女方：胡冰芳。

这个尘封的存档已经通过远程侦讯问过朱丰、席青山，两个人认出来，就是那位神秘的胡会计。而王育才则和斗十方太像了，两个人像一个模子刻出来的，即便没有科学鉴定，现在张英也能把这个碎片化的情节组织成一个完整的故事脉络。

斗本初死里逃生，蓄意报复，他想出了最狠的一种，拐走了胡冰芳的儿子，而后试图把他培养成一个张口吃八方的骗子，不管将来让他们亲人成仇，还是失事入狱，都是最好的报复。只不过阴差阳错的是，他与仇人的儿子相处久了，以至于舐犊情深，放下了过往。那个儿子不但没有被他培养成骗子，反而误打误撞成了反骗的警察。

至于男主王育才，已经车祸身亡，按时间推算，是在丝绸诈骗案发十三个月前，张英甚至可以描摹出胡冰芳的犯罪动机：一个失去顶梁柱的家庭，遗孀能走的路无非是找份活扛着，或者找个男人依靠，她选择了前者，进城打工，可能在最拮据和窘迫的时候被斗本初拉了一把，既上了床，又上了路，一条通向诈骗的不归路，从作案后黑吃黑，对斗本初悍然下手能看得出，她虽然和斗本初姘居，却肯定没有任何感情。

“孽缘啊。”张英出神地轻叹了声。所有的犯罪剖到最后，可能都无可名状，恶之狰狞或者善之人性往往同生共长，总是让人唏嘘不已。

她心事重重地出了镇政府的民政部门办公室。门口的钱加多向她招手，她快步走上去。钱加多紧张地指指站在路边、看着河沟蹲着抽烟的斗十方，离沟很近。此情此景，连钱加多都有点担心下一刻斗十方会做傻事，毕竟这个打击搁他这种神经大条的都受不了，朝夕相处二十年的父亲是诈骗嫌疑人，谁承想辛辛苦苦找到的亲生母亲也可能是个诈骗嫌疑人，这让当反骗警察的儿子情何以堪？！

张英轻轻地踱了过去。等她站到斗十方身边时，斗十方头也不回地问道：“您不会认为我会跳下去吧？”

“不会，这儿不够高。”张英道，然后递给了他复印件，“还需要鉴定。”

“要是没有起码的判断和直觉，我们这警察当得就不太合格了。

差不多就是真相了。我爸到去世都没有告诉我的真相，应该就是她了。他的心结可能不只我这个警察儿子，应该还有这位让他又恨又爱的女人。”斗十方拿着复印件，看着照片上梳着大辫的女人，恬静而美丽，符合他对母亲这个词曾经所有的憧憬。唯一不符的是，相见没有欢喜，会是悲剧。

“谁都没有权利选择自己的父母是什么样的人，可有权利选择自己成为什么样的人。”张英道。

斗十方抬头，看了眼慈祥的眼里透着鼓励的前辈，他折起复印件，笑了笑，无语起身。

“别嫌我话多啊，即便我无法感同身受也觉得很难堪，所以我真不知道该怎么安慰身处事中的你。我只是提醒你，你的职业是警察。”张英在背后追着，絮絮叨叨地说道。

“然后呢？”斗十方问。

“或者会众口铄金，积毁销骨；或者会风言冷语，以讹传讹；更或者会让同事、上级避之犹恐不及，因为这个职业会让你承受一份多出来的压力……所以……”张英话音越来越轻。

斗十方直接打断了：“所以回避是吗？这和你刚说的是相悖的，你都说了，谁都没有权力选择自己的父母是什么样的人，怎么可能回避？而且，找到她的线索已经出来了。”

“有吗？什么线索可以找到她？”张英奇怪地问，这一点她还没有考虑。

“那条线索是……”斗十方驻足想了想，很肯定地道，“她一定在找我……这二十几年她一定一直在找我，一定留下了足够多的线索。”

言罢，他径直走向车辆。张英一愣，被这个反应惊住了。确实如此，假如一直在寻亲的话，那肯定留下了无数可供溯源的痕迹，只是……她有一种怪怪的感觉，似乎斗十方的心智并未受到此事的影响，如果遇到这事悲观、失望，甚至自暴自弃她都能理解，现在斗十方的冷静判断她反而接受不了，毕竟大义灭亲只是停留在纸面上的一个词，哪怕是失散多年的亲人，哪怕亲人并不是一个好人。如果一方连哪怕一点感觉和触动都没有，那就让她这位老警察都有点怀疑人性了。

返程时，张英意外地沉默了，回中州三个多小时的车程，几乎一言未发……

前世今生，一语道尽

这张复印件很快形成电子档案，浏览权限设置到了五级，和一些银行劫案、连环杀人的罪案级别等同。最后一个现身的八大骗成员。也是迄今为止对她的行踪几乎没有任何掌握的嫌疑人，即便在她的同伙朱丰、杜其安眼中，她也像谜一样解释寥寥。

可谜底，竟然是一个普通得再不能普通的女人，来自一个小城镇的女人。

会议室里透着诡异的气氛，那张复印件简直像把斗十方和嫌疑人P在一起的恶作剧一样，看得同事们张口结舌，你看看我，我看看你，都噤声不言。俞主任不在，向小园负责这次会议。她看着坐在会议桌末尾显得有点离群的斗十方，又看看复印件上差不多和斗十方一个样子的照片，几次开口，又欲言又止。就连最喜欢多个嘴的钱加多今天也学会沉默是金了，搁座位上无聊地挨个儿瞅着，看样子是不准备说话了。

“从开始接手到现在差不多一年半了，八大骗的谜底，揭开了……既然没人说话，那我来讲这个故事，有兴趣听吗？”斗十方开口了。众人的目光投向了他。

他起身，拉过案件板，在上面工整地写了“风马燕雀、金评彩挂”八个字，手点着道：“本行有偈云‘金评彩挂是四家，风马燕雀不分家’。它的意思是，明四门‘金评彩挂’他们是各顾各讨生活，一般不用结伙；而暗四门‘风马燕雀’干的都是些不上台面的活儿，所以他们经常结伙，比如‘仙人跳’，比如骗赌的‘拉黑牛’，比如抓奖的‘宰肥羊’，等等，都是。在此，我要向大家道歉，特别向主任和组长道个歉，在去年你们极力邀我进入反诈骗中心的时候，我其实是非常抗拒的。抗拒的原因很简单，因为我一直就知道，我的父亲前身并不光彩，因为这个不光彩的出身导致我在登阳市公安局入职政审迟迟未过。”

向小园的回忆飞快流转，此时心思洞明，一下子忆起了每每提到“金瘸子”，斗十方都有的反常表现。她沉声问道：“你也一直知道，你父亲就是‘金瘸子’？”

“这恰恰又是我加入反诈骗中心的原因。我从小就知道这个绰号代表着什么，可我从小看到的是背负着这个绰号的人，带着他的儿子走乡串镇，饥一顿，饱一顿，虽然总干些没德没品没出息的骗钱活计，可那是为了生存。我知道他对此并没有负疚之感，之后他回到了老家，干上了活儿多工资少，人还不自由的勤工，生活并没有什么改观，我眼见着他渐渐老去，到去世都是一个普普通通的人……突然有一天，躺在这里的档案告诉我，金瘸子如何负案累累，十恶不赦，那我能信吗？所以我就来了。”斗十方道，回身，在“金”字一侧，写上了“斗本初”的名字，继续道，“但我没有想到，那些冒他大名的人不过是他的拥趸，更没有想到，他不声不响不出江湖二十年，也是因为身上背着大案。”

斗十方深深舒了口气，像是平复着情绪。众人大气都不敢出，渐渐被这个故事带入了：

“……他是这个故事的主角，即便销声匿迹二十年，他仍然是主角。时间回到丝绸诈骗案的前一年多，斗本初在中州物色各地来此打工人员，‘金’字一门是靠铁口断金算卦看相赚钱的。他有那个本事，但还没有那个卖相，一般情况下是到年龄更大一点才靠这个吃饭，而且他很有野心，一直在趁年轻多捞点，在中州置房买地，但那时候已经是江湖之流即将退出历史舞台的时刻，随着民智渐开，‘金评彩挂’那一套已经不怎么吃香了，所以他要招募人员，去干大事……第一个人就进来了，杜其安。”

他在“风”字上，标上了杜其安，娜日丽提出异议：“为什么是杜其安？案情里并未见说明。”

“因为他不贪，有点义气，最起码从他收养工友儿子这事看，我想，这肯定会成为斗本初招募他的理由。至于招募过程也很简单，那些穷疯了的人只要给他指明财路，他们一定不顾一切疯狂地扑上去。”斗十方道。

看看众人，没人异议，斗十方继续道：“第二个肯定是胡冰芳。她和杜其安是老乡，其时丧夫未久，虽然当时情况已不可考，但我想无非也是这样，因为一文不名被斗本初带上了这条路。再之后，应该是胡冰芳又拉上了朱丰。至于后来移居荆汉市的贾一文，应该是我父亲的旧识。傻雕曾说过，他一个师叔是彩力子出身，那贾一文应该对应这个‘彩’字……这几个人在一起肯定把各种骗术花样玩了个遍，火车站的抽奖‘宰肥羊’、骗赌的‘拉黑牛’、摆残局的‘挖坑’、色骗的‘仙人跳’等等，欲望的闸门一打开恐怕就不容易合拢，钱这玩意儿像海水，会越喝越渴，作案肯定也像滚雪球一样越滚越大，直到有一天，他们策划起了丝绸诈骗。

“从目前掌握的案情看，出面联系业务，建立联络的应该是斗本初，他是个见人说人话的高手，通过几次交易和对方建立信任，然后在最关键的一次设局，利用当时信息交互不灵的条件，自己装修了一间银行分理处佯装汇款，完成诈骗一车丝绸的目的……这起案子里，胡冰芳、贾一文、杜其安他们扮演银行工作人员的角色，朱丰已经交代他是司机的角色，另一个，石金山，明面扮演老板，实则是个销赃的角色……这就是这个团伙最初的雏形。

“再往下分两条线，他们销赃，聚在江南省一个朱桥镇的小地方分赃。团伙头目斗本初得意忘形之下，根本没有发现同伙已起异心。过程并不繁复，几人合伙做了斗本初，然后分了赃分道扬镳。可能当时他们想着这一笔钱就足够了，但现实是根本不够，永远不会满足，人的身体里住着一个天使和一个魔鬼，一旦释放出魔鬼，那就不可能再有天使的位置，除了在诈骗的路上渐行渐远，没有第二种结果……旧时所谓八大骗门人对自己的归宿早有定论，要么不得好活，要么不得好死。

“但是好活往往让人忽视可能不得好死的结局。胡冰芳和杜其安是同乡，贾一文和朱丰又成了他们的熟人，用不了多久肯定欲求不满，而跟着斗本初这个江湖人所学的骗子伎俩又给了他们足够施展的空间，这就是所谓的百艺傍身，吃喝不愁。之后中州痞子青狗、老骗、周扒皮之流，估计被他们收罗的没少干坏事，杜其安也渐渐闯出了一个‘风’头的大名。到这个时候注意一下，其实所谓‘金评彩挂、风马燕雀’全是子虚乌有，除了斗本初一人，其他人算不上有真正的传承。在那个时候，所谓传承早已被扔进历史的垃圾堆了，但这群骗子呢，为了师出有名，为了蛊惑那些财迷心窍的人加入，所以就借用了这个名头。至于他们和‘风马燕雀’行事风格的暗合可以忽略。其实天下骗术如出一辙，往根上讲都是看准人性的善良、同情、友爱，或者负面的疏忽、贪婪、好奇等下手，从古到今没有什么差别。”

顿了顿，看到同事都入神地听着，斗十方捋捋思路，继续道：

“但这个团伙还是有点差别的，如果躲过丝绸诈骗案的追捕是因为运气的话，可之后就不是了。从秦江寒被捕后的交代里可以看出，杜其安、胡冰芳和徐则臣是旧识，而且秦江寒因计算机犯罪判处缓刑时，是胡冰芳主动接纳了他，并且给了他更大施展空间，而且还认他当了干儿子……在这二十年的某个节点上，胡冰芳和杜其安应该有意或者无意认识了徐则臣。这个靠‘私服’起家的黑客把更新的思维带给了这些传统骗子，而传统的骗术一经和现代的网络技术相融合，很快发生了裂变，这就是我看到的。八大骗的传说借助网络复活，诈骗的规模越来越大，从一个火车站波及一市、几市，甚至跨省。诈骗的针对性也越来越精准，从最初的无差别电话骚扰到定点、定人邮寄，从低级的刷单解绑，到现在私人定制的隐私恐吓；从几百、几千到几十万元，到现在动辄上亿的案值金额，人性的贪婪一失控，比洪水猛兽还可怕。每每看到这些，作为警察，我心里总有一种深深的无力感，几个人就犯这么多这么大的案，全国还有多少？几万、几十万这样的人？”

斗十方的话引起了大家的共鸣，都黯然叹了口气，那种无力感对于警察是种折磨，甚至几近于耻辱，可又能如何？

这个问题没有答案，斗十方只是把“挂”字的解释对应到了徐则臣、秦江寒的名字上，然后又在“雀”字上对应了“王雕”的名字。写完这些，他正身看着这些名字，道：“和别的诈骗团伙无甚差别，一群跳梁小丑而已。如果说非要有差别的话，那应该是他们有一个与众不同的领路人。这是第二条线，关于斗本初的。”

“明四暗四八大门，有三字真义，它教导入门之人就是要具有善、义、信的品质，其旨在但求糊口之资，莫做敛财害人之举，所以旧时那些走江湖之人还是有可取之处的，算命卜卦的，给钱不嫌少，没钱一顿饭也罢；摆摊卖药的，药不医病，但也绝不害人；‘彩’门玩的和现在的魔术表演差不多，就是挣个辛苦钱……即便暗四门手脚不干净，也是非常有底线的。

“但不幸的是，这个团伙里不管是真传人还是假传人，都突破底线了。斗本初为财设局，破了这个传承的禁忌；杜其安、胡冰芳一行为赃灭口，可惜没灭干净，斗本初死里逃生，就有了后来的故事。他和胡冰芳肯定有过那种亲密关系，以他的本事，肯定不难找到胡冰芳的出处，可能胡冰芳也没有想到她面临的是什么报复。斗本初逃生后不久，到了胡冰芳的老家，拐走了胡冰芳和前夫所生的孩子……从那时候起，他就日夜思虑，要把这个小孩培养成张口吃八方的奇骗，将来继承他的衣钵。不管这个小孩将来不得好活还是不得好死，对他而言都是一种快意，哪怕胡冰芳有一天找上门来，面对的可能也是两败俱伤的至亲之间的报复……这个事很恶毒，但相对那些同伙对他干的事，我觉得倒也能理解。只可惜的是，那个小孩没有成长为骗子，成了一个反骗的警察……呵呵，这就是全部的故事，尽管后半段是猜测，但我想，应该和真相差不多了。”

斗十方慢慢地坐下，表情若有所思。他看着与会的同事，好像试图从同事的目光中找到他们的情绪，似乎那是他在乎的东西。可他没有找到，只有善意的同情或者怜悯，并不让人反感的那种。

“然后呢？在组织上还没有给出定论之前，你自己先把自己钉到嫌疑人家属字眼上？”向小园不悦地问道。娜日丽一拍桌子道：“没凭没据，你自己就盖棺论定，你以为你是DNA检验机呀？”

邹喜男和程一丁一笑，大邹附议道：“故事很不错，就是有点扯淡了，无法说服我们，大家说是不是？”

众人齐声应和，看着斗十方促狭地笑了。斗十方摊摊手，无奈道：“其实警察这个职业是一体两面的啊，比如我想站在普通人的角度顾念这份亲情，你们肯定要使劲把我拉回来；但反过来，如果我坚决站在职业的角度，义不容辞地把这些人包括可能是我失散二十多年的亲人抓回来，你们心里肯定又会觉得我的心太硬了，没人味了，对不对？”

大家一愣，似乎正是这样。钱加多挠挠头，终于开口了：“对呀，如果真是的话，那得多难堪。我现在才觉得你家老爷子厉害了，这仇报得可把人给坑死了。”

有人不和谐地笑了笑。娜日丽拉了钱加多一把，向小园手指敲着桌面，很急促，但思维根本拗不过这个弯来。于理合，于情不合，于情合，于理又不合，怎么想也不可能有合情合理的方式，即便有合情合理的方式，恐怕也不会符合组织原则，思维一下子拧住了。她发愁地看着斗十方，斗十方却报之以苦笑。霎时间，她理解斗十方了，夹在这种进退两难的境地，恐怕谁也得纠结。

“那你呢，你是什么想法？”向小园无奈之下单刀直入了。

这种不顾对方感受的方式不太符合向小园的风格，但恰恰让斗十方释然了。他舒了口气，道：“终于有人直接问我，而不是替我尴尬难堪了。张英张主任有句话说得好，谁都没有权利选择自己的父母是什么样的人，可有权利选择自己成为什么样的人。”

“那你的选择呢？”向小园充满期待地问。

“一个人成为什么样的人会被环境影响。来反诈骗中心后，我接触了这么多事，对我触动最大的，不是诈骗手段有多么精妙，不是案值有多么吓人，也不是我们干这份工作有多难，而是那些在我记忆里一直挥之不去的受害人。斗本初至死都记得那个受害人的名字，丝绸诈骗案中，那位丢了公款的受害人报案后受限于当时的条件，无法及时侦破，被怀疑监守自盗，受不了各方压力选择自杀；那个厂子也因此倒闭了。登阳一案，那位货款血本无归的参与者，也是选择坠楼；还有在荆汉一案，我眼睁睁地看着围绕赃款的争夺一个个鲜活的生命变成冷冰冰的尸体。罪恶面前，不独是参与者身受其害，哪怕是旁观和漠视的甚至无关的也会受到荼毒，我就是一个最好的例子。如果没有诈骗，我会成长在一个普通的家庭，即便父亲不幸去世，可还有奶奶、爷爷、妈妈，那个家有温暖，有关爱，有亲情，而不是像现在，我一个亲人都看不到。我有好几次都想哭，可哭不出来，因为在我的记忆里，爷爷、奶奶的样子一点儿都没留下。”

斗十方难堪地说道，仿佛苍老了十几岁。他平复着情绪，咬咬牙，低沉却从容地继续说道：

“我不是理想主义者，但我现在有了理想，我的理想是天下无诈！如果给这个理想加上颜色，我希望是藏蓝银徽；如果给这个理想加上一个期限，我希望是，一辈子。”

他轻轻的话音撩动着每个人的心弦，向小园欣慰地笑了，娜日丽笑了，大邹和老程笑了，大家都笑了，会心地笑。其实大家不就一直在为这个理想奔波着、忙碌着、拼命着吗？

过去是，现在是，将来……一定还是。

异想天开，奇想案清

10月11日，根据曹乙勇的交代，荆汉警方逮捕了唐宝琪，又根据唐宝琪的交代，在长南拘传了当地一家会所经营者，最后接触廉三旺的女人线索找到了，就是网名“杰妮花”的那位。当晚，她在千里之外的深港市被捕，审讯后，她指认的人和曹乙勇的口供相互印证。

到此时，案发后十三天内，主谋确定，就是石金山。

10月14日，沪市警方摧毁了当地伪装成典当行的一处洗钱窝点，此处证实与长南廉三旺被诈骗五亿一案相关联，现场查抄到银行卡二百余张，各类点钞机、POS机数台。初步统计，该窝点近三个月资金流水逾9000万元。

也在当天，千里之外的南港警方查抄了四处洗钱窝点，无一例外都是挂羊头卖狗肉的隐蔽操作，其中甚至还有一家就是个社区零售店，其流水金额每月也有上千万元，很不幸因为关联廉三旺的诈骗案撞到了枪口上，现场查抄到现金一柜子，正是不出境即可结算的样板。四处洗钱窝点相当于洗钱团伙在境内的“地下银行”。

一天后，15日，长南警方千里追踪，在云南省腾冲一带滞留了几个该案涉案人员，不过这一次遇到了阻力，当地警方介入，不允许跨省带走嫌疑人。细究原因又是骗子造的孽。长南警方的追踪是因为部分疑似赃款的资金到了这里，而当地警方阻拦的原因是，被滞留的涉案人员分属当地几个制药厂，而那笔疑似赃款的资金，确属客户买各类药品的款项，而且已经正常发货，交易完毕。

这就又给专案组带来了一个头疼的问题，聪明的骗子知道这些赃款不好消化，干脆把赃款装进了别人的腰包，然后再正常买走别人手里的货，等警察追来，货早已再次易手了。

也是这一天，好歹传来几个好消息。内蒙古警方、深港警方根据五亿诈骗案的信息，查获数个非法账户，成功止付六千余万非法资金，各地在“断卡”行动后，联动机制已经运作，只是相对于复杂的各种金融工具和消费环境，再加上骗子眼花缭乱的操作手法，甄别非法资金的难度也越来越大。

更大的问题是，已经确认嫌疑人逃出境外，最精锐的追捕小组现在滞留在陇北待命，追捕陷入停顿。

10月16日，现在……

省厅多功能会议厅的投影里，或现场记录仪画面，或各类现场照片，整个案情的推进一目了然。本次案情会议由谢经纬副厅主持，陈颢元局长和周修文列席，剩下最后一个就是主办了，来自反诈骗中心的俞骏，整个案情资料是他带来的，即便再重复看一次也没有触发思维灵光。此时站在全局的角度看，连他也不得不佩服这些骗子，那些被骗走的钱像幽灵一样在全国不同的省市之间转来转去，而操纵者隐藏在国境线之外，这使得警方即便使出浑身解数疲于奔命，最终恐怕也是鞭长莫及。

唯一值得欣慰的是阻止交易了一部分，这可以看作是执法进步，不像以前，赃款一旦出去就是肉包子打狗，再没机会找回来。可俞骏知道乐观不起来，因为骗子的背后，是一帮精通法律、金融、账务的专业人士在为他们服务，在全国如此庞大的经济体量里，总有他们能找到的漏洞。

案情展示结束，灯亮，俞骏惊醒，看向两位领导，是一模样的愁眉紧锁。这些暴露出来的新问题、新动向让他们头大了，经济建设和国际交流不可能因为这些诈骗案件因噎废食。这些隐藏进正常交易里的非法资金的出入也就给警务提出了新挑战。两个人沉吟片刻，陈颢元局长直接看向了周修文问道："总局对本案有什么指示？"

"情况已经报上去了，总局也在讨论，很快就有新的方案出来……我个人猜测，这种情况可能会指派一个有过跨境办案经验的指挥员负责。"周修文道。如果指派有经验的，那面前两位肯定不在列。

对此，两位领导并无不悦。谢经纬点点头道："嗯，宜早不宜迟。这种单次巨额诈骗的苗头不打下去，很快就会有更多人铤而走险……对了，会不会是那位，前年'6·12跨国电信诈骗案'的那位指挥员？"

"有可能，到时候可能您几位也得被拉上。"周修文给了个模糊的答案，此案僵在此处并不是他的来意，他笑笑道，"陈局，谢副厅，我来可是外调任务啊，您这快把我当成专案人员使唤了。"

"你不是有同事吗？顺便就办了，我们派人陪同，办事的好找，办案的可太难凑了。"谢经纬摆手，拍脑门子决定了。陈局笑了笑，问道："小周啊，外调情况怎么样？首先声明，我们没有任何干涉啊，你公平、公正地说一句，那位同志，合不合格？"

"要对照规则公平地讲，不合格。"周修文道。这惹得俞骏怒目而视，却不料周修文话锋一转，道："但要公正地讲，他不仅合格，而且还很优秀，出众的人往往很出格这句话真不假，我会如实向上汇报。顺便说一句，两位领导会后方便的话也接受一下我们的了解询问。"

"我们俩真不用询问，都是加分项，你看着差不多就赶紧结了，事不落地人心惶惶的啥也干不成……你别介意，绝对不是插手干涉。说案子，说案子，看来我们这次又沦为外围了啊。"陈局长打着哈哈，明显有回护的意思。

对于要回护的人，周修文何尝不是感慨万千。他思忖片刻，干脆直言道："您二位可能还没得到消息吧，'金评彩挂、风马燕雀'最后一个女嫌疑人已经找到原始肖像了，而且，可能和十方也有关系。我们有理由猜测，当年斗本初团伙内讧，斗本初作为头目，可能报复性地拐走了一个孩子，准备培养成接班人，这位被拐走的小孩，可能是这位胡会计的亲生儿子。"

"等等……你再说一遍！"陈颢元局长听得一脸惊愕。周修文又解释了一遍，谢经纬拍着桌子愤愤道："你这不是扯淡吗？你用了几个可能、猜测？外调关乎一个同志的前程，你这也太不严谨了吧？"

"找到的照片和外调情况在这儿。"周修文拿出手机，调出照片摆到两位领导面前。

两个人俱是眼睛一瞪，这太像了，如果不是20世纪的结婚证，估计得当成斗十方本人了。这个结果惊得陈局长龇了半天牙，却发泄不出那股子窝火来，只摆手道："这事不管怎么样，还没有得到证实，在没有确定之前，不要通知本人，这也是对同志的爱护嘛，对吧，老谢。"

"对，捕风捉影的事，再说吧。最起码也得等这个女嫌疑人归案后再说啊。"谢副厅气势颓了，生怕周修文追着不放似的。

可周修文却笑而不答，像是已有定论，俞骏却像霜打的茄子，无奈道："还瞒什么本人啊，这就是他本人挖到的。胡会计原名胡冰芳，籍贯就在董龙湾镇，当地基本没有找到有关她的信息，除了这张可能连她也遗忘的结婚证。"

"那这是……"陈局长抬眼看向谢经纬。谢经纬也为难了，干脆直接问周修文："这一节你会怎么描述进外调？"

"如实上报。这是他的选择，我尊重这个选择，更尊重我的这位同行。所谓行事坦坦荡荡、光明磊落也无外乎如此了吧！"周修文丝毫不掩饰欣赏，如此赞道。

但赞扬并未得到共鸣，其他三位给的反应几乎相同，都是一声叹息……

此时，境外，通向木姐的公路岔口，一辆三菱越野车停了下来，王雕和沈凯达跳下去，和车上的石金山招手再见。那辆车继续前行，很快消失在视线里。

“走吧，溜达一会儿就到了，木姐说是个城市，其实和咱们内地一个镇差不多，你别当这是境外啊，基本和境内差不多，说的是普通话，用的是人民币，吃的是川味，比内地的还地道。”王雕手插在兜里走着，视线里就是所谓的城市了，不算大，不过在这种穷乡僻壤已经算不小了。

沈凯达却追着问道：“老板去哪儿呀？”

“去要钱呗，他是咱们俩的老板，他上头还有老板，上头的上头，照样还有老板。”王雕道。

沈凯达又问道：“这趟给咱们多少钱啊？我可听说了啊，长南搞了几亿呢。”

“呵呵，你还想上了？”王雕回头，摸摸沈凯达的腮帮子，调侃道，“不要期待太高，虽然几个亿，但咱们分不到一个屁，在国内咱们就怕警察，可在这地方，除了不怕警察，谁都怕，当兵的、帮派的，还有什么政府的，一个比一个黑啊，骗到手的钱挨家分点，留下的就成零头了，咱们呢，从零头里再给咱们个零头……不过也不少，搁这地儿，你只要不赌，差不多够混，消费又不高，你看，就那货都抽得起粉。”

王雕顺手指着路边两位摩托骑手，正惬意地从自制小冰壶里浓浓地抽了一口，幕天席地，云里雾里，那叫一个爽歪歪。王雕笑道：“一克就一碗烩面的价格，小卖铺里都公开卖的。这儿地摊你知道有多牛吗？直接摆AK卖，不出来都不知道世界上还有这么浪的地方。不过，你别瞎问、瞎转悠啊，这边人都是胡来，啥事也敢干。”

“你说得都吓着我了，这么凶你还说是花花世界？”沈凯达紧张了。

王雕笑道：“总比蹲在号子里强啊。别郁闷了，搁这儿待段时间，咱们内地好多兄弟等出来了都招来，咱也扯个旗干个公司，跟他们竞争。”

“大哥，骗人可以，别骗自己啊，咱们是那块料吗？”沈凯达不信了。

王雕一揽他肩膀，道："你可说对了，这儿公司都是骗人的，专业骗人的公司。不懂了吧，近十万电诈分子齐聚缅北的盛况你是没见过，就现在倒了一部分，剩下的也不在少数。你看，那城里几幢像样的楼，那里头住的都是咱们同行，刷单的、裸聊的、扮雷子吓唬人的，都在这儿呢，差不多每天都会有人想出新招来。"

"这个……我咋觉得不靠谱呢？"沈凯达驻足看了一眼，有点惶然地道。

"呵呵，这就是屡受打击的老手和新手的区别。确实不太靠谱，其实在这里当骗子的也是被骗来的，有偷港的，有打工的，来了就收身份证培训，不上道往死里揍，上了道不好好干也往死里揍。你没来之前，我搁这儿吃饭碰见一群给公司打工的，他们在那儿感慨啊，说这世界是个大鸡笼，我们都是被关在笼子里的鸡，淡定地看着同类被拔毛剥皮剁成块……等轮到我们自己，除叫嚷两句，扑腾几下，根本干不了什么，我们的下场都没什么区别，都会被拔毛剥皮剁成别人嘴里的食，这比丛林法则还狠，叫鸡笼法则。"王雕估计是浸淫犯罪日久，已经成哲学感悟了。这一番说教听得沈凯达一愣一愣的，居然无言以对。

"走吧，兄弟，跟你开玩笑呢，这次我不坑你，整点钱找个地儿过活吧，甭干这一行了。"王雕如是道，揽着沈凯达往前走，像是肺腑之言。沈凯达愕然看着他，问道："你这是咋啦，雕哥？"

"没咋，我想家了。"王雕叹气道。他眼神迷茫地看着北方，隔着群山峻岭的千里万里之外，那片熟悉的故土居然让他如此依恋。

只是他忘了，其实在故土，他也没有家……

千里万里之外的中州市反诈骗中心，王雕、沈凯达的照片显示在会议室屏幕上，八大骗现形，剩下未归案的石金山、王雕和胡冰芳自然是本次会议主题。由于五亿诈骗案的原因，石金山这几位又是当务之急。当前专案组给的任务是，要尽可能多地提供这些嫌疑人的外围信息。

"案情进度都在大家手里了，现在在等总局的指示。我个人觉得有必要再一次发起跨境追捕，毕竟已经有先例，所以这几个嫌疑人的情况对于专案组就很重要了。几个小时前，刚刚提审过沈燕，我现在联网，我们观摩一下审讯情况。”向小园布置着，换了屏，播放着截取的记录。

沈燕交代的是和石金山合谋一事，相比秦江寒（陈策），石金山入行更早，最早干过洗钱的活儿，曾经和江前胜的团伙有过交集，之后因为赃款反目，沈燕顺着朱丰以及沈曼佳的发现找到了石金山这条线，于是上演了荆汉那出骗中骗。自以为一切尽在掌控的秦江寒被这位叫叔的石胖子给狠狠坑了一把，卖给了沈燕，出卖的代价不是钱，而是一份黑产信息。

视频里，沈燕已经剪成了短发，面容有点憔悴，说话的时候低眉耷眼，再没有曾经颐指气使的霸气。斗十方凝视着，心里同样感慨着环境对一个人的改变太快了，这不过才几个月，沈燕已经判若两人，即便他从事过狱警看守的工作，也微微有点惊讶，可能是这个女人给他留得印象太深的缘故。

“嘿，嘿，嘿……”

有人在喊了，是钱加多，喊了几声才把斗十方喊醒。斗十方问道：“咋了？”

“领导说话呢，你走神！可以啊。”钱加多斥道。也就钱加多敢训斗十方。斗十方笑笑抱个歉，向小园却道：“没事，没事，隔着屏幕你不会又发现什么细节了吧？”

“呵呵，还真有，她卸了妆原来这么老啊。”斗十方开了个玩笑。

钱加多一笑，刚要接茬儿，被娜日丽一个白眼吓退了。向小园道：“据妮可，也就是真正的‘逆风’交代，用于交换的这份黑产信息是他从旅游产业里淘来的。说是淘，一半买，一半偷，主要是出境旅游的人员信息。黑产里面有个规则，越新越贵，也就是说，这一批信息新出炉的时候价格最高，一旦售出一回，价格就断崖式下跌，卖三轮后就不值什么钱了，因为在诈骗行业里，很多团伙为了降低成本，这些买来的‘料’都是共享的，但沈燕给石金山的这份不同，还没有在暗网出售过。”

“能让石金山动心，那数量不少吧？”娜日丽问。

“应该有四百多万条详细信息。”向小园道。

程一丁惊讶道：“这么多？这家伙逃出境外，会不会要大展宏图了？”

“卖了也值不少钱啊！”邹喜男道。

这时候，众人的目光有意无意地看向了斗十方。斗十方眼珠转悠着，不时撇撇嘴。钱加多憋不住问道：“别光吧唧嘴呀，等你说话呢！”

“我说话不管什么用啊，我们抓到他的机会可能不多了。跨境追捕光两国司法部门协调估计大半年就过去了，到时候肯定来不及了。”斗十方道。

“什么来不及了？”娜日丽问。

“你想说什么？”向小园听出弦外之音了。

“他要跑！”斗十方道，思忖着给出了如是研判结果。顿了下，他接着道，“首先，曹秃子这类人挖掘的个人信息他有一大部分；其次，秦江寒和他在一起这么久，听话学样估计都学了不少，秦江寒掌握的东西估计也不少；最后，沈燕又给了他这么多黑产信息。这个家伙手里等于奇货可居了，偷渡境外的这条线肯定是他预留的后路。既然都这样留后路了，那肯定是谋划好了。这种情况下有两种可能，一种是坐地起价；一种是远走高飞。我倾向于前者，原因有三：其一，缅北扎堆的电诈团伙根深蒂固，如果有外来的势力崛起，一定会成为众矢之的。石金山生性奸猾胆小，肯定不会冒这个险。其二，这些黑产信息也有保鲜期和保质期，沈燕未必只给他一个人，曹秃子这伙人也未必只卖给他一个人，这点他很清楚，所以囤在手里肯定不是最佳选择，他应该会选择卖出去。这个他无法自用，短时间内他不可能组织起作业队伍。其三，荆汉事发他知道自己已经被追逃上榜，现在是全球追捕，他最好的选择是去一个没有引渡条约的地方，而不是一线之隔的邻国，更何况那里电诈扎堆，本身就目标够大，他要在其中待得时间久了，会成为最扎眼的。”

说完，全场皆静。半晌，邹喜男吧唧着嘴失落地道：“为什么我们一说都是争来争去，他一说我们就都不争了？”

“因为他把我们争论的可能都考虑进去了。”程一丁道。娜日丽开玩笑道：“十方，别这么表现得优秀行不？给他们留点空间，要不一点存在感都没有。”

“呵呵，我留着了啊。”斗十方笑道。

“有吗？又逗我！”邹喜男想想，看向程一丁。老程摇头，坚定地道：“不可能有了，除非是解决方案。”

“哎，对了，有个解决途径，当务之急应该把他钉在原地让他动不了。”斗十方道。

钱加多终于憋不住了，做了个厌恶难耐的表情喷道：“我现在发现你不吭声的时候挺可爱，咋办啊？”

“骗子隔着千万里，凭着思维就能掏走别人口袋里的钱，这依仗的是异想天开，我也想一个异想天开的办法……组长，逆风归案的消息还捂着吧？”斗十方问。

向小园点点头道：“当然，他的事估计没一年半载结不了案。”

“他是唯一漏网的，谁都知道逆风富得流油，如果……如果有途径让那拨扎堆的骗子知道，石金山身上可能揣着逆风的财富，那是不是就好玩了？哪怕是可能，也会有故事发生了。”斗十方两眼放光，成功把研判带偏了。

“对呀，匹夫无罪，怀璧其罪，他会陷入无休止的麻烦里。”娜日丽附和道。

程一丁一拍桌，道：“这次五亿诈骗案肯定是他从当地借刀了，有这个成功案例衬托，要说这个我觉得还真有人信。”

“顶多能争取一段时间，可不顶用啊。”邹喜男道。

“静静，静静，派谁去传这个谣言呢？”钱加多问。

这句话恰击中要害，把在座的给打蔫了。斗十方一摊手，道：“所以啊，我们想和说都不顶什么用，这任务恐怕不会砸到我们头上。”

“也未必。”向小园道，一摁电脑键盘，屏幕上换了一张红色通缉令，发布时间是几分钟前，被通缉人石金山，案由为参与涉众类诈骗，非法获取公民信息，并携赃款出逃。众人咂摸着通缉令里的字眼，总觉得怪怪的，而且出现的时间点也不对。关于石金山的通缉令已经发过了，正常情况下，具体案情都是一笔带过的，而不会出现这样描述性的语言。

向小园解释道："这是发给国际刑警的协查，看来总局是下了决心了……我刚才觉得怪怪的，你这么一说我倒觉得，似乎有点像你说的这种用意。"

"不是像，这就是……石金山根本没有机会带走大量非法资金，而且这种侵犯公民信息的罪名，让骗子们去理解，那就是黑产，带着这个无疑等于带着金矿，他就算走到那个骗子窝也会被扣下的……这是阳谋，也算得上骗的一种，最光明正大的那种。给骗子们的丧钟敲响了。"

斗十方如是道，他有点兴奋，这种兴奋感染着在座的同事，大家继续着这一场热烈而荒唐的讨论，甚至连一贯理性的向小园也开始上头了。讨论的结果是，以中州市反诈骗中心X小组全体人员的名义向省厅递交申请，申请极短，两个字即可说明：

请战！

千里之外，利刃出鞘

木桥，佛塔，掩映在郁郁苍苍的林间，晚霞在水面上映起了一片耀眼的光，乘着轻舟的渔民悠然归来，侧耳倾听，似风声，似人声，又似梵音，说不清那种并不寂静，却让人心中宁静的感觉。

这就是石金山体会到的异域风情。他此时身处一间会客室，窗外是数个荷枪实弹的岗哨在巡逻，屋内是窗明几净，正中供着佛龛，什么菩萨，他不认识；一套镶着翡翠雕花的沙发客椅，他知道绝对价值不菲。墙上还挂着字画，他勉强认得出是"心若莲花万般禅"，肯定是这样，因为他知道这里的主人信佛。

这片未开化的土地上除了穷人，基本就只剩两种人，非富即贵，或既富且贵。如果非要再找一种人，那就是除了富和贵，还得有点文化，懂点雅趣和有点品位，这里的主人明显就是了。虽然石金山阅人无数，从贩夫走卒到官商痞黑都接触过，但在这种环境里，居然让他显得有点局促。

能让一个骗子折服的，肯定不是富和贵，更不会是雅趣和品位什么的，答案只有一种……比他更成功的骗子！

这里的主人就是了。瞧人家这阵势，国内的骗子顶多有车、有房、有公司，瞧瞧人家，都有自己的军队了。那些持枪的一个个面色黝黑、目光邪冷，石金山瞟一眼就猜得出这些是要钱不要命的主儿。他一直在寻思自己这步棋到底走对了没有，可别为他人作嫁衣裳。

会给钱吗？

他们这么强势，要来硬的我该怎么办？

这次能做成，全靠我手里的信息，他们不至于吧？

如果用强的话，我只要死不妥协，他们肯定不敢把我怎么样。

他心里来回揣度着接下来可能发生的情况，伸头又看了眼院里巡逻的那些军人，目光在那枪尖上停留了几秒。他在想，如果枪口真顶着自己脑袋，他能不能撑得住。

“撑不住也硬撑。”

他下了这么个决心。虽说要钱不要命是贬义，但在境外没钱了基本和没命差不多，他不能拿下半辈子冒险。从荆汉出逃没带出多少身家来，怎么着也得搏一回。

两声汽笛声打断了他的纠结，他一惊，心里一喜。苦等了几个小时终于要见真正的主人了。他快步下楼，等出楼口，脸上已经挂上了习惯性的笑容，谦卑地伸着两手要和车上下来的一个比他年轻很多的人握手。那个身着浅色衬衫、戴着眼镜的男子同样很客气，握着手不迭地道歉：

“对不起，石哥，公司那边出了点事，实在抽不开身，怠慢您了。”

“不客气，不客气，咱们这行实力为尊，我可不敢当您石哥，这不折我寿吗？就叫老石……我得称您龙哥。”石金山谦卑地道。对方的客气让他很舒服，心里安定了一半。

“那不行，绝对不行。都听着啊，这位是石哥，以后是我大哥，也是你们大哥……石哥，您就叫我兄弟，就这么定了，来，请。”龙哥大气地一吩咐，两位随从加上一众军人齐声喊石哥，可把石金山给紧张了一头汗，不得已只得客随主便，就这么被龙哥揽着进楼。踱进楼门，他手一示意，两位随从自动站在门口，知趣地掩上了门。龙哥随即揽着石金山往楼下走，笑道：“石哥，您刚才心里一定在紧张，担心我黑了您的钱吧？”

“没有，没有，那哪能呢。”石金山尴尬一笑。

“我得给您交个底，您给的这法子，这趟一共捞了四个多亿，这是两年多来缅北玩骗最大的一笔，厉害，太厉害了！但这个后遗症真不少，上游供料的、卖卡的，还有下游的‘水房’可被端了不少，内地搞‘断卡’什么的，光被雷子劫走的就有两成多，而且钱洗得太艰难，以前都是一联系一窝蜂就来了，现在倒好，一听数额都吓得不敢接了。”龙哥苦着脸道。

这是实情，石金山附和道：“这个我了解，内地抓得越来越狠，要不我也不至于跑出来。没事，龙兄弟，按回来的给我一成就行，再少点也无所谓。”

“按咱们约定的，这就到分账时间了，钱是实在还没洗回多少来，但我不能亏着您……您这一份实打实说，也得上千万了，这样，您这一份先提，我可等着后续的合作呢，头单就失了信誉那可不成。”龙哥到了地下一层，摁着密码锁，识别着虹膜，手一搬，一声沉重的开门声，他吃力地推门。石金山奇怪问道：“龙兄弟，您这是？”

“基本是我的家底了，石哥，您见过大世面的，别见笑啊。”龙哥客气地一请，这个密闭的房间灯亮了。石金山下意识地揉了揉眼睛。

成捆的钱，都是人民币，红通通映入眼帘，把人的眼珠子都染成红色的了，还有成摞的金条、玉石、翡翠，四面墙上还挂着各式枪支等武器，一下子把石金山看呆了。他失魂似的踱了几步，摸摸成扎的摞成小山的钱，成块的摞成堆的金条，差一点就泪崩了。

人家这才叫成功，把骗都做成这么大事业，哪像咱呀，搞了一辈子，老了变成丧家之犬了。

“这是十万一扎，这一捆是100扎，家底不厚啊，也就这么点，顶多也就石哥您出把手的水平。”龙哥在石金山耳边轻声道，语气低调，不过更像炫耀。

从臆想中跌回现实，石金山看着那100扎，足足有两个人粗细，而且摞起来比他还高。这问题就来了，石金山苦着脸回看龙哥，道：“龙兄弟，这钱就这么分啊？这么多我拉得走吗？再说，就算拉得走，搁这兵荒马乱的地方，我不是找死吗？”

“大哥，这儿的银行您敢信吗？当地人都只要人民币。”龙哥正色道。

“可这……”石金山傻眼了。他发现自己犯了一个愚蠢的错误，在缺失法制和规则的环境里，财富和实力必须对等，否则你不配拥有。

龙哥脸上闪过一丝不易察觉的微笑，知心地道：“石哥，兄弟我可是一片诚意啊，绝对不是做做样子。您带几个人，直接通知来拉走，头回合作，我得让您看到诚意。”

“不不，龙兄弟，这……现金，我是说，不能搞成……”石金山为难了。龙哥客气地告诉他：“石哥，我懂您的意思，但您得给我个身份啊，要不给您存其他地方银行您咋取啊？马来西亚、中国台湾、瑞士、开曼群岛，都能想办法给您办喽。但这个真需要时间，我联系过几个朋友，一说需要时间，我就怕您不放心啊，总不能该着您的这份放在我这儿，这……不落袋不安啊。”

龙哥摊手道，很诚恳。不过石金山心里清楚，那诚恳里埋的是极度奸诈，这是知道他是逃亡身份，撂一摞现金为难他，即便真扛得走，恐怕也走不出这个地界。

“这样吧，我先少取点，犒赏下我那几个兄弟，剩下的洗回来再说，而且，我得托龙兄弟您给我办个身份。”石金山退一步道。

“没问题，您自己拿。”龙哥找着一个黑袋子，帮着石金山往袋子里一扎一扎扔。那成摞的不过去了一角，袋子就满了。石金山提着袋子道：“行，就这吧……谢了啊，龙兄弟。”

“石哥，我派几个人送您……这样，我干脆给您几个人，到哪儿您也方便，您要使唤着不合适，随时打发他们回来就行。忙完这一两天我请您，就到木姐凯旋门。等您的事全办妥，咱们再说商量好的那事，成不？”龙哥看来也很满意，关着门，还殷勤地替石金山提着钱袋子。

“没问题，客随主便……哎，对了，还得托您给我找辆车，我这老租车不合适。”石金山随口提了句。

“疏忽了……直接开我的，送你一辆。”龙哥道。

门开了，两个随从听了龙哥吩咐，请着石金山上车。这一眨眼鸟枪换炮了，两辆大陆巡随行几个武装人员，在龙哥依依不舍的作别中，石金山先行一步了。

车影渐行渐小，身旁一直很没存在感的随从小声道：“龙哥，有必要这么客气吗？”

“当然有。这一单就几个亿。当初他找上门推销，要不是说出逆风供料的联系方式，我还真以为他疯了。这事要在以前，就从一个人手里骗几个亿，你信吗？”龙哥掩饰不住地惊讶，毕竟一个杀猪大盘收入可能都达不到这么多。

助理小声道：“那也不用客气啊，活儿都是咱们干的。我查了几遍了，他们就三个人。”

“不不不，那种低级手段没意思，不情不愿的，成不了事。”龙哥摇头道。

“那还真给他分一成啊？这趟咱们折的人不少，上线、下线都有被端的，我算着，能出来一半就不错了。现在内地是全境‘断卡’，太可怕了。”随从道，可能眼见着这几个丧家之犬分成上千万心疼了，又道，“咱们的开支太大。”

“呵呵……我刚才就准备给他两千万。”龙哥道。随从一愣，龙哥吐出两个字：“现金。”

随从愕然间，笑了，直向老板竖大拇指。另一个随从道：“对呀，不是咱们不给他，是他自己拿不走啊……哎，龙哥，那他身上的料？”

“别的地方是发愁没钱，这鬼地方发愁的可是有钱。你安排人，带他们浪几圈，人留住，钱和料还不什么就都留下了？多跟他们接触，想办法淘点逆风的消息。少了这个供料商，这生意太难干了。”龙哥说完，踱步回楼了。

在他回身的时候，电话响了，他拿起来，是有人发送的几张图片。那图片是通缉令。他看到刚刚从这里离开的石金山的照片赫然出现在手机上，而且通缉令里所述之事明显勾起了他的兴趣，让他玩味地笑得更开心了……

中州市局保密处，24小时值守的专线传真在临下班的时间滋滋响了起来，一页来自总局的专线传真慢慢喷吐成文。撕下传真的保密员按制度登记，通知接传单位，然后迅速传送。

这一纸传真有点意外，接传单位是反诈骗中心。俞骏口头通知X小组全体动员。他刚出了省厅，又驾车急速赶回去，不出所料，这里已经知道信息了。他几乎跑步上了楼，到谢副厅办公室时，周修文正在跟谁通着话。刚进门，后面陈颢元局长也匆匆赶来了，没头没脑地问道：“怎么回事？怎么总局直接调X小组了？”

虽然有点兴奋，但实在是一头雾水。理论上，指挥不可能下达到那种基层单位。俞骏还蒙着，谢副厅看着刚收到的传真纳闷道：“我不也正奇怪？您看，命令赵少刚带队，除了粤东省两个行动组，就是咱们的X小组了，咱们这个小组还排在前面。咦，这个赵少刚怎么有点耳熟？”

俞骏解释道：“就是‘6·12跨国电信诈骗案’抓捕行动的总指挥，粤东省一个总队长。”

“理论上应该总指挥挑队伍，但没理由千里迢迢到中州调人啊。”陈局长拿着传真，纳闷了。这个命令来得太急，又属保密事宜，打听都没法打听。

这时候周修文进来了，几人都看向他。周修文道：“我认识赵总队长，刚刚问了下情况，现在各地情况已经向总局汇总了，我以为是总队长给这个人情呢，一打听才知道不是。俞主任，你们中心下午通过内网给专案组传输了一份有关石金山的情况研判，不但判断石金山要拿黑产信息交易，而且判断石金山要跑，这个判断吓了赵总队长一跳，正好他们也请战，然后赵总队长直接朝总局要了你们X小组。”

两位领导大眼瞪小眼，然后哈哈一笑。陈颢元局长笑着手指点点俞骏，道：“瞧瞧，你还没人家一个女同志有出息，这不行，那不可能，结果人家在家里就把任务给接了。”

俞骏哭笑不得地挠挠腮边。谢副厅笑着，突然脸色一正，好奇问道：“等等，修文，你说人情？什么人情？”

“哦，这个……有纪律，我不能多说，不过我可以告诉大家，赵总队长认识斗十方，荆汉一案妮可落网正是他们追踪抓捕的。”周修文含混回了句。

同行一点即明，但这一点，又点到了尴尬之处。陈局长小心翼翼地问道：“俞主任，十方这情况，能上案子吗？”

“他个人，我想没问题。但是，周领导，你说吧。”俞骏不阴不阳地道。

“我只有一句话，服从总局命令。”周修文道。

三人对视几眼，片刻后俞骏敬礼离开，再无赘言……

邹喜男和程一丁是扔下饭碗直接往机场赶的，娜日丽是在去钱加多家里见多多父母时半路折向机场的。小组人员陆续赶到机场公安的会客室时，俞骏和向小园已经在场了。来得太突然，连出差必备的洗漱用品都没来得及带，而且还不知道发生了什么事，俞骏正要宣布时，连钱加多也气喘吁吁地奔来了。

“这是不把辅警当警察是吧？我这千辛万苦刚走到要见父母的这一刻，你们一个电话就搅黄了。”进门的钱加多怒气冲冲道，其他人捂着嘴笑了。娜日丽尴尬地嚷了声：“闭嘴！有任务。”

“那你说一声啊，我妈以为又吹了。”钱加多道。

“我不跟你说了，你自己不能说。”娜日丽瞪眼了。

钱加多拍着巴掌诉苦道：“你又不是不知道，我骗我妈次数太多，她不信啊，她肯定认为你嫌我傻，把我抛弃了。”

大伙再也憋不住了，一个个笑得前仰后合。向小园本来端着架子，可不料被多多给逗得一下子笑崩了。俞骏哭笑不得地吼了声：“入列！”

吓退了钱加多，俞骏拿着架子道：“别笑了，一个小时前接到总局命令，指派我们X小组人员急速赶赴陇北参与特殊任务，参案人员将在两个小时后乘机前往，然后乘车，约在明晨和陆虎、小络他们会合，接受行动组的指挥……我和向组长合计了一下，考虑到中心事务以及可能突发的其他案情，决定分头行动，大邹、老程、十方，跟我走。”

三人出列，领着机票。娜日丽一下子上火了，直接嚷道：“报告俞主任，为什么没有我？”

“服从命令。”俞骏吼了声，直接带人走了。

这不解释就容易出误会，娜日丽气无可泄，瞪上了钱加多。那杀气腾腾的样子吓得钱加多紧张侧身，求救似的看着向小园道：“组长，我看我今天得牺牲，能派我上前线吗？”

“不上前线，叫你们来干什么……别误会，我们有其他任务。”向小园把机票一递，钱加多和娜日丽一下子阴霾见晴，可一看机票上的目的地是首都，这就不解了。钱加多没心没肺地乐道：“哟，正好旅游啊！”

“看把你美得，组长，这怎么回事？”娜日丽问道。

“张英张主任列出了全国十几家民政、公益的寻亲机构和组织，包括与此相关的DNA数据库，我们要在最短的时间里走一遍。”向小园道。听到这话，娜日丽一下子愣住了。反应迟钝的钱加多片刻后明白了，脱口道：“这是要抓十方他妈呀，太不地道了啊！”

向小园点点头，表情有点复杂地走了。娜日丽紧跟着，顺手踢了钱加多一脚，斥了句：“不去拉倒，自己滚。”

“别呀，只要你吭声，我能不去？抓我妈都行。”

说完，钱加多屁颠屁颠跟出来了。这表白得太过露骨，向小园和娜日丽加快步子，生怕被机场公安同事看出来她们和后头乐滋滋追来的家伙是一起的……

错综复杂，关系微妙

俞骏一行自落地航班刚下舷梯，便径直奔向泊停在地勤通道口闪着警灯的车辆。命令来得太突然，走得太仓促，俞骏一路上百思不得其解的是，如果是要跨境行动，他真想不出把X小组拉来的意义何在。

一切都来不及思考，奔到警用依维柯前。接站的指挥员迎上来握手，寒暄一句“辛苦了”。一听自我介绍是叫赵少刚，几位远道而来的赶紧立正，敬礼。

“上车说。”赵少刚请着众人上车。大家一个接一个登上车，到斗十方上车时，这位赵总队长拉了他一把，然后凑近了脸好奇地看。斗十方笑了笑。对方问：“人生何处不相逢啊，你说是不是缘分？”

“巧合才是，人为不算。”斗十方道。

“哈哈，也对。看到中州提供的那份外围资料，我一下子就想到了你，这个嫌疑人你们熟悉，你们来肯定对路。上车。”总队长推他上了车，自己最后关门，车即时启动。他拉下了和驾驶位置之间的隔离门，这辆货客改装车里就成一个天然的密闭空间，几椅环放，厢壁上还镶着一个小屏幕，恰好可以作为一个小型会议现场。

“车程需要两个多小时，睡觉就免了，我帮大家熟悉一下案情，从人开始。”赵总队长一脱帽子，满头白发煞是耀眼，不过在座的目光被通信员放的视频吸引住了。一个年纪不大、戴着墨镜的人出现在屏幕上，居然很帅，而且很跩，身侧还有数位持枪的警卫。

“此人姓名龚骁龙，35岁，在境内不算个人物，因为黑社会组织罪名蹲过几年牢，偷渡出境应该有五六年了。他曾经有个同伙你们可能有印象，毛登科，绰号毛二。和毛二有区别的是，这个人比较有心眼，江前胜团伙猖獗的时候，一度把生意做到了东南亚几个地区，他没有只甘心当个马仔，而是私底下发展自己的小势力。两年多前，‘6·12跨国电信诈骗案’江前胜团伙覆灭，这位趁着市场空隙迅速发展壮大，很快成了缅北数得着的一股势力。”赵总队长介绍道。次第播放的信息量并不大，只是照片，不过冲击力足够大了。武装，这些骗子是最凶悍的一类，武装骗子。

“说说这个鬼地方。缅北是民地武装控制的地区，大大小小的民地武装有上百股，其中就包括龚骁龙这个民团。我们初步调查，应该有四五十条人枪。”赵少刚道。

俞骏下意识地问了句：“居然是民团首领？”

“对，是缅军授予的民团特权，理论上隶属国防部统一指挥，没有军费，不过这些人也不在乎那点。民团特权几乎就是贩毒和电诈特许经营许可证，在缅北这一带搞好电诈的，多数都有民团或缅军背景，这个家伙是军方的红人啊。”赵总队长道。画面出现几组龚骁龙参加地方活动的照片，不知道的还以为就是境外军方的人员。

邹喜男好奇问道：“总队长，我们可以自己出入国境线侦查吗？理论上我们不是没有执法权吗？”

如果没有，那这些侦查就不对了。这位总队长笑了笑，含糊道：“每年出入缅境的中国人，光被拦下来的就有几万人，客流几十万总是有的，你们可以把这个看作游客无心拍下的。”

这位白发警官促狭的笑容让气氛轻松了许多。当警察的心里都明白，灰色地带，说不上对错的那种。

赵少刚继续解释道：“其实官方的合作也非常紧密。针对毒品和枪支的打击，我们应缅方邀请出境侦查、抓捕的情况很多，比如这次要去的木姐这个地方，一多半都是淘金的中国人，它和陇北只有一墙之隔，当地人骑个摩托一天可能出入境两三次……哦，对了，主要的偷渡方式也就是这个。”

“总队长，对付民团武装，我们……我们这个小组可不够啊。这什么枪啊？突击步枪，M16，雷明顿来复枪……这是毒贩的武器？我怎么看见还有火箭筒啊？”俞骏抿了抿口水。不看不知道，一看吓一跳，那些玩意儿掌握在犯罪分子手里，可不是什么好事了。

“40mm火箭筒，吓唬人的，这些人的军事素质就是渣，不是顾及在境外，咱们的特警分分钟‘秒’了他们……这个你们不用考虑。你们要考虑的是，想办法截获石金山要交到这些人手里的黑产信息，把这个人抓捕归案。五亿诈骗案的社会影响极其恶劣，如果不能圆满解决，他们就会得寸进尺，蚕食恐将变成鲸吞。”赵总队长道。他看了看脸色凝重的几人，继续道：“目前我们收到的消息是，‘断卡’以来，缅北这一带活跃的非法资金断崖式下跌，部分搞电诈生意的已经难以为继，毕竟这里的保护费用不是个小数目。但是近期有一个振奋电诈团伙的信息是，臭名昭著的逆风现身了，而且给这里带来了海量的新料，并且这个新料一出现就闪瞎了人眼，一单就做了几亿，上下游的‘水房’、中介、车手，还有分布在不同地方的资金掮客，一片欢腾啊。”

“石金山应该没有这个能力，他是和谁结伙了？龚骁龙？”俞骏出声问道。

“对，今天，不，已经过了零点，应该是昨天，龚骁龙的一辆座驾里，我们意外拍到了这位石金山……不用意外，龚骁龙的两大主业，一个是贩毒，一个是电诈，他在部里重点打击的名单上。”赵总队长道。屏幕上播放着石金山下车的照片，这位胖子体貌太过特别，想不认识都难。

一直倾听的斗十方微微叹了口气。往前数月，这还是位在中州厮混的小老板，人生的际遇真是无法预料，估计石金山自已想破天，恐怕都不会想到今日的这般境地。

“本来是猜测，总局也一直在犹豫，现在这个信息基本坐实了。荆汉专案组还在对落网的沈燕、秦江寒，以及逆风加大审讯力度，基本情况应该清楚了。石金山敢跑到这里，唯一的依仗就是手里的黑产信息。两年前，总局针对全国的黑产一直严密追踪，逆风落网是最大的一次收获，可绝不能出现人抓了，黑产还流毒出去，那我们的辛苦可就全部白费了。”赵总队长悠悠道。

俞骏对这个行动的脉络清楚了，是发现了石金山的出没才有了定论，也跟着有了这一次紧急的部署，而且境外的侦查肯定受限，顶多是外围的了解，要真正付诸行动可能差得还远。俞骏皱了几次眉头，小声问道：“这是要火中取栗啊，而且时间肯定不多了。”

“对，这个词用得好，就是火中取栗。以往我们的联合行动是掌握确凿的犯罪证据以及确切的行踪，才有可能在缅方的配合下实施抓捕，但那是针对没有什么背景的个体罪犯，缅方也想除之而后快。针对这种攀上民团背景的就麻烦了。缅北这个地方，以前主要的经济收入是毒品，现在是毒品和电诈。想正式追捕石金山这样一个已经被民团庇护起来的，难度就上来了，毕竟我们不可能正面对决。”赵少刚道。

“如果以迅雷不及掩耳之势拿下石金山，会有什么后果？”程一丁出声问道。

赵少刚笑了，直接道：“你说到我的心坎上了。那样最好，你捅娄子，我擦屁股……这话有点难听，但很多时候事情还只能这么办，毕竟是断人财路，沟通和协调真搞起来了，没几个月你来我往踢皮球，出不了结果。还有一个最大的问题是，各民地武装都有自己的势力范围，简单地讲就是在自己的地盘上可以为所欲为，制毒、设赌、组织卖淫以及杀人放火，都是常态。”

众人刚笑出来，笑容就僵在脸上了。那地方可能比传说中还要可怕，一个不法之地汇聚起一帮不法之徒，能乱成什么样子可想而知。赵少刚看看来的众人，现在唯一没开口问过的恰是他最期待的那个人。他好奇地看着安静的斗十方，像是等待。

“情况不明，只能见机行事了。”斗十方道。

“我们还有点时间，可以合计下方案。我接手这个任务时了解到，你们最早安排的追踪小组已经到了龙川口岸，他们追踪到了直接参与作案的一个人，现在应该也偷渡出去了，我们正在寻找这个人的行踪。对于龚骁龙，我们找机会，其余这几个目标，你们考虑下。如果给你们提供条件的话，有没有可能利索解决？我的意思是，不能搞出太大动静。”赵少刚道。

“也许有……直接参与作案的这个人叫沈凯达，是个顶缸的小角色。石金山不可能认识沈凯达，更不可能指挥他去作案，这中间应该还有一个人。”俞骏思忖道。

程一丁几人脱口而出，有点不相信地说了个名字：“傻雕？”

“对。这个傻雕每次见机都很快，能刨到沈凯达这种替死鬼的，只有他能办到。我甚至在想，过了一年半载，他敢把监狱里出来的那帮炮灰全给忽悠到这儿。现在八大骗里漏网的，就剩这俩了。找到他，说不定就有突破口了。”俞骏道。

这个信息引起了赵总队长的兴趣。很快，手机上的资料就到了赵少刚的眼前，一张极度猥琐的小丑脸。赵少刚看案情，皱着眉头问：“有用吗？”

俞骏注意到，这位总队长的目光所看向的地方，是斗十方，似乎在征询斗十方的意见，不过再一想也不奇怪了，所有人里，恐怕没有比两次卧底更有发言权的人了。

斗十方看看大家，摇了摇头，泼了瓢冷水，道：“石金山已成惊弓之鸟，再惊可就跑得更远了；龚骁龙，看这履历，算得上资深对手了，这种情况下，在取得黑产信息之前，他肯定会把石金山看得很牢，只要我们一有动向，他马上就能明白过来。至于傻雕和沈凯达，也不能动，一动等于给他们发了个信号，他们再换上几个地方，那我们只能隔境兴叹了。”

思路清晰，恰恰说中赵总队长的心思。他一捋满头华发道：“这是个死局，不可能有试错机会。稍有差池就是满盘皆输，还可能导致我们成为那些骗子和民地武装的笑柄。可我们没有选择，死局也得解。”

警察这个职业，有时候必须接受反逻辑甚至反人性的命令，不过没有人觉得有什么不对，相对于这个职业要达到的诉求，所有的细节瑕疵从来都无关紧要。

于是全车人陷入了沉默，对着拉出来的地图和嫌疑目标，苦思着解开这个死局的最佳方式……

“木姐”这个地名是缅语的发音，说是个市，其实相当于20世纪国内三四线小城市的水平，脏乱差遍地可见，黄赌毒公然流行，即便傻雕和沈凯达这样资深的嫌疑人，都觉得自己在这里算得上良好市民。这不，两个人此时正在瑟瑟发抖呢。

咋啦？也没咋，就是去的路上，带他们的雄哥接了个电话，半路折向一处院落。一进院子，都是持枪的汉子，他们叽里呱啦不知道说了一堆什么，那位雄哥勃然大怒，似乎叫嚷着把人拖出来。

这一拖，沈凯达差点当场尿裤子，人居然就被关在院子当中的地牢里，居然都是赤条条地被拖上来，居然连性别也不分，其中还有一丝不挂的女人。那些守卫轻车熟路地挨个踹过去。其中有的可能已经被关久麻木了，求饶都没一声。其中有一个被剃了阴阳头，雄哥踱到他身边，不怀好意地瞄瞄他的下体，睥睨问道："钱为什么还没到账？你浪费我们电话费是吧？"

"雄哥，我一定还，我再给我亲戚……啊！"

那人的求饶尚未结束就发出一阵惨叫，是被穿着大皮鞋的脚踢到了下身。这雄哥起身用缅语嚷着，似乎安排正常作业一样。那些守卫每人分散对付几人，正常的作业包括拿块破鞋底扇耳光，揪着头发，往脸上敷块毛巾倒水，片刻间一院惨叫连连。那个刚才被问话的人似乎新欠未久，得到了特殊关照，被光着扔进了满是矿渣和石头碴的垃圾堆。那些人一边拿鞭子抽，一边看着他触电似的打滚。

"走了，走了，这群还不起债的穷鬼，天天生气。"

雄哥一揽旁边发抖的傻雕和沈凯达，先行离开了。他且走且道："两位兄弟别笑话啊，我们就这低级水平，不像您二位跟着大老板，一单几个亿，以后可得多仰仗二位了。"

雄哥是中国人，不过汉语没有缅语流利，说不清是哪儿人，不过听得清这话里根本没有仰仗的意思。王雕尴尬应着，难得地谦虚回道："我们也是跟石老板混，混不下去了才来投奔龙哥，雄哥，您别客气。"

"必须客气，龙老大交代下了，侍候不好二位兄弟，回头得把我扔水窝子里收拾。"雄哥打着哈哈。水窝子？沈凯达一想那光溜溜被关在水牢里的男女，吓得激灵了一下。这个细微的动作被雄哥发现了，他凑上来问："兄弟，你没见过这事？"

"没有，没有。"沈凯达紧张地摇头。

"就是咱场子欠钱还不了的，这得有手段啊，既不能整死，也不能让他们活得舒服喽，要不他不好好还钱给你啊！这里面有讲究了，得先轻后重然后狠，你不逼一下他们，你真不知道他们家里能拿出多少钱来。”雄哥道。

王雕吓得一哆嗦，就那一院惨叫如杀猪的，敢情还不算太狠的？沈凯达鬼使神差地问了句：“要真拿不出来呢？”

“那只能卖给马帮当肉袋啦。”雄哥道。

“肉袋？”沈凯达不解。王雕斥了句，道：“就是贩毒。”

“贩毒还有这叫法？”沈凯达脱口道。

“是吞肚子里运货。”王雕道。沈凯达一愣。这叫“肉袋”倒是形象，只是恶毒了点。看着这些人，他倒觉得自己的经历都算平凡普通的了。

“雕哥懂得蛮多嘛……这没啥稀罕的，走，带你们见见这里的人间天堂，保你们没见过。”那雄哥推着二人，上车离开了。

这似乎是故意的，故意把两个人吓得心惊肉跳，不过等到下一站进入一处貌似KTV的场子，心惊肉跳又变成心旌飘摇了。门脸不起眼，原本以为这小地方也没多好的夜场，可一进门发现错了，全场乱哄哄的，得有几百人，劲爆的舞曲震耳欲聋地响着，吸粉的、嗑药的、狂摇的就那么大大方方地玩着，几个钢管T台上身材火辣、几近全裸的女人时不时引起一阵欢呼。每每她一近台前，一倾身，再起时花花绿绿的钞票塞满了胸前和腰间。

此时雄哥再看这两位，两个人瞠目结舌，大张着嘴，嘴角上挂着亮晶晶的口水，眼睛里闪着绿幽幽的光。他看着迎接来了，顺势一推，王雕和沈凯达猝不及防，被一片娘儿们环绕了。

“使劲玩啊兄弟们，明天你们要还能起了床，我可看不起你们啊，哈哈。”

说着，那两位被一群姑娘连拉带扯拽到包厢里了，不容分说地酒肉伺候上了。雄哥看着两个人半推半就入了戏，这才悄悄退出了门，点上根烟，拨通了电话，汇报道：“……龙哥，是我……按您吩咐办了，不是个狠碴儿，见咱们那架势都快吓尿了，现在我把他们带KTV这儿了，俩货很饥渴，瞅见娘儿们眼都快绿了……我可真看不出来，这几个货办这么大事，刚才说我真以为是骗子，不过，哥，接下来咋办？这儿可没秘密，用不了几天都知道财路在咱们这儿……啊？这样成不？……嗯，行。”

他挂了电话，似乎都忘记抽烟了。龙哥的安排很奇怪，居然是让他带着王雕和沈凯达大大方方逛，这是生怕别人不知道呢？咦？好像不对，那个石胖子还被看着呢，光把这俩小角色放出来，是钓鱼上钩呢，还是投石问路呢？

他远远地看了很远处一片状如星河的地方，那是国境线外的另一侧，想到此处时，他一阵心悸，就像那里有一种恐惧让他不敢直视，甚至不敢去想一样……

“那个灯光汇聚的地方是口岸检查站，再远处就是木姐，距离陇北市龙川口岸直线距离17.4公里，自20世纪七八十年代开始，这里一直是禁毒第一线，而现在，除了毒品，还要再加上电诈。我大致了解过，今年以来，单在这个口岸已经拦下了两万七千余人。部里连发几次出境警告，很多不明真相的群众被骗出境打工，一出去就落进魔爪，不是被骗赌输得一干二净，就是被逼着给电诈团伙打工，更有甚者，被贩毒团伙威逼用身体携毒运毒……这是颗毒瘤啊。”

赵少刚指着远处道。此时车即将到站，在一条公路的制高处泊停稍歇，可能是赵总队长刻意安排的。

“我在内网了解过，这里的禁毒形势很严峻。”俞骏道。

赵少刚恨恨说道：“更严峻的是电诈。我本来主抓的就是禁毒反恐，这几年硬是把我逼成反诈专家了。前些年我从舆情中发现了个奇怪的现象，各监狱释放的人有很大一部分都往这儿聚集，后来才明白，是诈骗公司业务急剧扩张，把那些打砸偷抢的都吸收到队伍里了。每年这里会接待来自全国各地的警察同行，大部分是追到这里就停止了，一线之隔，无可奈何啊。”

只因这条线是国境线，警察有国别，而犯罪没有。俞骏无奈道：“为利所驱，比洪水猛兽还难阻挡啊。”

“对，只要没进国界，我们保持最大限度的克制；但严刑峻法也挡不住利欲熏心的人飞蛾扑火啊。国境另一侧，那是个乱世啊，军阀林立，民团横行，毒品和电诈几乎是他们经济的全部来源。两国倒是有协作，但你觉得他们会真取缔吗？”赵少刚冷笑道。

“这里应该是个灰色地带吧，总不能眼见着他们这么猖獗啊？”俞骏小声地问。

赵少刚看了他一眼，点点头，又摇摇头，思忖道：“我们不能侵犯对方的主权，除非对方主动要求或者双方协作，否则我们穿着这身警服，不能踏出国境线一步。在这里，我们代表的不仅是警察的荣誉，而是一个国家的形象。”

“我们现在对嫌疑人都是全球追捕，出境，难道真没有办法操作？”俞骏问。

“有，正常的流程是，我们把嫌疑人的犯罪证据以及掌握的犯罪嫌疑人的行踪，交给对方的执法部门，等对方执法部门审核后决定是否抓捕，抓捕后是否引渡或者驱逐出境。很多国家其实还主张就地服刑，如果嫌疑人在所在国也有犯罪的话……算了，解释起来像笑话，跨国的司法合作太难了，更何况这里是一片战乱之地。”赵少刚苦笑道。这才是最难的地方。

俞骏压低了声音问：“我其实更想知道，不正常的流程是什么？”

随行几位笑了。赵总队长笑了笑，道：“也有，那你得两手空空出境，而且得赤手空拳从一个连的武装民团保护下带走人，带走只是第一步，第二步你得有办法在他们的追杀下逃命，而且得有办法带着人通过对方的口岸检查站。注意，民团和对方边境军队的关系很好，几乎是一家。偷渡就别想了，几乎都是他们的人。”

赵少刚说完回看俞骏，明显被难住的表情。赵少刚笑道：“要不你以为这里是怎么成法外之地的？要那么容易被拿下，就不至于盘踞这么多年了……每年牺牲在这里隐蔽战线上的同志具体有多少我不知道，但绝对不在少数，即便动用这类同志出手，我都觉得胜算不大。走吧，快到了。”

一番了解后，士气反而渐行渐落，到站后几乎落到冰点了。下车时已到凌晨时分，来迎接的巫茜、陆虎、络卿相一行也没有一点兴奋。不知是疲惫还是失落，这一晚，在赵总队长抓紧时间休息的安排中结束了。

不过也算是开始，一个很不利的开始……

厉兵砺心，事必有因

空中挂着密如蛛网的线路，胡乱分布的墙钉已经锈迹斑斑，通往这里的水泥路已经变得坑坑洼洼，再加上门口那些叼着烟的持枪守卫，你可能无法描述这种文明与野蛮共存、现代与老旧同在的环境究竟是什么地方。

是龚骁龙邀请石金山来的地方，他的公司，楼层上挂着显得有点破旧的公司名称：翔龙电信。

传说中的电诈公司就这个样子，有点让石老板大失所望了。他眯着眼打了个哈欠，显得有点意兴阑珊。前座的龚骁龙注意到了这个细节，笑了笑，浑不介意地回头说道："这就是我的公司，石哥，门脸有点小，别笑话兄弟啊。"

"不能，不能，凡事不能光看表象。"石金山道。很难想象，在这小破公司里能有多大玄机。不过龚骁龙的钱库他见过，和这里实在匹配不上。

"所以得让您来看看真相啊，这也是我的诚意，请。"

龚骁龙亲自给石金山开的车门，带着他进了院子。院子里的水泥地也显得老旧了，看这老楼怕是连电梯都没有。进门才发现，别说电梯，就连往上走的楼梯都没有，龚骁龙请他走的方向是地下室。过了两道看守紧密的铁门，门一开，突兀出现的真相吓得石金山打了个哆嗦。

足有几百平方米的地下室里灯光通明，几十位裸身的男女在不锈钢的工作台前忙碌着，称量、出模、封装、打印，有条不紊地进行。那一块一块精致的包装，怕就是这里的特产了：毒品。

"呵呵，壮观吧？"龚骁龙笑着问。

石金山愣着点点头。那些工作人员浑身光溜溜的，却人人戴个大口罩，看上去诡异无比。龚骁龙解释道：“光着屁股的最诚实，所以被扒光是最好的防范措施……以前这地方全靠这个，后来有了‘电信’业务，这个反而成副业了，不得不说科技改变生活啊，几十年的老业务居然被简单的网络和电话改变了，哈哈。说起来还是‘电信’业务好啊，动动嘴就把钱赚了，不像这断子绝孙的活儿，得提着脑袋干。”

说的自然是毒品和电诈生意的对比。对了，这儿所有的“电信”业务，都是诈骗。石金山半晌才从震惊中回过神来，好奇问道：“这个很赚钱吧？”

“越来越差了，真运回内地才赚钱，在这里只有批发。军队提成差不多就把利润吃完了。光批发吧，利润太低；自己走货吧，危险太大，折人丢货是小事，要被那头雷子给盯上，那睡觉都安生不了。”龚骁龙道。

石金山心虚问道：“咋？还能穿过国境线抓咱？”

“大哥，这儿七八成的货都是运往国内，这么大的毒源，那头能不上心？就这木姐城里，那头过来的雷子真不在少数，没准啥时候瞅冷子就把人给提溜走了。”龚骁龙道。

这不像吓唬，石金山更心虚了，张口结舌。龚骁龙一揽他，道：“要不养这么大的民团干什么？一防自己人，二防那边来的人，主要还是防自己人，这地儿黑吃黑的太多。”

“这样啊，那咱不是交保护费了吗？”石金山道。缅境以毒养军、以军护毒已经沿袭几十年了，这里一直就是民地武装的天下。

“难啊，石哥，那些人只收钱，不管事，得靠自己。真被那边人不声不响地弄回去，就这儿的武装敢吭声？要团伙火拼谁把谁黑了，他们更不吭声，分赃都得给他们最大的一份……哎哟，您是不知道啊，我这些年睡觉都得睁只眼。”龚骁龙道。这艰难的“创业史”连石金山也油然而生同情之感。

但石金山仍然没看明白龚骁龙的意思。他心里猫痒痒似的想问自己那事的进展，却没敢问出去。而且他现在严重怀疑，他这个大侄给他的去处十有八九是坑他。你瞧瞧，这都是武装贩毒的，老子在这儿敢谈条件吗？

肯定不敢谈，不过也得装样子谈下去。两个人走马观花地把制毒工厂巡视了一遍，就上楼了。自另一出口上楼石金山才明白，楼下制毒，楼上就是电诈，敢情还多种经营呢……

“这里就是口岸检查站，也是入境的最后一道检查站，每年从这里通送的出入人员逾20万人次。中缅边境一共有十五个这样的边境口岸，去年的时候边贸总额达到41亿美元，相当于200多亿元人民币。缅甸的优质木材、玉石，我方的建材、日用消费品，都是通过这些口岸交流的，这里也是将来‘一带一路’的重要关口，不管有什么冲突和矛盾，经济、文化的交流必将是主流。”

巫茜介绍道，身边是陆虎、小络以及从中州赶来的小组成员。俞主任一大早被赵总队长邀走了，估计要商议行动方案，而这些成员呢，就被安排由巫茜带队游览了。

大家明显有点心不在焉，邹喜男提醒道：“美女，跑题了，我是打击犯罪，对其他没兴趣。”

他一开口，陆虎和络卿相都回头怒目而视。斗十方一怔，然后笑了。这俩人明显已经自愿加入护花行列了。他和老程嗤声一笑，邹喜男尚不自觉，纳闷问道：“呀？你俩小豆芽准备跟我叫板？”

“竖起你的驴耳朵听好了，出了国境线就你这蠢样，走不出2公里。”陆虎道。络卿相附和道：“顶多1公里，1公里外就是战乱六十年的地方。”

不知情的邹喜男被训得摸不着头脑。巫茜圆场道：“没有走题。我要告诉大家的是，经济建设是主流，不可能因为这里的犯罪就因噎废食，相比现在的经济总体量以及未来巨大的经济潜能，犯罪只不过是某个特定时期或者历史遗留造成的社会问题，随着经济的发展它会被解决的……好吧，说这话我也没底气，我们往前走走看吧。”

想说服满是质疑目光的警察没那么容易，巫茜领着众人继续往前走，出示证件后通过了武警检查岗哨，自小广场进入安检楼。这是一处现代化程度相对较高的口岸管理处，证件识别、行李扫描、面部识别，和内地没有什么区别。据陆虎说，再往前还有两处人工检查站，那里的原始检查才是最凶险的，基本上能截获试图入关的大部分夹带毒品。

此行目的地却是与口岸检查站相连的一处无名之地，过了两层岗哨、门禁，进入一个小院子，进来时正有一辆大巴准备驶离，被滞留的人员正垂头丧气地排队上车。

“不要奇怪，这是来自全国各地被劝退的群众。部里已经连续发出中缅边境警示，克钦武装和政府军有可能在近期发生武装冲突，缅北一带经营黄赌毒骗生意的民团难以为继，正大量扩充人手，他们的首选就是欺骗境内的普通群众出境打工。今年以前，十五个口岸已经劝退了非正当理由出入缅境的人员九万余人次……这和反诈的宣传、预防一样，我们要最大限度地预防和制止犯罪的发生。”巫茜道。她总是有意无意地瞟向斗十方几眼。不过让她失望的是，斗十方像这里出产的玉石矿一样，不管内里多么锦绣，表面上啥都看不出来。

又是邹喜男出声了，他问道：“咦，巫美女，这是不是就是缅甸招工那个，全招到电诈公司里来了？”

“据我们了解到的情况看，不单是诈骗，他们还会按文化程度和家境条件分类，有的在赌场，有的在电诈。控制人员的方式也有很多，不限制于没收护照、非法拘禁，甚至强迫卖淫或者制毒、贩毒。”巫茜道。

这把邹喜男吓了一跳，“哎哟”的嘴形刚出来，被眼明手快的斗十方一端下巴，成了哎哟声，把舌尖咬了。他气得伸手要掐斗十方，却不料斗十方的两指戳向他的眼睛，他忙不迭地后退。斗十方轻松化解，斥道：“你不要多嘴，这才开始看，狠的还在后头。”

“什么狠的？”邹喜男不解，看看斗十方，又看看巫茜问，“有吗？”

巫茜表情稍显尴尬，像被窥破隐私一样一摆头：“我忘了咱们小组口味重，还是直接来狠的吧。”

她转身走去，又沿着这个像迷宫的区域步行几分钟，到了一处武警看守的滞留场所。这里身份审核很严，核实了两遍后，面无表情的武警带着这一行人进了个四面围墙的地方。

这里像医院，有各式各样的仪器，还有警服外面套着白大褂的工作人员。不过病房过于简陋了，几乎是大通间，一多半床上躺着病人。那些病人无一例外都是眼神呆滞、神情木然，对外界的一切几乎没有什么感知。唯一坐着的那个，工作人员在他眼前晃手指问话，而他什么反应都没有。

蓦地，有反应了，却是其中一个躺着的病人从床上毫无征兆地滚了下来，吓了离他最近的程一丁一跳。那个人卷曲着满地打滚，嘴里发出嗷嗷的叫声。闻声而来的几位工作人员七手八脚地把他抬上病床，推进了手术室。

“我的娘咧，这是咋啦？我咋看着像生化危机一样？”邹喜男浑身汗毛直竖。这大白天的情景倒比面对持枪歹徒还让人紧张。

“体内藏毒，很多人由于吞服过量导致胃下垂、胃壁破裂。如果毒品包装不好，渗漏了，还可能造成生命危险。被骗出境的群众，如果连电诈也做不了，就会被安排进赌场。如果那儿的活也干不了，那些犯罪团伙会设套让他们欠上一屁债，最后的下场就是被逼用身体携毒入境……他们的黑话叫这些人为‘肉袋’，十次里哪怕成功一次，对他们而言也是暴利。至于这些被称为‘肉袋’的普通人，按《刑法》，多半会被判处十五年以上的有期徒刑。”巫茜道。

一旦被中国警方查获，除了在这里等待命运或者法律的判决没有其他可能。而不管是什么判决，恐怕都没有好结果。这是一群余生已毁、生无可恋的男女，是根本没有犯罪动机而被逼迫成为罪犯的普通人。

远道而来的几位惊愕，不，甚至是惊恐地看着那些人。人性能恶到什么程度，才能堂而皇之地把同类，甚至是同胞炮制成运毒的肉体容器，把一个个鲜活的生命变成行尸走肉？

够狠，狠到令人发指，狠到让观者目眦欲裂……

“回顾台式诈骗祖师爷的‘创业’足迹，至今令人唏嘘。十年前，我听到固定电话、QQ甚至书信能够完成诈骗，都觉得像神话一样，不过几年时间，现在你再看，我们每年能席卷走的财富，已经把世界上数得着的犯罪帮派远远地抛在身后，就是这里延续几十年的毒品生意和我们相比也黯然失色啊，哈哈……”

龚骁龙领着石金山上楼，铁门洞开之后，里面别有洞天，窗明几净的办公环境，蓝白相间的工作格间，戴着耳麦的工作人员，隔间之间还做着隔音。如果不是知道身处战乱之地，恐怕会被当作那座城市里一个高大上的现代化公司。

“最早的打电话冒充公检法、冒充熟人、冒充黑社会如今已经不行了，现在行业的前三是兼职刷单、贷款诈骗和购物退款，目前看潜力更大的是短信嗅探、木马盗窃等。现在整个行业都在开发，类型大概已经有270多种，什么原油、贵金属投资、荐股、交友，等等，说不好听点啊，原来见不得光的产业现在已经变成人人向往的职业。有句话怎么说来着？你们可以怀疑太阳明天是否升起，但千万别怀疑骗子的能力，是不是啊，石哥？”龚骁龙问。

看着这里成规模的电信诈骗终端，石金山有点自惭形秽了。他尴尬应道：“还是老弟您这儿厉害，我们也就瞎混。”

“不不不，你们可绝对不是瞎混。坦白说啊石哥，你初来乍到跟我讲冒充公检法干这单活儿，我都觉得是个笑话，可结果呢？您老可是一单成神哪……嘿，小徐。”龚骁龙叫着一个工作间的人。隔间隔音很好，敲了几次门对方才反应过来，是位留着长发的男子，摘了耳机恭身叫道：“龙哥。”

“给你们介绍一下，小徐，我的业务主管……这位是石哥，长南这单就是石哥提供的。我说小徐，这回天外有天了吧？”龚骁龙道。那位小徐大惊失色，不容分说握着石金山的手连连鞠躬：“前辈，高人风范，我们服了，我们服得五体投地，真没想到还能这么玩儿。”

“别别，客气了，客气了。”石金山慌乱应道。

“回头多向前辈请教，瞧瞧人家那话本，简简单单，直指人心，哪像你们，挖空心思骗几个老娘儿们，弄点钱还不够人家水房笑话你。”龚骁龙斥道。

这位小徐尴尬地笑道：“供料断炊，只能撒大网捞小鱼啊。”

“去吧，很快就有了。”龚骁龙拍拍小徐的肩膀，训斥里也透着欣赏。小徐恭身告辞，钻进了隔间，龚骁龙给石金山解释道：“这是个计算机专业毕业的，在国内一家通信公司干过，VOIP网关就是他们搞出来的。这玩意儿相当于一个跳板，基本让那边的警察没机会追踪到电话来源在这儿。现在这个行业，已经成为一个庞大的、专业的、分工严密的产业集群。各个派别的绝对信任可以制造出一个又一个让人耳目一新的骗局，比如肥羊的个人信息，由黑客、内鬼或者暗网提供；比如木马病毒，得找宾阳仔；比如营业执照、公户、银行卡、电话卡，就找国内的中介；洗钱嘛，也简单，最快的点卡公司三分钟就能到账。但这个产业链几个月前遭到了几乎摧毁性的打击，您知道吧？”龚骁龙问。

石金山对那次几乎连他也被摧毁的打击自然记忆犹新，他脱口道：“断卡。”

“对，这招太狠了，上下游几乎断流了……但是，天无绝人之路，您简直是为我们送来火种的普罗米修斯，全行业可都盯着石哥您嗷嗷待哺啊。”龚骁龙笑着道。

石金山动着心思，却不知龚骁龙何意。理论上龚骁龙是买方，应该嫌货压价才对，可这么说，岂不是给卖方奇货可居的机会？

也不对，似乎在这里自己并没有议价能力。他瞄了眼龚骁龙腰上别着的锃亮枪把，心头颤了下。这帮赌、毒、诈多种经营的怪胎，并不像那种单纯的诈骗同行好相与，和他们打交道肯定得小心点。

“请，这是我的办公室。”

龚骁龙拉开了临窗的一间，把尚在傻看的石金山请了进去。他又忙着冲咖啡、剪雪茄，片刻后，粗大的高希霸点好火递到了石金山手里，一杯浓浓的手磨咖啡放到了石金山面前。氤氲的香味让老石有点陶醉，仿佛回到了之前在国内时那种奢靡生活。他轻轻吐着烟圈，问道：“龙老弟，我那俩兄弟呢？”

“哦，昨晚玩到半夜，估计还搂着妞做梦呢。小伙精力旺盛啊，昨晚带走七个妞。”龚骁龙哈哈大笑道。那俩不知道多长时间没见女人了，他手下安排的陪酒妹子，他们不客气地全收了。

石金山干笑两声，道："老弟费心了啊。"

"这事，这地方还没人敢动我的人，就那边的便衣过来，他们也只敢看看。"龚骁龙得意道，"石哥，我有个想法您给点拨点拨。"

"什么想法？"石金山警惕，估计到正题了。

"您来给我搞这块生意怎么样？"龚骁龙充满期待地问。

"我？"石金山愣了。

"啊，不瞒您说，这里的人您按部就班地教他们怎么干，没问题；但要创新地干一件事，就不行了。您呢，上头来的，眼光和格局都是我们不具备的，更何况您有逆风这条线，您就是到哪个公司，他也得把您当大爷供着。"龚骁龙道。

"呵呵。"石金山笑了。这恐怕是想连人带料一起留了，他摇摇头，道："龙老弟，我干这行几十年了，老了，也累了，就想整点棺材本养老，而且呀，凭我自己的感觉，雷子里也有高人啊，以前组个局、设个盘，一般情况是吃干抹净都撤身了，雷子才能反应过来。而现在啊，你刚组好局，雷子就出现了，甚至还没组局，你这张脸搁哪儿一出现，雷子就盯上了，这行啊……"

一言难尽，对于骗子的生存空间被挤压，石金山深有体会。龚骁龙劝慰道："别介啊石哥，您眼光放长远点，骗不成中国人，咱们骗外国人啊，就算不去骗外国人，咱们可以教外国人骗外国人啊，比如让日本人骗日本人，让美国人骗美国人，那照样大有可为啊！您看看国内，那些搞P2P的，拿个直销牌照搞传销的，或者开个资金盘融资的，那什么钱宝网、云联惠、善心汇、五行币，等等，哪个不是吸金过亿？您给提供的这个思路啊，我觉得已经站在思维前沿了，再加上我们的前沿技术，我们兄弟联手，那百分百大展宏图啊。"

"龙兄弟，不瞒您说，您说的这些技术什么的，我还真是一头雾水，我也是借花献佛，那法子和这点肥羊信息，是别人给我的，我们呢，也就想换俩小钱，真没那么大想法，您可千万别把我高看喽。"石金山谦虚道，生怕对方误会。

“那石哥啊，您刚来时说，逆风……到底怎么样了？”龚骁龙好奇地问。

石金山心一抽，记忆里掠过那个夜晚，之后发生了什么，他无从知晓，可他相信，下场恐怕不会比他现在更好。他摇摇头，面无表情地道：“不知道，不过如果时间来得及的话，应该换脸了。”

对于深谙犯罪的人来说，能听懂话里的意思，在国内这是唯一能躲过无所不在的监控的最佳方式。只是这个答案让龚骁龙很失望：“我对这位前辈非常神往，只不过他在这行一直是神龙见首不见尾。以前在暗网上只要留言，基本有求必应，而且他的供料含金量很高，在上游产业领域，无人能出其右啊。”

“您现在还在怀疑，我手里的料不是出自逆风？”石金山笑着问。

“不不不，石哥，您千万别误会。”龚骁龙客气道。

石金山干笑着呷了口咖啡，慢吞吞道：“这批信息按行话叫‘生料’，从来没有人用过，是我和一个高手耗时大半年收集的，成本都不止100万元，主要来源一部分是银行大客户的信息，另一部分是各地商务招待以及高端会所的名录。所不同的是，我们对这些信息进行了深挖，细致到住宅、车辆、银行户头、生活习惯甚至性癖好和社会关系。具体您也看过了，其实只要针对这些人的弱点设套，基本套一个准一个，在无限降低风险的同时，也无限提高了可能收益。如果不是我的团伙在荆汉出事，被警察收拾得七零八落，这事我们也就自己干了。”

石金山说着，龚骁龙听着，他瞟了眼桌上打印好的文字，下意识地把那份东西拿开。上面印着一个网页，正是荆汉特大假保险案的报道。那个哄传一时的诈骗案案值可能算不上顶值，但其如此胆大妄为且异想天开，实在让同行忍不住点赞。

“信息压缩存储在十几个云存储里，我知道其中两个的地址和密码，龙老弟如果有兴趣，我现在就可以给您，您可以验验真伪。”石金山道。他奇怪地发现龚骁龙似乎有点心不在焉，不过出于谨慎和礼貌，他没有打扰。

此时的龚骁龙确实分心了，面对的电脑屏幕上有数则信息，英文、中文繁体、马来文和泰文，那些文字传达着同一个意思，只有电诈这个行业的人能看懂：逆风回归，大量生料即将上线，欲购从速。

信息来自暗网，地下世界的消息鲜有失误，这就有意思了。龚骁龙将目光再次投向石金山，不得不重新审视下该怎么处理这位自称是“逆风”的使者了……

国境的另一面，整个一天大家都无所事事地参观学习，从口岸检查站到滞留人员，再到看守和监狱关押的人员，算是大开了一次眼界，不过没学到什么东西，就是窝了一肚子气回来。

毒品和电诈在这里是仅次于边贸的两大产业，也是控制这个地区民地武装经费的来源。对于堂而皇之地犯罪，他们自然是放之任之，直接导致的后果是每年以数十亿计的社会财富流失，再加上那些数以万计的普通人被迫、被骗成为涉赌、涉毒、涉骗的犯罪嫌疑人。

下午参观回来后，大家各回房间。作为警察，那种无能为力的郁闷很折磨人，大家都闷在房间里没有出来。一直在天将擦黑的时候，角落的一扇门打开了，斗十方轻轻从房间里出来，来回踱了几步，然后走过甬道，上了楼，敲响了总队长的房门。

片刻后，门开了，总队长警惕似的把房门只开了一道缝，奇也怪哉地看着斗十方，半晌才问：“有事吗？”

“有点不自量力的事，想毛遂自荐，您有兴趣吗？”斗十方笑笑。

“正在研究行动方案，还没到讨论的时候，或者说，你还没资格坐在这里。不过没关系，如果你能说服我，我可以破例。”赵少刚也笑了，打着哑谜。

“行动快了，就在这一两天。”斗十方道。

赵少刚被吓了一跳，皱眉问：“何以见得？”

“下车伊始就制造仇恨，现在把大家搞得疾恶如仇的，不是行动，我实在想不出还有其他什么用意。”斗十方道。

从这些就猜到了要行动，不得不说面前这位比其他人敏锐得多。赵少刚笑笑道：“嗯，没错，但这些差不多都猜得出来，算不上秘密。”

“那么诱捕是不是秘密？”斗十方直接道。

赵少刚一皱眉头，摇头道：“错。”

“错不了。一个手里掌握着民团武装的嫌疑人，一个我们并不掌握情况的地区，不可能是正面抓捕。即便明面上控制这里的民地武装同意，暗地里也一定会通风报信，这儿绝对是个兵匪一家的天下，否则就不会有十万电诈分子都往这里汇集了。”斗十方道。

“但还是不对。这些人富甲一方，又拥兵自重，我们又能拿出什么香饵诱他上钩呢？”赵少刚道。

斗十方想了想，直接道：“有一个诱饵，逆风。”

这是一个有魔力的字眼，即便所代表的人已经服法，此时仍然具有说服总队长的魔力。赵少刚侧身开了门，道：“进来吧。”

屋中央坐着俞骏和巫茜，都笑着看着他，就像在等他一样。斗十方进去后，门被轻轻地掩上了……

第四章
重拳出击擒贼擒王

长线香饵，暗夜张网

看到石金山上车，龚骁龙轻轻放下了帘子。此时天色已晚，连酒带饭殷勤招待并没有让这位内地来的石老板松口，他仍然坚持先拿到新身份、护照以及传闻中的海外账户余额才会提供手里的信息。原本顺理成章的事，现在龚骁龙有点犹豫和怀疑了。

笃笃的敲门声起，他顺势回身开门。是那位长头发的年轻人，这是公司的技术专家，有前科没前途后，流落到这里淘金，被他挖来的，在本行也算资深的了。龚骁龙坐下，犹豫道："小徐，问你个事，这位石老板要500万美元加一个合法身份，你怎么看？"

"如果是逆风的料，高点也值了，毕竟长南这一单，收的都不止这个数。"小徐道。他揣度老板是不是不准备给这个钱，或者根本就没准备给，提醒道："这么重要的信息他不会不防着，使用强力没那么容易到手。"

"这个你不用考虑，和以前交易对比一下，说说看。"龚骁龙疑惑问道。

"以前交易您知道啊，或者给咱们寄送一个大容量硬盘，小部分供测试，大部分加密，付尾款后会发送给咱们密码；或者让咱们提供云存储，他给你存进去，服务器肯定不能在境内，毕竟国内那些网警也不是吃素的；即便是存进咱们指定的云存储里，也是加密数据。逆风向来谨慎，收钱更谨慎，除了一小部分定金，大额的多数用虚拟货币交易。如果没有虚拟货币，他会根据你所在地区所用的币种提供最方便的交易方式。”小徐道。因为很小心的缘故，这位暗网大神一直是黑白两道都在追踪的目标，可惜还没有听到谁能追到他的传说。

小徐顿了下，又提醒道：“逆风的网络水平是顶尖的，准确地讲，他应该是个贼，他提供的车管、医保、教育等多个行业的信息多数是偷来的，而且黑过不少咱们同行，以前这儿的江老板移居菲律宾组局，资金池就被他洗劫过……不过在供料上还没听说出过什么问题，这一块儿他的信誉不错。”

“这个石金山说他和逆风是合伙人，荆汉组盘被内地警察给端了，他是险险逃生，而逆风下落不明……我本来觉得这货是个骗子，可这个骗子，一把就骗回几个亿来，这把我搞蒙了，你说是信他，还是别信他？”龚骁龙道。

“长南市做的这一单，我看话本，也就是假公检法的老套路，他们加的这些细节估计真实感强，把肥羊唬住了……但也有点问题，他好像是个电脑盲啊，逆风身边要这种人，我有点想不通。哎，对了老板，他跟您讲逆风长什么样了吗？多大年龄了？”小徐问。

“应该有二十几岁，而且换过脸，这点我倒信。”龚骁龙道。

“那就更不对了。”小徐提醒道，“最早交易离现在差不多十年了，十几岁的黑客倒有可能，但十几岁就进电诈行业不太可能啊，而且，逆风在内地倒是有可能，但亲自组局设盘子绝对不可能。他要是缺钱，只要一招呼，哪怕是假信息，恐怕东南亚这一带的团伙，都急着给他转账。”

“可不让你说着了？自己看。”龚骁龙移过来笔记本电脑，上面的页面小徐一看就眼直了。他有点激动地道：“哎呀，王者回归啊，这下我们可有料了。”

“和以前一样吗？”龚骁龙问。

“一样。头茬儿新料都在这儿卖，而且逆风向来只卖头茬儿，而且定金只收比特币，交了定金他才跟你聊一会儿，否则你想跟他打招呼都没机会。”小徐羡慕道。

“别傻愣着了，问问港台水房那些人谁有比特币，赶紧交，放料时间只有一天。”龚骁龙安排道。小徐依言拨着电话，问了几人很快搞定。接下来，小徐输了个IP地址，就等着逆风主动联系。

而此时，龚骁龙还在想着石金山这事，这个连暗网也不知道的骗子，偏偏搞回来几个亿，实在让他搞不清，那货供的料含金量究竟有多高……

现代的警务已经划分为网上和网下两个战场，网上虚拟世界里，较量的是技术和代码，和现实世界最大的区别是：你可能无从知道自己的朋友或者对方究竟是谁。

此时的“逆风”不是别人，正是巫茜。斗十方进来不久，巫茜笑着出声了：“第七家。”

“什么第七家？”斗十方好奇地问。

“第七家给我交定金的。”巫茜笑道。

斗十方眼皮一跳，明白了，脱口道：“你在假扮逆风？”

巫茜一笑，做着鬼脸问：“不像吗？反正没人知道逆风是谁……也不是没人知道，最起码我们知道。”

说完这些，她对着另一个平板传话，询问一个IP地址和网名的具体情况。平板里传来解释的声音，那声音斗十方熟悉。他悄悄伸头看，屏幕里的人让他眼皮又跳了跳，是妮可，那个肥女人，真正的逆风，此时正通过网络远程侦讯。听到解释，俞骏低头在纸上写道：FIGHT，缅北，玛仓堡，疑似孙清电诈团伙。

“我来解释吧，逆风被捕的消息我们一直捂着，这个女人犯的事不比跨境这些电诈团伙少，她呢，也很注意自己的隐私保密，被捕后，她就一直被异地关押另案处理……东南亚一带的电诈团伙，她大多数都打过交道，没想到这次用上了。有关龚骁龙团伙的信息，她提供了不少……哦，对了，龚骁龙这个方向，还是沈燕指给他的。”赵总队长解释道。

俞骏补充道：“他出卖秦江寒，也就是假逆风，换了沈燕手里的黑产信息，估计沈燕当时给他也没安好心，石金山到这儿，恐怕是羊入虎口。”

斗十方想了想，直接问道：“计划呢？”

巫茜扑哧一笑，这口吻仿佛他才是指挥员一样。此时斗十方才晓得自己的身份，不好意思笑笑道：“对不起，我是不是有点太不自量力了。”

“恰恰相反，你要循规蹈矩我才会奇怪，而且失望。俞主任，你说说咱们讨论的情况。”赵总队长道。

俞骏直接在纸上列了，点着地图上几个地点道：“几个大方向，第一个地点是龚骁龙的家，这个地方离城较远，有20多公里，守卫众多，而且离克钦军的驻地很近。第二个地点是个废弃玉石厂，就在城边，这里被他们改造成了一个赌场。据回流的人员指认，应该关押了十几名内地群众。第三个地点是他的公司，在木姐县城北区，叫翔龙电信，人员情况不详。不过据侦查员判断，应该是毒诈一体的窝点，人数至少在几十人；这个地点是重点。石金山的住处和玉石厂相隔2公里，楼下就住着他们民团的人……还有这儿，一个也是中国人经营的酒店，傻雕和沈凯达住在这里，楼层暂且不详。”

“注意，木姐这一带在克钦武装势力范围，地方武装下面还有几股民团力量，总数在三百到五百人之间，以雇佣军和偷渡到这里的有前科人员为主，一大部分是中国人……我们之前在这里有过的行动经验是，获取准确的信息，或者获得民地武装的协助。民地武装和政府是两张皮，警察局是个摆设，但即便是个战乱之地，它也是一个国家，我们绝不能做侵犯别国主权的事。”赵少刚道。

斗十方抬头问：“您前后语言是相悖的，民地武装不服从中央指挥，本身就是分裂势力，您难道说尊重的是分裂势力的主权？”

赵少刚笑道："我知道你在想什么，但别期待有成规模的行动，最起码明面上绝对不行。关注这个地区的国家很多，万一酿成国际事件，我们可背不起这个锅啊。"

"哦。"斗十方明白了，说了句，"悄悄地进村，打枪的不要，是这个意思吗？"

"差不多。之前的解救行动也类似这样。假如得到确切情报，我们总不能坐视我国的公民在境外受到非人待遇，我们有理由也有必要采取一切必要的措施保证中国公民的人身和财产安全……在这一点上，即便是民地武装也是同意的。"赵少刚道。

"我不懂政治，也不懂其中的微妙关系，但我知道，坐视罪恶的发生而不去阻止，等同于罪恶的同谋，对普通人如此，对警察，尤其如此。"斗十方道。

赵少刚愣了愣，粲然笑道："当兵的服从命令，这不是你纠结的事，而是我难办。俞主任，你直接说计划草案。"

"好，我接着说。"俞骏有种怪怪的感觉，总觉得赵少刚和斗十方有特殊感情似的，那是多年上下级才会有的那种感觉，可他们偏偏又不是。不过这时候他来不及细想，直接道：

"第一种，诱出傻雕和沈凯达，通过他们诱出石金山。只要诱离居所，那就方便我们动手了。这个方案存在的问题是，诱出傻雕能不能引出石金山，而且时间需要多少，都值得商榷。第二种，直接集中力量对石金山下手，可能面对四到八名守卫。这个方案存在的问题是，住处离玉石厂太近，如果惊动对方的话可能力量翻倍，一旦交火，我们肯定失利。第三个问题是，伺机在石金山行动的路上下手，问题是，我们现在无法掌握其具体的行踪，这个机会如果等，不知道需要多少时间……全部方案的背景是，由巫茜假扮逆风混淆视听，如果能更进一步，设法把龚骁龙调开，或者就把他滞留在翔龙公司驻地以方便我们行动。"

斗十方听着解释，看着地图。赵少刚补充道："还有一个大背景是，我们准备知会控制该地区的民地武装，以正式协商解救被困公民的名义进入木姐区域，解救玉石厂被困人员。正常情况下，民地武装会同意的。但问题又来了，一旦我们联合民地武装对玉石厂的人员进行解救，肯定会惊动距此不远的石金山以及那些守卫，甚至于我们还没有开始，他们就有可能私底下通知龚骁龙，然后转移。”

不受控制的区域，整个行动几乎都是无法控制的细节。两个人期待地看着斗十方。斗十方左右瞄瞄，严肃道：“如果你们答应不笑，我就说我的想法。”

“笑什么？我都快愁哭了，说吧。”赵少刚道。

“射人射马，擒贼擒王，为什么不直接对龚骁龙动手？”斗十方严肃道。

扑哧一声，巫茜先笑了，俞骏有点尴尬，赵少刚也笑了。俞骏无语道：“我们想抓龚骁龙不是一天两天了。他出入至少四个保镖加两个司机，有时候甚至多一倍，武器是长短枪加上手雷，别说抓人，靠近都很难。”

斗十方没有笑，而是拿着俞骏的烟盒抽了一支，点上，看看总队长，想了想，却加重语气道：“只有敢于异想天开才会成就一个骗枭，也只有意想不到才会成就一个人雄。傻雕和沈凯达这两个炮灰是诱饵，我们一动等于给他们报信了，所以这俩绝对不能动；石金山怀揣重宝，肯定警觉，既然怀揣重宝，那龚骁龙焉能对他看得不牢？怕是好手都得放在这儿，所以从这儿动也难，避免不了会有一场硬仗。但龚骁龙就不一样了，他已经做大做强，安稳数年，没人敢动他，最起码安逸已经让他放松了警惕……其实他最合适做棋眼，只要控制了他，民团肯定乱，再动石金山或者解救群众就容易多了。至于傻雕和沈凯达，都不用管他们，没有上面这两个人他们都活不下去，得自己回来。”

这回巫茜笑不出来了，似乎这么个法子，效果极好，而且可以震慑到其他电诈团伙。她脱口问出最大的一个问题：“那龚骁龙怎么动？本次的核心行动人员可能连武器都不能持有。”

“那就看你了。石金山不是也见到龚骁龙了吗？比如在家里，比如在办公室，比如在酒局饭桌上，比如在女人床上，总不能一直有十几条枪护着他吧？”斗十方反问。

这句话瞬间点燃了赵少刚总队长心里灵感的火光。他一脸惊喜，凛然催道："继续说，如果创造这样的会面机会，我们还真有可能活捉他。"

"等等……再等等，等鱼咬钩才有可能。"斗十方看着巫茜道。

这时候，电脑嘀嘀的提示音响了。巫茜瞄着电脑屏幕道："网名BIG BARRY，发来了比特币地址码，要求确认后通信……总部，确认一下BIG BARRY这个网名。"

这是逆风一贯的收款方式，虚拟货币由地址码和密钥两部分组成，先收到地址码才能和对方联系，第二次联系收密钥，确认到账后才进行下一步交易。等待了一会儿，远程侦讯里传来了妮可对这个网名的确认："缅北木姐一带，应该是翔龙电信。"

"最大的鱼上钩了，不钓他太可惜了。"斗十方眼睛亮晶晶地说。那种见猎心喜的表情感染到了其他人，旧方案被扔到一边，几人头碰头，又从头开始了。

砰……砰……砰……

几声枪响，惊得刚刚躺下的石金山一个激灵坐了起来，迷糊间才发现不是梦，而是真的枪响，而且枪声越来越近……不对，越来越近的还有脚步声，脚步声还伴着叫声，是傻雕，在喊石叔。

惊魂甫定，他长舒了一口气，起身开门。傻雕和沈凯达喜滋滋地提着酒和几样包装的小菜，楼下那几人嚷着"就在下面等"，傻雕跟他们打了招呼，这才进了门。

关上门的石金山压低了声音问道："小雕，他们没怎么你吧？"

"怎么了？没怎么啊。"王雕道。沈凯达道："托老板您的福啊，他们把我们当大爷供着，吃喝嫖赌一条龙都管了。"

"坐啊，叔，我们哥儿俩陪您喝两盅。咦，还真没想到，这地儿还能找到好酒，剑南春。"傻雕找着杯子，倒了三杯。坐下的石金山唉声叹气。酒刚到嘴边的沈凯达不解地看看，又向王雕示意着石金山这样。王雕这才发现石金山面色不对，忙关切问道："咋了叔？……咦，不对，楼下就是民团驻地，这……这不等于把石叔您软禁起来了吗？”

“哎……聪明一世，糊涂一时啊。”石金山端杯，仰脖子就灌，状极郁闷。那哥儿俩不解，关切地再问。石金山连拍额头道：“揣摩了人心一辈子，这临了一次咋就犯了个低级错误呢……这批黑料搁谁也是奇货可居，可我咋没想到，到谁手里，谁也不可能再让漏出去啊。”

所以，奇货可居成了匹夫怀璧，傻雕一下子明白过来了，紧张问道：“那意思是，咱们走不了了？”

石金山点点头道：“恐怕是，最起码短时间内走不了，我也是急着逃命犯糊涂了啊，早该想到沈燕那娘儿们也没安好心。”

说到这儿，沈凯达倒奇怪了，轻声道：“留下不也挺好？这地儿都是骗子，谁也不嫌谁龌龊，还不怕警察撵在屁股后，多好呀！”

“你懂个屁！”傻雕顺手给了这货一巴掌，斥道，“要没搞成一次还算罢了，这要成了，现在就把黑料给人家，一毛钱不要，估计都走不了。”

“那啥意思？哦，我明白了，他是怕老板您一女多嫁？”沈凯达道。现在黑料之于诈骗团伙是狼多肉少，好不容易这么块肥肉送上门，那还不得看紧喽。

看来情况就是如此了。石金山又喝了一杯，黯然道：“失算呀，失算……从被这个老娘儿们忽悠得做局就失算了，我这闯荡江湖几十年没栽过跟头，就一个小心，啧啧啧……这一次着急上火昏了头了，不该往这儿跑啊。”

“上次我也觉得太过火了，杜叔从小就教育我，坐地不沾，取钱不贪，可那帮传销的见钱就不要命了啊，生挖硬要把韭菜往死里刨，我当时就心怵啊。”傻雕道，现在他开始反省了。

荆汉那事沈凯达去得晚，几乎是快结束时才被传销的招去，其时恰好被傻雕带走。他愣头愣脑地问道：“上次我没赶上，雕哥，坐地不沾啥意思？”

“就是一个地儿不能待得时间太长。”石金山道，又自省道，“咱这行老大说过，要么不得好活，要么不得好死。好活了几十年，看来这结局也没啥意外了，就是死在这鸟不拉屎的地方有点憋屈啊。”

傻雕吓了一跳，紧张地放下杯子，喃喃道：“叔，不至于吧，就点黑料，大不了给了他们。”

“你懂个屁！七十二行，诈骗为王；诈骗行当，信息为王。这批黑料，我们光花钱都不止几十万元，都还不带沈燕给的那些料，其实只要在国内藏段时间再复出，那绝对是真金白银，甚至都不用动手，找个熟悉那什么暗网的人，说不定在网上就卖了，哦哟……咱们叔侄还是文化水平太低啊。”石金山叹道。可能属于江湖骗子的时代确实已经过去了，现在是千变万化的技术和技巧，没文化确实落伍得快。

这点傻雕倒认可，他难为地吧唧着嘴。这块短板恐怕没机会补上了。

石金山喝了几杯再无兴致，一俯身把床底的钱嘭嘭嘭往桌上扔了几扎。那十万一扎的钱让沈凯达眼睛一下子直了。就听石金山逐客道：“去吧，去吧，使劲造吧，今天有酒今天醉，明儿在哪儿管他呢，听天由命吧。”

说罢，他心事重重地躺回了床上。傻雕和沈凯达交换着眼色，两个人不约而同地揣起钱，告辞离开了。

下一刻，两个人坐到了车上，副驾的一个民团成员关切问道：“雕哥，咋不陪你叔多喝会儿？还早呢。”

“他心情不好，算了。”傻雕意兴阑珊道。

司机问道：“今晚去哪儿浪？要不去见识见识这儿的五星级赌场？那儿的妞不比KTV里的差。”

“成，去玩玩。”沈凯达兴奋道。王雕没有提意见，一行人驱车直奔赌场。

似乎就是昨晚来的那地方，白天看不起眼，可晚上一进门还是被震憾了，老虎机、百家乐、麻将台一应俱全，荷官从服装到气质似乎不比电视上的差，赌客熙颐攘攘倒比这里的集市还热闹，至于那些煞风景的持枪民团成员都是看场的，几乎可以忽略不计，看来这里的人都习以为常了。

两个人刚进去，就有几位油头粉面的小哥招待了，递酒的，点烟的，让座的，殷勤备至。两个人兜里鼓囊得早按捺不住想小试几把，渐渐地，他们有点迷醉了。那笑靥如花的荷官，一发牌，倾身时胸前白花花的，让人血脉偾张；那如蝶般轻盈的女服务员不时送来红酒，一靠近就是香风袭来。还有陪赌的小哥齐声鼓噪，一会儿雕哥威武，一会儿沈哥好牛，又一会儿雕哥帅呆了，再一会儿沈哥跩炸了。

两个人穷苦了大半辈子，哪受得了这等大爷礼遇，不一会儿便渐入佳境，一搓牌，一群人跟着大呼小叫，一摔牌，赢了一圈人鼓掌，输了一圈，人不服气地大喊再来，整个赌场的气氛都被带得一浪高过一浪。

“上头了？”门口一个民团成员问出来的人。

“能不上吗？呵呵。”他是送傻雕来的人，出门点了支烟抽了口，径直向车走去。

“咦？咋走了？那俩货咋处理？”民团的人问。

“一会儿就输得裤衩都不剩了，该扮黑脸招待他们了。”那人头也不回地道，直接上车走人了。

赌场的热闹还在继续，不过结局已经没有悬念。其实从他们踏进赌场甚至踏进木姐的那一刻起，命运就已经由不得他们自己做主了……

明修栈道，暗度陈仓

热……极度的闷热，在那股子难挨的湿热中呻吟几声，傻雕翻了个身，然后迷迷糊糊地睁开了眼，赌台、白妞、红酒，那些让人浑身燥热的东西实在是不好消受，简直是云里雾里，人跟上天逍遥了一遭似的，心里觉得有点不对劲，可脑子里萦绕的还是这几样东西。

有人说话了，似乎在叫醒他，然后哗地一桶凉水兜头浇了下来。傻雕一个激灵，清醒了，然后看清身边的事物时，吓得唰地坐了起来，再一看自己，吓得尖叫起来。同时醒来的还有沈凯达。两个人几乎是抱着尖叫，那场面好不诡异。

无他，两个人一丝不挂了。而环伺他们的是一群男人，光头的、蓄着大胡子的、脸上带疤的。还有干脆一只眼或者缺了半个耳朵的人，像一群异域兽人一样，不怀好意地笑着盯着他们俩。两个人尖叫一声就停了，看得更清、脑子更清醒之后，都没勇气喊了。

“两位老板一共输了一千零四十八万，除两位身上带的二十万，还差一千零二十八万，零头抹了，酒水白送，剩下的钱，您二位给转账还是现金啊？”

其中一个说话了，疤脸，笑得比哭还吓人。听得沈凯达一紧张，脱口道：“我怎么记不得了？”

“为防出千，场子有录像，两位想看看吗？”那疤脸拿着手机，快进播着，是昨晚两个人嗨翻全场的录像，那筹码流水似的往台子上摞，谁知道是多少？

沈凯达使劲拍拍脑袋，道：“我怎么一点儿都记不得了？”

“笨蛋，我们被下药了。”傻雕摇摇头，脑仁还有点疼，肯定是糊里糊涂喝下了。不过不愧是老江湖，他看着疤脸道：“大哥，我俩不是肥羊啊，就是跟班的，您……是不是走眼了？”

“好像也是啊，浑身没几件值钱东西，这就难办了啊，要输个百八十万，找龙哥能给填上，这一千万，你不是坑龙哥吗？人家也不可能给补这么多啊，是不是啊，兄弟们？”疤脸道。

众彪汉齐声应和，还有替他们想办法的，这卖身吧，两个人长得太丑；扛枪吧，看这膀子又不行，看来看去没用啊。还有出馊主意的，干脆卖给马帮当“肉袋”吧，运气好能出几次货，没准儿还能赚回来。

运毒的“肉袋”咋玩的傻雕可知道，他一听被吓住了，沈凯达嘴唇哆嗦着话也说不出来了。那疤脸看压力给得差不多了，蹲下来，转头示意。有人把门打开，还是昨日所见的那玉石厂，院子里又有人在做功课了。他们把那帮欠钱的人赤身裸体地从地牢里拖出来，换着花样在折磨。那肉皮挨打的啪啪声响听得两个人直起鸡皮疙瘩。

“一般情况下，我们都是先礼后兵，实在拿不出钱，而且不长眼的，才出此下策。两位确实没钱？”疤脸问。

“没有，真没有。”傻雕和沈凯达齐声道。

“你们大哥能补上吗？”疤脸问。

沈凯达看傻雕。傻雕名傻人不傻，知道掉坑里了，摇头道：“补不上。大哥，你说吧，实在不行就这一百来斤，卖这个价也不亏，虽然没落着钱。”

那疤脸被傻雕惨兮兮的样子逗得一阵好笑，对着众人还直夸傻雕够光棍。他笑了会儿，脸就拉下来：“那就暂且在这儿打工吧，拉来人、拉来钱都有提成，从内地往这儿拉个人来奖1万元；要是拉人来赌，流水提一成，干得好，说不定几个月就还完债了；要干不好，那就等着被干吧。”

外面那景象威胁足够了，这事容不得考虑，欠条、协议拿到眼前了，两个人幽怨地看着这一圈彪汉，欲哭无泪地在白纸黑字上捺了个鲜红的手印……

红手印显示在一台平板上，平板在助理手里，助理正恭敬地举着平板给后座的龚骁龙看。龚骁龙看得龇着一嘴白牙，一脸谑笑。

这是几个小时前发生的事，石金山的两个手下被圈住了，其中猫腻不足为外人道也。从境内来此的，十有八九都是用这种粗劣手法给套住，用最直接和最粗暴的方式榨干他们身上的油水。助理收回平板笑着道：“这俩是社会人，挺识相，不像没混过的又哭又闹……龙哥，这俩怎么处理？”

“小角色，过了今天再说。”龚骁龙随意安排着，然后警惕地看了看窗外。

今天起得较早，木姐县城早市已开，熙熙攘攘的人群和各色摊位与往常没有什么两样，哪怕是间或能看到背着枪的民团也不影响这里的正常秩序。这里充斥着从全国各地涌来的淘金者，他们在这片战乱之地创造了不少富贵险中求的故事。

“龙哥，电话。”

“嗯。”

片刻失神后，龚骁龙被助理喊醒了。他拿过手机看了眼，放到耳边笑吟吟地说道：“桑将军，您好。”

这是缅语。助理听到两个人在电话里开始用缅语交流，电话很短，不过他听到信息了：中国警方今天派出的协商人员将抵达木姐地区，就解救被困中国公民一事与民地武装磋商。

这个电话传达的信息是：民地武装将协助中国警察。

助理咂摸着话里的意思，轻声问道："龙哥，不会是冲咱们来的吧？"

聚集在缅北的出逃人员有多少，没有详细统计过，但几万人总是有的。随着电诈行业的膨胀，来自国内的警察一直在千方百计地把这里的参与人员连抓带堵往国内带，而那些名为保护伞的民地武装能做到最大的保护就是给个口信，毕竟不可能因为一两个电诈团伙去对抗一个超级大国。

"不知道，这里赌窝和毒窝多得是，盯上谁了还真不好说。但这明打明地来了，还能逮着谁呀？"龚骁龙有点纳闷儿。在这里，有一种微妙的博弈，有不少涉赌、毒、诈的人员莫名其妙消失，然后用不了多久，中国警方会宣布他们落网，不过那肯定是被便衣秘密摁了带回国内的。可是如果大张旗鼓地来，那肯定就抓不着人了，毕竟这里有案底的出逃人员，谁会傻到往枪口上撞？

"如果是官方来，他们抓人必须通过这里的警察局和民地武装，出境没有执法权，甚至连武器都不能持有。"助理道。

"估计是哪家出大货了……这白粉生意越来越不好干了啊。"龚骁龙分析道。能惊动中国警察官方过来，估计是大宗毒品，毕竟那种犯罪危害更直接。

两个人说着，车拐进了公司大院，车进门关，很快，门口的枪手增加了一倍……

"这就是翔龙电信公司……四层，砖混结构，后期又进行了加固，大门是四毫米的钢板，子弹打不穿。整个建筑是一个环形，我们的侦查员摸过底，四层至少有三个火力点。如果发生意外，可以在楼顶迅速构建封锁火力。缅北战乱不断，这里有军事素养的人员不少，都是实战练出来的。这些枪手说起来也算是乌合之众，但他们喂的子弹不比我们特警少。”

一辆行驶的车里，赵少刚的一个下属介绍着实地情况，没有实景，只有示意图和照片。这些资料传到俞骏手里时，俞骏忧心忡忡地瞄了几眼。实打实的攻防对于反诈警察来说可是弱项。他递给了巫茜，巫茜看着，有点心虚地看着赵少刚，没憋住，还是问了出来：“总队长，我还是觉得太冒险，如果全装备，咱们两个小组拿下不成问题，可这手无寸铁的，我总觉得是……送人头啊。”

“要不，你来指挥？”赵少刚反问道。

巫茜不敢吭声了。那位介绍的队长道：“总队长，我有个问题。”

“说。”赵少刚叉着臂面无表情道。

“养兵千日，用兵一时，我们建制的这几个特战小组都是身经百战的好手……”

“直接问，别铺垫。”

“好，那我直接问了，为什么不用我们的人？”

那位队长似乎耿耿于怀，核心行动全系于一名来自中州的同行，实在是让他大失所望。赵少刚瞄了他几眼，示意巫茜，道：“把零号的照片给他看，昨晚定装的。”

巫茜应了声。那队长不服气地道：“我就不信，什么人啊，怎么他一换装，就把我们的人全比下去了啊？”

巫茜的笔记本电脑转过来时，那位队长眼直了。挑选的人员全部换上了这里流行的便装，短衬衫、短裤、拖鞋，只是所有的化装里，有一个太过显眼，他剃着寸发，胸前和臂上是狰狞的文身，再加上目露凶光的斜觑表情，活脱脱的匪相。那些同样化了装的特战警员，如果单看还凑合，但和他放一块就显得气场全无了。

“本来还有个挑头，这位回去一剃头，一换衣服，亮相，然后……然后就没人敢跟他争了。”巫茜道。她放大的斗十方的照片，那样子几乎和这里的民团兵痞毫无二致。

“沈燕、江前胜都是这一带出来的，逆风和这一带的人关系密切，没有人比他更了解了……枪里的子弹无非杀人，而思维里的子弹，那要诛心。”赵少刚自言自语道。他握拳的手有点颤，像是在给自己打气。

“好吧，我收回我的话……不对呀，他是我们的人吗？头上这是道枪伤，还有文身？”

队长服了，不过更多的疑问冒出来了。他讶异地征询俞骏和巫茜。那两位低着头欲说还休，故作神秘地不给解释。

车驶过了边境检查站。进入缅方简陋至极的检查站，那些军人奇怪地看着身着鲜明警服的中国警察，不过应该是得到了命令，并未多问。

出站后，视线里的木姐县城越来越近，赵少刚不时地看表，不时地叮嘱司机放慢速度，似乎并不急于展开行动……

“回信是让我们等通知，我问过同行，马来西亚、越南和我们国家情况差不多。这次出于谨慎，逆风会派人直接把加密硬盘送到买家手上，是多块供料，不雷同，如果发现两家供料雷同，我们可以要求退货，这一块儿逆风的信誉还是有保障的。”小徐道。

在房间里踱着步的龚骁龙又一次看表，皱着眉头问道：“香港、台湾能送过去，这鬼地方他能送过来？”

“呵呵，龙哥，您放心吧，百分百送得过来。这些供料也就咱们能给他变现，除了咱们也没人要啊。而且我推断啊，逆风还真有可能在国内。缅北是最大的需求地，说不定东西已经送过来了，买家肯定不止咱们一家。”小徐道。

技术领域只有这些技术宅懂，龚骁龙不解地问：“什么意思？人工送？”

“网络监控太严啊，境内外如果有大量、密集的数据传输，很容易被网安盯上。现在国内的网安水平很高，我们出局的业务电话有百分之八九十会被拦截，而且只要被标注过的号码，他们会反追踪。逆风用这种相对原始的方式，还是够安全的。我们收到货，他只需要传给咱们一个解压密码就可以了，即便这些数据丢失或者被警方截获也没关系，解不了密，什么用也没有。”小徐道。

这一解释，龚骁龙的心放下了大半。他坐回办公桌后，百无聊赖地把玩着手机，胡乱思忖道：“小徐啊，你之前听说过江前胜没有？”

“听说过，那时我还没来。”小徐道。

“他可是被国内警察跨国给端了，你说纰漏在哪儿？”龚骁龙问。

“业务量太大了，也太招眼了，而且最关键的是，他不应该离开缅北这块根据地，缅北之所以聚集这么多同行，那是因为好几股民地武装和政府军不是一路，而其他小国啊，再怎么着也是统一的，有完备的警察体制，再怎么也不可能明着庇护犯罪啊……但咱们这儿不一样啊，民地武装军费的来源就是毒品和电诈啊。”小徐道。

龚骁龙笑着点点头，赞许地看着小徐。看来还是对有文化的比较欣赏，不像民团收罗的那帮打砸抢人员，想聊天都难。

“来了。”

小徐突然道，兴奋了。龚骁龙起身，伸着脑袋看着电脑屏幕上的阅后即焚，显示着逆风给他发来的信息：

硬盘贴码：××××××××××，今日直送，提供地址。

小徐抬头问：“龙哥，让他们送哪儿？”

“等等……把你的号码给他，到了木姐联系，我们去接。”龚骁龙道，闪念间，多留了个心眼。

小徐愣了下，然后依言输入，屏幕上的对话框消失了……

没人注意到，一架无人机悄悄落在街对面楼顶一个不起眼的角落，无人机的摄像头正对着龚骁龙办公室的窗口，透过半拉的帘子，屋内一览无余。

无人机传输的图像接收地点在更远处，泊在县城一处陋巷角落里。此时早先一步出境的斗十方正盯着屏幕，放大着图像看。开车的特战队员提醒着：“无人机不能过多停留，这玩意儿对这地方的人还是个稀罕物。”

“好，撤吧。”斗十方道。

屏幕中变成了此处的远景，迅速拉开了和目标的距离。一旁看了半天的邹喜男疑惑问道："十方，你看出什么来了？"

"我在看他们说话，还有表情，在考虑我们给出的这个方式，对方会不会挑什么毛病……万一他随便派个阿猫阿狗出来接了货，我不傻眼了？"斗十方道。

"看说话？能看？"开车的队员愣了下。

"嗯，勉强能看出口型，目标似乎对送货有疑虑，最后这句话很明显，长头发的问送哪儿，目标犹豫了一下，似乎说，把号码留给他，到了木姐联系，我们去接……这个环节得解决一下啊。"斗十方若有所思。

那位配合的队员不屑一顾，似乎对于看着屏幕读出来说的话颇为不信。这时候电话响了，斗十方直接接起来，说道："是不是对方只留了一个电话号码，等我们到了木姐他来接？"

"对，咦？你怎么知道？"巫茜的声音。

"读唇。"斗十方道。

"哦，我忘了你有这本事。现在的情况是，如果你无法接触到，那只能启动B计划。"巫茜道。

"不急，你们按计划和军方接触，说不定这个消息触动了他的敏感神经，我想……直接和他通话怎么样？"斗十方道。

"等等……赵总队长说，你们是独立行动组，可以自由采取任何方式，我们会在中午12时整开始。如果无法拿下龚骁龙，那突袭石金山的计划也不会改变。"巫茜道。

"好的，我知道了。"斗十方道。

挂了电话他才发现，配合的队员正看怪物般看着他。斗十方笑笑未语，看看表，已经上午11时了。他托着腮冥想着，喃喃地念叨着。机会太好了，就在公司里，怎么才能进去呢……龚骁龙。不知道他的背景啊，编个什么故事呢？

"哎，我这样……"

斗十方换了一部手机，对二人嘘声噤声，电话拨通了，听到了对方低沉的声音："喂。"

"您好，我刚到。"

“在哪儿？”

“我也不知道。”

“啊？等等……你不知道？你不知道来干什么来了？”

“拜托啦大哥，这儿长枪大炮的咋这么乱？早知道这么吓人我就不来了。”

“那是克钦地方武装，你没事跑人家那地方干吗？”

“怎么是我没事跑去了？这路上都是，跟回到解放前似的，我们就挣个跑腿钱，别把小命丢了，这可不划算了啊。我正跟老板联系，不行过了这两天再送，这地方乱得。”

“嘿嘿，这咋能你说不送就不送了？”

“那也等等，我确认安全了再说……”

不容分说，斗十方挂了电话，拆了手机卡，这个简短的通话把车里的邹喜男和另一个队员听愣了，没明白，怎么着好像是打退堂鼓了？

“此时目标兴奋、心虚、紧张、怀疑……这些情绪肯定导致很多不确定性，得吊住他的胃口，得谨慎地、一步一步地让他自己钻进圈套。”斗十方有点小兴奋地道。这好像类似于骗局，一点一点地把目标诱上钩。对于目标而言，每一步都得小心谨慎，但每一步都离陷阱更近一点，直至上钩，智力角逐的乐趣莫过于此了。

上钩了吗？

尚在未知之中，随行队员听着微型麦里的信息，时间已经指向上午11时27分，此时官方队伍已经正式和克钦军方接触了，而这里还在等待着最佳时机……

明谋暗战，剑拔弩张

“这家伙可能是碰到了城外克钦军和那边警察来人给吓住了。”

助理进门和龚骁龙汇报道。城外的民团有人发回了个视频，欢迎的阵仗不小，克钦军还把周边路口封锁了几个。

龚骁龙皱着眉头自言自语牢骚着，没事都闲得发慌，有事就往一块儿凑。说是这么说，助理看出来老板心神不宁，小声问道："龙哥，不会针对咱们吧？"

干哪行都有哪行的觉悟，犯罪亦如是，可在这里干坏事从不擦屁股，警察盯上哪家了还真不好说。这么一提醒，龚骁龙更烦了，瞪了助理一眼，骂道："扯什么淡啊，吩咐兄弟们盯着点，别乱溜达。"

"好。"助理方应声，他和龚骁龙的手机同时响了。一接听，助理先说道："龙哥，是玉石厂子里，那边警察要解救被困人员，克钦军里的兄弟给传的信。"

"嗯……"龚骁龙扣了手机，应该是消息同时确认了，这倒让他放心了，略一思索便安排道："赶紧地，把玉石厂的人撤了，咱们的人撤了，水牢那帮苦穷货给他们留着，省得咱们处理了……估计是那帮'肉袋'捅的这事。"

"好，我马上办。"助理应了声，急急出门拨着电话。

这件事算是有谱了，龚骁龙起身站到了窗前，看着远处熙熙攘攘的人群。不过十几分钟的时间，从玉石厂撤回来的人已经到门口了，那个场子十几人的队伍一半回了公司，一半回了驻地。每一次不管是克钦和政府军打起来了，还是民地武装之间干起来了，或者是那头的武警跨境过来了，都是这么预防的。

"龙哥，送货人怎么办？"小徐打破了沉默，小心翼翼地问。

"呵呵，不会被这阵势吓跑回去了吧。"龚骁龙笑了笑坐回去，一摆手道，"那你催催逆风，把这情况说下，说他的送货人被吓跑了。"

"我试下，他应该是雇的什么人，根本不知道情况。"小徐在线上联系着。但让他失望的是，线上的逆风，很久都没给回音。

时间，指向了上午11时40分，龚骁龙在监控里看到了地下室的制毒工厂，以及二、三层的公司人员一切秩序依旧，他渐渐淡定了……

也就在这个时候，位于县城北区郊外的玉石厂被一股军事力量包围。那些身着草绿色军服、冲天开枪示威的军人耀武扬威地冲进了玉石厂场里。片刻后，场里留下的人员被聚集到了后院，那个关押人的水牢被打开了，几位克钦军人捂着鼻子，示意着里面被关押的人出来。

赵少刚一行人是随后到场的，在这里对方是主，他们来者是客，而且应对方要求，己方来此纯属解救，连武器也没有配备。看到那个已经被军人控制的场子时，巫茜听着麦说了一句：“他们问我们这里需要多长时间。”

“不长，也不短，虽然都心知肚明是怎么回事，可总得做做样子验明身份，再正式移交，半个小时吧。”赵少刚依据经验判断道。

巫茜通着话，片刻后轻声汇报：“他们准备开始了。”

“嗯，告诉他们，这里撤走的人一半去看守石金山，一半到翔龙公司。现在龚骁龙不会离开公司，在我们走之前，他都不会。这里有点成就的电诈头目和毒贩，今天都不会露头。”赵少刚道。

巫茜和另一方通着话，目的地已到，赵少刚起身带着随行的翻译及队员下车，踱进院子里时，被眼前的景象气得怒容满面——救出来的人员遍体鳞伤，就那么光着。随行的警员不待命令，径直奔上去，边奔边脱着制服，给几位被救人员披上，然后对着那些持枪的异国军人怒目而视。对方也觉得不妥，有人大声嚷着，在场子里搜查的人不一会儿抱出来一堆破衣烂布，分发给了被救人员。

一个矮个儿、皮肤黝黑的军人和赵少刚交流着，翻译解释道：“……这位将军说，我们的情报属实，在该场所发现了六位被困中国公民，遭受了赌场的虐待，他们的护照在场子里已经找到，按照惯例，这些人可以移交给我们。”

“告诉他，对于虐待我们公民的罪犯，我们也要带走。”赵少刚瞟了一眼被军方挟住、站在角落里的几位男女。不用说，是撤走民团后留下的小角色。

果不其然，将军一听，摇头说话。翻译解释道：“将军说，已查实他们的身份，都是缅籍，在这里犯罪应该由当地警察部门依法惩治，我方无权从缅甸领土带走他们的公民。”

“我方需要查验他们的身份证明，而且要找出幕后主使。”赵少刚坚持着。

翻译一说，那位缅将呵呵一笑，像嘲笑，不过说话还算客气，这句客气的话翻译过来是：

“除非他们在贵国境内有犯罪行为，否则您无权查阅我国公民的身份信息。”

不仅如此，那位缅将还作势一挥手，把被抓的赌场工作人员全部驱赶到一辆车上拉走，很郑重地解释说要交给这里的执法部门处置。

赵少刚在据理力争，这位民地武装将领在圆滑应对，交涉艰难进行中，估计也不会有什么更好的结果。车里坐着的巫茜对此根本不意外。同在观摩的俞骏出声道：“这真是块不法之地啊，你看那些赌场工作人员，根本不当回事，还冲着咱们做鬼脸呢。”

“这里通行的没有什么准则，只有利益，民地武装和犯罪团伙是相互依存的关系，甚至民地武装本身就扮演着犯罪团伙的角色，有他们在，电诈团伙是有恃无恐啊。”巫茜道。

“我都恨得牙痒痒啊，十方怎么还没动静？今儿怎么拖拉起来了？”俞骏焦急道。

巫茜转头看着，好奇地问：“昨晚似乎您还试图阻拦他这么干，现在倒迫不及待了？”

“我现在也心虚啊，翔龙电信公司守卫等于增加了一倍，一群亡命徒啊，现在即便是B计划，只取石金山都有难度。”俞骏道。

“其实还有C计划，您不用这么担心。”巫茜道。

说到此处，俞骏长叹一声，因为C计划是：如果找不到机会，就放弃目标，全部撤回。

翔龙电信公司里，一通电话联系确认信息，助理又匆匆敲开了龚骁龙的办公室门，进门附耳说了几句，龚骁龙淡然笑了。和之前的没有什么区别，关的那些榨不出多少油水来的倒霉鬼留给中国警察，被抓获的赌场人员做做样子，回头民地武装就都给放了，现在连样子都懒得做了，离开现场不到2公里就把人都放了——助理已经得到了确切消息。

“知道了，让弟兄们都看紧点，今天都别露面啊，特别是内地有案底的。”龚骁龙吩咐了一声。助理应声道：“叮嘱过了，待不了多大一会儿，估计中午那些中国警察就得回去。去封锁场子的自己人传话说，来的人不多，根本没武器。”

“你白痴啊，没这边同意带着武器来就是侵略了，打死都白死。去吧。”龚骁龙心情大好，摆手打发了助理。这时候他看向了小徐，懂技术的不太关心这里的政局，搁那儿傻等送货消息呢。龚骁龙催问道：“怎么样？”

“逆风没回，一般找送货的应该都是道上的人，不过没事龙哥，咱们没收到，逆风肯定会退回比特币定金的。”小徐安慰道。

这一安慰龚骁龙反而火了，瞪着眼骂道：“你就是头发长，见识短，现在差的是那8万到10万美元？是没料下锅了，要不是石金山给提供这出，‘断卡’折腾得我们都快断炊了。”

小徐为难道：“老板，我也没办法，送货的太胆小，打了个电话就关机了，这地儿我没法追踪啊。”

“再催催……”龚骁龙烦躁地道。

小徐在电脑上刚发信息，电脑旁放着的手机嗡一声就响了，他一看，兴奋了：“来了。”

小徐接起来刚喂一声招呼，打开免提，对方声音就传来了：“啊，我到了，木姐县城不是？我问了，早市边上这家川味餐馆，老板娘是个四川妹子……不，有点老了，还有点肥。就搁这儿，你们来吧。”

龚骁龙嘘一声让小徐噤声，他凑上来道：“我们这儿现在都忙着呢，一下子抽不开身啊。”

“那没事，我们正准备吃饭呢，咋也得一两个小时，你们闲了派个人过来拿下不就行了？”对方无所谓地道。

“这样吧，兄弟，能麻烦再多跑段路吗？”龚骁龙故意道。

“大中午的，又大老远的，饭都不管你们可好意思呀？！”对方不客气地斥上了。

龚骁龙笑回：“这样吧，我们公司有餐馆，不比那儿的口味差，从你们现在处的川味餐馆往南走不到1公里就能看到我们公司牌子，翔龙电信，门口有人接你成不？”

“嗯……这么近啊？这个……”对方在犹豫。

“路费再给你加两三千，租车回去都够了。”龚骁龙道。

“好，马上去。”对方欣喜地道。

电话挂断时，龚骁龙远程操控着大门口的摄像头，看着自北而南来的行人，一边看一边通知门口的守卫增加数人。

不一定是威胁，但一定不能放松，这个时间点来的人，总让他有种说不上来的怪异……

第一路，两名潜伏的队员在对面墙外开始拆装备，一部狙击枪，一部铙枪。

第二路，一辆绿色的越野车在向南二百米拐角处发动了。

第三路，一辆绿色的越野车驶离了玉石厂的车队，有缅方人员注意到，这辆车似乎是奔街上餐馆去了，根本没有在意。

第四路，斗十方领着邹喜男，大摇大摆地走在大街上。

“我觉得你这是脱裤子放屁。”邹喜男道。他被这无用功给搞得紧张兮兮的，真脱了裤子撒了好几回尿。

斗十方且走且道：“那你不得不承认，确实把咱们俩屁要放进去了。”

“我还没搞明白，这有什么意义。”邹喜男道。

“一个小时前，他的精神处在高度紧张状态，如果我们坚持当面交易的话，他真派出一群民团土匪来，我们就真傻眼了。”

“所以你就示怯？”邹喜男问。

“对，那是正常反应，不引起对方怀疑和紧张的最正常的反应。而现在玉石厂尘埃落定，他人放松了，可队伍收得更紧了。今天这阵势，不管是他，还是他手下那帮民团，肯定都缩着头不露面。所以我故意大方地约他到公共场合，最安全的方式，他们出于保险起见，反而不会接受了。”斗十方道。

在理，但邹喜男嘴上不愿承认，他道：“万一他不见我们，到了公司还是派民团的人收拾咱俩，那不照样傻眼？”

“还有最后一个诱饵，他肯定要吞。”斗十方道。

“什么？”邹喜男不解。

“好奇。对于逆风的使者，我就不信他一点儿都不好奇。石金山肯定也号称自己是逆风的料，他傻呀，他不求证？说不定真留咱们吃饭呢。快到了，闭嘴。”斗十方道。

“最后一个问题。”邹喜男莫名地有点紧张。

“说。”斗十方道。

“老子没干过卧底，为什么非拖上我？我有点紧张，肯定不如总队长手下那些特战队员。”邹喜男把心里话终于说出来了。

“第一个原因是，紧张是正常生理反应，不紧张、不恐惧反而是破绽。第二个原因是……”斗十方看了邹喜男一眼。邹喜男问道：“是什么？”

“全组除了多多，就数你比较蠢，难道没人告诉你吗？”斗十方笑道。

“老子不是长得蠢，跟着你才是真蠢。”邹喜男恨恨道。

“呵呵，化装侦查可以体验当犯罪分子的快感，试过后会上瘾的，我是拉你一把。”斗十方没正形地道。

两个人一步一摇地快到翔龙公司门口时自动噤声了。斗十方一拎背包，咚咚擂响了门。一个女人开了门，做着请势让两个人进来。

“咣”一声，门关上了，咔咔嚓嚓的枪机声响着，七八条长枪对着两个人，枪口几乎戳到了两个人脸上。邹喜男吓得一哆嗦，自然而然地举起手来了，紧张道：“别，我就是送货的。”

没人应他，有两个人上前一拨拉，抢走了斗十方身上的背包，顺便把两个人上下口袋一摸，手机、证件，连皮带都没放过，裤裆里都摸了几把。搜走了东西，靠门的女人这才对着门禁摄像头说道：“没有武器。”

“站好。”几人枪口示意着，把两个人逼到墙根，背靠着墙，方便门禁摄像头看到两个人正面。

“大哥，钱……钱不用加了，没必要这样啊，自己人，自己人，我哥以前搁这儿混过。”斗十方紧张地对着枪口，两眼满是乞怜。他不经意地露着臂上的文身。伤口和文身明显地让对方眼里的警惕少了许多，过了一会儿，里面瓮声瓮气地笑着道了句：“蝠帮的马仔啊，怎么跑这儿来了？”

“混口饭，没办法，老大派我来，我不敢不来啊。”斗十方紧张道。这组文身的含义他至今都没搞清楚，只知道部众多数在东南亚一带混迹。

那些人笑了，戒备之意松懈了几分。片刻后，门禁里传来了如同天籁的声音：

“把他们带上来。”

大勇似怯，擒贼擒王

“进去了，居然真的进去了。”

巫茜看着远景监视，现在对于行动无限期待了。她拿着步话的手都有点颤抖了，轻声部署着：“一号车向前开，二号车准备，狙击手准备，如有意外，果断开枪，务必保证我方人员安全；镣枪准备。”

步话机里，依次传回了几个位置的声音，一切准备就绪。

现在唯一期待的是，能当面见到龚骁龙。巫茜兴奋地想着，看着俞骏。俞骏同样的表情，摇摇头道：“别问我，开弓没有回头箭，这小子一贯胆大妄为，这回真让他蒙着了。”

“要是把这么一个电诈头目带回去，那意义就大了，比侦破五亿诈骗案的意义还要大啊。”巫茜道。

“不要太乐观。”俞骏道。

“我必须乐观。您难道没发现？从搭上线开始，龚骁龙已经被牵着鼻子走了。他拖延交货，现在让对方急不可待了，他肯定上当。”巫茜道。

此时，整午时，在进入目标楼层时，出现了很长一段时间的真空，这里的埋伏收不到任何信息。

第一层铁门，有两个人留下了，门上居然有很先进的刷卡门禁。

第二层铁门，领头的女人又安排两个人留下了。

甬道很窄，后面跟着的两位枪手已经把枪斜挎起来了，那是戒备完全放松了。领路的女人几次回头看，斗十方和邹喜男都紧张地给个谄媚笑容，被这位大姐直接无视了。

四层的防火门被推开了，状如一个真正IT公司的格子间布局让斗十方和邹喜男怔了下。骗子已经公司化、专业化、现代化了啊，墙上居然钉着这里员工的KPI排行榜，什么原油、期货、贵金属投资、荐股等，从上面明显可以看到，交友业务以及卖茶叶业务日薄西山，被新兴的诈骗方式取代了。还有更牛的，有面墙上钉着纲领性业务指南，鼓励这里的从业人员要从客户的“八想”去拓展业务，扩大市场。

“八想”是什么呢？就是想省事、想要爱、想要性、想助人、想不到、想生钱、想省钱、想借钱等，这个概括性的诈骗业务总结让斗十方眼睛一亮。恰逢领路女人回头，他竖起大拇指赞道：“太厉害了，牛！”

“同行嘛，还用你商业互吹啊？”那女人幽了一默，笑吟吟地走到中段，敲响了办公室的门。

于是，红色通缉令上的脸，出现在斗十方和邹喜男眼前。

“老板，就是他们。”领路女人把两个人的东西一股脑儿推到桌上。龚骁龙一摆手，女人转身指指两位押送的人道：“你们，门口守着。”

领路女人然后出去了。邹喜男心开始狂跳，眼皮乱跳。龚骁龙看到，错愕地看着这位人高马大、长相有点憨的人问：“怎么了你？”

“紧张了一路，我头回出国。我都不想来，他硬拉我来的。”邹喜男不加掩饰，反而成了最好的掩饰。

龚骁龙哈哈笑道：“头回来没有不紧张的……不过，这位……”

“老板，我叫李向阳，以前我大哥是毛二，也在缅北这一带混过。我大哥的大哥是江前胜，最早也在这儿混的。”斗十方套着近乎。

“哦，这样啊，江老板以前在这里可是风光无限啊，毛二我见过，也算号人物。嘿，你们怎么落到这地步了？”龚骁龙好奇地问，根本不注意证件的名字，那个不重要。

“老板折了，这不，我们就五零四散了。”斗十方道。

“哈哈，想开点，生死有命，富贵在天……东西呢？”龚骁龙问。

东西都掏出来了，好像没有货。斗十方上前一步，道：“嵌在电脑里，来，我给您拆一下。这位大哥，有小螺丝刀吗？十字的。”

本来想支走这一个，可不料小徐早有准备，钥匙一掏，上面有现成的十字螺丝刀。斗十方接过谢了声，站得靠近办公桌一点，两手一摁卡扣，把笔记本电脑的电池拔下来，顺手把笔记本电脑递给了邹喜男。长发男小徐刚觉得不对，就见得斗十方陡然色变，拿着长长的笔记本电池近距离往龚骁龙脖子上一戳，噼里啪啦电火花一闪，龚骁龙喊都没喊一声，就从椅子上滚下来。跟着嘭一声，他翻着白眼一头歪倒了。邹喜男拿笔记本直接朝他脑袋上砸了下去。

伪装成笔记本电脑电池的特制电击器，成为能带进这里的唯一武器，而且奏效了。

“闪开！”斗十方弯腰叱喝。

嘭嘭两声，两条弧线自窗外飞来，撞碎了玻璃，乌黑的铙枪钩子飞进来。此时门哐一声开了，枪手大喊着往里冲，狙击枪响，冲在前面的中枪，巨大的推力连他带着后面的，又给推出了门外。

这一刹那的空隙，斗十方和邹喜男已经爬到了办公桌两侧，两个人使劲推着桌，直顶上了门。门外的疯了，嗒嗒嗒一阵疯狂扫射，吓得两个人直往两侧躲。急切中，斗十方喊道：“再开枪老子杀了龚骁龙。”

管用了，枪声骤停。斗十方起身抄起椅子，咣咣几下砸碎了一扇窗。邹喜男紧跟着上前一拉铙枪，捆好了自己，自窗外往下滑。远处一辆绿色的越野车正加速开来。

此时院内大乱，可能谁也没想到有人敢在眼皮底下开花，院里楼里的枪手急急往楼上奔，中途听到有人大喊：“他们从窗户逃走了。”

于是，楼上了半截的又往回追。办公室门口的，听到砸窗声音也急了，嗒嗒嗒一阵射击，一群彪汉连砸带踹，门终于不堪重负被挤开了。冲进来的人就见小徐人事不知地倒在地上，两位枪手奔向窗口探身一看，来的那大个子正拖着一人往车里塞，未等他们出枪，驾驶位置就伸出一把手枪，他们一躲，砰砰两声子弹射在窗棂上，险险避过。

“快追，绿色越野车，把老板劫走了！”一名枪手回身喊道。外面的人听闻，拿步话通知的，喊着上车的，公司里瞬间乱作一团。

这些人反应不可谓不快，院里的车呼啸着出来时恰看到拐弯的越野车，他们赶紧加速追上去，跟着数辆车尾追而来。追着走的，前面堵的，引擎疯也似的轰鸣着。拐弯一看到那辆车，窗口伸出的自动步枪就突突突开火了。

枪声，愈来愈烈，如果是个俯瞰的视角，可以看到熟悉地形的几辆车正围追堵截一辆绿色越野车，甚至已经有车堵到了木姐县城通往境内的出口。那辆越野车每每遇险总是绕行，被后面的追车和子弹逼得眼看无路可走。

枪声，引起了连锁反应，驻守石金山住地的民团人员接到通知，一个个气势汹汹地操着家伙跳上车加入了追击队伍。石金山战战兢兢地从房间里出来，愣了，没人！那群土匪凶神恶煞地走了。这下，他反而紧张了，莫名的紧张情绪不知道来自何方。

不对，有人来了！他一激灵，看到墙上露了个脑袋，接着那人像猴子一样跳了进来，直接冲上了楼。他刚喊了一声，那人已经冲到了近前，拎起他，不容分说地往外走。他哆嗦着被那人连拽带拖，出门往车里一塞。挟制他的人严肃地道：“我们是中国警察，拒捕可以就地击毙你！”

啊？！石金山被对方的气势吓愣了，然后车飞飙而走……

枪声，愈演愈烈，那辆车飞驰着冒着烟，已经无路可逃。然而，它居然冲向了玉石厂的联合队伍，在距离车队不远的地方堪堪停下，驾驶室里一个男子冲出来，连滚带爬跑向了正在作别的两方军警。

后面的追兵转眼即至，在更凶狠的民地武装面前，没人敢开枪了，反而是克钦军方这边鸣枪示警，那一圈车停下，有位伸出脑袋来用缅语大喊着，缅方有人登车询问道，翻译的内容是：他们抓了我们老板，我们老板是缅甸籍。

总队长对此未发言，一个请势指向车辆，缅方军人奔向车前，那弹痕累累的车里根本没人。

跟着翻译抗议就来了，直接传达给脸色铁青的缅将：对于袭击我方车辆的人员，我们将视为对我国的挑衅。这些人员如果有中国籍的，我们希望一并带回国内。

翻译还没传达完，那些车倒见势得快，倒车溜了，转眼只剩一片尘土飞扬。车上有人用步话传着话：换车了，肯定还有一辆，拦住他们。

这里交涉的缅方联络人员一摊手，给了个无奈手势，又给了个万用解释：这里连年战乱，我们真不知道他们是哪股武装的。

形势也如这车扬起的土尘，暂时出现了混乱。

片刻后第二辆车出现了，直接冲过了路口驻守的一辆拦截车。这边一招呼，那头呼啸追来了一群。追着追着又接到公司电话了，说老板又被劫走了……不对，好像第一次没给劫走，这一次才是真被劫走了，有人亲眼看见的。

助理傻眼了，猛然想起办公室的套间，如果藏在那儿的话……他惊恐地呼了几辆车赶紧回防，于是追着另一辆越野车的分成两路，一路掉头了。

十分钟前，龚骁龙迷迷糊糊地醒来，一醒来就被吓得乱挣，嘴被缠着，手被绑着。他惊恐地看着挟制他的人正拖着他往窗口走。斗十方一见这货不老实了，上前拿着特制的电击器又是一下，那货一晕就老实了。

这时候追车已远，窗上还有两条现成的铙爪自窗外伸向地面，他将它们绑在龚骁龙腰间，接着把人推出窗外。绳子在窗棂上打了个简单的滑轮，将龚骁龙不徐不疾地放了下去。在即将接近地面时，快速驶来的一辆带斗的小卡泊停。车斗里伏的人一起身，恰好接住了龚骁龙。两个人打着手势，解开了绳子。斗十方下来就简单了，反向一固定，几个鱼跃下滑，跳到了车斗里。

车立即开动，有几颗从窗户里伸出来的脑袋看傻眼了，斗十方促狭地招招手，然后突然拔出了一把锃亮的手枪，手往上一扬，把几颗脑袋全吓得缩回去了。

“别看我，他的。这枪真漂亮。”斗十方笑着指指还昏迷着的龚骁龙。全部武力状态下恐生意外，A计划设计的是故意拖延行动，由一个假扮被挟制的龚骁龙，恰恰让进来的枪手看到被挟进车里的半身，而他带着龚骁龙藏在套间——那种情急状态下，是最容易出现疏忽的机会。

万幸，居然成功了。

一个配合的队员道：“见过胆大的，没见过你这号全身长狼胆的。”

“我不会告诉你，我吓得差点儿尿裤子。”斗十方道。

“呵呵，你这是谦虚还是安慰我们呢？”另一个笑了。

“你说呢？”斗十方反问。

“不管是什么，足够进特战案例了，你不是第一回执行这种任务吧？”前一个队员看着斗十方头上的伤，明显是一块枪伤。

“上一回真尿裤子了，这是第二回。”斗十方尴尬笑道。

这实话不知道有什么幽默效果，反正把那两位笑得浑身哆嗦。这时候龚骁龙被车颠簸醒了，嗯嗯啊啊急着要说话。斗十方顺手拿掉他嘴里的抹布。龚骁龙透了口气就急急道：“兄弟哪路的，要什么，我有钱。”

“考考你，猜。”一个队员逗着。

龚骁龙惊恐地看着斗十方，恐惧地道：“你是蝠帮的，我没有抢过菲律宾同道的生意啊。”

“猜错了，没机会了。”斗十方直接又是电棍一戳，噼啪几声，龚骁龙又昏过去了。

龚骁龙的嘴刚被塞上，车厢里便警示隐蔽，几人快速躺下，车缓缓驶过木姐通向境内的路卡。那辆驻守的民团车辆里的几人根本没注意到这辆扬长开走的小卡车。这个时候，枪声大作，城里一片混乱，追逐大戏正到酣处呢。

此时，追着第二辆越野车的民团已经看到了目标在缅境检查站泊停，带队的示意着放慢速度，他说，带着一个人不可能通过这里的检查站。

他一边靠近一边给检查站相熟的人打电话，视线就能看到有人接听，然后远远地向他们示意，后又看到车里三人都下车了，车被仔仔细细地检查了几遍，然后放行。检查站的那位缅方人员做了个摇头的动作，意思是没有。

“大哥，那个高个子就是去咱们公司的其中一个。”一个枪手认出来了。

“顶个屁用，老子可不敢回去，出了这条国境线，咱们就都得变成孙子。”一个民团说道，操的是标准的东北话。

“只要老板没被逮走就成，这去哪儿了？总不能大变活人啊，咱们不一直追着那车吗？”

“不对，不对，拐了，这辆车肯定是劫老板那辆，被咱们追的那辆肯定是提前停在那儿，一拐弯，前一辆藏起来，另一辆成了咱们追的。”

“那也不对呀，人呢？”

“肯定被他们藏起来了。”

“放屁！这前后才多长时间，你藏个大活人试试？”

“到底在哪儿呢？”

“停停停……电话。”

争执间他接了一个电话，是掉头助理的，听罢，接电话的人一脸愕然，说：“老板根本没有被劫走。”

“啊，那咱们追什么？”众人一喜。

“高兴什么啊，是咱们追出来，又被劫走的，就藏在套间里。是辆小卡，助理让咱们找，肯定带不出国境线。”那人道。

于是这一窝蜂的车又原地掉头，慢慢开着往回走，其间遇到了数辆整齐划一标着中国警察字样的车辆，民团这些案底累累的货色都下意识地缩着脑袋生怕被看到。错过不远后，远远地看到路外露着小半个车身，已经开出路面几十米，明显是弃车。有人下车奔去察看，可不正是那辆小卡？

这时候，追人的民团队伍齐齐看向已经驶近检查站的警车，心里已经隐隐明白是怎么回事了。

是隐约明白，却根本说不清究竟是怎么一回事……

“总队长，桑将军的电话。”翻译道。

车方泊停，缅方军人便围在车前。赵少刚说道：“你问他，已经袭击了我方车辆，现在又准备对我方车辆进行搜查吗？”

翻译回话，片刻又道：“桑将军向您致歉，并且向您求证，有一个姓龚的在逃人员是否已经落网。”

“嗯，可以告诉他，明天晚些时候会出通报，而且感谢缅方的协助。”赵少刚道。

翻译犹豫了一下，同声翻译，电话毫无征兆地挂断，车上人愕然间，检查站路障已开，放行了。

驶入国境线，一车人心才全掉肚子里，巫茜摸着胸口道：“吓我一跳，他们最后肯定明白过来了。”

“但他们未必真敢扣押我们警方的车辆。”俞骏兴奋道。

“不不不，他们确认并不是想扣咱们的车辆，而是要扣龚骁龙在木姐的资产，这儿强者为尊，没什么道义可讲。”赵少刚道。

这话让全车人深以为然，可能看得更准、更远的总队长才敢这么直白地告诉对方，人就是我抓的。

“说白了，还是有一个强大的祖国让我们腰杆更硬啊。”俞骏感叹道。

“不过也够险啊，任何一个环节出错，我们的便衣一旦被对方纠缠住，那就不好脱身了，妙啊，太妙了！”赵少刚赞道。

巫茜笑着问：“您指A计划吗？”

“对，第一车伪装劫走目标，拐弯换车，第二车引走追兵，引向会面地点。他们不敢造次，而且发现人不在第二辆车里，回头又追第一辆车，结果第一辆车安然过检查站，也没有人。不管是民团还是检查站，和他们穿一条裤子的，都落空了……然后在所有民团倾巢出动的时候，他在背后从容带走目标。两个目标，不费一枪一弹带走，现在即便他们追到第三辆车，还是没人……哈哈，龚骁龙不冤枉啊，这么精妙的骗局可比他玩的电诈高明多了。正应了那句话哟，君以此兴，必以此亡。”赵少刚长笑道，加速行驶的车已经看到了我方的口岸第一道检查站，那里泊停着大队的警车，迎接着这一队车辆驶过检查站。

被解救的群众下来了，直接上了救护车驶离。最后下车的两位一个奇胖无比，一个神情萎靡，最后一个环节是两个人都被中途塞进了解救车里，这是第四辆车，完美地让追兵错过了。

两个人验明正身，被戴上了铐子，塞进了警车。送嫌疑人上车的斗十方回头时愣了下，一圈人似乎都在看他。他看看自己，有点不好意思地系上扣子，然后尴尬地一只手捂着臂上的文身，不过怎么也捂不住这坏人表象。那群参战的特战队员不知道谁先鼓起掌来了，跟着一个挨一个，都拍起了巴掌。那掌声经久不息地怎么也表达不出此时的激动，一群小伙子干脆挟着斗十方直接欢呼着扔起来，一漾一漾扔了十几个来回都没停止……

次日，陇北警方刚刚发布在逃人员龚骁龙、五亿诈骗案嫌疑人石金山在缅方协助下落网的消息，木姐就传来了民团内讧的消息，克钦民地武装介入平息，之后有三十余名非法入境人员被驱逐出境。在双方交涉接收的人员里，中州警方铐走了两位被驱逐回来的在逃嫌疑人。

王雕、沈凯达。

子行不孤，志当四方

48小时后，首都，一个在外界看来很神秘的单位。这个保密单位在全国反诈领域并不神秘，最先进的大数据分析、最前沿的涉诈罪案动向，以及最精尖的反诈技术都源出于此。

刚刚回京不久的周修文的办公室就在其中一间，在电脑前等了很久，终于收到前沿的详细战报了，这是等着要给总局局长送去。他边打印边浏览着，看到高兴处激动得拍案叫绝，嘴里不迭地道：

“太好了！太好了……简直是个奇迹！”

详细情况汇报只有几页，不过他最清楚从那个战乱之地带回嫌疑人有多难，更何况还搂草打兔子逮了条大鱼。龚骁龙盘踞缅北已经有数年，几次诱捕均告失利，没想到这次竟被顺便揪回来了。

打印纸刚出来，他就拿着急匆匆往外跑，跑了几步又回来，钉了下，看看桌上还在犹豫的报告，干脆一并拿起来直奔局长办公室。

今天领导的心情绝对格外好，果不其然，敲门而入，总局局长笑吟吟地道：“我昨天就听到消息，很好奇他们的行动细节，专门让他们给总局来个详细汇报，快拿过来我瞧瞧。”

周修文递上去，老领导戴着花镜，认认真真地从头开始看，隔一会儿自语道，好，将计就计，又一会儿自语道，好，虚则实之，实则虚之；再一会儿又兴奋道，太好了，在不引起双方冲突的前提下，进行有克制地抓捕，这个度把握得非常好……好，太好了！

最后他看得击桌叫好，摘下花镜，后来不知道想起了什么，眉头又皱起来了。周修文赶紧道：“我关注了一下，缅方并没有什么动静，应该是哑巴亏。”

“吃亏？呵呵。”局长摇头道，“应该是讨了个大便宜，缅北民地武装和涉及我方犯罪人员的勾结，是一块毒瘤啊，我们抓不到，他们就是这些人的保护伞，这些人等于给他们打工；我们要抓到了，他们干脆就把这些人的资产黑吃黑，这块心病呀，到解决的时候了，部里正酝酿针对这个地方的解决方案，要做的事情还有很多啊。”

“那这次行动就给我们提供了很好的经验，尽管还有很多有待商榷的地方。”周修文委婉道，明显支持前方，哪怕还有“有待商榷的地方”。

“不不。”局长摇头道：“尊重对方的国家主权，并不等于尊重对方犯罪的权力，更何况还是包庇和纵容针对我国人民群众和社会财富的犯罪，在这一点上，没有哪个主权国家可以听之任之……行动没什么问题，我刚才想到啊，这似乎不是赵少刚的手笔，最起码不全是。赵少刚中正大气，做方案大开大合，惯用明谋，可这个方案，你看，步步透着诡诈，而且环环相套，就像过去江湖玩的那种藏三仙把戏，就三个碗，你看着球进了那个碗，它就偏偏不在，真正的球会被手艺人攥在手里，想让它出现在什么地方，它就出现在什么地方……哦，我明白了，零号。”

局长一下子恍然大悟，怨不得赵总队长专门调走了中州的一个反欺诈小组。他看着周修文，好像在审视，片刻后道：“说说，你和巫茜追了逆风两年，和这个小组、这个零号结的缘分可不浅，你们的外调情况怎么样？”

“正要给您汇报。”周修文恭敬地递上了外调报告。局长翻阅着，偶尔问他几句，说到社会关系时，局长的手明显顿了下，不过很快恢复如常，直至浏览完毕。

又等了好一会儿，局长出声问道：“你这个汇报很客观，父亲是负案嫌疑人，失散的母亲疑似负案嫌疑人，自己是监管大队出身，又是个看嫌疑人的……化装侦查的经历我看过，其实去掉警察这个身份，他就是个活脱脱的嫌疑人，这个评价对吗？”

周修文尴尬地笑了，点点头道：“对，否则也不可能一而再，再而三地混过电诈团伙了。”

“呵呵……太有意思了，我都有见见此人的冲动了。不过我觉得这种类型的人，不是你能驾驭得了的。”局长道。

“我下基层深切体会到了，本事和脾气一般成正比，有点本事的，都不太服从管理。”周修文说道。

局长笑了笑，说：“锻炼卓有成效，没白下去，看来以后得多让局里的同志下去，只有在一线才能真正体会到警察这个职业的艰辛，特别是反诈这种新警务，我们急需一整套行之有效的预防和反制措施，这些事靠一个两个英雄人物、一家两家先进单位是不可能实现的，还是那个老思路，要充分地发动群众，形成全民反诈的氛围……说着说着又跑题了，这个先放放，局里上党组会再考虑下。”

“是，局长。能发表一句带有个人倾向的想法吗？”周修文见局长要走了，鼓起勇气问道。

“我不正等着你发表吗？不但你，还有巫茜，局里肯定会充分考虑你们的想法。”局长笑着看向周修文。周修文刻意地站直了，说道：“没有人能够选择自己的出身，如果仅仅因为出身而否定他，我会觉得很可惜。罪与非罪、善与恶在现实生活中不是泾渭分明的，而是纠缠在一起的。严格地说，他是一个诈骗和骗局的受害者，身上那些毛病、恶习，来自在社会底层的求生经历，这一点我觉得不应该受到苛责，而应该得到尊重。”

“这是铺垫，真实的评价呢？”局长问。

“如果他与罪犯同流合污，我一点儿也不奇怪，但让我意外的是，他一步步走到了今天，所以我觉得，在他身上有高贵的倔强，那种即便被生活压弯了腰，也要扬起头仰望星空的倔强。我想支撑他的和支撑我们所有身佩藏蓝银徽的兄弟一样，是同一种内心的召唤。”周修文说道。

两个人对视良久，局长以一种欣赏的眼光重新审视着周修文，却没有正式回答，思忖很久才悠悠道了句：

“既然是内心的召唤，那你的看法、我的态度都不重要，他会忠于自己的信仰，假如他现在已经有了的话。”

周修文咂摸着这句话，然后笑了笑，敬了个礼，心满意足地退出办公室……

此时在龙川通向省城机场的路上，匀速行驶的解押队伍正遭受着闷热天气的折磨，车里的邹喜男吹嘘着：

“……那地方老牛了，还真跟电信公司一样，那KPI排名，最高的一天骗回好几万来。人家那企业文化就是，只有不努力的骗子，没有不上当的傻子……真的，你们别不信，他们专门的业务研究人员，那研究方向就是八个想，想省事、想要爱、想要性、想助人、想不到、想生钱、想省钱、想借钱……你们想想，这几乎把市面上诈骗的切入点一网打尽了啊……不是跟你们吹啊，那地方玩得溜了，民团扛着枪保护呢，但凡进去的，一眼瞅着得腿软……”

“不是吧，没见你多硬啊，我操纵无人机看见了啊，进门枪一指，你丫吓得跟孙子一样。”络卿相揭短了。

邹喜男一拍大腿，道：“策略！策略！策略你懂不懂啊？”

络卿相一脸鄙视。程一丁插话道：“不要老这么吹行不行？我接你上车时，你一直说吓死我了，吓死我了，吓得脸都白了。”

“有吗？老程，你诬蔑我吧啊。”邹喜男不承认了。

“绝对有，别以为我没看见，是十方动的手，你就是个跟班。”陆虎说道。

“我们是黄金组合，你们就嫉妒吧啊，哈哈！你俩小样儿一直窝在屏幕后，受不了明说啊。不过，估计你们上场也不行，得吓尿裤子。”邹喜男嘲讽道。

程一丁听不下去了，回头说道：“十方，下回我跟你组合，多大的事，吹得没边了。”

后座躺着的斗十方说道：“那不成，他这么能吹，衬托得我多高大，你闷声不吭，把我吹不起来啊。”

敢情他正享受着呢。同事们一阵哈哈大笑。邹喜男倒吹得没劲了。不过司机还算客气，竖着大拇指直夸两个人厉害，毕竟赤手空拳进匪巢的活儿，不是什么人都能干出来的。

车停了片刻，转眼间巫茜抱着一大箱水上来了，挨个分给大家后要坐下，陆虎和络卿相齐齐让座。不料巫茜没选，直接走到后排和斗十方坐到了一起。斗十方喝着水咧着嘴说：“我说你是不是故意给我拉仇恨啊，生怕他俩不挤对我？”

“不是拉仇恨，是选择恐惧症，你说他俩一个比一个帅，替我出出主意呗。”巫茜开上玩笑了。邹喜男赶紧举手：“姐姐，我也单身。”

众人一乐，陆虎和络卿相揪着他摁住推一边了，坐上了更靠近后座一些的位置。斗十方一瞅巫茜，笑着问：“要不本大师给你卜一卦？”

“好啊，我还真想见识见识。”巫茜兴奋了。

“来，面相、手相，全给你看看。”斗十方正色道，然后一正巫茜的脸，一拉巫茜的左手。陆虎伸手上前，啪地把斗十方的手打掉了，络卿相提醒道：“拜托巫老师，这借机吃豆腐的活儿连钱加多都学会了，你也上当？”

“啧啧……看破不说破，一点儿江湖道义都不讲。来，我再拉拉手，让他们眼红下。”斗十方没正形地说，被巫茜笑着打开了。她提醒众人道：“别胡闹了，跟大家说个事啊，咱们队伍三个方向，我回总局，你们回中州，赵总队长他们回粤东。”

“知道啊，怎么了？”邹喜男问。

“嗯？都要分别了，一点儿留恋的话都不讲啊？准备落地就忘了我啊？”巫茜大惊失色道。

这位年纪不大、有点古灵精怪的同事说话有点直接，太直接了，反而让大家不知道该说什么。玩笑归玩笑，即便是陆虎和络卿相也未必敢有其他想法。两个人做着痛苦的表情，陆虎说了：“两情若是久长时，又岂在朝朝暮暮？你可以随时来找我们啊。”

“酸不酸啊，我们不能去首都找她吗？”络卿相反问道。

再长的路也有分别的时候，越靠近目的地欢笑越少，到了机场驻扎地时，大家都沉默了，一路同行到了要分别的时候还真有点留恋。不过任务在身，已顾不上其他了，要押解回中州的嫌疑人龚骁龙、石金山等四人需要严密看守，只有陆虎和络卿相抽身出来送巫茜。作别的赵少刚专程又看了四位嫌疑人一眼，由俞骏陪同着出来。两个人已经商定，以中州办案为主，主审五亿诈骗案，其他案情由粤东方面派人接手。

“给你们匀出了几位特战队员，完成押解任务后他们自己回来。”赵少刚说道。

“没问题，我安排。”俞骏道。

“不用送我，做好本职。”

“那我总得把你送出门啊。”

“还有点时间，我想见个人。”

“我知道您要见谁，有个问题困扰了我好久。”

“我知道你要问什么，其实不用问了，你问的那位名字躺在档案里，人躺在一块无名碑下。他是我派出去的，他的死我心里一直难以释怀，幸好，还有一个极像他的人……你明白吗？”赵少刚回过头来，表情有点难堪。

“明白，生得光荣，死得其所，没有什么遗憾的，我不问了……十方。”俞骏敬了个礼，回头嚷道。看守嫌疑人的斗十方奔出来，俞骏指指赵总队长，自己回去补上斗十方的位置了。

快步走来的斗十方笑着，给这位临时上级敬了个礼问好，赵少刚也慈爱地笑着，拿下了他敬礼的手，又整整他的衣服，摘了他那顶不伦不类的帽子。斗十方有点尴尬，刚长出来的遮住伤口的长发剃了，相貌实在羞于示人。

“伤疤……是一个警察值得骄傲的勋章，没有比这样子更帅的了。”赵少刚摸了摸他的脑袋，又笑着捏了捏他的脸。

“谢谢总队长。”斗十方做了个鬼脸，赶紧又戴上了帽子。

“我要走了，你的事俞主任给我说了，还有你父亲的事。”赵少刚说道。斗十方闻言看着这位总队长，不知何意，就听总队长又说道：“如果真因为政审的事被刷下来，就来找我，他们敢不要你，我接收，工作关系我给你办，我就豁出这张老脸，也把这事办了。”

斗十方一笑，不好意思地说道：“谢谢，没那么严重，只有不愿待的地儿，没有不养人的活儿。”

“那不行，你这百艺傍身的，不看住学坏了怎么办？说定了啊。”赵少刚说道。

斗十方看着一脸正色的老警察，点头“嗯”了声。他似乎想问什么，却说不上来，看了赵少刚几次。赵少刚拍着他的肩膀道：“我知道你想说什么，我们很多功绩无法面世，很多躺下的战友只能尘封在档案里，留在他们亲人悲痛的记忆里，老宋不是第一个，也不是最后一个。每个警察，包括你我，可能都会困惑，可能都怀疑过自己从事的这个职业，自己流汗、流血究竟意义何在，但真正经历过生死考验的人就不会怀疑，你应该就是了吧？”

“我说不好。”斗十方说道。

“可突袭你来抢？你明知你的外调情况很不乐观，告诉我你当时怎么想的？”赵少刚笑了。

斗十方笑道："没多想。以前过得很差劲，就想着拼了命也要出人头地，给自己拼一个未来。"

"那现在呢？"赵少刚问。

"现在不但目睹了，还亲身经历了，那些骗局其实是一个又一个家庭的悲剧。我只想着不要有人再经历和我同样的事，成为一个悲剧的主人公，所以……我拼了命也要断了这些人，这些骗子的未来。"斗十方轻声说道，简练而平静。

赵少刚看着他，慢慢地笑了，笑着提着行李转身，走几步回头看看，又走几步，还回头看看，走出很远才摆摆手道：

"回去吧，你一个人办不到，得我们一起来。"

斗十方伫立良久，笑了笑，返回，和众队友按部就班押解，登机，把戴着头套的嫌疑人控制在机舱隔离区域，一切安排就绪，等着起飞的时候，坐在前面的俞骏打发邹喜男起身，到后面和斗十方换座位，要斗十方坐到前面。

可能有什么安排。斗十方换了座位坐下，小声和俞骏说道："主任，不用那么紧张吧？咱们工作到位了。"

没有引起围观，而且行程肯定不可能被外界得知，斗十方对俞骏的脸色有点不对劲感到奇怪。俞骏侧耳说："其他事，我有个不知道是好是坏的消息要告诉你。"

"什么消息？"斗十方问。

"老规矩，看我的脸猜。"俞骏看着他，表情难堪、尴尬，像当初被揭了婚变的糗事一般。本来有点想笑的斗十方蓦地心一抽，脱口问："是不是张英或者向小园传回来的消息。"

"嗯，猜对了。"俞骏一撇嘴，自己的尴尬终于解决了。他同情地看着斗十方。斗十方愣了好久才又问道："什么时候的事？确认吗？"

"几个小时前，已经确认。本想到家再说，可瞒着你也没什么意义，你自己斟酌下该怎么……我也不知道怎么说。"俞骏干脆递给斗十方自己的手机。

手机屏上显示着一个女人的肖像，一个陌生却又熟悉的面容，斗十方慢慢掏着口袋，找到了那张胡冰芳和王育才的结婚照。时隔二十多年，依稀可辨这正是照片里的女人，很漂亮，符合他曾经在梦中见过的所有关于母亲的样子。

可与梦里所见不同的是，现实中是这样一个警务信息：

八大骗最后一个嫌疑人胡冰芳，已于数小时前落网……

君以此兴，必以此亡

几个小时前，准确地讲应该是早上七时，整座城市笼罩在如烟如雾的蒙蒙细雨中，如同幻境。可能是冥冥中注定，一直在不声不响追踪线索的向小园一行出现在五亿诈骗案的始发地：长南市。

他们的车辆泊停在省法医鉴定中心的院内，各地有各地的政策，该省寻回被拐儿童的鉴定多由这里负责。娜日丽把车停在不起眼的角落里，长长地伸着懒腰。这几天跑了好几个省，都快累垮了，很多案子往往就是这样，那种踏破铁鞋无觅处，得来全不费功夫的感觉出现了一回又一回，可总也省不下踏破铁鞋的功夫。

有人来了，是向小园。她打着伞，钱加多提着一兜东西，两个人快步跑着钻进了车里。热腾腾的小笼包加上豆浆，钱加多一股脑儿往娜日丽手里塞。娜日丽看向向小园，向小园做了个被冷落的尴尬表情。娜日丽不好意思地先给了向小园，向小园没接，回头不客气地从钱加多手里拿早餐：“我掏钱，你献殷勤，可好意思？”

“呵呵，您这么注意身材，肯定吃不了多少，急啥啊。”钱加多说道。

娜日丽回头怒道：“那意思是我不注意身材，吃得多是吧？”

“不是，不是，你的身材圆润点不更好看吗？”钱加多觍着脸说。

娜日丽愤愤道：“向组，以后出差不能带他，别人出差都是瘦几斤，你带上他，得胖一圈。”

向小园忍不住哈哈大笑。钱加多自然当是表扬了，又要关心时，被娜日丽喝止了。但凡他要关心，除了让你多吃点就没别的。

任务期间吃饭都是速战速决，而且不耽误正事，向小园且吃且说：“告诉你们一个好消息，咱们小组即将凯旋。”

“啊？真逮到啦？”娜日丽和钱加多兴奋地问。

“必须的啊，石金山、王雕、沈凯达全部归案，而且行动小组在木姐地区还顺手抓回条大鱼。龚骁龙，翔龙电信诈骗团伙首要人物，部里上榜的在逃人员。”向小园说得与有荣焉，真有点后悔自己没有参加。

“向组啊，我们摊了个吃力不讨好的任务，这些天跑的，一天要穿越好几个城市，哎。”娜日丽有点失落。钱加多附和着：“就是，咱们要抓错还好说，这要真抓对了，岂不是把十方他妈给抓回去了？都是兄弟呢，到时候那多难为情啊。”

向小园一笑，差点儿喷了，不过脸色一正，又黯然了片刻，说道：“先别考虑那么多，首先得抓住再说，八大骗‘众神归位’就差这最后一尊了……我们捋捋思路看对不对，首先DNA不会说谎，最早的寻亲记录里，我们在中州一家搞过寻找被拐儿童的福利机构查到了胡冰芳的名字，2009年逐步开始信息化建设以后，这个民政下属的机构信息全部归入了我们公安部门的失踪儿童信息比对平台，也就是现在已经全国联网的团圆系统。我想胡冰芳很明白，想从茫茫人海里找回失去的亲人，她只能依靠公安的大数据。”

“没错，但随着她本人作案越多，就越注意隐藏自己的形迹，所以之后再没有出现胡冰芳的名字，然后就有了我们在首都找到的不同名的同一DNA样本，说明早在失踪儿童信息比对平台测试阶段，她就参与了……目前为止，我们找到的同一样本的DNA分属四个名字，胡冰芳、王丽、张裙和郭小芳。”娜日丽说道，案情已经熟记于心。

“最早登记的名字已经被弃用，王丽是在2009年用过的名字，也被弃用；张裙是2013年使用的名字，同样弃用；郭小芳这个身份在用的可能性有多大啊？”向小园犹豫道。越接近真相就越紧张，生怕这又是空欢喜一场，这个神龙见首不见尾的女骗枭十几年都没有留下案底，还真让反骗的警察们感到惊叹。

娜日丽也在犹豫，钱加多听讨论断了，出声问道：“啥情况呀？让我知道知道。”

“自己看。”向小园递过平板，钱加多依言翻看，看了几眼就惊叫起来，娜日丽和向小园笑了，估计都被吓住过。

“天哪，名下有两辆车，一辆奔驰S，一辆宝马七系。房产有四套，还有个经营童装的店面，两家公司……哎呀，这可悲催了，十方苦穷了二十几年，居然是个富二代。”钱加多的视角一贯特殊，那两位还没反应过来，他又补充道：“更悲催的是，即便发现自己是富二代，一眨眼又变成穷光蛋了。”

“拿来，拿来，你别发表议论。”娜日丽抢回了平板，顺口说道，“最后一次采集DNA样本是两年多前，虽然留的是这个信息，但当时并没有留存被采集人的影像，而这个照片……多多，你看像十方吗？都说儿子像妈，你看呢？”

平板电脑被搁到了挡位的地方，钱加多瞅去，那是一个温婉的中年妇人，卷发长裙，那种冲击视线的优雅能让你忽略她的年龄。看着看着，钱加多伸着舌头舔舔下嘴唇，看得向小园笑得被口水给呛住了。钱加多掩饰着自己的失态，还没说话，娜日丽说了：“肯定不像。”

“你得考虑到她肯定做过多次整容，一下子整得变化太大可能被发现，如果这些年她逐步地整，积累起来，整个人可能就大变样了，她有这个实力，更有这个需求。”向小园说道。

“还有一种可能，如果郭小芳也是受胡冰芳利用的一个帮她干这事的人，会不会打草惊蛇？”娜日丽问。

向小园想想摇摇头：“不应该是这样，即便是这样，那也是最后一道跳板了。”

“那我们就假定这种情况是，郭小芳这个身份有户籍证明，而且居住在距离长南200公里的搏济市已经超过十年，可能吗？”娜日丽问。

“据张英主任讲，她追到过的隐藏身份最长的犯罪嫌疑人隐藏了32年。别忘了她是个骗子，从诈骗的手段看，她这一伙比我见过的都有耐心，会花上几个月甚至一两年来布局。关系到她自身安全的事，我想十几年应该是合理的……哦对，关于制造假身份，我在大数据学习的时候翻阅过案例，有这么几种，一种是黑产里有养身份一说，但可追溯的年限不长；有代表性的是购买死亡但未正常到基层派出所销户的身份，用这个真实存在的身份再行迁徙，多次迁户口加上时间一长，其追溯的难度就会增加；还有更直接的，在国外购买已入外国籍的人员身份回来贩卖……胡冰芳接触灰色地带肯定有这路子，八成应该是中间这种。她的原始户籍在陕甘山区一个贫困乡，目前还没查到，不过据协查的地方民警回复，原始户籍所显示的自然村早已撤并，往前数二十年，当地县城流失的人口已经有近十万，直到现在，长年在外务工的还有十几万。”

应该是钻了空子，两个人越捋越觉得张英直接就在这里准备逮人是正确的。停了片刻，向小园又问道：“还有什么疑问？”

“嘘……快揭晓了。”娜日丽做了个噤声手势。

三人下意识地伏下身子，车顶传输回的图像里，有一辆奔驰轿车正驶入。前一天这里发出的官方信息奏效了，把两年多前提交DNA的疑似人员引来了。

“为什么我分析很自信，看到人却怀疑啊？”娜日丽轻声道。

视频里，下车的女人轻轻地撑起了伞，见到真人才发现，她比照片里的人更有气质。她款款地走着，像雨中轻盈的百合，像书卷里、画里走出来的仕女，在浅风细雨中步态从容，偶尔回眸，有着看不到一丝烟火气的优雅。

她进去了，车里监控的人全凌乱了……

笃，笃，敲门声响，穿着白大褂的张英整了整衣服，出声道：“请进。”

门开了，人进来了，雨伞被她礼貌地搁在外面。这个女人笑了笑，带着歉意说道：“让您久等了，路上有点滑。”

“没事，我也刚到，昨天通话的就是您啊？”张英好奇地审视对方，有点不敢相信自己的眼睛。她处理过不少被拐儿童的案子，但多数家属都被寻亲折磨得没个人样了，像这样子的还真不多见，她甚至无法把眼前的女人和一个二十年前的乡下女人联系起来。

“是，谢谢您，怎么称呼您？”那女人坐下了，很客气地对递水的张英道谢。

张英回身坐下，笑着说道：“我姓张，叫我张主任吧……我这儿的信息显示，您叫郭小芳？”

“对，有问题吗？”郭小芳笑着问。

“没问题，名字太俗，人又太雅……我有点奇怪啊，不知道当讲不当讲。”张英说道。

郭小芳笑道：“您一定觉得会遇到一个呼天抢地、痛不欲生的母亲吧？”

“理论上应该是，但见到您，就不是了。”张英说。现在她有点觉得是了。

郭小芳笑笑，抿着嘴做了个稍有难堪的表情，然后悠然道：“都二十多年了，时间确实会冲淡一切，我其实都不抱什么希望了，只是心里有点放不下而已。”

“那我们开始吧，说说您当时的情况。”张英说。

“当时和现在，简直是天壤之别啊，我早年出来打工，孩子是交给公婆寄养在乡下，那时候村里穷得只能靠写信，我是过了几个月有老乡回来告诉我，我才知道家里出事的。”郭小芳黯然说道，触及了伤心处，她回忆着，又补充道，“我第一任丈夫死于车祸，公婆把这孩子看得比命还重，等我回去时，老两口都不行了，一个疯疯癫癫的，在镇上看见谁家小孩都拉着以为是自己孙子，一个卧病在床，再没有起来，哎……”

“想开点，都过去了，现在不挺好的吗？您得做好心理准备啊，真找到了，可能未必会是您想象的样子。”张英安慰道。

“不管是什么样子吧，我都能接受，毕竟是我的亲生骨肉。这么多年，我总在梦里见着他，还是那么乖巧可爱，小小的，在我怀里看着我笑……我不该扔下他走，他那时才1岁多，就很懂事，知道我要走，抱着我怎么也放不下，他哭啊，哭得我心都碎了……”郭小芳两行泪落下来。张英递过纸巾盒子，她擦着、啜泣着，又连连道歉着自己的失态。

“没事，同是女人，我能理解您的心情，这么多年您可真不容易。”张英道。同是女人，两个人的心迅速拉近了，甚至自然而然地握上手了。看着郭小芳白皙玉嫩的手，张英夸赞道：“您真不像农村出来的，您看我这手才像，一辈子的劳累命。”

“可我确实是农村出来的，只是运气好了点。张主任，您昨天说是北京通知的？DNA对上了吗？”郭小芳充满期待地问。

那表情绝对不是作假，张英点点头，道：“正常流程是先通知省一级公安鉴定部门，再由我们通知寻亲家属。考虑到失散多年，毕竟还有个心理适应期，所以，一般都要稍缓缓。”

“那太好了，太好了……哎，您知道我儿子他的情况吗？”郭小芳兴奋了。

“知道点，这些年其实他也在找您，从董龙湾被拐走到现在有二十三年了，他应该有二十六七岁了吧？”张英问。

“二十七，生日是四月初五，丢的时候不到3周岁，刚会走路。”郭小芳说道。

“那您，当时在中原和中州市一带打工吧？”张英问。

“啊，对。”郭小芳兴奋间连连点头，好奇地问，“啊？这您怎么知道？”

张英的话停了，表情凝重了。反应很快的郭小芳一下子醒悟过来，她惊愕地看着张英，狐疑地问道：“我没说过董龙湾这个名字，一定是错了。”

反应过来后，她起身就要走，张英拦也未拦，双手一叉，笑道：“每个人都走不出自己的心魔，好人的心魔可能导致这个人去做坏事，而坏人的心魔恰恰又是好事，是他最后的救赎机会……你的心魔就在儿子身上，你真放得下吗？”

起身的郭小芳似乎一下子变了个人，冷若冰霜地道了句：“我听不懂你在说什么。”

说罢，起身就走。她猛地一拉开门，愣了，门口数位警察，她已经无路可走了。

“胡冰芳，看看这是什么，认识吗？”向小园拿着一张照片亮在她眼前。这位“郭小芳”不屑地一笑，正待否认，却不料看到照片时陡然色变，石化一样站在原地，魔怔了一样喃喃自语着：“是他，是他，我就知道是他，这个浑蛋，我真恨不得再杀他一回……”

她木然地站着，被娜日丽铐上都兀自不觉地在喃喃自语，恶狠狠地诅咒着。当向小园手里斗本初父子俩的照片移开时，她像疯了一样地去抢，被娜日丽和张英死死摁住了……

现在，下午6时，套着头套的胡冰芳被押解上了航班，要连夜赶回中州。

DNA检验符合，这就是留了四次样本的女人；和斗十方的DNA检验相似度99.999%，哪怕容貌再改变，也改变不了科学的鉴定。旁边这位就是斗十方失散多年的母亲，和之前的猜测完全吻合。

这些年发生的故事，过程是怎样还有待考证，但故事的结局在初步搜查中已经可见一斑，胡冰芳的电脑里留存了大量加密文本，解密后是原始的话本，最早时间是十多年前了，那还是QQ诈骗的时代；在她的居所地下室保险柜里，找到了纸质的通信记录，徐则臣、郑远东、杜其安、秦江寒等一系列嫌疑人赫然在册；至于珠宝、首饰、贵金属更是一大堆，这应该也是一种比较隐蔽的洗钱方式，赃物还没有来得及出手；更夸张的是，她居所墙壁暗格里还留存着大量的银行卡、国内及离岸账户登录密钥，虽然分属于不同身份，但全是同一个人。她甚至拥有三张不同姓名的护照，而且全是不同地方的公安出入境管理部门颁发的真实证件。

不管是经验丰富的张英还是向小园都暗道侥幸，这位处心积虑地已经打造了数个身份的嫌疑人，如果不是心神失守，怕是很难有抓到她的机会。

只是即便抓到了，她们却一点儿也高兴不起来，几个人彼此之间从乘机到落地都一路无话。在中州落地后，她们便秘密押解胡冰芳回市局直属的大案队，进入了审讯阶段……

第五章
峰回路转狱中相认

心有所系，如痴如狂

案卷被轻轻地合上了，两份，一份奇厚无比，一份却只有证据，尚无口供。

陈颢元局长慢慢地抬起头来看着面前的向小园和俞骏，归队第三天了，大案告破后的欣喜一点未见，两个人倒比刚回来时还消沉。

领导的脸色不佳，向小园出声道："龚骁龙、石金山等一行嫌疑人已经全盘交代本次廉三旺被诈骗五亿的案情，追赃工作正在进行，目前已追回2.43亿，协助的各兄弟警方根据本案线索查获的洗钱窝点目前有11个，抓获的嫌疑人已有71人，案件还在深挖……还有一个情况值得重视，据龚骁龙交代，他在内地合作的提供黑产的嫌疑人还有4名，这个总局已经接手，其他……"

停住了，是陈局长伸手制止了。他往椅背上一靠，像仰视这两位，不过说的话很不客气："这个不用你们汇报，情况汇总不是你们的事，你们自己的人管不好是吧？三天跑了13趟大案队，还跟办案的吹胡子瞪眼，你们不但不制止，还私下搞小动作说情，不知道规章制度，不知道办案纪律啊？！"

连训带拍桌子的声响奇大，惊得向小园都退了一步。原因又到了斗十方身上，三天跑13趟大案队要求和嫌疑人见面，而局里已经严禁反诈骗中心任何人员插手嫌疑人胡冰芳的审讯，就是预防这个呢。不料越预防就越出事，斗十方今天去时都跟办案人员揪衣服领、捋袖子红眼了，差点儿就打起来，正常情况下，他这样早被市局督察给提回去关禁闭了。不过还没等陈局长下决心，斗十方自己倒找到局长这儿来了，正好被带走给关起来了。

于是作为直属领导的向小园和俞骏就被通知来了，两个人闷声不吭。陈颢元局长却是越看越气，拍着桌子嚷道："你，你是直属领导，你说，你说怎么处理？"

"正式行文通知都开除过他一回了，关起来吧。"俞骏说。

哗啦，一堆案卷扔到了他脸上、身上，陈局长拍着桌子喊着："你别给我居功自傲，这是在保护他！这种事上要徇私枉法，那是害人害己！"

"线索都是他找出来的，要徇私枉法，他通个风、报个信，人早跑了。"俞骏软软地回话。

"那见这个面有什么意义？母子相认？一个嫌疑人，一个警察，在审讯室相认？"陈局长说得自己都快哭了，这可叫什么事啊！

俞骏想罩也罩不上来了。下文还没开始，门被推开了，进来的是谢经纬，不容分说地说道："什么意思，陈局，你把十方关起来了？这还没论功行赏，就先杀功臣了？"

"哦哟，你怎么也来添乱……你，你给谢副厅解释一下。"陈局长气得胃疼，起身了。俞骏悄声跟谢经纬解释了几句，谢经纬脸色渐渐变得难堪了。他是接到了总局巫茜和周修文的电话才奔来的，估计那些队员也在迂回求救了。

可这么办？情法难两全啊。发愁间，谢经纬坐到了陈局的办公桌后，询问道："俞主任，这啥情况？到底干吗要见人？难道还真的相认吗？"

"我……我真不知道。"俞骏为难地挠着腮，求救似的看向向小园。向小园说："他就说想见，必须见一面，没说其他。"

"那陈局这个……"谢副厅看向陈颢元。陈颢元摇头道："老谢，绝对不行，甚至这事得下封口令，年轻人，不能由着他的性子胡来，你们俩是办案办傻了是吧？他们失散二十多年，没有什么关系或者不知道这层关系，什么都好说，可万一这位功臣犯个浑认了亲妈，那他这辈子就得背着上一代的罪孽，别说在我们的队伍里，哪怕就社会上，他不得被别人另眼相看？你跟我说说，将来社会关系这一栏，怎么填？"

谢经纬看向这两位，投支持票了："没错，陈局说得对啊。"

"我知道两位上级是好心，可您想过没有，如果连此生来处也羞于承认，刻意隐瞒，那他还怎么挺直腰杆做人？单从亲情上讲，胡冰芳也是一个受害者，孩子被拐走二十几年下落不明，哪一个当母亲的也受不了这种刺激，这成了她报复社会的动机，好坏皆由于此，这个执念解不开，这两个人都会出问题。"向小园说。

谢经纬斟酌了片刻，问道："现在这个嫌疑人怎么样了？"

"已经中断审讯，她绝食。"俞骏偷瞄陈局长，小声说道。

听得谢经纬又是吧唧嘴，正要说话时，陈颢元局长回头一挥手，道："绝对不行，有一千一万个理由也不行，局里、厅里意见一致，都要保这棵苗子，很可能要委以重任，这个节骨眼儿犯了错，那不毁了他吗？"

"哎哟，算了，我不掺和了，那你善后啊，总局都知道这事了。"谢经纬愤然道。他无所适从了。这时候局长办的固定电话响了，是其中的一条专线。谢经纬说："肯定出事了！"他替陈局接起来说了句"等等"，里面没等就喊出来了：

"陈局长，嫌疑人胡冰芳畏罪自杀！"

"什么什么？大案队里自杀？怎么自杀的？"陈颢元吓得脸色都白了。

"嗯，她割断自己的静脉了，现在正送医院抢救。"汇报人的声音在颤抖。

"不惜一切代价把人救过来，救不过来你自己去看守所找个铺住吧。在哪家医院？”陈颢元吼道。

听到医院名字，他摔了电话，叫上谢经纬就走。至于站着的那两位，理都没理会。

“我现在相信这俩是一家了，性格几乎一致，敏感、极端，而且死不认输。”俞骏像被这个消息震惊到了，咧着嘴说。

“领导考虑得没错，我们也没错，十方更没错，都没错，那可怎么办呀？”向小园为难地问。

俞骏看着领导桌上的好烟，直接拿起来叼了支点上，重重地抽了一口，却给了向小园一个失望的答案：

“都疯了，疯了……能怎么办？”

禁闭处在市局后勤装备处仓库一角，其实也不常用，有幸临时在这儿待过的警察不多，毕竟能闹到被督察关起来的程度不是小事，很多人出去不是被扒了警服，就是直接送到看守所成了嫌疑人。所以只要被隔离起来，你原来的警察同事都会下意识地和你划清界限，在这个讲纪律的团队里，人情永远靠边站。

今天稍有点意外，两位看守正讨论着反诈骗中心拿下了五亿诈骗案的传闻，猜测斗十方就是居功自傲，连局长也不放在眼里了。两个人说着，都有点佩服关在这里的人，不仅闯了办案重地，而且还到局长办闹，别说几年难得一见，就是建局史上估计都算头一遭。

有人来了，一个看守下意识警惕地伸出脑袋，恰好看到了一个胖子蹑手蹑脚往这儿走。两个人一招呼全出来了，堵在胖子面前。那胖子贱笑着，拿出两盒中华烟就往他们兜里塞。两个人吓得赶紧躲，一个说：“你干什么？”

“兄弟，自己人，行个方便，我见见关着的那位成不？我是反诈骗中心的，钱加多。”

“你说见就见啊？”

“我这不让你说呢。”

“不行，回去吧。”

两个人不通融了，钱加多一伸手，道：“我也犯错了，我来投案自首了，把我关起来。”

“你别闹成不？”另一个说道。

“你看你，我这不正在贿赂国家工作人员，今儿你不关我，我跟你急啊，有你们这样徇私枉法的吗？犯罪就在你们眼前，你们居然不闻不问。”钱加多扬着手里的中华烟，这是罪证。

两位督察给气得哭笑不得了，一左一右挟着钱加多往外走。钱加多大嚷大喊着，还是改变不了被扔出门的结果。不对，一出门，两位督察愣住了，门口还杵着几位呢。邹喜男持着手机嚷着：“看看，督察暴力执法，这是把人往外扔呢！”

“这胖子拿着烟贿赂我们算怎么回事？”一个督察气愤地说道。

“那你应该把他关起来，也不能就这么扔出来啊？”陆虎提醒道。

娜日丽帮腔了：“不但不制止犯罪，还纵容，不准备管他了吗？”

“根据督察条例，对于有群众举报的警务人员可以现场调查处置，我举报这个辅警出入娱乐场所，绝对需要禁闭审查。”络卿相落井下石。

“对对，他和斗十方一块儿去的，把他俩关一块儿。”程一丁提醒着。

眨眼间两位督察被挤回门里，而且门被关上了，两个人相视一眼，知道自己人故意闹呢，其中一个放开了钱加多，开口道：“都自己人，来这一套有什么意思？”

娜日丽说道：“禁闭没规定不能探视啊，何况我们准备帮忙感化下他，你说他要想不开搁你们这儿寻死觅活，你们不更为难？”那两位有点为难。程一丁又客气地说道：“不知道您二位怎么称呼，我就说一句，被关着的那位兄弟身上两处枪伤，一处就在脑袋上，差点儿就没命了。您别误会，我不是摆功，我们就想见见他，陪陪他，不给二位添麻烦，这都不行个方便？”

被问住了，两个人无奈相视，然后一挥手，不管了，直杵在门口，只要不走也不算违纪吧，更何况他们理解基层兄弟的苦处。

这一行人直奔禁闭间，这里还算人性化，只象征性地挂了个小锁头，一摘就开，屋里枯坐一隅的斗十方早听到了，难堪地看着进来的同事，哭笑不得地说道：“你们怎么来了？”

“这不怕你想不开吗？来，给你。”钱加多掏着裤腰，小瓶酒、巧克力、火腿肠，变戏法似的放了一堆。看得斗十方大眼瞪小眼，好奇地问道：“你当着我面从裤裆里往外掏，当我吃得下去？”

“这有什么，我天天这么揣，他们还不都抢着吃？”钱加多无所谓地说道。然后噼里啪啦有人在他脑袋上扇，沉闷的气氛一下子欢快起来。哥儿几个围着他一坐，邹喜男要拧瓶盖，被斗十方拦住了，他摇头道：“别错上加错了，喝什么酒啊。”

“好吧，这不怕你闷吗？”邹喜男放弃了，给几人使着眼色。络卿相赶紧说道：“我们搬总局救兵了，你放心，没多大事，大不了写写检查，回头我替你写。”

“我也替你写，两个人一起写更深刻。”陆虎说。

“你俩别卖好，就该你俩写，十方，我跟你说啊，你挺聪明一人，怎么闯局长办公室跟人叫板了？”程一丁还没明白这究竟为何，邹喜男却是佩服得竖着大拇指说道：“我谁都不服，就服你，这比闯几十个民团兵保护着的电诈窝点还牛，牛大了。”

“你会不会说话啊？一边去。”娜日丽把邹喜男拽过一边，她蹲着看看斗十方，好奇地问道，“跟我们说说，到底咋了？你知道纪律啊，就算想见也得结案后再见啊。”

“正因为我知道，所以我才要见啊，我问你们，朱丰被捕两年多，漏罪还没查完，嘴够硬吧？”斗十方平静地说，似乎并不冲动，众人点点头，那个嫌疑人算是个难啃的骨头了。一经确认，斗十方又问：“杜其安被捕也有一年多了，挤牙膏交代了一年多，几乎没有什么有价值的线索，够硬吧？”

“那肯定的，毕竟是个骗枭，跟一般小骗子不是一个水平。”娜日丽说。

“这不就简单了？这么几位智商极高、自视甚高的人都能被她左右；那个让总局费了九牛二虎之力才抓到的假逆风心甘情愿认她当干妈，甚至在荆汉布下天罗地网时，她都从容消失，你们觉得她是一个什么样的人？”斗十方问。

这么一说，胡冰芳的形象一下子被拔得奇高，让众人无从下定论了，不过想想确实如此，只是因为落网得如此简单而忽略了这个人曾经干了多少大事。

“啊对了，你不说我都不敢说，你妈老厉害了，财产搜了好几亿，光那车和房就上千万了。”钱加多对钱最敏感，钱多的自然让他佩服。

不过这听起来似乎不对劲了，娜日丽瞪着眼回看。钱加多吓了一跳，赶紧自打嘴巴：“对不起，说错了，不是你妈。”

“我承认不承认都是，明摆着。”斗十方无所谓地说道。

娜日丽思忖道：“那你觉得她是一个什么样的人？我们见她时，真的不敢相信她是嫌疑人，甚至也不敢相信她是农村出来的，那气质和谈吐，比电视上‘灌鸡汤’的那些专家强得可不是一点半点。”

难得她能给嫌疑人一个这么高的评价，其实看到胡冰芳履历的人一点儿都不意外，从一个农村来的姑娘逆袭到现在坐拥亿万身家，足够让人惊讶了，更何况她作案无数还屡屡逃过警察的视线。

“她是那种边缘型人格，高傲、敏感、偏执，太过情绪化，主要特点是情绪极不稳定，对人好的时候特别好，翻脸时能马上拔刀相向。这种性格好猜忌，有自杀倾向，也常因此而焦虑，有的自认无所作为就会引起悲观厌世情绪，容易走极端，这是一种很危险的人格。”斗十方说。

这么专业，听得同事大眼瞪小眼的，陆虎愕然问道：“等等，你人都没见过，性格就分析出来了？”

“你啥时候这方面也学了？”络卿相纳闷了，他说的似乎在理。

斗十方摇摇头说：“我没学，这是我归队后总局心理评估给我下的结论。我是她身上掉下来的血肉，我想她应该也是这个样子……如果我在她的位置，二十年处心积虑攒下资产无数，多少同道都进了深牢大狱，而我依然逍遥法外，视天下警察为无物，那种成就感简直是无与伦比的，一旦有一天在某个不经意的细节上栽了跟头，而且栽得我根本不服气，如果是你们，你觉得接下来会发生什么？”

“什么？”娜日丽隐隐有种不祥的预感。

“对她而言，被一群小警察铐着审讯是一种侮辱。”斗十方表情出神了。再往下猜就容易了，他知道那个结果：

“所以她会采取最极端的方式对抗。”

离大案队最近的市二院里，陈局长一行抵达时，人已经从急救室出来，被推进了加护病房。大案队几乎都来了，沿着加护病房列队似的站了一排。

刚到门口队长就奔出来，敬礼都忘了，尴尬地低着头准备挨训。路上已经汇报过了，从开审就不利，两位预审员先被胡冰芳训了一遭，训到哑口无言；马上换一拨，准备从亲情迂回到案情上，却不料胡冰芳开始否认自己有过儿子，或者说即便有，恐怕也在大狱里蹲着，根本不吃这一套；于是再换一拨，摆事实，讲道理，还有如山的证据，这时候她干脆一言不发，而且开始绝食。

大案队什么嫌疑人没见过，基本饿极了就妥协了，熬不得三两天就老实了，可谁知道她趁看守不注意，直接割断了自己腕上的静脉血管，等发现时，血早流了一地，人已经昏迷了。

陈颢元没有说话，摆在眼前的事实让他也难以接受。事实上公安机关对于嫌疑人看护和控制都是很到位的。对面这位队长也算是经验丰富，他都挑不出什么毛病来。

那队长小声说道：“是我们疏忽，我见过骨头硬、嘴硬的，可没见过心这么硬的，就那么硬生生一声不吭把自己血管咬断了。”

一千种死法里恐怕都找不到这么一种对自己如此狠的。陈局长出声问道：“人怎么样？”

“救过来了，不过两天没吃什么东西，有点虚，得补充营养液。陈局……您处分我们吧。”队长难堪地说。

“不用提醒，少不了你的，做好安防。”陈局长安排了一句，他侧着头听到有人喊，一个女警快步走到近前。陈颢元说：“救过来了……我说张英啊，这怎么办？”

“我听说，您把十方也关起来了？”张英问。

“啊，你觉得不应该吗？”陈局拉着脸。

“应该，我没有回护他的意思，相反，我倒觉得应该马上把他清除出公安队伍，这样的话，那就可以真让他们母子见上一面了。”张英说。

“等等，你说清楚点。”谢经纬没听明白。

“寻死是因为一无所有，万念俱灰，这种人，给根救命稻草就能活下去。现在您把这根救命稻草攥在手里不给她，那她还活得有什么意思？”张英反问。

谢经纬咂摸着这句话。专业人士都这样说，他不敢不重视了，他回头看着陈颢元说：“老陈，张英这话说得在理啊，万念俱灰自然是抵死对抗，如果亲情能唤回她身上的人性的话，为什么不试试给她活下去的希望？这样就算治好了，谁还敢审啊？”

是啊，看着一队下属垂头丧气的样子，陈局长也唯余叹息。谢经纬看这事有转机了，回头又问张英：“张英啊，你是这方面专家，你确定这么做有效？”

“这个嫌疑人是多起诈骗案的组织者，心思缜密，从谋划作案的手法就看得出来；下手果断，从灭口和自杀上也看得出来；智商很高，从隐藏形迹上看得出来；情商也很高，从她能号召这帮骗子上也看得出来；现在能查到的是，她甚至用张丽的名字考了心理咨询师资格证……在犯罪上，这是个精英中的精英，这么一个自视甚高的罪犯因为一个细节疏忽被我们抓住，她肯定不服啊。”张英说。

谢经纬提醒道：“你跑题了，我问有效吗？”

“一个二十年都没放下的心结，她因为这个心结栽了跟头，那这个心结代表的事在她心里的重量还用我说吗？”张英加重了语气强调，“答案是肯定的，有效！”

这话，更像是说给陈颢元局长听的。陈局长在医院的门廊下走了一圈又一圈，几次咬牙都没下这个决心……

法不容情，谁知我心

宿舍里太阳光不知不觉溜进来了，照着简陋的铁床木桌，桌上一块不大的小镜里映着警徽熠熠闪光的银色，帽檐下，斗十方胡茬儿刮得干干净净的，显得格外清爽。他照镜子已经很久了，在找自己最美好的一面，床上放了很多衣服，都试过了，不过还是最喜欢这一身很少上身的制服。

他慢慢地站起来，把镜子放正，看看镜子里的自己，终于下定了决心，转身离开，走到门口时，又回头看了眼这个栖身的地方，天地之大，可能就剩这一个地方还像个家了，不管心里怎么嫌弃它，真要失去它，他想自己一定会很留恋的。

开门，张英已经在等了，她示意墙根站了一溜的程一丁、邹喜男等人别跟着，别添乱，然后带着斗十方直接上车，离开。

“你可想好了，组织上让你回避是好意，你这么做后果是无法预料的。即便我们相信你，档案里白纸黑字也会如实记载，而且你们的见面也会录像并存在档案里。你现在不是普通人，是两次化装侦查的功臣、总局挂名的先进人物，你告诉我，值得吗？”张英发动了车，给了斗十方最后的警告。陈局长最终同意了，那也意味着这件事会公事公办，这绝对不是什么好情况。

斗十方笑笑道：“什么事都问值不值得不是太功利了吗？什么都要问值不值得，那这警察都没法当了。”

“我看你是不是就不准备当了？”张英没好气地问。

“我只能当我的家，当不当警察我还真当不了家。”斗十方说道。

“犟呀，咋这么犟呢……哎，我说你成心找刺激啊，干吗穿警服？不知道现在她对这身衣服很反感吗？而且不能受刺激。”张英又道。西服都准备好了，没想到斗十方最终还是选择了警服。

“喜欢呗，我得遵从自己的内心，这就是我最喜欢的样子，为什么不能穿？”

“好吧，我再说也是废话。”

“谢谢您啊，张主任。”

“谢什么？谢我把你失散二十多年的母亲抓捕归案？”

“嗯，不仅这个，还感谢您帮我争取到了我们见一面的机会。”

“我说你这个人，我咋就看不懂呢？”

“你要看不懂，就没人能看懂了。你追逃这么多年，难道所有的在逃嫌疑人都是十恶不赦？难道都是身上没有一点人味儿？难道都没有哪怕一点闪光的地方？”

“两码事，我只负责追回来让他们接受应有的惩罚。”

“所以我要去见她和我当不当警察也是两码事，犯罪当惩我不认为有什么错，让她知道她找了二十年的儿子在哪儿，在干什么，也没有错。有时候我们见到其情可悯的嫌疑人都忍不住拉一把，难道对自己真正的亲人，就要因为身份不去拉她一把，看着她就这么绝望下去？”

“哎……”张英叹了口气，知道劝也无用了。

两个人沉默了，直奔二院。胡冰芳在医院里已经待了整整两天，市局调用了十名女警轮班看护，生怕再出闪失。车进院里时，向小园和娜日丽跑上来了。斗十方一身制服显得有点扎眼，两个人带着斗十方进去。走了几步，张英喊了声，斗十方回头，就见这位张主任出声提醒道：“说话注意点，市局、省厅领导都在二楼，他们有可能随时叫停啊，不要涉及敏感案情。”

“谢谢张主任，我穿着警服呢，有它监督我还不够吗？”斗十方指指头上的国徽，转身进去了……

二楼的一个房间里，陈颢元、谢经纬、俞骏以及市督察处、政治处数人都在。在斗十方进去的视频传来时，有人调着音频，视线都集中到这里了。

“看看啊，保密就不说了，今天一过，差不多全局都得知道了，我说谢副厅，这有意义吗？”陈颢元无奈地说道。众目睽睽之下，将来恐怕再没有什么能堵住悠悠众口。谢经纬没吭声。陈局又问政治处来人道：“郑处长，依你看，这种情况应该怎么处理、怎么上报？”

“政治审查惯例格式条款里有明确一条，直系亲属如果有被刑事处罚过的或者正在服刑的，都必须如实向组织汇报。”那位郑处长话里透着圆滑，他知道这个警察在队伍里的分量。

“我问处置方式。”陈局长说。

“条文只规定要上报，并没有什么处置方式，这需要酌情处理。不过依照惯例，如果在招考入警、提干时，有类似情况，是一票否决的。他这个情况特殊，是失散了二十年，没有类似规定啊。”郑处长说。

“那大家就监督着吧，回头局党委成员开个碰头会，大家分析讨论一下斗十方同志的情况，他这种情况确属首例。”陈局长的话更像是说给谢经纬听的。

众人视线都落到谢经纬身上时，谢经纬奇也怪哉地看看众人，然后手一拍大腿，很失望地说道：“即便我们抓到人也未必能想到这个八大骗首犯和他有血缘关系，瞒着这事对他来说很容易，他没有；回避也很容易，那样就有很大的回旋余地，他也没有；他就这么坦坦荡荡地来了，而且穿着警服，你们说政治不合格从何说起？难道还要因为一个二十多年没见过的亲属搞株连？就这事上谁敢卡他，谁敢说小话，我第一个不饶他。”

市局诸人面面相觑，无人出声了，连陈颢元也给拂了面子，直接翻了个白眼，不理会了。

气氛不好，开局不佳，俞骏手心暗暗捏了一把汗，心跳得比在缅北执行任务时还厉害。他真不知道今日过后，会是一个什么样的结局。

这时候，病房里有一台移动显示器推进去了，那是要开始了。众人目光盯上回传的录像，开始竖起耳朵听了……

在阳光下，在田野里，在一片花海里奔跑的孩子，他跌跌撞撞地跑着，追着蝴蝶。摘着花朵，偶尔回头时，能看到他灿烂的笑脸。他的笑声稚嫩而动听，像最美的天籁一样萦绕在耳边久久不去。突然，不知道是乌云还是狂风，一片墨黑色眼见着袭来，那位妈妈急着想奔向孩子，却拔不动脚步，只能眼睁睁看着孩子一眨眼就被黑色吞没了。

啊！

一声呻吟，在梦里追不到孩子的母亲醒了，她下意识地动动胳膊，从梦境跌回了比梦更残酷的现实，双手被铐在床上，一条胳膊缠着厚厚的绷带，几日未进食的她有点虚弱。她慢慢睁开眼睛，视线里出现了一个模糊的影子，慢慢地，慢慢地变得清晰了，她看清了。

是个警察。

“醒了，把床摇起来，谢谢。”斗十方说。

娜日丽摇起床，胡冰芳从躺势变成了坐势，向小园在纸杯里倒了杯热牛奶，被胡冰芳摇头拒绝了，她木然地看着面前的警察以及那块屏幕，像一个没有灵魂的人。

“有兴趣聊会儿天吗？”斗十方轻声问。从巅峰到谷底，对一个人的打击有多大，看表面就足够了，面前的胡冰芳双唇发白、干裂，好像在一瞬间被抽尽了生命的光彩，现在剩下的只是一个躯壳。

她没有说话，摇摇头，没有兴趣。

“不，你会有的，‘金评彩挂、风马燕雀’，所谓明四暗四八门，现在知道得最清楚的基本就数我了，一定有很多你想知道的情况。”斗十方说着，点开了显示器，他打开了几幅图片，看到内容时，胡冰芳的眼睛睁大了一圈。

兴趣，自然而然地来了，斗十方指着图片说道：“我倒过来说吧，雀，王雕，已经落网；燕，应该是你吧，落网；马，朱丰，两年前因电信诈骗落网，已经提起公诉；风，杜其安，在长安虚拟诈骗案中落网；挂这个词我现在不确定，应该是徐则臣，还有你那位干儿子秦江寒，他们当中一个在荆汉落网，一个在移居加拿大后被谋杀；彩，贾一文，荆汉落网；评，石金山，他在荆汉事发后逃往缅北，不过也被带回来了，就是几天前的事。”

或押解，或审讯，或死亡，或关押，胡冰芳的脸抽了抽，有点悲伤。

“哦，还有最后一个，金，传说中的骗中之王金瘸子，我可以直接告诉你，他逃过了刑罚，却没有逃过因果，在事发前已经去世……你一定对这位的情况很有兴趣吧？”斗十方问。

“死了？居然死了，呵呵，便宜他了。”胡冰芳的脸上掠过一抹狠厉，牙齿咬得咯咯直响。

“干这一行要么不得好死，要么不得好活，你们是前一种，他是后一种，最起码他的后半生没的半点好活……想听听他的故事吗？或者说不是他一个人的故事，而是他和那个孩子的故事。”斗十方问。

胡冰芳眼珠动动，警惕过后一阵疑惑。面前这个警服正装的人似乎不同，她感觉不到来自天敌的威胁或者敌意，而且莫名地有种亲切感。她嗫嚅着，问：“你们警察都这么卑劣，拿一个小孩子说事？”

“卑劣，这个词应该是你们头上的桂冠，警察可没资格抢……你要没兴趣听，我就不讲了。”斗十方说着，点开了一张照片，然后停住了。

而胡冰芳的视线被照片吸引，那是斗本初头上骑了个小孩子的照片。她的表情狰狞更甚，咬牙切齿地说：“好吧，别吊我胃口，老骗子传人都是传外不传亲，我真后悔没有弄死他，让他整整报复了我二十几年。”

“是，报复，从董龙湾拐走这个小男孩，开始可能确实是报复，这个孩子从一开始接触的就是骗局，连他的启蒙教育都是那些江湖切口……一入江湖深似海，学得绝技把命改，从那时候起他就开始倾囊相授自己的绝技，其实放到现代这个信息通达的时代，他所知所会的那些江湖伎俩已经不算什么了，但往前数十年、二十年，那些小伎俩在县乡镇一级的集贸市场还是能混到钱的，这一老一少就这么活着，从南走到北，从北又走到南，有很长一段时间，这个小孩子是骑在金瘸子的脖子上度过的。最北，他们几乎走到了满是牛羊的草原；最南，到过鸟语花香的春城；往西，几乎走到了沙漠边上……那时候过的什么日子啊，饥一顿，饱一顿，有一顿没一顿，最惨的时候不得不一路走一路乞讨，那小孩幼小的心灵里最早接受的不是阳光，而是耳闻目睹人世间的种种阴暗和悲剧，那些背井离乡流落街头的人，那些在小街陋巷出卖肉体的人，那些穷极生恶、打砸抢夺的人……当然，更多是坑蒙拐骗。也许金瘸子就是想用这些填满这个孩子的认知，让他学会在这个恶意满满的世界应该怎么生存。”

斗十方轻轻地说道。那是童年所有的记忆，他很少提及，是羞于提及。

胡冰芳却听得入神了，直勾勾地看着这位警察，不知道他想干什么，可冥冥间对这个男人又有莫名的好感。她凝视着，似乎抓到了那么一丝一毫的希望，可眨眼间又飞走了。

她黯然说道："我想到了，可根本找不到他，他是一个心机极深的人，很难猜到他真正的用意……那个孩子，后来呢？"

"后来生活有了转折，他们回到了家乡，金瘸子恢复了他的本名，在登阳市第三看守所谋了一个临时工的活儿，一干就是十几年……那孩子也回到了正轨，上学，上大学，然后毕业出来找到了一份体面的工作。"斗十方说道。

"不可能，你骗我，他会毁了那孩子。"胡冰芳冷漠地说道。

"事实上没有。他一个矢志行骗天下的骗枭一下子退隐江湖，这个转折他连那孩子也蒙在鼓里，直到临终的时候才讲出了实情……他一直处心积虑给孩子灌输坑蒙拐骗，可那个孩子体会更多的是人间疾苦、亲人相依为命，一直把他当成最亲的人依靠着。我不知道那一天他是怎么顿悟的，但他确实放下了一切，回到了家乡，安心地做起一个普通人。虽然改变了生活方式，可并没有改变穷困潦倒，他用那点菲薄的工资加上捡破烂的钱，艰难地供养这个孩子上学……就这样，他活得很窝囊，没人知道他曾经也是个负案在逃的罪犯，甚至那个已经成了他儿子的小孩直到成人，都不知道他养父曾经有过那么一段辉煌的历史。"斗十方说。

"我……我不信。"胡冰芳有点凌乱了。斗本初的照片、看守所勤工聚餐的照片，再往前是孩子上学的照片，她最想看到的孩子却被打着马赛克，她怀疑这一切，可她心里清楚，可能真的……真的就是这样，在她眼里明显地看到重燃的希望。她紧张而期待地看着斗十方，问道："孩子，那个孩子……"

"你确定要见他吗？"斗十方突然地问。

这一问，胡冰芳怔住了，刚燃起来的希望消散在脸上，她怔着，居然无法回答这个最简单的问题。

是啊？还怎么见自己唯一的亲人？

斗十方在触屏上点着，那是一段早期的翻拍照片，他介绍着：“最早的丝绸诈骗案，朱丰、杜其安、石金山等已经指认，这一案被骗的受害人牛宏伟因为扛不住来自各方的流言蜚语而选择了自杀，他也有和你的儿子一般大的女儿，他不但家破人亡了，那个小厂也因此倒闭，几十号工人没了饭碗。

“在登阳，你应该记忆犹新吧？那个货到付款诈骗，你们诱惑加盟的微商里，有一个姓陈的，家里七拼八凑十几万全投到你设的局里，等砸盘时，她就从阳光大厦的楼上跳下去了。

“在长安，你们搞的虚拟传销，下线几乎把各大院校包围着，可着那些学生骗，连他们的学费、生活费都不放过。那些几乎都是和你儿子差不多一般大的孩子，如果有人这么骗你的孩子，为人父母的，你难道不觉得心痛吗？

“我知道，你的心里有怨气，有在底层摸爬滚打、遭人白眼、处处碰壁的怨恨，有自己孩子被拐走的仇恨，可你报复的那些人都是曾经和你一样的弱者，他们的辛苦钱和血汗钱被骗走，也会和你一样哭天天不应，叫地地不灵，难道把自己曾经遭受的痛苦加在那些弱者身上，能让你得到真正的快乐吗？”

斗十方连放几屏挑选出来的案情回放，胡冰芳木然的脸慢慢地难堪、窘迫。她躲闪着斗十方的目光，在幕后可以眼不见为净，真正放到眼前时，这一切的始作俑者还是感到那么一丝羞愧。

“你准备用这些逼我认罪吗？”胡冰芳问，声音很弱，很轻，不那么咄咄逼人了。

“不，我是警察，警察这个称呼，既是王冠，也是枷锁，要挟和欺骗，我们不敢做，也不屑去做。”斗十方说道，他看着胡冰芳，又慢慢说道，“其实妈妈这个称呼也一样，既是冠冕，也是枷锁，你因为这个落网，我觉得不应该感到羞耻，而应该感到自豪。”

“妈妈……我的孩子，真的像你说的那样吗？”胡冰芳期待地，甚至有点紧张地问。

“你一直在找他，其实他也一直想见你。在金瘸子临终前，他告诉了这个孩子真相，警方是顺着董龙湾这个地名找到你和王育才的结婚记录的。二十多年了，那孩子几乎已经淡忘和放弃了，他也没想到，亲生母亲还在找他。”斗十方说。

“他……他是个什么样子，能让我看看吗？”胡冰芳几乎是恳求，“我就看看，我看看就心满意足了。”

“其实，你已经看到了。”斗十方看着胡冰芳提醒着，“有人说远亲近疏，越是亲人越看不出哪里像，反倒是外人一看就能看出来。”

胡冰芳如遭雷击，不过马上摇头道：“不可能，不可能……”

“金瘸子去世的时候有警察在场，那位警察无意中打开了执法记录仪，你自己看。”

向小园点开屏幕，那一段是斗本初讲旧案时娜日丽悄悄打开执法记录仪留存的现场影像。她最后征询了斗十方一眼，斗十方示意继续播放，向小园点开了。胡冰芳看到垂垂老矣的仇人，情绪一下子激动了。

“……没有露馅儿是因为被骗的是邻省山源县一家集体企业，我记得那个销售员叫牛宏伟，回去没多久就因为被人怀疑是贼喊捉贼，受不了刺激上吊了……

“……我算计好了第一步，可偏偏没有算到，在一大笔唾手可得的财富面前，人心能恶到什么程度。一个是和我同床共枕的女人，剩下几个还是被我带上道的穷光蛋，居然合伙算计我，想在酒里下药害死我。被我发现后，他们翻脸翻得毫不客气，一凳子就把我敲翻了……

胡冰芳脸色变得更难堪了，她被铐着的另一只手捂着前额，不过刚捂住又放开了，她听到斗本初剧烈咳嗽后说到了她的孩子：

“……小时候你很捣蛋，我老揍你，你经常骂我老不死的，那次烧得感觉都不行了，其实我都想扔下你。不过那时候我才发现，毕竟两个人处了这么多年，又不是两根草木，哪能没一点感情？我居然下不了决心。可那时我一贫如洗，吃饭都勉强……后来我还是咬着牙准备扔下你，给你买了份饺子放在租的小旅馆里，叫醒你让你吃。你说呀，爸，你先吃吧；我笑着说爸吃过了；你呢又说，骗人，你都舍不得吃好的，爸，等我长大了，挣钱了，天天给你买好吃的……我那时候一下子哭得自己都控制不住，这么多年我日日夜夜活在仇恨中，日思夜想的是怎么把一个小孩子养成心思恶毒的骗子，可我一直抹不去他心里的善良。他在心底一直把我这个骗子当成最亲的人，当成父亲……我不是人，我是畜生，我毁了孩子你的一辈子啊，我死都没法闭眼啊……”

“爸，我现在不是挺好吗？您别这样，我们爷儿俩虽然苦了点，可过得别提多幸福了，从小您就总把好吃的都给我，赚点工资也全部给我，你一直就是我最亲的人。”

“谢……谢谢……我……我不是你爸，我不能当你爸。”

“爸，我只有您这么一个亲人，不管您做了什么，对我最好、最亲的只有您一个人。除了您，我谁也不认。”

视频在一片凌乱中结束，不过定格的却是一张泪流满面的脸，胡冰芳认出来了，就是他，就是面前的这位警察。她抹着泪看着这位警察。这位警察慢慢地脱下了警帽，同样热泪两行，哽咽道：“他姓斗，叫斗本初；我也姓斗，叫斗十方。对不起，是你找了二十多年的亲生儿子抓到了你。”

斗十方无法抑制地泪流满面，他强忍着，流着泪说：“要恨就恨我吧，别恨我爸了，他一直把我当亲生儿子养，还供我上了大学，因为拐走我的事，他到死都没法原谅自己。”

胡冰芳抹了把泪，嘴唇颤抖着，却不知道是激动还是紧张，一句话也说不上来。

“我们的DNA检测结果出来后，同事和上级都不同意我来见你，因为一认你，身边的警察可能都会知道我这个警察的妈妈是一个在押嫌疑人，是一个骗子，是一个坑了无数人的坏人……”斗十方哽咽着，抹着泪继续说，“可我不在乎，我在这个世界上只有你这么一个亲人了……你找了我二十年，而我，我干了什么呀，我亲手抓了我的亲人……”

向小园和娜日丽一捂脸，视线模糊了。已经宣泄出来的斗十方露出了他最最真实的一面，他做的是正确的事，却背负上了心理包袱，那几乎是生命难以承受的重量。

胡冰芳抹了几把泪，她伸手指着门喊道：“滚！马上滚，我不想再见到你！”

“滚！你给我滚，我没有儿子，我根本没有儿子，你滚。”

胡冰芳见斗十方不动，疯了一样吼着，捶着床，拉得手铐哗啦作响。这一变故惊得向小园赶紧拦着，门外的警员闻声进来拉走了斗十方。那位情绪激动的嫌疑人倒没有挣扎，而是撕着自己的头发，捶着自己的脸号啕大哭。她的哭声凄厉得让人心生恐惧，谁也劝不住。直到哭累了，她才慢慢地安静下来。在警员要推走那台移动屏幕的时候，她紧张而惶恐地喊道：“别动！”

“我看看，我再看看……我儿子是警察，我儿子是警察……我再看看……我怎么这么傻，他和他爸长得一模一样，一模一样……我早该认出他来……我……”她哭中带笑，可能没人能理解她那种反常的心态，片刻后她又看看身边的警察，很紧张地否认，“我没有儿子……我是个骗子，我是骗你们的……我罪该万死，我是骗你们的。”

这可能是她此生最拙劣的一个谎言，不过没人揭破，向小园轻声问道：“想吃点东西吗？”

“嗯，我饿了，我要吃点……谢谢。”胡冰芳说。她平静了，带着泪痕的面庞奇怪地泛起了笑容。

这个画面让二楼观摩的众警员齐齐松了一口气，张英感叹道：“她的心门打开了，问吧，我保证收获比想象中大。”

反社会的嫌疑人大多性格扭曲，扭曲的成因很多时候会成为打开嫌疑人心结的钥匙，而今天这把钥匙堪称完美。

“哎……法虽不容情，情却可容法。情之一字，可以让她忽略即将接受的法律严惩……我相信她身上依然有人性的光辉，最起码看到儿子当了警察她很欣慰，那毕竟是人间正道。”陈颢元揉了揉眼睛，有点发酸，可能是头一回对执法的对象有点同情。

“你也知道啊，还把人家孩子给禁闭起来。”谢副厅怼了一句。

“哟。”陈颢元这倒想起来了，他紧张地起身，然后走出来，部下跟出一群来。下楼后，他急问十方去向，有女警指指走廊。这一行人快步而来，拐弯就看到了蹲在长椅边的斗十方，他无力地靠着墙。陈局长要上前时被谢经纬拦住了，仔细一看，大家都愣在原地。

他在哭，一把一把地抹泪，无声地哭着，脸上的泪抹了又抹，好像总也抹不完似的，潸然而下的泪把身前的地面打湿了，好大的一片……

缘深缘浅，有缘未竟

日子紧张而忙碌地过着，有关八大骗的关联嫌疑人案卷堆了会议室满满一大桌的时候，已经是三个月过去了。这个冬天不太冷，看守所里暖气把屋里熏得暖烘烘的，都有点热。

记不清这是三个月里第几次来这里了，不过向小园知道这差不多就是最后一回了。她打印着询问笔录，偶尔看一眼铁网后的胡冰芳，难得地笑了笑。那位回笑，就像她们不是在看守所，而是在街边或者路上偶遇。

三个月交代了27起诈骗案，涉案金额四十多亿，达到刑责的涉案人员三百多名，光案卷就装订了八十多本，不仅有她自己参与和策划的，根据她的交代，还带破了十几起串案、旧案，这么个嫌疑人足够得到所有警察的重视了。

更重要的是她认罪态度极好，认罪认罚，把自己藏匿的非法资金全部交出来了，而且是很坦然地交出来了，悔过书写了十几份，那态度摆明了是要争取一个主动认罪。

打印完毕，向小园递过去，胡冰芳认真签上了名，按上了手印。在收回手的时候，胡冰芳突然问道：“能问您一件事吗？”

“有关案情的事我是不能多说的。”向小园职业性地回避道。

“不不，不是案情，那个警察还好吗？”胡冰芳紧张地问，“你别多想，我和他没什么关系。”

“挺好啊。”向小园说。

“没……没有因为我受到什么影响吧。”胡冰芳问。

“没有，放心吧。需要我告诉他，等审判以后来看你吗？”向小园故意问道。

胡冰芳一喜，刚想说“要”又咽回去了，摇头道：“不用，不用，我这个样子怎么见人啊。”

“你明知道他会来的，这几个月给你存钱的你以为是谁？总不会是同伙吧？”向小园指着外面放着的塑料袋说，“有人托我送了点生活用品和冬衣，一会儿管教检查后会送进去给你。”

“谢谢。”胡冰芳会心笑着，满脸幸福，满足地起身要走。

向小园也准备走了，她顺口问了句：“快提起公诉了，你做好心理准备，即便争取宽大处理，你面临的也将是一个漫长的刑期。”

“谢谢，我儿子都不嫌弃我，我有什么想不开的……虽然我们还没相认。”胡冰芳笑了笑，被管教带走了。

同在审讯位置的程一丁说了句：“很少见到扛这么重的罪还笑得出来的，这娘俩都不是省油的灯啊。”

“不是非常之人，也干不出这么大的非常之事啊……快走吧，十方今天可能就要启程，中心本来准备开个欢送会，估计也搞不成了，咱们小范围聚聚吧。”向小园收拾着东西，两个人快步出了看守所，直接回单位。

今天的中州反诈骗中心又是锣鼓喧闹、欢天喜地，五亿诈骗案侦结，追回的被骗资金三点六亿已返回失主，廉三旺带着公司一干股东送来了一个“天网恢恢疏而不漏，人民护盾守卫人民”的镶金大匾，中心日常做了个招待，市局又派办公室通知新闻媒体给了个现场采访，把俞骏给忙得焦头烂额。

俞骏送走了这一拨才想起还有更重要的人在等着他，他匆匆返回办公室，进门连连道歉，屋里端坐的周修文笑道：“这有什么好道歉的，作为警察最有成就感的时刻，怎么能因为我打断呢……我没来多大会儿。”

“那就不客气，反正你也没客气过，调我们的人干事，回头把我们人也挖走了。”俞骏倒了杯茶，搁到了周修文面前，拉着椅子坐下。周修文笑笑说：“冤枉我了，你上面的领导考虑到他的实际情况，调离原单位可能更妥当一些，我上面的领导又舍不得把一个这样的人调离原专业，正好赵总队长要人，这不顺水推舟了？”

“你别糊弄我，就个一颗星的二级警员调动，还至于让你这么一位肩上两杠三星的警督专门接送？”俞骏拆穿了。

周修文笑道：“奉命，也有人情成分，我也借机出来透透气嘛。”

“别骗我，我们可是反骗专业的，斗大师的水平我也沾染了点，赵总队长是打击跨境电信诈骗的首选，肯定是有涉外的行动了，看你这神神秘秘的坏笑，错不了……给漏点口风嘛，我也高兴下啊，是不是和缅北电诈团伙有关？”俞骏好奇地问道。

“我什么都不告诉你，有纪律。”周修文卖了个关子，只待俞骏一失望，他笑着补充道，“但你的猜测很有道理，大师没白教你。”

俞骏兴奋得一拍巴掌，就一个字：“好！”

“打击各类电信诈骗的行动正在向纵深发展，对于边境、境外涉及我方人员的诈骗犯罪活动，总局已经下决心要来一个彻底、全面的解决，你们这个X小组说不定还会被调上啊。诈骗这个毒瘤，需要我们全体警员和全社会共同努力才有可能把危害降到最低。”周修文说道。

“没问题，随时待命。”俞骏说。

钥匙交到了杜婶手里，斗十方又看了眼住了十几年的旧屋老宅，轻声说道：“婶，儿媳不待见，你就住这儿吧，我可能很少回来了……还有它，不用怎么喂，它知道自己回来。”

腿边卧着摇尾的瘸腿哈士奇，汪了两声，杜婶的眼睛一酸，揉着泪：“俺对不住你家啊，对不住老斗，他要是不喝那么多，也不至于这么快就……”

“命有多大，福有多大，和喝酒没关系……这你得拿着，是我爸走时安排的，得留给你，反正我也住不着，我可不能亏待你。”斗十方推回了不接受的手。

钱加多不耐烦了，脑袋伸出来说道："快走吧，别误了飞机……婶，你拿着吧，反正他调走了，没人住，这破房也塌喽。"

斗十方快步向车走去，顺手拧了钱加多一把。感动到无以复加的杜婶边抹泪边送着这一车人，直送到车开走了，还在原地招手。

再快点，狗儿也追不上了，它在路边蹲下远远地看着。车厢里的斗十方哎了一声，不知在想什么。钱加多咧咧着："咱说好啊，我有事你得回来啊，不能跑了就把兄弟们忘了。"

"对对，隔段时间就回来聚聚。"后座的邹喜男揽着斗十方，附耳说了句悄悄话。斗十方听了惊讶地说："啊，他们定了……咦，娜姐，你咋不说呢？"

"乱嚼什么舌根啊！"副驾上娜日丽回头呵斥邹喜男。钱加多却在扭着开车，得意地说道："没事，嚼吧，嚼吧，我们已经见过双方父母了，很快就要办证了啊。"

"谁跟你办证，办什么证！"娜日丽红着脸说。

"嘿，你俩先别打情骂俏，娜姐，多多是怎么通过你家父母考核的？"斗十方愣了，真不敢相信钱加多居然成功了。

娜日丽看看纳闷地说："我也不知道啊。"

"嘿嘿，这个秘密可以告诉你们啊，我侦查了一下，她爸爱钓鱼，她妈爱跳广场舞，跳舞我派我妈去的，钓鱼就简单了，我会呀，我去凑了几回，就跟她爸，我未来的老丈人，成钓友了，那喝起酒来称兄道弟呢，甭提多喜欢我了。"钱加多得意地说。娜日丽气得连连捶他，骂道："你个死东西，我说我爸这段时间血压又高了，敢情你勾引他出去喝了。"

两个人厮闹着，后面的邹喜男笑得乐不可支，不过任谁也看得出来，这一对欢喜冤家算是成了。

一路欢笑回到中州，紧跟着又是小组的全体聚会，欢送斗十方异地调任，这一堆年轻人前半场喝得又笑又闹，后半场喝得又哭又闹，没散场，倒先喝倒了几个……

晚上8时。

周修文和斗十方排队过了安检，回头看时，却没有送行人了，关系最好的都喝倒了，可能都怕站在这个送行的位置心里难受，哪怕他理解这种心态，还是有点失落。

“是我安排的，俞主任也被我劝退了，还是悄无声息地走更符合你的性格，对吗？”周修文问。

“也对吧，人总是这么患得患失，太闹了不喜欢，可太冷清，又免不了有点失落。”斗十方说道。

两个人并肩走着，周修文指示着方向，且行且说：“我不想触及你的伤心事，但还是要提醒一句，你母亲的事，法律条文你懂，尽管有悔罪及立功表现，她的量刑依然会很重，告诉我，这个会影响到你的心境吗？”

“恰恰相反，我们的心结都打开了，都找到了归宿，你觉得还会影响吗？”斗十方说道。

周修文回头奇怪地看了一眼，现场视频他看过，那时候他可不是这么冷若冰霜的样子，难道……他暗忖着，可能是骗子的本性作祟，在他这种人的表面，你看不到哪怕一丁点儿感情的波动。

“我知道你在想什么，每个人都有一张面具，骗子的面具比普通人要多几张，我从小就会骗人，最早我那个父亲教我就是要不露声色，说谎话的时候，眼睛要直视对方，呼吸要匀，不管是面部表情还是手脚都不要有下意识的动作，这样才显得真诚。”斗十方说。

果真是一副真诚、淳朴的样子，周修文一拍额头，说道：“你说我闲得，问这干吗？你心理评估时，测谎仪都被你骗过了。”

“再精密的电子元件也精密不过人的大脑啊，人思想里的明与暗、善与恶、卑劣和高尚并没有准确的界限，很多事是一念之间就发生了，就像我父亲，一念之间，放下了他一辈子的偏执。也像我母亲，一念之间，变本加厉地作恶……”斗十方说道。

“那你是……”周修文且走且比画着，想着怎么表达，最终干脆直接问道，“真诚地，还是假装真诚地见她？当然，那段视频我看过，很感人，巫茜都看哭了。”

“有区别吗？再厉害的嫌疑人只要落网，在不断的审讯下迟早会放弃坚持的，即便就是零口供也逃不脱刑罚，抗拒只会给自己带来更多麻烦……我有私心，我不过是在为她争取一个最好的结果，毕竟她是我唯一的亲人了。”斗十方说。

“我相信这句绝对是真诚的……到了，22号登机口。”周修文说。

两个人坐下了，周修文却有点后悔把话题聊得太沉重，现在都不知道该聊什么了，总觉得斗十方似乎心神不宁，可那仿佛又是他的错觉。像斗十方这么神经大条的人，怎么可能心神不宁？

咦？不对，斗十方的表情变了，眼睛睁大了，甚至呼吸都有点粗了，发生了什么事？偷瞟着的周修文顺着斗十方的视线，瞬间找到了撩动斗十方神经的来源。

是向小园。她款款而来，在人群中搜索着。她穿着一身笔挺的白西装，显得高挑靓丽，把身侧吸睛的空姐都给比下去了，而且发型也漂亮，从没发现卷在制服帽里的长发披散出来会平添这么多风致，随着她莲步轻摇，在肩上、在胸前的长发无风自起，把这幅美人图装点得又靓又飒。

斗十方匆匆从包里掏了样东西攥在手里就迎上去了，那匆忙喜悦的样子落在周修文眼里，他故作不见地侧过了头，心里在暗笑：这回绝对是真诚的，作不了假！

“向组，我在这儿。”斗十方快步迎上了向小园。两个人喜出望外地快奔到一起时，像机械一样，嚓地刹停，站定，然后尴尬对视。斗十方笑了笑：“您怎么来了？”

“特权啊，警证能过安检，本来他们也有人要来，被我劝退了，一见面又是个分别场景，多伤感呢，还是我来替大家受伤吧。”向小园笑着，根本不像来受伤的。

“有时间我会常回来的。”斗十方说。

“回来干什么？”向小园问。

“看看大家。”斗十方道。

“具体点，最想看的是谁？”向小园问，斗十方要开口时，她抢白，“你要说多多，我现在就跟你决裂啊。不能谎话张口就来，真以为我不知道你心里最想谁？”

斗十方原本真准备说钱加多的，一看向小园的表情，他不好意思地低头了。

“我们现在不是上下级了，没必要紧张了。”向小园说道。

“我没紧张。”斗十方说道。

向小园没说话，眼瞟着斗十方的手。斗十方发现时，紧张地往兜里一揣，然后再看向小园。斗十方凌乱了，这位毕竟也是反骗人士，想骗过她越来越难了。

尴尬片刻，向小园一伸手，拉着他到了一处人员稍少的走廊站住了，正色道：“我们之间的事应该了结一下，我怕以后没机会，或者你不认账了。”

“我们之间有事吗？”斗十方怔了下。

“不止一件。第一件是，你曾经说过要送我一束什么花来着？这都多久了。”向小园开始讨债。

斗十方一笑，揣在兜里的手伸出来，亮到了向小园的面前。向小园拿起来，是一支手绘钢笔，笔身镌着梅花图案。斗十方说道：“才女嘛，配这个正好。”

“主要还是便宜吧！”向小园笑了。

“太贵的你会怀疑来路的。”斗十方不好意思了。

不过向小园很喜欢似的喜滋滋地装起来，看着他竖着手指问道：“第二件事，你非礼我的事我一直耿耿于怀，今天该解决了。”

“必须道歉吗？”斗十方问。

“你道歉缺乏诚意，按照江湖规矩，我不以牙还牙，以眼还眼，这口气我咽不下去啊。”向小园捋着袖子，伸着玉臂作势道，“这样吧，我把这一耳光补上，我们就两清了。”

“好吧，反正我也不准备道歉。”斗十方扬着脸。

“闭上眼睛，不许躲。”向小园一只手遮着他的眼睛，另一只手扬起，快到脸颊时，蓦地变成了两手托着斗十方的脸颊，整个人倾上来，重重地吻了上去——很笨拙的吻，咬得斗十方嘴唇生疼。他想躲开时，却被向小园抱着，狠狠地啃上去了。

几乎喘不上气来的时候，两个人蓦地分开，然后对着喘气。斗十方瞬间像打了鸡血一样两眼瞪着，向小园脸红透了，不过像恶作剧一样兴奋地说道："以非礼还非礼，咱们扯平了。"

"要不，我吃点亏，让你多非礼会儿？"斗十方兴奋地问。

"满嘴酒味，臭死了……登机了，走了。"向小园指指，斗十方听到了航班通知的声音。

"等我啊，等我回来……"斗十方依依不舍地倒退着。向小园笑着说："可别太久啊，别等你回来我都嫁人了。"

"没事，没嫁当爱人，嫁了当情人。当了反骗女警，找个能哄你的男人不容易了，这个难不倒我。等我啊。"斗十方笑着往候机的队伍里退。向小园笑得扶住了墙，好一会儿才平静下来，她远远地向那两位远行的人挥着手，目送他们过了检票口。

不多会儿，已经在航站楼外的向小园看到了腾空而起的飞机，她知道，机上的人从此飞向了更广阔的天地；她也知道，不管飞多高、多远，他依然会回来，因为从今天起，他对这片故土又要多一份牵挂……

（全书完）